MW01633524

BASTEI
LÜBBE
TASCHENBUCH

Über die Autorin:

Linda Belago ist seit ihrer Kindheit durch ihre Familie mit den Niederlanden verbunden. Ihr besonderes Interesse gilt seit langem der Geschichte dieses Landes. Ihre berufliche Tätigkeit führte sie zunächst quer durch Europa und nach Übersee. Heute lebt Linda Belago mit ihrem Mann nahe der deutsch-niederländischen Grenze.

Linda Belago

IM LAND DER ORANGEN-BLÜTEN

Roman

BASTEI LÜBBE TASCHENBUCH
Band 16 661

1. + 2. Auflage: Juni 2012

Dieser Titel ist auch als E-Book erschienen.

Bastei Lübbe Taschenbuch in der Bastei Lübbe GmbH & Co. KG

Originalausgabe

Dieses Werk wurde vermittelt durch
die Literarische Agentur Thomas Schlück GmbH, 30827 Garbsen.

Lektorat: Melanie Blank-Schröder
Textredaktion: Marion Labonte
Landkarte: Reinhard Borner
Umschlaggestaltung: Kirstin Osenau
Titelillustration: © shutterstock/Luiz Rocha; © shutterstock/Platslee;
© With kind permission of the University of Edinburgh/
Bridgeman Berlin; © Fine Art Photographic Library/CORBIS;
© Mary E. Eaton/National Geographic Society/Corbis
Satz: Urban SatzKonzept, Düsseldorf
Gesetzt aus der Garamond
Druck und Verarbeitung: GGP Media GmbH, Pößneck
Printed in Germany
ISBN 978-3-404-16661-9

Sie finden uns im Internet unter
www.luebbe.de
Bitte beachten Sie auch: www.lesejury.de

Der Preis dieses Bandes versteht sich einschließlich
der gesetzlichen Mehrwertsteuer.

Für meine Eltern

Leben: Lerne aus der Vergangenheit,
träume von der Zukunft, und lebe in der Gegenwart

Prolog

Vereinigtes Königreich der Niederlande 1850
Rotterdam, Elburg

Als die Kutsche die Einfahrt hinabfuhr, wirbelten die Hufe der Pferde eine Wolke aus rotem Sandstaub auf.

»Wird Zeit, dass es mal wieder regnet. Diese Hitze ...« Jan Vandenberg klopfte sich die feinen Körner vom dunklen Sakko.

Seine Frau Helena, die rücklings zum Kutscher im offenen Wagen saß, streckte die Hand nach ihrer Tochter Juliette aus. »Komm zu mir rüber.«

Doch die neunjährige Julie, wie sie liebevoll von ihren Eltern genannt wurde, schüttelte den Kopf. »Mama, hier kann ich viel besser sehen.« Sie kuschelte sich an den Arm ihres Vaters und hielt ihr Gesicht in den kühlen Fahrtwind.

Seit einigen Wochen lähmte eine drückende Hitze die Menschen und Tiere. Froh, an diesem Juniabend dem stickigen Stall ein paar Stunden zu entkommen, verfielen die Pferde jetzt auf der Straße in einen forschen Trab. Und auf den Straßen Rotterdams erwachte in der lauen Abendluft langsam das Leben.

Julie war auch heute stolz, dass sie ihre Eltern zu einem Dinner bei Freunden begleiten durfte. Es war nicht das erste Mal, und wie immer erfüllte sie die Vorfreude mit einer kribbeligen Nervosität. Ihre Gedanken drehten sich um die feine Gesellschaft, die sie besuchen würde. Hoch konzentriert, sodass sich ihr kleiner Mund verkniffen spitzte, ging sie nochmals die Dinge durch, die sie beachten musste: den höflichen Knicks vor der Gastgeberin, die einzelnen Besteckteile bei Tisch und wie sie zu benutzen waren. Hoffentlich gab es nichts Schwieriges zu essen! Mit Muscheln hatte sie immer Probleme und kleckerte dann oft. Und dass sie sich ja nicht mit dem Ärmel über die Nase wischte! Sie wünschte sich so sehr, dass sie ihre Sache gut machte. Sie hoffte, ihre Eltern würden stolz auf sie sein und sie wegen ihres Benehmens loben.

Julie bewunderte ihre Mutter, die immer mit einer absoluten Selbstsicherheit und stillen Eleganz auftrat. Ihr Vater war, als angesehenes Mitglied der Rotterdamer Gesellschaft, gleichermaßen beliebt und souverän als Gast wie als Gastgeber. Er wusste ein Gespräch immer zu lenken, brachte gerne kleine Scherze ein. Selbst als die Köchin der Werkendams bei einem der letzten Besuche die Dinnersuppe so versalzen hatte, dass die Gastgeberin hochrot anlief und die Gäste husteten, hatte ihr Vater freundlich gelächelt und bemerkt, die Speise sei durchaus exotisch, aber dennoch schmackhaft. Und sein Wort zählte, alle hatten weitergegessen, hinterher aber dem Wein reichlich zugesprochen. Sie wollte eines Tages auch so werden wie ihre Eltern.

»Nun setz dich schon zu deiner Mutter, sonst siehst du gleich aus wie ein Staubmädchen.« Jan Vandenberg schob das blond gelockte Kind hinüber auf die gegenüberliegenden Sitzpolster. Julie tauchte aus ihren Gedanken auf und schaute erschrocken an sich herab. Auf ihrem Kleidchen lag ein leichter rötlicher Schimmer. Nein – mit einem verschmutzten Kleid konnte sie nicht beim Dinner erscheinen.

Helena versuchte, den Schmutz mit sachtem Streichen zu entfernen. »Nicht schlimm Schatz, das sieht man gar nicht!« Dann schob sie ihrer Tochter eine verirrte Locke zurück unter das kleine Hütchen, legte ihr den Arm um die Schultern und zog sie zärtlich an sich.

»Schau, jetzt werden wir beide gleich ganz sauber ankommen, während dein Vater eher einem Straßenfeger ähneln dürfte. Vielleicht lassen sie ihn so gar nicht rein ...«

Julie hob den Blick und betrachtete besorgt ihren Vater. Das leise Lachen ihrer Mutter aber verriet, dass ihre Worte wohl eher als Scherz gemeint waren.

Niemand von ihnen ahnte zu diesen Zeitpunkt, welch tragisches Ende dieser Sommertag nehmen würde.

Ein paar Straßen weiter hatte ein Kutscher sein Gefährt abgestellt: vier wuchtige Belgische Kaltblüter vor einem Wagen, voll beladen mit Weinfässern. Ein paar kleine Jungen, durch die frische Brise des Abends übermütig geworden, machten sich einen Spaß daraus, eines der Pferde mit einem langen Stock zu kitzeln, bis es gereizt mit dem Schweif schlug, aufstampfte und sich dabei mit einem Hinterbein in der Leine verfing, die der Kutscher am Kutschbock festgeknotet hatte. Die vorderen Pferde bekamen dadurch einen kräftigen Ruck im Maul. Eins von ihnen scheute heftig. Sofort setzte sich das Gespann in unkontrolliertem Galopp in Bewegung. Die Bengel rannten blitzschnell in einen Hinterhof, wohl wissend, dass sie es übertrieben hatten. Der herbeieilende Kutscher konnte seinem Wagen nur noch fassungslos nachschauen. Fässer polterten herab und stachelten die Panik der Pferde noch mehr an. Passanten sprangen beiseite, als die vier schweren Tiere mit dem Wagen in höllischem Tempo die Straße entlangrasten.

Der Kutscher der Vandenbergs registrierte nur ein schnelles Ohrenspitzen seiner Pferde und deren leichtes Zögern, dann stürmte das führerlose Gespann der Kaltblüter bereits um die Straßenecke. Seine Pferde scheuten, hatten aber keine Chance auszuweichen. Die vier massigen Körper der Lastpferde prallten mit voller Wucht in den Zweispänner. Innerhalb eines Wimpernschlags schoben sich Lastenwagen und Kutsche ineinander. Zitternde Pferdekörper, reißendes Leder und berstendes Holz. Der Wagen der Vandenbergs wurde auf die Seite geschleudert. Jemand schrie. Das Letzte, was Julie wahrnahm, war graues Straßenpflaster, das auf sie zuflog. Dann wurde es dunkel.

»Mama?«

Hatte sie geträumt? Angestrengt versuchte Julie, die Augen zu öffnen, doch ihre schweren Lider flatterten wie die Flügel eines Schmetterlings, und der erste kleine Lichtstrahl blendete sie. Hatte sie geschlafen?

»Schhhh ... bleib still liegen«, flüsterte eine Stimme in weiter Ferne.

»Mama?« Julie bekam endlich die Augen auf und blinzelte.

»Nein, ich bin es, Marit.«

Schemenhaft erkannte Julie das schmale Gesicht ihrer Kinderfrau. Diese beugte sich über sie und strich ihr behutsam eine verschwitzte Haarsträhne aus der Stirn. »Bleib schön still liegen, Juliette, hörst du!«

»Was ist los?« Ihr war ganz komisch. Sie versuchte, sich zu bewegen, aber ein jäher Schmerz im Bein ließ sie zusammenzucken.

Marit legte eine Hand auf ihre Schulter und drückte sie sanft in die Kissen. »Juliette, du musst still liegen bleiben!« Der Ton ihrer Stimme ließ keinen Widerspruch zu. Julie sank auf die Kissen, und noch bevor ihr Kopf den Bezug berührt hatte, war sie wieder in einen tiefen, traumlosen Zustand geglitten.

Als sie nach Stunden erneut erwachte, gelang es ihr nur mit Mühe, die schweren Lider ihrer Augen zu heben. Julie blickte sich völlig verwirrt um und sah, dass sie in ihrem Zimmer lag. Die schweren Vorhänge, die sonst eigentlich nur zur Dekoration seitlich der Fenster hingen, waren zugezogen, draußen schien es aber hell zu sein. Warum lag sie mitten am Tag im Bett? Als sie versuchte, sich aufzurichten, verspürte sie erneut einen stechenden Schmerz im Bein. War sie verletzt?

Was war passiert? Warum war sie so müde?

Ihr wurde schwindelig, und dann war es wieder dunkel.

Als Dr. Maarten wenig später Juliette Vandenbergs Zimmer betrat, erhob sich Marit leise von ihrem Stuhl. Sie knetete nervös das Taschentuch in ihrer Hand. Mit einem Blick auf Julie flüsterte sie: »Sie war vorhin zweimal kurz wach, jetzt schläft sie wieder.« Die Sorge um das Kind stand ihr im Gesicht geschrieben.

Dr. Maarten nickte, rückte seinen Zwicker auf der Nase zurecht und betrachtete das Mädchen nachdenklich. Das arme Kind, welche Tragödie! Er kannte die Vandenbergs schon lange, Juliette hatte er bereits als Baby in den Armen gehalten.

»Sie hat nach ihrer Mutter gefragt.« Marit wischte sich mit dem Taschentuch über die geröteten Augen. Ihr übermüdetes Gesicht zeigte eine ungesunde blasse Farbe, das graue Hauskleid war zerknittert.

Dr. Maarten legte ihr beruhigend die Hand auf die Schulter. »Marit, ich weiß, dass Juliette das Schlimmste noch bevorsteht, aber sie muss es erfahren, sobald sie wieder bei Bewusstsein ist, wie wir besprochen haben.«

Marit schluchzte leise und nickte.

»Gehen Sie und ruhen Sie sich etwas aus, ich bleibe jetzt ein bisschen bei ihr.« Er setzte sich auf den Stuhl, auf dem Marit an Julies Seite gewacht hatte. Die Kinderfrau stand unschlüssig am Fußende des Bettes.

»Nun gehen Sie schon.«

Julie regte sich, und der Arzt beugte sich vor, um zu sehen, ob sie die Augen öffnete. Aber sie blieben verschlossen. Julies Bewusstlosigkeit schien endlich einem heilsamen Schlaf gewichen zu sein.

Als Julie am nächsten Tag erwachte, gelang es ihr endlich, einige klare Gedanken zu fassen.

»Was ist mit meinem Bein? Werde ich wieder laufen können?«, fragte das Mädchen mit einem Blick auf den dicken Verband besorgt.

»Der Knochen ist gebrochen. Dr. Maarten sagt, es wird gut verheilen.« Marit streichelte liebevoll die Wange ihres Schützlings und zog dann die Bettdecke über den Verband.

»Wie lange dauert das denn?«

»Du wirst noch einige Wochen liegen bleiben müssen, bis der Knochen zusammengewachsen ist«, sagte die Kinderfrau und setzte sich wieder auf den Stuhl neben Julies Bett.

»Wie ist das denn passiert? Und wo ist Mama?«

Julie bekam keine Antwort.

Wenig später trat Dr. Maarten ein. Er lächelte, als er hereinkam, aber seine Stirn lag in tiefen Falten.

»Na, Juliette, wie ich sehe, bist du wieder bei Kräften.« Er trat an ihre Seite und wandte sich an die Kinderfrau:

»Marit? Würden Sie uns bitte einen Moment allein lassen?«

Als Marit das Zimmer verlassen hatte, setzte sich der Arzt auf Julies Bettkante.

»Wie geht es denn heute?« Er faltete die Hände in seinem Schoß, und Julie sah, wie seine Fingerknöchel vor Anspannung weiß wurden.

»Ganz gut, Herr Doktor.«

»Was macht das Bein?«

»Tut nicht so weh.« Sie sprach tapfer und versuchte, den Doktor anzulächeln. Sein ernstes Gesicht aber ließ ihr Lächeln verlöschen.

Er nahm ihre Hand in seine Hände. »Juliette, ich muss dir etwas sagen.« Er schien nach den richtigen Worten zu suchen, dann fuhr er leise fort: »Du und deine Eltern, ihr hattet einen schrecklichen Unfall. Deine Eltern waren schwer verletzt«, der Arzt holte tief Luft, »und manchmal sind Verletzungen so schwer, dass sie nicht mehr heilen können.« Er machte eine Pause.

Plötzlich wurde Julie ganz kalt. Die Worte von Dr. Maarten hallten in ihrem Kopf nach: schrecklicher Unfall ... verletzt ... Ihre Eltern waren schwer verletzt! Aber wo waren sie, sie musste doch zu ihnen, sie ... Ängstlich hob sie den Blick, sah das ernste Gesicht des Arztes und seine dunklen Augen, deren trauriger Blick auf ihr ruhte. Die Erkenntnis traf sie mit voller Wucht, sie spürte, wie eine Woge tiefer Traurigkeit sie durchspülte, so stark und unendlich, dass sie ihr fast die Luft zum Atmen nahm. *Dass sie nicht mehr heilen können*, hatte er gesagt. »Heißt das, Mama und Papa sind ... tot?«, hörte sie sich fragen. Ihre Stimme schien aus weiter Ferne zu kommen. Ebenso wie die von Dr. Maarten: »Ja, mein Kind.« Dann schwanden ihr die Sinne.

Die nächsten Tage verbrachte Julie in einem Dämmerzustand zwischen Wachen und Träumen. Immer wieder hoffte sie, die

Tür ginge auf, und sie würde in das fröhliche Gesicht ihrer Mutter blicken. Aber das geschah nicht. Julie verfiel in eine stille Melancholie. Sie wusste nicht, wohin mit ihrem Schmerz, konnte nicht einmal weinen. Auch als sie ihr Krankenlager wieder verlassen durfte, besserte sich ihr seelischer Zustand kaum. Das einstmals so fröhlich lachende Kind war schweigsam und still geworden.

Marit versicherte ihr immer wieder, alles würde gut werden, aber die Abwesenheit ihrer Eltern war allgegenwärtig und fügte Julie fast physische Schmerzen zu. Auch die Hausangestellten, die kündigten und nicht mehr erschienen, und die Möbel, die nach und nach mit weißen Laken abgedeckt wurden, sprachen eine andere Sprache.

Zuversichtlich versuchte Julie sich einzureden, dass alles beim Alten bleiben würde. Aber in ihren Träumen geschahen schreckliche Dinge: Sie saß allein in dem großen Haus, alles war leer und dunkel, niemand war mehr da. Oder sie fand sich in einem Waisenhaus wieder. Mit ihrer Mutter hatte sie einmal eines besucht und den Kinder dort kleine Geschenke gebracht. Die Kinder haben keine Eltern mehr, die sich um sie kümmern, hatte ihre Mutter ihr erklärt. In ihren Träumen saß sie nun selbst zwischen diesen Kindern.

Marit gab sich redlich Mühe, den Alltag des Kindes so vertraut wie möglich zu gestalten. Sie verschwieg Julie jedoch, dass ihr Leben langfristig wohl nicht wie gewohnt verlaufen würde. Niemand mochte dieses Thema ansprechen – bis es eines Tages unumgänglich wurde. Zuvor hatte Marit noch versucht, die Feierlichkeiten anlässlich Julies zehntem Geburtstag im September so schön wie möglich zu arrangieren. Einige Mädchen – Kinder aus dem ehemals großen Freundeskreis der Eltern – waren der Einladung gefolgt und hatten versucht, Julie das Leben für einige wenige kostbare Stunden fast normal erscheinen zu lassen. Dann aber musste auch Marit den Tatsachen ins Auge blicken und dem Drängen des Familienanwaltes der Vandenbergs nachgeben. Entscheidungen mussten getroffen werden.

Da das Erbe der Vandenbergs nicht allein von dem kleinen zehnjährigen Mädchen angetreten werden konnte, oblag es nun ihrem nächsten Verwandten, sich dessen Verwaltung anzunehmen. Und nach Julies Genesung kündigte sich dieser Verwandte schneller an, als allen lieb war.

Eines Morgens im Oktober herrschte plötzlich rege Betriebsamkeit im Hause Vandenberg. Aus der Küche drang das erste Mal seit dem Geburtstag der Duft eines selbst gebackenen Kuchens.

»Was ist los? Bekommen wir Besuch?«

Julie erwischte ihre Kinderfrau in einem der Gästezimmer, wo diese gerade die Fenster zum Lüften geöffnet hatte. Marits Antwort fiel unbefriedigend knapp aus. »Ja.«

Sie schob Julie beiseite, um die Betten aufzuschlagen. Das war eigentlich Aufgabe der Hausmädchen, aber die hatten in den letzten Wochen alle das Haus verlassen und sich neue Anstellungen gesucht. Nur Marit und die alte Köchin waren geblieben.

Julie sah Marits Treiben einen Moment lang verwundert zu. Warum hatte man ihr bis jetzt nichts von einem Gast gesagt, und warum hielt Marit den Namen des Besuchers vor ihr geheim? Seit ihre Eltern … seit dem Unfall und der Beerdigung war eigentlich gar kein Besuch mehr ins Haus der Vandenbergs gekommen. Wer hätte ihn auch empfangen sollen?

»Juliette, geh auf dein Zimmer. Ich komme gleich und helfe

dir beim Ankleiden.« Marit schob das Mädchen zur Tür, und Julie trottete nachdenklich davon.

Kurz darauf half Marit – immer noch wortkarg – Julie in ein hübsches Kleid und steckte ihr die geflochtenen Haare zum Kranz auf. Die Kleine ließ die Prozedur widerstandslos über sich ergehen und zupfte verlegen an ihrem Kleid herum. Es war nicht ganz bodenlang, und unter ihren Strümpfen sah man, dass ihr linkes Bein noch merklich dünner als das rechte war. Der Doktor hatte gesagt, es würde sich mit der Zeit geben. Bisher war ihr das egal gewesen, aber nun, so fein herausgeputzt, fiel es ihr auf, und sie genierte sich etwas. Marit reagierte nicht auf ihren verlegenen Blick und band ihr noch eine Schleife in das goldblonde Haar. »So, und jetzt komm«, sagte sie entschieden und schob Julie zur Tür hinaus.

Unten im Haus waren die Räume sauber und ordentlich aufgeräumt, jemand hatte die Laken von den Möbeln entfernt, und im Salon war bereits die Kaffeetafel gedeckt. Julie war aufgeregt.

Dann hörte sie eine Kutsche vorfahren. Leise drang das Klimpern der Pferdegeschirre bis in den Flur, und sie hörte den Kies der Einfahrt knirschen, als der Wagen zum Stehen kam. Marit ging zur Tür, um zu öffnen, während Julie unschlüssig in der Eingangshalle stand. Sie fühlte sich unglaublich einsam, wie gern hätte sie ihre Eltern jetzt um sich gehabt.

Ihre Anspannung lockerte sich etwas, als sie sah, dass Herr Lammers das Haus betrat. Er hatte als Anwalt und Notar für Julies Vater gearbeitet und die Familie regelmäßig besucht. Nachdem Marit ihn ehrerbietig begrüßt hatte, trat er auf Julie zu. »Mejuffrouw Vandenberg, es freut mich, Sie wieder wohlauf zu sehen.« Julie knickste höflich und bedankte sich, ganz wie sie es gelernt hatte. Trotzdem blieb sie skeptisch. Herr Lammers machte einen verunsicherten Eindruck, geradezu wie ein ängstliches Eichhörnchen, und der Funke seiner fahrigen Nervosität sprang gleich auf Julie über.

Vor dem Haus fuhr deutlich hörbar eine weitere Kutsche vor. Julie blickte fragend zu Marit. Wer kam jetzt noch? Und was wollte Herr Lammers hier?

Doch bevor sich jemand erklärend hätte äußern können, betrat ein weiterer Gast das Haus. Als Julie dem Mann ins Gesicht sah, weiteten sich ihre Kinderaugen für einen kurzen, hoffnungsvollen Moment. Sie schnappte nach Luft, doch dann bemerkte sie den Trugschluss. Die Ähnlichkeit dieses Mannes mit ihrem Vater war frappierend. Aber natürlich war er es nicht.

»Juliette, dies ist dein Onkel Wilhelm Vandenberg.« Marit schob das Kind sanft auf den Mann zu.

»Juliette, es freut mich, dich wiederzusehen«, sagte der Mann übertrieben freundlich. Es schwang aber weder echte Freude noch Herzlichkeit in seiner Stimme mit.

Julie knickste brav und griff dann haltsuchend nach Marits Hand. Sie konnte sich an keinen Onkel erinnern. Sie war sich fast sicher, ihn noch nie gesehen zu haben. Zumindest nicht leibhaftig. Hatten ihre Eltern von ihm gesprochen? Sie meinte sich daran zu erinnern, dass ihr Vater ihn einmal erwähnt hatte. Oder bildete sie sich das nur ein? Nachdenklich folgte sie Marit, die die Gesellschaft zu Tisch geleitete, wo sie Julies kleine Hand schließlich sanft aus der ihren löste und ihr einen Stuhl zurechtrückte. Jetzt erst bemerkte Julie, dass Marits Gesicht wie versteinert wirkte.

»Danke, Mädchen.« Das Nicken des Onkels war ein klares Zeichen für die Kinderfrau, den Raum zu verlassen. Julie blickte ihr Hilfe suchend nach. Musste sie jetzt etwa mit diesen Erwachsenen allein am Tisch sitzen? Julie bekam Angst: Was, wenn sie etwas falsch machte?

Die Männer aber beachteten sie zunächst nicht. Herr Lammers schob das Kaffeegeschirr beiseite und öffnete seine lederne Tasche. Er entnahm ihr einen Stapel Papiere, die er sorgfältig vor sich auf dem Tisch ausbreitete. Wilhelm Vandenberg blickte sich kurz pikiert nach Personal um und schenkte sich den Kaffee dann schließlich selbst ein. Den Kuchen, dessen Geruch Julie am Morgen noch das Wasser im Munde hatte zusammenlaufen lassen, ignorierten die Männer. Auch Julie war der Appetit vergangen.

Sie zuckte auf ihrem Stuhl zusammen, als Herr Lammers sich an sie wandte.

»Da Sie, Mejuffrouw Vandenberg, sich nun wieder einer guten Gesundheit erfreuen«, Herr Lammers zögerte kurz, seine Hände sortierten fahrig die Papiere, »müssen wir uns Gedanken darüber machen, wie es mit Ihnen weitergehen soll. Ihr Onkel«, er nickte Wilhelm Vandenberg kurz zu, »ist aus Amsterdam gekommen, um Entscheidungen für Sie zu treffen. Er ist als Ihr nächster Verwandter nun auch Ihr Vormund.«

Julie blickte von einem zum anderen. Sie verstand nicht. Vormund?

Was der Begriff »Vormund« bedeutete, erfuhr Julie dann schneller, als ihr lieb war. Bereits wenige Tage später befand sie sich auf dem Weg in ein Internat.

Sie saß neben ihrem Onkel in der Kutsche und starrte aus dem Fenster. Sie fuhr nicht mehr gerne Kutsche, und dies war im Übrigen auch keine Vergnügungsreise.

Die Eindrücke des Abschieds lasteten schwer auf ihr. Sie dachte an Marit, die vor dem Haus gestanden und mit verkniffener Miene versucht hatte, ihre Traurigkeit zu verbergen – und ihr am Ende noch ein paar aufmunternde Worte zugeflüstert hatte. Julie konnte sich eine Zeit ohne Marit gar nicht vorstellen. Marit war immer für sie da gewesen. Und Julie hatte sich glücklich geschätzt, eine so liebevolle Kinderfrau zu haben. Sie kannte die Kinderfrauen anderer Familien, das waren manchmal ziemliche Drachen. Marit hingegen schimpfte nie laut, nicht einmal damals, als Julie sich das neue Kleidchen zerrissen hatte. Sie erzählte ihr vor dem Einschlafen Geschichten und flocht ihr immer schöne Zöpfe, was selbst ihre Mutter nie geschafft hatte. Wer würde Julie jetzt beim Anziehen helfen? Wer würde ihr die Haare machen? Sie konnte das alles doch nicht allein! Und was würde jetzt aus Marit werden?

Der Abschied war viel zu schnell gegangen. Onkel Wilhelm hatte sie ungeduldig zum Aufbruch gedrängt und sie schließlich unsanft in die Kutsche geschoben. Ihr war gerade noch ein letzter Blick auf ihr Elternhaus geblieben. Alles hatte so still und friedlich dagelegen. Sollte sie es jemals wiedersehen?

Nun fuhren sie schon seit Stunden in nördliche Richtung, vorbei an abgeernteten Feldern und kahlen Bäumen. Windige Böen trieben dunkle Wolken am Himmel vor sich her. Sie kamen durch kleine Dörfer, die bereits für den hereinbrechenden Winter gerüstet wurden, und fuhren durch Wälder, in denen das trockene Laub auf den Straßen im Wind tanzte. Julie fröstelte und zog den dicken Mantel enger um ihren Körper. Sie vergrub die Nase hinter dem hohen Kragen. Der Stoff roch nach ihrem Zuhause, nach Bohnerwachs und Mottenkugeln, und Julie meinte, auch einen Hauch des Parfüms ihrer Mutter wahrzunehmen. Als sie nach dem Unfall hatte aufstehen dürfen, war sie heimlich durch das Haus geschlichen auf der Suche nach etwas, was ihr ihre Eltern wieder näherbrachte. An einem Kissen, einem Taschentuch, sogar am Aschenbecher im Salon, wo Papa abends immer seine Zigarre geraucht hatte, hatte sie geschnüffelt. Aber die kurzfristigen, wohligen Gedanken und Gefühle waren rasch einem stechenden Schmerz und einer großen Leere gewichen. Die Erinnerungen waren untrennbar mit ihrem Elternhaus verbunden – und dieses entfernte sich gerade Meile für Meile, Huftritt für Huftritt weiter von ihr. Sie schienen immer mehr zu verblassen und an Klarheit zu verlieren.

Julie fühlte sich nicht wohl in der Gesellschaft von Onkel Wilhelm. Seit seiner Ankunft hatte er ihr nur ein paar knappe Anweisungen zu den Reisevorbereitungen gegeben und sich ansonsten nicht weiter um Julie gekümmert. Weitaus mehr hatte er sich für das Inventar ihres Elternhauses interessiert und jedes Möbelstück gründlich beäugt, während Herr Lammers unablässig in langen Listen geblättert hatte und dienstbeflissen neben ihm hergegangen war. Marit hatte Julie an jenem schicksalsträchtigen Tag schließlich energisch aus dem Raum geführt mit dem Hinweis, die Herren hätten noch wichtige Dinge zu besprechen. Alle weiteren wichtigen Entscheidungen blieben so vor Julie verborgen.

Die lebensfrohe Art ihres Vaters schien ihrem Onkel nicht zu Eigen zu sein, er zeigte sich Julie gegenüber kalt und distanziert. Die große Angst seiner Nichte vor der Zukunft schien ihn nicht zu berühren. Nun blickte Julie einige Male in seine Richtung, doch er hielt den Blick aus dem Fenster gerichtet. Kurz überlegte sie, ihm die eine oder andere Frage zu stellen, die schwer auf ihrem Herzen lastete. Aber es gehörte sich nicht, ungefragt mit Erwachsenen zu reden. So wandte auch sie den Blick wieder aus dem Fenster.

Julie wusste nicht, wo ihre zukünftige Schule lag. Umso verwunderter war sie, als sie die ersten Abzweigungen in Richtung Amsterdam passierten, diesen aber nicht folgten.

Sie richtete einen fragenden Blick auf ihren Onkel. Und dieses Mal bekam sie in der Tat eine Antwort: »Das Mädcheninternat Admiraal van Kinsbergen liegt in Elburg«, kommentierte er kurz.

Julie zuckte zusammen. Elburg? Sie hatte keine Ahnung, wo das war, aber Stunde um Stunde zerfloss ihre Hoffnung, zukünftig in unmittelbarer Nähe ihrer Verwandten leben zu können. Traurig sackte sie in den Polstern der Kutsche zusammen. Obwohl sie diese Menschen kaum kannte und ihr Onkel so ganz anders zu sein schien als ihr Vater, hatte sie sich in ihrer Lage eine gewisse Zuwendung von ihnen erhofft – diese Hoffnung wurde nun jäh zerschlagen.

Als der Abend kam, war die Reise immer noch nicht vorbei. Julie verbrachte eine einsame schlaflose Nacht in einem kleinen, kalten Herbergszimmer. Die Gastwirtin, an deren Rockzipfel mehrere rotznasige Kinder hingen, verspürte das Leid des Mädchens und brachte ihm abends fürsorglich eine warme Milch und zwei Kekse ans Bett. Julie jedoch rührte nichts davon an. Sie bekam keinen Bissen herunter.

Am nächsten Morgen setzten sie ihre Reise fort. Erst am späten Nachmittag lenkte der Kutscher das Gespann über eine Brücke und das Stadttor der kleinen Stadt Elburg, gut eine Tagesreise von Amsterdam entfernt. Julie war hungrig und erschöpft und unterdrückte die aufsteigenden Tränen, sie wollte vor ihrem Onkel nicht weinen. Die Gassen wurden schmaler, und im schwindenden Tageslicht sah Julie zahlreiche dicht gedrängte Häuser. Es schien, als hätte der Erbauer versucht, möglichst viele Gebäude auf engstem Raum anzuordnen. Die unter anderen Umständen vielleicht gemütliche Enge wirkte auf Julie bedrückend und verstärkte ihre Stimmung noch, in die sich nun zusätzlich Nervosität mischte. Die Kutsche bog noch einige Male ab, bis sie endlich vor einem trutzigen Gebäude zum Stehen kam.

Während Julie zögerlich hinter ihrem Onkel aus dem Wagen

kletterte, öffnete sich das große Portal des Hauses, und eine hochgewachsene hagere Dame schritt ihnen entgegen. Julies Magen krampfte sich zusammen.

»Mijnheer Vandenberg, es freut mich sehr. Ich hoffe, Sie hatten eine angenehme Reise«, sagte die Dame und knickste höflich, bevor sie einen Blick auf Julie warf, die verlegen neben ihrem Onkel stand.

»Du musst Juliette sein!« Die Stimme der Frau ließ jeglichen Anflug von Wärme vermissen. Überhaupt machte sie einen sehr strengen und resoluten Eindruck. »Mein Name ist Anna Büchner, ich bin die Direktorin hier.« Ihr Blick glitt kurz und abschätzend über Julie, die schüchtern vor der Frau knickste, bevor diese sich wieder an ihren Onkel wandte: »Kommen Sie doch bitte herein, dann besprechen wir kurz alles Weitere.«

»Juliette«, sie klatschte einmal kurz in die Hände, worauf sofort ein Mädchen in Dienstkleidung aus der Tür trat, »Merle wird dich auf dein Zimmer führen, ich komme dann später und hole dich.«

Julie folgte dem Dienstmädchen in das Haus und weiter durch spärlich beleuchtete und scheinbar endlose Korridore. Schließlich hielt das Mädchen vor einer Tür und öffnete sie. Nach einem braven Knicks vor Julie sagte Merle: »Mejuffrouw Vandenberg, Ihr Zimmer.« Das Mädchen ließ Julie eintreten und huschte hinter ihr ebenfalls ins Zimmer. Sie entzündete eine kleine Öllampe auf dem Tisch und schlich dann aus der Tür und über den Korridor davon. Julie blickte sich neugierig um. Im Vergleich zu den Maßen des gesamten Hauses war das Zimmer winzig. Auf jeder Längsseite standen ein Bett und ein Schrank, ein Tisch mit zwei Stühlen war in der Mitte des Raumes und ein Waschtisch in der Ecke hinter der Tür platziert. Ein kleiner Hoffnungsschimmer regte sich in Julie: zwei Betten! Noch schien keines der Betten belegt zu sein, aber vielleicht würde sie nicht allein hier wohnen!

Julie trat an das schmale Fenster heran. Sie blickte auf einen Innenhof, wo gepflegte Kieswege zwischen kleinen Beeten verliefen. Wie ein Klostergarten, dachte sie spontan. Sie setzte sich auf die Bettkante, unschlüssig, was sie jetzt tun sollte. Ihr blieb nichts als zu warten. Sie fror, aber es gab keinen Ofen im Zimmer, und sie war müde, aber die Laken des Bettes waren klamm, und sie widerstand dem Bedürfnis, sich trotzdem einfach ins Bett zu legen und sich die Decke über den Kopf zu ziehen. Nachdenklich starrte Julie auf die abgenutzten Dielen des Fußbodens. Durch dieses Zimmer waren offensichtlich bereits unzählige kleine Füße getrappelt. Ob die anderen Mädchen am Anfang auch so einsam gewesen waren wie sie jetzt? Alles hier erschien ihr trostlos. Es gelang ihr nur mit Mühe, die aufsteigenden Tränen zu unterdrücken. Sie musste stark sein, das hatte Marit ihr immer wieder gesagt. Und auch ihre Mutter hätte es so gewollt.

Als nach einer scheinbaren Ewigkeit immer noch niemand gekommen war, um sie zu holen, schlich Julie sich auf den Korridor und trat an eines der Fenster. Von dort konnte sie die Straße vor der Schule sehen. Das Gespann des Onkels stand im Dämmerlicht vor dem Portal. Dampfschwaden stiegen von den warmen Pferdeleibern auf und vermischten sich mit dem aufsteigenden Nebel der Nacht. Dann trat Wilhelm Vandenberg aus der Tür. Er stieg in die Kutsche und fuhr davon, ohne sich noch einmal umzusehen.

Vaarwel!

Lebe wohl!

Vereinigtes Königreich der Niederlande, Surinam 1858–1859
Elburg, Amsterdam, Plantage Heegenhut

Kapitel 1

Julie rannte mit dem Brief in der Hand durch die Gänge des Internats. Eine Treppe hoch, um eine Ecke, einen weiteren Korridor entlang. Sie kannte das Gebäude inzwischen in- und auswendig. Seit über acht Jahren war sie nun hier. Aber erst seit dem Amtsantritt von Frau Koning vor drei Jahren und dem fast zeitgleichen Einzug von Sofia in ihr Zimmer fühlte sie sich einigermaßen wohl. Das Internat war ihr ein Zuhause geworden, aber keine Heimat.

Frau Koning hatte die Führung des Internats übernommen, nachdem ihre Vorgängerin, die Julie damals empfangen hatte, nach endlosen Querelen gezwungen worden war, das Amt aufzugeben. Frau Büchners Abberufung war für Julie ein Segen gewesen. Der neuen Direktorin brachte sie Bewunderung und Ehrfurcht entgegen. Was hatte sich durch Frau Koning alles geändert – nicht zuletzt für sie persönlich!

Das Mädcheninternat Admiraal van Kinsbergen war vor vielen Jahren in den Gemäuern eines ehemaligen Klosters als Pendant zu einer ebenfalls in Elburg ansässigen Jungenschule gegründet worden, die einen ausgesprochen guten Ruf besaß. Allen Erwartungen zum Trotz konnte das Mädcheninternat jedoch nie an den Erfolg der Jungenschule heranreichen. Als die Schülerzahlen stagnierten, berief man die erfahrene Pädagogin Büchner zur Direktorin. Die Rettung der Schule ließ sich tatsächlich zunächst gut an. Was aber den dann folgenden

Sinneswandel der Dame hervorrief, war allen ein Rätsel. Direktorin Büchner verfiel nach kurzer Zeit, noch vor Julies Ankunft, in einen religiösen Eifer, der dem Ansehen der Schule mehr schadete denn nützte. Die Familien meldeten ihre Töchter nach und nach von der Schule ab, bis nur noch die Mädchen dort wohnten, die keine andere Bleibe hatten. Julie hatte sich mehr als einmal gefragt, ob ihr Onkel wohl um den Ruf der Schule wusste. Sie hatte freilich nie gewagt, ihn selbst um eine Antwort zu bitten. Er hatte sie damals lediglich hier abgegeben und sich nicht weiter um sie gekümmert. Er sorgte dafür, dass ihr Schulgeld pünktlich gezahlt wurde, und einmal im Jahr musste Julie ihn für drei Wochen besuchen, mehr aber auch nicht. Die Familie ihres Onkels blieb ihr fremd. Die kurzen Aufenthalte brachten keine Vertrautheit.

Julie hätte sich im Übrigen nie angemaßt, die Zustände in der Schule zu bemängeln. So durchlitt sie fast fünf Jahre lang die zahlreichen und immer gleichen Gottesdienste in der eiskalten Klosterkapelle, die einen Großteil ihres Alltags bestimmten, und besuchte geduldig die ihr unendlich erscheinenden Gebetsstunden.

Als dann kurz vor dem endgültigen Aus der Schule die Zügel an Alida Koning übergeben wurden, änderten sich zahlreiche schulische und alltägliche Abläufe im Internat. Die neue Direktorin führte einen modernen Lehrplan ein und erlaubte ihren Schützlingen regelmäßigen Ausgang. Ganz zu schweigen von den neuen Öfen, die sie installieren ließ ... Ihr Handeln trug schon bald Früchte, schnell kamen wieder neue Schülerinnen hinzu. Unter ihnen auch Sofia. Julie hatte die Veränderungen, die sich um sie herum vollzogen, damals im Stillen bestaunt. Es war ihr vorgekommen, als hätte jemand erst lange die Zeit angehalten, um dann die Uhren schneller laufen zu lassen. Innerhalb weniger Wochen hatten sich die dunklen, zugigen Korridore in helle, warme und belebte Flure verwandelt. Fasziniert lauschte sie den Mädchenstimmen, hörte sogar leises Lachen, sah bunte Kleider. Trotzdem war Julie zunächst zu schüchtern gewesen, sich der neuen Stimmung hinzugeben.

Alida Koning verfügte über ein unfehlbares Gespür für Menschen, und Juliette Vandenberg hatte ihr von Anfang an Sorge bereitet. Das junge Mädchen wirkte stets in sich gekehrt und schien jegliche Lebensfreude verloren zu haben. Was an und für sich nicht verwunderlich war bei der Vorgeschichte und dem mittelalterlichen Gebaren, das in dieser Schule geherrscht hatte. Es war eine weise Entscheidung gewesen, die muntere Sofia als Zimmergenossin zu Juliette zu stecken. Sofia war es mit ihrer herzlichen Art gelungen, das Mädchen aus seiner Schüchternheit zu schälen. Juliette hatte sich langsam geöffnet.

In ihren ersten Jahren in Elburg war Julie mit ihren jugendlichen Sorgen und Nöten allein gewesen. Sie wäre eher vor Scham im Boden versunken, als sich jemandem anzuvertrauen. Zumal ihr die ehemaligen Mitschülerinnen immer sehr gottgefällig vorkamen, an ihnen schienen insbesondere die körperlichen Veränderungen vorbeizugehen. Sie selbst hingegen hatte lange beschämt versucht, ihren fraulich werdenden Körper zu verstecken. Die Wandlung vom Kind zur Frau hatte ihr Angst bereitet. Und mit wem hätte sie solche Ängste besprechen sollen? Weder ihre Mitschülerinnen noch Frau Büchner wären ihr eine Hilfe gewesen, im Internat war zu jener Zeit zudem jegliche Zerstreuung um Themen wie Mode oder gar junge Männer strengstens untersagt. Als die neuen Schülerinnen eintrafen, öffnete sich vor Julie plötzlich die Welt junger Damen – für sie eine völlig neue Erfahrung, verlockend und beängstigend zugleich. Zögerlich fand Julie Anschluss. Erst Sofia vermittelte ihr die Erfahrung, dass junge Mädchen durchaus froh waren, wenn ihr Busen wuchs. Und auch die allmonatliche »Schande« war plötzlich ganz normal und nicht mehr Anlass für tagelange Gebete. Julie erinnerte sich noch gut an den Tag, als Sofia sie beiseitegenommen und beschämend offen über gewisse Dinge des Lebens gesprochen hatte. Julie war krebsrot geworden, aber Sofia hatte ihr beschieden: Alles ganz normal.

Julie hatte zum ersten Mal Freundschaften geschlossen und in der Direktorin eine erwachsene Vertrauensperson gefunden, die ihr die Mutter zwar nicht ersetzen konnte, aber immerhin Leitfigur auf dem Weg ins Erwachsenenleben sein konnte, an dessen Schwelle sie jetzt stand. Ihr wurde immer häufiger bewusst, dass sie sich um ihre Zukunft Gedanken machen musste. Die anderen Mädchen überlegten bereits seit einer ganzen Weile, was sie nach ihrer Schulzeit tun würden. Julie hatte keine Ahnung, wo ihr Weg hinführen sollte. Lehrerin werden, das konnte sie sich vorstellen. Ihr Onkel hatte sich dazu noch in keiner Weise geäußert. Sollte sie das etwa selbst entscheiden? Wohl kaum. Von einer Hochzeit träumen wie die anderen jungen Mädchen, daran dachte Julie nicht einmal. Wo sollte sie schon einen passenden jungen Mann finden? Meistens schob sie die Gedanken schnell beiseite, doch ganz verdrängen ließen sie sich nie.

Jetzt polterte Julie atemlos durch die Tür zu ihrem Zimmer. Sofia schrak hoch. »Juliette? Was ist denn passiert?«

Julie streckte ihr wortlos den Brief entgegen. Ihre blonden Locken hatten sich aus dem streng gebundenen Knoten gelöst und fielen nun wirr auf ihre geröteten Wangen. Mit einer fahrigen Geste strich sie sich die Strähnen hinter die Ohren. »Lies! Sie wollen nicht, dass ich mit zu dir komme. Ich muss zu ihnen!«

Während Sofia mit fragendem Blick das Papier entgegennahm, setzte Julie sich auf die Kante ihres Bettes und versuchte, ihre Atmung zu beruhigen. »Nun lies schon!«, drängelte sie ungeduldig.

Sofia setzte sich in ihrem Bett auf und faltete das Blatt Papier auseinander. Julie bemerkte, wie sich in Sofias Gesicht erst Überraschung und dann Ärger ausbreitete. »Juliette ... aber ...? Du solltest doch ...? Wir hatten uns doch schon so gefreut!« Entsetzt blickte Sofia ihre Freundin an.

Julie zuckte nur ergeben mit den Schultern. »Ich war genauso überrascht, als Frau Koning mir eben dieses Schreiben überreichte. Ich hätte nicht gedacht, dass sie es ablehnen. Ich will da nicht hin!«, seufzte sie. »Du weißt, ich hasse diese jährlichen Zwangsbesuche. Wenn ich doch nur mit zu dir kommen könnte!« Traurig schaute Julie ihre Freundin an. Sie hatten es sich so schön ausgemalt: Julie sollte das erste Mal auch in den Winterferien mit zu Sofia. Eine Vorstellung, die ihr wesentlich besser gefiel als ein Aufenthalt bei ihrem Onkel. Schriftlich hatten sie um Erlaubnis gebeten. Die entsprechende Antwort aber fiel jetzt unerfreulich aus.

»Ach komm, so schlimm wird's wohl nicht werden. Letztes Jahr war es doch auch ... nett.« Sofia versuchte, die Situation zu retten. Sie wusste, was der Aufenthalt bei ihr zu Hause für Julie bedeutete. Aber wenn der Onkel sich sperrte, würde daraus nichts werden.

Als nach Alida Konings Amtsantritt die ersten Sommerferien vor der Tür gestanden hatten und alle Mädchen, bis auf Julie, betriebsam ihre Sachen packten, hatte sich die Direktorin auch hier etwas einfallen lassen.

»Juliette? Fährst du nicht zu deinem Onkel im Sommer?«

Julie hatte betrübt mit dem Kopf geschüttelt. »Nein, ich darf dort nur im Winter hin, im Sommer fährt die Familie in die Sommerfrische. Und ich ... sie möchten nicht ...«

Der Direktorin hatte das Mädchen leidgetan. Sollte Juliette die schönste Zeit des Jahres in diesen dunklen Mauern verbringen?

»Du könntest doch vielleicht mit zu Sofia. Ich werde die de Weeks fragen«, hatte sie spontan vorgeschlagen. Und Julie mit dieser Idee zum ersten Mal seit langem in den Genuss von familiärer Geborgenheit gebracht.

Sofias Familie war sofort begeistert gewesen. Wohl auch, weil Sofia selbst unter ihren drei älteren Brüdern immer etwas einsam war. Herzlich hatten die de Weeks Julie aufgenommen. Diese hatte sich zwar erst etwas unwohl gefühlt, sie wollte sich niemandem aufdrängen, aber die Scheu war schnell von ihr abgefallen, und sie hatte den Aufenthalt bei Sofia in vollen Zügen genossen. Seitdem hatte Julie jede Ferien, bis auf die jeweiligen drei Wochen im Winter, bei Sofia und deren Familie auf dem seit vielen Generationen in Familienbesitz befindlichen Landgut Hallerscoge verbracht. Es war ein wunderschönes altes Herrenhaus inmitten geheimnisvoller Wälder, umgeben von Kreeken, auf denen Enten dahinpaddelten, und Weiden voller prachtvoller Pferde. Dieses Haus war erfüllt von Leben und Liebe. Sofia hatte eine große Familie, und immer herrschte reges Treiben. Sie machten gemeinsam Ausflüge zum Picknick, häufig kam Besuch, und den Höhepunkt des Sommers bildete stets die große Jagdgesellschaft. Für Julie waren die Wochen auf Hallerscoge wie ein Traum. Dort hatte sie ein eigenes Zimmer, durfte hübsche Kleider tragen und wurde voll in das Familienleben einbezogen. Sofias Mutter hatte nie einen Unterschied zwischen Julie und ihren eigenen

Kindern gemacht. So manchen Abend vor dem Einschlafen hatte Julie Alida Koning im Stillen für ihren Einsatz gedankt.

Jetzt war der Traum vom winterlichen Aufenthalt bei Sofia geplatzt.

Wie immer, wenn es Sorgen oder Probleme zu beraten gab, zog es Sofia und Julie aus der Enge des Internats hinaus in die Natur. Julie hatte während ihrer ersten fünf Jahre nichts von der Schönheit des Städtchens Elburg mitbekommen, sie hatte einzig den Ausblick aus den Fenstern und den Weg zur Kirche gekannt. Umso mehr hatte sie während der vergangenen drei Jahre die Freiheit genossen.

Es war Anfang Dezember, und die Luft war merklich abgekühlt. Die Mädchen hatten sich warm angezogen, ihr Atem bildete kleine weiße Wolken, und ihre Füße stoben raschelnd durch das gefallene Laub der alten Eichen. Nachdenklich gingen sie nebeneinander auf dem breiten Weg zwischen der alten Stadtmauer und der tiefen Gracht, die Elburg gänzlich umgab.

Vom Internat aus war dieser Weg außerhalb der Stadtmauer in wenigen Gehminuten erreichbar, und viele Bewohner Elburgs kamen hierher, um zu flanieren und durchzuatmen, was auf den kleinen, dicht befahrenen Gassen innerhalb der Stadt kaum möglich war. Im Sommer trafen sich Familien hier zum Picknick, und Kinder spielten auf den Rasenflächen. Junge Galane ruderten ihre Auserwählten in kleinen Booten über das Wasser, und manchmal zogen sich die frisch Verliebten in aller Heimlichkeit in den Schatten der großen Bäume zurück. Den jungen Mädchen aus dem Internat waren derartige Beobachtungen immer eine beliebte Zerstreuung. Aber jetzt im Winter und bei frostigem Wetter fanden sich nur wenige Menschen ein.

Julie seufzte. »Ich weiß nicht, warum mein Onkel unbedingt möchte, dass ich wieder zu ihm komme.« Es war ihr in der Tat ein Rätsel, warum ihr Onkel jedes Jahr aufs Neue darauf bestand, dass sie den Jahreswechsel in seinem Haus verbrachte. Julie kam weder mit ihm noch mit seiner Frau oder seinen Töchtern gut aus. »Vielleicht plagt ihn ja sein schlechtes Gewissen, weil er mich hierhin abgeschoben hat«, grollte sie.

Sofia legte einen Arm um ihre Freundin. Sie selbst hatte sich sehr auf die Ferien mit Julie gefreut und konnte deren Enttäuschung gut nachempfinden. »Ach, Juliette … ich glaube, sie meinen es nur gut.« Sie spürte selbst, wie leer ihre Worte klangen. Als sie den alten Wehrturm erreichten, dessen Grundmauern ihnen als Aussichtspunkt dienten, setzten sie sich auf eine Bank. Einige Enten versuchten, über das dünne Eis ans Wasser zu gelangen, und zwei große Schwäne saßen ruhend unter den tief hängenden, vom Frost weißgepuderten Ästen einer Weide am Ufer.

»Es sind doch nur drei Wochen«, setzte Sofia erneut an.

»Es sind seit acht Jahren immer nur drei Wochen, aber die reichen mir wirklich«, widersprach Julie heftig. Dann kam ihr eine Idee: »Vielleicht … wenn ich krank wäre, könnte ich doch zumindest hierbleiben?«

»Meine Güte, Juliette, du bist jetzt achtzehn Jahre alt, stell dich doch nicht an wie ein Kleinkind! Zum Jahreswechsel gibt dein Onkel doch immer eine große Gesellschaft, hm? Da hast du wenigstens ein bisschen was, worauf du dich freuen kannst. Schöne Kleider, Tanz, Musik, interessante Leute … und zu Ostern kommst du ja wieder mit zu uns.« Sofia ließ sich ihre eigene Traurigkeit über die geplatzten Pläne nicht anmerken. Für Julie war es schwer genug.

Julie grollte immer noch, aber Sofia hatte recht, die alljährliche Feier im Hause des Onkels war bisher immer ein kleiner Höhepunkt gewesen und entschädigte zumindest ein wenig für die restliche Zeit. Nicht zuletzt, weil der Rest der Familie Tage vorher und hinterher von Julie abgelenkt war. Nicht dass sie sich sonst sonderlich um sie gekümmert hätten, aber das lästige, unehrliche Gerede über das »arme Kind« verstummte dann zumindest zeitweise. Da aus der Familie des Onkels niemand außer ihrem Cousin Wim so recht Zugang zu Julie fand oder sich gar darum bemühte, beschränkte man sich darauf, Julie immer und immer wieder zu bedauern, weil sie ihre Eltern und ihr Heim verloren hatte und überhaupt … Dieses geheuchelte Mitleid spendete ihr keinen Trost – kaum war sie wieder im Internat, vergaß diese Familie sie erneut für ein Jahr.

»Amsterdam ist doch eine wundervolle Stadt! Dort gibt es tolle Einkaufsstraßen, und du wirst wieder viele neue Leute kennenlernen. Das ist doch aufregend!« Sofia machte einen erneuten Ansatz, die Freundin aufzumuntern, aber allmählich gingen ihr die Argumente aus. Julie machte indes immer noch ein Gesicht wie sieben Tage Regenwetter. »Und dein Cousin ist doch auch noch da … dieser Wim.«

Ja, Wim. Ein kleiner Lichtblick, das musste Julie sich eingestehen. Ihr Cousin Wim, Wilhelms Sohn, war der Einzige aus dieser Familie, den sie mochte. Als Julie damals, nach über einem Jahr im Internat, das erste Mal nach Amsterdam gerufen worden war, war er noch ein kleiner, ziemlich frecher Bengel gewesen, aber jetzt war er zu einem jungen Mann gereift. Als Kind hatte sie sich gesträubt, sich dem zwei Jahre jüngeren Wim anzuschließen, auch wenn sie dankbar beobachtet hatte, dass der Junge seinen großen Schwestern und seiner Mutter offensichtlich ebenso wenig abgewinnen konnte wie sie selbst. Mit ihm hatte sie sich eigentlich immer gut verstanden, außerdem brachte er etwas Abwechslung in den ansonsten langweiligen Alltag im Hause ihres Onkels.

Unwillkürlich musste sie lächeln. Im Geiste sah sie jetzt seinen blonden Schopf und seine verschmitzten Augen vor sich, als er ihr damals, sie mochte zwölf Jahre alt gewesen sein, vorgeschlagen hatte, ein Stück vom frisch gebackenen Kuchen aus der Küche zu stibitzen. Julie hatte sich geziert, sie wollte nicht unangenehm auffallen im Haus ihres Onkels und schon gar nicht durch einen Diebstahl. Dann war sie der süßen Verlockung und Wims Drängen aber doch erlegen – es war ein prickelndes, aufregendes Gefühl gewesen. Und erwischt worden waren sie auch nicht – wie von Wim vorausgesagt.

Die Zeit bis zu den Ferien verrann viel zu schnell.

»Juliette? Nun komm, ich glaube, die Kutschen sind schon da.«

Sofia stand abreisefertig in der Tür.

Julie lag lesend auf ihrem Bett, bereits in Reisegarderobe, aber keineswegs sonderlich zur Eile gewillt. Müßig klappte sie unter Sofias drängendem Blick das Buch zu und legte es auf das kleine Nachttischchen. Seufzend stand sie von ihrem Bett auf, strich zuerst die Decke glatt und dann ihr schlichtes braunes Kleid, um sich anschließend prüfend im Spiegel zu betrachten.

Bei ihrer Ankunft in Elburg hatte ihr ein kleines Mädchen aus diesem Spiegel entgegengeblickt, jetzt betrachtete Julie die Silhouette einer jungen Frau. Julie war zwar nicht so hochgewachsen wie Sofia, zeigte dafür aber an den richtigen Stellen etwas mehr weiche Kurven als ihre schlaksige Zimmergenossin.

Die anderen Mädchen befanden Julie immer für hübsch, mit ihrem goldblonden Haar, ihren fein geschnittenen Gesichtszügen und der kleinen, etwas zu spitzen Nase. »Du siehst aus wie eine echte Aristokratin«, witzelte Sofia gerne.

»Ja, ja, und eines Tages kommt ein Prinz auf seinem Pferd und rettet mich«, sagte Julie dann stets, während sich eine steile Falte zwischen ihren eisblauen Augen bildete, wie immer, wenn sie ungehalten war. Auch jetzt zeigte sich dieser unverkennbare Ausdruck in ihrem Gesicht, als sie seufzend das Hütchen auf ihrem Haar zurechtrückte.

Sofia hatte in den vergangenen Tagen immer und immer wieder versucht, Julie die Vorzüge von Amsterdam schmackhaft zu machen. Allerdings nur mit geringem Erfolg. Der Schatten von Julies Onkel schwebte über Amsterdam, und das machte Julie eher Angst, als dass sie sich auf diese Reise freuen konnte. Er war ein Fremder, er war in Julies Leben gepoltert und hatte sie damals aus ihrer vertrauten Umgebung gerissen. Manchmal war sie furchtbar wütend auf ihn. Und er war wohl mehr an ihrem Erbe als an ihr interessiert, da war Julie sich inzwischen ziemlich sicher. Sie machte sich nicht viel aus Geld und hatte damals nicht verstehen können, wie es sich mit dem Erbe ihrer Eltern verhielt. Sie schien aber versorgt, Frau Koning hatte ihr gegenüber angedeutet, sie brauche sich in finanzieller Hinsicht keine Sorgen zu machen. Aber jedes Mal, wenn sie nach Amsterdam musste, war sie auf der Hut. Sie fürchtete, ihr Onkel könnte ihr wieder etwas wegnehmen oder sie gar irgendwohin schicken, wo sie nicht hinwollte. Die Erinnerungen an den lieblosen Abschied vor acht Jahren und der Schmerz saßen noch tief. Ihre Eltern, die hatte ihr das Schicksal genommen. Ihrer Heimat aber, ihrem Elternhaus, allen ihr Vertrauten hatte er sie entrissen. In Julies Herz hatte sich eine unauslöschbare Kälte gegenüber diesem Mann gebildet. Er mochte sie nicht, und er wollte sie nicht. Das hatte sich im Laufe der Jahre nie geändert.

Sofia, die jetzt bemerkte, dass Julie in Grübelei verfiel, legte tröstend, aber mit resolutem Nachdruck den Arm um Julies Schultern. »Nun komm. Wir schauen mal, ob die Wagen schon da sind.« Sofia schob ihre Freundin zur Tür.

Als Sofia durch das Fenster im Korridor die Kutsche ihrer Eltern erspähte, rannte sie mit gerafftem Rock, so schnell wie es sich gerade noch geziemte, davon. Julie freute sich kurz für ihre Freundin. Sofias Eltern waren wirklich herzensgute Menschen.

Als Julie kurz darauf vor das große Portal des Internats trat, zog sie ihren Umhang fester um sich. Es war der 20. Dezember, früh am Morgen und bitterkalt. Vor dem Haus herrschte rege Betriebsamkeit. Sofias Mutter kam gleich mit ausgebreiteten Armen auf sie zu. »Juliette, wie schön, dich wiederzusehen, wie geht es dir?«

»Danke, gut, Mevrouw de Week«, sagte Julie freundlich, auch wenn ihre Worte nicht ganz der Wahrheit entsprachen. Als sie sich jetzt auf dem Vorplatz der Schule umschaute, sah sie auch die Kutsche ihres Onkels. In großen, verschnörkelten goldenen Lettern stand »WV« für Wilhelm Vandenberg auf der Tür. Der Kutscher zog ein mürrisches Gesicht, er hatte schließlich eine ganze Weile auf Julie warten müssen. Julies Mitleid allerdings beschränkte sich auf die Pferde, die so lange in der Kälte hatten stehen müssen. Sie verdrängte den Anflug von schlechtem Gewissen, winkte ihrer Freundin noch einmal wehmütig zu und straffte sich schließlich, um ihren Pflichtbesuch anzutreten.

Kapitel 2

Wilhelm Vandenberg stand am Fenster seines Arbeitszimmers und schaute gedankenverloren auf das Amsterdamer Handelsviertel, das sich direkt vor seinem Hause erstreckte.

Margret, seine Frau, hatte sich damals geziert, sich hier niederzulassen, aber Wilhelm war die Nähe zu seinem Kontor wichtig gewesen. Das große Grundstück und die Baupläne des durchaus standesgemäßen Hauses hatten Margret schließlich beschwichtigt. Später hatten sich mehrere Kaufleute in der Nachbarschaft angesiedelt, und nun war dies eine der besten Adressen der Stadt. Was Margret inzwischen stets mit einem »Ich war ja immer dafür, hierher zu ziehen« kommentierte.

Wilhelm seufzte. Margret. Einst war sie zumindest noch recht ansehnlich gewesen, aber heute ... Sie war klein und drahtig, trug die grauen Haare streng aufgesteckt und wirkte in ihren biederen Kleidern mit den steifen Kragen älter, als sie mit ihren sechsundfünfzig Jahren tatsächlich war. Ihr selbst schien die Rolle der alternden Familienmatrone zu gefallen. Mit harter Hand führte sie ihren Haushalt und das Personal und ließ kaum eine Gelegenheit aus, ihren Mann oder ihre Kinder herumzukommandieren. Wobei sie mit den beiden fast erwachsenen Töchtern, Martha und Dorothea, etwas milder umsprang als mit ihrem Sohn Wim. Wilhelm Vandenberg fürchtete sich ehrlich gesagt ein wenig vor seiner Frau. Oder besser gesagt, vor ihrem aufbrausenden Wesen und den impulsiven Ausfällen bei Widerspruch oder ihren Ohnmachtsanfällen bei Streitigkeiten. Sie ließ ihn zudem immer wieder ungeniert und auch im Beisein der Kinder wissen, dass ihr sein Lebenswandel missfiel. Manchmal wünschte er sich den Mut, ihr ins Gesicht zu sagen, dass es ihre herrische Art war, die ihn so häufig aus dem Haus trieb. Bei gutem Essen und reichlich Wein konnte er sein ungemütliches Weib vergessen.

Wilhelm fuhr sich durch das ergraute und deutlich lichte Haar und schleppte seinen massigen Körper wieder an seinen Platz hinter dem Schreibtisch. Nachdenklich strich er über die dunkle Edelholzplatte des Möbelstücks. Die Geschäfte liefen nicht mehr so gut, die Konkurrenz war vor allem in den letzten beiden Jahren enorm gestiegen. Wilhelm Vandenberg hatte lange das Monopol auf einigen Importwaren, insbesondere Zucker aus den Kolonien, halten können, doch seit einigen Jahren drängten immer wieder findige und günstigere Anbieter auf den Markt und machten ihm das Leben schwer. Vor allem der Rübenzucker ließ die Preise drastisch fallen. Die Gewinne waren verschwindend gering, und die wirtschaftliche Lage stand den hohen Ansprüchen seiner Familie entgegen. Margret dachte nicht im Traum daran, den Lebensstandard zu verändern. Und in den kommenden Jahren hatte er auch noch seine Töchter zu verheiraten, was ebenfalls ein großes Loch in die Kasse reißen würde. Wenn sich für die beiden überhaupt passende Männer fanden. Er schätzte, dass er in dieser Angelegenheit mit seinem Vermögen nachhelfen musste. Noch gab er die Hoffnung jedoch nicht auf, dass die beiden standesgemäße Männer fanden, die sie nach der Heirat versorgten. Bis dahin zumindest musste er die Geschäfte am Laufen halten. Nicht zuletzt auch für seinen einzigen Sohn, der das Unternehmen schließlich übernehmen sollte, auch wenn der Junge zurzeit andere Pläne hegte, was Wilhelm zusätzlich verärgerte. Aber Wim würde schon zur Vernunft kommen.

Und einen kleinen Trumpf hatte er ja noch in der Hinterhand. Juliette. Zähneknirschend hatte er damals die Vormundschaft für seine Nichte übernommen, obwohl sein verstorbener Bruder ihn in keiner Weise testamentarisch bedacht hatte. Verwalten und versorgen? Ja, das durfte er. Aber verfügen? Nein!

»Der feine Herr Bruder!« Wilhelm spürte die Wut in sich aufwallen, eine Wut, die ihn immer wieder überkam, auch wenn sein Bruder nun schon acht Jahre tot war.

Anfangs hatten sie das Geschäft gemeinsam geführt. Sie hätten ein kleines Imperium aufbauen können, wenn Jan Vandenberg nicht so ein Feigling gewesen wäre und immer brav alles ganz rechtens hätte machen wollen. Das Geschäftsleben war nun einmal hart, und manchmal musste man einfach ein bisschen tricksen, das hatte Wilhelm früh verstanden. Im Gegensatz zu Jan. Darüber hatten sich die Brüder dann schließlich zerstritten. Der jüngere Jan war seine eigenen Wege gegangen und dabei, zu Wilhelms großem Ärger, nicht minder erfolgreich gewesen. Zum Zeitpunkt seines Todes hatte das Vandenberg'sche Unternehmen in Rotterdam floriert, während Wilhelms Geschäfte in Amsterdam bereits stagnierten.

Juliette war auf jeden Fall ein kleines Pfand. Ihr Vater hatte ihr sein gesamtes Vermögen vermacht. Auch wenn Juliette es erst mit einundzwanzig Jahren erhalten würde, hegte Wilhelm immer noch die Hoffnung, sich in dieser Angelegenheit irgendwie ins Spiel bringen zu können. Vielleicht gelang es ihm, eine passende Ehe zu arrangieren, am besten mit einem Mann, der Juliettes Vermögen ohne zu zögern in das »sichere Geschäft« ihres Onkels investierte. Bei einer Eheschließung vor der Volljährigkeit des Mädchens würde ihr Vermögen ihrem Gatten zufallen. Wilhelm hatte wieder und wieder über diesem Plan gebrütet und sah keinen Grund, ihn nicht in die Tat umzusetzen. Einziges Problem war Juliette selbst, sie würde sich mit Sicherheit dagegen sträuben. Sorge bereitete ihm in diesem Zusammenhang auch Juliettes Beurteilung durch die neue Internatsleitung. Diese hob nicht nur Juliettes schulische Fähigkeiten hervor – das Mädchen war gut in Niederländisch, Deutsch, Französisch, Englisch, Rechnen und Geschichte –, sondern auch ihre Eigenschaften: *Ihre Sanftmut und ihr tugendhaftes Verhalten empfehlen sich für eine spätere Ausbildung als Lehrkraft*, so stand es im Bericht geschrieben. Wilhelm schlug bei dem Gedanken erbost mit der Faust auf den Tisch. Hoffentlich hatte man dem Mädchen noch keine Flausen in den Kopf gesetzt. Diese modernen Ansichten – Frauen, die gar arbeiteten! Wilhelm wollte Juliette als tugendhafte Ehefrau sehen und nicht als Frau, die aufgrund ihrer Berufung auf die Ehe verzichtete. Als solche würde sie ihm nicht viel nützen. Die alte Direktorin war ihm in dieser Hinsicht durchaus lieber gewesen, auch wenn sie ansonsten doch erschreckend streng gewirkt hatte, das musste Wilhelm sich eingestehen. Fast wie Margret, dachte er unwillkürlich.

Margret und Juliette – die beiden hatten aus irgendeinem Grund nie zusammengefunden. Vor acht Jahren hatte sich Margret vehement dagegen ausgesprochen, das Kind in ihrem Haus aufzunehmen. Mitleid hin oder her, sie hatte selbst drei Kinder, und die waren ihr mehr als genug. Wilhelm hatte es fast nicht anders erwartet. Eilig hatten sie sich bei Bekannten nach einer geeigneten Unterbringung erkundigt. Viele Söhne und Töchter besuchten Internate, und man hatte ihnen das Mädcheninternat in Elburg nahegelegt. Es sei eine gute Institution unter fachkundiger Führung, so war zu hören. Und es war, wie sie damals positiv bemerkt hatten, mit einem eher geringen Schulgeld zu finanzieren – im Gegensatz zu den gehobenen Internaten in Rotterdam oder Amsterdam. So war die Entscheidung schnell auf diese Schule in der kleinen Stadt am Veluwemeer gefallen. Welch idealer Ort für dieses Kind! Und offensichtlich eine gute Wahl. Nie waren Klagen gekommen, stattdessen hatte es alljährlich einen positiven Bericht über Juliettes gutes Betragen gegeben.

Mehr wollten sie sich Juliettes auch nicht annehmen. Wilhelm war seine Nichte relativ egal, sie störte ihn nicht besonders und war ihm mit ihrer ruhigen Art eher angenehm. Margret jedoch mochte Juliette aus irgendeinem Grund nicht. Kurz musste Wilhelm schmunzeln. Vielleicht war Margret ja eifersüchtig, weil Juliette sich mit den Jahren zu einem hübschen Ding gemausert hatte. Insgeheim fand er das Mädchen viel attraktiver als seine eigenen Töchter.

Margret hatte ihm immer wieder zu verstehen gegeben, wie erpicht sie darauf war, die Verantwortung für dieses Mädchen sobald als möglich abzugeben, auch wenn sie im Grunde ja nicht viel Last mit ihrer Nichte hatte.

Gerade neulich hatte Margret wieder darauf hingewiesen, dass Juliettes Zeit im Internat bald vorbei sein würde. Dann müsse man sie verheiraten – oder in einer Diakonissenanstalt einkaufen …

»Du willst sie ins Kloster schicken?«, hatte Wilhelm seine Frau ungläubig gefragt.

»Wir können sie ja schlecht zu uns ins Haus holen«, hatte Margret ihn empört angefahren, wieder einer Ohnmacht nahe.

Wilhelm seufzte. Eine Diakonissenanstalt war teuer … das halbe Erbe würde dabei draufgehen. Ganz abgesehen davon, dass man Juliette nicht zwingen konnte, der Welt zu entsagen. Nein, das weitaus Beste wäre, einen passenden Ehekandidaten für sie zu finden. Möglichst rasch.

Wilhelm goss sich einen Whisky aus der gläsernen Karaffe ein, die auf seinem Schreibtisch stand. Eigentlich für Gäste, aber jetzt brauchte er selbst eine kleine Stärkung. Ihm stand ein recht unangenehmes Geschäftsgespräch bevor. Einer seiner Zulieferer hatte sich angekündigt, Karl Leevken aus Übersee. Angeblich hatte der Mann den weiten Weg nach Amsterdam auf sich genommen, um mit Wilhelm persönlich zu sprechen. Wilhelm dünkte nichts Gutes. In den letzten Jahren war er dazu übergegangen, die Zahlungen an seine Lieferanten zu seinen Gunsten zu kürzen. Er wähnte sich dabei in Sicherheit, schließlich befanden sich diese Leute in weiter Ferne, und selbst Briefe brauchten oft Wochen, rechtliche Forderungen sogar Monate. Außerdem lag auch die Plantagenwirtschaft zurzeit weitgehend am Boden, viele seiner Zulieferer waren sicher froh, überhaupt Geld zu erhalten. Wenn Leevken die ausstehenden Zahlungen jetzt einforderte … wer weiß, wie viele andere seinem Beispiel folgen würden.

Aber noch war nichts verloren, und es galt, Schlimmeres zu verhindern. Wilhelm rekapitulierte noch einmal, was er von Leevken wusste: Der Mann war Besitzer einer Zuckerrohrplantage in Surinam – einer seiner größten Produzenten, und zweifellos derjenige, den Wilhelm unterm Strich um die höchste Summe betrogen hatte.

Surinam, wo lag das noch gleich? Irgendwo im Regenwald von Südamerika. Wilhelm hoffte, dass Leevken ein eher bäuerlich anmutender Charakter war, irgendein Nachfahre eines abenteuerlustigen Kolonisten, der vor vielen Jahrzehnten sein Glück in der Ferne gesucht hatte. Inzwischen unterhielten zwar viele Kaufleute aus den Niederlanden selbst Plantagen in Übersee, die sie vor Ort allerdings von einheimischen Direktoren verwalten ließen. Denn leben, leben mochte man dort nicht. Zu heiß, zu feucht, zu weit entfernt von der Zivilisation …

Immerhin verstand Leevken, sich auszudrücken: Bezüglich der ausstehenden Zahlungen werde ich Sie im Dezember dieses Jahres persönlich aufsuchen, hatte er per Brief verlauten lassen. Es schien auf der Plantage zumindest einen halbwegs gebildeten Sekretär zu geben, immerhin. Selbst Wilhelms Anwalt hatte zur Ruhe gemahnt, man würde diesen Plantagenmenschen sicherlich mit kleineren Ausgleichszahlungen erst einmal ruhigstellen können.

Als Karl Leevken wenig später das Arbeitszimmer von Wilhelm Vandenberg betrat, verschlug es dem Unternehmer zunächst die Sprache. Vor ihm stand kein bäuerlicher Plantagenbesitzer, sondern ein akkurat und in feinsten Stoff gekleideter Mann. Wie ein dunkler Schatten folgte ihm ein hünenhafter schwarzer Bursche, der seinem Herrn Hut und Mantel abnahm, um sich dann gleich gehorsam und unauffällig neben der Tür zu platzieren, während Leevken auf Wilhelm zuschritt. Wilhelm musterte einen Moment verwirrt den schwarzen Diener, der zwar europäische Kleidung, aber keine Schuhe trug. Dann besann er sich auf seinen Gast. Er durfte jetzt keine Irritation zeigen, schließlich wollte er vor Leevken einen gestandenen Eindruck machen.

Aber schon bei der Begrüßung schlug ihm von Leevken eine Welle von Selbstbewusstsein entgegen, die Wilhelm endgültig die Ruhe raubte. Leevkens Tonfall ließ keine Zweifel aufkommen, dass dieser Mann es gewohnt war zu befehlen.

»Mijnheer Vandenberg, wie nett, Sie kennenzulernen. Setzen wir uns doch.«

Wilhelm fühlte sich kurz seiner Gastgeberrolle enthoben. Was dachte sich dieser Kerl bloß? Noch während er um seinen Schreibtisch herumging und sich wieder schwerfällig auf seinen Stuhl setzte, hatte Leevken bereits Platz genommen, sich lässig zurückgelehnt und die Beine übereinandergeschlagen. Wilhelm entging nicht, dass er sich kurz abschätzend im Raum umsah. Gut, dass er Leevken in seinem Arbeitszimmer im Wohnhaus empfangen hatte, welches wesentlich repräsentativer war als sein Kontor. Trotzdem fühlte er sich ungewohnt verunsichert, war aber nach Kräften bemüht, sich dies nicht anmerken zu lassen. Entschlossen hob er den Blick und musterte sein Gegenüber aufmerksam.

Leevken musste ungefähr vierzig Jahre alt sein, hatte leicht gebräunte Haut, dunkle Haare und auffallend grüne Augen. Ein stattlicher, gut aussehender Mann. Allerdings glattrasiert, nicht wie es in Europa gerade Mode war, mit Schnauzer und Kinnbart.

»Darf ich Ihnen etwas zu trinken anbieten?«, fragte Wilhelm mit fester Stimme und deutete auf die Karaffe. Ehe er sich jedoch versah, stand der schwarze Diener seines Besuchers am Tisch und schenkte das Getränk in die bereitstehenden Gläser. Leevken nickte ihm zu, und der Bursche verschwand wieder auf seinen Platz. »Bitte«, Wilhelm nickte in Richtung des Glases, bemüht, das Verhalten des Dieners nicht zu kommentieren. Aber er fühlte sich nicht besonders wohl in seiner Haut. Wer war hier der Hausherr?

»Mijnheer Vandenberg, kommen wir gleich zur Sache. Uns sind bei den Abrechnungen, die Sie uns haben zukommen lassen, einige Unregelmäßigkeiten zu unserem Nachteil aufgefallen. Inzwischen handelt es sich bei der Fehlsumme um einen ansehnlichen Betrag.« Leevken sah Wilhelm unverwandt in die Augen, und das Grün darin schien sich für einen kurzen Moment zu verdunkeln.

Wilhelm wurde schlagartig klar, dass die fadenscheinigen Entschuldigungen, die er sich für den vermeintlich hinterwäldlerischen Plantagenmenschen zurechtgelegt hatte, keinen Pfifferling wert waren. Leevken wusste, was er wollte, und war auch nicht gekommen, um sich mit Kleinigkeiten abspeisen zu lassen oder gar zu betteln. Und irgendwie, so schoss es Wilhelm in den Sinn, schien auch der Lebensstandard in den Kolonien nicht so schlecht zu sein, wie es allgemein hieß.

Wilhelm schalt sich innerlich seiner abschweifenden Gedanken. Vielleicht hätte er nichts trinken sollen. Seine Konzentration ließ etwas nach. Kurz starrte er in Richtung Fenster, um sich zu sammeln. Draußen hatte es zu schneien begonnen.

Er straffte sich und setzte sich aufrecht hin. Leevken sollte nicht denken, er hätte hier keinen ebenbürtigen Gesprächspartner vor sich.

»Mijnheer Leevken, ich bedauere außerordentlich, dass Sie jetzt die weite Reise auf sich genommen haben, um … wir hätten das auch schriftlich regeln können.«

Leevken unterbrach Wilhelm mit dem Anflug eines Schmunzelns. »Mijnheer Vandenberg, ich bin keineswegs nur Ihretwegen nach Europa gereist. Ich habe bei Weitem wichtigere Dinge zu erledigen. Aber da ich schon mal da bin, bietet sich eine Klärung an.«

Wilhelm begann zu schwitzen. »Natürlich … Ich freue mich in jedem Fall über Ihren Besuch.« Wilhelm räusperte sich, während die Gedanken in seinem Kopf darum kreisten, wie er das Gespräch nun weiterführen könnte. »Ich habe bereits Anweisung an meine Rechnungsabteilung gegeben, die Vorgänge nochmals zu prüfen. Sie verstehen … in so einem großen Betrieb«, er machte eine ausschweifende Geste, »kann ich mich nicht um alles selbst kümmern. Leider bedarf es noch einiger Tage, bis alle Unterlagen bereitstehen. Ich hoffe,

Sie haben die Möglichkeit und Zeit, mich nochmals aufzusuchen.«

Leevken nickte. »Ich werde noch eine Weile in Amsterdam bleiben. Ich denke, wir können die Unregelmäßigkeiten dann begleichen. Es ist immer sehr unangenehm, wenn die eigene Buchhaltung durch Unzulänglichkeiten anderer durcheinandergerät.«

Wilhelm fühlte sich, als wäre er geohrfeigt worden. Deutlicher hätte Leevken nicht ausdrücken müssen, was er von Wilhelm dachte. Er ärgerte sich darüber, auf diese Weise gedemütigt zu werden, und versuchte mühsam, durch die Wut einen klaren Gedanken zu fassen. Was, wenn er Leevken einfach die Zusammenarbeit kündigte? Der Gedanke schien verlockend, aber Leevken war auch ein zuverlässiger Lieferant mit vorzüglicher Ware. Im Grunde konnte er nicht auf ihn verzichten. Es würde Monate dauern, einen Ersatz aufzutun, und er wollte sich nicht die Blöße geben, als alteingesessener Importeur ebenfalls auf den billigen Rübenzucker umzusteigen. Erschrocken erkannte Wilhelm, dass es keine andere Möglichkeit gab, als das Geld für Leevken zu leihen oder einzusparen. Bloß wo? Wilhelm wand sich innerlich, aber er musste jetzt versuchen, diesen Leevken zu besänftigen. Zumal er sich noch nicht sicher war, ob seine Rechtsabteilung die Unregelmäßigkeiten überhaupt so schnell ausgleichen konnte. »Mijnheer Leevken, wir geben am 23. Dezember ein Dinner und würden uns freuen, Sie als unseren Gast begrüßen zu dürfen«, sagte er so freundlich wie möglich, obwohl sich alles in ihm gegen diese Einladung wehrte.

Leevken erhob sich. »Gerne, dann sehen wir uns in einigen Tagen wieder. Ich melde mich.«

Gleich stand der schwarze Diener neuerlich bereit, reichte seinem Herrn Hut und Mantel und öffnete ihm die Tür. Wilhelm musste sich eilen, hinterherzukommen. Aus den Augenwinkeln sah er gerade noch Margret im Flur durch eine Tür verschwinden. Dieses neugierige Weib! Sobald Wilhelm im Haus Besucher empfing, schlich sie über die Flure, in der Hoffnung auf ein wenig Stoff zum Tratsch mit ihren Töchtern. Dieser Leevken und sein schwarzer barfüßiger Begleiter kamen ihr da sicherlich gerade recht.

Dass Leevken ihnen in absehbarer Zeit wesentlich mehr Gesprächsstoff liefern würde, ahnte Wilhelm zu diesem Zeitpunkt nicht.

Kapitel 3

Schon bald nachdem das Gespann die Stadtgrenze passiert hatte, wünschte sich Julie zurück in das kleine beschauliche Elburg oder noch besser aufs Land zu ihrer Freundin. Amsterdam schien Julie immer unübersichtlich und grau. Die Stadt wirkte schmutzig und unordentlich, unzählig viele Menschen wuselten im Halbdunkel über die Straßen, und der Schnee, der inzwischen vom Himmel fiel, verwandelte sich auf den unbefestigten Wegen durch die vielen Pferdehufe und Wagenräder zu einem braunen, suppigen Matsch, der bis an die kleinen Fenster der Kutsche hinaufspritzte.

Es war bereits Abend, als der Wagen die steinerne Toreinfahrt des Anwesens der Vandenbergs passierte. Links und rechts der Auffahrt säumte eine gepflegte Parkanlage den Weg, die trotz des dichten Schneefalls beeindruckend wirkte. Julie kam wieder einmal nicht umhin, das Anwesen als herrschaftlich und fast zu protzig zu befinden. In der Stadt gab es nicht viele Häuser, die überhaupt Gärten besaßen. Das Haus des Onkels hingegen thronte inmitten eines großen Grundstücks – ein ausladender, zweistöckiger Bau aus rotem Stein, mit weiß abgesetzten Fenstern und Fassadenecken. Zur Eingangstür erhoben sich mehrere Stufen, darüber ein ausladender, von dicken Säulen getragener Balkon. Was ihr Onkel wohl gesagt hätte, wenn er jemals ihre kleine Kammer im Internat gesehen hätte? Aber das interessierte ihn anscheinend nicht … Julie schob den Schmerz beiseite und bereitete sich auf das Verlassen des Wagens vor. Die Kutsche kam knirschend auf dem Kiesweg zum Stehen, und der Kutscher öffnete Julie die Tür. Sie eilte die Stufen hinauf und bemühte sich nach Kräften, auf dem blanken Stein nicht auszurutschen. Sie hatte sich ihren Umhang zum Schutz vor dem Schneetreiben über das Haar gelegt, um nicht gleich beim ersten Wiedersehen mit der Familie ihres Onkels nach einem Jahr einen schlechten Eindruck zu machen. Der Wind und der Schnee nahmen Julie in der Dämmerung einen Augenblick die Sicht. Mit gesenktem Kopf lief sie durch die sich öffnende Tür in die Halle und erschrak zutiefst, als sie fast mit einem Mann zusammenstieß, der gerade im Begriff war, das Haus zu verlassen.

»Oh, Verzeihung!« Sie machte einen ungelenken Schritt zur Seite und spürte sofort, wie sie rücklings mit jemandem kollidierte. Julie drehte sich beschämt um und starrte in die weißen Augen eines Mannes mit tiefschwarzer Haut. Erschrocken wich sie zurück. »Verzeihung«, hörte sie sich erneut murmeln.

»Juliette. Schön, dass du da bist.«

Hinter dem Fremden erschien in der Tür das Gesicht ihres Onkels, das sie so sehr an ihren Vater erinnerte. Aber wie füllig er im vergangenen Jahr geworden war! Seine Wangen hingen schlaff herunter, und ein mächtiges Doppelkinn, das selbst der Bart nicht verdecken konnte, stützte den Kopf. Und dann diese gespielte Freundlichkeit … Julie schauderte.

In diesem Moment wurde ihr bewusst, wie unschicklich sie in das Haus gestürzt war, sie hätte warten müssen, bis man sie hereinbat. »Entschuldige, Onkel, dass ich …« Sie spürte, wie die Röte in ihr Gesicht kroch. »Es schneit gerade so fürchterlich, Onkel Wilhelm«, stammelte sie. Brav machte sie jetzt einen leichten Knicks vor Wilhelm Vandenberg und legte sich das verschneite Tuch über den Arm. Dann musterte sie verstohlen den Besucher.

Wilhelm Vandenberg, dessen Gesichtsausdruck nicht gerade Freude widerspiegelte, blieb nichts anderes übrig, als Julie und den Mann vorzustellen.

»Mijnheer Leevken, meine Nichte – Juliette Vandenberg.«

Der Mann war bereits einen Schritt auf Julie zugegangen und hauchte ihr soeben einen Kuss auf die Hand. »Es freut mich ausgesprochen, Sie kennenzulernen«, sagte er in gedämpftem Tonfall, ohne seinen Blick von Julies Gesicht abzuwenden.

Julie schaute verlegen auf ihre Schuhe, unter denen sich kleine Pfützen vom Schneematsch bildeten. Gegenüber älteren Männern genierte sie sich immer noch fürchterlich, wenn diese sie mit der gebührenden Höflichkeit bedachten und sie nicht wie ein Kind begrüßten.

Draußen hörte man das leise Klirren von Pferdegeschirren. Eine weitere Droschke kam die Einfahrt hinaufgefahren.

Wilhelm beobachtete die Szene mit Unbehagen. »Ihr Wagen ist da. Wir sehen uns dann in einigen Tagen wieder«, sagte er in dem Versuch, den Besucher schnell zu verabschieden.

»Mijnheer Vandenberg. Mejuffrouw Vandenberg.«

Leevken warf noch einen kurzen Blick zurück, bevor er sich durch das Schneegestöber zu seiner Kutsche begab. Der schwarze Diener folgte ihm und schloss die Tür hinter ihnen.

Wilhelm schüttelte den Kopf. »Barfuß! Was diese Kolonisten ihren Bediensteten zumuten …«

Dann besann er sich auf Julie, die verlegen in der Eingangshalle stand. Er bemühte sich jetzt nicht mehr um einen höflichen Tonfall. »Wir essen um sechs, sei pünktlich!«, bellte er. Julie zwang sich zu einem freundlichen Lächeln.

Ihr Onkel übergab sie noch in der Eingangshalle in die Obhut einer Hausangestellten, die sie in eines der Gästezimmer brachte. Neugierig ließ Julie auf dem Weg dorthin ihren Blick schweifen. Wieder war sie beeindruckt von der luxuriösen Ausstattung des Hauses. Weiche Teppiche lagen auf den Böden und goldumrahmte Bilder zierten die Wände der Flure. Wie bei jedem Aufenthalt entdeckte Julie einige neue und sehr erlesene Möbel, Tante Margret schien gerne ihr Inventar zu wechseln. Das Gästezimmer stand in keinem Vergleich zu der kleinen Kammer, die Julie mit Sofia im Internat bewohnte. Hier sorgte ein großer Kachelofen für wohlige Wärme, und kleine silberne Leuchter erhellten den großen Raum.

»Ich lasse Ihr Gepäck gleich heraufbringen. Wünschen Mejuffrouw Vandenberg noch etwas?« Das Hausmädchen knickste artig, Julie aber schüttelte nur den Kopf, was dem Mädchen wohl Aufforderung genug war, den Raum zügig zu verlassen. Julie stand eine Weile unentschlossen mitten im Zimmer, erfrischte sich dann aber und zog sich, nachdem ihr Gepäck hinaufgetragen worden war, auch um. Sie wollte der Familie nicht im zerknitterten Reisekleid entgegentreten. Alsbald klopfte das Hausmädchen wieder und führte Julie hinunter in den Speiseraum. Nun war er gekommen, der Moment, vor dem sie sich immer insgeheim am meisten fürchtete. Das erste Aufeinandertreffen.

Tante Margret begrüßte Julie knapp und etwas kühl und musterte sie mit eingehendem Blick. »Wie schön, dass du es einrichten konntest, uns zu besuchen.« Julie hätte fast aufgelacht. *Einrichten konntest* – als hätte sie eine Wahl gehabt.

Ihre Cousinen standen brav neben Tante Margret und blickten Julie ebenfalls abschätzend an. Martha war klein und hager und wirkte, obwohl sie nur unwesentlich älter war als

Julie, wie eine Kopie ihrer Mutter. Sie trug ihr Haar streng nach hinten gebunden und ein Kleid mit einem steifen Kragen, welches, das hatte Julie gleich bemerkt, nicht mehr ganz der aktuellen Mode entsprach. Dorothea hingegen schien in Sachen Körperform mehr nach ihrem Vater zu schlagen: Sie war fast einen Kopf größer als ihre Mutter und ihre Schwester und hatte sehr ausladende Hüften. Sie lächelte Julie dümmlich und unbeholfen aus ihrem breiten, rotwangigen Mondgesicht an. Dorothea war zwar bei Weitem nicht so linkisch wie Martha, stand aber doch vehement unter der Fuchtel von Mutter und Schwester. Julie wurde auch mit ihr nicht warm.

In diesem Moment polterten Onkel Wilhelm und sein Sohn aus einem Nebenzimmer herein. Wim wirkte erhitzt und beachtete Julie im ersten Moment gar nicht. »Vater – ich habe ihn eingeladen, also bitte! Du wirst mir doch nicht untersagen wollen, einen Freund einzuladen?«

Margret herrschte ihren Sohn mit leise tadelnder Stimme an: »Wim, wir haben Besuch!«

Jetzt bemerkte der junge Mann Julie. Unwirsch und geistesabwesend begrüßte er sie knapp, um sich dann wieder mit einem bösen Blick an seinen Vater zu wenden. Der hob hingegen nur kurz abwehrend die Hände. »Wim – später …«

Julie verkniff sich ein Lächeln. Wim war noch ganz der Alte.

Jetzt saß Julie am Tisch und blickte in die Runde, bedacht darauf, dass keiner der Anwesenden merkte, wie sie insgeheim alle der Reihe nach musterte. Margret und Martha saßen kerzengerade und stocherten pikiert in ihrem Essen. Dorothea hatte den Platz neben Julie zugewiesen bekommen und ließ sich freizügig allerhand Leckereien auftischen, um sie sofort mit Genuss in sich hineinzuschieben. Wilhelm und sein Sohn diskutierten immer noch leise. Irgendwie drehte sich der Disput um die Feierlichkeiten zum Jahreswechsel, Einzelheiten konnte Julie jedoch nicht verstehen. Wim schien nicht lockerzulassen, was Wilhelm sichtlich erzürnte.

Irgendwann wurde Margret das leise Gezänk der Männer jedoch zu viel. »Wilhelm, wenn Wim unbedingt diesen Hendrik einladen will, dann bitte ... lass ihn doch.«

Wilhelm verstummte sogleich, und Wims Gesicht drückte Zufriedenheit aus. Dennoch konnte er sich einen kleinen Seitenhieb auf seinen Vater offensichtlich nicht verkneifen: »Außerdem hast du doch auch noch Gäste eingeladen!«

Der Hieb verfehlte seine Wirkung nicht. Margret sah ihren Mann sofort fragend an. Änderungen der Planungen und Gästelisten für diese wichtige Feier waren ihr von jeher ein Graus. Julie wusste dies aus den vorherigen Jahren und amüsierte sich bereits im Stillen über jenen offensichtlichen Affront ihres Onkels. Dieser schenkte seinem Sohn einen grollenden Blick, nahm einen tiefen Schluck aus seinem Glas und zuckte dann mit den Achseln. »Na, dieser Leevken ... wenn er doch nun schon mal in Europa ist – es wäre unhöflich gewesen, ihn nicht einzuladen. Er kommt zum Dinner, und ich werde ihn auch zum Silvesterball bitten.«

Margret seufzte und tupfte sich mit einer Serviette geziert die Mundwinkel ab. »Hoffentlich lässt er wenigstens diesen Neger im Hotel, der verschreckt mir ja die anderen Gäste«, sagte sie bissig. Jedes ihrer Worte war ernst gemeint.

Julie hatte das Gespräch am Tisch aufmerksam verfolgt. Leevken? War das nicht der Mann, mit dem sie bei ihrer Ankunft zusammengestoßen war?

Die Tage vor dem Jahreswechsel waren im Hause Vandenberg von gesellschaftlichen Verpflichtungen geprägt. Die Familie schien Julie darüber vollkommen zu vergessen, was sie allerdings nicht besonders betrübte, sie war daran gewöhnt, dass sich im Hause ihres Onkels niemand für sie interessierte. Still beobachtete sie die Vorbereitungen für das Dinner am Abend. Mit dieser Einladung an Geschäftsfreunde und Bekannte leiteten die Vandenbergs jedes Jahr am 23. Dezember die Feierlichkeiten zum Jahresende ein. Neugierig erwartete Julie die Ankunft jenes Hendriks. Laut Wims Beschreibungen handelte es sich bei seinem Schulfreund um einen interessanten jungen Mann. Seine Augen leuchteten jedes Mal, wenn er von diesem Hendrik sprach. Der junge Mann besuchte dasselbe Internat wie Wim und war offenbar so etwas wie sein Vorbild. Er schrieb gelegentlich für Amsterdamer Zeitungen, eine Arbeit, die auch Wim begeisterte – sehr zum Missfallen ihres Onkels, der mehr als einmal die Erwartung geäußert hatte, sein Sohn solle in seine unternehmerischen Fußstapfen treten.

Hendrik traf am Vormittag ein und entpuppte sich in der Tat als konzilianter Gesprächspartner. Schon während des Mittagessens erntete Julie von Margret einen bösen Blick und eine spitze Bemerkung, als sie es wagte, mit Hendrik über Frauenrechte zu sprechen. »Lehrt man euch das jetzt im Internat, Juliette?«, fragte sie bissig. Julie zog es vor, nicht zu antworten, freute sich im Stillen jetzt aber auf das Dinner. Mit Hendrik würde der Abend sicherlich unterhaltsam werden. Und dieser Leevken mit seiner exotischen Aura, würde sicher ebenfalls eine spannende Ergänzung zu dieser sonst recht biederen Zusammenkunft sein.

Die erste Stunde des Dinners verlief allerdings gewohnt langweilig. Onkel Wilhelm hatte Hendrik und Wim vermutlich angewiesen, sich bei Tisch zurückzuhalten, zumindest beschränkte Hendrik sich auf höfliche Konversation, und auch Wim machte keine Anstalten, die Themen aufzulockern. Julie ließ gelangweilt den Blick über die Runde am Tisch gleiten, bis er am anderen Ende, dicht neben dem Platz ihres Onkels, bei Leevken hängenblieb. Sein Charisma hatte sie bei der Begrüßung einige Stunden zuvor augenblicklich gefesselt, stach doch sein dunkler Teint deutlich zwischen den vornehm blassen Gesichtern der anderen Gäste hervor. Außerdem war sie fasziniert von seinem Auftreten – sie hatte ihn verstohlen beobachtet, während er die anderen Gäste souverän begrüßt hatte. Dabei war Onkel Wilhelm ihm nicht von der Seite gewichen. Leevken schien irgendwie wichtig zu sein, auch die anderen Gäste bedachten ihn mit aufmerksamer Neugier. Er war so anders als die anderen farblosen, ältlichen Gäste. Als hätte er Julies Augen auf sich gespürt, hob er nun den Blick und schaute sie direkt an. Er bedachte sie mit einem leichten Nicken, wobei er sein Glas hob. Julies Herz machte einen stolpernden Sprung. Dann besann sie sich auf ihre guten Manieren – es gehörte sich nicht, einen Mann so anzustarren. Schnell wandte sie den Blick ab und versuchte, sich auf die Gespräche um sie herum zu konzentrieren.

Als sich die Gesellschaft nach dem Essen in den bequemeren Salon zurückzog, nahm Leevken in einem der Sessel Platz und ließ sich ein Getränk reichen. Hendrik und Wim gesellten sich zu ihm an den Tisch.

Hendriks journalistischer Eifer war geweckt, und er ging sofort daran, Leevken auszufragen: »Sie haben also eine Zuckerrohrplantage in Surinam?«

»Ja, junger Mann, genau«, antwortete Leevken knapp.

Julie rückte unmerklich etwas näher heran. Vielleicht erfuhr sie so mehr über ihn. Surinam … hatte sie davon nicht schon einmal gehört?

Hendriks Gesicht hatte inzwischen einen erwartungsvollen Ausdruck angenommen. »Bewirtschaften Sie Ihre Ländereien mit Sklaven?«

Leevken machte einen amüsierten Gesichtsausdruck und schlug lässig die Beine übereinander. »Selbstverständlich«, sagte er lächelnd und nippte an seinem Drink.

»Was halten Sie davon, dass einige Regierungsmitglieder gedenken, sich für die Abschaffung der Sklaverei in den Kolonien auszusprechen?« Hendrik zierte sich nicht, schwierige Themen anzusprechen.

Julie spürte die leichte Spannung, die in der Luft lag.

Leevken schien das allerdings nichts auszumachen. »Wissen Sie, Hendrik, ich denke, dass diese Personen sich nicht darüber im Klaren sind, dass sie damit der Kolonie ihre Wirtschaftsgrundlage entziehen würden. Wir würden die Produktivität ohne die Sklaven nicht aufrechterhalten können, und solange die Regierung keine Alternative dafür hat, wird sie sich bestimmt hüten, auf die Anträge zur Abschaffung der Sklaverei einzugehen.« Er sprach ruhig, seine Stimme hatte einen tiefen, dominanten Ton. Dies war kein Mann, der sich auf Diskussionen einließ.

»Aber glauben Sie nicht, dass es bessere Wege gibt als die der Sklavenarbeit? Man könnte doch europäische Arbeitskräfte einführen.«

Jetzt beugte sich Leevken leicht nach vorn und fixierte Hendrik mit den Augen. »Wenn Sie sich über das Thema informiert haben, wird Ihnen nicht entgangen sein, dass dieser Versuch bereits unternommen wurde und kläglich an der Konstitution und Arbeitsbereitschaft der Europäer scheiterte.«

Hendrik kam sichtlich ins Schwitzen, als Leevken fortfuhr: »Der Neger an sich ist von seiner körperlichen Beschaffenheit einfach zur Arbeit auf den Plantagen prädestiniert. Zumal diese Leute das Klima weitaus besser vertragen. Bei richtiger Führung, entsprechend ihren geistigen Fähigkeiten, schaffen sie wesentlich mehr als jeder hellhäutige Arbeiter.«

Jetzt funkelte Wim Leevken mit bösem Blick an. »Aber die Sklaverei tastet die Würde des Menschen an!«

Dieser jedoch lachte höhnisch auf. »Wo haben Sie das denn aufgegriffen? Ich empfehle den jungen Herren, sich zunächst selbst ein Bild von der Sklavenhaltung zu machen, bevor Sie sich dagegen aussprechen. Wir geben diesen Negern Arbeit, Unterkunft und Verpflegung. Überlässt man sie sich selbst, wie in anderen Ländern bereits geschehen, fallen sie sofort in ihr altes, wildes Leben zurück. Was für die meisten in Armut und Alkoholismus endet. Die Sklaverei ist durchaus eine Sicherheit für dieses Volk. Zumal man heiße Landstriche einfach am besten mit Negern bearbeiten kann.«

Hendrik schnaubte verächtlich. Bevor er aber etwas erwidern konnte, stieß Wilhelm Vandenberg zu der Runde. Vermutlich hatte er Angst, Hendrik und Wim würden seinen Gast mit ungebührlichen Themen belästigen. »Wim, Hendrik, Mijnheer Streever würde sich gerne mit euch unterhalten, würdet ihr ihm die Ehre erweisen?«

Julie schmunzelte innerlich über diesen taktischen Zug ihres Onkels. Mijnheer Streever besaß neben einem Handelshaus auch eine kleine Druckerei, die im Wesentlichen wirtschaftsrelevante Nachrichten verbreitete. Ohne Frage brannten Wim und Hendrik darauf, sich mit ihm zu unterhalten. *Touché*, Onkel Wilhelm, damit hast du Mijnheer Leevken von den beiden befreit, dachte Julie im Stillen.

»Mijnheer Leevken, ich hoffe, die beiden haben Sie nicht belästigt?« Onkel Wilhelm ließ Leevken nachschenken.

»Keineswegs …« Leevken prostete dem Hausherrn zu, als zwei weitere Gäste hinzutraten und Onkel Wilhelms Aufmerksamkeit beanspruchten.

Julie bemerkte verlegen, dass sie plötzlich mit Leevken allein dasaß. Dieser nahm einen Schluck aus seinem Glas, setzte sich bequem zurecht und wandte sich dann Julie zu: »Mejuffrouw Vandenberg, es freut mich, Sie wiederzusehen.« Julie spürte, wie ihre Handflächen feucht wurden und ihr Puls sich beschleunigte.

Kapitel 4

Die Tage bis zum Jahreswechsel vergingen wie im Flug. Im Hause Vandenberg war der Tag des großen Balls gekommen.

Am 31. Dezember machte sich Julie früh am Nachmittag fertig. Sorgsam kleidete sie sich an, ihr dunkelrotes Ballkleid umschmeichelte trotz des ausladenden Reifrocks und der seidenen Unterröcke ihre Figur. Sie hatte es vor einigen Wochen gemeinsam mit Sofia in Elburg gekauft. Eigentlich war es für ihren Geschmack etwas zu aufreizend, doch Sofia hatte ihr geschworen, dass das jetzt die neueste Mode sei und sie darin umwerfend aussah. Julie kam nicht umhin, Sofia jetzt zuzustimmen. Wenn sie sich bewegte, schien es fast, als würde sie schweben.

Vielleicht fand sich ja sogar ein Tanzpartner. Julie tanzte zwar nicht besonders gut, aber gerne. Allerdings wurde im Internat selbstverständlich immer nur als Mädchenpaar getanzt. Von einem Mann geführt zu werden war schon etwas anderes. Julie hoffte, dass die geladene Gesellschaft sich nicht nur aus älteren Geschäftspartnern und Bekannten ihres Onkels zusammensetzte. Im vergangenen Jahr hatte sie mit einem älteren Mann tanzen müssen, der sie zwar nett und freundlich behandelt hatte und glücklich schien, sie führen zu dürfen, der aber schrecklich langsam und unbeweglich gewesen war. Zudem hatte er nicht gut gerochen. Dann schon lieber Hendrik oder Wim, obwohl die beiden vermutlich nicht als gute Tänzer glänzen würden.

Sie konnte nicht verhindern, dass die hochgewachsene Gestalt des sonnengebräunten Fremden vor ihrem inneren Auge auftauchte, mit dem sie während des Dinners gesprochen hatte. Dieser Leevken aus Surinam ... leider war ihr Gespräch sehr kurz gewesen. Tante Margret hatte es missfallen, Julie so allein mit diesem Mann reden zu sehen. Schnell hatte sie ihre Nichte wieder an einen Frauentisch geleitet. Julie war im Nachhinein nicht böse darum gewesen, außer ein paar höflichen Floskeln hatte sie vor Aufregung sowieso nichts hervorbringen können. Wim hatte erwähnt, Leevken würde heute auch zugegen sein. Vielleicht tanzte er ja? Wie auch immer: Julie war fest entschlossen, sich zu amüsieren. Und wenn Leevken sie heute ansprach, würde sie nicht herumstottern wie ein unbeholfener Backfisch. Das hatte sie sich fest vorgenommen.

Eines der Hausmädchen half ihr beim Frisieren. Auch hier war Julie mit ihren langen blonden Locken durchaus begünstigt. Sie brauchte sich nicht, wie manch andere Frau, ein Haarteil anzustecken. Julie hatte sich für eine Frisur entschieden, bei der die Haare in der Mitte gescheitelt wurden. Das zum Zopf geflochtene Haar ließ sie sich am Hinterkopf mit Kämmen aus Schildplatt aufstecken. Seitlich umspielten einige lange Locken das Gesicht. Eine gewagt moderne Variation, die laut Sofias Aussage momentan der letzte Schrei war, die Tante Margret aber sicher mit scharfem Blick missbilligen würde. Julie freute sich schon auf die Gesichter ihrer Cousinen. Sie war zwar nicht besonders eitel, aber wenn es um die beiden ging, reizte es sie inzwischen auch, einmal auftrumpfen zu können. Julie wollte heute gut aussehen – ein Blick in den Spiegel verriet ihr, dass ihr das gelungen war. Irgendwie spürte sie, dass dieser Abend ihr Leben verändern würde.

Als sie die Treppe hinunterschritt, warteten unten Hendrik und Wim. »Mejuffrouw Vandenberg«, Wim verbeugte sich tief und nahm galant Julies Arm, »darf ich Sie zu Tisch führen?« Julie lachte herzlich.

Die Tafel war bereits gut besetzt, weitere Gäste standen noch in kleinen Grüppchen zusammen und unterhielten sich. Julie stockte der Atem, als sie Leevken am anderen Ende des Raumes entdeckte. Er warf ihr ein kurzes Lächeln zu. Dann bat Tante Margret zu Tisch.

Nach dem Essen verstreuten sich die Gäste in die verschiedenen Räume des Erdgeschosses. Julie betrat den großen Wintergarten im rückwärtigen Teil des Hauses, in dem eine Tanzfläche freigeräumt worden war, hier spielten Musiker dezente Tanzmusik. Sie fühlte sich wohl und entspannte sich allmählich. Das Essen war ohne Komplikationen abgelaufen, ihre Tischnachbarn waren nicht allzu langweilig gewesen, und sie hatte bereits ein Glas Champagner getrunken, der ein warmes Kribbeln in ihrem Bauch hinterlassen hatte. Was Sofia wohl gerade machte? Die de Weeks gaben heute auch einen Ball. Schnell verscheuchte Julie den Gedanken, so schlecht war es hier im Augenblick nicht.

Einen Moment verharrte Julie an einem der großen Fenster des Raumes. Im Garten hatte man Fackeln entzündet, und der Schnee auf den Büschen glitzerte märchenhaft im Schein ihres Lichts.

»Tja, Schnee und Königspalmen gibt es nur selten zusammen«, sagte eine wohlbekannte tiefe männliche Stimme hinter ihr. Julie fuhr erschrocken zusammen. Als sie sich umdrehte, schaute sie direkt in dunkelgrüne Augen. »Mijnheer Leevken! Es freut mich …«

Er stand jetzt dicht vor ihr. »Mejuffrouw Vandenberg«, sagte er eindringlich und deutete dann demonstrativ auf das Gewächs neben sich, »bei uns werden die viel größer, aber da wachsen sie natürlich im Freien. In diesem Klima geht das nicht.«

Julie zwang sich aus den Fängen seines Blickes, der unendlich tief in ihr zu ruhen schien. Ihr war kalt, dann wurde ihr schlagartig warm. Sie spürte, wie ihr die Röte ins Gesicht stieg. Sag was!, schoss es ihr durch den Kopf. Sie suchte nach Worten. »Oh, ist das Klima in Ihrer Heimat denn so anders als hier?«, brachte sie über die Lippen.

Leevken lächelte Julie an und trat neben sie an das Fenster. »Mejuffrouw Vandenberg, Surinam liegt in den Tropen, es ist das ganze Jahr warm bei uns.«

»Sagen Sie doch Juliette zu mir …« Julie war froh, ihm nicht mehr ins Gesicht schauen zu müssen, gleichzeitig kamen ihr Zweifel: War es zu früh, ihm den Vornamen anzubieten? Der Blick dieses Mannes richtete in ihrem Kopf ein nie da gewesenes Durcheinander an. Verstohlen betrachtete sie jetzt sein Profil von der Seite. Seine Haut war sonnengebräunt und nur von wenigen Falten durchzogen, obwohl er wohl deutlich älter war als sie selbst. Er strahlte eine natürliche Selbstsicherheit und eine beeindruckende Präsenz aus. Julie schaute schnell wieder hinaus auf den glitzernden Schnee. »Dann gibt es wohl keinen Schnee in Surinam, oder?« Sie hörte selbst, wie töricht die Bemerkung klang, er hatte schließlich von den Tropen gesprochen, und schalt sich im gleichen Moment. Sie versuchte, ihre Unsicherheit hinter einem gespielten Lächeln zu verbergen.

»Nein«, wieder lachte er kurz auf, »aber dafür gibt es unzählige andere Naturschönheiten, die sich ein, Sie verzeihen mir, Europäer gar nicht vorstellen kann, wenn er sie noch nicht selbst gesehen hat.« Er sprach leise und betont.

Julie musste etwas fragen, irgendetwas in ihr wollte unbedingt, dass er weitersprach. »Wo haben Sie denn den schwarzen Mann gelassen, der neulich bei Ihnen war?«

»Den schwarzen Mann?« Leevken lachte kurz auf. »Der

schwarze Mann ist Aiku, mein Hausdiener. Es ist wohl nicht nötig, ihn zu einer solchen Veranstaltung mitzubringen.« Er wandte sich wieder Julie zu, immer noch lächelnd. »Oder denken Sie, Ihr Onkel hätte nicht genügend Personal im Haus? Kommen Sie, wir suchen uns einen bequemeren Platz, dann erzähle ich Ihnen noch ein bisschen aus meiner Heimat.« Er bot Julie seinen Arm, und noch bevor sie überlegen konnte, ob es schicklich war oder nicht, ließ sie sich von ihm in ein ruhigeres Zimmer führen.

Nach zwei weiteren Gläsern Champagner hatte sich auch der Knoten in Julies Kopf gelöst, und sie konnte sich etwas unbefangener mit Leevken unterhalten.

Er erzählte ihr, nicht ohne einen Anflug von ehrlichem Stolz, von seiner Plantage Rozenburg am Surinam-Fluss.

»Aber dort gibt es doch bestimmt gefährliche Tiere?«

»Ja, natürlich, im Dschungel gibt es einige, aber von den Häusern halten sie sich fern.«

»Sind Sie eigentlich verheiratet?« Julie rutschte die Frage ganz unvermittelt heraus, und als ihr die Ungebührlichkeit bewusst wurde, senkte sie errötend den Blick.

Das Grün seiner Augen schien einen Moment lang eine Nuance dunkler zu werden. »Meine Frau starb vor fünfzehn Jahren.«

»Oh ... das tut mir leid.« Die Worte kamen unweigerlich – aber eigentlich musste Julie sich eingestehen, dass sie keineswegs Bedauern empfand. Was war nur mit ihr los?

Leevken schaute sie forschend an. »Das muss Ihnen nicht leidtun, Juliette, das ist lange her. Und Surinam ... dieses Land hat seine Widrigkeiten, das gebe ich zu. Aber ein Blick in den klaren Sternenhimmel dort entschädigt für vieles.«

»Und was bauen Sie auf Ihrer Plantage an?« Julie fand es an der Zeit, das Thema zu wechseln. Leevken berichtete auch gleich anschaulich vom Leben auf der Plantage und dem Zuckerrohranbau.

Die Zeit verging wie im Fluge. Schließlich führte Leevken Julie zurück in den Wintergarten, wo sich jetzt mehrere Paare zum Klang der Musik bewegten. »Versprechen Sie mir noch einen Tanz, Juliette?«, fragte er ernst.

Julie kicherte leicht beschwipst. »Ja, gerne, aber ich habe meinem Cousin und seinem Freund bereits auch je einen versprochen. Da müssen Sie sich hinten anstellen.«

»Na, wenn ich mir das so ansehe«, sagte Leevken und ließ seinen Blick über die trinkenden, plaudernden und tanzenden Gäste schweifen, »werden Sie wohl enttäuscht sein. Ich glaube, die beiden ...«

»Was meinen Sie?«, fragte Julie neugierig, als er nicht weitersprach.

»Sehen Sie doch selbst.« Er deutete mit seinem Glas in die Richtung der jungen Männer. »Ich glaube, sie sind sich selbst genug.«

Tatsächlich hatten Hendrik und Wim keinen Blick für das Geschehen um sich herum, geschweige denn einen Gedanken daran, Frauen im Kreis herumzuschwenken. Wahrscheinlich diskutierten sie wieder einmal intensiv die Zeitung, die sie irgendwann gemeinsam zu gründen gedachten – vom Geld ihrer Väter ...

Julie lächelte mit gespielter Empörung und schob ihre Hand unter Leevkens Arm.

»Dann ... dann muss ich die Reihenfolge wohl neu sortieren und mich an Sie halten.« Kichernd nahm sie noch ein Glas Champagner von einem Tablett, das eines der Hausmädchen eben vorbeitrug.

Leevken lächelte nachsichtig. »Es wird mir ein Vergnügen sein.«

Als die Musik erneut einsetzte, geleitete er sie auf die Tanzfläche. Julie stellte ihr Glas im Vorbeigehen einem Bediensteten auf das Tablett und warf ihren beiden Cousinen einen triumphierenden Blick zu. Dann ließ sie sich bereitwillig von ihm führen.

»Sagen Sie doch bitte Karl zu mir«, raunte er in ihr Ohr. Noch nie war sie einem Mann so nah gewesen, obwohl sie seinen Griff um ihre Schulter und ihre Hand fast als etwas zu hart, zu besitzergreifend empfand. Aber er war ein ausgesprochen guter Tänzer – Julie genoss es, unter seiner Führung, in seiner Obhut, in seinen Armen dahinzuschweben.

Kurz vor Mitternacht unterbrachen die Musikanten ihr Spiel. Onkel Wilhelm hatte sich nicht lumpen lassen und ein Feuerwerk organisiert. Julie taumelte kurz, als der Tanz endete. Ihr war ein bisschen schwindelig.

»Kommen Sie, wir gehen nach draußen und sehen uns das Feuerwerk direkt von der Veranda aus an.« Karl führte sie zur Tür, wo ihnen ein Dienstmädchen ihre Mäntel reichte. Ihr Herz schlug immer noch sehr schnell und ihr Atem bildete viele kleine Wolken in der frostigen Nachtluft. Dann geleitete Karl sie an die Balustrade der Veranda. Hier war es nun dunkel. »Ist Ihnen auch wirklich nicht zu kalt?« Ganz selbstverständlich legte er Julie seinen Arm um die Schultern und zog sie leicht an sich. Julie stockte einen Moment der Atem. Nein, ihr war nicht kalt, im Gegenteil, eine kribbelnde Hitze stieg in ihr hoch. Bevor sie etwas sagen konnte, knallten die ersten Feuerwerkskörper über ihren Köpfen, und bunter Lichtregen prasselte herab.

Während die anderen Gäste fasziniert in den Himmel starrten, wandte sich Julie nochmals zu Karl um. Sie wollte ihm sagen, wie sehr sie diesen Abend genoss. Aber bevor sie dazu kam, trafen ihre Augen wieder diesen unergründlichen Blick seiner im Dunkeln fast schwarz wirkenden Augen. Er zog sie an sich und küsste sie. Seine Lippen trafen weich und warm auf die ihren. Für einen kurzen Moment war Julie überzeugt, einer Ohnmacht nahe zu sein.

Am nächsten Tag kämpfte Julie zunächst mit einem dumpfen Kopfschmerz. Hatte sie so viel Champagner getrunken? In ihrem Kopf wirbelten die Eindrücke des gestrigen Abends nur so durcheinander. An einer Stelle aber verharrten sie immer: als Karls Lippen die ihren berührten.

Am Nachmittag traf sie im Damensalon auf ihre Cousinen. Julie wollte zunächst kehrtmachen. Sie hatte überhaupt keine Lust auf die beiden, und in ihren Schläfen pochte es noch unangenehm. Aber sie besann sich auf das Gebot der Höflichkeit und setzte sich zu ihnen.

»Tee, Juliette? Ach, was war das für eine schöner Feier gestern.« Marthas Stimme hatte einen spitzen Unterton, der nichts Gutes ahnen ließ. »Du hast dich ja prächtig mit diesem Leevken unterhalten …«

Julie schoss das Blut ins Gesicht. Hatte Martha gar den Kuss gesehen?

Ihre Cousine aber rümpfte nur leicht die Nase und setzte ein pikiertes Lächeln auf. »Nun ja, es sei dir gegönnt, wo dir doch das Kloster bevorsteht.«

Julie erstarrte. Sie starrte ihre Cousine an. Was hatte Martha gerade gesagt? In Julies Ohren rauschte es. Kloster?

Martha hingegen schien Julies unübersehbaren Schock weiter auskosten zu wollen. »Ja, glaubst du denn, dass Vater dich auch noch verheiratet? Zunächst sind wir ja wohl dran.« Lächelnd tätschelte sie Dorotheas Arm.

Julie hörte ihre Cousinen wie aus weiter Ferne. Sie wusste

nicht, welche Zukunft ihr Onkel für sie plante. Aber dass er sie in ein Kloster stecken könnte, das war ihr noch nie in den Sinn gekommen. Plötzlich packte sie eine schreckliche Furcht vor der Zukunft. Würde sie denn nicht selbst bestimmen dürfen, was aus ihr wurde?

Kapitel 5

Zufrieden machte Karl Leevken sich gleich nach Neujahr erneut auf den Weg zu Wilhelm Vandenberg. Sollte das gar das beste Geschäft werden, welches er in Europa tätigte? Wie einem der Zufall doch manchmal hold war.

Nach dem abendlichen Dinner vor Heiligabend bei den Vandenbergs neulich hatte ihm ein anderer Gast freundlich angeboten, ihn mit zum Hotel zu nehmen, es läge auf seinem Weg. Der Mann war zwar durch übermäßigen Alkoholgenuss deutlich angeheitert gewesen, aber Karl hatte das Angebot gerne angenommen. Er hatte wenig Lust gehabt, zu so später Stunde auf eine Mietdroschke zu warten, und Amsterdam war ungemütlich und kühl um diese Jahreszeit.

Kaum hatten sie gesessen, hatte der Mann Karl ganz ungeniert angesprochen. »Na? Haben Sie etwa ein Auge auf die kleine Vandenberg geworfen? Ach ja, diese jungen Dinger haben schon ihren Reiz. So einen wie mich, den schauen sie ja nicht einmal an, aber Sie«, dabei hatte er ihm anerkennend auf die Schulter geklopft, »Sie haben doch die besten Karten.«

Karl hatte nur kurz gelächelt, eigentlich wollte er nicht weiter mit diesem Mann darüber sprechen. Es hatte ihm einen gewissen Spaß bereitet, sich kurz mit dem Fräulein Vandenberg zu unterhalten. Ihr blondes Haar, die blasse Haut und die unverkennbare Unschuld … Karl hatte zufrieden bemerkt, dass er es noch verstand, eine junge Dame zu bezirzen.

Dann aber hatte sich sein Gegenüber verschwörerisch vorgebeugt und ihm zwinkernd zugeflüstert: »Soweit ich gehört habe, soll die Kleine ja auch ein wahres Goldeselchen sein, deswegen versucht ihr Onkel, sie an der Leine zu halten. Die trägt ein hübsches Erbe mit sich rum. Ist aber alles eingefroren, bis ...«

Dies wiederum hatte in der Tat Karls Interesse geweckt. Als er am nächsten Tag Erkundigungen eingezogen hatte, war er überrascht über die Höhe von Juliettes Vermögen gewesen. Sehr interessant.

Schnell hatte er die Situation überschlagen. Seine Bank in Surinam hatte ihm jüngst zu verstehen gegeben, er müsse sich mehr um seine Geschäftsbeziehungen kümmern. Noch stand es ganz gut um ihn, aber in dieser Zeit des Konkurrenzkampfes musste man sich entweder entsprechend profilieren, um dem wirtschaftlichen Druck standzuhalten – oder aber klein beigeben. Letzteres kam für Karl nicht in Frage. Deshalb war er zähneknirschend nach Europa gereist, um seine Kontakte zu pflegen.

Daheim hatte ihm der Bankdirektor aber noch etwas anderes geraten. »Wenn Sie weiter expandieren wollen, sollten Sie gute Beziehungen zu Ihren Nachbarn aufbauen. Wenn die irgendwann aufgeben ... besser der Grund und Boden geht an Sie, Leevken, anstatt an irgendwelche Glücksritter aus Europa oder gar zurück an den Urwald. Ihre Plantage liegt so vorteilhaft – wenn Sie sich nicht ganz dumm anstellen, könnten Sie einer derjenigen sein, der aus der Krise auch noch Profit schlägt. Leevken, Sie verstecken sich zu sehr auf Ihren Ländereien. Nehmen Sie mehr am gesellschaftlichen Leben teil. Das ist jetzt besonders wichtig. Vielleicht sollten Sie sich wieder eine Frau suchen, unterschätzen Sie nicht den Einfluss der Weiber ... und«, fügte er mit einem süffisanten Lächeln hinzu,

»vielleicht bekommen Sie ja sogar noch einen männlichen Erben.«

Das gesellschaftliche Leben lag Karl nicht besonders. Es gab nettere Möglichkeiten, sich zu amüsieren. Aber nachdem er Juliette begegnet war, hatte er noch einmal darüber nachgedacht. Dieses Mädchen könnte seine Konten stärken, war vorzeigbar und hatte eine standesgemäße Unterweisung genossen. Sie erschien ihm ideal mit ihrer sanften und kindlichen Art, von der Erziehung darauf vorbereitet, eine gute Ehefrau und fürsorgliche Mutter zu sein. Zumindest erwartete er dies von einem Fräulein, das eine höhere Töchterschule besucht hatte.

Natürlich würden sich die Damen der Kolonie um die Gunst einer jungen Frau aus Europa reißen, wie sie sich um alles rissen, was frisch vom alten Kontinent kam.

Mit einer einzigen Handlung könnte er sich also wieder in die Gesellschaft einbringen, ohne sich selbst sonderlich bemühen zu müssen. Seine Frau könnte ihn wunderbar vertreten. Natürlich, und das war ein kleiner Wermutstropfen, müsste er sein freies Leben aufgeben. Offiziell zumindest.

Wie anders war sie doch als die Frauen, die er ansonsten zu wählen pflegte: schwarze Frauen, die man nicht zu umwerben brauchte, Sklavinnen, die taten, was man sagte. Wie Suzanna …

Aber Juliette war noch jung und formbar. Es würde schon nicht so schwer werden mit ihr.

Die Einladung von Wilhelm Vandenberg, auch den Silvesterball zu besuchen, kam ihm da sehr gelegen. In der Silvesternacht hatte er ausloten können, dass ihm das Fräulein Vandenberg zugetan war. Keine Frage, er hatte sie um den Finger gewickelt. Sein Plan schien aufzugehen. Wenn er die junge Frau mitnahm, würde sich das sicherlich positiv auswirken.

Das hohe Erbe war wie ein zusätzlicher Bonus. Jetzt würde er Wilhelm Vandenberg ein Angebot machen – und dieser wäre in seiner Situation ein Narr, wenn er es ausschlagen würde. Zur Not würde Karl ihm noch etwas auf die Sprünge helfen, indem er drohte, publik zu machen, dass Vandenberg seine Zulieferer übers Ohr haute, aber vielleicht war das nicht einmal nötig. Vandenberg war gierig.

Zufrieden lehnte Karl sich auf dem Sitz der Kutsche zurück. Ach, es war anstrengend hier in Europa, und dieses miserable Wetter erst, aber bald würde er wieder zu Hause sein und seinem gewohnten Leben nachgehen können.

»Meine Nichte? Sind Sie noch ganz bei Trost? Ich kenne Sie doch gar nicht richtig, und Sie ... Sie kennen das Mädchen nicht.« Wilhelm Vandenberg war aufgesprungen und wanderte mit hinter dem Rücken verschränkten Händen durch sein Arbeitszimmer.

Er empfand Karls Vorschlag offensichtlich als Unverfrorenheit. Aber Karl bemerkte auch, dass es in Wilhelms Kopf zu arbeiten begann, vermutlich überdachte dieser jetzt den geschäftlichen Aspekt. Karl indes saß seelenruhig auf seinem Platz und nippte an einem Glas Whisky.

»Nun stellen Sie sich mal nicht so an, Vandenberg. Ich habe mich umgehört, bis jetzt war Ihnen das Mädchen nichts als ein Klotz am Bein. Acht Jahre im Internat, kaum Kontakte zu Ihrer Familie ... und nach einem Kloster haben Sie sich ja auch bereits erkundigt.«

»Ich verbitte mir solche Bemerkungen! Mir liegt das Wohl meiner Nichte sehr wohl am Herzen!« Wilhelm Vandenbergs Stimme drückte Empörung aus. Aber darin lag noch etwas anderes, etwas Lauerndes. Wilhelm Vandenberg hatte angebissen.

Karl machte eine abwehrende Handbewegung. »Ach, erzählen Sie mir doch nichts, Vandenberg, ich weiß alles. Es ist schließlich kein Geheimnis, dass die Kleine ihren Vater beerbt. Sie ist also eine gute Partie, es ist doch selbstverständlich, dass Sie die nicht mit jedem Dahergelaufenen verkuppeln.« Karl beugte sich leicht vor und faltete die Hände auf seinem Schoß. Dabei fixierte er Wilhelm Vandenberg, der inzwischen wieder hinter seinem Schreibtisch stand und sich an die Lehne seines Stuhls klammerte. »Das Arrangement, das ich Ihnen vorschlage, wird Ihren Wünschen doch bestens gerecht. Geben Sie's zu, Vandenberg, Sie können Ihre Schulden bei mir nicht zahlen. Jedenfalls nicht, ohne sich beträchtlich krummzulegen. Und wer weiß, wer noch alles ankommt, wenn erst mal rauskommt, dass Sie bei mir mit den Kürzungen nicht durchgekommen sind.« Karl sprach leise, aber bestimmt und mit einem leicht drohenden Ton in seiner Stimme. »Wenn Sie Ihre Nichte allerdings mit mir verheiraten, dann wäre Ihr Konto bei mir ausgeglichen, schließlich streiche ich die Mitgift ein. Und ich könnte mich auch bereiterklären, in Anbetracht unserer neuen verwandtschaftlichen Beziehungen, im Laufe des nächsten Jahres etwas billiger zu liefern. Was sich natürlich schnell herumsprechen und die Preise allgemein drücken würde, da müssten wieder einige Ihrer Konkurrenten auf billige europäische Ware umsteigen, woraufhin die Preise für unseren guten Zucker sich beizeiten wieder erhöhen. Denken Sie also noch mal darüber nach.« Karl klopfte mit einer Hand auf den Papierstapel, der vor ihm auf Wilhelms Schreibtisch lag. Die Unterlagen über die ausstehenden Zahlungen ...

Wilhelm ließ sich auf seinen Stuhl fallen und starrte einen Moment auf seine Finger. »Was muss ich also tun?«, fragte er schließlich betont widerwillig.

Karl wandte den Blick gen Himmel. »Das, mein Freund, was der Vormund der Braut in so einem Fall eben tut! Versprechen Sie mir Juliettes Hand, und sorgen Sie dafür, dass sie der Sache zustimmt.«

Wilhelm Vandenberg straffte sich, seine Entscheidung war gefallen. »Sie wird zustimmen!«

Karl nickte zufrieden und stand auf. Sein schwarzer Untergebener stand gleich wieder bereit, um ihm in den Mantel zu helfen.

»Bitte melden Sie sich bei mir, sobald Sie mit dem Mädchen gesprochen haben«, beschied Karl Vandenberg noch kurz, ohne sich weiter zu verabschieden. »Und machen Sie rasch. Meine Abreise ist für Ende des Monats geplant. Juliette sollte dann bereit sein.« Mit diesen Worten verließ er den Raum.

Kapitel 6

Julie stapfte durch den Schnee im Park hinter dem Haus. Sie spürte weder die Kälte noch hatte sie Augen für die Schönheit der verschneiten Bäume.

Kloster hallte es in ihrem Kopf wieder und wieder. Schmerzhaft traten die Erinnerungen an die verhassten Gebetsstunden im Internat in ihren Kopf. Martha hatte ihr schonungslos und nicht ohne eine gewisse Genugtuung berichtet, dass ihre Eltern gedachten, Julie im kommenden Sommer in eine Diakonissenanstalt zu schicken.

Für Julie war das wie ein Schlag ins Gesicht. Nein! Auf keinen Fall würde sie sich in ein Kloster stecken lassen. Wenn ihr doch nur ein Ausweg einfallen würde! Wenn doch nur Sofia da wäre, ihr wäre sicher eine Lösung eingefallen. Julie fühlte sich schrecklich allein.

Sie hatte zwar schon das eine oder andere Mal daran gedacht, was wohl aus ihr werden würde, wenn die Schulzeit vorbei wäre, dann aber die Gedanken jedes Mal wieder von sich geschoben. Das war noch lange hin. Jetzt wurde ihr schmerzlich bewusst, dass es eben nicht mehr lange hin war. Im kommenden Sommer würde sie das Internat verlassen müssen, würde sie Sofia verlassen müssen. Wie kurz hatte doch nur ihr Glück gewährt. Heiße Tränen rannen über ihre Wangen. Für die anderen Mädchen war es selbstverständlich, in den Schoß ihrer Familien zurückzukehren, um dort beizeiten in die Hände eines heiratswilligen Mannes übergeben zu werden. Aber wer sollte sie schon heiraten? Sie, die »graue Internatsmaus«, wie Martha sie vor einigen Jahren einmal genannt hatte. Und Onkel Wilhelm? Der würde sich wohl kaum um einen Kandidaten kümmern, musste er doch zunächst seine eigenen Töchter gut verheiraten. Wo Martha recht hatte, hatte sie recht.

Sie würde sich seinem Willen beugen müssen.

Am nächsten Tag, nach einer schlaflosen Nacht, ließ ihr Onkel nach ihr rufen. Sie konnte sich denken, was er ihr zu sagen hatte.

Julie betrat resigniert sein Arbeitszimmer. »Onkel Wilhelm, du wolltest mich sprechen?«

»Setz dich, Juliette.« Er wies auf einen der Stühle vor seinem Schreibtisch. »Wie geht es dir?«

Julie war überrascht ob der Frage, ihr Wohlbefinden interessierte ihn sonst nie. »Danke, gut, Onkel«, sagte sie zögerlich.

»Also, Juliette, du wirst ja nun im kommenden Sommer die Schule beenden, und deine Tante und ich haben uns Gedanken gemacht, wie es dann mit dir weitergehen soll.«

Julie sackte auf ihrem Stuhl zusammen und nestelte nervös an ihrem Kleid.

»In Anbetracht der Gesamtsituation haben Margret und ich uns überlegt, dass es für dich angemessen wäre, noch einige Jahre in der Obhut einer Diakonissenanstalt zu verbringen.«

Julie versuchte, ein überraschtes Gesicht zu machen, vielleicht konnte sie ihren Onkel ja irgendwie überzeugen, seine Entscheidung zu ändern. »Ein ... ein Kloster?« stammelte sie.

»Ja, Kind. Schau, du bist doch jetzt schon achtzehn und ein wirklich passender Bewerber um deine Hand ist nicht in Sicht. Wenn deine Schulzeit beendet ist, wärst du allein. Wir können dich leider nicht aufnehmen, du weißt ja ... Margret ... In einer Diakonissenanstalt bist du unter Frauen, die ein ähnliches Schicksal verbindet.«

Julie starrte ihren Onkel zornig an. »Ich will aber nicht in eine Diakonissenanstalt. Das könnt ihr nicht mit mir machen! Was soll ich da überhaupt? Den ganzen Tag beten? Ich würde viel lieber ... vielleicht könnte ich Lehrerin werden?«

»Kind, dort hättest du auf jeden Fall Zeit, darüber nachzudenken, was du später einmal machen möchtest. Die Schwestern wären dir sicherlich dabei behilflich, und für alleinstehende junge Frauen ist so eine Diakonissenanstalt nun mal ... durchaus angemessen.«

»Ich will aber nicht!«, sagte Julie mutlos. Die Argumente gingen ihr aus.

»Nun ja, wenn du partout nicht möchtest ... Es ist natürlich nicht so, dass es keine Heiratsinteressenten gibt. Nur ... Nein, ich denke, das wäre keine gute Idee und war von Seiten des Herrn sicher nur eine Laune.« Wilhelm hüstelte.

»Herr? Welcher Herr?« In Julies Augen flackerte ein Hoffnungsschimmer. Das waren ja ganz unerwartete Neuigkeiten. In ihrer jetzigen Situation würde sie sogar eher einem der alten krummbeinigen Geschäftskumpanen des Onkels ihre Hand reichen, als sich hinter Klostermauern bringen zu lassen.

»Ach«, ihr Onkel machte eine abwehrende Handbewegung. »Ich hätte es besser gar nicht erwähnen sollen. Dieser unverfrorene Kerl, ich weiß sowieso nicht, was er sich dabei denkt. Als ob wir dich an den Nächstbesten verheiraten würden.«

»Wer denn, um Himmels willen?«, rief Julie. »Onkel, ich möchte es jetzt wissen!«

»Na, dieser Leevken. Die haben ein komisches Heiratsgebaren da in diesen Kolonien. Kommt hier rein und ...«

»Karl Leevken hat ... um meine Hand angehalten?« Julie schoss das Blut ins Gesicht.

»Ich habe ihm gleich gesagt, dass so eine Verbindung für uns nicht in Frage kommt. Dieser viel ältere Mann und dann noch dieses wilde Land.«

Hinter Julies Stirn arbeitete es fieberhaft. Eine steile Falte bildete sich zwischen ihren Augen. War das jetzt der Strohhalm, an den sie sich klammern sollte? Die Heirat mit einem fast Fremden?

Wilhelm gab ihr anscheinend gerne einen Moment, darüber genauer nachzudenken, und gönnte sich einen Schluck Whisky. Dann holte er tief Luft und fuhr fort: »Ich habe ihm gesagt, dass du zunächst in einer Diakonissenanstalt leben wirst. Sollte er längerfristig immer noch Interesse an dir haben, was bei der Entfernung ja nicht zu erwarten ist ... also, ich denke, das hat sich damit erledigt.«

Jetzt war es an ihr. Leevken war immer noch besser als einer dieser älteren Herren mit schlechten Zähnen und dickem Bauch, von der Schwesterntracht ganz zu schweigen.

»Ich mache es!« Julies Gestalt straffte sich, als sie ihre Entscheidung kundtat. »Ich werde Karl Leevken heiraten.«

»Aber Juliette! Nein ... das geht doch nicht! Du müsstest mit ihm nach Surinam gehen und ...«

»Wenn er um meine Hand angehalten hat«, sie sprach jetzt mit fester Stimme, »werde ich Ja sagen. Ich werde Karl Leevken heiraten und mit ihm nach Surinam gehen.«

Julie starrte in den Spiegel und zupfte sich einige Haarsträhnen zurecht. Was hatte sie getan? Nun war es also offiziell.

Aber in ein Kloster stecken ... Sie konnte es immer noch nicht fassen. Da wäre ihr ja alles lieber gewesen. Und eine Hochzeit war nicht die schlechteste Alternative. Wenn sie auch etwas überstürzt stattfand. Im Grunde kannte sie Karl Leevken schließlich gar nicht. Aber jedes Mal, wenn sie an die Silvesternacht zurückdachte, überkam sie ein wohliger Schauer. Sicherlich war er in gewisser Weise unschicklich vorgegangen. Aber seine Lippen ... Julie legte ihre Finger an den Mund. Sie meinte immer noch, seinen Atem auf ihren Wangen zu spüren.

Nein, die Verlobung mit Leevken war die richtige Entscheidung! Schon, um sich aus den Fängen von Onkel Wilhelm zu befreien. Wer weiß, was er sich sonst noch hätte einfallen lassen. Entweder die Schwesterntracht oder gar später irgendwann einen dieser blassen, langweiligen Männer. So hatte Julie wenigstens ein klein wenig das Gefühl, selbst entschieden zu haben.

Sie hatte weder von ihrem Onkel noch von ihrer Tante jemals so etwas wie Zuneigung verspürt. Karl Leevken dagegen mochte sie, sonst hätte er sie wohl kaum geküsst an jenem Abend. Und er sah gut aus, war gebildet und schien auch recht vermögend zu sein, was konnte ihr also Besseres passieren? Dazu noch ein fremdes, aufregendes Land. Gut, er könnte ihr Vater sein, aber ...

So eine Chance bekommst du nur ein Mal! Der Gedanke war Julie bereits in Wilhelms Arbeitszimmer durch den Kopf geschossen, und jetzt setzte er sich in ihrem Kopf fest.

Aber sie würde nicht in das Internat zurückkehren. Wehmütig dachte sie an Sofia. Andererseits würde auch die Freundin im kommenden Sommer die Schule verlassen. Ihre Wege würden sich also zwangsläufig trennen. Aber sie konnte ihr schreiben …

Und gleich würde nun Karl eintreffen! Margret hatte sofort zu einem Abendessen geladen, um alles Weitere zu besprechen. Sie schien erstaunlich froh über die Verlobung, wahrscheinlich freute sie sich, Julie bald los zu sein. Martha und Dorothea hatten dagegen entsetzte Gesichter gemacht. »Du kannst doch nicht mit einem fremden Mann in ein Land voller … voller Neger gehen?« Für ihre Cousinen war es offenbar unvorstellbar, sich freiwillig aus dem sicheren Nest der Heimat fortzubewegen. Für sie galt es, brav hier zu sitzen, Kinder zu bekommen und sich den Mund fusselig zu reden beim Klatsch mit ähnlich langweiligen Damen. Wahrscheinlich würden sie als Alternative eher noch das Kloster wählen.

Julie dagegen sah sich schon in der üppigen, tropischen Pracht der fernen Kolonie. Das roch doch nach Abenteuer. »Juliette Leevken, Herrin über die Plantage Rozenburg.« Das Gefühl, einmal selbst eine Entscheidung getroffen zu haben, und, wie ihr schien, nicht mal die schlechteste, beflügelte sie. Vielleicht waren ihre beiden Cousinen aber auch einfach nur neidisch, dass sie jetzt zuerst heiraten würde.

Entschlossen stand Julie auf und kontrollierte nochmals ihr Kleid. Sie wollte gut aussehen heute, überwältigend … nicht dass Karl es sich noch einmal anders überlegte! Sie würde genau in diesem Moment das etwas blasse Internatsmädchen ablegen und endlich erwachsen werden. Bei dem Gedanken, Karl gleich wieder zu treffen, klopfte ihr das Herz bis zum Hals. Schnell tupfte sie sich nochmals etwas Puder um die Nase und machte sich dann auf den Weg nach unten.

»Es freut mich außerordentlich, Juliette.« Karl küsste Julie zur Begrüßung die Hand und wisperte ihr einige Worte zu, wobei nur der verschwörerische Tonfall erraten ließ, dass sie mehr als eine Höflichkeitsfloskel enthielten. Julie verspürte sogleich erneut das aufregende Prickeln, während Margret und Wilhelm Vandenberg den Gast zu Tisch baten. Man hatte ihn neben Julie platziert, und sie zitterte ein wenig, als er seine Hand beiläufig auf ihren Unterarm legte. Der Abdruck brannte heiß auf ihrer Haut. Warum nur geriet sie so völlig außer sich, wenn er in ihrer Nähe war?

Julie musste sich sehr anstrengen, dem Gespräch bei Tisch zu folgen.

Wim schien etwas verwundert über diese Zusammenkunft und machte ein überraschtes Gesicht, als sein Vater ihm den Anlass verkündete. Julie wich seinem fragenden Blick aus und konzentrierte sich auf Karl.

»Mijnheer Leevken«, Margret legte ihre Serviette zusammen und beschloss damit, dass es Zeit war, über die wesentlichen Dinge zu sprechen. »Wann gedenken Sie denn nun abzureisen? Es geht mir bei meiner Frage ausschließlich um einen Überblick über den zeitlichen Rahmen.«

»Das Schiff wird am 28. Januar auslaufen. Ich habe mir erlaubt, bereits eine passende Unterbringung für uns beide zu reservieren.«

Julie wusste zwar, dass es alsbald auf Reisen gehen würde, gleich nach … nach der Hochzeit. Aber so schnell? Am 28. Januar? Heute war bereits der neunte!

»Gut, ich denke, die Eheschließung sollte um den zweiundzwanzigsten erfolgen. So können wir noch das Aufgebot bestellen und die nötige Frist einhalten.« Karl Leevken schien seine Termine im Kopf zu haben. »Und danach bleibt ausreichend Zeit, die Reise vorzubereiten. Ich werde alles Nötige veranlassen.«

Margret sah kurz zu Julie herüber und verspürte fast so

etwas wie Mitleid. Merkte ihre Nichte nicht, wie hier über ihre Hochzeit gesprochen wurde, als ginge es um Verzollung und Verschiffung einer Handelsware?

Julie nickte nur kurz. In ihrem Blick schien für einen Moment Furcht aufzuflackern, aber als sie ihre Augen auf Karl richtete, strahlte sie wieder.

Margrets Mitleidsanwandlung erlosch. Sollte das Mädchen doch blauäugig in sein Verderben tappen. Dass dieser Mann sie nicht liebte, war allzu offensichtlich.

Kapitel 7

Das Kleid war wunderschön. Julie mochte sich in dem fließenden Gewand nur zaghaft bewegen, fühlte es sich doch so leicht an, als wäre sie unbekleidet.

Zuvor hatte sie zarte seidene Unterwäsche angelegt, mit Spitzen besetzt, passend zum Kleid darüber. Bisher hatte Julie an hübsche Unterbekleidung nie einen Gedanken verschwendet. Wozu auch? Aber jetzt würde sie sich bald vor einem Mann … vor Karl … auskleiden müssen …

Vorsichtig drehte sie sich vor dem großen Spiegel. Die Schneiderin raffte den Stoff hier und da noch etwas und steckte die Ärmel auf die passende Länge.

»Wie aufregend!«, schwatzte sie dabei. »Sie heiraten nach Übersee?«

Julie gab nur ein knappes Ja von sich. Bisher war Surinam nur ein Luftschloss gewesen, aber jetzt, wo sie immer öfter darüber sprechen musste, nahm es langsam Gestalt an. Und auch ihre Angst wurde immer größer. Worauf hatte sie sich da nur eingelassen? Dieses Land war so fern, so fremd.

Alles, was sie bisher über Surinam wusste, entstammte Karls knappen Schilderungen und den eher drögen Fakten, die Wim mit journalistischem Eifer zusammengestellt hatte. »Surinam liegt umringt von Britisch-Guayana, Brasilien und Französisch-Guayana an der Atlantikküste.« Wim hatte den kleinen Globus gedreht und mit dem Finger auf einen winzigen Fleck Land gezeigt, verschwindend klein im Vergleich zum restlichen amerikanischen Kontinent. »Es wird seit zwei Jahrhunderten von Europa als Kolonie genutzt. Die Engländer legten die kolonialen Grundsteine, die Niederlande übernahmen das Land, um es noch zweimal an die Engländer abzutreten. Erst 1814 kamen die Niederlande wieder in den Besitz der Kolonie. Durch den Anbau von Zuckerrohr, Kaffee, Kakao und Baumwolle wurde Surinam zu einem wichtigen Lieferanten für Europa.«

Wim lieferte eifrig weitere Fakten und Zahlen, die für Julie allerdings nicht besonders hilfreich waren, wenn es um die Frage ihres zukünftigen Lebens dort ging.

Die Schneiderin schien begeistert. »Ich habe schon so häufig gehört, dass die jungen Herren aus der Kolonie sich bestens geben. Und die Kultur dort soll auch sehr durch das Englische geprägt sein. Wären diese Inder nur nicht so gottlose Menschen!«

»Inder?« Julie blickte verwundert auf die Schneiderin, die sich auf Knöchelhöhe an dem Kleid zu schaffen machte. »Ich gehe nicht nach Indien«, sagte sie und unterdrückte nur mühsam ein Lachen.

»Aber Kindchen, wohin denn dann?«, fragte die Schneiderin verblüfft.

»Nach Surinam, das liegt auf dem südamerikanischen Kontinent.«

»Surinam? Aber ist das nicht dieses fürchterliche Land mit den vielen Wilden? Oh ... Entschuldigung.« Der Schneiderin war ihre unpassende Bemerkung sichtlich peinlich. Hektisch versuchte sie, die Situation zu retten: »Sie müssen wissen, mein Bruder fährt zur See. Da erzählt er natürlich ab und an gerne einen Schwank aus fernen Landen.« Die Frau richtete sich auf und betrachtete ihr Werk.

Julie hingegen nahm ihr die Ehrlichkeit nicht übel. Sie war neugierig geworden. Endlich einmal jemand, der dieses Land kannte und nicht nur fragend das Gesicht verzog, wenn er den Namen hörte.

»Was erzählt denn Ihr Bruder über Surinam?« Die Schneiderin betrachtete das Mädchen mit einem nachdenklichen Blick. Schnell fügte Julie hinzu: »Mein Zukünftiger redet natürlich von nichts anderem, aber ich finde es immer wieder aufregend, Geschichten aus meiner neuen Heimat zu hören.« Julie wurde ob dieser kleinen Schwindelei ein bisschen rot. In Wirklichkeit redete Karl Leevken überhaupt nicht mehr mit ihr, seit die Termine für Hochzeit und Reise abgesprochen worden waren. Nun war das sicher keine böse Absicht, schließlich hatten Julie und Karl bislang ja kaum eine ruhige Minute miteinander verbringen und erst recht kein Gespräch führen können. Julie schob das auf die ständige Anwesenheit ihrer Tante bei Karls seltenen Besuchen, trotz aller Eile sollte die Schicklichkeit ja gewahrt werden. Außerdem hatte ihr künftiger Gatte natürlich einen randvollen Terminplan, die letzten Tage in Europa mussten geschäftlich genutzt werden. Aber trotzdem war sie enttäuscht. Karl musste doch klar sein, wie viele Fragen ihr auf der Seele brannten. Warum machte er sich nicht die Mühe, sie anzuhören, geschweige denn, sie zu beantworten?

»Nun ja ...« Die Schneiderin zögerte einen Moment. »Wissen Sie, mein Bruder ist ja auch nur einfacher Matrose, er verkehrt ja gar nicht in der Gesellschaft«, sagte sie schließlich zögerlich. »Nur ... also, er erzählte mir einmal, dass dieses Land ein ganz außergewöhnliches Klima hat, in dem ... in dem es dem Negervolk wohl um einiges besser geht als den Weißen. Und Neger gibt es da sehr viele.«

Julie lachte. Ja, das hatte auch Karl erzählt, aber diese Menschen waren Plantagenarbeiter und Dienstboten, wie Aiku, der Karl auf Schritt und Tritt folgte.

»Nun, und mein Bruder … er erzählte, dass es dort wohl auch ab und zu Probleme mit aufsässigen Negern gibt. Sie hatten oft Soldaten an Bord, die dorthin fuhren, um … um das unter Kontrolle zu bringen. Aber das wird Sie und Ihren Mann sicher nicht betreffen.« Sie nickte wie zur Bestätigung mit dem Kopf. »Und es soll auch schöne Dinge geben da, viele wohlschmeckende Früchte. Joost, mein Bruder, sagte, die Seeleute seien immer ganz begeistert, nach so langer Fahrt endlich wieder frische Kost zu bekommen.«

Die Überfahrt! Darüber hatte Karl noch gar nicht mit ihr gesprochen.

»Wie lange ist Ihr Bruder denn da immer auf See?« Julie hoffte, dass die Schneiderin die Angst in ihrer Stimme nicht bemerkt hatte.

Die jedoch überlegte konzentriert. »Sie meinen nach Surinam? Hin und zurück?«

»Nur hin«, sagte Julie leise, während ihr die Bedeutung dieser Worte zum ersten Mal richtig bewusst wurde.

»Oh – das dauert schon eine Weile, bis man dort ist. Mit den modernen Schiffen soll es aber wohl angenehmer geworden sein. Bei seiner letzten Überfahrt waren es nur gut vierzig Tage.« Julie schluckte. Das war ja mehr als einen Monat! Die Schneiderin bemerkte ihren erstaunten Blick. »Keine Sorge, mein Kind, die Schiffspassage soll nicht so gefährlich sein wie manch andere.«

Der Gedanke beruhigte Julie jedoch keineswegs. Es schien einiges zu geben, über das ihr künftiger Gatte sie bislang im Unklaren gelassen hatte.

Die so eilig anberaumte Trauung fand in einer kleinen Kapelle statt. Margret hatte ein paar Freunde und Bekannte geladen, damit die Bänke nicht gänzlich verwaist blieben. Angesichts Margrets Anwesenheit wagte aber niemand, Fragen über diese Hochzeit zu stellen. Julie hätte gerne ihre Freundinnen aus dem Internat dabeigehabt, aber Margret hatte die Idee abgewiesen. Zu aufwändig sei die lange Fahrt, hatte sie erklärt, und außerdem hatte der Unterricht ja auch bereits wieder begonnen. Fast hätte Julie das vergessen. Auch sie wäre eigentlich schon vor gut einer Woche wieder ins Internat zurückgekehrt. Nun fühlte sie sich, umgeben von Fremden, plötzlich sehr einsam. In ihren Träumen hatte sie sich ihre Heirat etwas anders ausgemalt. Etwas feierlicher und nicht so … improvisiert. Hier war schließlich alles blitzschnell gegangen, die Unterschriften im Standesamt hatten eher die Atmosphäre nüchterner vertraglicher Regelungen gehabt. Und die nachfolgenden Feierlichkeiten … Für aufwändige Planungen und kleine Überraschungen war keine Zeit geblieben. Es war schon schwer genug gewesen, das Kleid rechtzeitig zu bekommen. Insofern blieb alles etwas nüchtern und konventionell: Nach der Zeremonie fanden sich die frischgebackenen Eheleute und die Gäste zu einem festlichen, wenn auch nicht gerade außergewöhnlichen Mahl bei den Vandenbergs ein. Onkel Wilhelm sprach einen Toast aus, und Julie und Karl nahmen die Gratulationen entgegen. An Julie rauschte der Tag irgendwie vorbei, in ihren Erinnerungen würde er sich mit anderen Festessen an dieser Tafel verbinden, mit anderen Reden, anderer nichtssagender Konversation und vielen namenlosen Menschen. Nicht einmal das zuvor so aufregende Prickeln bei Karls leichten Berührungen stellte sich ein. Er berührte sie außerdem fast gar nicht mehr … Julie hatte das Gefühl, aus einem unbedeutenden Traum zu erwachen, als die Gäste gingen.

Karl griff schließlich doch nach ihrer Hand, und Julie spürte, wie Angst in ihr aufstieg. Vor ihr lag nun unwiderruflich das, was man »Hochzeitsnacht« nannte. Sie hatte zwar theoretisch eine gewisse Vorstellung davon, aber praktisch …

Gerne hätte sie im Vorfeld eine erfahrene Frau an ihrer Seite gehabt, die ihr vielleicht den einen oder anderen Rat gab. Aber Margret kam dafür nicht in Frage, und ihre Cousinen … nein, eher biss sie sich die Zunge ab!

Auf der Fahrt zu Karls Hotel wurde Julie immer nervöser. Karl gewährte ihr eine kleine Galgenfrist, indem er sie zwar auf das Zimmer begleitete, sich dann aber taktvoll noch kurz entschuldigte. Julie fühlte sich in dem fremden Zimmer verloren. Ihre persönlichen Sachen waren bereits im Hotel angekommen, also … Sie öffnete ihren Koffer, legte sorgsam ihr Nachtgewand an und kroch unter die Decken des großen Bettes. Dann wartete sie.

Karl kam kurze Zeit später, ein leichter Alkoholgeruch umgab ihn. Als er die Tür hinter sich schloss, verharrte er einen Moment in dem dunklen Zimmer. Dann hörte Julie, wie er sich entkleidete und sich zu ihr ins Bett begab. Er schob sich unter der Decke über sie und küsste sie auf den Mund. Seine Zunge fand den Weg zwischen ihre Lippen, die Bewegung war wenig zärtlich, eher besitzergreifend. Julie versuchte, sich ihm zu entziehen, dies schien ihn aber eher anzuspornen.

Er schob ihr Nachthemd empor, umfasste ihre Hüfte und zog sie forsch an sich. Julie wurde überschwemmt von Gefühlen, die zwischen Befangenheit, Angst und Erregung schwankten.

»Karl, ich …« Sie versuchte erneut, sich etwas von ihm zu lösen.

»Schsch … Juliette, ich weiß schon, was ich mache.«

Als er in sie eindrang, verspürte sie einen kurzen, stechenden Schmerz. Seine Bewegungen in ihr wurden immer kräftiger. Ihre Angst wuchs, sie hatte keine Kontrolle über das, was geschah. Außerdem war Karl schwer, aber als sie versuchte, ihn von sich zu schieben, drückte er sie nur noch fester in die Kissen. Er tat ihr weh, Julie traute sich aber nicht, einen Laut von sich zu geben. Sie war froh, als es vorbei war.

Nachdem sich Karl von ihr heruntergewälzt hatte, bedachte er sie mit einem kurzen, zufriedenen Blick. Nicht zu vergleichen mit dem, was er gewohnt war, aber jetzt war sie sein. Und jetzt hatte die Schauspielerei endlich ein Ende.

Kapitel 8

Julie wusste schon bald nicht mehr, wo ihr der Kopf stand. Die folgenden Tage waren schrecklich betriebsam und zudem fand sie nachts nicht viel Ruhe. Karl nahm sich, was ihm zustand. Julie konnte daran allerdings keinen Gefallen finden, es bereitete ihr vielmehr Angst, und Karls grobe Art verstärkte diese nur. Julie hatte einmal den Begriff »Bürde der Ehe« gehört – war damit vielleicht das gemeint? Sie fand keinen Schlaf neben ihm.

Dafür bekam sie ihn tagsüber kaum zu Gesicht.

Karl hatte sie angewiesen, sich großzügig neu auszustatten, da die entsprechenden Möglichkeiten dazu in Surinam begrenzt waren. Aiku war dabei ständig an ihrer Seite. Der schwarze Mann wurde überall angestarrt, wenn er ihr gut gekleidet, aber stets ohne Schuhe – und das im Winter – durch die Geschäfte folgte. Julie fürchtete sich zunächst ein wenig vor ihm, er hatte sich allerdings schnell als ungefährlich erwiesen und sorgte stets dafür, dass Julies neue Garderobe umgehend in Karls Hotelsuite gebracht wurde.

Gerade verschwand Aiku wieder mit einigen Gepäckstücken in einem Nebenraum, in dem er auch auf einer Matte zu nächtigen pflegte, als Karl hereinkam. Er zog seine junge Frau an sich und küsste sie fordernd.

»Karl, nicht!«, brachte Julie hervor, als er seine Lippen endlich von ihren löste. Sollte sie das jetzt auch noch tagsüber ertragen müssen?

»Alle Sachen müssen noch in die Koffer verpackt werden, und Aiku kommt bestimmt gleich wieder …« Julie wäre vor Peinlichkeit im Boden versunken, hätte der Diener sie beobachtet.

Karl ließ, zu ihrer Überraschung, tatsächlich von ihr ab. Julie nutzte die Chance, das Thema zu wechseln.

»Sag mal, Karl … Aiku … ich meine, kann er nicht sprechen?«

Julie hatte viel über diese Frage nachgedacht. Sie zog seit Tagen mit dem Diener durch die Stadt, aber seltsamerweise hatte er nie auch nur einen Laut von sich gegeben. Konnte er nicht sprechen? Wollte er nicht? Vielleicht durften Sklaven ja nicht mit Weißen sprechen?

Karl setzte sich auf die Bettkante und spielte wie so oft mit dem Ring, den er ständig trug. Es war ein seltsames Schmuckstück, das Karl in der Tat nie ablegte – ein klobiger Ring, der etwas zu umschließen schien. Julie hatte bislang nicht gewagt, nach seiner Bedeutung zu fragen. Schließlich antwortete er zögernd auf ihre Frage.

»Nein, man hat ihm … ach, Juliette, das muss eine Frau eigentlich nicht wissen.«

Julie ahnte Schreckliches. »Was hat man ihm angetan?«

»Nun ja … ihm wurde die Zunge herausgeschnitten.«

»O Gott, wie furchtbar!« Julie schlug sich entsetzt die Hand vor den Mund. »Wer macht denn so was?«

»Die Neger untereinander sind manchmal etwas … Aber das braucht dich nicht zu kümmern«, lautete Karls lapidare Antwort.

Julie war geschockt. Damit hatte sie nicht gerechnet. Welchen Grund konnte es geben, einem Menschen die Zunge herauszuschneiden? Was mochte Aiku sonst noch Schreckliches erlebt haben? »Und warum trägt er keine Schuhe?«, brachte sie schließlich stockend hervor.

Karl lachte kurz auf. »Er mag das einfach nicht, und zu Hause in Surinam laufen die sowieso alle barfuß. Komm her ...«, er zog sie wieder an sich. »Du wirst das alles schon noch lernen mit den Sklaven, wenn wir erst mal dort sind.« Es schien ein Thema zu sein, über das Karl nicht gern sprach oder dass er für belanglos hielt. »Vorerst gibt es wichtigere Dinge. Ich wollte dich zum Beispiel noch um einen Gefallen bitten.«

»Und der wäre?«, fragte Julie, während sie versuchte, sich aus seinen Armen zu lösen.

»Würdest du bitte noch ein paar Sachen für meine Tochter einkaufen?«

»Tochter?« Julie riss sich verwirrt los.

»Na ja, ich bin nicht so gut, was Frauengeschmäcker angeht.«

»Tochter!« Ungläubig starrte Julie ihn an. »Du hast eine Tochter? Warum hast du mir das nicht erzählt?«

Karl zuckte die Schultern. »Juliette, ich bin verwitwet, wie du weißt. Da ist eine Tochter nichts Verwerfliches.«

Julie spürte, wie die Wut in ihr aufstieg. »Verwerflich? Nein. Aber warum machst du ein Geheimnis daraus? Du hättest mir davon erzählen müssen.«

»Müssen? Hätte das etwas geändert?« Er sah sie lauernd an.

Julie wusste nicht, was sie sagen sollte. »Wie ... wie alt ist sie denn?«, fragte sie schließlich.

Karl schien über die Frage kurz nachdenken zu müssen. »Siebzehn«, bemerkte er dann.

Julie warf ihm einen ungläubig entsetzten Blick zu. »Karl, deine Tochter ist gerade mal ein Jahr jünger als ich!«

Er zuckte die Achseln. »Umso besser werdet ihr euch verstehen.«

Julie biss sich auf die Lippen.

»Wie heißt sie?«, fragte sie schließlich leise.

»Martina«, antwortete Karl gelassen. Julies aufgewühlte Stimmung schien er gar nicht wahrzunehmen. »Und sie sagte, dass sie gern ein paar hübsche Umhänge hätte und zwei Hüte. Kauf einfach etwas, das dir auch gefallen würde. Wie du schon sagst ... ihr seid ja fast gleich alt.«

Karl verabschiedete sich mit einem flüchtigen Kuss auf Julies Stirn. »Du begleitest die Misi, Aiku!«, wies er den Diener kurz an, der gehorsam vor der Tür gewartet hatte. »Sie wird noch einige Besorgungen machen. Für Misi Martina.«

Aikus Miene schien sich beim Klang von Martinas Namen kurz anzuspannen, dann aber nickte er ergeben wie immer.

Julie seufzte.

»Aiku, würden Sie bitte dann ...«

»Juliette!« Karl drehte sich noch einmal um und herrschte sie an: »Sklaven siezt man nicht!« Dann verschwand er.

Julie setzte sich verwirrt vor ihren Spiegel. Sie war nicht nur verheiratet, sie hatte jetzt auch eine Stieftochter! Und überhaupt, vielleicht gab es ja noch mehr Familienmitglieder, von denen sie nichts ahnte. Hatte Karl Eltern? Geschwister?

Und wer wusste, was er ihr noch alles verschwieg! Nicht zum ersten Mal empfand sie Groll auf ihren Mann – und fast so etwas wie Angst vor ihrer eigenen Courage. Ein fremder Gatte, ein fremdes Land, eine neue Familie ... Manchmal musste Julie sich die Alternative der Diakonissenanstalt sehr genau vor Augen führen, um nicht an ihrer Entscheidung zu zweifeln.

Als Julie und Karl zwei Tage später am frühen Morgen zum Hafen aufbrachen, erschrak sie über die große Menge Gepäck, die sich angesammelt hatte. Für den Transport der Koffer der Leevkens zum Hafen war eine zusätzliche Droschke nötig.

Obwohl dieser 28. Januar ein kalter und feuchter Tag war, herrschte am Hafen reges Getümmel. Kutschen fuhren vor und wieder ab, Passagiere strömten auf den Kai. Familien verabschiedeten sich lautstark. Manche mit Wehklagen, andere fröhlich. Onkel Wilhelm und seine Frau hatten sich nicht die Mühe gemacht, sie zum Schiff zu begleiten, und erst recht nicht ihre Cousinen. Die grollten noch, dass Julie nun als Erste in den Hafen der Ehe eingefahren war. Julie wurde allmählich klar, dass sie keine Familie mehr hatte! Aber hatte sie überhaupt eine gehabt? Sie schalt sich unnötiger Gefühlsduselei. Ihre Familie war jetzt Karl Leevken – und seine Tochter, von der sie nur den Namen wusste.

Julie sah einige große Vollschiffe, die auf ihre Abreise warteten. Wohin die wohl alle fuhren? Amerika, Indien? Gespannt überlegte sie, welches das ihre sein würde. Die Luft war erfüllt von Meeresduft. Möwen schrien, und die Wellen klatschten gegen das Hafenbecken.

Je näher sie den Schiffen kamen, desto größer wurde das Gedränge. Julie beobachtete erstaunt, was andere Passagiere auf die Schiffe laden ließen. Große Möbelstücke, Unmengen an Kisten und sogar Pferdewiehern erklang aus engen Containern, die wankend über Kräne auf die Schiffe gehievt wurden.

Karl beruhigte sie. »Hier geht man einfach in einen Laden und kauft, was man braucht. Bei uns muss man alles erst bestellen und liefern lassen. Und bis das dann ankommt … Es ist ganz normal, dass Besucher aus Übersee sich in Europa mit Gebrauchsgegenständen und Luxuswaren eindecken.«

In Anbetracht der enormen Gepäckmengen kamen Julie die Schiffe nun gar nicht mehr so groß und sicher vor. Unsicher klammerte sie sich im Getümmel an Karl. Der allerdings schien die Ängste und Zweifel seiner jungen Frau nicht zu bemerken. Er schüttelte ihre Hand ab und entschuldigte sich nur beiläufig, bevor er Julie mit Aiku neben ihrem Handgepäck warten ließ.

Als Karl im Gedränge verschwunden war, wusste sie immer noch nicht, mit welchem Schiff sie letztendlich segeln würden. Zum ersten Mal war Julie froh, dass Aiku bei ihr war. Der große Schwarze wirkte wie ein schweigender Fels in der Brandung, und die anderen Menschen machten einen respektablen Bogen um ihn. Wahrscheinlich flößte er ihnen Angst ein. Julie fragte sich, ob er sich freute, nach Hause zurückzukehren, ob da eine Frau und eine Familie auf ihn warteten …

»Juliette!«

Rief da etwa jemand ihren Namen?

»Juliette!« Aus der Menge tauchte ein blonder Haarschopf auf.

»Wim?«, rief Julie durch das bunte Treiben in seine Richtung.

Atemlos kam der junge Mann neben ihr zum Stehen.

»Gut, dass ich dich noch erwische!«

»Was machst du denn hier, Wim?« Julie freute sich sehr, ihren Cousin zu sehen. Dabei hatten sie sich eigentlich gestern schon verabschiedet.

»Ich konnte dich doch nicht so gehen lassen!« Wim sah seine Cousine liebevoll an. Julie wurde warm ums Herz. Er war der Einzige in dieser Familie, dem sie je etwas bedeutet hatte. »Ich wollte dich richtig verabschieden. So mit Tränen und Tücherschwenken und so was!« Er lächelte verschmitzt, bevor seine Miene ernst wurde. »Und dann gibt es noch etwas, das ich dir sagen muss, etwas, das ich gehört habe, obwohl ich es eigentlich nicht sollte. Investigativer Journalismus sozusagen ...«

Julie verdrehte die Augen. »Sag schon, was gibt es denn so Wichtiges?«, fragte sie sorglos. Wim war schon immer gut darin gewesen, aus jeder Kleinigkeit ein Geheimnis zu machen. Wahrscheinlich war ihm nur eine weitere schauerliche Tropenkrankheit eingefallen, vor der er sie warnen wollte.

Wim warf Aiku einen Blick zu. »Kann der Niederländisch?«, fragte er misstrauisch.

»Ja, ich glaube schon, aber er kann nicht sprechen«, meinte Julie.

Wim runzelte die Stirn und zog sie ein paar Schritte von Aiku weg. Dann senkte er die Stimme: »Dieser Leevken ... Er hat dich nur geheiratet, um an dein Erbe zu kommen.«

Julie zog überrascht ihre Augenbrauen hoch. »Mein Erbe?«, fragte sie ungläubig.

»Ja, dein Erbe! Was glaubst du denn, wo das Erbe deiner Eltern gelandet ist?«

»Mein Erbe? Na, wenn ich einundzwanzig werde, bekomme ich es doch.«

Wim lachte auf. »Ja, Juliette, das war so – bis zu deiner Hochzeit. Aber jetzt, jetzt ist Leevken der Verwalter deines Erbes, bis du volljährig bist. Und wenn ich mir den so ansehe, wird er es vermutlich nicht sparen und für dich vermehren.« Wims Gesicht war ernst, in seinen Augen spiegelte sich Sorge. »Gestern Abend, als ihr euch verabschiedet hattet, habe ich anschließend meine Eltern belauscht. Wobei ich kaum glauben konnte, was ich hörte. Aber es stimmt, ich hab's nachgeprüft. In Vaters Arbeitszimmer gibt es Unterlagen.«

»Du hast deinen Vater ausspioniert?« Julie sah ihren Cousin tadelnd an.

Wim griff sie bei den Oberarmen, was ihm einen drohenden Blick von Aiku einbrachte. »So hör mir doch zu, Juliette! Vater hatte große Schulden bei Leevken und konnte sie nicht begleichen. Und nun bist du ... tja, du bist sozusagen die Bezahlung dafür!«

Julie stutzte.

»Juliette!« Wim blickte sie beschwörend an. »Mein Vater und dieser Leevken stecken unter einer Decke! Die haben dich eiskalt verbandelt!«

»Aber ... aber, Onkel Wilhelm wollte mich in eine Diakonissenanstalt geben, ich ... ich hab mich selbst für Karl entschieden, ich ...«

»Ach was!« Wim schüttelte heftig den Kopf. »Sie hätten dich schon nicht an den Haaren ins Kloster geschleppt – ganz abgesehen von dem Geld, das die Diakonissen da zum Einstand fordern. Aber selbst wenn: Länger als drei Jahre hättest du nicht bleiben müssen. Du hättest dein Erbe mit einundzwanzig Jahren ausbezahlt bekommen. Aber jetzt ... jetzt kriegt es dieser Leevken!«

Weiter kam er nicht, eine Hand legte sich auf seine Schulter. »Der junge Mijnheer Vandenberg! Wie nett, dass Sie sich von meiner Frau verabschieden möchten.« Mit einem grimmigen Blick hatte sich Karl hinter Wim aufgebaut.

»Mijnheer Leevken ...« Wim ließ sich von Karl nicht einschüchtern. »Ich ...«

Karl unterbrach ihn schroff. »Ja, Sie dürfen sich gern verabschieden. Aber schnell, bitte schön, denn wir müssen nun auf das Schiff. Leben Sie wohl, Mijnheer Vandenberg, und richten Sie Ihrem Vater meine besten Grüße aus.«

»Juliette ...!« Wim schien noch etwas sagen zu wollen, blieb aber mit hängenden Schultern zurück. Es war ohnehin zu spät für Worte. Juliette Leevken hatte ihr Schicksal gewählt.

Karl griff Julie am Arm und schob sie vor sich her. Dabei stieß er unwirsch ein paar Leute zur Seite, die ebenfalls zum Schiff drängten, und bugsierte Julie in die Warteschlange vor dem Steg, über den es an Deck ging. Julie schaute noch einmal zurück. Wim war nicht mehr zu sehen, dafür traf ihr Blick kurz die Augen einer jungen, ebenso verängstigt dreinblickenden Frau in frommer Missionarsschwesterntracht. Obwohl in ihrem Blick Angst lag, schenkte sie Julie jetzt kurz ein aufmunterndes Lächeln, bis sie ebenfalls von einem Mann in der Schlange weitergeschoben wurde. »Nun geh, Erika, wir halten alle auf.«

Kapitel 9

Erika starrte erschrocken auf die fadenscheinigen Hängematten im Innern des Schiffsbauches. Dass die Reise in das ferne Surinam keine leichte werden würde, war ihr klar, doch dass sie die kommenden Wochen auf einer solch wackeligen Bettstatt verbringen sollte, damit hatte sie nicht gerechnet. Sie hatte Strohsäcke oder harte Holzpritschen erwartet, damit hätte sie sich sogar anfreunden können. Aber diese wankenden Schlafplätze zwischen dem hölzernen Ständerwerk des Schiffsrumpfes, dicht an dicht … bei Seegang stieß man da doch sicher aneinander …

Ihren Mann Reinhard hingegen schien diese Art der Unterbringung nicht abzuschrecken. Geschickt kletterte er in eine der Matten, ließ die Beine über den Rand baumeln und schaute sie mit leuchtenden Augen an. »Schau, das ist ganz bequem!« Und wie zur Bestätigung setzte er die Matte in Schwingung, dass deren Seile ächzten.

Erika schüttelte den Kopf über seinen kindlichen Enthusiasmus. Reinhard war von Anfang an Feuer und Flamme gewesen, als in der kleinen evangelischen Herrnhuter Gemeine junge, kräftige Paare für die Missionsposten im Ausland gesucht wurden. Mit viel Eifer hatte er um einen Platz für sich und Erika geworben. Mit versonnenem Blick hatte er aus dem Fenster ihrer kleinen Kammer in das trübe deutsche Wetter hinausgeblickt und versucht, seine Frau von der Idee zu überzeugen. »Schau, wir können etwas von der Welt sehen und vielen Menschen das Glück von Gottes Wort näherbringen.«

Erika hatte sich nicht getraut, ihre Bedenken laut auszusprechen. Sicherlich war es auch ihr Anliegen, Gutes in der Welt zu tun und sich im Sinne des Herrn zu engagieren. Aber musste es denn gleich am anderen Ende der Welt sein? Surinam? Mit Indien hätte sie sich vielleicht noch anfreunden können, da gab es schließlich einige große Gemeinen der Herrnhuter. Aber in Surinam gab es, soweit sie wusste, nur eine kleine Mission, der ein riesiges Land mit vielen noch unchristlichen Bewohnern gegenüberstand.

Nach ihrer Hochzeit hatte Erika sich eigentlich auf ein geregeltes Familien- und Gemeineleben in Deutschland gefreut. Sie hatte Reinhards Idee für eine Schwärmerei gehalten und war erstaunt, dass er gleich einem Angebot in die Niederlande folgte, um dort auf einen Missionsposten zu warten. Aber er war nun einmal ihr Mann, den sie liebte und mit dem sie sich durchaus glücklich schätzte, also musste sie ihm auch folgen – egal wohin.

Ihre Besorgnis über das Missionsunterfangen war jedoch gewachsen, als sie in ihrer niederländischen Unterkunft einige Wochen später ein Gespräch zwischen Reinhard und Bruder Lutz, der einige Monate zuvor aus Surinam wiedergekehrt war, belauscht hatte. Eigentlich hegte sie ihrem Mann gegenüber ein gottgegebenes Vertrauen, aber als sie beim Servieren des Tees Bruchstücke des Gesprächs mitgehört hatte, hatte sie es sich nicht verkneifen können, nach dem Verlassen des Raumes ein wenig hinter der Tür zu verharren.

Bruder Lutz hatte von den desolaten Zuständen in Surinam berichtet, von Krankheiten und vom schwierigen Klima – viele Europäer starben oder kehrten nach kurzer Zeit schwer krank nach Europa zurück. Doch damit nicht genug, er sprach von Feindseligkeit gegenüber den Missionaren, sowohl seitens der Kolonisten als auch der Ureinwohner. Ganz zu schweigen von den schwierigen und aufmüpfigen Sklaven und Buschnegern. »Überlegt es Euch gut, Bruder Reinhard, ich meine, Ihr seid noch jung, und Eure Frau, sie ist ein zartes Geschöpf. Geht lieber irgendwo in Europa in eine Mission, auch dort muss Gottes Werk vollbracht werden.«

»Wollt Ihr mir etwa sagen, dieses Land würde die Mühe nicht wert sein, Gottes Wort zu hören?« Reinhards Stimme hatte fast empört geklungen. Er hatte sich mit Bruder Lutz getroffen, um möglichst viel über die neue Heimat herauszufinden; dass dieser ihm nun ohne Umschweife abriet, die Reise anzutreten, schien ihm ungeheuerlich. Die Herrnhuter hatten es sich schließlich zur Aufgabe gemacht, Gottes Worte in die Welt zu den Ungläubigen hinauszutragen.

»Nein, Bruder Reinhard, ich will nur nicht, dass Ihr sehenden Auges in Euer Verderben stürzt. Die Arbeit dort ist nicht vergleichbar mit Orten, die bereits eine gute Missionsstruktur aufgebaut haben. In Surinam ist man eher noch allein unterwegs.«

»Ein Kampf kann es mit Gottes Wille nicht sein«, unterbrach Reinhard ihn.

»Nein, Bruder, ich spreche nicht vom Kampf im Sinne von Gewalt. Obwohl …« Er hatte gezögert. »Es ist eine wirklich schwere Aufgabe dort.« Bruder Lutz hatte einen tiefen Seufzer ausgestoßen, es schien, als wäre es ihm schwergefallen, Reinhard einerseits im Gedanken der Brudergemeine zuzusprechen, andererseits aber auch seine auf Erfahrung beruhenden Bedenken nahezulegen.

Erika hatte genug gehört. Ihr hatten die Worte von Bruder Lutz große Angst eingeflößt. Sie war jung, seit einiger Zeit glücklich mit Reinhard vermählt und hatte sich ihr weiteres Leben irgendwie anders vorgestellt, als Familie mit Kindern im Schutze der Gemeine und nicht als einzelner Missionar im südamerikanischen Regenwald. Reinhard hatte die unterschwellige Warnung des Bruders geflissentlich überhört.

Er war nach wie vor begeistert von dem Gedanken, Gottes Werk in der Mission zu vollbringen. »Erika, in der Gemeine herumsitzen können wir auch noch, wenn wir alt sind«, hatte er ihr mit einem zärtlichen Lächeln beschieden. »Und ich finde es schön, wenn unsere Kinder mitten im Geschehen aufwachsen. Stell dir doch einmal vor, welch gute Vorbereitung für ihre späteren Aufgaben das ist.«

Erika hatte nachdenklich die Stirn krausgezogen.

Jetzt, als sie in ihrem Reisequartier im Innern des Schiffsbauches angekommen war, erschien ihr das Vorhaben immer noch wie ein schlechter Traum. Sie war weniger von der Abenteuerlust beseelt als von der Sorge um die Zukunft und ihr leibliches Wohl.

Ähnlich schien es Josefa Bürgerle zu gehen, die neben ihr leise vor sich hinjammerte. Die Bürgerles waren das zweite Paar, das für die Missionsreise nach Surinam auserwählt worden war. Josefa wirkte blass und eingefallen, obwohl sie kaum ein Jahrzehnt älter war als Erika. Ihr Mann ignorierte derweil ihren leisen Protest. Bruder Walter war deutlich älter als seine Frau, seine Haare waren bereits ergraut. Sein Gesicht schien zu einer mürrischen Maske erstarrt, und die wenigen Worte, die er seit dem Betreten des Schiffs an seine Frau gerichtet hatte, waren leise und scharf gewesen. Erika hatte Mitleid mit der Frau. Soweit sie mitbekommen hatte, hatten die Bürgerles bereits eine weite Anreise von einer Gemeine aus dem Süden

Deutschlands hinter sich gebracht und in Amsterdam kaum Zeit zum Ausruhen gehabt.

Bruder Walter stritt sich inzwischen mit kurzen, harschen Sätzen mit einem grobschlächtigen Mann um einige löchrige Decken, die ein Matrose heruntergebracht hatte. Der wuchtige Mann schien in Anbetracht des kalten, gottgefälligen Auftretens des Bruders jedoch schnell klein beizugeben. Mit einem kurzen Nicken übergab er Josefa und Erika jeweils eine der Decken. Erika bedankte sich höflich, was aber keine Regung auf das Gesicht des Mannes brachte.

Erika verstaute das wenige Gepäck in einer der Holzkisten, die unter den Schlafstätten standen. Der Kapitän der *Zeelust*, der ihnen ihre Unterkunft zugewiesen hatte, sprach deutliche Worte an die Passagiere des Zwischendecks. »Auf Deck lasst ihr euch nur blicken, wenn ich es gestatte.«

Erika dachte zunächst, er spräche damit nur den Trupp Arbeiter in lumpiger Kleidung und unverkennbarer Alkoholfahne an, denen ein Teil der Hängematten zugewiesen worden war. »Holzfäller aus Deutschland«, flüsterte Reinhard ihr zu. Aber als Erika den Kapitän fragend ansah, erwiderte er nur mürrisch mit einem scharfen Blick: »Das gilt für alle aus dem Zwischendeck.«

Erika bestürmte schon jetzt das Gefühl von Platzangst. Wie sollte sie mit all diesen Menschen wochenlang hier auf engstem Raum zurechtkommen?

Sie sprach in Gedanken ein stilles Gebet und versuchte, sich zu beruhigen. Mochte der liebe Gott es erhören und ihr die Kraft geben, diese Reise zu überstehen.

Kapitel 10

Auf dem Oberdeck erging es Julie ganz ähnlich. Wims Worte hatten sie tief erschüttert, und auch wenn sie es sich nicht eingestehen wollte, dachte sie mehr darüber nach, als ihr lieb war. Wieder und wieder kam sie zu dem Schluss, dass er unrecht haben musste. Sie hatte Karl Leevken gewählt, die Verbindung hatte nichts mit ihrem Erbe zu tun. Vor ihr lag ein Leben, für das sie sich entschieden hatte, und sie mühte sich nach Kräften, sich Surinam in den hellsten Farben auszumalen. Natürlich hatte sie sich das Beisammensein mit Karl anders vorgestellt, aber auch er würde mit der Zeit lernen, behutsamer mit ihr umzugehen.

Karls und Julies Kabine war klein, aber komfortabel. Bereits wenige Stunden nach dem Ablegen im Hafen hatte Julie das Gefühl, darin keine Luft mehr zu bekommen. Karl hatte seine Jacke auf das Bett geschmissen und war dann irgendwo im Innern des Schiffes verschwunden. Julie wartete, aber als er nicht wiederkam und ihr die Enge des kleinen Raumes zunehmend die Luft nahm, schnappte sie sich ihren Umhang und suchte den Weg auf Deck.

Wenig später stand sie an der Reling und betrachtete die Landschaft um sie herum. Über etliche Meilen schob sich die *Zeelust* schon durch den Noordhollands Kanaal von Amsterdam über Alkmaar auf Den Helder zu. Mitten durch das Land, anstatt über die offene See. Karl hatte ihr auf der Fahrt zum Hafen erklärt, dass die große Zuiderzee, eine Bucht, die bis nach Amsterdam reichte, zu flach für die Durchfahrt wirklich großer, schwer beladener Schiffe war. Deshalb hatte man diesen Kanal gebaut, der Julie zuvor gänzlich unbekannt gewesen war. Es gäbe zwar noch einen Weg über Kanäle bis nach Rotterdam, hatte Karl gesagt, aber da die Schiffe auf diesem Weg von Pferden gezogen werden mussten, dauerte es deutlich länger und stand damit der Zeitersparnis durch den verkürzten Seeweg entgegen.

Rotterdam! Ja, sie konnte sich daran erinnern, wie sie als Kind den Pferden zugesehen hatte, als diese die großen Treidelboote über die Kanäle geschleppt hatten. Wie sie mit ihrer Mutter und ihrem Vater am Ufer gestanden hatte und …

Jäh schüttelte Julie den Gedanken ab. Sie musste jetzt nach vorne schauen.

Zaghaft erkundete sie in den nächsten Tagen das Schiff von ihrer Kabine im oberen Deck aus. Die hohen Masten, die vielen Deckaufbauten und die Takelage schüchterten sie ein. Ständig schwirrten Matrosen auf dem Deck herum, schleppten Taue, werkelten an Aufbauten oder kletterten in die Segel. Und seltsamerweise konnte man sich auf dem Schiff, ebenso wie in der engen Kabine, auch kaum bewegen, jeder Meter schien einen besonderen Zweck zu erfüllen. Ein Matrose geleitete sie irgendwann, als sie den Arbeitern wieder in eine Ecke gezwängt Platz gemacht hatte, mitleidig ganz nach hinten einige Stufen hinauf auf den Aufbau des Decks. Hier war es ruhiger. »Dieser Bereich ist nur für die Passagiere, Mevrouw.« Kurz gönnte er sich einen sehnsüchtigen Blick auf die vorbeiziehende Landschaft. »Im Frühsommer ist das ein herrlicher Blick hier über die Tulpenfelder«, bemerkte er leise. Julie meinte, in seinen jugendlichen Augen nicht Reiselust, sondern Heimweh zu erkennen.

An Deck war es noch empfindlich kalt, weshalb vermutlich kaum andere Passagiere zu sehen waren. Was Julie nicht unrecht war, sie brauchte Zeit zum Nachdenken. Wims Worte gingen ihr nicht aus dem Kopf. Hatte Karl sie wirklich nur wegen ihres Geldes geheiratet? Sie mochte es nicht recht glauben. Er war doch so charmant zu ihr ... so ... Zumindest war er das in Amsterdam gewesen, zumindest wenn andere Menschen dabei waren. Jetzt, auf dem Schiff, begleitete Karl sie nur selten, geschweige denn, dass er lange Gespräche mit ihr führte, nach denen sie sich so sehnte. Eigentlich sah sie ihn nur zu den Mahlzeiten. Danach verschwand er fröhlich im Bauch des Schiffes, um des Nachts ziemlich betrunken wieder aufzutauchen.

»Mit Kartenspiel kann man sich die Zeit am besten vertreiben«, hatte er lachend gesagt, als Julie ihn einmal darauf ansprach. Hatte er in Amsterdam auch so viel getrunken? Seit ihrer Hochzeit sicher nicht. Aber vorher – was wusste sie schon über ihn?

Schließlich fuhr das Schiff zwischen der Nordspitze des Festlandes und der Insel Texel durch das Marsdiep, ein Seegatt mit stärkerer Gezeitenströmung. Die großen Segel wurden gehisst, was der *Zeelust* sofort zu flotterer Fahrt verhalf.

Julies Körper reagierte auf den zunehmenden Seegang auf offener See mit starker Übelkeit. Die nachfolgenden Tage litt sie sehr unter der Seekrankheit. So bekam sie auch nichts mit von der englischen Küstenlinie mit ihren berühmten Kreidefelsen, als die *Zeelust* den Ärmelkanal passierte. Karl sagte ihr zwar, die Übelkeit würde vorbeigehen, und die See würde sich auch beruhigen, sobald sie die Nordsee hinter sich gelassen hatten. Julie befürchtete allerdings, das nicht mehr zu erleben. Viel mehr sagte Karl im Übrigen nicht. Frustriert und allein lag Julie tagelang in der kleinen, muffigen Kabine, die Karl nur zum Schlafen betrat. Statt sich um Julie zu kümmern, verbrachte er alle Zeit mit anderen männlichen Passagieren bei Kartenspiel und Schnaps. Seine nächtlichen Alkoholfahnen trugen nicht gerade zu Julies Wohlbefinden bei. Seine Küsse, die ihr zum Jahreswechsel noch den Atem geraubt hatten, lösten jetzt eher Würgereiz in ihr aus. Trotzdem verzichtete Karl nicht auf den ehelichen Beischlaf. Julie wagte nicht, sich zu widersetzen.

Aber dann entfernte sich die *Zeelust* vom europäischen Festland auf den Atlantik, das Meer wurde ruhiger, und Julie fühlte sich endlich besser. Ihr Magen hatte sich beruhigt, und sie sehnte sich nach frischer Luft. Zum ersten Mal seit fast einer Woche machte sie sich auf, um ihren Lieblingsplatz an Deck wieder einzunehmen. Karl war wie gewohnt nicht zu sehen und hatte auch an diesem Morgen nicht nach ihrem Befinden gefragt.

Julie stand an die Reling geklammert und sog gierig die salzige Seeluft ein, als sie eine Stimme hinter sich fragen hörte: »Na, Mädchen, Ihre erste Schiffsreise?« Eine kleine, rundliche Frau schaute sie teils belustigt, teils mitleidig an.

Julie gab in der Tat ein erbärmliches Bild ab. Sie hatte in den letzten Tagen, wenn sie überhaupt etwas bei sich behalten konnte, nur von Wasser und Schiffszwieback gelebt. Sie war blass und hatte dunkle Ringe unter den Augen. Ihr Haar hatte sie nur notdürftig hochgesteckt.

»Das Schlimmste ist jetzt geschafft«, sagte die Frau fröhlich, während sie näher trat. »Wenn man erst mal den englischen Kanal hinter sich hat, wird es besser.« Aufmunternd lächelte sie Julie zu. Julie rang sich ebenfalls ein Lächeln ab. »Wilma Kooger heiße ich. Nennen Sie mich Wilma.« Die Dame hielt Julie die Hand hin. »Es freut mich, an Deck einen weiblichen Passagier gefunden zu haben. Nicht dass wir die einzigen Damen an Bord wären, aber soweit ich gehört habe, ergeht es den anderen schlimmer als Ihnen, sie sind immer noch unpässlich.«

»Juliette Vand… Leevken, Verzeihung. Sagen Sie Juliette zu mir.«

Wilma nickte verständnisvoll. »Leevken, hm? Frisch verheiratet, Mädchen? Ja, ich habe damals auch lange gebraucht, um mich an meinen neuen Namen zu gewöhnen.« Sie trat zu Julie an die Reling. »Ihr Mann ist auch auf dem Schiff?« Die Frage war vermutlich freundlich gemeint. Welche junge Frau würde eine solche Reise allein antreten?

Julie nickte. »Ja.«

»Treibt sich bei den anderen Männern rum, was?« Julie zuckte die Achseln. Viele Alternativen gab es nicht. »Männer!« Wilma stieß ein verächtliches Prusten aus. »Mein Heinrich hat es damals nicht anders gehalten, auch wenn wir nur selten reisten. Aber wenn, dann habe ich ihn immer wochenlang nicht zu Gesicht bekommen.« Julie traute sich nicht zu fragen, aber Wilma schien ihren Blick zu verstehen. »Mein Heinrich starb vor acht Jahren. Ich komme gerade aus Groningen, habe dort meine Schwester besucht. Sie heiratete damals in die Niederlande, und jetzt geht's ihr nicht gut.«

»Das tut mir leid.« Julie wusste nicht recht, was sie sagen sollte.

»Ach, Mädchen, alles halb so wild. Ich bin heilfroh, bald wieder daheim zu sein. In Europa herrscht ja immer so schreckliches Wetter. Kommen Sie, wir gehen ein Stück – es wird Ihnen guttun, sich an der Luft zu bewegen, und ich freue mich über Gesellschaft.« Mit diesen Worten wandte sich Wilma zum Gehen. Julie folgte ihr, auch sie war froh über die Abwechslung. Gemächlichen Schrittes umrundeten sie einmal das Oberdeck des Schiffes.

Wilma war Julie gleich sympathisch. Sie hatte etwas Resolutes, Mütterliches an sich, vor allem aber war sie mitteilungsfreudig! Endlich erfuhr Julie Details über die Schiffsreise und die Zerstreuungen, denen die Damen sich währenddessen widmeten. Bei gutem Wetter pflegten sie sich zum Beispiel zur Konversation und Handarbeit hier auf dem Oberdeck zu treffen. Julie würde also nicht während der gesamten Reise allein sein.

Wilma wusste zu berichten, dass im vorderen Bereich des Oberdecks sogar Tische und Stühle aufgestellt wurden. »Aber da die anderen Damen noch unpässlich sind, scheint der Kapitän das noch nicht veranlasst zu haben. Natürlich ist es hier nicht so luxuriös wie auf den großen Passagierschiffen, Surinam ist nun einmal kein begehrtes Ziel.« Wilma lachte kurz auf, während sie ihren Schritt verlangsamte und die schäumende Gischt hinter dem Schiff betrachtete. »Aber die Reisen sind bei Weitem schon angenehmer als früher. Da war man als Passagier ja nur unnützes Beiwerk zu den vielen Waren, die verschifft wurden.« Wilma orderte Tee bei dem Schiffsjungen, der nach ihren Wünschen fragte. »Und hol uns einen Tisch und zwei Stühle, das Wetter ist doch schön genug.« Die Luft war seit der Abfahrt bereits merklich wärmer geworden, und die Sonne ließ sich ab und an durch eine Wolkenlücke blicken.

»Nettes Bürschchen«, bemerkte Wilma, als der Junge sich eifrig daranmachte, den Damen ihren Wunsch zu erfüllen und eine Sitzgelegenheit herbeischaffte. »So, Juliette, Sie sind also frisch verheiratet? Wo haben Sie Ihren Mann denn kennengelernt?« Aus Wilmas Worten drang freundliche Neugier, während sie sich setzte.

Julie erzählte bereitwillig ihre Geschichte. Die Zweifel und den vermeintlichen Handel zwischen Karl und ihrem Onkel sie jedoch aus, auch wenn sie den Drang verspürte, sich darüber mit jemandem, zudem mit einer Frau, auszutauschen.

Wilma hob sichtlich erstaunt die Augenbrauen. »Na, da haben Sie aber nicht lange gefackelt!«

»Kennen Sie meinen Mann?«, fragte Julie etwas schüchtern. Wilma sollte nicht glauben, sie wolle sie aushorchen. Aber die Kolonie Surinam schien nicht allzu groß zu sein, möglicherweise kannte da jeder jeden.

»Leevken?« Wilma nickte. »Also kennen ist zu viel gesagt, aber gehört habe ich schon von ihm.«

»Und?«, fragte Julie. Sie wusste, dass es unerhört war, eine flüchtige und obendrein so neue Bekannte nach dem eigenen Gatten auszuhorchen. Aber die Neugier war stärker als die Vernunft. »Was sagt man über ihn?«

Wilma schien einen Moment zu überlegen. »Nun, er hat eine große Zuckerrohrplantage. Plantagenbesitzer sind Volk für sich, müssen Sie wissen. Aber machen Sie sich keine Sorgen, er ist durchaus ein ... ein angesehener Mann.«

Viel mehr war nicht aus Wilma herauszuholen, weder über Karl noch über Besonderheiten dieses Landes. Julie fühlte sich unangenehm an ihr Gespräch mit der Schneiderin erinnert. Auch die hatte sich vorsichtig ausgedrückt. Zu vorsichtig für Julies Geschmack.

Beschwingt durch ihre neue Bekanntschaft verging die Zeit nun etwas schneller für Julie. Sie waren jetzt seit vierzehn Tagen unterwegs. Insgesamt waren gut zwanzig Passagiere in den Kabinen auf dem Oberdeck untergebracht. Regelmäßig traf sie an Deck auf Wilma und auch bald auf die anderen mitreisenden Frauen. Dafür zeigten sich die Männer auffallend wenig an der frischen Luft. Die Frauen missbilligten dies, unternahmen aber nichts dagegen. Eher schienen sie froh, ihre Gatten beschäftigt zu wissen.

Julie versuchte, aus den Gesprächen möglichst viel über ihre neue Heimat herauszuhören, wobei manches in ihren Ohren sehr merkwürdig klang. So beschwerten sich die Frauen überwiegend über den Mangel an Dienstboten und über deren quemlichkeit in den Niederlanden.

»Ich bin froh, wenn ich wieder daheim bin.« Laura Freiken, Tochter eines hohen Offiziers in Surinam, legte ihre Stickerei beiseite. »Ich wollte ja meine Leibsklavin mitnehmen, aber mein Vater hat sich dagegen ausgesprochen. Das Klima wäre für sie zu widrig, und auch die Umstände mit der Kleidung und den Schuhen waren ihm zu groß.«

Julie dachte kurz an Aiku, der tapfer barfuß durch den Schnee gestapft war. Sie hatte ihn seit der Abfahrt nicht gesehen und hatte keine Ahnung, wo er untergebracht war.

»Ja«, pflichtete ihr eine andere Frau bei. »Ich habe meine Hena einmal mitgenommen, nach ein paar Tagen in Schuhen konnte sie nicht mehr laufen und kränkelte die ganze Zeit. Es ist in der Tat besser, darauf zu verzichten.«

»Aber tragen sie denn in Surinam gar keine Schuhe?« Julie sah die anderen Frauen verwundert an.

»Die Sklaven dürfen keine Schuhe tragen, Kindchen.« Wilma klärte sie mit leiser Stimme auf.

»Warum nicht?«

Wilma zuckte die Achseln. »Irgendwie muss man sie ja ... nun, sie müssen sich jederzeit ihrer Stellung bewusst bleiben.«

In der nächsten Stunde erfuhr Julie noch einiges mehr über ihre künftigen Dienstboten. Sklaven durften nicht nur keine Schuhe tragen, sie durften auch kein Niederländisch sprechen oder ihrem Herrn direkt ins Gesicht schauen.

»Er mag das einfach nicht«, war also eine eher untertriebene Umschreibung Karls gewesen, als Julie ihn auf Aikus schuhlose Füße angesprochen hatte.

Julie fiel es schwer, sich den Alltag mit derart geknechteten Dienstboten vorzustellen. Und endlich wurde ihr nun auch bewusst, was Aiku von Onkel Wilhelms Personal in Amsterdam unterschied: Der Schwarze war nicht nur dienlich, er war seinem Herrn absolut ergeben. Womöglich fürchtete er sich gar vor ihm. Alles in allem verwirrten manche Informationen über ihre neue Heimat Julie mehr, als sie ihr Klarheit verschafften.

Als das Wetter sich nochmals deutlich besserte, tauchten im vorderen Bereich des Decks Julie bisher unbekannte Passagiere auf. Sie hatte angenommen, dieser Bereich wäre den Matrosen vorbehalten. Nach Schiffspersonal sahen diese Menschen aber nicht aus.

»Was sind das für Leute, Wilma, und warum kommen sie erst jetzt an Deck?« Julie scheute sich inzwischen nicht mehr, Fragen zu stellen.

»Ach, Glücksritter und Glaubensbrüder … die Kapitäne versuchen, sie unter Deck zu halten, solange es geht, damit es keine Unruhen gibt. Zudem ist der Anblick für die anderen Passagiere …«, Wilma deutete mit dem Kopf in den Bereich, wo sich die Passagiere des Oberdecks gewöhnlich aufhielten, »… oft nicht sonderlich erbaulich.« Julie runzelte die Stirn. Wilma erklärte bereitwillig weiter. »Seit an einigen Flüssen Gold gefunden wurde, treibt es immer mehr seltsame Menschen in das Land. Und angeblich werden neuen Siedlern nun auch einige Bereiche im Landesinneren zur Verfügung gestellt. Unter ihnen sind viele Deutsche, so sagt man, da es dort gute Holzgründe gibt und sich diese Leute auf Rodungen und Tischlerei verstehen.«

Wilma wirkte nachdenklich. »Ich halte das für keine gute Idee, die meisten Einwanderer kommen mit dem Klima nicht so gut klar.«

»Aber Karl sagte, das Wetter in Surinam sei ganz angenehm.« Julie hoffte, dass jetzt nicht weitere ihrer Illusionen zerstört wurden.

Wilma lachte kurz auf. »Nun, das kann man so oder so sehen. Es ist natürlich das ganze Jahr angenehm warm, selbst in der Regenzeit muss man nicht frieren. Aber es ist schwül, nicht zu vergleichen mit europäischer Sommerhitze.« Wilma richtete ihren Blick gen Horizont. »Und leider bringt dieses Klima Krankheiten mit sich, die ebenfalls mit keinem europäischen Übel vergleichbar sind. Am schlimmsten ist das Fieber.«

»Fieber?«

»Es gibt unterschiedliche Arten von Fieber, manche quälen den Kranken nur, andere können ihn umbringen.« Wilma deutete auf einige schlicht gekleidete Menschen auf dem Vorderdeck, die sich gerade zu einer Art Andacht versammelten. »Es gibt gottlob eine kleine Brüdergemeine der Herrnhuter in Surinam, die Mitglieder dort kümmern sich um die Sklaven und auch um die Kranken.«

Julie schaute zu der kleinen Gruppe hinunter. Unter ihnen waren auch einige Frauen, die nun mit gesenkten Häuptern andächtig der Stimme eines Mannes lauschten, der aus einem Buch, vermutlich der Bibel, vorlas. In einer anderen Ecke hingegen, zwischen Tauen und allerlei Schiffszubehör, saßen einige Männer in zerschlissenen Kleidern, die rauchten und Karten spielten. Julie brachte die Beobachtung dieser Passagiere auf eine andere Frage, die sie schon seit Tagen beschäftigte. »Wo ist denn wohl unser Sklave untergebracht, Wilma?«

Wilma schürzte die Lippen. »Sklave? Dem wird's schon gut gehen. Vielleicht fragen Sie besser Ihren Mann, Juliette.« Mehr war aus Wilma nicht herauszuholen, sie wechselte jetzt auch das Thema. Julie war wieder einmal verwundert. Kaum stellte sie eine etwas unbequemere Frage, wurde sie vertröstet, sie solle sich keine Sorgen machen oder ihren Ehemann fragen. Insgeheim dünkte ihr, dass dieses Land nicht so wunderherrlich wild-romantisch war, wie sie es sich ausgemalt hatte. Auch schien die Sklavenhaltung mit vielen zumindest kritischen Fragen belegt.

Julie ließ der Gedanke an Aiku nicht los. Er hatte in den Niederlanden schließlich auch ihr gedient. Sie hatte die Angst vor diesem Mann schnell verloren und war von seiner Gutmütigkeit überzeugt. Dass sie ihn jetzt nicht auf dem Deck sah, bereitete ihr Sorge.

Am Abend stellte sie Karl zur Rede, gerade als er zu seinem Kartenspiel aufbrechen wollte. »Wo ist eigentlich Aiku? Ich habe ihn seit unserer Abfahrt nicht gesehen.«

Karl machte eine wegwerfende Handbewegung. »Ach, der bleibt unter Deck. Das ist Vorschrift, Sklaven müssen während der Überfahrt sicher verwahrt werden.«

»Sicher verwahrt? Was heißt das? Sperren sie ihn ein?«

Karl schüttelte den Kopf. »Das brauchst du nicht zu wissen«, beschied er sie kurz. »Und jetzt lass mich in Ruhe, ich bin verabredet.«

Karl verließ die Kabine und ließ Julie unzufrieden und zornig zurück. Sie war nicht bereit, sich mit dieser Antwort abzufinden.

Kapitel 11

Bereits nach wenigen Tagen unter Deck war Erika überzeugt, dass dies die erste wirklich schwere Prüfung in ihrem Leben war, die Gott ihr auferlegt hatte. Eingepfercht wie Vieh saßen die Passagiere im Zwischendeck fest. Reinhards optimistische Ansicht, der Kapitän würde sie schon schnell an Deck lassen, bewahrheitete sich nicht. Lediglich die Tür zum Deck wurde tagsüber geöffnet, um den Gestank etwas abzumildern. Aber an der Stiege stand stets ein Matrose, der darüber wachte, dass keiner das Deck betrat. Erika stellte viele Mutmaßungen an, warum man sie nicht an die frische Luft ließ. Ein Blick in die Ecke der Holzfäller und auch auf Josefa aber waren ihr Antwort genug. Während die Holzfäller sich zu jeder Tages- und Nachtzeit am mitgebrachten Alkohol, ihrem scheinbar einzigen Gepäck, gütlich taten und sich die Zeit mit Kartenspiel vertrieben, lag Josefa in ihrer Hängematte und kämpfte mit der Seekrankheit. Auch Bruder Walter war noch blasser geworden, widerstand aber jeglichem Brechreiz stoisch. Reinhard hingegen schien die Schiffsreise körperlich nichts anzuhaben. Zwar hatte auch ihn die bedrückende Stimmung unter Deck inzwischen stiller gemacht, auch ihn hatte die Langeweile ergriffen, aber er sprach immer noch leise mit euphorischen Worten zu Erika, vornehmlich über das wundervolle Land, welches sie erwartete. Jeden Tag aufs Neue versprach er Erika, dass heute der Tag wäre, an dem sie Zutritt zum oberen Deck bekommen würden.

Der Matrose Ferger, dem im hinteren Teil des Zwischendecks die Bewachung der Tür zu den Laderäumen oblag, gab dann jedes Mal nur ein belustigtes Schnauben von sich. »Das vergiss man, Jungchen«, tönte er hochnäsig aus seiner Hängematte. »Bis wir aus dem Kanal raus und an England vorbei sind, lässt der Kapitän keinen hoch. Das letzte Mal haben ihm nämlich die Landarbeiter fast die Aufbauten zerstört, besoffen wie die waren. Und die Bauern, die er verschiffen sollte, haben tagelang das Deck vollgekotzt. Da hält er jetzt lieber alle hier unter Deck, die einen können sich an ihren Fässern festhalten, die anderen an ihren Eimern.« Mit einem schadenfrohen Grinsen deutete er auf Josefa, die einen ebensolchen umklammerte und ununterbrochen leise vor sich hinwürgte.

Erika seufzte. »Wie lange dauert es denn noch, bis wir an England vorbei sind?«

Ferger zuckte nur die Achseln und legte sich wieder in seine Matte.

Erika dünkte, dass er nicht ganz freiwillig diesen Wachposten angenommen hatte. Andererseits brauchte er hier unten nicht schwer zu arbeiten. Zweimal am Tag erhob er seinen massigen Körper, wuchtete sich die Stiege hoch und kam nach einiger Zeit mit einem großen Topf Essen wieder herunter. Ein kleiner, schmächtiger Schiffsjunge folgte mit einem Korb voller Schiffszwieback. Die tägliche Suppe war dünn, Fleisch schwamm nie darin, aber wenigstens einiges an Gemüse. Die Versorgung war karg, aber ausreichend.

»Wir fahren ja auch nicht erster Klasse«, beschied Reinhard Erika, als sie mit hochgezogenen Augenbrauen in der dünnen Brühe herumrührte. »Außerdem bekommen wir bald ganz viele exotische Köstlichkeiten.«

... wenn wir bis dahin nicht einem starken Mangel erliegen,

dachte sich Erika im Stillen, löffelte dann aber hungrig ihre Ration.

Ferger schaufelte sich immer eine besonders große Portion in seine Schale und schickte dann den Jungen mit dem Rest, der noch im Topf war, hinunter in die Laderäume. Immer wenn er wieder hochkam, war er blass um die Nase und wirkte verängstigt. Erika konnte sich keinen Reim darauf machen, was der Junge dort unten mit den Suppenresten zu schaffen hatte, und fragte irgendwann den Matrosen nach der Antwort. »Vieh … zwei Stück Vieh«, grunzte Ferger und grinste. »Schweine?« Erika bekam keine Antwort, ihr fiel aber ansonsten auch kein Vieh ein, welches sich auf einem Schiff verstauen und mit Suppenresten füttern ließe.

Als die Passagiere des Zwischendecks nach vierzehn Tagen endlich an die frische Luft durften, war Erika enttäuscht von der Aussicht, die sich ihr bot. Meer, nur die Weite des Ozeans, kein Land mehr in Sicht, keine bestrandete Küstenlinie. Die unendliche Grenzenlosigkeit des Ausblicks bot Josefa gleich wieder Anlass zu jammern. Ihr Mann verfügte, man solle doch am besten eine kleine Andacht halten, auch um die Gefahren und Übel der weiteren Reise vielleicht zu mildern. Während sich also die Meute aus Holzfällern an der Spitze des Decks zwischen Tauen und Tampen niedergelassen hatte und bereits wieder reichlich dem Schnaps frönte, suchten sich die Herrnhuter ein windgeschütztes Plätzchen.

Erika konnte den Worten von Bruder Walter nur schwerlich folgen. Neugierig hob sie immer wieder vorsichtig den Kopf, um sich auf dem Schiff umzusehen. Reinhard warf ihr einen tadelnden Blick zu. Schließlich war es ihre Pflicht, dem Gebet nachzukommen, aber im Grunde schien er eher froh, dass sich seine Frau auf See nicht zu so einem jammernden Bündel wie Josefa entwickelt hatte.

Es hatte vor der Abreise durchaus Spannungen zwischen den beiden gegeben. Allzu viele Dinge waren in allzu kurzer Zeit zu erledigen gewesen. Da hatte schnell das eine Wort das andere gegeben. Reinhard hatte Erikas Bedenken nicht nachvollziehen können. Erika hatte sich schnell darauf besonnen, ihre Gedanken bezüglich der Missionsreise für sich zu behalten. Es stand ihr nicht zu, zu klagen.

Als sie jetzt langsam den Blick über das Schiff schweifen ließ, sah sie im hinteren Bereich nochmals einen Deckaufbau. Ihre Aufmerksamkeit wurde von den Personen, die sich dort aufhielten, magisch angezogen. An der Reling saßen Damen in feinen Kleidern auf richtigen Stühlen. Kurz traf ihr Blick auf den einer jungen Frau, die wiederum die Passagiere auf dem vorderen Deckbereich neugierig zu beobachten schien.

Wie es wohl ist, auf so einem Schiff in einer besseren Klasse zu reisen?, schoss es Erika durch den Kopf. Ob die Passagiere dort wohl in Betten oder auch in schwankenden Matten lagen? Vermutlich schliefen sie in Betten, und bestimmt gab es auch bessere Speisen als eine dünne Suppe. »Denk an die armen Menschen in Indien«, hallten die Worte ihrer Mutter in ihrem Kopf. Ihre Mutter, Gott habe sie selig, hatte Erika immer getadelt, wenn sie begehrliche Gedanken nach etwas Luxus hatte aufkommen lassen. Sie schalt sich nun selbst: Solche Wünsche sollte sie nicht haben. Es war recht, wie sie untergebracht war, und es mangelte schließlich an nichts ... außer frischer Luft, Privatsphäre und gesunder Kost.

Schnell senkte Erika wieder den Kopf und konzentrierte sich auf Bruder Walters Worte.

Fortan durften die Zwischendeckpassagiere jeden Tag für ein paar Stunden an Deck. Erika wartete immer sehnsüchtig auf den Moment, in dem der Matrose die Luke öffnete. Sie dürften sich jedoch nur im vorderen Teil des Schiffes aufhalten, dahinter wolle der Kapitän sie nicht sehen, da dies die gehobenen Schiffsgäste störe, hatte der kleine Schiffsjunge Erika mit wichtiger Miene auf ihre Frage erklärt, warum das Deck durch ein Tau unterteilt sei. Erika konnte es dem Kapitän nicht einmal verübeln. Die Holzfäller benahmen sich nicht gerade vorbildlich, und je länger die Reise dauerte, desto unzufriedener und aufmüpfiger wurden sie. Unter Deck kam es fast jeden Tag zu Streitereien, nicht nur unter den Arbeitern, sondern auch mit Bruder Walter, der sich in seiner Ruhe gestört fühlte. Reinhard hingegen versuchte, Kontakt zu den gestandenen Männern zu knüpfen, musste dafür aber auch einiges einstecken. Mit einem »Pfaffen« wollten diese Arbeiter nichts zu tun haben. Zudem wollte Reinhard nichts trinken und verstand sich nicht aufs Kartenspiel.

Nach einigen Tagen ruhiger Überfahrt wurde die See wieder rauer. Man schloss die Luke, da bereits Wellen über das Deck schwappten. Josefas Magen drehte sich erneut unablässig um, und unter dem Geschaukel behielten auch einige der Holzfäller ihre Getränke nicht mehr zuverlässig bei sich. Nachdem dann auch noch die Aborteimer aus ihren Ecken geschleudert wurden und außer Erika und Reinhard niemand Anstalten machte, die stinkende Brühe aufzuwischen, wurde auch Erika flau im Magen.

»Ich brauche frische Luft!« Mit dem Gefühl, sich gleich übergeben zu müssen, stürmte sie die Stiege empor. Ob sie sich heute auf Deck aufhalten durfte oder nicht, war ihr egal. Sie musste raus aus dem Gestank.

Kapitel 12

Julie nahm all ihren Mut zusammen. Aikus Verbleib ließ ihr keine Ruhe. Die Gelegenheit war günstig. Wind war aufgekommen und schaukelte das Schiff kräftig über die Wellen. Es ächzte und knarrte bedrohlich. Die meisten Passagiere zogen es vor, nicht an Deck zu gehen. Julie ging langsam, an die Reling geklammert, zum vorderen Bereich. Schnell schlüpfte sie unter dem Tau, welches als Absperrung diente, hindurch. Sie vermutete in diesem Bereich des Schiffes den Abstieg zu den anderen Unterkünften. Ihr Herz klopfte einen kurzen Moment bis zum Hals, sie war sich ziemlich sicher, dass sie sich hier nicht aufhalten durfte, und sie wusste nicht, ob es Angst oder der Wellengang waren, das ihren Magen nun zum Rumoren brachte. Ein paar Meter weiter tauchte hinter einem hölzernen Aufbau eine Frau an Deck auf. Sie kämpfte mit ihrem Umhang und versuchte, im Wind das Tuch auf dem Kopf zu behalten. Als das Schiff einen bockigen Hopser über eine Welle machte, kam die Frau ins Straucheln. Julie sprang auf sie zu, hielt sie am Arm und verhinderte so den Sturz. Dankbar blickten sie zwei braune Augen aus einem schneeweißen Gesicht an. »Danke, ich … dieses Schaukeln, ich dachte es würde nicht mehr so schlimm …«

Julie half der Frau an die Reling. »Schauen Sie auf den Horizont und atmen Sie ein paarmal tief ein und aus, das hilft mir immer.« In der Tat bekam das Gesicht der Frau nach einigen Minuten eine etwas rosigere Farbe. Zufrieden ließ Julie die

Frau los. Beide stellten sich in den Windschatten eines Deckaufbaus.

»Danke noch mal, eigentlich geht es ja, aber heute … die Wellen … und in unserem Deck …« Sie sprach Niederländisch, aber der deutsche Akzent war nicht zu überhören. Beschämt senkte die Frau jetzt den Blick. »Entschuldigen Sie, wie unhöflich, ich habe mich gar nicht vorgestellt. Erika Bergmann.«

»Juliette Leevken.« Julie lächelte Erika aufmunternd zu, und bei genauerer Betrachtung stellte Julie fest, dass Erika kaum älter war als sie selbst. Die junge Frau machte Julie neugierig. »Stammen Sie aus Surinam, oder ist es auch Ihre erste Reise dorthin?«

Erika nickte, dabei machte sie aber ein besorgtes Gesicht. »Wir gehören zur Herrnhuter Gemeine.«

»Ah.« Julie wusste nicht genau, was sie darauf antworten sollte. Sie hatte zwar gehört, dass die Herrnhuter eine Gemeinschaft der evangelischen Kirche waren, aber da sie sich nie besonders für Glaubensdinge interessiert hatte, konnte sie die Aussage nicht einordnen.

»Und was werden Sie in Surinam machen?«, fragte sie statt sich näher zu erkundigen.

Jetzt huschte ein Lächeln über Erikas Gesicht. »Mein Mann Reinhard wird dort in der Mission arbeiten. Und ich in der Krankenpflege.«

Julie erfuhr noch von Erika, dass sie aus dem württembergischen Land stammten und vor der Reise einige Wochen in den Niederlanden gelebt hatten, um sich vorzubereiten und die Sprache zu erlernen.

»Und Sie … stammen aus Surinam?« Erika richtete hoffnungsvoll den Blick auf Julie.

Julie schüttelte den Kopf.

»Nein, auch für mich wird dieses Land neu sein, mein Mann lebt dort.« Sie hoffte, dass Erika jetzt nicht weiter nachfragen würde. Gegenüber der Frömmlerin wäre es ihr unangenehm gewesen, zu gestehen, dass sie Karl eher nicht des Glaubens wegen, sondern gerade als Flucht vor eben diesem geheiratet hatte.

Aber Erika gab nur ein »Wie schön« von sich und blickte Julie dann mit ihren unschuldigen braunen Rehaugen an. »Was treibt Sie denn hier auf das Vorderdeck? Bei Ihnen hinten soll es doch sehr komfortabel sein?«

»Ich ... ich wollte nach unserem Dienstboten sehen.«

»Oh. Wie heißt er denn, vielleicht kenne ich ihn ja.«

»Aiku.«

Erika runzelte die Stirn. »Nein, den Namen hab ich noch nie gehört, aber vielleicht ist er eher bei den Holzfällern zu finden.«

»Er ... er ist auch eher nicht ... er ist ein Schwarzer.«

Jetzt machte Erika ein überraschtes Gesicht. »Nein, einen Schwarzen habe ich noch gar nicht bei uns auf dem Deck gesehen, da müssen Sie sich irren. Die sind doch bestimmt ... bestimmt hinten bei den Herrschaften untergebracht?«

»Nein, deswegen wollte ich ja nach ihm sehen.«

Erikas Gesicht hatte endlich wieder Farbe angenommen. Jetzt strahlte sie Julie förmlich an. »Na, dann kommen Sie, Mevrouw Leevken, ich weiß jemanden, den wir danach fragen können.« Erika schritt schwankend, aber frohen Mutes, um einige Aufbauten herum bis zu einem Abgang. Dort trafen sie auf einen Matrosen, der wegen des starken Windes mit der Türklappe kämpfte. Julie fragte sich, ob er wohl zufällig oder doch eher als Wache hier stand. »Guter Mann, grüß Gott. Die Dame hier«, Erika musste gegen den heulenden Wind anschreien und deutete auf Julie, »möchte zu ihrem Dienstboten, einem Schwarzen. Können Sie uns helfen und uns sagen, wo dieser untergebracht ist?«

Der Matrose sah sie verwundert an, er schien nicht damit gerechnet zu haben, heute überhaupt jemanden an Deck zu sehen. »Ach ja, der wird wohl im Unterdeck untergebracht sein, denke ich«, rief er zurück.

»Und wie komme ich dorthin?« Julie trat neben Erika.

»Hm, Mevrouw ... ich denke, Sie sollten nicht ...« Er wand sich sichtlich, ihr Rede und Antwort zu stehen.

»Nun antworten Sie schon.« Julie schien die Situation sehr eigenartig.

»Nun, da müssen Sie durch das Zwischendeck und dann ... bei den Laderäumen, da sitzt der Matrose Ferger, vielleicht kann er Ihnen helfen.«

»Danke.« Ehe Julie sich versah, schob sich Erika an dem Matrosen vorbei und verschwand auf der Stiege, die unter Deck führte. »Kommen Sie, ich weiß, wo wir ihn finden! Und ...«, Erika war sich im Klaren darüber, dass Julie mehr Luxus gewohnt war, »... hier ist es nicht so ... so wie auf Ihrem Deck, denke ich. Passen Sie bitte auf, wo Sie hintreten.«

Julie zögerte kurz. War das jetzt erlaubt, dass sie sich in diesen Schiffsbereich begab? Ach was, dachte sie bei sich, schließlich suche ich meinen Bediensteten! Sie raffte ihren Rock und folgte Erika Bergmann die Stiege hinab.

Das Zwischendeck in diesem Schiffsbereich bestand nicht, wie von Julie erwartet, aus Kajüten, sondern war ein großer Raum, in dem Reihe an Reihe Hängematten den Gang säumten. Diese schwankten beträchtlich im Takt der Wellen. In den Matten lagen Passagiere, und vielen sah man an, dass die Schaukelei ihrer Gesundheit nicht gerade zuträglich war. Einige Männer, die Julie zuvor auf Deck beim Kartenspiel beobachtet hatte, machten tuschelnd ein paar Witze. Es war eng hier, und es roch auch nicht besonders angenehm. Julie wurde deutlich bewusst, dass ihr in ihrer Kabine die bequemere Art des Reisens zuteil wurde.

Ein Mann sah verwundert von seinem Buch auf, als die Frauen an seiner Schlafstätte vorbeikamen. »Erika? Wo bleibst du denn?«

»Reinhard«, Erika blieb kurz stehen, »Mevrouw Leevken, mein Mann Reinhard. Ich komme gleich, ich wollte der Dame nur den Weg zeigen.«

Julie nickte dem Mann kurz zu. Eilig schritt Erika den Gang weiter entlang, bis sie erneut an eine Stiege kamen, die ganz nach unten führte. In der letzten Hängematte davor lag ein klobiger, düster dreinblickender Mann.

»Matrose Ferger!« Julie wunderte sich über Erikas Schneid, sie hatte der jungen Frau kein so resolutes Auftreten zugetraut. »Die Dame möchte zu ihrem Dienstboten. Ähm … einem Schwarzen. Können Sie uns sagen, wo wir ihn finden?«

Ferger grunzte zwar überrascht, erhob sich dann aber angesichts Julies Gegenwart schwerfällig und stapfte die Treppe in den Schiffsbauch hinunter. Julie und Erika folgten ihm zögerlich. Sie stiegen noch zwei weitere Stiegen hinter Ferger hinab, bis dieser vor einer Tür hielt. »Hier, bitteschön, die Damen.« Er stieß die Tür auf und grinste dabei sekkant, als wolle er gar gehobene Umgangsformen nachäffen.

»Danke.« Julie versuchte, einen sicheren Tonfall anzuschlagen. Dann trat sie in den finsteren Raum hinter der Tür. Noch während sich ihre Augen an das Dämmerlicht gewöhnten, hörte sie ein Rasseln und erschrak, als sie zwei schwarze Gestalten an der Wand entdeckte, die offensichtlich in Ketten lagen.

Erika zog scharf die Luft ein und schaute Julie betroffen an.

Julie war entsetzt.

Aikus weiße Augen blitzten überrascht auf, als er Julie erkannte, dann senkte er sofort den Blick. Sein Gesicht war deutlich eingefallen. In dem Raum roch es beißend nach menschlichen Exkrementen, und Julie meinte, in einer Ecke etwas Kleines, Pelziges hinforthuschen zu sehen. Besorgt trat sie einen Schritt auf den Schwarzen zu, dieser kauerte sich aber beschämt zusammen.

»Aiku. Geht es dir gut?«

Der Schwarze nickte kaum merklich. Jetzt erst sah Julie, dass die beiden Sklaven nackt waren. Sie wandte den Blick ab, sie wollte den beiden schwarzen Männern nicht noch mehr Schmach bereiten. »Warum haben die nichts an?«, wandte sie sich an Ferger.

»Na, is halt manchmal heiß hier unten, Mevrouw. Denen geht's doch vorzüglich«, das Grinsen des bulligen Matrosen wurde noch breiter.

Julie wusste nicht einmal, was sie erwartet hatte. Aber dies hier war jenseits ihrer Vorstellungskraft. Sie bemühte sich, die Fassung zu wahren. »Bringen Sie uns wieder nach oben.«

Zornig stieg sie die Stiegen hinauf. Sie musste mit Karl sprechen. Wie konnte es angehen, dass diese Menschen wochenlang hier unten in Ketten lagen wie Schwerverbrecher?

Erika taumelte benommen hinter Julie nach oben. Der erste Vorgeschmack, wie mit Sklaven in ihrer neuen Heimat umgegangen wurde, hatte auch sie tief getroffen.

Kapitel 13

Als Kiri die Schreie vernahm, schreckte sie aus dem Schlaf.

»Tante Grena?« In der kleinen Hütte auf der Plantage Heerenhut bemerkte Kiri, dass Tante Grenas Matte verwaist war. Leise stand sie auf und schob den Vorhang, der die Türöffnung verschloss, ein Stück beiseite. Im Dunkeln der Nacht sah sie vereinzelt Fackeln zwischen den Hütten, Schreie kamen näher, Menschen liefen an ihr vorbei. Plötzlich wurde sie am Arm gepackt und aus der Hütte gezogen. »Tante Grena?«, rief Kiri ängstlich.

»Lauf! Sie brennen das Dorf nieder! Lauf! Versteck dich!« Grena schubste Kiri atemlos vor sich her.

Kiri rannte in den Wald, Äste schlugen ihr ins Gesicht, und harte Blätter stachen schmerzhaft in ihre Beine. Um sich herum hörte sie das Rascheln anderer Flüchtender. Je weiter sie lief, desto weiter entfernten sich die Geräusche. Tante Grena hatte sie verloren.

Irgendwann blieb Kiri stehen, sie konnte nicht mehr, ihre Lunge schien dem Zerbersten nahe. Angestrengt lauschte sie in die Nacht. Aber außer ihrem eigenen rasselnden Atem hörte sie nichts. In einem großen Bogen schlich sie zurück bis zu der Stelle, wo der Wald an die Kostäcker des kleinen Sklavendorfes der Plantage Heegenhut stieß. Beißender Rauch hing in der Luft. Die Hütten brannten. Entsetzt kauerte sich Kiri zwischen die hohen Wurzeln eines Baumes. Nun war es also wirklich passiert. Man hatte schon seit ein paar Wochen davon gemunkelt, und die anderen Sklaven waren sichtlich beunruhigt gewesen. »Damit schadet er uns allen«, hatte der alte Fura geflüstert. »Uns allen. Wir sind sein wertvollster Besitz.« Tante Grena hatte besorgt ausgesehen und schützend den Arm um Kiris Schultern gelegt.

Vor einigen Wochen hatte der weiße Masra der Plantage bei der Jagd einen Buschneger erschossen. Eigentlich hatte er den Jaguar töten wollen, der seit einigen Monaten die Gegend um die Plantage unsicher machte. Aber ob der Treffer auf den Buschneger nun Absicht gewesen war oder nicht – es war auf jeden Fall überflüssig gewesen, den Toten auch noch zu verhöhnen.

»Dann soll dieses Negerpack nicht im Wald rumschleichen«, war der einzige Kommentar des Masra gewesen.

Die Sklaven, welche die Jagd begleitet hatten, waren aufgeregt in das Dorf zurückgekehrt. Schnell hatte sich eine Atmosphäre der Angst ausgebreitet. Hier auf der Pflanzung Heegenhut, weit ab von den größeren Ansiedlungen, galt außerhalb der Plantage das Recht des Waldes. Und dort herrschten unangefochten die Buschneger. Eigentlich hegten die Plantagensklaven eine gute Beziehung zu den Buschnegern. Es war ihnen auch gestattet, Handel und Tausch mit ihnen zu treiben. So nahmen die Buschneger gerne die Früchte der Kostäcker und gaben dafür Bauholz für die Hütten. Sicherlich lebten sie seit langem offiziell in Frieden mit den Kolonisten, aber unterschwellig glomm noch immer der Groll gegen die Weißen, schließlich waren die Buschneger auch nur entflohene Sklaven oder deren Nachkommen. Lehnte sich aber ein Plantagendirektor gegen die Buschneger auf, so war es vorbei mit dem Frieden. Die Sklaven der Plantage waren dann unmittelbar betroffen. Sie waren das wertvollste Gut eines Plantagendirektors, ohne sie ging schließlich nichts auf einer Plantage. Wo also traf man einen Plantagendirektor besonders hart? Bei seinen Sklaven.

In dieser Nacht wurden die Gerüchte wahr. Die Buschneger hatten das kleine Sklavendorf heimgesucht, die Hütten in Brand gesteckt, die Männer erschlagen und die Frauen verschleppt. Kiri vermutete, dass es um den weißen Masra nicht besser stand. Ihn werden sie auch umgebracht haben, dachte sie traurig, als sie jetzt zitternd in ihrem Versteck kauerte. Dabei war er eigentlich ein guter Masra. Seinen Sklaven ging es besser als vielen anderen, und auch zu Kiri war er immer gut gewesen. Natürlich war sie schon einmal von den schwarzen Aufsehern, den Basyas, bestraft worden, aber sie konnte nicht klagen. Zumal sie eigentlich gar nicht der Plantage zugehörte. Ein echter Plantagensklave war nur, wer auch dort geboren war, wessen Familie dort lebte, wessen Nabelschnur dort begraben war.

Kiri aber wusste nicht, wo sie geboren worden war. Sie schloss die Augen und dachte voller Sehnsucht an ihre Tante Grena.

Grena war genau genommen auch nicht ihre richtige Tante, aber sie hatte Kiri in den letzten Jahren aufgezogen und für sie gesorgt. Woher Kiri wirklich stammte, wusste niemand. Grena hatte immer behauptet, der Gott des Flusses hätte sie als Baby zu ihr getragen. Vor fast fünfzehn Jahren.

Grena hatte damals bei ihrem Masra darum gebeten, das Kind behalten zu dürfen. Erst viele Jahre später, als Kiri erfahren hatte, dass Grena gar nicht ihre Tante war, und als ihr bewusst wurde, dass sie anders war als die anderen Kinder, da hatte sie sich manchmal gewünscht zu wissen, woher sie wirklich kam. Ihre Haut war etwas heller als die der Plantagensklaven, ihr Haar nicht ganz so kraus, und ihre Gesichtszüge waren wesentlich feiner. Einmal hatte sie zwei alte geschwätzige Frauen darüber lästern hören: »Die kleine Kiri ist doch wohl ein Bastardkind.« Kiri hatte Grena gefragt, was *Bastard* bedeutete, aber die hatte nur abgewinkt: Kiri sollte sich um das Geschwätz der anderen nicht kümmern. Später hatte sie dann selbst die Antwort gefunden, als Linu, eine der Arbeiterinnen, ein Kind von auffallend heller Farbe geboren hatte. Der Masra der Plantage war erbost darüber gewesen, denn Mischlinge durften nicht zur Arbeit in den Plantagenpflanzungen eingesetzt werden. Linu hatte ihn also um eine zukünftige Arbeitskraft gebracht. Wer der Vater des Kindes war, erfuhr Kiri nie. Aber je älter sie wurde, desto öfter bekam sie mit, wie Sklavenfrauen Mischlingskinder gebaren, ohne dass je ein Vater genannt wurde. Und manchmal verschwanden diese Kinder auch einfach, ohne dass je ein Wort darüber verloren wurde.

Kiri durfte wegen ihrer helleren Haut auch nicht mit auf die Felder gehen, stattdessen arbeitete sie als Küchenmädchen beim Masra.

Jetzt schluchzte sie leise. Sie musste hier weg. Fieberhaft überlegte sie, was zu tun war. Die Boote! Sie konnte sich in einem der Boote verstecken. Kiri rappelte sich auf und schlich um die Kostäcker Richtung Fluss. Im Schatten des Waldes hastete sie geduckt bis ans Ufer und von dort zu dem Platz mit den kleinen Booten der Plantage. Leise stemmte sie sich an Bord und verkroch sich unter den Planen, die zusammengelegt darin lagen. Sie versuchte, ihren zitternden Körper unter Kontrolle zu bekommen. Als sie jedoch Schritte eilig näher kommen hörte, erstarrte sie vor Angst. Waren die Buschneger auch auf die Boote aus? Sie hörte zwei flüsternde Männerstimmen, dann schwankte das Boot, und Kiri merkte, wie es vom Ufer abgestoßen wurde und auf den Fluss glitt. Sie drückte sich fest an die kalten Holzbretter des Bootshecks und versuchte, unter den schweren Planen kein Geräusch zu machen. Nach einer Weile hörte sie die Stimmen wieder. Kiri kannte sie, sie gehörten zwei der jungen Arbeitssklaven. Die Männer schienen sich in Sicherheit zu wiegen und sprachen nun lauter. Kiri vernahm Worte wie Überfall, Tod und Glück. Anscheinend waren die beiden froh über ihre gelungene Flucht. Sie sprachen davon, bis zur Stadt zu fahren. Kiri hielt sich unter der Plane versteckt, sie hatte große Angst, entdeckt zu werden. Wer konnte schon wissen, was die Männer mit ihr anstellen würden?

Kapitel 14

Karl stand vor Julie und funkelte sie böse an, dann erhob er seine Stimme. »Kannst du nicht ein Mal machen, was man dir sagt? Was fällt dir eigentlich ein, auf dem Schiff herumzuschleichen? Das Vorderdeck ist nicht umsonst abgetrennt. Und ich hatte dir gesagt, dass dich das nicht zu interessieren hat! Er ist ein Neger, ein Sklave, das ist ganz normal. Er bekommt Wasser und Nahrung, und alle paar Tage darf er nachts raus und sich die Beine vertreten. So wird das immer gemacht.«

Das mit dem Ausgang stimmte ganz sicher nicht, dünkte Julie, sonst hätte Erika die Sklaven irgendwann schon einmal gesehen. Es gab schließlich nur einen Aufgang. »Aber das ist doch keine Art«, wagte Julie leise zu sagen. Ihre Stimme brach, sie war verwirrt von diesem plötzlichen Ausbruch. So hatte er sie noch nie angeschrien.

Karl stemmte die Hände in die Hüften und beugte sich bedrohlich zu ihr vor. »Diese Neger sind dumm, Juliette. Manche versuchen sogar, vom Schiff zu springen – es ist zu ihrer eigenen Sicherheit.« Damit drehte er sich um und zog seine Jacke gerade. »Außerdem … Du solltest nicht zu viel Sympathie mit den Negern hegen!« Da war es wieder, dieses drohende Glühen in seinem Blick, das Julie sofort zum Schweigen brachte. Sie konnte es nicht mehr leugnen: Karl hatte sich in den Wochen auf See verändert.

Und sie konnte Aiku nicht seinem Schicksal dort unten, tief im Bauch des Schiffes, überlassen! Hilfesuchend wandte Julie sich am nächsten Tag an Erika. Es war ein großes Risiko, sich noch einmal auf Deck an die Absperrung zu schleichen. Aber Julie musste mit Erika sprechen. Schließlich konnte sie Aiku nicht wochenlang der Willkür dieses Matrosen Ferger aussetzen.

»Würden Sie vielleicht ... mein Mann wünscht nicht ...« Julie wusste nicht genau, wie sie Erika erklären sollte, dass sie sich nicht selbst um Aikus Wohl sorgen konnte.

»Ihr Mann wünscht nicht, dass Sie sich in schlechte Gesellschaft begeben.« Erika sah, wie die junge Frau sich quälte, und sprach aus, was diese sagen wollte. Sie nickte verständnisvoll und tätschelte über die Absperrung Julies Hand. »Kein Problem, ich werde mich darum kümmern.« Wieder blitzten Erikas Augen auf, als freue sie sich über eine Aufgabe.

»Aber dieser Matrose, dieser Ferger ...«

Erika winkte ab. »Machen Sie sich keine Sorgen, er ist uns gegenüber ganz zurückhaltend; er denkt wohl, dass wir es unserem Herrgott verraten, wenn er nicht nett zu uns ist.« Erika kicherte.

»Und sagen Sie Erika zu mir, ja?«

Julie sah ihre neue Verbündete und Freundin dankbar an.

»Gern, Erika. Juliette.«

Erika nahm von Julie ein kleines Bündel entgegen. Julie hatte beim Frühstück heimlich etwas Brot und Käse eingeschlagen, während Karl mit einem Mann am Nachbartisch geredet hatte. Jetzt gab sie es Erika, auf dass sie es zu Aiku bringen sollte.

So verfuhren sie auch in den nächsten Tagen. Immer am späten Vormittag trafen sie sich an der Absperrung. »Sie können, ich meine, ich weiß ja nicht, wie man Sie versorgt, wenn

Sie möchten ... es ist genug darin.« Julie war der Gedanke gekommen, dass es den Frömmlern, was die Versorgung anbelangte, vielleicht auch nicht so gut erging. Erika schüttelte den Kopf. »Danke, Juliette, aber das, was der Herr uns reicht, reicht für uns aus. Ich denke, Aiku bedarf es nötiger.«

Erika hatte unterdessen Julie gegenüber den Verdacht geäußert, dass Ferger von der Ration, die von Seiten des Schiffes für die Schwarzen gedacht war, etwas für sich zurückhielt. Sorgsam hatte sie neben dem Matrosen gestanden, bis dieser das mitgebrachte Päckchen an die Schwarzen weitergegeben hatte. Es den beiden Gestalten wieder abzunehmen, traute er sich nicht. Erika hatte beobachtet, dass Ferger zwar ein großes Mundwerk hatte, aber immer darauf bedacht war, die Sklaven auf sicherem Abstand zu halten. Julie beruhigte es, Aiku jetzt wenigstens unter Obacht zu wissen.

Die Ohrfeige traf Julie unvermittelt und mit voller Wucht.

Überrascht hielt sie sich die Wange und unterdrückte die aufsteigenden Tränen. »Was ...?«

Karl war in die Kabine gepoltert und hatte sie barsch am Arm gepackt, dann hatte sie auch schon der Schlag erwischt. »Ich habe dich gewarnt, du sollst dich nicht mit den Schwarzen einlassen! Glaubst du, ich finde nicht heraus, was du treibst? Der Kapitän hat mich heute darauf angesprochen. Ob mir seine Behandlung für die Sklaven nicht ausreichen würde? Ihm sei zu Ohren gekommen, dass unser Sklave eine gehörige Extraration bekomme. Das hat jetzt ein Ende. Und ...«, böse funkelte er Julie an, »halte dich gefälligst auch von diesen Frömmlern fern!«

Am nächsten Morgen prangte ein großer blauer Fleck neben Julies linkem Auge. Sie traute sich so nicht an Deck. Was würden die anderen Frauen wohl denken, wenn sie die Verletzung sahen?

Als Wilma besorgt an die Tür klopfte und sich nach Julies Befinden erkundigte, versuchte diese, sie wegzuschicken. »Mir geht es wirklich nicht gut Wilma, kommen Sie besser nicht herein. Nicht dass ... dass ich Sie anstecke.«

Wilma aber ließ sich nicht so leicht abweisen. »Ach, Kindchen, so schlimm wird's ja wohl nicht sein.« Als sie die Kabine betrat, zog Julie verlegen die Decke über den Kopf, um das blaue Mal vor ihr zu verbergen.

Wilma schöpfte sofort Verdacht und schnalzte laut, nachdem sie die Decke zurückgezogen hatte. »Na, Mädchen, was ist denn mit Ihnen passiert? Ansteckend ist das ja wohl nicht!«

»Ich bin gestolpert ... der Tisch.« Julie hörte selbst, wie wenig überzeugend diese Erklärung klang. Sie schämte sich schrecklich.

»Tisch, hm?« Wilma setzte sich auf die Bettkante und verfiel jetzt in einen mütterlichen Tonfall. »Armes Mädchen, Ihr Karl ist manchmal etwas ... schwierig, wie?« Julie brach in Tränen aus. Wilmas Zuwendung berührte sie zutiefst, und die Angst, Anspannung und Trauer der vergangenen Wochen brachen aus ihr heraus. Tröstend legte Wilma ihren Arm um Julie und wartete geduldig, bis die Tränen langsam versiegten. »Wissen Sie, vielleicht ist er einfach auch nur so komisch wegen ... weil ... wenn die Kerle hier so viel trinken ... manche bekommen auf dem Schiff ja einen regelrechten Lagerkoller. War er böse mit Ihnen?«

Julie nickte nur.

»Eifersüchtig vielleicht?«

Darauf konnte Julie nur schniefend die Schultern zucken. Wilma würde kein Verständnis für Julies Sorge um den Sklaven aufbringen, deshalb schwieg sie lieber.

»Ach, Kind, Männer sind manchmal sehr schwierig … und vielleicht ist Ihr Karl ja … besonders besorgt um Sie? Nach der Geschichte damals mit seiner ersten Frau … und jetzt die Heirat mit Ihnen.«

Julie horchte auf. Bisher hatte Karl nie von seiner ersten Frau gesprochen. »Wilma, was war mit Karls erster Frau?«

Wilma betrachtete sie erstaunt. »Hat er Ihnen nichts davon erzählt?«

Julie schüttelte den Kopf. »Nur dass sie schon lange tot ist und … er hat mir auch erst nach der Hochzeit von seiner Tochter erzählt.«

Wilmas Blick verfinsterte sich. »Na, das ist ja nicht gerade nett. Nun, ich weiß nicht, ob es gut ist, wenn ich Ihnen das jetzt verrate, aber ich denke, Sie sollten es wissen. Es gab damals eine Menge Gerede in der Kolonie … Felice, Karl Leevkens erste Frau, war die Tochter eines hohen Beamten, daher war sie recht bekannt in der Stadt. Alle waren damals verwundert, dass sie das Stadtleben gegen ein Leben auf der Plantage eintauschte.« Wilma lachte leise auf. »Wie das so ist mit jungen Menschen. Nun, einige Zeit ging das auch gut. Als die beiden ihre erste Tochter bekamen, gab Felices Vater ein großes Fest. Dann wurde Felice angeblich nochmals schwanger. Man sah sie nur noch selten in der Stadt und bei ihrer Familie.« Wilma dämpfte ihre Stimme, und ihre Augen verfinsterten sich. »Eine Bekannte erzählte mir damals, Felice habe sich sehr verändert. Sie war wohl schwermütig geworden … das arme Ding.« Julie lauschte Wilmas Erzählungen aufmerksam. Sie wurde einmal mehr gewahr, dass sie von ihrem Ehemann so gut wie überhaupt nichts wusste. »Zu der Zeit, als das Kind geboren werden sollte, gab es … nun ja, es ereignete sich etwas Schreckliches.« Wilma senkte nun ehrlich betroffen den Blick. »Man sagt, Felice sei wohl doch nicht mit der Einsamkeit auf der Plantage zurechtgekommen. Sie litt an geistiger Verwirrung. Ja, dieses Land hält manchmal schwere Prüfungen für uns bereit …«

»Was ist mit ihr passiert, Wilma?« Julie hakte ungeduldig nach, obwohl sie sich gar nicht sicher war, ob sie überhaupt wissen wollte, was geschehen war.

Wilma wand sich. »Felice hat ihrem Leben im Fluss ein Ende gesetzt«, sagte sie schließlich. »Es war schrecklich! Man fand sie erst Tage später und …«

»… was war mit dem Kind?« Julie fühlte sich wie betäubt. Welche Tragödie hatte sich da abgespielt?

»Von dem Baby fehlte jede Spur. Man weiß nicht, ob sie es zuvor auf die Welt gebracht hat und mit in den Tod nahm … Keiner weiß, was sich wirklich in dieser Nacht auf Rozenburg abgespielt hat.« Wilma seufzte. »Felices Vater hat daraufhin Karl Leevken das Leben nicht gerade leicht gemacht. Er war der Meinung, ihn träfe eine Mitschuld am Tode von Felice. Seitdem hat Ihr Karl sich auch vollkommen aus der Gesellschaft zurückgezogen.«

Julie war geschockt. Wie schrecklich! Vielleicht aber lag darin eine Erklärung für Karls Verhalten, vielleicht hatte er diesen Verlust ja wirklich noch nicht überwunden. In den Niederlanden war der Druck von ihm abgefallen, aber jetzt, da er in seine Heimat kam, mochten die Erinnerungen ihn wieder quälen. Julie beschloss, mehr Geduld für Karl aufzubringen. Vielleicht erklärten sich seine schwankenden Stimmungen ja mit seiner Geschichte.

Julie drückte Wilma freundschaftlich. »Ich danke Ihnen, Wilma, dass Sie mir das erzählt haben. Vielleicht hilft es mir in der Tat, Karl etwas besser zu verstehen.«

Wilma tätschelte Julie aufmunternd den Arm. »Und morgen, Kindchen, kommen Sie wieder an Deck. Verkriechen Sie sich nicht allein hier unten, das ist nicht gut.« Mit diesen Worten verabschiedete sich Wilma.

Doch Julie wollte sich verkriechen, am liebsten für immer, hier unter dieser warmen Decke. Allen Erklärungen und guten Vorsätzen zum Trotz: Sie hatte Angst. Angst vor Karl. Noch nie war sie geschlagen worden.

Kapitel 15

Kiri verging vor Durst. Ihre Lippen waren spröde, und obendrein knurrte ihr Magen so laut, dass er fast das leise Plätschern des Wassers übertönte. Während das Boot über den dunklen Fluss befördert wurde, verstrich die Nacht, und schließlich brannte die Sonne auf die Plane. Aber die beiden Männer bemerkten sie nicht. Sie ruderten immer weiter den Fluss hinab, bogen das eine oder andere Mal in einen der Kanäle ab, die die Wasserwege im ganzen Land miteinander verbanden, und sprachen darüber, was sie in der Stadt mit ihrer neu gewonnenen Freiheit anfangen würden. Erst am späten Abend kamen sie ihrem Ziel näher. Kiri wunderte sich, dass die Männer ungerührt in befahrene Gewässer steuerten, aber anscheinend waren sie sich ihrer Sache sehr sicher. Und sie schienen in der Tat nicht weiter aufzufallen, sonst wären sie längst gestoppt worden. Irgendwann wurde das Boot langsamer und kam rumpelnd an einem Anleger zum Halten. Die Männer machten sich davon.

Kiri wartete noch eine Weile, aber als sie keinen Laut mehr vernahm, hob sie vorsichtig die Plane und sah sich um. Jenseits des Steges sah sie Häuser, viele Häuser. War sie etwa direkt in Paramaribo, der Hauptstadt, gelandet? Sie war noch nie dort gewesen, aber eine andere größere Stadt gab es eigentlich nicht. Steif vom langen Stillliegen kroch Kiri aus ihrem Versteck, spähte vorsichtig über den Anleger und die dahinterliegende Straße. Kein Mensch war zu sehen. So schnell sie ihre steifen Glieder trugen, eilte sie sich, im Dunkeln zwischen den Häusern Schutz zu finden. Die Gedanken rasten in ihrem Kopf. Was sollte sie nun machen? War sie jetzt ein entlaufener Sklave? Sie wusste, was entlaufenen Sklaven drohte. Oder war sie frei, weil sie doch eigentlich gar nicht recht der Plantage gehört hatte? Schließlich war sie weder dort geboren noch angekauft. Sie wusste es nicht. Aber ihr Durst war inzwischen so stark, dass er alle anderen Probleme in den Schatten stellte. Kiri brauchte Wasser. Im Hinterhof eines der Häuser fand sie ein Fass, in dem Regenwasser vom Dach aufgefangen wurde. Gierig schöpfte sie das kostbare Nass mit ihren Händen an ihren Mund und trank. Dann huschte sie weiter. In einem Garten fand sie einen Mangobaum, der voller Früchte hing. Stehlen durfte man nicht, das wusste sie, aber sie hatte so großen Hunger, und der Baum war voller Mangos ... Vorsichtig und mit schlechtem Gewissen pflückte sie eine Frucht und schlich weiter.

Die Häuser hier waren ganz anders als das große Plantagenhaus des Masra auf Heegenhut. Sie standen dicht an dicht, mit schmalen Durchgängen zur Straßenseite für die Sklaven und mannshohen Toren für die Kutschen. Kiri kam es vor, als wären sie ringförmig angeordnet. Sie fühlte sich etwas bedrückt von der Enge. Die Hinterhöfe schienen den Sklaven als Wohn- und Arbeitsplatz zu dienen. Kleine Hütten drängten sich an die Zäune und Ställe, hier und da gab ein Hund ein leises Knurren von sich, als Kiri vorbeischlich. Hinter den Häusern war auch nicht alles so sauber und ordentlich, wie es die Vorderseite vermuten ließ.

Kiri begab sich lieber wieder auf die Straßenseite der Häuser. Im Schutz der hohen Bäume, welche die Straßen säumten, fühlte sie sich sicherer. Die Weißen würden schlafen, bei den

Schwarzen konnte man es nicht genau wissen ... und bevor noch einer der Hunde anschlug ...

Als der Morgen graute, sah sie, dass sie sich wieder in der Nähe des Hafens befand. Zunächst versteckte sie sich hinter einem Stapel großer Kisten. Als immer mehr Menschen durch die Straßen strömten, überwiegend dunkelhäutig, fühlte Kiri sich etwas sicherer und traute sich aus ihrem Versteck hervor. Sie schlenderte neugierig umher und gab sich den unzähligen neuen Eindrücken hin. Die anderen Menschen beachteten sie gar nicht. Als sie in der Nähe einen Karren mit Früchten erblickte, spürte sie wieder ihren Magen knurren. Vorsichtig ging Kiri auf den Wagen zu, bemüht, einen unbehelligten Eindruck zu machen. Auf dem Boden lagen einige Orangen, manche waren bereits leicht zerquetscht. Was auf dem Boden lag, konnte man doch eigentlich nicht stehlen? Wenn sie jetzt eine der Orangen einfach aufhob ... Als sie sich unbeobachtet fühlte, nahm sie eine große Frucht auf und eilte flugs in eine Nebenstraße, wo sie mit einem weißen Soldaten zusammenstieß. Dieser schubste sie rüde nach vorne. »He, Mädchen, kannst du nicht aufpassen?«

Kiri erschrak fürchterlich und stolperte rückwärts, wobei die Orange aus ihren Tüchern fiel.

»Na, was haben wir denn da?« Der Soldat packte sie mit der einen Hand am Arm und hob mit der anderen die Frucht auf. Kiri versuchte, sich seinem Griff zu entziehen, doch er fasste noch fester zu. Er zog sie wieder hinaus auf die breite Straße, sah sich um und erblickte den Wagen mit Früchten. Inzwischen stand ein großer Mulatte daneben und schickte sich an, den Wagen fortzubewegen.

»He! Ist das vielleicht eine Ihrer Früchte?« Der Soldat hob triumphierend die Orange in die Luft. Der Mulatte zuckte nur die Achseln und begann, den Wagen wegzuschieben.

»Ich habe nichts getan! Die Orange lag auf der Straße«, stammelte Kiri leise in der Sklavensprache. Schließlich durften die Sklaven kein Niederländisch sprechen, mussten es aber verstehen, denn natürlich ließ sich kein Weißer dazu herab, ihre Sprache außer zu Befehlszwecken zu benutzen.

»Still!« Der Soldat ärgerte sich sichtlich, Kiri nicht dieser Tat überführen zu können. »Na, warte«, raunte er, »so leicht kommst du mir nicht davon, es ist doch klar, dass du eine Diebin bist. Negerpack, verdammtes! Mal sehen, was der Kommandant dazu sagt.« Der Mann zog das Mädchen barsch am Arm hinter sich her. Hilfesuchend sah Kiri sich um, aber keiner der Menschen beachtete sie und den Soldaten.

Als sie über die Hafenstraße gingen, trat ihnen ein weißer Mann entgegen. Er war ein grobschlächtiger hünenhafter Kerl mit wässrigen Augen und einer großen roten Nase. »Michels! Wohin denn so eilig?« Der Mann baute sich breitbeinig vor dem Soldaten auf. »Was haste denn da eingefangen?«

Kiris Fänger zuckte merklich zusammen, auf seinem Gesicht zeigten sich Spuren von Angst.

Neugierig beäugte der weiße Mann Kiri. »Stehst du jetzt schon auf die ganz Jungen, Michels?«

»Nein, die hab ich grad beim Klauen erwischt. Geh mir aus dem Weg, Bakker.«

»Na, mal nicht so hastig ... mir ist so, als hättest du bei mir noch eine kleine Rechnung offen. Vielleicht sollte ich mal mit deinem Kommandanten reden, vielleicht bezahlt er ja deine Spielschulden.« Der Mann lachte heiser und drohend.

Dem Soldaten war sichtlich unwohl in seiner Haut, Schweißperlen traten auf seine Stirn. »Ich habe jetzt kein Geld dabei, da wirst du noch warten müssen.« Er versuchte, sich an dem anderen Mann vorbeizuschieben.

»Michels! Ich lass mich nicht gerne hinhalten.« Der Mann knurrte den Soldaten an, blickte dann aber nochmals auf Kiri. »Vielleicht würde ich mich aber mit einem kleinen Pfand zunächst zufriedengeben … beim Klauen sagst du … ist wohl herrenlos, das kleine Ding?«

Der Soldat schien schnell seine Möglichkeiten abzuwägen und zuckte dann die Achseln. »Nimm sie, hier.« Er schob Kiri vor sich. »Frag mich nicht, wem sie gehört. Und wenn mich jemand fragt, ich weiß von nichts!« Mit diesen Worten stieß er Kiri in die Richtung des anderen Mannes.

»He…?« Bevor Bakker etwas erwidern konnte, war der Soldat bereits davongeeilt. Kiri dachte einen kurzen Moment ans Weglaufen, doch bevor ihre Füße gehorchten, packte Bakker sie unsanft im Nacken. »Wie nett, wie nett … na, dann komm mal mit.« Er schien sich über sein Pfand zu freuen, wenn auch auf eine Art, die Kiri gar nicht behagte. Bakker schleppte sie in einen dreckigen Hinterhof und wollte sie gerade durch die Tür eines Holzverschlages stoßen, als Kiri sich mit einer flinken Bewegung losriss und weglief, so schnell sie konnte. Nach wenigen Schritten hatte der Mann sie jedoch eingeholt. Er packte sie unsanft bei den Haaren. »Du bleibst schön hier, so ein junges Ding bringt mir ein schönes Sümmchen.« Während er sie mit der einen Hand an den Haaren hielt, zog er sich mit der anderen Hand den Gürtel aus seiner Hose. »Und damit du gleich weißt, wem du hier zu gehorchen hast…«

Schon traf sie der erste Schlag auf den Rücken, und sie ging vor Schmerz in die Knie. Einige Schläge später spürte Kiri die Pein schon fast nicht mehr. Zusammengekauert lag sie auf dem schmutzigen Boden des Hinterhofes. Dann ließ der Mann endlich von ihr ab. Barsch zog er sie auf die Beine und stieß sie in den Holzverschlag. Knallend fiel die Tür hinter dem Mädchen zu. Taumelnd ließ es sich in einer Ecke auf die Knie fallen und stöhnte leise.

»Na, da hat Bakker ja wieder Frischfleisch gefunden«, hörte sie eine tiefe, leise Männerstimme aus dem Dunkeln. Eine andere, wohl eher die einer Frau, fügte hinzu: »Das ist ja fast noch ein Kind! Das arme Ding, schau, wie er es zugerichtet hat.« Schwarze Hände tauchten aus dem Dunkeln auf und richteten Kiri etwas auf. Aus einer Kalebasse flößte man ihr fades Wasser ein. Kiri wollte sich bedanken, brachte aber keinen Ton über die Lippen. Erschöpft und voller Schmerzen ließ sie sich bäuchlings auf den Boden sinken.

Sie wusste nicht, wie lange sie dort gelegen hatte, irgendwann erwachten ihre Sinne wieder. Vorsichtig schaute sie sich aus den Augenwinkeln heraus um. Sich zu bewegen, traute sie sich nicht. Der Holzschuppen war klein und dunkel, es roch nach Urin und ... Kiri unterdrückte ein Würgen.

»Geht's wieder?« Der Kopf einer alten schwarzen Frau tauchte vor ihren Augen auf. Ihr Atem roch faulig, doch verzog sich ihr Gesicht zu einem milden Lächeln, als Kiri sie anblinzelte. Kiri setzte sich vorsichtig auf, immer darauf bedacht, dass ihr geschundener Rücken nicht gegen etwas stieß. Die Striemen brannten bei jeder Bewegung, sie wusste nur zu gut, dass jetzt kein Dreck in die Wunden hineinkommen durfte.

»Wo bin ich?«, fragte sie leise.

Aus einer anderen Ecke des Holzverschlages kam ein verächtliches Grunzen. »Im Abfalleimer der Stadt.«

»Na, nun mach dem Mädchen doch keine Angst.« Die alte Frau schickte einen bösen Blick in die dunkle Ecke.

»Ist doch wahr! Und Angst haben sollte sie vor Bakker auch, wer weiß, was er mit ihr vorhat.«

Die Alte legte Kiri beruhigend die Hand auf den Arm. Kiri

bemerkte, dass die Hände der Frau fürchterlich verkrüppelt waren. Die Finger standen schief in verschiedene Richtungen und schienen nicht besonders beweglich zu sein.

»Wer ist dieser Bakker?« Kiris Stimme klang schon wieder fester. Dankbar nahm sie noch einen Schluck aus der Kalebasse, welche die Frau ihr reichte.

»Bakker«, die Frau schnaubte leise, »ist ein Sklavenhändler. Und wie du siehst ... kein besonders erfolgreicher.« Sie deutete dabei auf ihre Hände und auf den Mann in der Ecke, der, wie Kiri jetzt bemerkte, schief und krumm gewachsen war. »Ich weiß ja nicht, woher du kommst, Mädchen, aber vielleicht ist es besser, du sagst, wem du weggelaufen bist ... viel schlimmer kann's dort wohl kaum gewesen sein. Vielleicht lässt er dich dann wieder laufen.«

Kiri schüttelte traurig den Kopf. »Ich wäre vermutlich sowieso bei einem Händler gelandet. Unsere Plantage ... der Masra ...« Sie erzählte kurz die Geschichte des Überfalls.

Die Frau zog scharf die Luft ein. »Buschneger, hm? Ich sag es ja nicht gerne ... aber, ob nun Bakker oder einer der anderen dich einfängt, egal. Vielleicht hast du Glück, und er steckt dich nicht in eins dieser ... Freudenhäuser.« Ächzend setzte die Frau sich neben Kiri auf den Boden.

»Und jetzt? Was passiert jetzt mit uns?« Kiri schaute die Frau hoffnungsvoll an.

»Jetzt, Kindchen, warten wir. Warten, bis Bakker jemanden findet, der uns, dich, mich oder ihn«, sie deutete in die Ecke des Mannes, »kauft.«

Kapitel 16

»Das ist unmenschlich!« Erika machte ihrer Wut Luft.

Reinhard sah sie betroffen an. »Bruder Lutz erzählte, dass mit den Sklaven nicht besonders gut umgegangen wird …«

Erika schnaubte und warf einen bösen Blick in Richtung Ferger, der sich nach wie vor die meiste Zeit in seiner Hängematte aufhielt. »Vieh … und ich dachte, Sie hätten ein paar Schweine an Bord, oder … aber dass Sie Menschen da unten anketten!«

Erika war froh, dass sie Juliette Leevken an Deck kennengelernt hatte und war ihr im Stillen dankbar, dass sie bereits auf dem Schiff eine Ahnung davon bekam, was sie erwartete. Juliette hatte einen entsetzten Eindruck gemacht, als sie den Sklaven tief im Bauch des Schiffes angekettet vorgefunden hatten. Erika war zwar im Nachhinein verwundert, dass Juliette anscheinend nicht gewusst hatte, wie Sklaven transportiert wurden, hatte aber nicht weiter nachgefragt. Gerne war sie der Bitte nachgekommen, sich weiterhin um die Sklaven zu kümmern. Das war zwar auch keine angenehme Aufgabe, aber schließlich musste sie sich der Realität stellen, die auf sie als zukünftige Missionsschwester zukommen würde. Da konnte sie auch gleich hier auf dem Schiff damit beginnen.

Reinhard hatte ihr Tun zunächst etwas argwöhnisch beäugt. Er traute den Kolonisten nicht, Bruder Lutz hatte ihn vor der überheblichen Art und der Missgunst gewarnt, mit der die Einheimischen den Missionaren in Surinam entgegentraten. Erika hatte ihm aber versichert, dass das bei Juliette nicht der Fall war und sie der jungen Frau gerne helfen würde, die Versorgung der Sklaven zu verbessern. So ließ Reinhard sie gewähren. Insgeheim war er froh, dass in seiner Frau endlich der Geist der Wohltätigen geweckt worden war und sie sich mit Eifer in ihre neue Aufgabe stürzte. Sie hatte nicht nur die Essenspakete zu den Sklaven gebracht und Ferger keine Chance gelassen, sich auch daran gütlich zu tun, sie hatte sogar frisches Wasser unter Deck geschleppt und mithilfe des kleinen Schiffsjungen ein paar Lappen organisiert, damit die schwarzen Männer sich zumindest ein wenig waschen konnten.

Einmal hatte sie Schwester Josefa mitgenommen, diese hatte sich beim Anblick der angeketteten Schwarzen aber bis ins Mark erschrocken und sich gleich wieder zurückgezogen. Erika vermutete, dass es Josefa in dem neuen Land nicht leicht haben würde.

Leicht schien es aber auch die junge Juliette Leevken nicht zu haben. Erika hatte sie noch einmal kurz an Deck getroffen, dabei hatte Juliette einen verängstigten Eindruck gemacht und versucht, ein blaues Auge unter ihrem breitkrämpigen Hut zu verstecken. Ihr Mann sei zurzeit etwas ungehalten und ihr sei es nicht möglich, Erika weiterhin Essen für die Sklaven zu übergeben.

Erika hatte die innere Not der jungen Frau gespürt. »Keine Sorge, ich kümmere mich schon irgendwie darum«, hatte sie ihr versprochen. Mit Nachdruck hatte sie den zwielichtigen Ferger tatsächlich dazu gebracht, den Sklaven eine etwas größere Ration zu bringen.

Gegen Ende der Reise wurde Erika zunehmend von Übelkeit geplagt. Ihr war bald klar, dass das nicht vom Seegang herrührte, schließlich hatte sie zu Anfang der Reise auch nicht darunter gelitten, und inzwischen war das Meer auch eher ruhig. Was sie sich vor der Reise noch sehnlichst gewünscht hatte, bereitetet ihr jetzt vielmehr Unbehagen: Sie erwartete ein Kind!

Ihr erstes Kind. Noch hatte sie Reinhard nichts davon erzählt. Erika wollte ihn mit der freudigen Nachricht in der neuen Heimat überraschen. Zumal sie sich selbst noch nicht ganz sicher war, ob sie sich überhaupt auf das Kind freuen konnte. Wieder ein Gedanke des Zweifelns. Bereits jetzt lastete ihr Gewissen schwer auf ihr, dass sie das Kind nicht so annahm, wie es sich gebührte.

In Europa, im Schutz der Herrnhuter Gemeine, bei ihren Glaubensbrüdern und -schwestern wäre sie frohen Mutes gewesen. Kinder waren ein Segen. Aber jetzt, in einem fremden Land, in dem viele neue Umstände auf sie zukamen und sie noch gar nicht so recht wusste, was sie dort erwartete, bereitete ihr das Wissen, in einigen Monaten auch noch ein Kind versorgen zu müssen, große Sorge.

Bange wurde Erika bei dem Gedanken an die zahlreichen schrecklichen Krankheiten, die in den Tropen lauerten. Würde sie gesund bleiben? Würde Reinhard gesund bleiben? Und vor allem: Würde dem Kind nichts geschehen? Sie wusste nicht einmal, wo und wie sie in den kommenden Monaten unterkommen würden. Ihre Freude über die Schwangerschaft war eher getrübt. Die Gesamtsituation auf ihrem Deck tat ihr Übriges, dass Erika sich unwohler fühlte denn je. Die Holzfäller wurden durch das lange Eingepferchtsein mürrisch und streitlustig und legten sich immer öfter mit Bruder Walter und Reinhard an. Wobei ihr Mann stets versuchte zu beschwichtigen, Bruder

Walter hingegen den Groll der Männer mit Bibelzitaten nur noch mehr anstachelte. Auch hier war Erika nicht wohl beim Gedanken an die Zukunft. Wenn Bruder Walter weiterhin so kompromisslos auftrat, würde er in der Kolonie keine fruchtbare Arbeit leisten können. Alles in allem war die Lage angespannt und gereizt. Wenn sie doch endlich ankommen würden.

Kapitel 17

Julie spähte sehnsüchtig zum Horizont. Bald sollte Land in Sicht kommen. Trotz des angenehmen Seewindes spürte sie, wie das Klima sich jetzt deutlich verändert hatte. Die Reise hatte sie vom kalten niederländischen Winter durch eine frühlingshafte Zone geführt, bis hierher, wo es so warm war wie nur selten in den niederländischen Sommern. Kichernd hatten die anderen Frauen Julie bereits Ratschläge gegeben, wie man sich das Leben unter tropischer Hitze etwas erträglicher gestalten konnte. Julie errötete, als ihr bewusst wurde, dass die meisten Ratschläge sich auf die Unterbekleidung bezogen. Sie konnte doch nicht … nein! Wenn das jemand bemerkte!

Sie sehnte sich nach festem Boden unter den Füßen. Allmählich hatte sie keine Lust mehr, sich das Geschwätz der anderen Frauen auf dem Oberdeck anzuhören. Es drehte sich immer eintönig um die gleichen Themen: Haushalt, Kinder, Sklaven. Wilma zeigte sich auch nicht mehr ganz so redselig wie zuvor. Und Erika … aber seit Karl … Sie hatte mit Erika nur noch einmal kurz in Angst und Eile gesprochen und ihr manchmal über das Deck zugewunken. Dann hatte Julie es vorgezogen, keine Aufmerksamkeit mehr zu erregen und sich vom vorderen Deckbereich ferngehalten.

»Keine Sorge, Juliette, ich kümmere mich schon weiter um Aiku«, hatte Erika ihr versprochen und mit einem kurzen bestürzten Blick auf Julies noch leicht blau gefärbtes Auge hinzugefügt: »Es ist wohl besser, wenn Sie Ihrem Mann keinen Anlass zur ... zur Sorge mehr geben.«

Und überhaupt, Karls Verhalten ihr gegenüber, die Sache mit Aiku, der Schlag ... Julie versuchte, ihm seitdem aus dem Weg zu gehen, was in der Enge der Kabine ein fast unmögliches Unterfangen war. Traurig musste sie sich eingestehen, dass ihre anfängliche Verliebtheit bereits erloschen war und einer schleichenden Angst vor diesem Mann Platz gemacht hatte. Julie war ständig auf der Hut vor ihm und bemühte sich, seine Stimmung vorherzusehen. Wenn Karl sie jetzt schon so behandelte, wie würde es dann erst auf der Plantage werden? Julie versuchte, den Gedanken daran zu verscheuchen. »Lagerkoller ...« Vielleicht hatte diese Reise Karl wirklich mehr zugesetzt, als sie vermutete. Julie seufzte leise und setzte all ihre Hoffnung auf die baldige Ankunft in Surinam.

Ab und an sah man jetzt bereits Vögel durch die Luft ziehen. Große Vögel in schillernder, rosaroter Farbe und mit lustigen langen Beinen. Angeblich flogen sie in Richtung Land. Julie konnte aber noch nichts dergleichen entdecken.

Enttäuscht ging sie wieder zu den anderen Frauen, die nach wie vor seelenruhig ihren Handarbeiten nachgingen.

»Ein bisschen dauert es noch.« Wilma sah Julie die Ungeduld an. »Genießen Sie die letzten Tage bei guter Seeluft, Sie werden sie bald vermissen.« Wieder lachten die anderen Frauen zustimmend.

Nach und nach zeigten sich auch die Männer an Deck. Selbst Karl flanierte des Öfteren mit Julie an der Reling entlang. Gehorsam ließ sie sich von ihm führen. Seine Stimmung hob sich zusehends, je näher sie der Küste kamen. Julie traute sich sogar wieder, kleinere Gespräche mit ihm anzufangen. Sie blieb auch dabei immer auf der Hut, um ihn nicht zu vergrämen.

»Die Stadt Paramaribo liegt einige Stunden von Rozenburg entfernt«, erklärte er ihr, als sie zaghaft fragte, ob sie die anderen Frauen wohl wiedertreffen würde.

»Na ja, aber ab und an werde ich doch vielleicht eine Kutsche nehmen können und ...«.

Karl lachte. »Dann müssten die Pferde aber schwimmen.«

»Schwimmen?«

»Es gibt auf Rozenburg keine Kutsche. Es führt keine Straße bis zur Stadt, der einzige Weg ist der Fluss. Und da ich nicht dauernd Neger zum Rudern abkommandieren kann ... Du wirst dich schon zu beschäftigen wissen auf der Plantage, und meine Tochter Martina ist ja auch noch da.« Bei der Erwähnung ihrer Stieftochter wurde Julie ganz flau im Magen. Wie würde das Mädchen auf sie reagieren? »Wir bleiben zunächst noch zwei Tage in der Stadt, ich habe dort einiges zu erledigen, dann fahren wir weiter nach Rozenburg.«

Inzwischen stand ein Matrose am Bug des Schiffes und lotete unentwegt die Wassertiefe aus. Das Gewässer war tückisch hier, die nahe Flussmündung des Surinam und die Sandbänke führten zu stetigen Veränderungen der Wassertiefe. Als endlich Land in Sicht kam, war Julie enttäuscht. Sie hatte sich die Küste irgendwie anders vorgestellt, mit breiten Sandstränden und Palmen. Aus der Ferne sah man aber nur das blaue Meer nahtlos in ein grünes Dickicht übergehen. Nicht einmal, als sie näher kamen, war eine klare Grenze zwischen Wasser und Wald auszumachen.

Bald darauf erblickte Julie weitere Schiffe. »Die Schiffe müssen warten, bis die Flut eintrifft, erst dann kann man den

Fluss mit der Tide bis zur Stadt hinauffahren«, erklärte ihr ein Matrose.

Als sie schließlich, nach einigen weiteren, endlos lang anmutenden Stunden, in den Fluss einfuhren, stand Julie an Deck und versuchte, so viel des neuen Landes aufzusaugen wie nur möglich. Schon jetzt roch die Luft ganz anders als auf See oder gar in den Niederlanden, sie war würziger und voller. Vom Ufer hörte sie unbekannte Tierlaute. Es sollte hier Affen geben und Papageien, das hatte sie aus den Gesprächen der Frauen erfahren. Sie versuchte, im grünen Gewirr etwas zu erkennen, aber ohne Erfolg. Bald tauchten die ersten Plantagen zwischen dem dichten Grün des Waldes auf. Julie sah große Herrenhäuser, die ihre Front zum Fluss gewandt hatten, begleitet von unzähligen kleineren Gebäuden, die blendend weiß in der Sonne lagen. Der erste Eindruck der Plantagen beeindruckte Julie. Würde sie bald auch auf so einem ansehnlichen Anwesen leben?

Am Nachmittag des 13. März im Jahr 1859 schob sich die *Zeelust* langsam den Surinam-Fluss hinauf. Die gleichmütige und bisweilen gereizte Stimmung, die in den letzten Wochen auf dem Schiff geherrscht hatte, verwandelte sich in ein aufgeregtes Durcheinander.

Als der Hafen in Sicht kam, war Julie erneut verwundert. Sie hatte einen richtigen Hafen wie in Amsterdam erwartet. Der von Surinams Hauptstadt Paramaribo war aber kaum als solcher auszumachen, es war eher eine natürliche Bucht. Einige große Schiffe ankerten in der Flussmitte, und überall dazwischen wimmelte es von kleinen Booten. Korjale, erinnerte sie sich, so hatte Karl diese kleinen Boote genannt. Schwarze Männer saßen in diesen Nussschalen und stießen sie mit kräftigen Ruderschlägen durch das Wasser.

Während Julie noch auf das bunte Treiben um das Schiff herum schaute, trat Karl an ihre Seite. »Willkommen in Surinam.« Er verschränkte die Arme und stützte sich auf die hölzerne Reling. Er schien guter Dinge.

Und plötzlich wusste Julie, dass dies der richtige Zeitpunkt war. Seit ihrer Abfahrt hallten Wims Worte in ihrem Kopf und nagten bohrend an der Frage in ihr, warum Karl sie geheiratet hatte. Bestimmt nicht aus Liebe, da war sie sich inzwischen sicher. Sie hatte während der Reise gehofft, dass Wim sich getäuscht hätte, aber Karls Verhalten bestätigte immer mehr ihren Verdacht. Plötzlich spürte sie, dass sie Surinam nicht betreten wollte, ohne zuvor eine Antwort auf diese so entscheidende Frage bekommen zu haben.

»Karl?« Sie zögerte. Zwar schien Karl heute bester Stimmung, aber das konnte sich schnell ändern, so gut kannte sie ihn inzwischen. Allerdings standen inzwischen etliche Passagiere an Bord, da würde er wohl kaum ... »Hast du mich nur wegen meines Erbes geheiratet?« Nun war es raus, und Julie wich unwillkürlich ein Stück vor ihm zurück.

Karl aber gab nur ein süffisantes Lachen von sich und antwortete, ohne sie dabei anzusehen. »Juliette, es wäre doch schade gewesen, so ein hübsches Ding wie dich im Kloster zu wissen. Sei mir eine gute Frau, und du bekommst alles, was du brauchst.« Dann schaute er sie kurz an, und dieser Blick, aus dem bloßes Kalkül sprach, gab Julie die Gewissheit. Sie war in eine Falle getappt. Der Schiffsboden wankte unter ihren Füßen, aber sie fiel nicht.

De verre kust

Ferne Küsten

Surinam 1859
Paramaribo, Plantage Rozenburg

Kapitel 1

Julies erste Schritte in der neuen Heimat waren wackelig und unsicher. Als sie am späten Nachmittag endlich wieder festen Boden unter den Füßen hatte, fiel es ihrem Körper zunächst schwer, sich an die Situation zu gewöhnen. Sie schwankte beständig wie auf See und konzentrierte sich allein darauf, die Füße halbwegs nebeneinanderzusetzen. Karl schien es nicht so zu ergehen. Mit schnellen Schritten entfernte er sich von der Landungsbrücke.

Julie war froh, als plötzlich Aiku neben ihr auftauchte. Der Sklave schien die lange Überfahrt unversehrt überstanden zu haben, er war nun bekleidet, wenn auch spärlich, und bedachte Julie mit einem kurzen Blick, bevor er sofort pflichtbewusst nach ihrem Kleingepäck griff. In seinen Augen lag Dankbarkeit. Doch der Moment war schnell vorbei, dann zog er sich ein paar Schritte zurück.

»Kindchen, ich wünsche Ihnen alles Gute!« Wilma schloss Julie kurz in die Arme. »Wenn Sie einmal in der Stadt sind, lassen Sie es mich wissen.«

»Wilma ... vielen Dank für alles!« Julie schmerzte es, sich von Wilma verabschieden zu müssen. Sie blickte der Frau wehmütig nach. Wilmas ehrliche Sorge um sie hatte Julie während der Überfahrt sehr berührt.

Auch Erika kam, um Julie zu verabschieden. Ihre Gefühle standen ihr im Gesicht geschrieben. »Ich weiß nicht, ob wir in der Stadt bleiben, aber vielleicht sehen wir uns ja wieder … Ich wünsche Ihnen viel Glück für Ihr neues Leben! Aiku, passen Sie gut auf Juliette auf!«

Der Sklave nickte Erika bedeutungsvoll zu und legte seine rechte Hand auf sein Herz, wobei er sich etwas vorbeugte. Erika lächelte, bevor sie Julie kurz umarmte und dann schnell hinter ihrer Gruppe herlief, die sich bereits vom Hafen entfernte. Julie war zum Heulen zumute. Was waren das schon für Aussichten, in einem fremden Land, mit einem Mann, der sie gekauft hatte wie … wie …?

Julie folgte Aiku verdrossen. Weiter vorne, mitten im Strom der Menschen, konnte sie Karl erkennen. Hätte er nicht wenigstens auf sie warten können?

Als sie ihn endlich eingeholt hatten, wies er gerade zwei kräftige schwarze Burschen an, sich um das Gepäck zu kümmern.

»Meine neue Frau«, sagte er kurz und deutete auf Julie.

»Misi.« Julie sah für einen kurzen Moment so etwas wie Neugier in ihren Blicken aufblitzen, bevor die beiden sofort wieder ehrerbietig den Blick senkten. Sie stoben davon, um das Gepäck vom Schiff zu holen. Karl rief derweil nach einer der Mietdroschken, die am Straßenrand warteten, und half Julie hinein.

Nach einer geraumen Weile fuhr die Kutsche langsam die breite Hafenstraße Waterkant entlang. Die beiden schwarzen Burschen und Aiku folgten mit einem Teil der schweren Koffer zu Fuß. Julie fragte sich zwar, warum man das Gepäck nicht mit in den Wagen lud, verkniff sich aber eine Bemerkung. Von Weitem erhaschte sie einen Blick auf einen großen Platz, hinter dem in einem gepflegten Park ein imposantes Gebäude emporragte. Karl erklärte, das sei der Sitz des Gouverneurs.

Trotz allem, in Julie regte sich jetzt Neugier auf dieses Land. Fasziniert sah sie sich um. Dicht an dicht standen die Häuser und erinnerten in ihrer bunten Ansammlung fast an eine kleine niederländische Stadt. Das lag nicht zuletzt an den Grachten und Kreeken, welche die Stadt durchzogen. Ab und an holperte der Wagen über eine hölzerne Brücke. Nur die großen tropischen Palmen, die der Allee mit ihren ausladenden Wedeln etwas Schatten spendeten, passten nicht in dieses Bild. Sie zeugten davon, dass sie sich auf einem ganz anderen Kontinent befand. Die drückende Hitze tat ihr Übriges. Julie wurde schnell gewahr, dass der Ratschlag der Frauen kein Scherz gewesen war.

Selbst die Straßennamen erinnerten an die Niederlande. Es gab die Oranje Straat, Watermolenstraat und die Keizerstraat, auf der sie nun in die Stadt hineinfuhren.

Überall herrschte ein buntes Durcheinander. Kleine Geschäfte hatten ihre Tresen zur Straße hin geöffnet. Menschen von hellbrauner bis tiefschwarzer Hautfarbe gingen geschäftig ihrem Treiben nach. Frauen, in bunte Kleider und Tücher gehüllt, trugen große Körbe mit Früchten auf den Köpfen, Männer schoben Handkarren mit Sackwaren. Größere Wagen mit langohrigen, struppigen Eseln oder Maultieren warteten am Straßenrand. Kinder tollten umher. Und alle machten sie achtsam dem Wagen der Weißen Platz – die schienen in diesem Land nicht zu Fuß zu gehen. Kurze Zeit später kam die Droschke vor einem Haus zum Stehen.

»Wir sind da.«

Karl half Julie beim Aussteigen. Erwartungsvoll beäugte sie das Haus. Es war zweistöckig und weiß gestrichen, mit grünen Fensterläden. Der Eingang lag auf einer schmalen, überdachten Veranda, auf die man über eine seitliche Treppe gelangte. Über der Veranda erstreckte sich, von Holzsäulen getragen, wiederum ein ebenso schmaler Balkon. Links neben dem Haus befand sich ein großes Holztor, das vermutlich den Zugang zum Hinterhof bildete. Durch eine kleine Tür in diesem Tor schlüpften nun die Sklaven mit dem Gepäck.

Karl schritt voran und stand bereits oben vor der Eingangstür. »Was ist? Kommst du?«, fragte er ungeduldig. Als er bemerkte, dass Julie den schwarzen Burschen hinterhersah, murrte er: »Das ist die Negerpforte. Nun komm.«

Julie eilte die Stufen zur Veranda hinauf und durch die geöffnete Eingangstür.

»Masra Leevken.« Eine füllige kleine Sklavin, tadellos mit einem sauber gestärkten weißen Kopftuch und ebensolcher Schürze gekleidet, begrüßte Karl in der kleinen Eingangshalle.

»Foni«, er übergab der Sklavin seine Jacke und nickte mit dem Kopf in Richtung Julie, »das ist meine neue Frau, Juliette.«

»Misi.« Foni senkte sofort den Blick.

Julie nickte ihr freundlich zu.

Aiku kam nun aus einer Tür im hinteren Bereich des Hauses. In den Händen hielt er ein Tablett mit einer Karaffe und einem Glas, das er füllte und Karl reichte.

Julie hatte schon wieder Mitleid mit dem Sklaven. Ließ Karl ihm denn gar keine Gelegenheit, sich von der strapaziösen Reise zu erholen?

Karl jedoch leerte das Glas in einem Zug und stellte es zurück auf das Tablett. »Foni, richte das Essen an, wir haben Hunger nach der Reise.«

Foni nickte und watschelte mit behäbigen Schritten durch eine Tür in den hinteren Bereich des Hauses.

»Juliette …« Karl geleitete Julie in ein Nebenzimmer, einen kleinen, behaglichen Salon. Julie bewunderte kurz die erlesene Einrichtung des Zimmers: zierliche Möbel und geschmackvolle Stoffe. Karl setzte sich in einen der ledernen Sessel und nahm das von Aiku sofort gereichte Glas in Empfang.

»Etwas zu trinken für die Misi«, sagte er knapp. Sogleich eilte der Sklave aus dem Raum. »Setz dich, Juliette.« Er wies auf den zweiten Sessel. »Meine erste Frau hat dieses Haus eingerichtet. Allerdings nutze ich es nicht viel. Martina ist ab und zu hier, aber sonst ...«

Julie fühlte sich nicht ganz wohl. Es war zwar jetzt auch irgendwie ihr Haus, aber alles war so ungewohnt und fremd. Und dieses Haus, das spürte Julie sofort, trug die Handschrift einer anderen Frau. Die von Felice, wer immer sie auch gewesen war. Ob sie wohl je mehr über diese Frau erfahren würde?

»Es ist hübsch hier«, sagte sie deshalb leise und schlug die Augen nieder.

Als Aiku mit Julies Erfrischungsgetränk zurückkam, nahm Julie das Glas an und bedankte sich höflich. Aiku wirkte einen kurzen Moment verwirrt, dann versteinerte sich seine Miene wieder. Karl schickte ihn mit einer Handbewegung aus dem Raum.

»Juliette, man bedankt sich nicht bei Sklaven. Es ist ihre Bestimmung, uns zu dienen. In den Niederlanden mag man so mit Dienstboten umgehen, aber hier nicht«, sagte er nachdrücklich. Julie wollte etwas erwidern, aber Karl hob abwehrend die Hand. »Du hast dich jetzt den Gepflogenheiten hier im Land anzupassen«, sagte er barsch, »und mit meinen Negern wird so umgegangen, wie ich es sage: kein Bitte und kein Danke an die Neger!« Julie war entsetzt. Sie brachte nur ein kurzes Nicken zustande.

Foni erschien in der Tür und kündigte das Essen an. Als sie

das Speisezimmer auf der anderen Seite der Eingangshalle betrat, staunte Julie über den üppig gedeckten Tisch. Nach der doch etwas eintönigen Schiffskost der letzten Wochen verspürte sie Appetit. Foni rückte Julie einen Stuhl gegenüber von Karl zurecht. Julie konnte sich ein *Danke* gerade noch verkneifen und nickte der Sklavin stattdessen kurz zu.

Foni schien ihr Handwerk zu verstehen, die Speisen waren herrlich angerichtet, aber vieles auf den Platten und in den Schüsseln war Julie vollkommen unbekannt. Die vermeintlichen Kartoffeln schmeckten eher süßlich, und ein Gemüse wiederum, welches süß duftete, erwies sich als so scharf, dass es Julie die Tränen in die Augen trieb. Karl schien dies zu amüsieren.

»Auch daran wirst du dich gewöhnen«, sagte er schmunzelnd. Nach dem Essen führte Karl sie in die obere Etage, in der es mehrere Schlafzimmer gab, von denen er nun eines Julie zuwies. Julie freute sich insgeheim, das Zimmer mit dem Balkon bewohnen zu dürfen. »Und achte drauf, dass das Moskitonetz immer über dem Bett hängt. Ruh dich nun aus.« Mit diesen Worten verschwand er.

Julie sah, dass ihr Koffer bereits im Zimmer stand. Auspacken lohnt sich aber nicht, dachte sie im Stillen. Übermorgen geht die Fahrt ja weiter zur Plantage. Julie trat an das Fenster. Es hatte keine Scheibe! Mit den Fingerspitzen berührte sie die feine Gaze, die den Rahmen als Netz überspannte. Draußen tauchte die untergehende Sonne die Straße in warmes rotes Abendlicht, die Palmen warfen lange Schatten. Vereinzelt sah man noch Menschen auf der Straße, vornehmlich Schwarze. Sie öffnete die Tür, die zum Balkon hinausging, auch diese hatte keine Scheiben. Julie lehnte sich an den Türrahmen, schloss die Augen und atmete tief die würzige Abendluft ein. Es war warm und feucht, ab und an wurde die Luft durchschnitten von einem kühleren Hauch der nahenden Nacht.

Ein kitzelndes Gefühl auf ihrem Arm riss sie aus ihren Gedanken. Unzählige kleine Mücken hatten sich dort niedergelassen und schienen zum Stechen ansetzen zu wollen. Julie schüttelte sie schaudernd ab, trat ins Haus und verschloss schnell die Tür. Daher also auch das Netz über dem Bett.

Es klopfte. Foni betrat den Raum mit einer qualmenden Schale in der Hand, die sie nun auf das Fensterbrett stellte. Julie blickte sie verwundert an.

»*Smokopatu*, gegen Mücken!« Sie nickte untergeben und trollte sich wieder.

Julie dachte an Karls eindringliche Worte und zwang sich erneut, sich nicht zu bedanken. Ihr tränten von dem beißenden Rauch zunächst die Augen, aber nachdem die Sklavin die Tür wieder geschlossen hatte, schien er aus dem Fenster zu ziehen, ohne sich noch weiter im Raum auszubreiten. Dann verstand sie: Der Rauch dieser Schale verscheuchte die lästigen Insekten. Julie seufzte leise und ließ sich auf das Bett sinken. Das war es also, ihr neues Heimatland. Wie würde es jetzt wohl mit ihr weitergehen?

Julie war fest entschlossen, das Beste aus der Situation zu machen. Im Grunde war dieses Land doch recht schön. So exotisch. Sie war mit der Schule einmal in einer Orangerie gewesen, einem Tropenhaus voller Palmen und fruchtiger Düfte. Jetzt war sie in einem Land, in dem es all diese üppige Pracht tatsächlich gab. Ob sie wohl auf der Plantage einen großen Garten vorfinden würde? Die Plantage … Welche Menschen wohl noch auf der Plantage lebten? Sicherlich viele Sklaven. Julie hatte sich das Zusammensein mit ihnen anders vorgestellt, ähnlich dem Verhalten gegenüber Dienstboten, aber Sklaven waren offensichtlich doch etwas anderes, sie schienen eher wie Arbeitstiere behandelt zu werden. Sie nahm sich fest vor, zu den Sklaven, mit denen sie zu tun haben würde, nett zu sein.

Bange war ihr vor allem vor dem ersten Zusammentreffen mit ihrer Stieftochter. Ob sie sich wohl verstehen würden? Julie hoffte es inständig. Sie war jetzt von Karl abhängig, da war es nur gut, wenn sie mit seiner Tochter auskam.

Sie wusste ansonsten immer noch nichts über Karls Familie. Hatte er noch Eltern? Lebten die gar auch noch auf der Plantage? Der Gedanke brachte schmerzlich die Erinnerung an ihre eigenen Eltern hervor. Was die wohl zu Julies Entscheidung gesagt hätten, nach Surinam zu gehen? Vermutlich wäre es nie so weit gekommen. Karl hatte sie ja auch nur wegen des Geldes geheiratet. Es versetzte Julie wieder einen unangenehmen Stich, daran zu denken. Vielleicht ... wenn sie sich Mühe gab, ihm zu gefallen, vielleicht würde es ja nicht so schlimm werden.

Am nächsten Morgen erwachte Julie nur mäßig erholt, die Hitze setzte ihr mächtig zu. Sie war mehrfach aufgestanden, um ihre nassgeschwitzte Nachtwäsche zu wechseln. Außerdem hatte sie lange wach gelegen, gegrübelt und darauf gehorcht, ob Karl wohl noch zu ihr kommen würde, bis sie letztendlich in einen unruhigen Schlaf gefallen war. Karl war nicht erschienen, dafür hatten jedoch einige Mücken ihren Weg in das Zimmer und sogar unter das Netz gefunden und Julie einige Male geweckt.

Nachdem sie sich frisch gemacht hatte, suchte sie sich aus ihrem Koffer das leichteste Kleid, das noch standesgemäß zu tragen war. Beim Frisieren merkte Julie, wie sich ihre Haare durch die feuchte Luft unbändig kräuselten. Bereits am frühen

Morgen erinnerte sie das Klima an die große, dampfgefüllte Waschküche des Internats.

Nachdem es ihr halbwegs gelungen war, adrett und ordentlich auszusehen, ging sie nach unten. Karl saß bereits am Frühstückstisch und las in einer Zeitung. Foni stand parat und schenkte Julie eine Tasse tiefschwarzen Kaffee ein. Julie stand der Sinn eigentlich mehr nach einem kühlen Getränk, sie traute sich aber nicht, darum zu bitten.

Einem anderen Drang konnte sie allerdings nicht widerstehen. Sicherlich schickte es sich nicht bei Tisch, aber ... Verlegen kratzte sie sich am Arm. Einige dieser Mücken hatten sie tatsächlich gestochen.

Karl ließ kurz seine Lektüre sinken: »Daran gewöhnst du dich«, sagte er lediglich, bevor er die Zeitung wieder hob. Ansonsten blieb er wortkarg. Julie hätte gerne gefragt, was sie heute machen würden. Vielleicht zeigte er ihr ja die Stadt! Ihre Hoffnung zerschlug sich allerdings, als Karl aufstand und sich verabschiedete. »Ich habe noch Geschäftliches zu erledigen.«

Julie blieb enttäuscht und etwas unschlüssig allein am Tisch sitzen. Sie erschrak fast, als Foni neben sie trat. Die Haussklavin hielt ihr einen kleinen Tiegel hin und deutete auf Julies Arm, auf dem sich einige große rote Pusteln gebildet hatten.

»Danke, Foni«, sagte Julie, Karls Warnungen zum Trotz. Foni zeigte ihr ein Lächeln, das ihre schneeweißen Zähne entblößte, und verschwand wieder irgendwo hinten im Haus. Hatte Foni Julie überhaupt verstanden? Sie hatte zwar gelächelt, aber vielleicht war das auch nur ein Zeichen von Höflichkeit.

Julie fand das Sprachverhalten sehr kompliziert. Auf dem Schiff hatten die Frauen erzählt, dass die Sklaven kein Niederländisch sprechen durften. Sie verstanden es zwar, durften aber nur in ihrer Sprache antworten. Die Sprache der Sklaven hatten die Frauen abwertend *taki-taki* genannt, was so viel wie Bla-Bla bedeutete. Offiziell hieß die Sprache Negerenglisch und klang in Julies Ohren wie eine Abwandlung des Niederländischen, in der einfach Silben vertauscht, Buchstaben weggelassen oder hinzugefügt wurden oder einige Worte durch englische ersetzt wurden. Die Weißen wiederum sprachen diese Sprache nicht, verstanden sie aber. Julie würde also wohl auch Negerenglisch lernen müssen. Englisch hatte sie immerhin im Internat gelernt, und das Lernen war ihr nie schwergefallen. Sie hoffte, auch hier schnell die ersten Worte sprechen zu können.

Nach dem Frühstück blieb Julie unschlüssig am Tisch sitzen. Und was sollte sie jetzt tun? Karl war fort, und sie war allein in diesem Haus. Ob sie sich darin umsehen durfte? Auch wenn sie allzu neugierig auf den Rest des Hauses war, entschied sie sich für ihr Zimmer. Sie fühlte sich hier fremd und noch als Gast, nicht als Hausherrin, und es gehörte sich nicht, in fremden Häusern herumzustöbern. Sie hatte kaum ihren Schlafraum betreten, da ließ ein dumpfes Grollen sie zusammenzucken. Als sie an das Fenster trat, sah sie, dass der Himmel sich zugezogen hatte und schwarze Wolken tief über den Dächern der Häuser lagen. Dann sah sie auch schon einen Blitz zucken, dicht gefolgt von einem bedrohlichen Grollen. Ein kühlender, kräftig böiger Wind kam auf, der die Palmblätter heftig durcheinanderwirbelte. In diesem Moment begann es zu regnen. Julie trat einen Schritt zurück und schloss die Tür. Der Regen perlte an der feinen Gaze ab – ob sie auch noch die Läden schließen sollte? Fasziniert beobachtete sie aber, welche Wassermassen da jetzt vom Himmel stürzten. Das hier war kein Regen, das war eine Sintflut. Karl hatte ihr von den beiden Regenzeiten im Jahr erzählt, und sie versuchte, sich an die entsprechenden Monate zu erinnern. Mitte April kam ihr in den Sinn, dann ging das wohl bis zum August. Die zweite Periode, so meinte sie sich zu erinnern, war dann von Dezember bis Februar, also im Winter, sofern man hier davon sprechen konnte. Erst jetzt ging ihr auf, dass fast acht Monate Regenzeit auch nicht unbedingt gutes Wetter verhießen. Und nun schüttete es wie aus Eimern, obwohl noch nicht einmal Regenzeit war. Julie war gespannt, welche Überraschungen das Wetter noch für sie bereithalten würde.

Aber so schnell, wie das Unwetter gekommen war, hörte es auch wieder auf. Die Wolken trieben weiter, und die Sonne kam zum Vorschein. Von der nassen Straße stiegen sofort Dunstschwaden auf, schnell war auch die leichte Abkühlung dahin.

Plötzlich fühlte Julie sich entsetzlich einsam. Sie sehnte sich nach Sofia und dem Internat, sogar nach der Enge ihres kleinen Zimmers. Wie gerne wäre sie jetzt mit Sofia an der Stadtmauer entlangspaziert, hätte den Enten auf dem Weiher zugesehen und mit ihrer Freundin geredet. Sie sehnte sich auch nach Wim, der jetzt sicher gewusst hätte, was zu tun war. Einen kurzen Moment sehnte sie sich sogar auf das Schiff zurück, auf den Austausch mit den anderen Frauen. Was Erika und Wilma wohl gerade machten?

Sie versuchte, die aufsteigenden Tränen zu unterdrücken. Sie musste jetzt stark sein, in die Zukunft schauen. Wenn sie doch nur wüsste, was auf sie zukam! Julie verbrachte eine weitere, unruhige Nacht allein in ihrem Zimmer.

Entgegen aller Planungen eröffnete Karl ihr am nächsten Tag, der Aufenthalt in der Stadt würde doch noch einige Tage länger dauern. »Wir haben bereits eine Einladung erhalten«, erklärte er ihr weiter, wobei sein Gesicht einen seltsam zufriedenen Ausdruck zeigte.

Julie wusste nicht recht, ob sie sich freuen sollte. Natürlich wäre es schön, Kontakte in der Kolonie zu knüpfen. Aber auch da würde sie für Karl nur Mittel zum Zweck sein.

Zudem machte das Klima Julie unsäglich zu schaffen. Sicherlich hatte sie damit gerechnet, dass es warm war in Surinam. Aber so? Die Tageshitze war so drückend, und Julie hatte das Gefühl, nicht atmen zu können, und sie litt unter einem stetigen Schwindelgefühl. Der Schweiß lief ihr in Strömen den Rücken herunter. Foni reichte ihr zwar in regelmäßigen Abständen erfrischende Getränke und feuchte Tücher, die ihr Leiden allerdings nicht besonders linderten. Am Abend war sie froh, als die Sonne vom Himmel verschwand und die Luft sich etwas abkühlte. Aber an einen erholsamen Schlaf war auch in dieser Nacht nicht zu denken. Julie wälzte sich zwischen den durchgeschwitzten Laken und stand mehrmals auf, um sich trockene Kleidung anzuziehen. Wie sollte sie das nur auf Dauer aushalten?

Einen Tag später saß Julie in ihrem Zimmer vor dem Spiegel in dem Versuch, sich einer Feierlichkeit entsprechend herzurichten. Ihr graute es davor, ein Kleid aus schwerem Stoff zu tragen, außerdem kräuselten sich ihre Haare in der feuchtwarmen Luft zu einem unbändigen Durcheinander. Wieder war es Foni, die ihr zu Hilfe kam. Sie brachte ihr ein wohlriechendes Öl, welches sie sparsam auf Julies Haare auftrug.

»Foni, das duftet ja wunderbar!« Julie schluckte gerade noch rechtzeitig ein Danke herunter.

»Misi hat Haare wie Gold, Misis Sklavin wird sich freuen, Frisuren daraus zu machen.« Julie war überrascht, wie redselig Foni war, was vermutlich auch daran lag, dass Karl nicht in der Nähe war. Außerdem freute sie sich, dass sie die Sprache der Hausssklavin so gut verstand.

»Aber ich hab doch gar keine Sklavin«, bemerkte Julie leise, während Foni ihr in das Abendkleid half.

»Der Masra wird der Misi eine Sklavin besorgen. Jede Misi hat eine Sklavin, ohne Sklavin geht nicht«, erklärte Foni Julie mit gewichtigem Unterton.

Als Julie sich noch im Spiegel begutachtete, ertönte plötzlich aus dem unteren Stockwerk eine weibliche Stimme.

»Vater? ... Vater?«

»Oh!«, rief Foni sichtlich erschrocken und eilte davon.

Julie war überrascht. Das konnte nur Martina sein!

Ein nervöses Kribbeln machte sich in ihr breit. Warum hatte Karl sie nicht vorgewarnt, dass sie bereits hier auf ihre Stieftochter treffen würde? Aber Karl war seit ihrer Ankunft von morgens bis abends zu geschäftlichen Dingen unterwegs, verließ das Haus früh und kam erst spät heim. In den wenigen gemeinsamen Momenten hatte er Julie so gut wie gar nicht beachtet.

Schnell strich sie nochmals ihr Kleid glatt. Dann ging auch sie nach unten.

In der kleinen Eingangshalle nahm Foni gerade einer jungen Frau die Sommerjacke ab. Julie verharrte auf der Treppe und nutzte den kurzen Augenblick, um sich Karls Tochter genauer anzusehen. Martina war nur wenig kleiner als sie selbst und hatte das dunkle Haar zu einem aufwändigen Knoten gebunden. Die Gesichtszüge waren kantig, aber doch ebenmäßig – die Ähnlichkeit zu ihrem Vater war unverkennbar. Als sie Julie jetzt auf der Treppe bemerkte, verengten sich ihre großen braunen Augen zu Schlitzen, aus denen sie Julie katzenhaft anfunkelte.

»Wer sind Sie? Was machen Sie in unserem Haus?« Da Martina dabei Foni vorwurfsvoll ansah, fühlte diese sich wohl zu einer Erklärung aufgefordert.

»Das ist Misi Juliette …«, setzte Foni an.

»Mejuffrouw Leevken … Martina!« Julie fiel der Sklavin ins Wort und eilte sich jetzt, die Treppe hinunterzukommen. Die alte Sklavin senkte den Blick und schwieg. Julie wollte sich Martina lieber selbst vorstellen. Aber was sollte sie sagen? Die kurzen, angriffslustigen Fragen des Mädchens deuteten darauf hin, dass ihr Vater ihr nichts von seiner neuen Frau hatte berichten lassen. Wie um Himmels willen sollte sie ihr klarmachen, dass sie jetzt ihre Stiefmutter war? Sie atmete tief ein, setzte ein freundliches Lächeln auf und streckte Martina die Hand zum Gruß hin. »Es freut mich ausgesprochen, Sie endlich kennenzulernen«, sagte sie so herzlich sie konnte.

Martina bedachte sie mit einem abschätzenden Blick und ignorierte die höfliche Geste. Dann bekam ihr Gesicht einen hochmütigen Ausdruck, wobei sie ihre spitze Nase in die Luft reckte.

»Ach, hat Vater schon wieder eine neue Gouvernante engagiert? Ich habe ihm doch gesagt, dass ich das nicht mehr wünsche. Foni! Wo ist er eigentlich?«

»Masra Karl kommt gleich wieder. Möchten die Misis eine Erfrischung im Salon?« Foni schien froh, sich zurückziehen zu können.

Martina zuckte die Achseln und übergab der Haussklavin ihren Hut. »Ja, aber schnell, ich muss mich ja noch frisch machen und umziehen. Wir wollen doch heute Abend zu den van Beckers. Vater hat extra gestern nach mir schicken lassen.« An Julie gewandt fügte sie hinzu: »Dann kommen Sie mal mit.«

Martina deutete Julie an, ihr zu folgen. Julie folgte ihrer Stieftochter wortlos in den Salon. Dort ließ Martina sich seufzend auf einem Sessel nieder und bedachte Julie mit einem unschlüssigen Blick, bevor sie ihr bedeutete, im Sessel gegenüber Platz zu nehmen.

»Er hat Sie doch jetzt nicht extra aus Europa hergeschafft, oder? Ich habe ihm gesagt, dass ich weder eine Gouvernante wünsche noch weitere Hauslehrerinnen. Wir haben da ja sehr schlechte Erfahrungen gemacht.« Martinas Stimme nahm einen altklugen Tonfall an. »Aber Sie werden sicherlich keine Probleme haben, hier irgendwo anstellig zu werden. In den meisten Familien werden gut gebildete Kindermädchen händeringend gesucht. Die Neger haben da ja gewisse Defizite.«

Foni kam mit einem Tablett und zwei Gläsern herein, das sie auf dem niedrigen Tisch abstellte, bevor sie sich eilig wieder trollte.

Julie wusste nicht, ob sie sich über die Art von Martina amüsieren oder ärgern sollte. Martina schien nicht nur äußerlich ihrem Vater ähnlich zu sein, ihr Auftreten glich dem einer kleinen Herrscherin. Julie wappnete sich innerlich gegen dieses hochmütige Mädchen. Martina würde ihr vermutlich nicht erfreut um den Hals fallen, wenn Julie die Situation gleich aufklärte. Damit hatte Julie zwar nicht gerade gerechnet, aber ein klein wenig Herzlichkeit hätte sie sich doch von ihrer neuen Stieftochter bei der Begrüßung gewünscht. Nicht nur ihr gegenüber.

»Also, Martina … Ihr Vater hat mich nicht angestellt als Gouvernante, er …« Wie sollte sie dem Mädchen das bloß erklären?

Noch während sie nach den passenden Worten suchte, hörte sie aus der Eingangshalle Karls Stimme. Kurz darauf betrat er den Salon. »Martina, du bist schon da?«

Martina sprang auf und fiel ihm um den Hals. »Vater, wie schön!«

Kurz huschte Karls Blick zwischen Martina und Julie hin und her.

»Wie ich sehe, hast du dich mit Juliette bereits bekannt gemacht?«

»Äh, nein. Vater, ich hatte dir doch gesagt«, Martina wandte sich jetzt zu Julie um, »ich habe Mejuffrouw … Juliette bereits gesagt, dass ich keine neue Gouvernante anstellen möchte. Aber sie wird sicherlich eine andere gute Anstellung finden …«

»Gouvernante?« Karl runzelte die Stirn. »Martina, es ist nicht so, wie du denkst.« Er schob seine Tochter wieder zu ihrem Sessel und nahm dann selbst Platz.

»Martina, also … das ist Juliette. Wir haben in Europa geheiratet. Sie ist somit nun meine neue Frau und deine Stiefmutter.«

Julie bemerkte, dass Karl seiner Tochter die Information vollkommen emotionslos übermittelte. Dennoch schenkte sie Martina erwartungsvoll ein Lächeln. Sie hoffte, trotz der etwas ungewöhnlichen Umstände, Zugang zu diesem Mädchen zu bekommen. Sie war schließlich die einzige Gesellschaft, die Julie auf der Plantage erwarten konnte. Der eisige Blick, den Martina ihr zuwarf, zerstörte die Hoffnung jäh.

»Stiefmutter?«, fauchte Martina leise und stieß dann, an Karl gewandt, aus: »Wie konntest du nur … du glaubst doch nicht …?« Martinas Gesicht bekam eine zornige Röte, ruckartig stand sie auf und rannte aus dem Zimmer.

Karl rief mit donnernder Stimme hinter ihr her: »Martina, komm sofort zurück!« Doch Martina gehorchte nicht. Kopfschüttelnd faltete Karl die Hände. »Sie wird sich wieder beruhigen.«

Karl hatte eine Mietdroschke bestellt, die sie nach Sonnenuntergang durch die Straßen der Stadt brachte. Martina saß Julie schweigend und mit abgewandtem Blick gegenüber. Diese hätte sich für das Kennenlernen mit ihrer Stieftochter ein besseres Arrangement gewünscht. Aber so ... sie fühlte sich ebenfalls überrumpelt.

Nach einer scheinbar ewigen, von eisigem Schweigen geprägten Fahrt, hielt die Kutsche endlich an. Karl half Julie aus dem Wagen und hakte sie unter. Martina stapfte missmutig hinter ihnen auf das imposante Stadthaus zu. Die Fenster waren hell erleuchtet, und Musik drang nach außen. Julie hatte sich die ganze Zeit so über Martinas Benehmen geärgert, dass sie erst jetzt gewahr wurde, dass ihr nun der erste öffentliche Auftritt an Karls Seite bevorstand. Plötzlich wurde sie sehr nervös. Wem würde sie gleich alles vorgestellt werden? Würde sie alles richtig machen? Gab es gar besondere Verhaltensregeln in diesem Land, von denen sie noch nichts wusste? Karl würde sicherlich sehr böse, wenn sie ihn heute blamierte. Wie hieß noch mal die Gastgeberin? Julie hatte es vergessen. Aber jetzt war es sowieso zu spät, ein Sklave in Livree, allerdings ohne Schuhe, nahm sie an der Tür in Empfang.

Sobald das Ehepaar Leevken den Salon betrat, zog es die Aufmerksamkeit eines Großteils der Gäste auf sich. Karl begrüßte souverän einige der Anwesenden und stellte Julie vor. Die Gastgeberin, Charlotte van Beckers, eine füllige, blonde Frau mit geröteten Wangen, vereinnahmte Julie sofort.

»Ach, wie schön, Sie endlich kennenzulernen! Ich hab ja schon so viel von Ihnen gehört. Möchten Sie nicht mitkommen? Die Damen freuen sich sicherlich über Ihre Gesellschaft.«

Widerspruch war zwecklos, und so löste sich Julie von Karls Arm und folgte Charlotte van Beckers in eine Damenrunde. In der Tat, die Gastgeberin hatte nicht gelogen: Die

Frauen belagerten Julie gleich mit vielen Fragen. Was gab es Neues vom Königshaus? Was würde wohl bald modisch aktuell sein? Wie kam es zu der Heirat nach Surinam?

Julies Kopf brummte. So viele neue Namen und Gesichter! Freundlich versuchte sie, alle Fragen zu beantworten, den Teil über die Heirat aber ließ sie aus. Als sie Karl zwischendurch einen kurzen Blick zuwarf, prostete er ihr aufmunternd mit einem Glas Champagner zu, um sich dann wieder der Konversation mit den Männern zu widmen.

»Oh, Juliette, da ist Marie Marwijk ... Marie, darf ich Ihnen Juliette Leevken vorstellen ... jetzt, wo Sie ja sozusagen Nachbarn werden.« Charlotte van Beckers schob gerade wieder eine neue Dame an Julies Seite.

»Ich freue mich ja so, Sie endlich kennenzulernen.« Marie Marwijk ergriff Julies Hand und tätschelte sie, ohne ihren Redefluss zu unterbrechen. »Wir leben auf der Plantage Watervreede, die liegt gleich neben Rozenburg.« Marie Marwijk war ungefähr fünfzig Jahre alt. Sie war klein und drahtig, und ihr Gesicht ließ darauf schließen, dass ihr Leben nicht immer ganz leicht gewesen war. Ihr ehemals braunes Haar war von silbrigen Strähnen durchzogen. »Ach, Mevrouw Leevken, oder darf ich Juliette sagen«, sie wartete die Antwort gar nicht erst ab, »das ist ja so aufregend! Ich hoffe, Sie kommen mich dann jetzt öfter mal besuchen?«

Marie Marwijk plapperte weiter munter an Julies Seite. Julie wusste nicht, ob ihr das möglich sein würde. Was hieß in diesem Land wohl *Nachbarin*? Musste Julie vielleicht eine umständliche Flussreise antreten, um zu ihr zu kommen? Oder bedeutete *Nachbarin*, dass es von Rozenburg aus einen Landweg gab? Würde Karl überhaupt erlauben, dass sie die Frau besuchte? Nett schien sie ja zu sein. Wie sie wohl zu Martina stand? Vielleicht hatte sie ja selbst Töchter, die ...

Alles in allem warf jede neue Bekanntschaft mehr Fragen auf, als dass sie Antworten brachten. Bald schwirrte Julie der Kopf. Sie beschränkte sich auf regelmäßiges, freundliches Nicken und kurze, höfliche Kommentare. Sie war erschöpft, aber auch froh, dass die Damen ihr recht wohlgesinnt schienen. Jede bekundete Interesse an ihr, und sie hatte auch bereits mehrere Einladungen zu Kaffeestunden erhalten. Sie wusste zwar nicht, ob sie allen nachkommen können würde, aber es wäre unhöflich gewesen, sie auszuschlagen. Julie konnte die vielen neuen Namen unmöglich alle behalten und bezweifelte, dass sie die Frauen wiedererkennen würde. Sie vertröstete die Damen mit dem Hinweis darauf, dass sie zunächst erst einmal die Plantage kennenlernen und sich häuslich einrichten wollte. Woraufhin ihre neuen Bekanntschaften sie mit Ratschlägen überschütteten, wie es sich auf einer Plantage am besten aushalten ließ. Der Abend schien kein Ende nehmen zu wollen.

Martina hatte sich während des gesamten Empfangs von ihr ferngehalten und sobald Julie Blickkontakt mit ihr aufgenommen hatte, linkisch etwas zu einer Frau an ihrer Seite geflüstert. Julie hätte zu gerne gewusst, wer diese Frau war. Gehörte sie zur Familie? War sie eine Freundin Martinas? Sie schien sich zumindest nicht so für Julie zu interessieren, oder besser gesagt, sie bedrängte Julie nicht so wie die restlichen Damen, warf ihr aber dennoch ab und zu einen neugierigen Blick zu.

Julie fand kaum Zeit zum Durchatmen, bereits am nächsten Morgen wies Karl sie an, sich am Nachmittag herzurichten – sie hätten noch etwas zu erledigen, und sie solle packen, da sie am folgenden Tag zur Plantage aufbrechen würden.

»Wo ist denn Martina?«, fragte Julie zaghaft. Sie hatte das Mädchen heute noch nicht gesehen, sie schien nicht im Haus genächtigt zu haben und am Frühstückstisch waren nur zwei Plätze eingedeckt.

Karl gab ein verächtliches Schnauben von sich. »Sie zieht es vor, bei ihrer Tante zu wohnen. Martina bleibt noch ein paar Tage in der Stadt.«

Tante? War das vielleicht die Frau, mit der sie gestern beisammengestanden hatte? War sie vielleicht gar Karls Schwester? Nein, Julie hatte keine Ähnlichkeiten erkennen können. Vielleicht war es ja die Schwester von Martinas leiblicher Mutter Felice? Sie traute sich nicht, weiter danach zu fragen, aber so musste es sein. Folgsam sorgte sie im Verlauf des Tages dafür, dass ihre Abreise aus der Stadt vorbereitet wurde. Viel hatte sie allerdings nicht zu erledigen. Foni verstaute Julies Sachen sorgsam in den Koffern.

Karl kam am frühen Nachmittag. »Bist du fertig?«

Julie nickte und folgte ihm nach draußen. Dort stand wieder eine Mietdroschke bereit.

Sie fuhren durch die Straßen von Paramaribo, und Julie schaute sich aufmerksam um. Alles ähnelte dem, was sie aus Europa kannte, war andererseits aber doch fremd. Sie fuhren durch Alleen wie in der Heimat, aber die Bäume trugen ganz andere Blätter und Früchte. Große bunte Vögel flogen zwischen den Bäumen umher und gaben krächzende Laute von sich. Die farbigen Frauen, die auf den Straßen herumliefen, waren bunt gekleidet mit kunstvoll gewickelten Kopftüchern. Julie erinnerte sich an die kleinen kolorierten Abbildungen in ihren Schulbüchern. Wie aufregend hatte sie es immer gefunden, über fremde Völker und Kulturen zu hören und zu lesen! Jetzt war sie selbst mittendrin. Zu ihrer großen Verwunderung sah sie nicht nur farbige Menschen, sondern auch vereinzelt kleine Asiaten. Wie es die wohl hierher verschlagen hatte? Gerne hätte sie Karl danach gefragt. Der gab aber gerade dem Kutscher eine mürrische Anweisung. Karls Laune schien nicht die beste zu sein. Julie zog es vor zu schweigen. Die Gegend, in die sie jetzt kamen, sah weniger ordentlich und aufgeräumt aus. Julie wurde etwas mulmig zumute. Was wollte Karl hier?

Der Wagen stoppte. Karl stieg aus, und Julie folgte ihm auf seine ungeduldige Aufforderung hin. Allmählich fühlte sie sich wie ein Hündchen, das brav seinem Herrn hinterherlief.

Karl verließ die breite Straße und betrat ein dunkleres Häuserviertel. An einem schäbigen Haus klopfte er an.

Der Mann, der die Tür öffnete, wirkte genauso ungepflegt wie die Umgebung. »Ah, Leevken, kommst du, um deine Schulden zu bezahlen?« Mit einem breiten Grinsen entblößte er faulige Zahnstumpen.

»Das auch, das auch. Lass uns rein, Bakker.« Karl schob sich eilig an dem Mann vorbei ins Haus. Julie schien es, als wolle er hier nicht gesehen werden. Sie folgte ihm hinein, es stank erbärmlich, und schon im Halbdunkel ließ sich erkennen, dass hier lange niemand sauber gemacht hatte. Ein paar dicke Fliegen stoben von schmutzigem Geschirr hoch, welches sich auf dem Tisch stapelte, und summten ungehalten um die Gäste. »Darf ich vorstellen, meine Frau.« Karl deutete mit einem Kopfnicken auf Julie. »Sie braucht eine Leibsklavin.«

Mit einem gierigen Blick kam Eifer in den Mann. »O ja, o ja, hab gerade frische Ware reinbekommen.« Er verschwand, und kam kurz darauf zurück, ein schwarzes Mädchen vor sich herschiebend. Das kleine Ding sah erbärmlich aus in seiner zerlumpten und spärlichen Bekleidung. Demütig hielt es den Blick gesenkt.

Sie ist fast noch ein Kind, dachte Julie entsetzt und voller Mitleid.

Karl jedoch trat auf das Mädchen zu, packte es rüde an der Schulter, musterte es und drehte es langsam einmal um die eigene Achse. Als Julies Blick auf den geschundenen Rücken des Mädchens fiel, schnappte sie erschrocken nach Luft und kniff die Augen zusammen. Karl sah die Striemen auch, zeigte aber keine Spur von Mitleid.

»Was willst du mir denn da andrehen, Bakker?«, sagte er stattdessen verächtlich. »Sieht ja nicht gerade umgänglich aus, das Ding.«

»Das hat sie nicht von mir.« Der Mann hob abwehrend die Hände. »War wohl beim Vorbesitzer nicht artig.« Er gab ein widerliches Lachen von sich.

»Hast du nicht was Älteres da, irgendwas mit Erfahrung?« Karl packte das Mädchen am Kinn und schaute ihr in den Mund. Julie kamen Bilder in den Kopf, wie sie als Kind einmal ihren Vater zu einem Pferdemarkt begleitet hatte. Er wollte sich damals die besten Tiere für seine Equipage selbst aussuchen. Er hatte den Tieren genauso in die Mäuler geschaut wie Karl dem Mädchen. Die Männer verhandelten derweil unbeirrt weiter über ihre »Ware«.

»Leevken, momentan gehen die Guten weg wie süße Orangen. Du weißt doch, wie das ist ... aber die hier ist wirklich nicht übel, vielleicht noch etwas jung, aber dafür völlig unverbraucht ...«

»Ach, komm, die kann doch nichts.« Karl stieß das Mädchen an: »Kannst du was? Sprich!«

Das Mädchen flüsterte und starrte dabei auf seine nackten, dreckigen Füße: »Masra, ich kann kochen, ich habe in der Küche gearbeitet.«

»Siehst du, Bakker, ein Küchenmädchen. Nein ... so was brauchen wir nicht. Also, wenn du nichts anders hast ...« Karl wandte sich ab, als wolle er gehen.

Bakker, der wie ein großer, drohender Riese hinter dem Mädchen stand, verzog kurz das Gesicht.

»Warte mal, Leevken.« Bakker verschwand wieder durch die Hintertür und kam kurz darauf mit einer greisen schwarzen Frau zurück. Verlegen versuchte die Alte, ihre wurzelartig verwachsenen Hände zu verbergen, während sie Karl und Julie einen herzerweichenden, hoffnungsvollen Blick zuwarf.

»Bakker, das ist doch jetzt wohl ein Scherz, ich suche eine leistungsfähige Sklavin und nicht … so was.« Karl schüttelte den Kopf und schickte sich an zu gehen.

»Ich mach dir für die Kleine auch einen guten Preis, aber wenn du sie nicht willst … Carmen nimmt sie bestimmt gern für ihr Haus. Die Soldaten und Matrosen mögen diese jungen Dinger ja.«

Julie wusste zwar nicht, wer diese Carmen war, aber so wie Bakker das Wort *Haus* ausgesprochen hatte, handelte es sich wohl kaum um einen gewöhnlichen Haushalt.

Karl schien jetzt zu überlegen. »Was willst du denn für die Kleine haben?«

Bakker machte ein ernstes Gesicht. »Für zweihundert kannst du sie mitnehmen.«

Karl wandte sich an Julie: »Komm, Juliette, wir gehen, dann müssen wir halt woanders schauen.«

»Leevken, das ist doch nun wirklich ein guter Preis! Ich muss doch auch leben.«

»Pah …« Karl packte Julie am Arm und schob sie zur Tür. Julie sah die Enttäuschung in den Gesichtern der beiden Sklavinnen. Es brach ihr fast das Herz. Mit einem Ruck löste sie sich aus Karls Griff und blieb stehen.

»Ich will das Mädchen!«

Karl hielt inne und sah Julie verwundert und etwas ärgerlich an.

»Nein, kommt überhaupt nicht in Frage«, zischte er.

Bakker hingegen witterte seine Chance. »Hat ein gutes Auge, deine Frau, siehst du ... sie weiß, dass das mal eine treue Sklavin wird. Nun komm, für einhundertachzig kannst du sie mitnehmen.«

»Einhundertdreißig.«

»Gut, einhundertfünfzig, mein letztes Wort.« Bakker verschränkte die Arme vor der Brust.

»Papiere?«

»Natürlich bekommst du Papiere, ich bin doch ein ehrenwerter Händler!« Bakker grinste und nahm ein Geldbündel von Karl entgegen. Dann stieß er das Mädchen in Julies Richtung und deutete der Greisin an, sich wieder nach hinten zu verziehen.

Julie sah der alten Frau mit traurigem Blick hinterher, am liebsten hätte sie auch sie mitgenommen, aber das hätte Karl niemals geduldet. Zumindest dem Mädchen konnte sie helfen.

»Na, bestens. Leevken? Noch einen Schluck auf das gute Geschäft?«

Julie atmete auf, und während die Männer am Tisch standen und die Gläser erhoben, betrachtete sie das Mädchen genauer. Die Kleine stand eingeschüchtert und mit gesenktem Blick da, nur ihre nestelnden Finger verrieten, dass ihr nicht wohl in ihrer Haut war.

»Wie heißt du?«, fragte Julie leise.

»Kiri«, hauchte das Mädchen schüchtern.

Kapitel 2

Erika war positiv überrascht. Ihre Unterbringung in einem der Häuser der Brüdergemeine in Paramaribo war wesentlich bequemer als die auf dem Schiff. Sie und Reinhard bekamen eine kleine Wohnung zugewiesen. Ein Schlafraum, ein Wohnraum, das war bei Weitem mehr, als sie erhofft hatte. Insgeheim hatte sie sich schon ausgemalt, in einer Lehmhütte zu leben, schließlich wusste sie nicht viel über den Standard der Kolonie, zudem hatten die Umstände der Überfahrt ihre Fantasie zu wildesten Vermutungen angeregt. Hier in diesen Räumen konnten sie es sich aber mit ihrer wenigen Habe hübsch einrichten.

Äußerst ungewohnt war für sie der Umgang mit Sklaven. Entgegen ihren Vermutungen beherbergten auch die Herrnhuter eine stattliche Anzahl von Haus- und Arbeitssklaven.

»Alles arme Seelen, die sonst niemand haben wollte«, rechtfertigte der Vorsteher der kleinen Gemeine dieses Gebaren. Erika dünkte aber, dass es den Brüdern nicht unrecht war, sich bedienen zu lassen.

Zunächst hatte Erika abgelehnt, als man ihr die Sklavin Dodo zugeteilt hatte. Dodo war von undefinierbarem Alter, hatte krumme Zähne wie ein Pferd und ein blindes Auge. Dann aber musste Erika Dodos Hilfe doch in Anspruch nehmen. Da es nur eine einzige Küche gab, die zudem von den Sklaven beschickt wurde, und Erika viele der vorhandenen

Vorräte nicht kannte und sich auch deren Zubereitung vor ihr verschloss, blieb ihr nichts anderes übrig, als Dodo diese Aufgabe zu übertragen. Die alte Sklavin war sichtlich erfreut, endlich arbeiten zu dürfen. Erika war unwohl bei dem Gedanken der Sklavenschaft, wusste sich aber zunächst nicht anders zu helfen.

Dodos Kochkünste überzeugten sie allerdings schnell, die Aufgabe der Essenszubereitung an eine Einheimische zu übertragen. Erika hatte aus ein paar gekochten Bananen nur einen faden Brei zustande gebracht, da sie nicht wusste, wie sie die anderen Lebensmittel zubereiten sollte. Dodo hingegen überraschte ihre neue Herrin mit schmackhaften Suppen, gebratenem Fisch und allerlei Süßkram.

Außerdem verfügte Dodo über eine außerordentlich scharfe Beobachtungsgabe. »Misi muss schließlich gut essen, Misi isst ja für zwei«, bemerkte sie nach einigen Tagen, als sie die Schüsseln auf den Tisch stellte, an dem Erika und Reinhard Platz genommen hatten.

Reinhard sah die Sklavin zuerst fragend an, dann weiteten sich seine Augen, und er strahlte Erika an. »Ist das wahr?« Erika wurde rot, es war ihr unangenehm, dass sie ihrem Mann noch nichts von der Schwangerschaft berichtet hatte. Die ersten Tage in Surinam waren aber auch sehr aufregend gewesen. Reinhard sprang freudig auf, stieß dabei fast den Stuhl um und zog Erika in seine Arme. »Ich freue mich ja so! Wann ist es denn so weit? Wie aufregend, Erika – ich werde Vater!« Er ließ Erika gar nicht zu Wort kommen.

»Reinhard, du erdrückst mich ja.« Resolut schob sie ihn ein Stück von sich weg. Als sie aber in sein strahlendes Gesicht sah, kam sie nicht umhin, sich von seiner Freude anstecken zu lassen. »Bis Oktober wirst du schon noch warten müssen.«

Erika und Josefa wurde die Krankenstation der Gemeine zugeteilt. Erika hatte bisher wenig Erfahrung in diesem Bereich, ihre Ausbildung hatte sich bis jetzt eher auf die Theorie beschränkt. Josefa hingegen kannte sich mit Patienten gut aus, sie hatte bereits als Krankenschwester gearbeitet. Allerdings stellten die Krankheiten und die Umstände der Erkrankten sie in diesem Land vor neue Herausforderungen. Die Patienten waren ausschließlich Sklaven und Mischlinge. Die weißen Kolonisten vertrauten jeweils ihrem eigenen Arzt, der allerdings keine Farbigen behandelte. Für die Schwarzen und Mulatten gab es zwar auch einen Arzt, der sich seine Dienste aber bezahlen ließ und nur einmal in der Woche eine Stunde Zeit für die Armen hatte. Zumal es die Kolonisten vermutlich nicht gerne sahen, wenn ihre Sklaven zu dem vermeintlichen »Negerarzt« gingen.

Die Herrnhuter waren mit ihrer kleinen Krankenstation somit die einzige durchgängig geöffnete Anlaufstelle in dieser Stadt. Die Situation wurde nicht gerade dadurch verbessert, dass einige der Sklaven zunächst lieber zu dubiosen Heilern gingen und erst im unumgänglichen Notfall zu den Herrnhutern kamen.

Josefa ließ schnell von ihrer Scheu und Angst gegenüber diesen Menschen ab, schimpfte aber unablässig vor sich hin. Souverän verarztete sie Wunden, aus denen in der Regel größere Mengen Fliegenlarven und Eiter entfernt werden mussten, pulte den Sklavenkindern unablässig die Eier der allgegenwärtigen Sandflöhe aus den vereiterten Fußsohlen, nicht ohne dabei zu lamentieren, dass dies auch die Mütter erledigen könnten, und lehrte nebenbei Erika, die wesentlichen Verrichtungen allein auszuführen.

Schnell hatte sich herumgesprochen, dass nun wieder zwei Schwestern die Versorgung der Krankenstation übernommen hatten. Ihre Vorgänger schienen sehr froh, der Aufgabe entledigt zu sein, sie waren wohl in vielerlei Hinsicht überfordert gewesen. Die ewig murrende Josefa hatte so manchen Kampf mit den Brüdern auszustehen.

»Bruder Weinert, wie haben Sie bisher solche Wunden behandelt?«

Mit kritischem Blick betrachtete sie die Verletzung eines etwa zehnjährigen Sklavenjungen, der sich mit einem Beil in den Fuß geschlagen hatte. Die Wunde war bereits einige Tage alt und schien ein gewisses Eigenleben entwickelt zu haben. Der Junge wimmerte und weinte, als Josefa den dreckigen Verband abnahm.

Bruder Weinert wich einen Schritt zurück und wandte angeekelt den Blick ab. »Na, Alkohol drübergekippt und den Rest dem Bürschchen einflößen, am besten«, murrte er, während sich eine der Hilfssklavinnen der Krankenstation bereits mit einem entsprechenden Krug bereitstellte.

»Dann ist es ja kein Wunder, dass das so aussieht. Damit ist jetzt Schluss! Erika, ich brauche frisches Wasser und einen sauberen Lappen.«

»Wenn Sie jeden so behandeln wollen, werden Sie viel Zeit brauchen«, merkte Bruder Weinert trotzig an, sichtlich überrascht, dass Schwester Josefa gewillt war, sich intensiver um die Verletzten zu kümmern.

»Das ist ja wohl das Mindeste, was Gott von uns verlangt. Zumal der enorme Alkoholverbrauch der Mission vermutlich auch nicht zuträglich wäre«, erwiderte Josefa schroff. Normalerweise ließ sie auf die Mitglieder der Gemeine nichts kommen, aber hier war offensichtlich lange Zeit nicht richtig gearbeitet worden, und das würde sie nicht dulden. Energisch sorgte sie dafür, dass die Krankenstation in einen ordentlichen Zustand versetzt wurde, dass das vorhandene Material sorgsam gereinigt und verwahrt wurde und auch eine Bestellung mit einigen wichtigen Neuanschaffungen ihren Weg auf ein Schiff nach Europa fand. Sosehr Josefa auf der Überfahrt gelitten hatte, hier entwickelte sie eine erstaunliche Energie.

Auch in dieser Hinsicht murrten die alteingesessenen Brüder.

»Wenn ihr dann hier steht, und ich euch nicht behandeln kann, seid ihr selbst schuld«, erwiderte Josefa störrisch.

»Eigentlich suchen wir in solchen Fällen den Kolonialarzt auf«, beschied ihr Bruder Weinert mit gesenktem Blick.

Josefa gab ein resolutes Schnauben von sich. »Ah, bei den Sklaven vertraut ihr auf das eigene Können, aber nicht bei euresgleichen? Das Geld wird jetzt gespart, Gott wird uns schon helfen, mit Krankheiten umzugehen.«

Erika war klar, dass keiner der Brüder sich freiwillig von Josefa behandeln lassen würde. Aber Josefa hatte von diesem Zeitpunkt an in ihrer Krankenstation freie Hand.

Kapitel 3

Julies Magen rebellierte. Sie war froh gewesen, das nachhallende Wogen der Atlantiküberfahrt überstanden zu haben – und nun hatte Karl sie am Morgen wieder in ein Boot gesetzt. Und dieses war nicht nur klein, es schwankte auf dem Fluss auch bedrohlicher als ein großes Schiff auf dem Meer. Julie beobachtete mit einem mulmigen Gefühl, wie sich die Stadt immer weiter entfernte.

Sie würden Stunden unterwegs sein. Mit der Flut, wie sie erfuhr, denn wenn die Tide vom Meer in den Fluss drückte, ließ es sich am besten flussaufwärts fahren. Über das Heck des Bootes spannte sich als eine Art Pavillon eine gewachste Plane, unter der man, vor Sonne und Regen geschützt, auf einigen weichen Matten und Kissen sitzen konnte. Diese sogenannten Tentboote waren die einzigen wirklichen Verkehrsmittel außerhalb der Stadt.

Julie sehnte sich schon bald danach, aufzustehen und sich die Beine zu vertreten, doch das schien ihr in dem unsicheren Gefährt unmöglich. Sie versuchte, die Beine zumindest immer wieder umzulegen, aber bald schmerzte ihr ganzer Körper. Karl hatte sich neben ihr ausgestreckt und schnarchte schon seit einiger Zeit vor sich hin. An den Ufern zog dichter Tropenwald an ihnen vorbei, hier und da waren Plantagen sichtbar. Der Fluss war aber so breit, dass man außer den Gebäuden nichts erkennen konnte.

Mittig im Boot saßen Aiku und die zwei schwarzen Burschen und ruderten ohne Unterlass. Manchmal murmelten die beiden Vorderen leise miteinander. Julie beobachtete, wie ihre kräftigen Muskeln gegen das Wasser arbeiteten, ihre glänzende tiefschwarze Haut zeigte nicht einmal ansatzweise Anzeichen von Schweiß. Julie hingegen fühlte sich schon wieder, als wäre sie begossen worden. Ihre Kleidung klebte unangenehm am Körper, und ihre Haare lagen ihr im Nacken wie ein zu warmer, wollener Schal.

Als sie die Hand ins Wasser streckte, um sich wenigstens etwas Abkühlung zu verschaffen, drehte Aiku sich zu ihr um und schüttelte mit Nachdruck den Kopf.

Erschrocken zog Julie die Hand zurück. Gab es im Fluss etwa gefährliche Tiere?

Sie ließ ihren Blick über das Gepäck schweifen, das zwischen ihr und den Ruderbänken der Burschen lag, bis er vorne im Bug hängenblieb – dort saß zusammengekauert Kiri.

Meine Sklavin …, dachte Julie bei sich, wobei sich das Wort Sklavin immer noch unangenehm anfühlte. Darüber schien etwas Böses, Gewalttätiges zu schweben. Und nach dem, was sie bisher in diesem Land erlebt hatte, waren die Weißen zu ihren Sklaven auch nicht wirklich gut.

Julie hatte es in der Stadt zur Genüge beobachtet. Die Schwarzen waren nichts als zweibeinige Arbeitstiere, die ihrem Herrn folgen mussten wie ein Hund und ihm bei jeder erdenklichen Gelegenheit dressiert zu dienen hatten. Julie fragte sich verwundert, wieso es in der niederländischen Kolonie überhaupt noch Sklaven gab, wo die Sklaverei im Heimatland doch bereits vor fünfundvierzig Jahren abgeschafft worden war. Sie vermutete, dass es etwas mit der Arbeitskraft und dem hier herrschenden Lebensstil zu tun hatte. Außerdem ... wer in Europa interessierte sich schon für eine Horde Schwarzer am anderen Ende der Welt? Solange die feinen Damen ihren Kaffee, ihren Zucker und ihre feine Baumwolle bekamen, war es ihnen zumindest nicht unrecht.

Karl hatte sie mehr als einmal mürrisch angewiesen, gefälligst kein Mitleid mit diesem Volk zu zeigen. »Neger sind im Allgemeinen faul, dumm und hinterlistig. Man muss sie ordentlich bei der Stange halten, sonst tanzen sie einem auf der Nase herum.« Julie hatte entsetzt erwidert, dass die Schwarzen aber doch auch Menschen seien, woraufhin Karl genervt geschnaubt hatte: »Hast du das bei deinem frechen Cousin aufgeschnappt?«

Julie hatte im Folgenden auf eine Diskussion mit Karl verzichtet.

Seit ihrer Ankunft in Surinam gab Karl sich ganz dem bequemen kolonialen Leben hin, was bedeutete, dass er jeden überflüssigen Handgriff vermied – schließlich gab es dafür Sklaven. »Deine Kiri wird das auf der Plantage auch schnell lernen, ich habe dort erfahrene Frauen, die sie anleiten werden«, hatte Karl gesagt.

Julie allerdings wusste gar nicht, ob sie das wollte, bisher war sie auch ganz gut allein klargekommen. Natürlich fand sie das Leben mit Dienstpersonal ganz angenehm, aber so wie das hier zelebriert wurde? Bereits auf dem Schiff hatte sie von den anderen Frauen gehört, dass es ganz normal war, dass die Sklaven ihren Herrschaften auch bei der Körperpflege und beim Ankleiden halfen. Sich von einem Dienstmädchen das Kleid schließen zu lassen oder seine Hilfe beim Frisieren anzunehmen, war für Julie ja noch in Ordnung – aber das Übertragen sehr intimer Handgriffe auf eine Sklavin?

Besorgt blickte sie nun auf Kiri im Bug des Bootes. Hatte sie dem Mädchen vielleicht gar keinen Gefallen getan, sie auszuwählen? Was bedeutete es jetzt für Julie, nun eine Misi zu sein, welche Aufgaben würden auf sie zukommen?

Irgendwann wurde das Gemurmel der Burschen lauter, und auch Karl rappelte sich auf. Sie näherten sich der Plantage. Zunächst konnte Julie nicht viel erkennen, ein wahres Pflanzendickicht versperrte die Sicht. Aber dann, ganz in der Nähe des Ufers, öffnete sich hinter dem Grün der Blick auf eine Ebene. Dort lag ein Garten. Nein, ein kleiner Park mit niedrigen Hecken, blühenden Büschen und hohen Bäumen. Leider währte der Blick nur kurz – die Uferböschung wurde höher. Julie konnte es kaum erwarten. War das Rozenburg? War das ihre zukünftige Heimat?

Aufgeregt kletterte Julie mit steifen Gliedern aus dem Boot und folgte Karl einen Weg die Uferböschung hinauf. Der Blick, der sich ihr oben zeigte, entschädigte sofort für die unbequeme Fahrt.

»Willkommen auf Rozenburg.« Auf Karls Gesicht zeigte sich zufriedener Stolz.

Julie war wahrhaftig entzückt. Am Ende der baumdurchsetzten Gartenanlage, auf der vereinzelt Gruppen niedriger Büsche und üppig blühender Pflanzen wuchsen, ragte das Plantagenhaus empor. Das Herrenhaus war ein breiter, ausladender, weiß getünchter Holzbau mit grünen Fensterläden. Es stand auf steinernen Sockeln errichtet – vielleicht als Schutz gegen das Hochwasser? Im vorderen Bereich gab es eine große Veranda, zu der mittig eine Treppe führte. Über der Veranda lag wiederum ein Balkon, dieser war allerdings wesentlich breiter als der des Stadthauses. Julie war überwältigt. Der Begriff »herrschaftlich« traf den Anblick durchaus. Ein Weg, gesäumt von Zitronen- und Orangenbäumen, führte dorthin.

Ihre Ankunft war nicht unbemerkt geblieben. Kaum hatten sie die ersten Schritte auf das Haus zugemacht, strömten die ersten Sklaven zur Begrüßung der Ankömmlinge dahinter hervor. Zu Ehren des heimgekehrten Masra stimmte die Gruppe ein kurzes Lied an. Karl bedachte die Schar Schwarzer mit einem kurzen Nicken und ging, noch bevor der Gesang beendet war, weiter auf das Haus zu. Julie war enttäuscht, dass Karl die Bemühungen dieser Menschen auf diese Weise missachtete. Sie verweilte einen Moment vor dem Begrüßungskomitee, bis der Gesang verstummt war und nickte den Sängern lächelnd zu, musste sich dann aber beeilen, Karl einzuholen, der bereits vor dem Haus stand.

Julie erschrak heftig, als auf dem Weg zum Haus ein großer grüner Papagei angeflattert kam und sich neben ihr auf dem Boden niederließ. Mit schief gelegtem Kopf schritt er um ihre Beine und schaute zu ihr hoch.

Karl drehte sich um und betrachtete den Vogel sichtlich verblüfft. Dann schritt er auf ihn zu und stieß ihn mit dem Fuß beiseite, was der Vogel mit aufgeregtem Gekecker, ausgebreiteten Flügeln und einem drohend geöffneten Schnabel quittierte.

»Beachte ihn nicht, der tut nichts«, murmelte Karl und ging weiter, bevor er schnurstracks durch die Eingangstür verschwand.

Julie versuchte, ihre Beine außer Reichweite des Tieres zu bringen und schlug einen Bogen um ihn. Der Vogel beruhigte sich, als Karl sich entfernte und wackelte mit putzig nickendem Kopf hinter Julie drein.

Vor der Veranda hatten sich einige neugierige Sklaven versammelt. Plötzlich polterte eine weitere Tür der Veranda auf und eine große, stämmige Schwarze baute sich an der Balustrade auf. »Habt ihr nichts zu schaffen? Aiku! Bring das Gepäck ins Haus«, bellte sie harsch in Richtung der Sklaven, die sich sofort vom Vorplatz trollten. Kurz musterte die Frau

Kiri, die ratlos vor dem Haus stehen geblieben war, und bedeutete ihr, den anderen Sklaven zu folgen. Dann wandte sie sich an Julie, die vor der Tür verharrte. »Misi«, sagte sie demütig und hielt Julie die Tür auf.

Julie fand sich in einer kleinen Eingangshalle wieder, von der links und rechts Türen abgingen. Geradeaus führte eine sich im Verlauf teilende Treppe in die oberen Stockwerke. Julie war überwältigt. Sie hatte nicht damit gerechnet, ein Haus in einem fast europäischen Stil vorzufinden. An den Wänden prangten goldgerahmte Spiegel, und über den Anrichten aus dunklem Holz hingen zahlreiche Gemälde.

»Juliette, kommst du?« Karl erschien in einer Tür links neben Julie. Sie riss ihren Blick von den Wänden los und folgte ihm in einen ansprechenden Salon. »Setz dich, Juliette.« Karl selbst ließ sich in einem der bequemen Sessel nieder. Auf sein Rufen erschien gleich die Sklavin, die bereits auf der Veranda aufgetaucht war, in der Tür. Sie war hochgewachsen, hatte ein breites Gesicht mit einer flachen Nase, üppige weibliche Rundungen, tiefschwarze Haut und ihre Augen leuchteten wachsam. Julie hatte sofort Respekt vor dieser imposanten Frau. »Amru, das ist Misi Juliette, meine neue Frau. Richte das Essen an, wir haben Hunger. Und morgen wirst du ihr das Haus und die Plantage zeigen.«

Die Sklavin nickte.

Nach dem Abendessen entschuldigte Karl sich mit den Worten, er habe noch im Arbeitszimmer zu tun. Er wies Amru an, Julies Zimmer herzurichten.

»Juliette, du kannst solange auf der Veranda warten. Amru führt dich hinauf, sobald das Zimmer bereit ist.«

Julie ließ sich erschöpft auf einem der Stühle auf der vorderen Veranda nieder. Von hier hatte sie eine herrliche Aussicht bis zum Fluss, der tiefschwarz im Abendlicht dahinzog. Die

Luft war etwas besser als in der Stadt, aber auch hier verzog sich die Schwüle des Abends nur langsam. Über den Büschen, die vor dem Haus gepflanzt waren, flatterten einige Schmetterlinge. Julie staunte über ihre Größe. Alles in diesem Land schien prachtvoller, üppiger und größer zu gedeihen als in Europa.

Sie erschrak, als der grüne Papagei wieder angeflattert kam. Er setzte sich auf die Balustrade der Veranda, stolzierte elegant darauf herum und beäugte Julie von allen Seiten.

Julie hatte Scheu vor diesem Tier, war aber erleichtert, als er keine Anstalten machte, sie anzugreifen. Sie betrachtete den Vogel genauer. Seine Federn schillerten in sattem Grün, und seine frechen schlauen Augen schienen sie unablässig zu erforschen. Ab und an öffnete er seinen Schnabel, gab aber keinen Laut von sich. Ein hübsches Tier.

»Na, du?«, sagte sie leise. Der Vogel hielt sofort inne, dann wippte er mit dem Kopf auf und ab, als ob er nicken wollte. Julie lächelte – wenigstens die Tiere schienen ihr hier wohlgesinnt.

Aus der seitlichen Tür trat Amru auf die Veranda. »Misi, Ihr Zimmer ist hergerichtet.« Auch die schwarze Frau blickte kurz verwundert zu dem Vogel. »Nico!«, rief sie erstaunt aus, dann aber schüttelte sie kurz den Kopf, murmelte etwas Unverständliches und deutete Julie an, ins Haus zu gehen.

Julie stand auf, um der Frau zu folgen, doch diese versperrte ihr vor der Tür, aus der sie selbst gekommen war, den Weg. »Nein!« Sie schüttelte belustigt den Kopf. »Sklaven hier«, sie zeigte auf die rechte Tür, »Misi diese Tür«, und öffnete für Julie die linke.

Julie war irritiert. Es gab also zwei Eingänge zum Haus, wovon einer den Weißen vorbehalten schien. Sie fand das alles ziemlich kompliziert.

Amru geleitete sie in das obere Stockwerk. Von einem Flur links der Treppe gingen vier Türen ab. Amru steuerte Julie an der ersten vorbei und sagte knapp, auf die Tür zu ihrer Linken deutend: »Masra Karl«. Vor der zweiten blieb sie stehen. »Misi Juliette, bitte ...«

Julie betrat den Raum. Es war ein helles Zimmer, der halbe Raum wurde durch ein großes Bett auf der rechten Seite eingenommen. An der linken Wand registrierte Julie eine weitere Tür, die vermutlich in das Nebenzimmer führte, wo »Masra Karl« schlief. Schnell lenkte sie sich von dem unangenehmen Gedanken ab, die ihr diese Tür brachte. Karl würde bestimmt ... Julie trat an das große Fenster. Sie hatte von hier aus eine noch bessere Aussicht in Richtung Fluss als von der Veranda unten. Mit einem Nicken entließ Julie die Sklavin. »Amru, ich komme nun allein zurecht.«

Julie war zutiefst erschöpft, die Reise war sehr anstrengend gewesen. Es dauerte allerdings noch eine Weile, bis sie sich zur Ruhe begeben konnte. Zunächst brachte Amru ihr einen Krug frisches Wasser auf das Zimmer, dann erschien sie wenig später mit der kleinen, qualmenden Schale gegen die Mücken.

Erwartungsvoll blieb Amru dann neben Julie stehen. Julie wusste nicht recht, was die Sklavin jetzt noch von ihr wollte, bis diese auf Julies Kleid deutete. Schnell schüttelte Julie den Kopf. »Nein, ich ziehe mich selbst aus, du kannst gehen, Amru.«

Die Sklavin zuckte die Achseln und verließ den Raum. Julie atmete erleichtert auf. Selbst wenn es normal war in diesem Land – es wäre ihr unangenehm gewesen, sich von dieser ihr noch fremden Frau entkleiden zu lassen.

Während sie sich nun auszog und etwas erfrischte, fiel ihr Blick nachdenklich auf die Tür zum Nebenzimmer. In der Stadt war Karl nachts nicht zu ihr gekommen. Ob er hier jetzt wohl wieder …? Ein kalter Schauder lief über ihren Rücken.

Allen Befürchtungen zum Trotz hatte Karl Julie in der Nacht nicht besucht. Insgeheim war Julie sehr froh darüber. Als sie am nächsten Morgen nach unten kam, war er bereits fort. »Masra Karl ist unterwegs zu den Feldern«, teilte Amru Julie mit, während sie ihr Kaffee einschenkte.

Nach dem Frühstück zeigte Amru Julie die Plantage. Vor dem Haus wartete neben dem Papagei vom Vorabend auch Kiri auf ihre neue Herrin. Die kleine Sklavin hatte neue Kleidung bekommen, sah aber immer noch müde und erschöpft aus. In Julie regte sich ein schlechtes Gewissen, sich gestern nach der Ankunft nicht um Kiri gesorgt zu haben. Wo mochte man sie wohl untergebracht haben? Jetzt schlich das Mädchen langsam, aber mit aufmerksamem Blick hinter den beiden erwachsenen Frauen her. Schließlich musste auch Kiri ihr neues Zuhause kennenlernen.

Von der vorderen Hausseite führte eine kleine Orangenallee um das Haus herum. Die Bäume trugen pralle Früchte und verströmten einen süßlichen Duft. Auf der Rückseite des Hauses gab es ebenfalls eine Veranda und darüber eine schmale, über eine Holztreppe erreichbare, offene Galerie – vermutlich der Sklavenzugang zum oberen Stockwerk.

Aufgrund der vielen Gebrauchsgegenstände, die auf der Veranda lagerten, schloss Julie, dass Letztere nur zu hauswirtschaftlichen Zwecken genutzt wurde. Auf einigen Matten am Boden saßen zwei Mädchen und schrubbten Töpfe. Beide begrüßten die neue Misi ehrerbietig. Julie nickte freundlich zurück.

Julie staunte über das riesige Areal hinter dem Haupthaus.

Wo sich in Europa zumeist Gartenanlagen erstreckten, öffnete sich hier ein weitläufiger Wirtschaftskomplex. Von der Verandatreppe führte ein Weg schnurgerade zwischen gepflegten Beeten hindurch, die Julie fast an einen Klostergarten erinnerten. Hier standen verschiedene Pflanzen und Bäume, die voller Früchte hingen. Amru zeigte auf einzelne Pflanzen und benannte sie beim Namen: »Ananas, Mango, Banane und Orangen.« Julie konnte damit allerdings wenig anfangen. Bis auf die Orangen kannte sie die Früchte nicht. Ob sie sich das alles merken konnte? Die Auswahl erschien ihr mehr als reichlich.

Zur Linken stand ein Haus, das ein wenig wie eine Miniaturausgabe des Haupthauses wirkte. Amru erklärte Julie, dort gäbe es weitere Gästezimmer. In dem Gebäude gegenüber befand sich die Küche, aber bei gutem Wetter wurde auch die Kochstelle vor der hinteren Veranda genutzt. Direkt an die Küche schloss sich ein großer, angenehm kühler Lagerraum an, über dessen Dach ein riesiger Baum Schatten spendete. Nachdem sich Julies Augen an das schummrige Licht im Innern gewöhnt hatten, bemerkte sie, dass die Regale gut gefüllt waren.

Neben der Küche befand sich ein Stallgebäude, auf dessen Rückseite diverse Nutztiere Auslauf hatten. Julie sah ein paar Schweine, Hühner und einige andere huhnartige Vögel. Direkt im Anschluss lag der Pferdestall, in dem Karls Pferde untergebracht waren. Zwei braune Stuten dösten im Schatten einiger Büsche. Julie strich über den Zaun hinweg der einen Stute zärtlich über die weichen Nüstern. Früher, bei den Besuchen bei Sofias Familie, war sie immer gerne geritten. Sofia hatte sie, als geübte Reiterin, zwar oft getadelt: »Juliette, den Oberkörper mehr aufrichten, halt die Hände ruhiger«, aber nichtsdestotrotz hatte es ihr Vergnügen bereitet. Ob sie hier wohl auch einmal auf ein Pferd steigen durfte? Die dicken Bäuche der Stuten ließen darauf schließen, dass sie trächtig waren. Ein Hengst war jedoch nirgends zu sehen, vermutlich hatte Karl ihn mit auf seinen Ritt genommen. Vor dem Pferdestall saß ein Schwarzer und polierte ein ledernes Kopfstück. Als er die Frauen sah, sprang er auf und zog seinen schlappen Hut.

Amru hatte bisher die Führung mit ernster Miene abgehalten, nun lächelte sie zum ersten Mal. »Misi Juliette, das ist mein Mann Jenk. Er kümmert sich um die Pferde und die andere Tiere.« Jenk war gut einen Kopf kleiner als Amru, und der kurze vertrauensvolle Blick, den er jetzt seiner Frau zuwarf, sprach von echter Zuneigung. Er begleitete sie ein Stück.

Im Stall nebenan standen, zwischen einigen kräftigen Ochsen, sechs Maultiere. Julie hatte davon gehört, dass diese Tiere sehr genügsam und leistungsfähig waren. Allerdings sahen sie im ersten Moment eher lustig aus mit ihren überdimensionalen Ohren. »Gute Tiere sind das, starke Tiere«, bestätigte Jenk.

Von den Ställen aus lagen links und rechts des Weges weitere Wirtschaftsgebäude. Julie sah eine Schreinerei, einen Bereich, in dem Fässer hergestellt wurden und einige weitere Werkstätten, deren Nutzen sich Julie nicht erschloss. Hinter diesen Gebäuden bogen sie links auf einen weiteren Weg ab und gelangten kurz darauf zur Zuckermühle. Diese stand zwar gerade still, aber Amru erklärte, bis zur nächsten Ernte würde es nicht mehr lange dauern. Die Erntezeiten schienen irgendwie mit dem Mond und den damit auftretenden Springfluten des Flusses zusammenzuhängen. Ganz konnte Julie Amrus Erklärungen nicht folgen, noch haperte es am Verständnis der Sklavensprache, außerdem hatte sie keinerlei Vorkenntnisse bezüglich der Zuckerherstellung.

Julie lugte neugierig in das große, düstere Gebäude. Darin

standen verschiedene Maschinen, Fässer und große Bottiche, und es roch süßlich verbrannt.

Hinter der Zuckermühle führte ein Kreek, vom Fluss kommend, direkt bis an das Gebäude. Damit wurde die Mühle betrieben, verriet Amru Julie. Das Wasser war grünlich trüb. Einige Wasservögel flatterten erschrocken auf, als Julie ans Ufer trat, was der hinter ihr watschelnde Papagei ebenfalls mit Flügelschlagen und entenartigen Geräuschen quittierte. Julie und Kiri erschraken gleichsam, was Amru wiederum zum Lachen brachte. Julie betrachtete die Sklavin neugierig. Inzwischen fühlte sie sich wohl in ihrer Gegenwart, außerhalb des Hauses wirkte Amru weniger streng und hatte eine ruhige, herzliche Art an sich. Julie hatte Zutrauen zu der Sklavin gewonnen.

Sie folgten dem Weg zurück zum Wirtschaftshof und trafen von dort auf einige Holzhütten. Amru erzählte, dass hier die Aufseher wohnten. Julie erschrak über das wütende Hundegebell aus einer der Hütten, und auch Amru und Kiri zuckten kurz zusammen. Amru führte Julie schweigend schnell weiter zu einem großen Gebäude, das eigentlich nur aus einem Dach und stützenden Pfosten bestand, dem Gemeinschaftshaus der Sklaven.

Julie sah weder Bänke noch Tische, aber auf dem Boden lagen viele Matten. Sie hatte noch keine Vorstellung davon, wie viele Sklaven auf der Plantage arbeiteten und lebten, aber als sie hinter dem Gemeinschaftshaus durch eine Hecke schritten, wurde ihr bewusst, dass es sich um eine große Anzahl handeln musste. Hinter diesem natürlichen Sichtschutz lag ein richtiges Dorf. Unzählige Hütten standen entlang des Weges, Hühner flatterten umher, knochige Hunde lagen an Stricke gebunden vor den Hütten. Die Behausungen waren allesamt recht einfach gebaut, die Wände bestanden aus Holzgeflecht, welches zusätzlich mit großen Palmwedeln abgedeckt war, auch die Dächer schienen gänzlich aus Palmwedeln zu bestehen. An der Vorderseite gab es jeweils einen offenen Bereich mit einer Feuerstelle.

Im ganzen Dorf herrschte emsige Betriebsamkeit. Stimmen ertönten von hier und da, jemand sang, eine Frau rief nach ihrem Kind, ein Kind weinte, andere lachten. Vor einigen Hütten saßen Frauen und schrubbten Töpfe oder flochten große Körbe. Die meisten hatten ein Baby auf der Brustseite oder auf dem Rücken in einem Tuch, einige halb nackte Kinder tollten um ihre Mütter herum.

Als sie Julie sahen, verstummte das ganze Dorf. Julie erschrak vor der plötzlichen Stille, und sie überkam sofort das Gefühl zu stören. Gehorsam sprangen die Frauen auf und begrüßten die Misi mit gesenktem Blick, musterten sie jedoch neugierig aus den Augenwinkeln. Julie grüßte die Frauen freundlich, sie hatte sich schließlich vorgenommen, nett zu den Sklaven zu sein. Das wiederum brachte Amru zum Lächeln, und Julie kam für einen Moment der Gedanke, sie könnte wieder etwas falsch gemacht haben. Sie bedeutete den Frauen, mit ihrer Arbeit oder was sie sonst gerade getan hatten, fortzufahren.

Julie besann sich auf Kiri, welche die ganze Zeit still hinter ihnen hergelaufen war. »Kiri, hast du auch eine Hütte bekommen?«

Das Mädchen nickte verlegen.

»Zeigst du sie mir?« Julie hoffte, zwischen ihr und der kleinen Sklavin bald das Eis brechen zu können, schließlich würden sie länger miteinander zu tun haben.

Kiri lief einige Meter voraus und blieb dann vor einer heruntergekommenen alten Hütte stehen.

»Oh!«, entfuhr es Julie. »Die ist … na ja … ist das Dach dicht?«

Amru legte Kiri den Arm um die Schulter und drückte das Mädchen aufmunternd. An Julie gewandt erklärte sie rasch: »Misi, die Männer werden Kiri helfen, die Hütte zu reparieren. Es war nur keine andere Hütte mehr frei, Misi.«

Julie nickte, nahm sich aber fest vor, in den nächsten Tagen zu kontrollieren, ob Kiris Behausung wirklich instand gesetzt worden war.

Alles in allem war Julie überrascht. Nirgends konnte sie Anzeichen erkennen, dass diese Menschen schmutzig, faul oder gar wild erschienen. Alles war einfach, aber sauber und ordentlich.

Hinter den Hütten lagen zahlreiche gepflegte Kostäcker. Ihr Weg führte sie weiter an einen Kreek, der diesmal quer zum Weg verlief und mit einer breiten Holzbrücke überspannt war.

Amru blieb stehen und deutete in die Ferne. »Die Zuckerrohrfelder.«

Julie hatte keine Vorstellung von der genauen Größe der Plantage, aber als ihr Blick jetzt dem geraden Weg folgte, der die Felder durchzog, sah sie kein Ende. Bisher hatte Julie nur eine vage Vorstellung vom Zuckerrohranbau, gerne wäre sie jetzt weiter in die Pflanzungen hineingegangen, vielleicht hätte sie dort sogar die Arbeiter beobachten können. Aber Amru geleitete Julie wieder zurück zum Herrenhaus, wo die Führung weiterging.

Diesmal stiegen sie die Stufen zur rückwärtigen Veranda hinauf. Die beiden Mädchen, die dort immer noch mit den Töpfen beschäftigt waren, verstummten, und Nico, der Papagei, setzte sich auf die Holzbalustrade und wackelte ein paarmal mit dem Kopf. »Nico Zucker«, sagte er dann plötzlich klar und deutlich.

Julie sah den Vogel verblüfft an. »Der kann ja sprechen!«

Sie hatte von sprechenden Papageien gehört, aber dass jetzt ein Tier vor ihr saß, das tatsächlich menschliche Worte aussprach, faszinierte sie.

Die beiden schwarzen Mädchen kicherten.

»Er spricht aber nicht mit jedem, Misi«, antwortete Amru lachend. Dann betrachtete die Haussklavin nachdenklich das Tier. »Wir haben Nico lange nicht gesehen«, sagte sie nachdenklich.

Auch auf der hinteren Veranda gab es zwei Türen. Julie gelangte durch die ihre in einen kleinen Flur, Amru tauchte, mit Kiri im Gefolge, durch eine Tür zu ihrer Linken wieder auf und wies auf die Tür zur Rechten von Julie. Julie fand dahinter einen weiteren Salon.

»Das Zimmer der Misi«, klärte Amru sie auf.

Es gab also einen Damensalon. Julie sah sich schüchtern um. Die Polstermöbel waren mit zartgeblümten Stoffen bezogen, und filigrane Häkeldeckchen lagen auf dem Tisch und den Kommoden, in einem Wandregal standen einige Bücher. Wieder überkam sie das Gefühl, Gast im Hause einer fremden Frau zu sein. Einer Frau, die gerade erst eben den Raum verlassen hatte. Dann gab sie sich einen Ruck. Sie war jetzt die Frau in diesem Haus!

Vom Damensalon führte eine Tür wieder in die Eingangshalle. Amru deutete auf eine weitere Tür zur Rechten.

»Masra Karls Arbeitszimmer«, sagte sie, machte aber keine Anstalten, die Tür zu öffnen.

Das nächste Zimmer kannte Julie bereits. »Gästesalon« benannte Amru diesen Raum.

Auf der gegenüberliegenden Seite erstreckte sich das Speisezimmer. Die dahinterliegenden Räume schienen zum Wirtschaftsteil zu gehören, Amru aber schlug den Weg zur Treppe ein und bestieg jetzt den rechten Flügel. Auch dort gab es einen Flur mit vier Türen. Amru deutete nach links: »Misi Martinas Räume«, und dann nach rechts: »Gäste«.

Über die Galerie der Treppe gelangten sie zum linksseitigen Flur, wo auch Julies Schlafzimmer lag. Amru steuerte die zweite Tür auf der rechten Seite an, und Julie fand sich in einem Waschzimmer – mit einem Badezuber! Julie war erfreut. Eine anständige Waschgelegenheit hatte sie bisher vermisst. Eine weitere Tür führte von dem Baderaum zu der außen liegenden Stiege, die hinab zur hinteren Veranda führte.

»Wenn Misi Juliette baden möchte, bringen wir das Wasser hoch.« Dabei bedachte Amru Kiri, die den Frauen immer noch wie ein Schatten folgte, mit einem gewichtigen Blick, worauf das Mädchen eifrig nickte.

Auf dem Weg zurück blieb Julie vor der Tür des Flures stehen, hinter die sie noch keinen Blick geworfen hatte.

Amru sah Julie und auch Kiri mit einem unergründlichen Gesichtsausdruck an. »Misi, dieses Zimmer ist tabu für alle, sagt Masra Karl.« Julie runzelte die Stirn. Tabu? Warum denn das? Bevor sie Amru aber danach fragen konnte, lenkte die Sklavin eilig ab: »Möchte die Misi jetzt auf der vorderen Veranda eine Erfrischung einnehmen?« Und an Kiri gewandt fügte sie hinzu: »Kiri, du gehst und füllst die Waschschüssel im Zimmer der Misi auf.«

Die Führung schien beendet.

Diese Besichtigung entpuppte sich bald als Höhepunkt von Julies erster Woche auf Rozenburg. Die Tage auf der Plantage verliefen schnell in einem einschläfernden Gleichmaß. Karl war morgens bereits vor dem Frühstück unterwegs. Begleitet wurde er stets von Aiku. Der Sklave tappte früh morgens leise durch den Flur, damit alles zur Zufriedenheit seines Herrn war, wenn dieser aufwachte. Julie konnte schon nach ein paar Tagen die Schritte auf dem Flur auseinanderhalten. Sie hörte ein leises Huschen von nackten Füßen, Aiku machte dabei große Schritte, Amru eher kurze, feste und Kiris waren leicht und schnell.

Karl kam dann nach seinem Kontrollritt durch die Zuckerrohrfelder kurz zurück und frühstückte gemeinsam mit Julie, las dabei allerdings vornehmlich in einer Zeitung. Diese war zwar nie tagesaktuell, da ein fahrender Händler sie lediglich einmal wöchentlich mit seinem Boot vorbeibrachte, aber Karl blätterte beharrlich jeden Tag eine der Ausgaben durch.

Nach dem Frühstück ging er an seinen Schreibtisch. Die Aufseher und Vorarbeiter, die Basyas, durchweg Mischlinge, kamen und lieferten ihre Berichte ab, und die zu erledigenden Arbeiten wurden besprochen, bis es am Mittag wieder eine kleine Mahlzeit gab. Die Temperaturen stiegen unterdessen draußen auf ein unerträgliches Maß. Bis zum frühen Abend wurde im Haus geruht. Karl pflegte vor dieser Ruhe einen Dram, einen kräftigen Schnaps aus gebranntem Zuckerrohr, zu sich zu nehmen und begann die Abendstunden dann ebenfalls mit einem Glas dieses Getränks, bevor sie ein reichhaltiges Essen zu sich nahmen. Aiku wusste um die Vorlieben seines Herrn und stand stets mit dem Tablett bereit.

Um Julie scherte sich niemand. Brav kam sie jeweils zu den Mahlzeiten zu Tisch, in der Hoffnung, Karl würde ein paar Worte mit ihr wechseln.

Sie hatte sich ihre Ankunft irgendwie anders ausgemalt. Aufregender, betriebsamer. Sie hatte davon geträumt, dass Karl sie in das Plantagenleben mit einbeziehen würde oder sie Aufgaben im Haus übernehmen könnte. Aber nichts dergleichen geschah.

Als das Treiben eines Tages deutlich unruhiger wurde und eine gewisse Spannung in der Luft lag, fragte Julie die Haussklavin neugierig, was los sei.

»Misi, heute beginnt die Ernte«, erklärte Amru.

Julie war froh, endlich ein wenig Abwechslung! Geschwind zog sich um. Im Haus trug sie lediglich ein leichtes Kleid, für draußen aber war das vermutlich nicht angemessen.

Gerade als sie das Haus verlassen wollte, um an der Zuckermühle zum ersten Mal die Ernte zu beobachten, fing Karl sie ab. »Wo willst du hin?«

»Ich dachte ... ich könnte vielleicht zur Mühle«, sagte Julie leise.

Karl aber machte ihre Hoffnungen zunichte: »Nichts da! Während der Ernte bleibst du im Haus. Du würdest da nur im Weg stehen, außerdem ist es gefährlich.«

»Aber ich wollte doch nur zugucken«, warf Julie vorsichtig ein.

»Juliette – ins Haus!« Karls Kommando duldete keine Widerrede. Julie trottete missmutig zurück ins Haus.

Sie langweilte sich. Was machten die Frauen auf solchen Plantagen nur den ganzen Tag? Nach ein paar Tagen war sie mehr als ausgeruht, und auch an das Klima hatte sie sich ansatzweise gewöhnt. Außer den Sklaven bewegte sich aber nicht viel den ganzen Tag. Im Haus gab es für Julie keine Aufgaben. Julie stellte sich oft die Frage, ob sie hier überhaupt als Misi akzeptiert würde, und wusste immer noch nicht, was als Misi von ihr verlangt wurde. Wenn Karl ihr wenigstens gesagt hätte, welche Aufgaben sie übernehmen sollte! Dieser Haushalt war jahrelang ohne eine Misi ausgekommen, Amru hatte alles problemlos im Griff, und es gab keinen Grund für Julie, der Sklavin in irgendetwas hineinzureden.

In ihrer Langeweile wünschte Julie sogar, dass Martina aus

der Stadt zurückkehren würde. Zwar war ihre erste Begegnung nicht gerade vielversprechend abgelaufen, aber Julie hoffte, hier auf der Plantage vielleicht doch Zugang zu ihrer Stieftochter zu finden. Das Mädchen musste sich doch auch langweilen!

Aus der Not fing Julie sogar bald an, mit Nico zu sprechen. Das Tier freute sich sichtlich darüber. Immer, wenn Julie das Haus verließ, tauchte es sofort in ihrer Nähe auf und folgte ihr beharrlich.

Ebenso wie Kiri. Das Sklavenmädchen wirkte inzwischen erholter, machte einen munteren Eindruck und verfolgte alle Tätigkeiten von Julie aufmerksam. Kiri war von Amru angewiesen worden, sich stets in Julies Nähe aufzuhalten, falls die Misi etwas wünschte. Aber meist stand Kiri tatenlos herum, während ihre Misi versuchte, sich von dem eintönigen Tagesablauf abzulenken. Nach einigen Tagen wusste sie bereits, wie Julie ihr Haar gerne trug, welche Kleidung sie bevorzugte und wann Julie ein Getränk wünschte. Julie bedachte Kiri immer häufiger mit kleinen Aufgaben, denn es tat ihr leid, dass das Mädchen den ganzen Tag für sie zur Verfügung stehen musste. Es war für Julie sehr ungewohnt, zwar einsam, aber nie recht allein zu sein.

Kapitel 4

»Juliette? Martina ist angekommen!«

Karls Stimme dröhnte aus der Eingangshalle durch das Haus. Als Julie jetzt zu Karl auf die Veranda trat, sah sie Martina mit einem jungen Mann, gefolgt von zwei schwarzen Burschen, vom Fluss herüberkommen.

»Wer ist das?«, fragte sie verwundert. Niemand hatte ihr gesagt, dass ein weiterer Besucher erwartet wurde.

Julie hatte in den letzten Tagen oft darüber nachgedacht, wie das Zusammenleben mit Martina wohl sein würde. In ihrer Langeweile wäre es schön, zumindest eine Verbündete hier zu haben. Insgeheim hegte sie Zweifel, ob Martina diese Person sein konnte, aber Julie war fest entschlossen, zumindest zu versuchen, Zugang zu dem Mädchen zu finden. Ihre erste Begegnung war mehr als unglücklich verlaufen – für beide Seiten. »Es tut mir leid, Martina, dass wir dich so überrumpelt haben, für mich ist die Situation ebenso neu wie für dich«, wollte sie dem Mädchen sagen.

Die beiden waren inzwischen an der Veranda angekommen, und Martina begrüßte ihren Vater, ignorierte Julie aber. Julie war nicht wirklich erstaunt, auch wenn sie sich eine andere Begrüßung erhofft hatte. Sie war eher verunsichert, dass Martina einen Besucher mit auf die Plantage brachte. Aufmerksam musterte sie den Mann.

Julie schätzte ihn auf Ende zwanzig, vielleicht sogar schon

dreißig Jahre. Seine Haare trug er militärisch kurz und akkurat geschnitten. Er war etwas kleiner als Karl und von recht kräftiger Statur. Als er jetzt die Stufen zur Veranda hinaufkam, musterte er Julie mit einem abschätzenden Blick. Darin lag etwas Feistes, Lauerndes, was Julie ganz und gar nicht behagte. Sie zwang sich, seinem Blick nicht auszuweichen.

»Pieter, wie schön dich wiederzusehen.« Karl reichte dem Mann die Hand zum Gruß und klopfte ihm mit der anderen freundschaftlich auf die Schulter. »Pieter … Darf ich dir Juliette vorstellen, meine neue Frau.«

Martina gab hinter Pieter ein leises, aber unverkennbar verächtliches Prusten von sich.

Karl beachtete Martinas unhöfliche Lautäußerung nicht weiter und fuhr an Julie gewandt fort: »Pieter Brick, Martinas Verlobter. Pieter ist der Distriktarzt.«

Verlobter? Julie starrte ihn kurz an. Sie war also nicht nur Ehefrau und Stiefmutter, sondern bald auch Schwiegermutter.

Der Mann begrüßte Julie knapp, bevor er sich wieder an Karl wandte: »Wie schön, ich habe bereits vernommen, dass du in Europa nicht nur geschäftlichen Dingen nachgegangen bist.« Dabei bedachte Pieter Julie mit einem Blick, der sie kurz erstarren ließ. Wäre dieser feindselige Ausdruck nicht in seinen Augen gewesen, Julie hätte ihn vielleicht sogar für einen angenehmen jungen Mann gehalten. Jetzt aber wallte in ihr eine Welle der Abneigung hoch.

Karl hingegen schien bezüglich der Familienzusammenführung keinen Gedanken zu verschwenden. »Lasst uns reingehen. Aiku – Getränke! Amru – bereite das Essen vor!«

Auf dem Weg in den Gästesalon hängte sich Martina besitzergreifend bei Pieter ein und tuschelte ihm etwas ins Ohr. Pieter hielt zwar den Kopf geneigt, als höre er ihr zu, aber Julie bemerkte, dass er sie selbst immer noch mit einem abschätzenden Blick aus den Augenwinkeln ansah. Im Salon nahmen sie Platz. Julie saß aufrecht, mit im Schoß gefalteten Händen. Dieser Pieter regte Unbehagen in ihr. Und ihr klitzekleines Gefühl, hier jetzt zu Hause zu sein, welches sich in den letzten Tagen zaghaft eingestellt hatte, wurde jäh zerstört. Martinas Ankunft machte ihr jetzt deutlich, dass dies nicht ihr Zuhause war; sie war ein Gast, ein ungeliebter Gast dazu.

»Und, wie gefällt es Ihnen in Surinam, Juliette?«

Julie erwog kurz zornig, diesen Pieter darauf hinzuweisen, dass »Mevrouw Leevken« wohl die angemessenere Ansprache sei. Da Karl aber ein sehr freundschaftliches Verhältnis mit diesem Kerl zu pflegen schien, verzichtete sie lieber darauf. »Danke, sehr gut«, antwortete sie stattdessen knapp.

»Wie Sie vielleicht wissen, bekommt das hiesige Klima Europäern manchmal nicht. Falls Sie also einmal Probleme mit der Gesundheit haben …«

»Danke, ich erfreue mich bester Gesundheit.« Julie erschauderte innerlich bei dem Gedanken, sich im Falle einer Krankheit diesem Mann anvertrauen zu müssen. Karl kam ihr unbewusst zu Hilfe, indem er Pieter mit seinen Fragen nach Neuigkeiten aus der Stadt von Julie ablenkte.

Julie verfolgte das Gespräch eher nachlässig. Sie kannte weder die Namen noch die Menschen dahinter und hatte keine Ahnung, worum es ging. Kurz fragte sie sich, wie es wohl Wilma und Erika ging. Sie hoffte, die beiden bald in der Stadt besuchen zu können. Ob Karl das wohl erlauben würde? Still beobachtete sie, wie Martina regelrecht an Pieters Lippen klebte, wie sie hier und da eine eifrige, aber unnütze Bemerkung einwarf und ihre Wangen vor Verliebtheit erröteten. Julie fragte sich insgeheim, was diesen Mann wohl dazu trieb, sich einem Kind anzuhängen? Julie war ja selbst gerade mal ein Jahr älter als Martina, aber wenn sie dieses Mädchen jetzt so betrachtete, fühlte sie sich schrecklich alt. Martina war zwar äußerlich eine junge Frau und bestimmt für einen gleichaltrigen jungen Mann auch nicht unattraktiv. Pieter hingegen … war ein erwachsener Mann.

Auch während des Essens unterhielten sich Karl und Pieter angeregt. Bevor die Männer sich anschließend in Karls Arbeitszimmer zurückzogen, beschied Karl die Frauen noch kurz: »Morgen sind wir übrigens bei den Marwijks auf Watervreede eingeladen, seid bitte pünktlich fertig.«

Martina verschwand grußlos auf ihr Zimmer. Julie flüchtete nach draußen, sie brauchte frische Luft. Die beklemmende Stimmung im Haus hatte ihr fast die Luft zum Atmen genommen. Sie wollte nicht allein sein und schlenderte deshalb nicht wie üblich im vorderen Garten umher, sondern wählte den Weg um das Haus herum. Nico folgte ihr.

Auf der hinteren Veranda schrubbte Amru gerade das Besteck. Sie stand erschrocken auf, als Julie die Treppe zur Veranda hinaufstieg. »Misi Juliette? Alles in Ordnung? Hat Misi gerufen …?«

»Nein, Amru, alles gut, keine Sorge.« Julie setzte sich neben Amru auf einen alten Stuhl.

Amru schaute sie halb verwundert, halb belustigt an. »Misi, hier hinten ist eigentlich kein Ort für die Misi.«

»Ach, Amru, ich weiß, dass ich hier nicht sein soll«, sagte sie und hielt nur mit Mühe die Tränen zurück. »Aber ich bin immer allein. Martina redet immer noch nicht mit mir, und Karl ist mit diesem Pieter …«

Bei Pieters Namen huschte ein Schatten über Amrus Gesicht. Julie schloss daraus, dass er hier auch sonst nicht sonderlich beliebt war. Ihr Gefühl trog sie also nicht. Amru wollte gerade etwas sagen, als aus der Ferne Gejohle und Schreie zu ihnen herüberklangen. Julie stand auf und schaute sich um, selbst Nico schlug nervös mit den Flügeln. Auch Amru stand auf. Im Gegensatz zu Julie überlegte sie aber nicht lange, woher der Krach kam. Sie raffte mit ärgerlichem Gemurmel ihren Rock und machte sich strammen Schrittes auf den Weg in Richtung Sklavendorf. Julie zögerte kurz, dann folgte sie ihr.

Zielstrebig hastete Amru zu einer der hinteren Hütten, aus der das Geschrei kam. Kiris Hütte! Ohne zu zögern stürmte sie hinein, um sogleich laut schimpfend und zwei schwarze Burschen vor sich hertreibend wieder herauszukommen. Hinter ihnen stolperte Kiri aus der Hütte. Verängstigt, ihr verrutschtes Kleid dürftig richtend, suchte sie hinter Amru Deckung. Den jungen Männern schien das erst recht Spaß zu bereiten. Nicht nur, dass sie versuchten, Kiri in die Fänge zu bekommen, sie schubsten auch Amru ungehörig herum. Dabei johlten und lachten sie laut.

»Was ist hier los?« Erst als Julie außer Atem bei der Gruppe ankam, sprangen die Kerle beiseite und senkten den Blick. Kiri flüchtete sich hinter ihre Misi. »Ihr lasst das Mädchen gefälligst in Ruhe!« Julie versuchte, ihrer Stimme, der Atemlosigkeit zum Trotz, einen möglichst festen Klang zu geben. Scheinbar erfolgreich – schnell zogen sich die Kerle zurück.

Amru bedachte die Burschen mit einer lautstarken Tirade, deren Worte Julie nicht verstand, dann wandte sie sich wieder Julie und Kiri zu. Amru zog Kiris Kleid zurecht, legte ihr tröstend den Arm um die Schultern und schob sie sanft in Richtung Herrenhaus. »Komm mit, Kind.«

Julie rang immer noch nach Atem, jetzt aber eher vor Aufregung und vor der Erkenntnis, Sklaven gegenüber zum ersten Mal Befehle erteilt zu haben.

»Was wollten die Burschen von Kiri?« Sie hoffte sehr, dass ihre Ahnung sie täuschte.

Amrus Blick verhieß nichts Gutes. Die sonst eher ruhige Frau schien innerlich zu kochen, ihre Augen waren zu Schlitzen zusammengekniffen. »Masra Pieters Männer machen immer Ärger, wenn sie kommen. Aber sie dürfen kommen, Masra Karl hat es sogar befohlen und ...«

Jetzt erst wurde Julie klar, dass die beiden Kerle die beiden Sklaven waren, die Pieter mitgebracht hatte. Amru fuhr wütend fort: »Nun ja, sie sollen ... sie sollen sich um die Mädchen kümmern.«

Das Wort »kümmern« spie Amru förmlich aus und zupfte Kiri dabei nochmals das Kleidchen wieder zurecht. Dann legte sie ihren Arm um ihre Schulter.

»Wie – um die Mädchen kümmern?«, fragte Julie zögerlich, obwohl sie die Antwort wusste. Entsetzt schlug sie sich die Hand vor den Mund und betrachtete Kiri erschreckt. »Du meinst, sie ... und die Mädchen ... aber die Mädchen ... wollen die, ich meine ...?«

Amru schüttelte den Kopf und senkte den Blick. Es schien ihr zu widerstreben, sich gegen den Willen ihres Masra auszusprechen. »Masra Karl hat das angeordnet, da unser Dorf wenig junge Männer hat, und alle sind eine Familie, zu wenig Kinder, zu wenig Sklaven.«

Julie verschlug es die Sprache. Karl hatte diese Burschen als ... Zuchthengste engagiert? Sie war fassungslos und spürte, wie eine gewaltige Welle von Wut in ihr aufstieg.

Rasend vor Wut stürmte Julie in das Haus und direkt in Karls Arbeitszimmer.

Karl sah sie verärgert an.

»Juliette, was soll das? Du weißt doch, dass ich mit Pieter …«

»Ich muss mit dir reden Karl, sofort!«

»Hat das nicht Zeit?«

Nein, hatte es nicht. Julie wusste, dass es ein Fehler war, nicht unter vier Augen mit Karl zu sprechen, aber der machte keine Anstalten, Pieter aus dem Raum zu schicken.

»Diese Burschen von Herrn Brick wollten sich …«, kurz musste sie überlegen, wie sie das am besten formulierte, »… an Kiri vergehen.« Wütend funkelte Julie Pieter an. Ihr entging nicht, dass ein spöttisches Lächeln über sein Gesicht huschte.

Karls Blick verdunkelte sich hingegen zusehends. »Juliette, Pieter bringt diese Burschen extra zu diesem Zweck mit, wenn er kommt. Die Geburtenrate unter den Negern … Belass es einfach dabei, und misch dich da nicht ein! Am besten gehst du gar nicht in das Sklavendorf, da hast du sowieso nichts zu suchen. Du wirst dich schon an die freizügigen Fortpflanzungsmethoden der Sklaven gewöhnen müssen.«

»Karl – sie ist noch ein Kind, und bei Weitem noch nicht so weit, zu …«

Karl lehnte sich auf seinem Stuhl zurück, jetzt schien ihn Julies schamhafte Verlegenheit zu amüsieren. »Lange wirst du sie nicht schützen können, diese Neger sind doch wie die Ratten. Wenn sie könnten, würden sie jederzeit, sogar auf offener Straße, übereinander herfallen. Gewöhn dich lieber daran. Und …«, sein Blick wurde finster wie die Nacht, »… halte auch du dich gefälligst von den geschlechtsreifen Männern fern!« Julie lief vor Zorn rot an. Musste sie solche Gespräche mit Karl wirklich auf solch einem niedrigen Niveau führen und dann auch noch vor diesem Pieter? »Geh jetzt bitte. Wir haben noch einiges zu besprechen.« Karls Tonfall duldete keinen Widerspruch.

Zornig verließ Julie das Zimmer, sogleich beschlich sie jedoch die Angst, einen Fehler gemacht zu haben. Hoffentlich würde Karl nicht wieder … aber sie musste ihrem Mann auch mal die Stirn bieten. Die Sorge um Kiri überwog ihre Angst, und sie fasste mutig einen Entschluss.

Julie rief nach Amru.

»Ich lasse nicht zu, dass Kiri bei diesen … sie bleibt solange bei mir. Sorg bitte dafür, dass Kiri eine Matte in mein Schlafzimmer bekommt.«

Amru wirkte unentschlossen. »Masra Karl wird böse sein. Sklaven dürfen nicht im Haus schlafen …«

»Das ist mir egal, Amru«, erwiderte Julie trotzig.

Ausgerechnet in dieser Nacht fiel es Karl ein, Julie zu besuchen. Aufgemuntert von reichlich Alkohol, kam er am späten Abend durch die Zwischentür in Julies Zimmer gepoltert und wäre dabei fast über Kiri gestolpert, die sich neben Julies Bett auf ihre Matte gelegt hatte.

»Was zum Teufel …?«

Kiri reagierte schneller als Julie und flüchtete eilig durch die Tür auf den Flur und über die Hintertreppe aus dem Haus.

»Juliette, verdammt noch mal, was hat das Negermädchen hier zu suchen?«

Julie saß jetzt kerzengerade im Bett und umklammerte erschrocken ihre Bettdecke. »Kiri sollte hier schlafen, weil …«

Weiter kam sie nicht. Karl zog sie am Arm aus dem Bett. »Ich werde dir das schon austreiben … mach mir die Sklaven nicht widerspenstig.« Sein Griff schmerzte Julie. »Komm her, ich zeig dir jetzt mal, was die Burschen mit den Mädchen machen sollen ...«

Widerwillig ließ sie seine Handlungen über sich ergehen. Sie wusste, dass jedwede Art von Abwehr ihn nur noch mehr anstacheln würde.

Am nächsten Morgen fragte Julie Amru zunächst besorgt nach Kiri.

»Ihr geht es gut, ich habe sie bei mir schlafen lassen, ich bin alt und habe einen Mann, da kommen die Burschen nicht«, beruhigte sie Amru. Julie war erleichtert, dass wenigstens Kiri in Sicherheit war.

Über ihren eigenen Zustand mochte Julie nicht nachdenken. Karl war brutal gewesen, und ihr Körper fühlte sich wund und zerschunden an. Von Karl schienen jegliche Hemmungen abgefallen zu sein, hier war er zu Hause, hier war er der Herr, und hier nahm er sich, was ihm zustand. Julie hatte gehofft, er hätte diesbezüglich bereits das Interesse an ihr verloren, denn seit sie das Schiff verlassen hatten, hatte er sich sehr zurückgehalten. Aber die letzte Nacht hatte sie darin bestärkt, dass Karl ... dass Männer ... allein der Gedanke daran bereitete ihr Übelkeit.

Widerstrebend machte Julie sich am Nachmittag für den anstehenden Nachbarschaftsbesuch fertig. Marie Marwijk hatte ihre Pläne also in die Tat umgesetzt und zu einem Abendessen geladen.

»Kiri, du bist wirklich geschickt!«

Julie bemühte sich um einen freundlichen Tonfall. Das Mädchen tat ihr immer noch leid, außerdem konnte es schließlich nichts für Julies schlechte Stimmung. Kiri hatte es tatsächlich geschafft, Julies Haare nahezu perfekt hochzustecken. Kiri freute sich sichtlich über das Lob und reichte Julie nun die Schminkutensilien.

Nachdenklich betrachtetet sich Julie im Spiegel.

Unter anderen Umständen hätte sie sich gerne zurechtgemacht, aber jetzt puderte sie ihr Gesicht nur unwillig.

Vor dem Abend bei den Marwijks konnte sie sich nicht drücken, das wusste sie. Sie straffte die Schultern und sah Kiri an. »Kann deine Misi so aus dem Haus gehen?«

Kiri nickte beflissen.

Karl schien die Auseinandersetzung vom Vorabend und die Geschehnisse der Nacht vergessen zu haben. Er verlor zumindest kein Wort darüber, auch strafte er Julie nicht mit Nichtachtung. Er bot ihr vielmehr galant den Arm, als sie fertig zur Abfahrt auf der Veranda erschien.

»Wie hübsch du aussiehst.«

Julie hob nur die Augenbrauen. Sie traute Karls vermutlich gespielter Freundlichkeit nicht mehr.

»Aiku, der Vogel!«

Aiku schnappte sich auf Karls Worte hin Nico, der zu Julies Füßen tappte. Der Papagei protestierte laut und versuchte, Aiku in die Finger zu beißen. Dieser hielt den Vogel aber sehr geschickt und schnürte ihm ein Band um das Bein. Das andere Ende war an einem Pfosten der Veranda befestigt.

»Was soll das?«, rief Julie aufgebracht. »Lass doch den Vogel in Ruhe!«

»Julie«, Karl deutete auf den Papagei, der sich leise zeternd unter der Veranda verkrochen hatte, »du willst doch nicht mit dem Tier bei den Marwijks auftauchen, oder?«

Julie musste zugeben, dass das wirklich keine gute Idee war, und da Nico ihr außerhalb des Hauses auf Schritt und Tritt folgte und sicherlich auch nicht gezögert hätte, nun das Boot fliegend zu begleiten, musste er schließlich irgendwie auf Rozenburg festgehalten werden.

Mit einem leisen Seufzer überließ sie ihn seinem Schicksal. Sie folgte Karl zum Fluss, wo schon das Boot bereitstand. Martina und Pieter richteten es sich gerade unter der Plane bequem ein.

Julie versuchte, sich mit ausreichend Abstand zu Karl, Pieter und Martina zu setzen. Die erzwungene Nähe bereitete ihr Unbehagen, und Nachbarschaft bedeutete, wie Julie nun erfuhr, eine Bootsfahrt von fast einer Stunde.

Die Ankunft bei den Marwijks barg für Julie erneut eine Überraschung. Nicht nur, weil die Marwijks ein recht pompöses Anwesen bewohnten, sondern auch, weil Karl, sobald er den Fuß auf festen Boden gesetzt hatte, wie verwandelt erschien. Da war er wieder, dieser charmante, wortgewandte Mann, den Julie in Amsterdam kennengelernt hatte, verschwunden das sauertöpfische Gehabe der vergangenen Wochen. Julie wusste nicht, ob sie sich freuen sollte oder ob sie sich Sorgen um seinen Geisteszustand machen musste. Auf jeden Fall traute sie diesem Frieden nicht.

»Juliette, wie schön, Sie wiederzusehen!« Marie Marwijk stürzte sich sogleich auf Julie und nahm sie in Beschlag. »Meinen Mann Davis kennen Sie ja bereits?« Julie vermochte sich nicht daran zu erinnern, ob sie diesem hochgewachsenen, mageren Mann auf der Gesellschaft neulich bereits vorgestellt worden war. Sein Anblick erinnerte Julie jetzt spontan an einen Pastor, der früher im Internat die Sonntagsmesse gelesen hatte. Marie Marwijk ergriff Julies Hand und tätschelte diese freundschaftlich. »Wissen Sie, es ist ja doch manchmal recht einsam auf diesen Plantagen, da ist es ausgesprochen erfreulich, dass sich wieder eine Frau in der Nachbarschaft befindet.«

Julie blieb nicht verborgen, dass Marie dabei einen linkischen Seitenblick auf Martina warf. Martina schien also bisher nicht in der Rolle der Nachbarin geglänzt zu haben. Gut, was sollte so eine ältere Dame auch mit einem Mädchen wie Martina gemein haben? Aber ob Julie da eher in Frage kam?

Die Marwijks führten ihre Gäste in den Speisesalon. Der Tisch war mit erlesenem Tafelsilber gedeckt, und adrett gekleidete Sklavenmädchen servierten Getränke und kleine Vorspeisen. Julie musste fast lachen, denn die weißen Schürzchen und Häubchen auf den krausen Haaren bildeten einen großen Gegensatz zu den schwieligen, schuhlosen Füßen der Dienstmädchen.

Auf Rozenburg war es den Hausmädchen gestattet, einfache Alltagskleidung zu tragen. Diese, das hatte Julie bereits gelernt, setzte sich bei den Frauen aus dem *pangi*, einem Wickelrock, und der *angisa*, dem Kopftuch zusammen. Die Männer trugen ebenfalls einen *pangi* oder einfache Hosen. Blusen oder Hemden trugen die Sklaven nur im Einflussbereich der Weißen. In ihren Dörfern und auf den Feldern verzichteten die Männer darauf. Frauen hingegen schienen sich zumindest gegenüber den Aufsehern und den männlichen Weißen immer zu verhüllen. In der Stadt trugen sie sogar recht aufwändige Kleider. Wohingegen Julie sich bei ihren Besuchen im Dorf daran gewöhnen musste, die meisten Frauen barbusig vorzufinden.

Julie wusste nicht, ob es auch festlichere Kleidung für die Haussklaven auf Rozenburg gab, aber so konnte sie sich weder Amru noch Kiri vorstellen.

»Und, Juliette, wie gefällt es Ihnen auf Rozenburg?«

Marie Marwijk rückte etwas näher an Julies Seite. Die Männer waren bereits in Fachgespräche über Plantagenbewirtschaftung vertieft, und Martina beschränkte sich darauf, Pieter anzuhimmeln.

»Es gefällt mir ausgesprochen gut auf Rozenburg.« Julie bemühte sich um ein Lächeln, und zumindest die Aussage, dass ihr die Plantage gut gefiel, war nicht einmal gelogen.

»Es ist ja auch ein sehr schönes Anwesen«, pflichtete Marie ihr bei. »Allerdings fehlt seit ein paar Jahren die Handschrift einer Frau im Haushalt, man munkelt, die Sklavenfrauen machen dort, was sie wollen«, fügte sie flüsternd hinzu, nicht ohne erneut einen Blick auf Martina zu werfen.

Julie runzelte die Stirn, sie wusste nicht recht, ob sie etwas erwidern sollte. Bisher schien ihr der Haushalt gut gepflegt zu sein.

Marie Marwijk bemerkte Julies Zögern, deutete es aber falsch. »Nun, es ist ja nicht gerade förderlich, so ein Kind ganz unter der Aufsicht seiner ehemaligen Amme aufwachsen zu lassen«, erklärte sie. Julie hatte keine Ahnung, wovon Marie sprach, vermutete aber, dass es um Amru ging. Sie wollte gerade zur Verteidigung der schwarzen Haushälterin von Rozenburg ansetzen, von deren Gutherzigkeit sie absolut überzeugt war, doch Marie wechselte bereits das Thema. »Werden Sie denn auch zum Ball des Gouverneurs kommen? Ach, ich freue mich schon sehr darauf! Auch wenn diese stundenlangen Bootsfahrten nichts mehr für mich sind, dieses Fest darf man auf keinen Fall auslassen. Ich meine ... ich verstehe, wenn Sie sich erst noch etwas an das Klima gewöhnen müssen, aber das sollten Sie nicht verpassen.«

Julie sah fragend zu Karl hinüber. Doch dieser beachtete sie gar nicht.

»Ich denke, Karl wird dies entscheiden, dann ...« Julie überlegte. Der Ball des Gouverneurs ... Sicherlich würde Karl es sich nicht nehmen lassen, sie auch dort vorzuführen.

Marie plapperte munter weiter, während der Hauptgang aufgetragen wurde, und hörte bis zum Dessert auch nicht damit auf. Julie hörte nur mit halbem Ohr hin. Sie wunderte sich über die Namensgebung der Haussklaven bei den Marwijks. Davis Marwijk sprach sie ohne Ausnahme mit Namen griechischer Götter an. Athene brachte die Suppe, Dionysos schenkte Wein nach, und die kleine Persephone legte das Fleisch vor. Julie ging nicht davon aus, dass die Sklaven ihre Kinder selbst so genannt hatten, traute sich aber nicht, danach zu fragen. Wann auch? Marie Marwijk redete schließlich pausenlos. Julies Reaktionen beschränkten sich auf gelegentliches freundliches Nicken und kurze, höfliche Kommentare. Bis Marie Marwijk wieder das Thema wechselte.

»Vielleicht schenken Sie Karl dann ja auch endlich den lang ersehnten Erben? So eine schöne Plantage ohne männlichen Nachfolger wäre doch zu schade«, sagte sie eine Spur zu laut.

Julie musste husten und hielt sich schnell die Serviette vor den Mund. Abrupt verstummten die anderen Gespräche am Tisch.

»Marie!« Davis bedachte seine Frau mit einem strafenden Blick, und Karl sah Julie unverwandt an, sein Lächeln hatte etwas Zweideutiges. Marie zuckte nur mit den Achseln und widmete sich wieder ihrem Essen.

Julie war innerlich erstarrt. Bis jetzt hatte sie noch gar nicht darüber nachgedacht, aber die Nächte, in denen Karl sich ihrer bemächtigte, würden sehr wahrscheinlich nicht ohne Folgen bleiben. Bisher aber ... sie glaubte nicht. Sie wusste aber auch nicht genau, wie ...

Hatte Karl sie vielleicht auch aus diesem Grunde auserwählt? Als junge, gesunde ... Zuchtstute!

Julie atmete tief durch und nahm einen großen Schluck aus

ihrem Glas. Sie riss sich so gut es ging zusammen und zwang sich zu einem nichtssagenden Gesichtsausdruck. Ihr Blick in die Runde traf auf das verfinsterte Gesicht von Pieter, und Martina sah nicht weniger entsetzt aus. Verlegen konzentrierte Julie sich auf ihren Teller.

Marie schien die Spannung, die in der Luft lag, nicht zu bemerken und hatte erneut das Thema gewechselt. Julie atmete innerlich auf, als Marie ein neues Opfer fand und damit die Aufmerksamkeit von ihr ablenkte.

»Pieter, wie laufen die Geschäfte in der Praxis?«

»Sehr gut, danke der Nachfrage.«

»Stimmte es denn, dass dieser Negerarzt in der Stadt so guten Zuspruch hat?«

Pieter verzog grimmig das Gesicht. »Nun, ich will mal so sagen: Seit er da ist, brauche ich mich mit diesem Kaffernvolk nicht mehr rumzuschlagen.«

»Also, ich finde es ungeheuerlich, dass er tatsächlich die Erlaubnis erhalten hat, praktizieren zu dürfen.« Marie schnaubte verächtlich. »Ich meine, dieser Mann spricht ja nicht mal unsere Sprache. Was kommt als Nächstes? Dass sie gar lesen und schreiben lernen dürfen?«

Davis' Gesicht wurde noch ernster als zuvor. »Man munkelt ja, dass die Regierung die Sklaverei vielleicht ganz abschaffen möchte. Welch verrückte Idee, man sieht doch, was drüben in der französischen Kolonie passiert ist.«

»Undenkbar ... undenkbar«, pflichtete Karl ihm bei. »Angeblich sind die Plantagen dort teilweise sogar in Negerhand. Was die da wohl anbauen? Bananen?«

Die Männer lachten.

»Juliette, hat Karl Ihnen denn wenigstens eine Sklavin besorgt?«, fragte Marie interessiert.

Julie brachte mit Mühe ein Nicken zustande.

Es war spät, als sie die Heimreise antraten. Julie fürchtete sich ein bisschen vor der Bootsfahrt im Dunkeln. Die Sklaven aber fanden den Weg zurück nach Rozenburg mit schlafwandlerischer Sicherheit. Bedrückendes Schweigen begleitete die Fahrt. Martina saß an Pieter geschmiegt, der wiederum seinen eigenen Gedanken nachzuhängen schien, und Karl döste bereits vor sich hin. Zum Abschied hatte er es sich nicht nehmen lassen, mit Davis noch das eine oder andere Mal auf die gute Nachbarschaft anzustoßen. Hoffentlich würde ihn das nicht wieder dazu bringen, in der Nacht …

Julie war erschöpft und hatte Kopfschmerzen. Es war anstrengend gewesen, Marie Marwijks Gerede zu ertragen.

Als sie auf Rozenburg anlegten, musste Aiku seinem Herrn aus dem Boot helfen. Karls Stimmung schien allerdings vom Alkohol und nach einem kleinen Nickerchen beflügelt. »Jaaaa, so ein Erbe …«, er sprach nicht mehr deutlich, aber sein Blick und der Griff nach Julie waren eindeutig. »Das hätte schon was …« Weil er Julie jedoch nicht erwischte, schnappte er sich Martina. »Wo meine Kleine mich doch bald verlassen wird …«, lallte er.

Pieter sah verärgert aus. »Karl, du bist betrunken. Aiku, bring den Masra auf sein Zimmer.«

Aiku schob Karl, der immer noch Martina im Arm hatte, Richtung Haus.

Julie atmete auf, sie hatte allmählich genug von diesem Abend. Gerade wollte sie sich auf den Weg Richtung Haus aufmachen, als Pieter sich plötzlich vor ihr aufbaute. Sie erschrak.

»Hören Sie, Juliette«, er sprach leise und drohend, »ich weiß nicht, was Sie bewogen hat, auf Karls Antrag einzugehen, aber Sie sind sich doch bewusst, weshalb er Sie geheiratet hat?«

»Gehen Sie mir aus dem Weg, Pieter.« Julie bemühte sich um eine feste Stimme.

Er machte aber keine Anstalten, sie gehen zu lassen, im Gegenteil, er machte einen weiteren Schritt auf sie zu. Wie ein drohender Schatten verdunkelte er den Nachthimmel.

»Sie waren nichts weiter als ein gutes Geschäft, vergessen Sie das nicht! Und kommen Sie nicht auf die Idee, sich hier irgendwie familiär einzurichten. Martina steht die Plantage zu, und das wird auch so bleiben.«

»Hören Sie Pieter, ich weiß nicht, was Sie meinen. Wenn Sie jetzt bitte so freundlich wären, mir aus dem Weg zu gehen«, entgegnete Julie so ruhig, wie es ihr möglich war.

Er ließ Julie tatsächlich vorbei. Julie eilte sich, ins Haus zu kommen. Sie zitterte am ganzen Körper.

Kapitel 5

Erika konnte Reinhards Begeisterung wieder einmal nicht teilen. Zwar hatte ihr Mann in den ersten zwei Monaten in Surinam inzwischen einiges an Enthusiasmus eingebüßt, nachdem er gemerkt hatte, wie viele Dinge, vor allem der Umgang der Weißen mit den Schwarzen, sich hier gestalteten. Aber er baute sich selbst immer wieder damit auf, dass sich alles verbesserte, wenn die Schwarzen zu guten Christenmenschen würden. Ein Gedanke, den Erika inzwischen nicht mehr teilte. Sie kam den Schwarzen durch ihre Arbeit in der Krankenstation näher als ihr Mann, der sich bis jetzt eher mit Verwaltungsaufgaben beschäftigt hatte, und wusste, dass diese Menschen sehr an ihrem Glauben festhielten. Sie waren nicht ungläubig, wie die Weißen gerne behaupteten, sondern praktizierten einen umfassenden Glauben an diverse Gottheiten. Diese Gottheiten wiederum hatten jeweils ihre speziellen Zuständigkeiten, ob für das Wasser, die Erde, die Arbeit oder die Gesundheit. Erika war weit von umfassender Kenntnis in dem Bereich entfernt, aber sie hatte bemerkt, dass es diesen Menschen insbesondere bei Krankheiten half, ihren Glauben zu leben. Natürlich war das nicht einfach, widersprachen sich doch einige für die Heilung erforderliche, westliche Anwendungen den von den Heilern vorgeschlagenen Maßnahmen. Erika fand aber meist einen Mittelweg, der es dem Kranken erlaubte, sowohl dem Rat eines Heilers als auch dem der Krankenschwestern nachzukommen. Was davon letztendlich heilte? Es war egal, Hauptsache die Gesundheit wurde wiederhergestellt. Und ganz sicher war das Wissen der Heiler nicht schlecht.

Derama, eine ältere Heilerin, die Erika über eine ihrer Patientinnen kennengelernt hatte, erwies sich als unerschöpfliche Quelle nützlichen Wissens.

Eine junge Sklavin war zur Niederkunft in die Krankenstation gekommen. Das Mädchen war schmächtig und der Weg für das Kind knapp bemessen. Als die Geburt nicht voranging und Erika und Josefa befürchteten, dass das Kind zu allem Übel auch noch falsch lag, hatte die Mutter der Gebärenden nach Derama rufen lassen. Josefa hatte zwar protestiert, die Gebete, die sie kniend neben dem wehengebeutelten Mädchen sprach, seien jetzt die einzige Hoffnung, aber Erika hatte zugestimmt. Ihr war jede Hilfe recht, die das Leben der Mutter und des Kindes noch retten konnte. Derama machte sich, über und über mit wundersamen Medaillons behängt, sofort ans Werk, ungeachtet der weißen Krankenschwestern. Kurz verbrannte sie ein Bund Kräuter und sprach einige Beschwörungen, was Josefa aus ihrer Ecke mit Kopfschütteln quittierte. Dann beugte sich die Heilerin aber zu der Gebärenden, sprach beruhigende Worte und träufelte ihr aus einem kleinen Fläschchen etwas in den Mund. Sogleich entspannte sich das Mädchen, seine Atmung wurde ruhiger.

Dann wies Derama Erika an, auf dem Boden ein sauberes Laken auszubreiten. Gemeinsam mit der Mutter brachte sie das Mädchen auf die Beine und über das Laken. Was dann folgte, hatte Josefa später als Teufelswerk und wider die Natur kommentiert. Erika hingegen war verblüfft gewesen. Der Heilerin gelang es durch einige seltsame Umlagerungen der Schwangeren, das Kind im Bauch in die richtige Lage zu bringen. Gestärkt von den geheimnisvollen Tropfen war die

Gebärende inzwischen wieder so weit bei Sinnen, dass sie aktiv mithelfen konnte, ohne vor Schmerzen zu vergehen. Und innerhalb kürzester Zeit hatte die stolze Großmutter ihren Enkel in Empfang nehmen können.

Erika, überwältigt von diesem Erfolg, bat die Heilerin, ab und an auf der Krankenstation vorbeizukommen. Erika hatte ihren Namen schon häufig gehört und wusste, dass die Schwarzen große Stücke auf die Frau hielten. Zudem hoffte sie, von der Heilerin vielleicht etwas lernen zu können. Die Mittel der Krankenstation waren immer noch spärlich, und viele Krankheiten wurden eher notdürftig behandelt, als wirklich geheilt. Zu Erikas Freude hatte die Heilerin sofort eingewilligt. Josefa hatte wieder lauthals protestiert, und auch die anderen Mitglieder der Gemeinde hatten Erikas Idee nicht gutgeheißen, aber Erika hatte versprochen, ein Auge auf Derama zu haben.

Seit einigen Wochen nun kam die Heilerin regelmäßig. Zwischen ihr und Erika war eine zarte Beziehung entstanden, unter dem gemeinsamen Ansinnen, den Menschen zu helfen.

Jetzt stand Erika vor einem neuen Problem. Reinhard hatte ihr eröffnet, er habe endlich die Bewilligung für eine Reise zu einigen Plantagen im Landesinneren erhalten. Er war davon ausgegangen, dass Erika seine Freude teilen und ihn begleiten würde. Erika aber, deren Bauch inzwischen gerundet war und deren Beweglichkeit im Laufe der Zeit zunehmend eingeschränkt sein würde, zögerte.

»Reinhard, ich glaube nicht, dass es für mich und unser Kind gut wäre, eine solche Reise anzutreten«, gab sie zu bedenken.

Reinhards erschüttertes Gesicht sprach Bände. »Aber das war doch unser Ziel! In diese Gebiete zu fahren und …«

Erika legte ihm beschwichtigend die Hand auf den Arm. Ein bisschen ärgerte es sie schon, dass Reinhard trotz aller Freude auf den Nachwuchs die Schwangerschaft nicht recht zu beachten schien.

»Schau, wir sollten warten, bis das Kind auf der Welt ist, dann kann ich dich begleiten.«

Im Stillen hoffe sie, dass Reinhard vielleicht davon abzubringen war, ins Landesinnere oder gar in die Wildnis zu fahren, wenn das Kind erst einmal da war. Man hörte nichts Gutes aus diesen Gebieten. Und selbst von den Plantagen hörte man nichts Gutes. Das Gesetz, welches den Missionaren den Besuch der Arbeitssklaven erlaubte, war noch recht neu, und die meisten Plantagenbesitzer und -direktoren hielten nichts von der Idee. Manche ließen die Missionare nicht einmal auf ihrem Grund landen. Es war eine Reise ins Ungewisse. Aus Reinhards Gesicht las Erika, dass er hin und her gerissen war. Er fühlte sich berufen, das wusste sie, und sie fürchtete, dass weder sie als seine Frau noch sein ungeborenes Kind seine Pläne ändern könnten. »Gut, Erika, dann bleib du hier in der Mission, ich werde trotzdem fahren …«

Erika war entsetzt. »Reinhard! Willst du wirklich, ich … ich bin dann ja ganz allein.«

»Du bist doch hier gut aufgehoben! Josefa und die anderen werden sich um dich kümmern, wenn es so weit ist.« Er seufzte. »Ich muss gehen, wenn auch schweren Herzens. Ich hoffe, du verstehst das.«

Erika sackte auf ihrem Stuhl zusammen. Neben der Furcht vor der Geburt im Herbst, und bis dahin würde er nie und nimmer zurück sein, würde sie also auch noch die Sorge um ihren reisenden Mann im Herzen tragen. Sie fand seine Entscheidung egoistisch, sagte aber nichts. Was hatte sie gegen Gottes verteilte Aufgaben schon zu bemerken?

»Pass auf dich auf!«, murmelte sie, und heiße Tränen rannen über ihre Wangen.

Reinhard hingegen hatte seine Gedanken bereits wieder auf die unmittelbare Zukunft gerichtet. »Ich werde ja nur einige Monate fort sein, vielleicht aber auch länger ... Und wenn ich wiederkomme, wirst du wieder bei Kräften und, so Gott will, wird unser Kind stark und gesund sein, um mich dann zu begleiten. Ich werde sehen, dass ich vielleicht sogar einen schönen Ort finde, von dem aus wir in Zukunft dann arbeiten können.«

Als das Boot mit Reinhard und zwei weiteren Brüdern an Bord schließlich am 6. Juni Paramaribo verließ, stand Erika am Ufer und winkte zum Abschied. Sie hatte ein seltsam leeres Gefühl im Herzen.

Kapitel 6

Julie war stocksauer. In den ersten Wochen in Surinam hatte sie sämtlichen Nachbarn Besuche abgestattet, um sie näher kennenzulernen. Stunden flussauf- und flussabwärts hatte Karl sie geschleppt. Trotz der Regenzeit, die inzwischen eingesetzt hatte, trotz Hitze und Moskitos und anhaltender Regenfälle, die den Aufenthalt im Boot nicht gerade angenehm machten.

Allein der Begriff »Nachbarn« war übertrieben formuliert. Außer der Plantage der Marwijks, die immerhin innerhalb gut einer Stunde zu erreichen war, befand sich keine weniger als mehrere Stunden entfernt – keine Strecke, innerhalb derer man mal schnell auf einen Kaffee vorbeischaute oder sich etwas Salz borgte. Karl schien mit seiner wiedergefundenen Rolle als Ehemann die Aufgabe zu verbinden, Julie vorzuzeigen wie ein neues Püppchen. Immer in der Erwartung, dass sie sich hübsch, nett und freundlich bei den Nachbarn einschmeichelte. »Zieh dir was Nettes an, steck dir die Haare schön auf …« Julie kochte jedes Mal innerlich vor Wut. Auch der Begriff »kennenlernen« war weit gefasst. Unter Karls wachsamen Augen traute Julie sich nicht, eine eigene Meinung zu vertreten. Brav plauderte sie nach, was ihr Karl in den Mund legte.

Zudem neigte Karl, beschwingt durch diese Auftritte, dazu, nachts zu Julie zu kommen. Julie hasste die Besuche inzwischen. Sie ekelte sich vor ihm, wenn er sich betrunken auf ihr zu schaffen machte. Sie lag dann stets vollkommen still und hoffte, er würde schnell von ihr ablassen.

Die Nachbarschaftsbesuche hatten jedoch auch eine gute Seite: Julie konnte die Plantage verlassen und traf andere Menschen. Zu Hause fühlte sich Julie manchmal wie ein Möbelstück, dort schenkten ihr weder Karl noch Martina Aufmerksamkeit, von Pieter ganz zu schweigen. Doch sobald wieder eine Einladung zum Abendessen anstand, besann Karl sich auf sie. Seine junge, hübsche Frau, so gebildet und höflich.

Julie hatte mitbekommen, dass die Besuche bei den Nachbarn Karl zu einigen guten Landkäufen verholfen hatten. Die wirtschaftliche Lage der Plantagen war fast überall angespannt, die goldenen Zeiten der Kolonie waren vorbei. Viele Kolonisten gaben auf oder mussten hart um den Erhalt ihres Besitzes kämpfen. Vielen Nachbarn kam ein Besuch Karl Leevkens mit seiner jungen, hübschen Frau da gerade recht. Ganz beiläufig wurden Verträge unterzeichnet, und der Grundbesitz der Plantage Rozenburg verdoppelte sich binnen kürzester Zeit. Julie fragte sich insgeheim, ob sie hier nicht auch als Mittel zum Zweck missbraucht wurde. Wenn Karl Land kaufen wollte, hätte er doch einfach ein entsprechendes Angebot vorlegen können? Julie kam schnell dahinter, dass in der Kolonie nie, niemals mit Nachbarn über das eigene Vermögen gesprochen wurde. Lieber hätte sich einer der ehrenwerten Plantagenbesitzer oder -direktoren die Zunge abgebissen, als zu sagen: »Mir geht es schlecht, ich muss verkaufen.« Und so wurde also gemeinsam gegessen und geplaudert – und während die Damen Julie stolz durch die Gärten führten, verkauften die Männer Landstücke an Karl, die »für die eigene Plantage ungünstig lagen« und die »man dem Nachbarn ›gern‹ abtrat«. Selbstverständlich vollkommen uneigennützig. Es ging ja allen gut!

Dass es vermutlich ihre Mitgift war, die Karl dies alles ermöglichte, daran mochte Julie lieber nicht denken.

Der vielen Besuche zum Trotz stapelte sich immer noch ein ansehnlicher Batzen Einladungen auf dem Schränkchen in der Eingangshalle. Julie konnte die Neugier dahinter verstehen, wahrscheinlich würde sie in ein paar Jahren, vielleicht sogar schon in ein paar Monaten, ebenso erpicht darauf sein, Gäste zu empfangen oder jemanden außerhalb der Plantage zu treffen.

Karls Eifer, die Einladungen anzunehmen, legte sich glücklicherweise nach ein paar Wochen, und er sagte zumeist ab. Er schien sein Ziel erreicht zu haben und des Landkaufs überdrüssig zu sein. Die Sklaven wurden ausgeschickt, die neuen Felder einzugliedern, und Karl gab sich wieder den kolonialen Genüsslichkeiten hin.

Dazu gehörte auch, sich jeden Dienstag von der Plantage zu verabschieden, um in Paramaribo geschäftliche Dinge zu erledigen. Er fuhr dann in die Stadt und kehrte erst am Donnerstag zurück. Julie wunderte dies: Hatte er nicht gesagt, er würde das Stadthaus nicht so oft nutzen? Allerdings machte er nie Anstalten, Julie zu fragen, ob sie ihn begleiten wolle. Nur Aiku fuhr mit Karl. Dabei wäre Julie so gern mal wieder in die Stadt gefahren! Wahrscheinlich hatten seine Reisen mit dem umfangreichen Landerwerb der vergangenen Wochen zu tun – und davon wollte Julie nichts mehr hören.

Aber auch Martina durfte ihn nicht begleiten. »Vater, bitte, ich habe Tante Valerie schon seit Wochen nicht gesehen!«

Karls Antwort war barsch: »Martina, du hast jetzt eine neue Stiefmutter, es ist besser, wenn du hierbleibst und ihr euch endlich aneinander gewöhnt.«

Dass er mit seiner Zwangszusammenführung genau das Gegenteil bei seiner Tochter bewirkte, bemerkte er nicht.

Erfreulicherweise aber trafen auch auf Rozenburg immer wieder Durchreisende zu kurzen Besuchen ein. Es gehörte zum guten Ton, flussauf- oder -abwärts Reisende freundlich aufzunehmen, wenn diese eine Pause einlegen wollten oder eine Weiterfahrt nicht möglich war. Dazu stand das kleine Gästehaus hinter dem Haupthaus schließlich zur Verfügung.

Karl war in den letzten Jahren offenbar kein besonders guter Gastgeber gewesen, aber ein paar Wochen nach Julies Ankunft und den ersten Treffen bei den Nachbarn legten auch wieder Reisende einen Zwischenstopp auf Rozenburg ein.

Karl gab dann immer nur ein unwirsches Grunzen von sich, fand in dem einen oder anderen Besucher aber doch einen kurzweiligen Trinkgenossen. Martina zog sich meist zurück. Mehr als einmal ärgerte sich Julie über das hochmütige Auftreten ihrer Stieftochter.

Julie hingegen genoss diesen Kontakt zur Außenwelt. So lernte sie viele interessante Leute kennen, unter ihnen einen jungen Botaniker, der ihr in zwei Tagen mehr über die Flora und die Fauna des Landes erzählte als Karl in den ganzen vergangenen Wochen. Und sie traf ein junges Judenpärchen, das auf der Reise zur Jodensavanne war, einer Siedlung, die zwar nach einem verheerenden Brand im Jahre 1832 nicht mehr bewohnt war, aber noch regelmäßig von Menschen besucht wurde, die dort die alten Grab- und Gedenkstätten pflegten.

War sie allein mit Karl, Pieter und Martina, legte sich ein bedrückender Schleier über das Haus, dem sie kaum entfliehen konnte.

Julie bemerkte, dass die Schwarzen im Umgang mit den Besuchern wesentlich unkomplizierter waren als die Weißen. Im Grunde war jeder gerne gesehen, und wenn die Rudersklaven der Besucher im Dorf eintrafen, wurden sie gleich freundlich aufgenommen und bewirtet. Nur wenn Pieters Sklaven kamen, wurde es auffallend still um die Hütten. Gott sei Dank geschah das momentan nicht ganz so häufig. Pieters Distrikt war relativ groß, und wenn er in die abgelegenen Bereiche fuhr, ließ er sich auch mal eine Woche nicht auf Rozenburg blicken. Für Martina war dies jedes Mal ein kleiner Weltuntergang. Kündigte er an, abfahren zu müssen, jammerte sie unablässig und klebte an seinem Rockschoß, dass Julie fast gelacht hätte. Insgeheim dünkte ihr, dass Pieter ganz froh war, sich eine Auszeit von seiner jungen Verlobten gönnen zu können. Julie selbst war jedes Mal heilfroh, wenn er aufbrach. Er hielt sich wesentlich häufiger auf der Plantage auf, als ihr lieb war. Sie versuchte, ihm dann aus dem Weg zu gehen. Sein Auftritt am Fluss an jenem Abend vor ein paar Wochen hatte Julie Angst eingejagt. Inzwischen war sie fest davon überzeugt, dass Pieter nur aus Kalkül handelte. Martina war eine gute Partie für ihn, nicht mehr und nicht weniger. Und Julie stand seinen Plänen nun vermutlich im Weg.

Insgeheim hoffte Julie sogar, dass Martina sich anders besinnen würde. Ihr graute davor, Pieter als Schwiegersohn annehmen zu müssen. Aber heiratsfähige Männer, noch dazu von gutem Stand, schienen in diesem Land ebenso selten wie Tage, an denen man fror. Wenn … ja, wenn sie sich mit Martina besser verstehen würde, konnte sie sie vielleicht vor Pieter warnen.

Aber das lag ebenfalls in weiter Ferne.

Eines Nachmittags, Pieter war abgereist, und Karl wurde erst am Abend zurückerwartet, raffte Julie sich auf, einen neuen Versuch bei Martina zu unternehmen. Das Mädchen hatte jetzt lange genug Zeit gehabt, zu grollen und sich an Julies Anwesenheit zu gewöhnen, vielleicht würde es nun etwas gemäßigter reagieren. Julie fand ihre Stieftochter im Damensalon bei einer Handarbeit.

Obwohl Martina ihr aus ihren schmalen Augen einen düsteren Blick zuwarf, setzte sich Julie ihr gegenüber in einen Sessel und nahm sich ebenfalls ihre Stickarbeit auf den Schoß. Einen Moment herrschte gespanntes Schweigen. Bis Julie beschloss, es zu brechen.

»Ein sehr schönes Tischtuch fertigst du da, Martina.« Julie deutete auf die filigrane Arbeit in Martinas Händen.

Martina schwieg und starrte verbissen auf den Stoff.

»Martina? Denkst du nicht, es ist an der Zeit, dass wir uns mal unterhalten?«

»Ich wüsste nicht, worüber«, gab Martina leise von sich, ohne den Blick zu heben.

Das war zwar nicht gerade die Antwort, die Julie erhofft hatte, aber immerhin ein Anfang. »Nun«, fuhr Julie ruhig fort, »ich lebe jetzt nun mal auch hier, meinst du nicht, dass wir miteinander auskämen, wenn wir uns besser kennenlernen würden?«

Schnaubend legte Martina ihre Handarbeit zur Seite. Sie stand auf und blickte Julie feindselig an. Ihre kindlichen, großen Augen verzogen sich dabei zu schmalen Schlitzen, und sie presste ihre Lippen zu einem Strich zusammen. Dann fuhr sie Julie an: »Ich wüsste nicht, wieso wir das sollten. Ich weiß auch nicht, warum Vater dich überhaupt mitgebracht hat! Er braucht keine Frau, schon gar keinen Erben, und ich brauche weiß Gott keine Stiefmutter. Es war gut, so wie es war. Und glaube nicht, dass ich oder sonst irgendjemand hier sich von dir irgendetwas sagen lässt! Vielleicht kannst du den Vogel blenden, mich aber nicht!« Mit diesen Worten stob sie durch die Tür und stieß dabei fast mit Amru zusammen, die gerade Getränke hereinbrachte.

Amru sah Martina betroffen hinterher. Dann wandte sie sich an die Julie. »Misi Juliette muss Misi Martina Zeit geben. Misi Martina war lange allein mit ihrem Vater.«

Julie war verwirrt. »Ach, Amru, was soll ich denn machen?« Sie sah die Haussklavin hilfesuchend an. »Ich wollte doch auch nicht, dass es so kommt. Ich dachte ... vielleicht ... und was hat jetzt der Vogel mit der Sache zu tun?« Mutlos sackte sie in sich zusammen.

Amru stellte das Tablett ab und reichte Julie ein Glas. »Misi Martina ist ohne Mutter hier aufgewachsen«, sagte sie langsam. »Nur ich und die anderen Sklavenfrauen, wir kümmerten uns um sie. Und ab und zu durfte sie in die Stadt zu ihrer Tante. Misi Martina weiß gar nicht, wie es ist mit einer weißen Frau im Haus. Masra Karl hat ein paarmal versucht, Fräuleins hier anzustellen, aber alle gingen nach ein paar Wochen wieder.« Und leise fügte sie hinzu: »Und Misi Martina vermisst wohl ihre Mutter.«

Julie dachte angestrengt nach. Martina war noch ein Kleinkind gewesen, als ihre Mutter starb. Und nichts, das wusste Julie, war schmerzlicher für ein Kind, als eine geliebte Person zu verlieren.

Sie überkam ja selbst heute noch manchmal unvermittelt eine unendlich tiefe Trauer über den Verlust ihrer Eltern. Wie konnte sie Martina dafür einen Vorwurf machen?

»Du hast wohl recht, Amru, ich sollte ihr Zeit geben«, sagte sie schließlich.

Martina reagierte weiterhin gereizt und feindselig auf Julie. Sie ignorierte ihre Stiefmutter oder versuchte, ihren Vater mit kleinen Sticheleien gegen Julie aufzubringen. Was ihr, zu Julies Leidwesen, auch manchmal gelang.

»Vater, Juliette hat schon wieder vergessen, Kiri das Silber putzen zu lassen. Vater, Juliette hat schon wieder Amru gerufen, obwohl sie gerade bei mir …«

Julie ärgerte sich darüber, verkniff sich aber entsprechende Bemerkungen, da sie keinen weiteren Unfrieden stiften wollte. Natürlich hatte Kiri, als ihre Leibsklavin, auch diverse Aufgaben im Haus zu erfüllen. Julie erschien stetiges Silberputzen aber ebenso unnütz wie ähnlich stupide Tätigkeiten, daher mochte sie auch ihre Sklavin damit nicht betrauen. Zumal es neben Kiri und Amru noch fünf andere Mädchen gab, die bei Bedarf dem Haushalt beistanden. Und Aiku natürlich. Acht schwarze Bedienstete für drei weiße Personen. Julie betrachtete dies als pure Verschwendung.

Auch über Martinas Gebaren gegenüber Amru konnte Julie nur den Kopf schütteln. Amru musste Tag und Nacht für Martina abrufbar sein. In der Nacht stand dafür wiederum ein Mädchen parat, welches auf der hinteren Veranda schlafen und im Bedarfsfall, wenn Misi Martina es rief, loslaufen und Amru aus ihrer Hütte holen musste. Selbst wenn es nur darum ging, dass Martina ein frisches Nachtgewand anziehen wollte, weil das andere verschwitzt war. Tagsüber musste Amru Martina bei der Körperpflege, beim Ankleiden und auch sonst bei jeder erdenklichen Tätigkeit zur Hand gehen, sei es das Bespannen eines Stickrahmens oder das Herbeischaffen eines Taschentuchs. Julie fragte sich, ob Martina sich jetzt absichtlich so verhielt, oder ob dies bereits vor ihrer Ankunft der Fall gewesen war. Aber nach und nach wurde Julie klar, dass das der Normalzustand war, denn Amru, die sich sonst resolut zeigte und als unangefochtenes Oberhaupt der Haussklaven galt, versuchte, der jungen Misi immer alles recht zu machen.

Als Julie sie darauf ansprach, zuckte Amru nur die Schultern.

»Das ist normal, Misi Juliette, in anderen Häusern ist das nicht anders. Jeder Weiße hat Leibsklaven, und ich bin die Leibsklavin von Misi Martina.«

Amru schien sich mit ihrer Rolle abgefunden zu haben, aber Julie spürte sehr deutlich, dass sie sich darin nicht wohl fühlte. Ab und an ließ Julie es darauf ankommen und nahm Amru für sich in Beschlag. Amru amüsierte dies dann sichtlich, und Martina wurde rot vor Zorn, wenn sie nicht sofort das bekam, was sie wünschte, oder gar ein anderes Hausmädchen zur Befriedigung ihrer Wünsche einspringen musste.

Julie war fest entschlossen, Amru diese Bürde abzunehmen. Martina war schließlich kein Kind mehr und konnte sich die Strümpfe ebenso gut selbst anziehen oder, wenn überhaupt, eines der Mädchen dazurufen. Auch wenn Amru Martinas Leibsklavin war, tat es wohl kaum Not, dass ausgerechnet sie jedes Mal alles stehen und liegen lassen musste, sie hatte auch so genug zu tun. Sie umsorgte die Küche und die Kostäcker des Hauses, den Obstgarten und die Hühner, nebenbei leitetet sie die Hausmädchen an, kümmerte sich um Masra Karl, wenn Aiku nicht zugegen war, und gab sich zudem sichtlich Mühe, aus Kiri eine angemessene Hilfe für Julie zu machen.

Julie war fest entschlossen, die Sache mit Karl zu besprechen, auch wenn sie ansonsten weitestgehend vermied, sich in Dinge einzumischen oder gar etwas zu fordern. Aber jetzt ... immerhin sollte sie ja die Rolle der Hausherrin auf Rozenburg übernehmen. Zumindest hob Karl das bei den Nachbarn immer hervor, da war es doch nur recht, dass sie allmählich damit anfing. Oder suchte sie etwa schon absichtlich Streit, um der Eintönigkeit zu entkommen?

Als Julie ihren Mann eines Abends in ansprechbarer Laune antraf und er zudem noch nicht betrunken schien, schnitt sie das Thema an: »Hör mal, Karl, wo doch Martina beizeiten heiraten und ja nun auch so langsam erwachsen wird …« Er sah sie fragend an, schien aber noch nicht erbost darüber, dass sie ihn behelligte. »Ich denke, es ist Zeit, dass sie eines der jungen Mädchen als Leibsklavin erhält, Amru hat im Haus genug Aufgaben zu erledigen«, fuhr sie mutig fort.

Karl legte seine Zeitung beiseite und schien einen kurzen Moment nachzudenken. »Gut, wähle du ein Mädchen aus.« Damit schien das Thema für ihn erledigt.

Julie war verblüfft, dass er ihr überhaupt zugehört und äußerst zufrieden mit der Antwort, die sie erhalten hatte. Das Unwetter jedoch, das sie bei Martina damit heraufbeschwor, hatte Julie gründlich unterschätzt.

Kapitel 7

Kiri saß vor ihrer kleinen Hütte und nähte nachdenklich an einem ihrer Kleider. Welches Glück sie schließlich doch gehabt hatte! Zwar traute sie dem Masra nicht über dem Weg, Misi Martina war ihr nicht geheuer und Masra Pieter schon gar nicht … aber Misi Juliette, sie war nicht so wie die anderen Weißen, die Kiri bisher kennengelernt hatte. Vielleicht lag es daran, dass sie selbst noch nicht so lange im Land war? Und Amru, sie war auch nett – ein bisschen erinnerte die Frau sie an ihre Tante Grena. Kiri seufzte leise.

Ihre Gedanken wurden von einigen aufgeregten Stimmen ein paar Hütten weiter unterbrochen.

»Aber das kann sie doch nicht machen!« Es war die junge Liv, die sich lauthals bei ihrer Mutter beklagte. »Mutter, rede du doch noch mal mit Amru!«

Kiri stand auf und ging neugierig näher heran, so wie einige andere Frauen und Mädchen auch. Auf Kiris fragenden Blick flüsterte eine der Frauen ihr zu: »Liv soll Misi Martinas neue Leibsklavin werden.«

Kiri hatte schon von Misi Juliette gehört, dass Amru entlastet werden sollte. Kiri fand das eine gute Idee, wobei sie sich aber auch vorstellen konnte, dass es die neue Leibsklavin mit Misi Martina nicht leicht haben würde.

Liv schluchzte derweil im Arm ihrer Mutter. »Aber ich kann das doch gar nicht. Warum gerade ich?« jammerte sie.

Als sie Kiri zwischen den anderen Frauen erblickte, funkelte Liv sie böse an. »Deine Misi ist schuld, sie bringt alles durcheinander. Wenn ihr nicht gekommen wärt, wäre alles beim Alten geblieben.«

Livs Mutter nahm ihre Tochter tröstend in den Arm. »Ach, Kind, Kiri kann doch auch nichts dafür, die Entscheidung hat Misi Juliette getroffen, und das ist ihr gutes Recht. Und dass sie dich ausgesucht hat ... Sie meint das ja nicht böse.«

Kiri war die Situation unangenehm, und sie verzog sich wieder vor ihre Hütte. Bald darauf löste sich auch die kleine Ansammlung von Frauen auf, und Orla, die fast blinde alte Sklavin, die in der Hütte neben Kiri lebte, kam auf ihren Stock gestützt angehumpelt. Kiri hatte Angst vor der Alten, deren grau getrübte Augen immer ins Leere zu blicken schienen.

Jetzt steuerte die Alte genau auf Kiri zu und ließ sich ächzend neben ihr nieder. Kiri erschrak: Was wollte die Alte?

Die Frau neigte den Kopf und sagte freundlich: »Bist ein gutes Mädchen.« Sie nickte wohlwollend und zeigte ein zahnloses Lächeln. »Du musst dir keine Sorgen machen, deine Misi hat schon richtig entschieden. Liv hat nur Angst, dass Misi Martina sie irgendwann mit fortnimmt, mit Masra Pieter ... aber noch bleibt sie ja da.«

Kiri sah die alte Orla dankbar an. Die anderen Sklaven des Dorfes hatten Kiri zwar freundlich aufgenommen, aber niemand kümmerte sich direkt um sie. Und da Kiri hier keine Familie hatte, war sie manchmal ziemlich einsam.

»Mein Sohn arbeitet auch im Haus«, sagte die Alte nachdenklich. »Dieses Haus hat schon viel Schrecken erlebt ...«

Kiri fröstelte. Jetzt machte die Alte ihr doch wieder Angst. War sie gar verrückt?

Als Orla bemerkte, dass Kiri leicht von ihr abrückte, richtete sie ihre trüben Augen wieder auf das Mädchen. »Deine

Misi ist ein guter Geist, sie wird die dunklen Schatten vertreiben, aber du wirst ihr dabei helfen müssen. Sei tapfer, Kind …«

Damit erhob sich die Alte stöhnend und ging humpelnd ihres Weges. Kiri schaute ihr hinterher. Sie war sich nicht sicher, was sie von der Frau halten sollte.

Später traf Kiri auf der hinteren Veranda auf Amru. Sie setzte sich auf eine der Matten und beobachtete schweigend, wie die Haussklavin das Essen vorbereitete. Am Nachmittag, bis zum Abendessen, hatte Kiri meistens frei und durfte ihren eigenen Dingen nachgehen. Die Misi zog sich dann auf ihr Zimmer zurück, um zu lesen oder zu ruhen.

»Amru?« Kiri wollte zu gerne wissen, was es mit der alten Orla auf sich hatte. »Ist Orla eigentlich schon immer hier?«

Amru sah sich verwundert zu Kiri um. »Hat Orla mit dir gesprochen?« Kiri nickte. »Seltsam. Eigentlich spricht sie nicht mehr viel, seit …«

Sie wandte sich wieder den Töpfen zu, in denen das Essen auf der Kochstelle vor sich hindampfte.

Doch Kiri ließ nicht locker. »Warum? Was ist denn passiert?«

Amru schüttelte den Kopf, ohne sich jedoch zu Kiri umzudrehen. »Ach, Kiri, manchmal ist es besser, die Vergangenheit ruhen zu lassen.«

Kiri spürte, dass sie an dieser Stelle nicht weiterkommen würde.

»Orla sprach von ihrem Sohn«, bemerkte sie stattdessen. In diesem Moment ging ihr auf, um wen es sich handelte. »Ist Aiku Orlas Sohn, Amru?«

»Lass die Vergangenheit ruhen, Kiri!« Amru war laut geworden, und ihr Tonfall beschied deutlich, dass sie darüber nicht sprechen wollte.

Kiris Neugier aber war dadurch nur mehr entfacht. Sie würde schon noch herausfinden, was geschehen war. Irgendwie schien das Ganze mit ihrer Misi zu tun zu haben.

Amru wies das Mädchen unwirsch an, das Zimmer der Misi zu reinigen, die auf der vorderen Veranda saß und las. Kiri gehorchte folgsam und trollte sich nach oben. Sorgsam lüftete sie das Bett und schrubbte dann den Boden, erst mit Wasser, dann mit halben Orangen, bis das Holz glänzte und die Dielen einen frischen, sauberen Geruch annahmen. Nichts sollte ihre Misi verärgern. Kiri hatte mit Sorge bemerkt, dass Misi Juliette im Verlauf der Wochen etwas stiller geworden war. Vermutlich schlug ihr die Eintönigkeit auf der Plantage auf das Gemüt, und auch weder Masra Karl noch Misi Martina waren besonders nett zu ihr – vielleicht bedrückte sie das. Die Weißen waren schon seltsam. Warum hatte Masra Karl wohl Misi Juliette aus dem fernen Land mitgebracht, wenn er sich hier nicht um sie scherte?

Kiri war stolz, jetzt eine eigene Misi zu haben. Früher hatte sie die Leibsklavinnen der weißen Misis immer bewundert. Sie durften recht hübsche Kleider tragen und erfuhren auch sonst kleine Vergünstigungen. Jetzt war sie selbst eine von ihnen. Sie war zwar bei Weitem noch nicht so geschickt, aber sie bemühte sich wirklich. Die Misi sollte wissen, dass Kiri ein braves und gehorsames Mädchen war. Nicht dass die Misi noch auf den Gedanken kam, sie wieder zurück in die Stadt zu diesem Bakker zu schicken! Schon der Gedanke an den schmutzigen Holzverschlag bereitete ihr Übelkeit.

Das Verhalten ihrer Misi war so anders als das der anderen feinen Damen. Allein die Tatsache, dass sie meistens Niederländisch mit ihr sprach, würde vermutlich die anderen feinen Damen zu einer Ohnmacht treiben, würden sie das mitbekommen. Mit Sklaven sprach man schließlich höchstens *taki-*

taki, Negersprache. Gott sei Dank waren Kiri und die Misi meistens allein. Außerdem konnte die Misi die Negersprache nun mal noch nicht richtig. Kiri war stolz, ihr schon viel davon beigebracht zu haben.

Natürlich verstanden die meisten Sklaven die niederländische Sprache, nur sprechen durften sie sie nicht. Als Kind hatte Kiri oft genug von Tante Grena bittere *juk-juk*-Blätter in den Mund gesteckt bekommen, wenn sie es gewagt hatte, einen niederländischen Satz zu sagen. Aber das war allemal besser gewesen, als Schläge von den Basyas zu kassieren. Kiri hatte schnell verstanden, dass es besser war, sich dumm zu stellen und so zu tun, als beherrsche man die Sprache nicht.

Früher war alle paar Monate ein »Bruder« auf die Plantage gekommen. Kiri hatte das damals lustig gefunden: Sie hatte doch gar keinen Bruder, wie konnte ein einziger Mann Bruder von allen anderen sein? Aber dieser Bruder hatte den Sklaven aus einem Buch vorgelesen – und das sogar in ihrer eigenen Sprache. Kiri hatte zwar nicht ganz verstanden, was er erzählte, aber es war eine willkommene Abwechslung zum gleichmäßigen Plantagenalltag gewesen. In dem Buch ging es um einen Gott und viele andere Dinge: Es gab zum Beispiel Menschen, die vertrieben und gefoltert wurden. Kiri erinnerte das ein bisschen an die Geschichte ihres eigenen Volkes, aber Grena hatte nur gesagt, das sei doch etwas anderes. Viele Sklaven hatten sich dem Glauben dieses Bruders angeschlossen, und man hatte ihnen Wasser über den Kopf gegossen. Das hatte durchaus Vorteile für die Sklaven, manchen Weißen schien es zu gefallen, wenn man an ihren Gott glaubte, und der Bruder war dann immer voll des Lobes gewesen. Kiri hatte aber auch gehört, dass der Bruder auf anderen Plantagen davongejagt worden war.

Allerdings war er manchmal auch böse gewesen, wenn er wiedergekommen war und die Sklaven neben seinem Gott auch noch andere Götter verehrt hatten. Die Sklaven gingen einfach davon aus, dass dieser Gott der Weißen ja nicht immer und überall Acht geben konnte, da war es doch besser, auch die anderen Götter um Hilfe zu bitten oder zu beschwichtigen, je nach dem.

Kiri war das alles zu kompliziert. Manchmal hatte sie sich gewünscht, auch lesen zu können, dann hätte sie in dem Buch vielleicht Antworten gefunden. Aber Sklaven durften nicht lesen lernen. Die Weißen hielten sie für dumm und faul.

Ob der neue Masra auch einen Bruder auf die Plantage kommen ließ?

Kiri hatte Angst vor Masra Karl. Sie hatte gleich bei ihrer Ankunft im Dorf der Plantage Rozenburg gemerkt, dass die Sklaven nicht besonders erfreut gewesen waren, dass ihr Masra wieder zurück war von der Reise. Das Lied, das sie gesungen hatten, war ein Klagelied gewesen. Gut, dass der Masra den Text in der alten Sprache nicht verstanden hatte.

Gleich am Tag nach seiner Rückkehr, der Morgen war gerade angebrochen, hatte er auch einige Strafen verhängt. Seine Basyas, die die Zügel während seiner Abwesenheit hatten schleifen lassen, wollten ihm ihre Untergebenheit versichern, und so waren gleich nach Sonnenaufgang einige Sklaven am dafür vorgesehenen Baum festgebunden und geschlagen worden. So einen Baum gab es auf jeder Plantage. Auf Rozenburg gab es zudem sogar ein Loch, Kiri hatte es beim Herumschleichen auf der Plantage gesehen. Das Loch war eine Kuhle im Boden, in die sich schwangere Frauen mit ihrem Bauch legen mussten – dann gab es die Peitsche.

Zufrieden hatte der Masra die Basyas, durchweg alles Mischlinge, gelobt. Kiri kannte das. Die meisten Mulatten waren den Weißen eher zugetan als den Schwarzen. Im Grunde ging es nur um die Hautfarbe, und jeder Mulatte, dessen Haut auch nur eine Nuance heller war als die der anderen, fühlte sich gleich als etwas Besseres. Kiri wusste zwar, dass es bei ihrer Herkunft auch die ein oder andere offene Frage gab, aber sie hatte sich bisher immer eher als Schwarze gefühlt.

Die alte Sklavin in Bakkers Holzschuppen hatte Kiri sogar erzählt, dass es in der Stadt viel mehr Mulatten gab als auf den Plantagen. Es gäbe sogar inzwischen viele freie Sklaven, sogenannte *manumissis*, die von ihren Herren freigekauft wurden oder das gar selbst geschafft hatten. Kiri erinnerte sich an die Buschneger, sie hatte nie verstanden, wie sie zu ihrer Freiheit hatten gelangen können. Die Alte hatte Kiri erklärt, dass ein Masra einen Sklaven nicht nur kaufen, sondern auch freikaufen konnte. Das war zwar sehr teuer, aber die Kinder eines solchen Sklaven waren dann ebenfalls frei und so weiter.

Kiri hatte darüber nachgedacht. Was machte man denn als freier Sklave, wer versorgte einen, wo lebte man? Die alte Frau hatte auf ihre Fragen nur gelacht und dann ernst geantwortet: Viele Weiße schenkten ihren schwarzen Gespielinnen die Freiheit und versorgten sie dennoch weiterhin – eine surinamische Ehe nenne man das. Also, wenn Kiri sich anstrenge, zu einem hübschen Mädchen heranzuwachsen, dann ... hatte sie gesagt und eine anzügliche Geste gemacht.

Kiri mochte sich nicht recht vorstellen, dass es schwarze Frauen gab, die sich freiwillig mit Weißen einließen. Soweit sie gehört hatte, nahmen sich die Weißen einfach, was sie wollten. Aber wenn das wiederum dazu führte, dass man vielleicht frei wurde?

Nachdenklich schob Kiri den Wischeimer auf den Flur. Der Boden im Zimmer musste trocknen, es würde wohl noch eine Weile dauern, bis sie jetzt weitermachen konnte. Sie beschloss, Amru derweil ein bisschen zur Hand zu gehen und lief über die Hintertreppen nach unten. Den Eimer vergaß sie.

Kapitel 8

»Das kann sie nicht machen!«

Martina starrte wutentbrannt erst Julie an, dann ihren Vater. »Vater, ohne Amru … ich kann … ich will Liv nicht!«

Julie musste innerlich schmunzeln ob dieses Ausbruchs, achtete aber darauf, einen ernsten Gesichtsausdruck zu behalten. Eben hatte sie Martina bei Tisch eröffnet, dass Amru ihr nicht mehr als Leibsklavin zur Verfügung stehen würde.

»Martina. Liv kann die von dir geforderten Aufgaben ebenso gut erfüllen wie Amru.« Julie bemühte sich um einen resoluten Tonfall.

Martina begann zu weinen, ob aus Wut oder Traurigkeit vermochte Julie nicht zu sagen. Schluchzend wandte sich Martina ihrem Vater zu, der die Szene bisher, hinter seiner Zeitung verschanzt, mitgehört hatte. Jetzt faltete er sie jedoch unwirsch zusammen.

»Martina, du bist kein Kleinkind mehr, und Juliette hat recht, es ist Zeit, dass du eine junge Sklavin bekommst, schließlich wird sie dich noch einige Jahre begleiten müssen, und Amru …«

»Aber diese Liv ist ein tolpatschiges Ding, sie wird nicht …«

Mit einer Handbewegung bedeutete Karl Martina zu schweigen. »Es ist genug jetzt, du nimmst Liv oder keine.«

Martina sprang heftig auf und rannte aus dem Zimmer. Julie

blickte ihr besorgt hinterher. Sie hatte zwar damit gerechnet, dass ihr Vorschlag bei Martina Protest auslösen würde, dass sie aber so eine Szene machte …

Karl hingegen schien das nicht weiter zu beschäftigen. Er gab Aiku einen Wink, der ihm sofort ein gefülltes Glas Dram brachte, und widmete sich seinem Essen, als wäre nichts geschehen.

»Bitte sag Amru, dass der Buchhalter kommende Woche eintrifft, sie soll im Gästehaus ein Zimmer herrichten.«

Er bemerkte Julies Nicken nicht einmal.

Am Nachmittag wurde Julie von aufgebrachten Stimmen aus ihrer Lektüre gerissen. Neugierig ging sie nach unten. Als sie das Haus durch den Hintereingang verließ und auf den Weg hinausrannte, stockte ihr der Atem. Fast wollte sie das Bild, welches sich ihr bot, nicht wahrhaben.

Kiri stand mit freiem Oberkörper bäuchlings an einem Baumstamm, neben ihr hatte sich einer von Karls Basyas mit einem Stock postiert. Neben ihm wiederum stand Martina, die ihn mit wütendem Gesicht anherrschte: »Fünf Mal habe ich gesagt, Gustav! Fünf Mal!«

Als der Mulatte zum ersten Schlag ausholte, sprang Julie dazwischen.

»Was ist hier los?« Sie platzierte sich genau zwischen Gustav und Kiri.

Martina sah sie feindselig an. »Geh aus dem Weg, deine Kiri hat eine Strafe verdient.«

Julie stemmte die Hände in die Seiten und funkelte Martina böse an. »Ach ja? Was soll sie denn verbrochen haben?«

»Sie hat den Putzeimer auf dem Flur stehen lassen, ich wäre fast darüber gestolpert«, antwortete Martina schnippisch.

»Gustav, binde sie los!«, sagte Julie so gebieterisch wie möglich. »Nun mach schon!« Sie hätte dem Aufseher am liebsten den Stock aus der Hand gerissen und Martina damit eine Lektion verpasst.

»Gustav, du wirst machen, was ich sage«, sagte Martina bedrohlich. Sie schien nicht gewillt, klein beizugeben.

Der Mann regte sich nicht, er war sichtlich irritiert.

»Was ist das für ein Krach hier?« Karl erschien auf der Veranda.

»Vater!« Martina schluchzte jetzt herzerweichend und rannte zu ihm. »Juliettes Kiri hat sich danebenbenommen, sie hat den Putzeimer im Flur stehen lassen, und jetzt will Juliette nicht, dass sie angemessen bestraft wird.« Hilfesuchend klammerte sich Martina an Karls Arm.

Karl hatte sichtlich keine Lust, sich mit so etwas herumzuschlagen. »... Putzeimer, hm?« Er überlegte kurz. »Juliette, geh zur Seite. Gustav – einen Schlag«, befahl er dann.

Julie traute ihren Ohren nicht. »Karl! Das kannst du nicht ...«

»Geh Gustav aus dem Weg, Juliette.« Karl war jetzt sichtlich wütend.

»Wenn Kiri sich etwas hat zuschulden kommen lassen, muss das geahndet werden, und wenn du selbst so nachlässig bist mit ihr, dann ...«

Gustav, durch die Anwesenheit seines Herrn eingeschüchtert, trat einen Schritt auf Julie und Kiri zu.

Julie funkelte ihn drohend an. »Wehe ...«

Jetzt reichte es Karl offensichtlich. Er marschierte auf Julie zu und packte sie am Arm. Kaum war sie aus dem Weg, holte Gustav aus, und Kiri bekam einen kräftigen Schlag auf den blanken Rücken. Julie zuckte zusammen. Martina hingegen lächelte zufrieden, reckte den Kopf in die Höhe, machte auf dem Absatz kehrt und verschwand im Haus.

Karl zog Julie ebenfalls mit ins Haus, durch den Flur, direkt in sein Arbeitszimmer und knallte die Tür hinter sich zu. »Juliette, nun ist es genug! Du musst dich daran gewöhnen, wie hier mit den Sklaven umgegangen wird! Angemessene Bestrafungen gehören nun mal dazu.«

»Aber, Karl ...«

»Still, kein Wort mehr! Und wag es nicht noch einmal, mir oder den Aufsehern Widerworte zu geben. Wo kämen wir denn da hin, wenn ... Ab heute verlange ich, dass du dich entsprechend benimmst.«

Julie rannte hinaus und den Weg zum Sklavendorf entlang. Tränen der Wut brannten in ihren Augen. Als sie Kiris Hütte erreichte, kam gerade Amru durch den Eingang hinaus. Wortlos stürmte Julie an ihr vorbei. »Kiri?«

Das Mädchen saß vornübergebeugt auf einer Matte. »Misi Juliette?«

Julie kniete sich neben Kiri. »Kiri, es tut mir so leid.«

Ein dicker roter Striemen zog sich über Kiris Rücken. An den Stellen, wo er die alten Narben querte, war die Haut leicht aufgeplatzt. Julie stieg der Geruch von Salbe in die Nase. Amru hatte Kiris Rücken offensichtlich bereits versorgt.

»Das muss Misi Juliette nicht leidtun, ich hätte ja auch den Eimer wegräumen können, dann ...«

»Ach, Kiri, hör doch auf, das ist doch kein Grund!«

Julie legte Kiri liebevoll die Hand auf den Arm. Sie hatte dem Mädchen gegenüber ein schlechtes Gewissen.

Kiri zuckte nur leicht die Schultern. »Ich habe der Misi doch gesagt, dass das normal ist, alle Weißen schlagen ihre Sklaven ...«

Julie beschloss, von nun an noch besser auf Kiri aufzupassen. Wenn sie schon den anderen Sklaven nicht helfen konnte, wenigstens Kiri sollte dies erspart bleiben. Ihr wurde übel davon, wenn sie sah, mit welcher Selbstverständlichkeit Gustav oder einer der anderen Basyas den Stock führte. Aber inzwischen hatte sie auch gehört, dass es morgens, nach Karls Rückkehr von seinen Rundritten und den entsprechenden Berichten der Männer, auch den einen oder anderen erwachsenen Sklaven traf. Diese Strafen wurden allerdings hinter der Zuckermühle vollstreckt, daher waren sie Julie bisher entgangen.

»Was haben sie denn gemacht?«, frage sie Amru. Amru zuckte nur die Schultern. »Manche sagen, sie sind krank und können nicht arbeiten, die Aufseher prüfen das, und wenn sie meinen, der Sklave ist nur faul, dann ...«

»Aber von diesen Kerlen kann doch keiner feststellen, ob einer wirklich krank ist oder nicht?«

»Nein – aber man sieht es nach den Schlägen. Wer dann aufs Feld läuft, ist gesund ...«

Julie schüttelte fassungslos den Kopf. Alles in ihr begehrte gegen diese Art des Handelns und Denkens auf. Sie hatte allerdings keine Idee, wie sie die Sklaven davor schützen könnte. Aber irgendetwas würde sie unternehmen, das schwor sie sich.

Über dem Ärger hatte Julie den angekündigten Besuch des Buchhalters vollkommen vergessen. Eines Vormittags stieß sie auf dem Weg zum Damensalon mit einem jungen Mann zusammen, der mit einem Stapel Papiere auf dem Arm aus Karls Arbeitszimmer kam.

»Oh, Verzeihung!« Zwei blaue Augen blickten sie überrascht an. »Riard mein Name ... Jean Riard. Ich bin ...« Verlegen strich er sich eine blonde Haarsträhne hinter das Ohr.

»Sie sind sicher der Buchhalter.« Julie lächelte ihn freundlich an. »Mein Mann erwähnte, dass Sie kommen würden«, sagte sie, während sie ihn kurz musterte. Er war hochgewachsen, aber nicht mager, sondern durchaus muskulös. Er sah nicht gerade aus, wie man sich einen Buchhalter im Allgemeinen vorstellte. Eher wie jemand, der körperliche Arbeit gewohnt war.

»Ja, ganz früh heute Morgen, die Flut war günstig. Es tut mir leid, dass ich mich Ihnen noch nicht vorgestellt habe. Sie müssen ...«

»Juliette Leevken, die neue Frau im Haus.« Julies Lachen klang einen Tick zu verächtlich, der junge Mann runzelte kurz die Stirn.

»Freut mich, freut mich außerordentlich«, sagte er jedoch eifrig. »Ich wollte ... ich bin gerade auf dem Weg zur Veranda, dort kann man vormittags ganz gut an der frischen Luft arbeiten.« Er deutete auf den Stapel Papiere.

»Dann will ich Sie nicht aufhalten.« Julie bedachte Riard mit einem Lächeln und trat einen Schritt zur Seite.

Julie ließ ihren Stickrahmen auf den Schoß sinken und seufzte. Warum sollte sie hier allein im Salon sitzen, wenn Besuch im Haus war? Gut, genau genommen war dieser Buchhalter ja kein Besuch, sondern zum Arbeiten hier, aber ... Karl war auf den Feldern und Martina ... sie wusste nicht, wo sie gerade steckte, wahrscheinlich quälte sie gerade irgendwo die kleine Liv mit irgendwelchen unnötigen Dingen. Julie griff entschlossen nach ihrer Handarbeit und ging auf die vordere Veranda. Jean Riard saß an einem Tisch, den Blick in seine Akten versunken, und erschrak zutiefst, als Julie sich zu ihm gesellte.

»Sie haben doch nichts gegen ein bisschen Gesellschaft? Ich verspreche auch, Sie nicht von der Arbeit abzuhalten.« Julie deutete auf einen freien Stuhl.

»Nein, nein! Gerne, setzen Sie sich doch.« Der Mann schien verlegen. Julie folgte seiner Aufforderung und versuchte, sich fortan auf ihre Handarbeit zu konzentrieren. Doch schon nach wenigen Minuten hatte Nico mitbekommen, dass Julie auf der Veranda erschienen war. Der Vogel kam angeflattert und stolzierte auf der Balustrade hinter Julie hin und her.

»Na, da scheint Sie aber jemand zu mögen, Mevrouw Leevken.«

Riard deutete auf den Papagei, der gerade anfing, an Julies Kragen zu knabbern.

Julie hatte inzwischen jegliche Scheu vor ihrem gefiederten Begleiter verloren und schob Nico nun sanft mit der Hand ein wenig beiseite. »Ja«, lachte sie, »er hat mich manchmal zum Fressen gern.« Nico beschränkte sich jetzt darauf, an den eigenen Federn zu knabbern.

»Wie haben Sie den denn so schnell zahm bekommen? Ich meine ... Sie sind doch noch gar nicht so lange im Land.« Fasziniert schaute er immer noch auf den Vogel. Seine Augen blitzten neugierig, und er murmelte leise: *»Amazona ochrocephala ochrocephala«*.

»Bitte?«

»Oh, das ist eine Surinam-Amazone«, sagte er. Die Begeisterung in seiner Stimme war deutlich hörbar.

»Sind Sie etwa Ornithologe?«, lachte Julie.

Er zuckte die Schultern. »Nein, aber als Kind hatte ich wenig Abwechslung, daher ...«

Julie strich derweil Nico sanft mit dem Zeigefinger über die Brustfedern. »Ich habe ihn gar nicht gezähmt, er kam an, als ich hier eintraf, und seitdem ...«

»Oh, Sie wissen aber schon, dass das durchaus etwas Besonderes ist?«

Verwundert sah Julie den jungen Buchhalter an. »Nein, das wusste ich nicht. Wieso?«

Er legte seinen Stift beiseite und lehnte sich auf dem Stuhl zurück. »Nun ja, so ein Vogel ... diese Papageien, in der Natur schließen sie sich zu festen Pärchen zusammen, die auch so lange zusammenbleiben, bis einer stirbt. Wenn es jemandem gelingt, so einen Vogel zu zähmen, dann nimmt der Vogel ihn sozusagen ... nun, man ersetzt ihm dann den Partner.«

Julie runzelte erst die Stirn und zog dann die Augenbrauen hoch. »Wirklich? Sie meinen, ich bin jetzt ... Nicos Partnerin?« Sie musste bei dieser Vorstellung unwillkürlich schmunzeln.

»Sieht ganz so aus«, lachte Riard und deutetet auf Nico, der Julie gerade mit verträumt schief gelegtem Kopf beobachtete.

»Sie kennen sich aber gut aus. Stammen Sie aus Surinam?«

Er nickte. »Ja, ich bin hier geboren, ich war aber auch schon einige Zeit in Europa, in den Niederlanden und in Frankreich. Sie müssen wissen, meine Mutter war Französin, vielmehr stammt ihre Familie ursprünglich aus Frankreich. Mein Vater war gebürtiger Niederländer.«

»Oh! Da sind Sie ja ... sozusagen international aufgewachsen.«

Er lachte kurz auf. »*Oui* ... Ja, es war manchmal nicht einfach mit meinen Eltern, jeder wollte mir seinen Stempel der Herkunft aufdrücken. Obwohl sie selbst eigentlich aus diesem Land stammten und ihre jeweilige Heimat nur von kurzen Reisen kannten. Aber Tradition wird durchaus gepflegt hier in Surinam, aus welcher Ecke Europas man sie auch mitgebracht haben mag.«

Julie war erstaunt ob so viel Offenheit, schließlich kannten sie sich gar nicht, und schon sprach er ohne Umschweife von seiner Familie. Julie war die Gesellschaft dieses Mannes nicht unangenehm, er war immerhin ganz anders als die zumeist ältlichen Gäste, die sonst auf der Plantage Halt machten.

»Ich habe leider noch nicht viel Kultur hier erlebt, ich bin noch nicht oft von der Plantage heruntergekommen. Obwohl sich das mit dem Stadthaus ja eigentlich des Öfteren anbieten würde … Nun ja, mein Mann ist zumindest einmal die Woche in der Stadt. Leben Sie in Paramaribo?«

Er nickte. »Ja, mittlerweile schon. Früher hatten meine Eltern auch eine Plantage, oben am Fluss Para, aber sie war mit der Zeit zu klein, um dort noch wirtschaften zu können.« Nachdenklich schaute er in Richtung Fluss. »Mein Vater hätte es wohl gerne gesehen, wenn eines seiner Kinder seine Nachfolge angetreten hätte, aber die Zeit war gegen ihn.«

»Sie haben noch Geschwister?«

»Ja, eine Schwester, sie ist verheiratet und lebt nun in Nordamerika. Mein Bruder starb leider vor ein paar Jahren.«

»Oh, das tut mir leid.« Julie war ehrlich betroffen.

Er schüttelte den Kopf. »Er war viel älter als ich, ich war ein Nachzügler damals, ich kannte ihn kaum.«

»Und Ihre Eltern? Leben sie noch in Surinam?«

Riard schüttelte wieder den Kopf, senkte aber diesmal den Blick. »Nein, sie sind beide verstorben«, sagte er stockend. »Sie zogen in die Stadt, nachdem sie die Plantage aufgegeben hatten, aber ich glaube, recht verwunden haben sie diesen Verlust nie. Immerhin war die Plantage seit vier Generationen in der Hand der Familie meines Vaters gewesen.« Er stieß einen leisen Seufzer aus. »Dieses Land verändert sich … und vielen Älteren fällt es ungemein schwer, sich damit abzufinden.« Als er den Kopf wieder hob, traf sein Blick den von Julie – und einen kurzen Moment erschien es ihm, als würde die Zeit stillstehen.

Dann brach Nico mit einem kurzen Krächzen den Bann.

Sichtlich verlegen besann der Buchhalter sich auf seine Papiere. Ausgerechnet jetzt, wo er Leevkens junger und äußerst liebreizender Frau gegenübersaß, musste er die Ausgaben des zweiten Stadthauses verrechnen. Wie beiläufig schob er die Papiere übereinander. Ob sie wohl wusste, dass ihr Mann seit langem eine surinamische Ehe führte?

Kapitel 9

In den letzten Wochen war Julies Leben auf der Plantage in einem ewigen Gleichmaß verlaufen, bis auf den Besuch von Jean Riard, der eine erfreuliche Abwechslung geboten hatte. Nun aber warfen bestimmte Ereignisse ihre Schatten voraus. Julie hatte eigentlich gedacht, jetzt, zum Ende des Monats Juli, wo Regenzeit war und tagtäglich mindestens einmal ein unwetterartiger Regenguss auf die Erde niederging, würde es auf der Plantage noch langweiliger werden. Aber sie hatte sich getäuscht. Zum einen trieb Karl die Arbeitssklaven zu den Neuanpflanzungen hinaus, da sich die Zuckerrohrpflanzen im feuchten Boden am besten setzen ließen, wie Amru ihr verriet. Aber es lag noch etwas in der Luft, Julie hatte bereits seit einigen Tagen eine gewisse Unruhe im Haus bemerkt. Karl war angespannt und noch wortkarger als sonst. Er verzichtete auch auf seinen wöchentlichen Stadtbesuch und brach früher als gewohnt zu seinen Kontrollritten über die Felder auf.

»Der Mond wird voll«, antwortete Amru auf Julies Frage, was los sei, und zuckte mit den Achseln. »Die Ernte steht wieder bevor.«

Was die Sache mit dem Mond und der Ernte genau auf sich hatte, wusste sie nicht. Bisher hatte sie noch nicht viel über die Bewirtschaftung der Zuckerrohrfelder erfahren. Karl hatte ihr auf ihre Bitte hin barsch bedeutet, er halte es nicht für nötig, sie darüber zu informieren, Frauen bräuchten sich nicht damit zu befassen. Bisher war Julie auch seiner Anweisung gefolgt, an den Erntetagen im Haus zu bleiben. Und bei ihren wenigen Besuchen im Sklavendorf hatte sie nicht viel erfahren können. Die Sklaven hielten sich ihr gegenüber sowieso sehr zurück. »Ja, Misi; nein, Misi; alles gut, Misi.« Sobald Julie im Sklavendorf auftauchte, nahmen alle eine steife und förmliche Haltung ein. Sie spürte, dass die Sklaven ihr wohlgesinnt waren und ihr keine Feindseligkeit entgegenbrachten, trotzdem gaben sie ihr deutlich spürbar das Gefühl, von der Gemeinschaft ausgeschlossen zu sein. Dabei hätte Julie so gern etwas mehr über ihre Kultur und Lebensweise erfahren! Auch wenn Kiri ihr das eine oder andere erzählte, blieben viele Fragen offen, nicht zuletzt, weil ihre Leibsklavin selbst neu auf der Plantage war.

Nach einem außerordentlich langweiligen Vormittag, als es gerade aufgehört hatte zu regnen und vermutlich auch ein paar Stunden trocken bleiben würde, beschloss Julie kurzerhand, sich jetzt doch selbst ein Bild von den Arbeiten an der Zuckerrohrernte zu machen. Sie wollte nur einen kurzen Blick darauf werfen, sie konnte ja in sicherer Entfernung stehen bleiben. Karl musste es ja nicht unbedingt erfahren. Julie war froh, einmal das Haus verlassen zu können.

An der Zuckermühle herrschte bereits rege Betriebsamkeit. Maultierkarren, hoch beladen mit Zuckerrohr, rollten auf durchweichten Wegen auf die Mühle zu, luden ihre Fracht ab und schwenkten in einer Schleife zurück in Richtung Felder. Die Mulis waren bereits tropfnass, Schweiß stand unter den Geschirren. Die Sklaven, die die Wagen begleiteten, wirkten ebenfalls erschöpft. Karl kam gerade auf seinem Hengst den Weg von den Feldern hergeritten. Sein Gesicht war mürrisch verzogen, er hielt eine lange Peitsche, die sonst die Basyas bei sich trugen, in der Hand.

»Bewegt euch!«

Er schwang die Peitsche, die über einem Feldsklaven, der gerade eines der Gespanne zurück zum Beladen auf die Felder führte, niederging. Ein kurzer, knallender Laut hallte zu Julie herüber. Aber weder das Maultier noch der Sklave zuckten zusammen. Flugs schritten beide schneller, und Julie fragte sich, wen von beiden Karl wohl getroffen hatte.

Es war vermutlich besser, wenn Karl sie hier nicht sah. Er wäre mit Sicherheit der Ansicht, eine Frau störe nur.

Julie verharrte im Schatten eines großen Baumes und beobachtete das Treiben. Das Wasser im Kreek hinter der Zuckermühle stand auffallend hoch. Ihr fiel ein, was Amru bei ihrer ersten Führung über die Plantage erklärt hatte: Die Mühle wurde mit Wasser betrieben. Und jetzt, wo es zu Vollmond eine Springflut geben würde, war es Zeit, das reife Zuckerrohr zu ernten und zu pressen.

Von ihrem Standort aus konnte Julie nicht erkennen, was sich im Inneren des Mühlengebäudes abspielte. Sie sah lediglich die Sklaven, die unter Aufsicht der Basyas, die sich neben dem großen Eingangstor postiert hatten, das Zuckerrohr von den Wagen luden. Schaudernd bemerkte sie, dass auf vielen Männerrücken frische Striemen zu sehen waren. Die Aufseher und auch Karl schienen in diesen Tagen nicht gerade zimperlich mit den Sklaven umzugehen.

Julie beobachtete, wie Karl sein Pferd wendete und wieder Richtung Felder ritt. Als er außer Sichtweite war, ging sie etwas näher an die Mühle heran. Sie tupfte sich mit einem Taschentuch den Schweiß von der Stirn, es war früher Nachmittag und die Sonne brannte vom Himmel. In der Regenzeit wurde es, insbesondere wenn es gerade nicht regnete, so drückend schwül und feuchtwarm, dass man sich fast die trockenere Zeit im Jahr herbeisehnte. Von den Mücken, die einen nun Tag und Nacht belästigten, ganz zu schweigen.

Plötzlich erklangen aus dem Inneren der Mühle aufgeregte Schreie. Die zwei Basyas verließen ihren Platz neben dem Tor und eilten in das Gebäude. Julie hielt gespannt die Luft an.

Kurz darauf kamen die beiden Aufseher wieder heraus. In ihrer Mitte schleiften sie einen Sklaven mit sich, der leise, jammernde Töne von sich gab. Erst als sie ihn etwas abseits auf den Boden stießen, sah Julie, dass der Mann verletzt war. Er krümmte sich zusammen, und auf dem nassen Sand um ihn herum bildeten sich schnell rote Flecken. Julie traute ihren Augen nicht. Wollten die Aufseher den Mann dort jetzt einfach so liegen lassen? Ohne einen Moment des Zögerns stürmte sie zu ihm, vorbei an den verdutzten Basyas. Mit der Misi hatte hier heute vermutlich niemand gerechnet.

Entsetzt sah sie, dass der rechte Arm des Mannes bis zum Ellenbogen zerquetscht war. Aus der großen Wunde quoll Blut.

»So holt doch Hilfe! Holt Amru!« Julie kniete sich neben den Verletzten, wusste aber nicht, was zu tun war. Beruhigend sprach sie auf den Mann sein. Aus den Augenwinkeln bemerkte sie, dass sich keiner der Basyas von der Stelle rührte. Ihre Aufmerksamkeit galt allein wieder der Überwachung der anderen Sklaven. Julie sprang auf und baute sich vor den Aufsehern auf. »Der Mann ist schwer verletzt! Nun bewegt euch, und holt Hilfe!«

»Misi, wir dürfen nicht gehen, wir müssen hier aufpassen. Befehl des Masra.«

Mit einem gleichgültigen Blick deutete der eine auf die Maultiergespanne. Julie dünkte, dass sie gegen den Befehl des Masra nicht ankam. Kurz warf sie einen verzweifelten Blick auf den wimmernden Verletzten, raffte dann die Röcke und rannte in Richtung Haus. »Amru!«, außer Atem kam sie an der hinteren Veranda an, wo Amru wie gewohnt ihrer Arbeit nachging. »Verletzt … du musst mitkommen.« Julies Herz pochte wie wild, und sie bekam von der ungewohnten Anstrengung des schnellen Laufens in der Hitze kaum Luft.

Amru verstand gottlob sofort, dass es der Misi mit irgendetwas sehr ernst war. Eiligen Schrittes folgte sie Julie zurück zur Zuckermühle. Als sie den Mann am Boden erblickte, wurde ihr die Dringlichkeit sofort bewusst.

Noch im Laufen zog Amru ein Band von ihrem Rock, kniete sich neben den Verletzten und band mit geschickten Händen den Arm oberhalb der Verletzung ab, um die Blutung zu stoppen. Der Mann war ohnmächtig. Julie dachte zuerst, er wäre tot, verblutet, bemerkte dann aber erleichtert, dass sein Brustkorb sich noch hob und senkte, wenn auch flach.

»Wir müssen ihm helfen, Amru … ein Arzt, es muss ein Arzt kommen.«

In diesem Moment hörte sie herannahende Hufschläge.

»Was ist hier los? Juliette!« Karl brachte sein Pferd neben den Frauen zum Stehen. Das Tier atmete schwer, Schaum tropfte aus seinem Maul. Julie rappelte sich auf, ihr Kleid war inzwischen ganz schmutzig. »Juliette, was machst du hier? Hatte ich nicht gesagt … Und wie siehst du überhaupt aus?« Er blickte verärgert an ihr herunter, anstatt dem Verletzten Aufmerksamkeit zu schenken.

»Karl! Dieser Mann braucht einen Arzt!«

»Einen Arzt?«, Karl gab ein höhnisches Lachen von sich, dann wurde sein Blick ernst und er fixierte Julie mit bösem Blick.

»Juliette, geh ins Haus, du hast hier nichts verloren heute, du störst nur die Arbeiter«, befahl er ihr.

Julie starrte ihn verblüfft an. Dort verblutete ein Mensch – und er herrschte sie an, sich ins Haus zu begeben? »Aber ...«

Karl schüttelte verärgert den Kopf. »Kein Aber! Sieh zu, dass du fortkommst, ich will dich hier nicht sehen.« Damit wendete er mit forschem Zügelzug sein Pferd und trieb es im Galopp wieder zu den Feldern.

Julie dachte nicht daran, zu gehen. »Amru, was können wir machen?« Amru hatte die Blutungen vorerst gestoppt und richtete sich etwas schwerfällig auf.

»Nun, Misi, die Arbeiter werden oft schwer verletzt an den Walzen der Mühle. Die Basyas und der Masra sagen dann, sie sind selbst schuld, wenn sie nicht aufpassen. Zur Strafe ...«

»... lässt man sie womöglich sterben?« Julie war fassungslos. »Wie kann man denn das Leben eines Menschen in Kauf nehmen?« Julie wusste inzwischen, dass die Sklaven für einen Plantagenbesitzer mehr als wichtig waren. Trotz aller Härte, sie waren die Kraft, ohne die nichts ging. Es ging nicht um den Menschen, es ging hier um wertvolle Sklaven.

Amru zuckte die Schultern und deutete auf den Verletzten. »Er wird nicht mehr arbeiten können mit dem Arm, daher ...«

»Amru! Er lebt noch!«, rief Julie entsetzt. »Also sollten wir ihm helfen.« Julie war nicht gewillt, diesen Sklaven jetzt und hier sterben zu lassen, wie es zu ihrem Entsetzen sonst offensichtlich üblich war. Ihr kam eine Idee. »Habt ihr im Sklavendorf nicht einen ... einen Medizinmann oder so?« Flehend schaute sie die Haussklavin an. »Bitte, man muss doch was tun können?«

Amru war hin und her gerissen. Sie würde sich einem ausdrücklichen Befehl des Masra widersetzen. Hingegen, wenn die Misi es wünschte? Natürlich war auch sie der Meinung, man dürfe den Verletzten nicht einfach seinem Schicksal überlassen, auch wenn man sein eigenes damit unter Umständen negativ beeinflusste.

»Kebo.« Entschlossen schnappte Amru sich einen etwa zehnjährigen Jungen, der vor der Mühle die Zuckerrohrstängel einsammelte, die die Wagen verloren hatten. »Lauf, hol Jenk.«

Julie sah Amru verwundert an. »Dein Mann soll kommen?«

Amru schlug etwas verlegen die Augen nieder. »Jenk ist unser … Sklavendoktor.«

Julie war überrascht, bisher hatte sie nicht gewusst, dass es im Sklavendorf einen Doktor gab. Kebo kam bald mit Jenk im Gefolge zurück. Amrus Mann schien ebenfalls vom Feld zu kommen. Julie hoffte, dass sie nicht auch ihn noch in Schwierigkeiten brachte. Jenk tauschte einen kurzen Blick mit Amru, dann packte er sich den Verwundeten, schlang sich dessen heilen Arm um den Nacken und zog ihn halb auf seinen Rücken. So schleppte er ihn von der Mühle fort in Richtung Sklavendorf. Julie wollte ihnen folgen, wurde aber von Amru zurückgehalten.

»Misi Juliette, Sie können nichts mehr tun. Sie sollten zurück zum Haus.« Julie wollte protestieren, ließ sich dann aber von Amru zum Haus führen. Sie spürte erst jetzt, wie sehr sie das Erlebte mitgenommen hatte, sie war schweißnass und mit Schlamm bespritzt, ihr Kopf schmerzte, und sie fühlte sich unsicher auf den Beinen. Mit zittrigen Schritten schaffte sie es gerade noch bis auf die Veranda. Dann wurde ihr schwarz vor Augen.

Als Julie wieder erwachte, lag sie in ihrem Bett. Kiri stand neben ihr und betupfte ihre Stirn mit einem feuchten Tuch. Julie wollte sich aufrichten, aber kaum dass sie den Kopf hob, wurde ihr schwindelig. Schnell ließ sie den Kopf wieder in die weichen Kissen sinken.

»Kiri, was ist los?«, fragte sie matt.

»Misi Juliette muss liegen bleiben, Misi Juliette hat Fieber.«

»Fieber?« Julie fröstelte eher. »Was ist mit dem Mann von der Mühle?«

Kiri zuckte die Achseln. »Ich weiß nicht, Amru hat gesagt, ich soll bei Misi bleiben.«

»Geh ins Dorf und sieh nach ihm. Und dann kommst du wieder und berichtest mir.«

Julie nahm Kiri den Lappen aus der Hand. Sie brauchte keine kalten Tücher auf der Stirn, eine zusätzliche Decke wäre ihr lieber. Sie fror.

Kiri schien unschlüssig. »Wirklich, Misi?«

»Nun geh schon!«

»Ja, Misi.« Kiri machte einen ungelenken Knicks und eilte aus dem Zimmer.

Fieber? Julie horchte in ihren Körper hinein. Sie fühlte sich eigentlich ganz gut. Bis auf den Schwindel und die Kälte. Dabei war es doch noch so warm. Hatte sie sich gar mit dem Wechselfieber angesteckt, welches die Weißen in diesem Land so häufig befiel? So lange war sie doch noch gar nicht im Land, und in den Gegenden, wo diese Krankheit vornehmlich verbreitet war, war sie nicht gewesen.

Plötzlich wurde die Tür aufgestoßen und Amru schob Kiri vor sich her ins Zimmer. »Du bleibst bei der Misi, hab ich gesagt!«, beschied die Haussklavin das Mädchen streng, bevor sie sich in milderem Ton an Julie wandte. »Misi Juliette muss sich ausruhen, wünscht Misi noch irgendetwas?« Ihr Blick duldete keinen Widerspruch, und Julie wagte nicht, nach dem Verletzten zu fragen.

Sie schüttelte ergeben den Kopf. »Danke Amru, nein.«

Am nächsten Tag fühlte sich Julie schon besser. Amru ließ sie aber noch nicht aus dem Bett, bei Fieber müsse man sich ausruhen, sagte sie. Julie sah das ein, brannte aber auf einen Besuch bei dem verletzten Sklaven, um sich über seinen Zustand zu informieren. Er ging ihr nicht aus dem Kopf.

Der Vollmond war vorübergezogen, und mit ihm endeten die Erntetage. Alles in allem schien sich das Leben auf der Plantage wieder etwas beruhigt zu haben. Karl war am Morgen in die Stadt aufgebrochen. Kurz hatte er nach Julie gesehen, aber keinen besonders besorgten Eindruck gemacht. »Hör auf Amru, dann geht's schnell besser«, hatte er gebrummt. Kein Wort mehr war gefallen über die Geschehnisse bei der Mühle.

Am folgenden Morgen ließ Amru sie endlich zumindest vom Bett auf einen Liegestuhl auf die vordere Veranda wechseln. Julie sehnte sich nach frischer Luft. Sie fühlte sich wieder gut, es war wohl doch nur ein Schwächeanfall gewesen. Dass sie ernsthaft an dem immer wiederkehrenden Wechselfieber erkrankt sein könnte, daran verschwendete sie keinen Gedanken.

»Amru, was ist mit dem verletzten Sklaven?«, fragte sie wieder. Die Haussklavin hatte ihr gerade eine bisschen Obst gebracht und schüttelte die Kissen auf, während Julie aß.

»Dem geht's schon wieder besser. Jenk hat die Wunde ... versorgt.«

Ihr Blick aber strafte ihre Worte Lügen. Julie war besorgt. »Was ist, Amru, gab es noch Probleme? Vielleicht ... vielleicht kann Pieter nach dem Mann sehen, wenn er das nächste Mal kommt.«

Amru schüttelte schnell den Kopf. »Nein, Masra Pieter braucht sich nicht um Sklaven zu kümmern. Masra Karl ...«

»... würde es sowieso nicht erlauben.« Seufzend beendete Julie den Satz. Allmählich begriff sie, wie die Dinge hier liefen. »Hat ... hat dein Mann Unannehmlichkeiten bekommen, weil er dem Verletzten geholfen hat?« Julie hoffte, dass Karl wenigstens gestattete, dass die Sklaven sich selbst halfen. Und Jenk schien, durch seine Aufgabe als Stallmeister für Karls Pferde, etwas privilegierter zu sein als die Feldsklaven.

Amru brummte nur: »Misi soll sich nicht so viele Gedanken um die Sklaven machen«, und verschwand dann im Haus.

Julie blieb nachdenklich auf ihrem Liegestuhl zurück. Der Appetit auf das frische Obst war ihr vergangen. Es war mehr als ungewöhnlich, dass sich etwas später Martina zu ihr gesellte. Normalerweise ging diese ihr aus dem Weg, geschweige denn, dass sie mir ihr sprach. Jetzt aber kam Martina auf die Veranda stolziert und setzte sich gegenüber Julie auf einen Stuhl.

»Ja ...«, begann sie zögerlich, blickte Julie dabei aber nicht an, sondern wandte sich zum Fluss. »Dieses Fieber ist ganz schön schrecklich, die Geißel der ganzen Kolonie.«

Julie zog die Augenbrauen hoch. Das waren in einem Satz mehr Worte, als sie in der gesamten Zeit bisher an Julie gerichtet hatte. Guten Willen konnte Julie aufgrund der Vorgeschichte dahinter allerdings nicht vermuten.

Sogleich wurde Martinas Tonfall auch etwas schnippischer. »Pieter sagt ja, dass man eigentlich keine Zuwanderer ins Land lassen sollte. Die sterben wie die Fliegen am Fieber. In seinem letzten Brief berichtete er mir, dass gerade einige dieser Missionare, die frisch in Paramaribo angekommen sind, binnen der ersten Wochen daran gestorben sind.« Martina warf Julie einen gespielt mitleidigen Blick zu. »Waren die nicht auf dem gleichen Schiff wie ihr?«

Karl hatte anscheinend über Julies Bekanntschaft mit Erika geplaudert. Sehr zu Julies Ärger zeigten Martinas Worte Wirkung. Erika! Hoffentlich hatte es nicht sie getroffen! Wie es ihr wohl ergangen war? Ach, wenn sie doch nur einmal in die Stadt fahren könnte, um mit ihr zu reden! Julies Magen zog sich schmerzhaft zusammen. Ihr wurde bewusst, wie sehr sie sich nach einem Menschen sehnte, mit dem sie reden, dem sie vertrauen konnte – nach einer Freundschaft.

Als Karl aus der Stadt zurückkehrte, fragte Julie ihn zaghaft, ob er etwas über den Verbleib der Herrnhuter wüsste.

»Pah, hoffentlich haben sie die gleich ganz weit in den Busch geschickt, die wiegeln einem doch nur die Sklaven auf«, lautete seine Antwort.

Julie wusste, dass Karl genauso schlecht auf diese Menschen zu sprechen war wie die anderen Plantagenbesitzer. Sie war aber eher an aktuellen Informationen über den Verbleib der Herrnhuter interessiert, denn an seiner Haltung gegenüber den Missionaren – die grundsätzlich Explosionsgefahr barg. Bei einem Dinner hatte Julie es einmal gewagt, die Frau des Gastgebers auf die Herrnhuter anzusprechen. Diese hatte sehr aufbrausend reagiert. »Ah! Diese Missionare kommen mir nicht mehr auf die Plantage! Und Kindchen, wenn Sie schlau sind, lassen Sie sie auch nicht auf die Ihre.« Aber sie hatte nichts Konkretes über das Problem verlauten lassen.

Julie hatte so viele Fragen und niemanden, mit dem sie sprechen konnte. Kiri wusste dazu auch nicht viel zu berichten. »Die Brüder kamen früher immer auf unsere Plantage, der

Masra hatte nichts dagegen«, plauderte sie, während sie Julies Haar bürstete. »Aber ich habe gehört, dass andere Masras die Brüder nicht haben anlegen lassen auf ihrem Land.« Das Mädchen schien mit vielen Dingen ebenso unvertraut wie Julie selbst.

»Und die Sklaven, glauben die denn?« Julie wusste nicht genau, wie sie Kiri dazu befragen sollte. »Ich meine … habt ihr … einen Gott?«

Kiri zuckte nur mit den Achseln. »Wir haben viele Götter und auch den Gott, den die Weißen haben. Aber viele Weiße wollen nicht, dass wir an ihren Gott glauben, andere, wie die Brüder, sagen aber, es gibt nur diesen einen Gott, und er ist auch unser.«

Julie schwante, worum es wirklich ging.

Kapitel 10

Erika hatte sich gerade erschöpft auf einem Stuhl niedergelassen. Seit einigen Tagen arbeitete sie nicht mehr in der Krankenstation. Josefa meinte, dass es nicht gut sei, jetzt, so kurz vor der Geburt. Es war Ende September. Erika fühlte sich wie ein großer aufgeblasener Balg. Ihre Beine waren schwer, und sie bekam in der schwülen Mittagshitze kaum Luft. Sie hatte am Vormittag etwas aufgeräumt, aber viel war in ihrer kleinen Bleibe nicht zu tun. Von Reinhard gab es seit seiner Abreise keine Nachricht. Sie tröstete sich damit, dass es wohl vom Landesinneren aus keine Gelegenheit gab, Briefe abzuschicken. Träge döste sie vor sich hin, als plötzlich die Sklavin Dodo schwer atmend in die kleine Wohnung gestürmt kam.

»Misi ...«, stammelte sie, »am Hafen, Boot ...«

»Reinhard!«

Erika sprang auf und lief los. Vor der Mission stieß sie fast mit Josefa zusammen. »Erika? Was ist denn? Du solltest nicht ...«

Doch Erika lief wortlos weiter.

Josefa ahnte nichts Gutes und folgte ihr, wenn auch in gemäßigtem Tempo. Kurz vor dem Anlegeplatz der kleineren Boote holte sie Erika ein, und auch Dodo kam keuchend hinter den Frauen her.

»Reinhard?« Erika wollte rufen, brachte aber nur ein Krächzen hervor.

»Misi, das Boot, Misis Mann ... Misi nicht aufregen!«

»Nun sag schon!« Erika fuhr die Sklavin ungeduldig an. Ihr war von der Anstrengung ganz schwindelig, aber jetzt war Reinhard ja wieder da. »Wo ist er?« Die Sklavin starrte auf ihre nackten, schwieligen Füße. »Rede!«

Mit einem Kopfnicken deutete sie schließlich auf eines der Lagerhäuser. »Da ...«

Erika blinzelte gegen die Sonne und schwankte dann, sich den runden Bauch haltend, auf das Eingangstor zu. »Reinhard?«, rief sie zögerlich. Im schummrigen Licht des Lagerhauses versuchte sie, Personen auszumachen, aber dort war niemand. Gerade als sie sich umdrehen wollte, um die Sklavin zu schelten, fiel ihr Blick auf einige große Holzkisten. Nein ... keine Holzkisten, sondern ... Särge!

Erika schwanden die Sinne.

Als sie zu sich kam, lag Erika in ihrer kleinen Behausung. Hatte sie geträumt?

Ein jäher Schmerz aus ihrem Leib ließ sie zusammenzucken. Draußen hörte sie aufgebrachte Stimmen.

Josefa schimpfte mit gedämpfter Stimme mit jemandem. »Wie konntest du nur, sie ist hochschwanger, das hätte man ihr auch anders beibringen können!«

Erika drehte den Kopf zur Wand und schluchzte leise. Es war also kein Traum gewesen, Reinhard war tot. TOT. Wie? Und warum?

Die Tür ging auf, und Josefa schob sich neben Erikas Bett. »Ach, Kind, das tut mir so leid, diese ungehobelte Sklavin ... ich habe ...«

»Wie ist er gestorben?« Erikas Stimme war dünn und gebrochen.

Josefa nahm ihre Hand. »Kindchen, Reinhards Leichnam war gar nicht dabei! Die Sklavin, dieses dumme Ding, wollte es dir ja sagen, aber du warst schneller.«

»Ist er etwa nicht …?«

»Nein, aber es gibt auch keine Nachricht von ihm. Der Sklave, der die … die sterblichen Überreste der anderen Brüder gebracht hat, sagte nur, der dritte Bruder sei noch weiter ins Land gereist, bevor … bevor die anderen vom Fieber heimgesucht wurden.« Sie tätschelte ihr aufmunternd die Schulter. »Also: Beruhige dich, Erika, wahrscheinlich geht es ihm gut.« Besonders überzeugend klang Josefa allerdings nicht.

»Wären wir doch nie in dieses Land gekommen!«, stieß Erika bitter hervor. Sie verging fast vor Sorge um ihren Mann. Wo war er? War er allein? War er gesund?

Josefa war entsetzt. »Kindchen, sag so was nicht, Gott hat euch gerufen!«

Gott! Und was hatte Gott jetzt angerichtet? Bevor Erika jedoch etwas erwidern konnte, schnürte wieder ein krampfartiger Schmerz ihren Leib zusammen, dass sie sich krümmte.

Josefa sprang auf. »Das Kind, Erika, das Kind kommt!«

Nicht jetzt!, war Erikas erster Gedanke. Es ist noch zu früh! Sie wollte sich dagegen wehren, doch das Kind drängte mit aller Macht in die Welt.

Nach vierzehn Stunden in den Wehen konnte Erika keinen klaren Gedanken mehr fassen. Sie klammerte sich nur noch an ihren Selbsterhaltungstrieb, der ihr befahl, nicht die Sinne zu verlieren. Aber die Geburt ging nicht voran. Josefa und Dodo saßen neben Erikas Lager, tupften ihr mit kalten Tüchern die Stirn, und Josefa versuchte, mit intensiven Gebeten, einen guten Ausgang für das Ganze heraufzubeschwören.

Doch Erika spürte, dass sie jetzt mehr als nur Gottes Hilfe bedurfte. Zwischen zwei Wehen flehte sie Josefa an. »Lass nach Derama schicken, bitte!«

Josefa blickte sie entsetzt an. »Erika, du willst doch nicht, dass diese … diese … Nein, dein Kind kann nicht in die Hände einer Negerin geboren werden«, sagte sie erschüttert.

Doch Erika spürte, dass dies ihre einzige Chance war. Ihre und die des Kindes. Sie duldete keinen Widerspruch. »Hol sie!« Sie krallte sich in Josefas Arm, die überrascht aufschrie. »Hol sie, sofort!«

Bevor Josefa reagieren konnte, war Dodo schon auf den Beinen.

Derama untersuchte die geschwächte Erika. Ein paarmal schüttelte sie unwirsch den Kopf und gab Josefa zu verstehen, dass Erika nicht so lange hätte leiden müssen, hätte man eher nach ihr gerufen. Sie gab Erika einen süßlich schmeckenden Tee, und kurze Zeit später ging die Geburt endlich voran.

Zufrieden betrachtete Erika schließlich das kleine rosige Geschöpf, das sie nur wenig später im Arm hielt. Erika verging fast vor Freude. Der Schmerz der letzten Stunden war schnell vergessen. Ihr Sohn. Reinhards Sohn. Eine Welle von Zärtlichkeit durchfuhr sie. Ihr Mann würde wiederkommen, er würde sein Kind in den Armen halten!

»Er soll Reiner heißen«, flüsterte sie, während eine kleine Hand ihren Finger umklammerte.

Kapitel 11

Kiri wusste im ersten Moment nicht, was sie geweckt hatte. Schlaftrunken drehte sie sich in ihrer Hängematte um und lugte in die Dunkelheit ihrer Hütte. Das Feuer vor ihrer Hängematte war fast erloschen. Jetzt, nach der Regenzeit, war es besser, in einer Hängematte zu schlafen als auf dem Boden. Der monatelange Regen erweckte allerlei Ungeziefer zum Leben, und die Anzahl der Mücken zu Beginn der Trockenzeit stieg ins Unermessliche. Daher ließ man in den Hütten kleine Feuer brennen, mit deren Rauch man die lästigen Blutsauger fernhielt.

Kiri war nicht ganz wohl dabei. Früher, auf ihrer alten Plantage, war einmal des Nachts ein Baby aus der Hängematte gerutscht und hatte sich furchtbare Verbrennungen zugezogen. Auch wenn Kiri darauf geachtet hatte, eine hochgeflochtene Hängematte zu haben, schlief sie trotzdem nicht besonders ruhig in dieser Zeit.

Aber es waren nicht die Mücken, die sie geweckt hatten. Sie lauschte erneut in die Dunkelheit. Ganz leise hörte sie in der Ferne das tiefe Bummern von Trommeln. Es nahm gleich von ihrem Inneren Besitz, als riefen die Trommeln sie zu sich.

»Ein *dansi*!« Kiris Anschluss an das Dorfleben war noch nicht so gut, dass man sie benachrichtigt hätte, wenn ein Tanz stattfand. Sie konnte es den anderen Sklaven nicht verübeln. Schließlich verbrachte sie viel Zeit im Hause des Masra und mit der weißen Misi. Tänze und Feste der Sklaven waren, außer mit der ausdrücklichen Genehmigung des Masra, unter Strafe verboten. Das war im ganzen Land so. Kiri wusste natürlich, dass diese Tänze trotzdem stattfanden, und natürlich hatte sie früher schon einige erlebt. Sofort spürte sie ein aufregendes Kribbeln in sich. Sollte sie hingehen? Würden die anderen sie fortschicken? Der Ruf der Trommeln aber sprach seine eigene Sprache. Er ließ keinen Widerspruch zu.

Eilig schlang sie sich ein Tuch um die Hüften und schlich aus der Hütte. Es war ruhig im Sklavendorf, die dumpfen Töne kamen aus Richtung der Felder. Ob der Tanz etwas mit dem Besuch der fahrenden Händler zu tun hatte, die am Nachmittag mit ihren Booten gekommen waren?

Buschneger. Eigentlich oblag es dem Plantagenbesitzer, die Sklaven mit allem Nötigen zu versorgen, aber die Buschneger betrieben inzwischen einen florierenden Handel mit allerlei Gegenständen. Das Meiste davon fertigten sie nicht selbst, sondern tauschten es bei den Eingeborenen ein, aber die Plantagensklaven konnten immer irgendetwas davon gebrauchen und hatten im Gegenzug etwas, das die Buschneger interessierte: Nadeln oder Angelhaken, Stoffe oder Töpfe. Die Plantagenbesitzer duldeten diesen Tauschhandel in der Regel, denn je mehr sich die Sklaven selbst versorgten, desto billiger war es für ihn. Die Basyas waren zwar angewiesen, die von weißen Posthaltern ausgestellten Passierscheine der Buschneger zu kontrollieren – aber die Posthalter lebten seit den Friedensverträgen vor gut hundert Jahren bei den Buschnegern. Es gab Regeln, die eingehalten werden mussten, und eine gewisse Bürokratie, die diesen Menschen fernlag, den Kolonisten aber wichtig war.

Die Basyas nutzten die Gelegenheit vor allem, um sich mit Schnaps einzudecken. Daher kamen ihnen die Besuche der

Buschneger nicht ungelegen. So war es auch heute gewesen, Kiri hatte die Aufseher am Nachmittag mit den kleinen Fässern gesehen – von ihnen drohte im Moment vermutlich keine Gefahr. Der Masra war in der Stadt, die Gelegenheit für die Sklaven also günstig.

Sie erschrak fast zu Tode, als sich eine Hand auf ihre Schulter legte. »Kiri?«

»Amru?« Kiri schlug die Augen nieder. Sicherlich würde die Haussklavin sie jetzt wieder in ihre Hütte schicken. Sie wappnete sich innerlich gegen die drohende Zurückweisung. Doch Amru schien kurz zu überlegen. Dann gab sie Kiri einen Schubs.

»Na, komm mit, irgendwann müssen die anderen dich ja akzeptieren«, sagte sie freundschaftlich.

Kiri traute ihren Ohren nicht und folgte Amru freudig auf dem Weg durch die Felder. Nach der Regenzeit wurde auch der Alltag der Sklaven wieder ruhiger. Während der Regenzeit oblag es den Feldsklaven, neben der alltäglichen Arbeit und den Erntetagen, für die Instandhaltung der Abwasserkanäle und für die Neubepflanzung der Felder zu sorgen. Was bedeutete, dass sich das Arbeitspensum trotz des schlechten Wetters verdoppelte. Jetzt im September aber wich für einige Wochen zudem die Hitze, und bis zur nächsten beschwerlichen Ernte war noch Zeit.

Auf dem stets glitschigen Boden der Zuckerrohrfelder hatte Kiri jetzt alle Mühe, nicht das Gleichgewicht und die Orientierung zu verlieren. Sie konnte nicht sagen, wie weit sie in die Felder hineingegangen waren – aber sicherlich weit genug, dass kein Weißer bemerken würde, was vor sich ging.

Amru bog plötzlich mitten in eine Wand aus mannshohem Zuckerrohr ab. Kiri hätte fast den Anschluss verloren. Die Halme schlugen hart gegen ihre nackte Haut an Armen und

Beinen. Aber schon nach ein paar Schritten fand sie sich auf einem freien Feld wieder, vermutlich einem der abgeernteten. Das Zuckerrohr war hier kurzgeschlagen, es würden noch einige Wochen vergehen, bis es wieder austrieb. Der Boden des Feldes war deutlich trockener als der des Weges. In seiner Mitte loderte ein großes Feuer, um das sich die Sklaven zusammengefunden hatten. Amru zog Kiri mit zum Kreis der Sklaven und wies sie an, sich zu setzen.

Einige der Sklaven beäugten Kiri im Schein des Feuers, aber keiner machte Anstalten, sie fortzuschicken. Unter Amrus Obhut hierherzukommen, war gleichbedeutend mit Akzeptanz. Die Trommler schlugen nun schneller. Kiris Herz pochte bis zum Hals. Amrus Mann Jenk betrat den inneren Kreis, umschritt das Feuer und sprach einige Formeln, die die Geister milde stimmen sollten. Kiri verstand nicht genau, worum es ging, sie kannte zwar einige Rituale, dieses aber hatte sie noch nie erlebt – was nicht verwunderlich war, schließlich gab es unzählig viele Rituale. Und diese variierten auch noch von Plantage zu Plantage. Ihre Tante hatte ihr erklärt, dass die ersten Sklaven, die vor vielen Generationen nach Surinam kamen, auch ganz unterschiedliche Bräuche mit in das Land brachten. Diese vermischten sich dann sogar wiederum mit dem Brauchtum der Salzwassersklaven, die vor gar nicht allzu langer Zeit noch aus Afrika gekommen waren. Ihre Tante hatte ihr aufgeregt erklärt, dass die Einfuhr von Sklaven zwar bereits seit langem verboten war, es aber zwischendurch immer noch Transporte gegeben hatte.

Winti – so nannten die Weißen die Kultur, die sich aus dem traditionellen Brauchtum entwickelt hatte, ohne *winti* dabei genau zu definieren. Die Tante hatte Kiri gewarnt, dass die Weißen diesen Begriff geprägt hatten für alles, was ihnen fremd, unheimlich und gegen ihren eigenen Glauben erschien.

Die Ausübung jeglichen *winti*-Kultes war somit natürlich auch offiziell untersagt.

Kiri spähte gespannt auf das Feuer. Ging es hier vielleicht um einen Liebeszauber? Oder hatte jemand zur Abwehr von Krankheiten um den Beistand der Geister gebeten? Egal, Gründe für ein *dansi* gab es genug. Die Sklaven gingen im Allgemeinen gerne zu einem *dansi*, denn es bot Abwechslung zum trüben Alltag. Auch wenn die Gefahr groß war, dass ein Weißer von diesem Treiben erfuhr, was dem Schamanen, dem Sklavendoktor, Peitschenhiebe und dem Rest des Dorfes eine starke Rationierung der Lebensmittelzuteilung einbrachte. Aber der Wunsch, mit den Geistern in Kontakt zu treten, war meist so groß, dass die ganze Gemeinschaft dieses Risiko in Kauf nahm.

Nachdem der Schamane seine Runde um das Feuer beendet hatte, stimmten die Sklaven einen leisen Gesang an. Schnell begannen die Sitzenden, sich im Takt der Trommeln zu wiegen, ihre Stimmen wurden lauter. Dann traten drei Tänzer in den Kreis um das Feuer. Die drei jungen Männer waren festlich geschmückt und mit heller Pimba-Erde bemalt. Ihre schwarze Haut glänzte im Schein des Feuers, während sie sich rhythmisch zu den Klängen bewegten. Wie in Trance betrachtete Kiri die muskulösen Körper. In den letzten Monaten hatte ihr nichts fernergelegen, als jungen Männern zu gefallen. Der Verlust ihrer Heimat, die Zeit bei Bakker und dann das Leben bei der neuen Misi, all das hatte sie fast vergessen lassen, dass sie ein Mädchen war, welches sich langsam zur Frau entwickelte. Hier, am Feuer, beim Anblick der tanzenden Männer, erwachte eine gewisse Sehnsucht in ihr, die sie nicht ganz zu deuten vermochte.

Insbesondere einer der jungen Männer, er mochte wohl zwei oder drei Jahre älter sein als sie selbst, zog ihre Blicke magisch an. Er hatte kräftige Schultern und starke Arme, auf seiner Brust erkannte Kiri im Schein der Flammen rituelle Tätowierungen und perlenartige Narben, die im gespenstischen Licht des Feuers und unter dem geschmeidigen Muskelspiel des Tänzers fast lebendig erschienen, wie Schlangen, die sich um seine Brust wanden.

Für einen kurzen Moment traf der Blick des Tänzers Kiris, wobei sie nicht genau zu sagen vermochte, ob er sie wirklich angesehen oder im Wahn des Tanzes nur einfach zufällig in ihre Richtung geschaut hatte. Ihr Herz schien in diesem Moment kurz auszusetzen.

Der Tanz endete mit einem kehligen Ruf, sofort verstummte auch der Gesang. Jenk, in seiner Funktion als Schamane, besprenkelte die Tänzer mit einer Flüssigkeit, die in der Nähe des Feuers gleich auf der erhitzten Haut der Tänzer zu verdampfen schien. Dann ertönten nochmals drei Trommelschläge, und der Zauber war vorbei. Die Sklaven erhoben sich und wanderten wieder Richtung Dorf, einige Männer schaufelten Erde auf das Feuer, um es zum Erlöschen zu bringen. Morgen würde nichts mehr daran erinnern, was hier des Nachts auf dem Feld stattgefunden hatte.

Kiri eilte hinter Amru her. Vor ihrem inneren Auge erschienen immer noch das lodernde Feuer und der geschmeidige Körper des Tänzers.

Am nächsten Morgen, als sie in ihrer Hängematte erwachte, dachte sie zunächst, es wäre ein Traum gewesen. Doch die kleinen Schwellungen an ihren Beinen erinnerten sie schmerzvoll an den Gang durch das Zuckerrohr. Es war kein Traum gewesen. Wer war dieser Tänzer, der ihr in der vergangenen Nacht den Atem geraubt hatte?

Kapitel 12

Julie hatte sich gut von ihrem Fieber erholt. Amru beruhigte sie zudem, viele Einwanderer hätten am Anfang mit dem Fieber zu kämpfen. »Das macht die Wärme«, kommentierte sie und wies Julie an, sich noch ein bisschen zu schonen.

Karl und Martina waren in die Stadt gereist. Ihren Mann erwartete sie erst am übernächsten Tag zurück, und Martina sollte, oder besser gesagt wollte, einige Zeit bei ihrer Tante verbringen. Julie war dies ganz recht. Martina hatte ihr mehrmals berichtet, sie habe gehört, dass in letzter Zeit wieder recht viele Einwanderer am Fieber gestorben seien. Ihre Stimme klang höhnisch, und Julie meinte, in ihrem Blick eine gewisse Hoffnung zu erkennen, Julie könnte es genauso ergehen. Anstand war auf jeden Fall etwas, das Martina bisher nicht erlernt hatte. Julie wusste, dass Martina sie nicht ausstehen konnte, aber dass sie sich Julie so offensichtlich wegwünschte …

Julie ärgerte sich darüber, schließlich hätte Martina zumindest etwas guten Willen zeigen können, um sich mit ihr gut zu stellen. Andererseits beruhigte Julie sich mit dem Argument, Martina sei wahrscheinlich eifersüchtig, dass ihr Vater nun wieder eine Frau an seiner Seite hatte.

Julie fühlte sich ohne Karl und Martina auf der Plantage wesentlich wohler. Sie hatte das Gefühl, frei atmen zu können und nicht ständig auf der Hut sein zu müssen.

Seit dem Vorfall bei der Zuckermühle wachte Karl darüber, Julie nicht zu viel Freiraum gegenüber den Sklaven zu gewähren. Hielt sie sich länger als nötig bei den Sklaven auf, oder erwischte Karl sie bei einem Plausch mit ihnen, herrschte er sie an, das sein zu lassen. Julie nickte dann immer ergeben, murmelte eine Entschuldigung und ging davon. Besser, sie ließ sich mit Karl auf keine Diskussion ein.

Aber Karl hatte anscheinend seine Aufseher angewiesen, während seiner Abwesenheit ein Auge auf Julie zu haben. Als sie mit Amru auf der hinteren Veranda stand und sich einige Zubereitungsvarianten der *kassave* erklären ließ – es war Julie immer noch nicht geheuer, dass diese Knolle eigentlich giftig war, aber nach der Bearbeitung durchaus vielseitig verwendbar schien –, warf Amru einen vielsagenden Blick in Richtung eines Basya, der auf seinem Weg zum Sklavendorf seine Schritte verlangsamte, als er Julie erspähte. Julie grollte. Durfte sie sich nicht mehr frei bewegen? Was wollte Karl denn? Dass sie sich wie eine Wachspuppe auf einen Stuhl setzte und sich nur auf Abruf bewegte? Das wäre ihm wahrscheinlich am liebsten gewesen.

Julie aber dachte nicht daran, sich in ihrer Freiheit einschränken zu lassen. Sie war froh, dass die Regenzeit endlich vorüber war und sie sich draußen wieder bewegen konnte. Die Monate, die in Europa den Herbst gebracht hätten, waren hier in Surinam anscheinend die angenehmsten und erinnerten eher etwas an den Frühling, wenn auch an einen sehr warmen. Aber die Natur war trunken vom vielen Wasser, und es spross und blühte in so üppiger Pracht, mit schweren, süßen Düften, dass Julie oft fasziniert einfach nur im Garten stand und meinte, den Pflanzen beim Wachsen zusehen zu können. Wehmütig dachte Julie an ihren nahenden Geburtstag. Ob Karl an ihn denken würde?

Julie versuchte, den Tagen eine gewisse Struktur zu geben.

Sie orientierte sich dabei an Amru, die den ganzen Tag auf den Beinen war und immer etwas zu tun fand. So fühlte Julie sich nicht ganz so einsam und hatte zumindest ein bisschen das Gefühl, am Plantagenleben teilzunehmen.

»Habt ihr eigentlich so was wie eine Schule hier?«, fragte sie Amru neugierig, als sie diese am Morgen auf ihrem Weg in das Sklavendorf begleitete. Die Männer waren auf den Feldern und mit ihnen auch die Aufseher.

»Schule?« Amru gab ein verächtliches Lachen von sich und schaute Julie an, als hätte diese einen Scherz gemacht. »Was sollen unsere Kinder da lernen? Sie dürfen doch nichts lernen.« Sie schüttelte verständnislos den Kopf und ging weiter.

Julie jedoch verharrte einen Moment und beobachtete einige kleine, krausköpfige Kinder, die sich vor einer Hütte um eine Frau scharten.

Amru bemerkte ihr Zögern. »Mura passt auf die Kinder auf, während die anderen arbeiten«, erklärte sie und richtete Julies Aufmerksamkeit mit einem Blick auf Muras Arme. Julie erschauderte, der Sklavin fehlte eine Hand. »Sie kann so nicht arbeiten. Unfall. Darum passt sie auf die Kinder auf.«

Mura zeigte den Kindern derweil an einer halbfertigen Matte das Flechten. Geschickt klemmte sie sich das eine Ende zwischen die Knie, um mit der vorhandenen Hand die Pflanzenfasern zu richten. Einige der Kinder schauten aufmerksam zu, andere hingegen spielten mit Stöckchen oder waren im Halbschlaf zusammengesackt. Alles in allem machten die Kinder einen guten und gesunden Eindruck. Sie sahen sauber aus und wohlgenährt.

»Aber es wäre doch schön, wenn sie ein paar Dinge lernen könnten«, sinnierte Julie beim Anblick der Kleinen.

»Was denn, Misi?«, fragte Amru verächtlich. »Wir dürfen

nicht schreiben und also auch nicht lesen. Wir bringen unseren Kindern bei, gute Sklaven zu sein, das ist es, was die Weißen möchten.«

Julie spürte die Verbitterung der alten Frau. Sie konnte dieses Gefühl gut verstehen, zu lange hatten die Sklaven unter der Herrschaft der Weißen gelitten. Was aber nicht hieß, dass es immer so bleiben musste, Julie hatte in jüngster Zeit immer wieder Diskussionen um das Thema Aufhebung der Sklaverei mitbekommen und entsprechende Artikel in Karls Zeitungen gelesen. Für sie Grund genug, es nicht ruhen zu lassen.

»Aber man sagt doch, dass die Sklaverei in ein paar Jahren aufgehoben werden könnte! Und dann wäre es gut, wenn die Kinder lesen und schreiben gelernt hätten!«, entgegnete sie naiv.

Amru lachte verbittert. »Ach Misi, wenn ich das noch erleben könnte ...«

Julie jedoch war sich recht sicher, dass Amru und alle anderen hier das sehr wohl noch erleben würden. Immerhin hatten England und Frankreich die Sklaverei bereits seit längerem abgeschafft und entsprechende Gesetze geschaffen. Die Niederlande hinkten dieser Entwicklung in ihren Kolonien hinterher, aber es war absehbar, dass sie dem Druck der anderen Länder irgendwann nachgeben würden. Selbst im Heimatland hatte sich bereits eine größere Front gegen die Sklaverei formiert. Karl und die anderen Plantagenbesitzer spielten das Thema zwar rigoros herunter, aber Julie war sich sicher, dass sie es nicht ewig würden verdrängen können. Die Abschaffung der Sklaverei würde eine große Wende für das Land bedeuten. Und im Gegensatz zu den alteingesessenen Kolonisten hatte Julie keine Angst davor. Im Gegenteil. Es graute ihr vor dem Gedanken, ihr restliches Leben als Sklavenhalterin verbringen zu müssen, und sie setzte inzwischen große Hoffnung auf diese Wende im Land. Vielleicht würde sie sich dann auch wohl fühlen können hier. Unter freien Menschen.

Der Gedanke an die Kinder ließ Julie nicht mehr los. Auch später, als sie auf der Veranda saß, wo Nico zu ihren Füßen ein Stück Banane verspeiste und Kiri ihr etwas Kaltes zu trinken gebracht hatte, dachte sie über die Sklavenkinder nach.

Zumal das Thema Kinder auch für sie an Bedeutung gewonnen hatte. Karl hatte ihr vor einiger Zeit ausdrücklich zu verstehen gegeben, dass er Julie die Schuld dafür gab, noch keine Schwangerschaft vermelden zu können. Der Alkohol hatte ihm eines Abends die Zunge gelockert, und er hatte sie angefahren: »Ein hübsches Mädchen hab ich mir da eingefangen, bringt mir den Haushalt durcheinander und schafft es nicht mal, seinen fraulichen Pflichten nachzukommen.«

Julie war zusammengezuckt. Natürlich war ihr bewusst gewesen, dass Karls nächtliche Besuche nicht dazu dienten, ihr Freude zu bereiten. Es ging ihm nur um sich, das war deutlich spürbar, und natürlich wusste sie, dass er es darauf anlegte, einen Erben mit ihr zu zeugen. Seine Zudringlichkeiten waren in letzter Zeit allerdings seltener geworden, vielleicht lag es auch daran, dass sich noch keine Schwangerschaft ergeben hatte.

Bei dem Gedanken spürte Julie einen Kloß in ihrem Hals. Sie konnte sich ja selbst keinen Reim darauf machen – kamen Mann und Frau zusammen, führte das doch unweigerlich irgendwann zu Kindern, oder? Zumindest hatte sie das bis jetzt gedacht. Warum und wie es aber dazu kommen konnte, dass eben genau dies bei ihr jetzt nicht geschah, wusste sie nicht. Lag es wirklich an ihr? Bis dato hatte Julie nie an ihrer Weiblichkeit gezweifelt, sie schien doch ganz normal, oder etwa nicht? Allerdings wusste sie auch nicht recht, wie sich eine Schwangerschaft bemerkbar machte. Vor Jahren hatte Sofia einmal geäußert, dass dies wohl untrüglich durch das Ausbleiben der monatlichen Blutung angezeigt würde. Julie hatte in dieser Hinsicht aber noch keine Veränderungen bemerken können. Eine Menge Fragen brannten ihr auf der Seele, und sie hatte niemanden, den sie ins Vertrauen ziehen konnte. Sie fühlte sich unendlich einsam.

Julie schüttelte den Gedanken ab und konzentrierte sich auf die Sklavenkinder. Solange sie sich nicht um ein eigenes Kind kümmern konnte und musste, konnte sie ihre Kraft doch gut und gerne für die Kinder der Sklaven einsetzen. Und vielleicht würde sie dadurch ja sogar Kontakt zu den anderen Sklavenfrauen bekommen.

Bereits am nächsten Tag wanderte sie wieder zum Sklavendorf. Ihr war es egal, ob die Aufseher sie sahen oder nicht. Sie hoffte, Karl ihr Engagement um die Sklavenkinder irgendwie erklären zu können, wenn es darauf ankam.

Kiri folgte ihrer Misi besorgt. Inzwischen wusste sie, dass alles, was ihre Misi tat, im Zweifelsfall auch auf sie zurückfiel. Dass die Misi sich jetzt so für die Sklavenkinder interessierte, behagte ihr nicht. Sie wusste, dass es Masra Karl missfallen würde.

Im Dorf steuerte Julie auf Mura zu. Die Sklavin war sichtlich verwundert, äußerte aber nichts gegen ihre Anwesenheit – was die Misi wünschte, hatte ohne Widerspruch zu geschehen.

Julie spürte die Verwunderung der Frau und lächelte ihr freundlich zu. Sie verzichtete allerdings auf eine Erklärung und konzentrierte ihre Aufmerksamkeit stattdessen auf die Kinder. Sie wusste, dass sie das Vertrauen der Kinder erst gewinnen musste, schließlich hatten sie von ihren Eltern die

Scheu gegenüber den Weißen übernommen. Noch bevor ein Sklavenkind laufen konnte, wurde ihm beigebracht, den Blick zu senken, wenn ein Weißer ihm gegenübertrat.

Die Schar verstummte schlagartig, als Julie sich wie selbstverständlich neben Mura setzte und ihr mit einem Nicken zu verstehen gab, sich nicht stören zu lassen. Mura fuhr zögerlich fort. Die heutige Unterweisung drehte sich immer noch um die Anfertigung des Flechtwerks für eine Matte. Erst als Julie das Gewerk in die Hand nahm und sich an den kunstvollen Schlingen und Schlaufen versuchte, brach das Eis. Die Kinder kicherten und lachten und versuchten mit ihren kleinen Fingerchen, Julies ungeschickten Händen die richtige Richtung zu weisen. Mura schien unsicher, ob sie ihre Schützlinge zurückhalten sollte oder ob Julie ihre zunehmende Aufdringlichkeit dulden würde. Anfänglich tadelte sie die Kinder noch, wenn sie Julie zu nahe kamen. Julie aber lächelte der Sklavin immer wieder aufmunternd zu und zog sogar eines der kleinen Mädchen auf den Schoß. Sie hatte keine Berührungsängste den Kindern gegenüber und hoffte, dass die Kinder und auch Mura ihr gegenüber die Scheu gänzlich verlieren würden.

Lange saßen sie so beisammen und flochten, während die Matte Zentimeter für Zentimeter an Länge gewann. Erst als am Nachmittag die ersten Feldsklaven in das Dorf heimkehrten und die Kinder nach und nach in ihren elterlichen Hütten verschwanden, stand auch Julie auf und verabschiedete sich von Mura.

»Ich hoffe, ich darf wiederkommen?«, fragte sie lächelnd.

»Misi darf jederzeit kommen«, sagte Mura strahlend und vergaß dabei ganz, den Blick gen Boden zu senken.

»Bist du verrückt? Du setzt dich zu den Sklaven?« Karl tobte, als er nach seiner Rückkehr aus der Stadt von seinen treuen Aufsehern erfuhr, was seine Frau während seiner Abwesenheit getrieben hatte. Sie saßen zu Tisch, und Karl stürzte ärgerlich ein Glas Dram hinunter, das dritte oder vierte. Aiku wurde nicht müde, Karls Glas umgehend wieder aufzufüllen. »Das lässt du bleiben, ich will dich im Sklavendorf nicht mehr sehen, und wehe ...«, donnerte er und sah sie wütend an.

»Was dann?«, unterbrach Julie ihn mit fester Stimme. Sie hatte eine solche Reaktion befürchtet, war es inzwischen aber leid, sich auf der Plantage wie eine Gefangene behandeln zu lassen. »Willst du mich dann an den Baum hängen und auspeitschen lassen?« Verärgert warf sie ihre Serviette auf den Teller, ihr war der Appetit mal wieder vergangen.

Karls Gesicht wurde rot vor Zorn. Dann trat plötzlich ein gefälliges Lächeln auf sein Gesicht, und er neigte sich drohend zu Julie. »Aber deine Kiri wird dafür büßen müssen. Es ist dir doch wichtig, dass sie nicht zu Schaden kommt, oder? Also ist es besser, wenn du mich nicht verärgerst.« Damit stand er auf. »Nicht wahr, Mädchen?« Er warf Kiri, die neben der Tür stand, wo sie während des Essens auf ihre Misi zu warten hatte, einen scharfen Blick zu. »Du wirst schon Acht geben, dass deine Misi keine Dummheiten macht«, sagte er höhnisch, bevor er den Raum verließ.

Julie blieb entsetzt sitzen. Kiri stand mit gesenktem Blick da und schluchzte leise.

Natürlich wollte Julie nicht, dass Kiri sich in Gefahr begab. Sie hatte ihr schließlich versprochen, ihr Schutz zu gewähren, und bisher war ihr das auch ganz gut gelungen. Nicht ein Mal hatte ihre Leibsklavin noch an den Baum gemusst. Aber sie wusste nicht, was passieren würde, wenn Karl Kiri befragen würde. Kiri würde ihren Masra wohl kaum anlügen.

Es war schließlich Karl selbst, der Julie auf eine Lösung brachte. Seine Abwesenheit von Dienstag bis Donnerstag brachte ihr einen gewissen Freiraum. Sie schickte Kiri also mittwochs bereits früh zu Amru, die wiederum Mura angewiesen hatte, die Kinder am Vormittag in den Garten nahe dem Haus zu führen. Dort, im Schatten der großen Mangobäume, trafen sie sich dann mit Julie. Hier waren sie auch sicher vor den Aufsehern, die es während der Arbeitszeit selten von den Feldern oder gar in die Nähe des Hauses zog. Von Amru und den anderen Hausmädchen wiederum hatte Julie nichts zu befürchten. Amru sorgte dafür, dass keiner der Sklaven sah, was dort geschah.

Kiri war ebenfalls in Sicherheit, sie hatte bei Amru genug zu tun. Julie selbst war mit dieser Lösung zufrieden und hatte auch zunächst kaum Bedenken, dass Karl etwas davon erfahren könnte. Sie schluckte die Angst vor ihm hinunter. Wenn sie sich nicht ein bisschen eigenes Leben bewahrte, wo würde das hinführen?

Allerdings hatte sie dabei vergessen, dass auch Martina früher oder später wieder auf die Plantage zurückkehren würde.

Kiri waren die Tage, in denen der Masra abwesend war, nicht geheuer. Zu groß war ihre Angst, dass der Masra doch herausfinden würde, was die Misi währenddessen so trieb.

Amru beschwichtigte das Mädchen. »Wenn du hier sitzt, kannst du schließlich nicht wissen, was die Misi gerade macht.« Sie lächelte verschwörerisch. »Und die Misi hat dir ja selbst befohlen, hier bei mir zu sein.«

Kiri hoffte inständig, dass der Masra das auch so sah, wenn er es denn eines Tages doch herausfinden würde.

Amru schien das Ganze Spaß zu bereiten. Dass die Misi sich hinterrücks gegen den Masra auflehnte, hob sie deutlich in der Gunst der Sklaven. Ihre Mittwochstreffen mit Mura und den Kindern hatten zu Erleichterung im Sklavendorf geführt, auch wenn einige der Mütter sich Sorgen machten, dass auch ihre Kinder eine Strafe erwartete, wenn der Masra es herausfand. Amru beschwichtigte die Frauen: Die Misi würde schon aufpassen, dass den Kindern nichts geschah.

Als nützlicher Helfer hatte sich auch der Papagei erwiesen. Nico hegte eine große Abneigung gegen Männer und insbesondere gegen die Aufseher. Erspähte er einen von ihnen auch nur von Weitem, quittierte er dies mit hektischem Flügelschlag. Aus dem Mangobaum, auf dem er zu sitzen pflegte, während Julie mit den Kindern arbeitete, ertönte dann ein höllisches Geraschel, worauf die Kinder gleich aufsprangen und in ein dichtes Gebüsch am Rand des Gartens huschten. Kam dann tatsächlich einer der Aufseher am Garten vorbei, sah er im Schatten unter dem Mangobaum nur noch Julie.

Mura war ebenfalls nicht ganz wohl bei diesem Versteckspiel. Wenn schon nicht den Kindern, ihr würde sicherlich eine Strafe blühen. Aber die Besuche bei der Misi taten den Kindern gut, sie hatten so schnell einen Narren an Julie gefressen – und den Wunsch der Misi konnte sie schließlich auch nicht ausschlagen.

»Amru, warum wollen die Weißen eigentlich nicht, dass die Sklaven lesen und schreiben?« Kiri hatte sich schon oft darüber Gedanken gemacht, so schlimm konnte das doch eigentlich nicht sein.

Amru zuckte nur mit den Schultern und polierte weiter einen großen, kupfernen Topf auf ihrem Schoß. »Wahrscheinlich haben sie Angst, dass wir gar nicht so dumm sind, wie sie im Allgemeinen denken.«

»Aber es gibt doch auch Sklaven, die es dürfen, oder?«

In der Stadt waren Kiri einige Farbige aufgefallen, die mit Schreibmäppchen unter dem Arm über die Straßen gehastet waren.

Amru seufzte. »Das sind dann aber keine reinen Schwarzen, Kiri. Sobald ein Farbiger das Blut des Weißen in sich trägt, hält der Weiße ihn auch für wohlgefälliger. Und je heller die Haut, desto eher zeigt sich tatsächlich die Neigung, den Weißen wohlgesinnt zu sein. Schau dir doch nur mal die Basyas an.«

Ja, Kiri wusste, dass die Mulatten dazu neigten, sich als etwas Besseres zu fühlen als die tiefschwarzen Sklaven. Obwohl ihre Herkunft selbst mehr als zweifelhaft war. Was sie auf ein anderes Thema brachte. Jetzt, wo sie mit Amru allein war, wollte sie die Frage stellen, die sie schon so lange beschäftigte.

»Amru?« Amru ließ den Putzlappen sinken. Manchmal war ihr die Fragerei von Kiri schon fast zu viel. Kiri zögerte kurz, sie musste es aber wissen. »Neulich … nachts … du weißt schon …«

Amru zog die Augenbrauen hoch.

Kiri senkte verlegen den Blick, sie wusste, dass sie über solche Ereignisse auf keinen Fall sprechen durfte. Zu groß die Gefahr, dass jemand davon hörte, für dessen Ohren es nicht bestimmt war. Aber sie musste unbedingt wissen, wer der junge Mann gewesen war, der Tänzer.

Sie hatte tagelang im Sklavendorf Ausschau gehalten, welcher der Jungen es wohl gewesen sein konnte. Allmählich kannte sie alle Bewohner des Dorfes und dieser geheimnisvolle junge Mann war definitiv nicht dabei, so weit war sie sich sicher. Zumal die auffälligen Tätowierungen ein untrügliches Zeichen waren.

»Der eine Tänzer, der mit den Tätowierungen … weißt du?«, flüsterte sie schließlich.

Jetzt grinste Amru über das ganze Gesicht.

»Ah, die kleine Kiri interessiert sich für Männer, wird auch Zeit, aus dem Kinderröckchen bist du ja inzwischen schon raus.«

Kiri war die Situation jetzt sehr peinlich.

Amru lächelte fast zärtlich. »Aber den schlag dir mal aus dem Kopf, Kiri«, sagte sie sanft und widmete sich wieder ihrem Topf.

Kiris Neugier aber war noch nicht befriedigt. »Warum?« Vielleicht würde Amru ja doch was verraten.

Amru ließ den Topf sinken und lehnte sich verschwörerisch zu Kiri herüber. »Den Burschen darfst du nicht mal gesehen haben, hörst du!«

»Was ist denn mit ihm?«, wagte Kiri noch zu fragen, bevor ihr selbst ein Gedanke kam, »er kommt nicht von dieser Plantage, oder?«

»Ja, eben.« Amru sprach noch leiser als zuvor. »Dany ist ein freier Sklave, ein Buschneger, ein Maroon! Die Weißen oder die Aufseher würden ihn erschießen, wenn sie herausbekämen, dass er sich ohne Erlaubnis nachts auf dem Plantagengrund aufgehalten hat.«

Ein Maroon? Kiri schossen Bilder von brennenden Hütten in den Kopf, und einen kurzen Moment meinte sie sogar, die Schreie der Dorfbewohner zu hören. Seit damals auf Heegenhut … machten Maroons ihr Angst. Dann besann sie sich. Sie war nun weit, weit von dem Gebiet entfernt, wo die Maroons damals die Plantage überfallen hatten. Dieser Dany kam sicherlich aus einem friedliebenden Stamm.

Kapitel 13

Julie lernte, Karls aufbrausendes Temperament durch ihr Verhalten zu beschwichtigen. War er auf der Plantage, spielte sie die brave Ehefrau, versuchte den Anschein zu erwecken, sie hätte inzwischen die Verwaltung des Haushaltes vollständig übernommen, betrieb freundliche, kurze Konversation mit ihm und lag bei seinen nächtlichen Besuchen klaglos da. Im Stillen aber dankte sie für jede Stunde, in der sie ihm nicht nahe sein musste, und seine Abfahrt in die Stadt nahm ihr jedes Mal eine große Last vom Herzen. Dann konnte sie für kurze Zeit sie selbst sein.

Mit Beginn der heißen, trockenen Jahreszeit kam Anfang Oktober auch Martina aus der Stadt wieder auf die Plantage – in Begleitung von Pieter.

Martina erzählte ihrem Vater in den ersten Tagen bei Tisch gern von den Ereignissen im Hause ihrer Tante. Karl ging aber nie näher darauf ein, was Julie verwunderte. Er schien zu der Familie seiner verstorbenen Frau keinerlei Kontakt mehr zu wünschen. Oder wünschte sie es nicht? Julie wusste es nicht. Martina zumindest schien dort gern gesehen zu sein und wohlwollend aufgenommen zu werden. Das Leben in der Stadt schien ihr zu gefallen, und Julie vermutete, dass Karl beizeiten verlangte, dass sie sich wieder auf die Plantage zurückbegab. Hier hatte er immerhin ein Auge auf seine Tochter – und Pieter.

Julie hörte eines Tages eher zufällig, wie Pieter und Karl darüber sprachen, dass Martina im kommenden November achtzehn Jahre alt wurde. Julie musste die aufkeimende Wut unterdrücken. Martina, Martina! Karl hatte ihren Geburtstag nicht nur vergessen, er war sogar an dem Tag in der Stadt geblieben. Seiner Tochter allerdings würde er bestimmt ein pompöses Geschenk machen. Doch dann nahm das Gespräch eine ungeahnte Wendung: Man könne doch im März, wenn das Wetter angenehm sei zwischen der kleinen und großen Regenzeit, die Hochzeit von ihm und Martina arrangieren, schlug Pieter vor. Karl schien nicht abgeneigt, und wenige Tage später verkündete er offiziell seinen Entschluss. Pieter machte einen zufriedenen Eindruck, und Julie musste, um Karl nicht zu verärgern, zähneknirschend ihre Freude kundtun.

Martina war begeistert. »O Vater, wir werden eine große Feier ausrichten, Tante Valerie wird sich darum kümmern!«

Karl brauste unerwartet auf. »Das fehlt mir noch, die Feier wird hier abgehalten!«

Martina stieg sofort die Zornesröte ins Gesicht. »Aber wir können doch nicht auf der Plantage feiern, wir haben keinen Saal! Und die Anreise, den Gästen gegenüber ist das ...«

Karl unterbrach sie donnernd. »Keine Diskussion, du bist meine Tochter, und wenn du heiratest, dann auch auf meinem Grund und Boden. Wir brauchen Valerie nicht!« Er deutete auf Julie. »Juliette ist deine Stiefmutter, sie kann das ebenso organisieren.« Damit war für Karl das Thema erledigt.

Martina verkroch sich, wie so oft, sofort schmollend in ihrem Zimmer. Pieter ignorierte die Szene und trank mit Karl auf die beschlossene Sache, und Julie saß da und wusste nicht, wie ihr geschah. Eine Hochzeit für ihre widerborstige Stieftochter auszurichten war das Letzte, was sie sich wünschte.

Bis März waren es nur noch fünf Monate.

Julie zerbrach sich den Kopf, wie sie es anstellen könnte, eine standesgemäße Hochzeit auszurichten. Sie kannte sich mit den Sitten in diesem Land doch kaum aus und mit Hochzeiten an sich schon gar nicht. Ihre eigene konnte sie wohl kaum als Vorlage werten. Andererseits … Ob sie wollte oder nicht, dies war auch die ideale Gelegenheit, sich gegenüber Karl zu profilieren. Sie würde das schon irgendwie hinkriegen. Und wenn Martina und Pieter erst mal verheiratet waren, würde Pieter Martina wohl auch mit in die Stadt nehmen. So hoffte Julie. Schließlich arbeitete er von dort aus. Sie würde sich jetzt also einige Monate intensiv mit Martina auseinandersetzen müssen, aber dann …

»Na, da haben Sie sich ja Großes vorgenommen.« Jean Riard lachte, als er bei seinem nächsten Besuch von Julie erfuhr, dass sie sich um die Feierlichkeiten kümmern sollte.

Wie immer, wenn er zum Arbeiten nach Rozenburg kam, hatte es Julie auf die Veranda gezogen, wo sie ihm Gesellschaft leistete.

»Ach«, Julie winkte ab. »Wir haben ein großes Haus, eine gute Küche, genügend Personal und mit Amru wohl auch die beste Haushaltsvorsteherin, die man sich wünschen kann. Ich denke, so eine Feier mit ein paar Gästen sollte man hier wirklich ausrichten können.«

»Ein paar Gäste?« Riard legte den Stift beiseite und lehnte sich auf seinem Stuhl zurück. Er schien belustigt. »Ihnen ist hoffentlich klar, dass es nicht bei ein paar Gästen bleiben wird«, sagte er schmunzelnd. »So eine Hochzeit ist immer ein großes Ereignis, die halbe Kolonie wird zu Gast sein, ganz abgesehen davon, dass die Enkelin der Familie Fiamond heiratet … weiß die überhaupt schon davon? Ich meine … sie wird nicht erfreut sein, bei den Vorbereitungen außen vor zu bleiben.«

»Fiamond?« Julie sah ihn überrascht und fragend an.

Riard seufzte. »Felice Fiamonds Mutter stammte aus einer der größten und einflussreichsten Familien Surinams. Wussten Sie das etwa nicht?«

Julie schluckte. »Na ja ... Martina ist oft in der Stadt bei ihrer Tante ... Ich dachte ... Ich wusste ja nicht ...« Julie wusste selbst nicht so genau, was sie gedacht hatte. Bisher hatten sich ja alle in Schweigen gehüllt, wenn es um Karls erste Frau – Martinas Mutter – ging.

Jetzt beugte Riard sich über den Tisch und dämpfte seine Stimme. »Ich will nicht, dass Sie in die Falle tappen, Mevrouw Leevken. Sie sollten sich vorher genau informieren, wie es zwischen der Familie Fiamond und Mijnheer Leevken steht. Sie sind noch neu in der Kolonie, das ganze gesellschaftliche Geflecht hier ist ziemlich verworren und kompliziert. Ich weiß auch nicht genau, was damals passiert ist, es war vor meiner Zeit in der Stadt. Aber ab und an hört man Getuschel darüber, also ... die Fiamonds werden bei der Hochzeit zugegen sein müssen, auch wenn das weder Ihnen noch Ihrem Mann gefallen wird. Ich will sie nur vorwarnen: So einfach wird das nicht.« Julie blickte ihn verwirrt an. Das konnte ja heiter werden! Zumal ihr die wichtigsten Informationen offensichtlich fehlten. Wie gut, dass er sie zumindest vorgewarnt hatte. Sie warf ihm einen dankbaren Blick zu und entschuldigte sich auf ihr Zimmer. Julie fühlte sich wieder einmal schrecklich allein.

Martina tat natürlich ihr Übriges, die Situation zu verschärfen. Sie war nicht gewillt, mit Julie auch nur einen Satz über die Hochzeitsplanungen zu wechseln. Nach wenigen Tagen zweifelte Julie ernsthaft daran, dass sie es schaffen würde, die

Hochzeit auf ausdrücklichen Wunsch Karls, aber gegen Martinas Willen, zu organisieren. Als Martina ihr eröffnete, dass ihre Tante Valerie bei den Marwijks auf Watervreede Quartier beziehen und alles Weitere unter ihre Fittiche nehmen würde, atmete sie fast erleichtert auf. Aber sie hatte die Rechnung ohne Karl gemacht. Als er hörte, dass seine ehemalige Schwägerin das Hochzeitszepter in die Hand nehmen wollte, brach im Hause Leevken ein Gewitter los. Karl tobte: Diese Frau würde vor der Hochzeit keinen Fuß auf die Plantage setzen! Und Martina solle den Kontakt zu ihr einzustellen. Wenn nicht, würde er die ganze Hochzeit absagen. Die Stimmung auf Rozenburg war aufgeheizt und explosiv.

Martina trug offensichtlich nicht nur den Stolz, sondern auch die Sturheit ihres Vaters in sich und war nicht bereit, so schnell klein beizugeben. In den Tagen, in denen Karl in der Stadt verweilte, nutzte Martina die Abwesenheit ihres Vaters, um in ein Boot zu steigen und zu den Marwijks zu fahren, wo ihre Tante offensichtlich in der Tat Einzug gehalten hatte. Von dort planten sie, unbemerkt von Karl, die Feierlichkeiten. Und redeten vermutlich auch sonst sehr viel, Julie wollte gar nicht wissen, worüber, wahrscheinlich zerrissen sie sich die Mäuler über sie. Das war ihr aber fast egal. Sie nutzte die Zeit ohne Karl und Martina auf der Plantage, um sich wieder den Sklavenkindern mit ihren kleinen braunen Kulleraugen und den krausen Haaren zu widmen. Die Kinder heiterten sie schnell auf und ließen sie die Hochzeit für ein paar Stunden vergessen. Allerdings hatte Pieter seit Martinas Rückkehr nach Rozenburg auch auf der Plantage Quartier bezogen. Selbst wenn er ab und an losfuhr, um die anderen Plantagen zu besuchen und seinem Dienst als Arzt nachzukommen, war Julie ständig auf der Hut, denn Pieter hatte die unbequeme Angewohnheit, unerwartet aufzutauchen. Die Anwesenheit dieses Mannes reizte Julie, sie konnte nicht einmal genau sagen, warum. Seine Art, sein drohender Unterton, wenn er sie ansprach – alles an ihm schürte ihre Abneigung.

Wenn Karl in die Stadt fuhr, hatte Pieter es sich zur Gewohnheit gemacht, die Feldarbeit zu überwachen. Er sattelte sich am Morgen ein Pferd, kehrte aber immer früher als Karl von dem Rundritt wieder. Julie hatte beobachtet, wie Pieter mit den Aufsehern sprach. Diese begegneten Pieter ebenso ehrerbietig wie Karl. Julie wusste nicht, wie viel Befehlsgewalt Karl Pieter übertragen hatte, die Stimmung im Sklavendorf wurde aber durch seine Anwesenheit nicht besser.

Eines Nachmittags, Karl wurde am Abend zurückerwartet, schlenderte Julie zur hinteren Veranda, in der Erwartung Amru und Kiri dort zu treffen. Allerdings saß Kiri allein dort und bereitete das Gemüse für das Abendessen vor.

»Wo ist denn Amru?« Julie blickte sich verwundert um, die Küchenarbeit ganz ohne Aufsicht zu lassen, war gar nicht Amrus Art.

Kiri zuckte nur die Achseln und blickte verlegen auf den Boden.

»Na, sag schon, Kiri!«

»Misi, Amru ist noch mal ins Dorf zurückgegangen, da gab es wohl … ich weiß auch nicht.«

»Hm.« Julie überlegte kurz und machte sich dann auf den Weg zum Sklavendorf. Wenn Amru die Angelegenheit für wichtig hielt, war es auch wichtig.

Überraschenderweise brauchte Julie nicht bis zu den Hütten zu gehen. Bereits im großen Gemeinschaftshaus hatten sich viele Sklaven eingefunden. Einige Stimmen protestierten laut, aber Julie konnte noch nicht verstehen, worum es ging. Vor der aufgebrachten Menge standen Pieter, die Aufseher und Amru, die bestürzt wirkte. Gerade als Julie am Haus ankam, zog einer der Aufseher einen der sitzenden Sklaven hoch, stieß ihn ins Freie und holte mit der Peitsche aus.

»Nein!« Julie raffte ihren Rock und rannte los. »Was ist hier los?«, fragte sie bestimmt.

»Juliette, du solltest nicht hier sein.« Pieter stand der Zorn deutlich im Gesicht geschrieben. »Geh!«

»Das ist immer noch auch meine Plantage, Pieter! Was hat der Mann getan, dass er die Peitsche bekommen soll? Was ist hier überhaupt los? Amru?« Hilfesuchend sah Julie die Haussklavin an.

Amru zögerte kurz. War es besser, sich der Misi anzuvertrauen oder auf Masra Pieter zu hören? Amru entschied sich für die Misi. »Misi Juliette, Masra Pieter hat heute die Rationen für die Sklaven gekürzt. Die Leute sind wütend. Außerdem …«

»Dann arbeitet das Pack wenigstens besser!« Pieter brauste auf.

»Die sind alle viel zu gut genährt, das ist nicht förderlich, das macht sie faul.« Und mit einem spitzen Unterton fügte er hinzu: »Das ist alles mit Karl abgesprochen.«

Julie schnaubte verächtlich. »Ah ja, wie schön. Das ist aber noch lange kein Grund, den Mann«, sie deutete auf den Sklaven, der auf dem Boden vor den Füßen des Aufsehers lag, »zu bestrafen.«

»Er war der Rädelsführer, er hat sich beschwert«, argumentierte Pieter.

Julie trat an den Sklaven heran. »Steh auf!«

Der Mann jedoch hielt sich immer noch in Erwartung der Peitschenhiebe die Hände vor den Kopf. »Steh auf, es passiert dir nichts«, sagte sie mit ruhiger Stimme, während sie den Aufseher böse anfunkelte, der sogar einen Schritt zurückwich. »Sag, was du zu sagen hast«, wies sie den Sklaven an.

Der allerdings wirkte so eingeschüchtert, als wollte er im Erdboden versinken. »Misi nicht böse sein, Misi nicht böse sein«, war alles, was er zustande brachte. Was allerdings schon viel war, wenn man bedachte, dass es das erste Mal war, dass sich ein Sklave auf dieser Plantage überhaupt zu einem Vergehen äußern sollte. Julie konnte sich kaum vorstellen, dass dieser Sklave, der jetzt jammerte wie ein Kind, hier eben noch einen Aufruhr anführen wollte.

Erst als Amru neben ihn trat und ihm einige Wort zuflüsterte, traute er sich, zu Julie zu sprechen.

»Misi müssen verstehen, unsere kleinen Kostäcker geben um diese Jahreszeit nicht viel her, wenn jetzt auch noch die Rationen gekürzt werden, die Kinder ... ich weiß nicht ...«

»Hier wird erst mal gar nichts gekürzt.« Julie setzte einen entschlossenen Gesichtsausdruck auf und fixierte Pieter mit festem Blick. »Amru, lass die Leute wieder an die Arbeit gehen, Pieter – komm mit.« Pieter schien sich über diesen Befehlston mokieren zu wollen, folgte Julie dann allerdings in Richtung Haus.

Es war nicht gut, solche Auseinandersetzungen vor den Sklaven zu führen, das sah selbst Julie ein. Instabilität im Haus des Plantagenbesitzers verunsicherte auch die Arbeiter. Aber Julie konnte Pieters Verhalten so nicht dulden. Im Salon angekommen, fuhr Julie herum. »Was erlaubst du dir eigentlich? Soweit ich weiß, warst du auch sonst nicht mit Sklavendingen betraut, woher also plötzlich dieses Interesse, Pieter?«

Pieter setzte ein feistes Grinsen auf und trat einen Schritt an Julie heran. »Juliette, daran wirst du dich gewöhnen müssen. Nach meiner Hochzeit mit Martina werde ich hier eine wichtige Rolle spielen, das ist dir doch wohl klar. Und im Übrigen solltest du dich um die Neger nicht scheren, das gehört sich einfach nicht für eine Dame von Stand.« Er griff nach einer von Julies Haarsträhnen und spielte damit. Julie jagte ein kalter Schauer über die Haut. »Du wirst einfach schön brav weiterhin das Püppchen von Karl spielen. Ohne einen Erben bist du lediglich eine weitere Frau im Haus.« Seine Stimme war genauso kalt wie der Blick, mit dem er sie jetzt bedachte. »Und soweit ich das mit meiner medizinischen Erfahrung beurteilen kann, wirst du ihm so schnell auch keinen Nachwuchs schenken. Könnte ja sein, dass das beizeiten sein Interesse an dir schmälert.« Mit einem verächtlichen Schnauben ließ er Julies Haare los und setzte sich lässig in einen der Sessel. »Zudem, wenn ihm zu Ohren kommen würde, welche Aufmerksamkeit du den Negern in seiner Abwesenheit zukommen lässt ... Auch das wird ihn nicht erfreuen. Alles in allem stehst du momentan auf keinem guten Posten, Juliette, ich hoffe, darüber bist du dir im Klaren.«

Julie funkelte ihn böse an. Sie war nicht gewillt, sich von ihm in die Enge treiben zu lassen. »Und wenn ich Karl erzähle, das Martina sich heimlich mir ihrer Tante trifft, dann könnt ihr eure Pläne auf Rozenburg vergessen! Dann wird es vermutlich keine Hochzeit geben!«

Julie sah, wie Pieter in seinem Sessel zusammenzuckte. Sie hatte ihn getroffen! Sie machte auf dem Absatz kehrt und verließ den Raum und ließ Pieter verdutzt zurück. Der Punkt ging an sie, eindeutig. Trotz der Aufregung und des Mutes, den sie hatte aufbringen müssen, Pieter die Stirn zu bieten, trotz ihres Herzens, das zu zerspringen drohte, so heftig klopfte es, musste Julie lächeln.

Diesmal täuschte Julie einen Fieberanfall vor, um sich der Gegenwart von Karl, Martina und vor allem Pieter zu entziehen. Sie hatte sich von Amru entschuldigen lassen und zog es vor, allein in ihrem Zimmer zu sein. Kiri schien gleich sehr besorgt, als Julie Unwohlsein äußerte. Es brauchte eine Weile, bis sie Kiri klargemacht hatte, dass sie nicht wirklich krank war. Dem Mädchen war die Erleichterung im Gesicht geschrieben, als Julie ihr im Schlafzimmer erklärte, sie wolle nur allein sein, ihr fehle nichts. Aber sie freute sich insgeheim, dass Kiri sich so ernsthaft um sie sorgte und nicht nur ihre pure Pflicht erfüllte. Julie schickte sie mit ein paar netten Worten fort. Sie musste allein sein, musste nachdenken.

Auch wenn sie erfolgreich gekontert hatte, hatten Pieters Worte ihr unmissverständlich klargemacht, welche Rolle sie hier auf der Plantage spielte. Und was, wenn seine Worte wahr würden? Wenn sie Karl keinen Erben schenken konnte, würde sie die Zukunft hier nur als lebender Zierrat verbringen, und die Plantage würde mehr und mehr Pieter und Martina zufallen. Ein für Julie unerträglicher Gedanke. Aber nicht unwahrscheinlich, denn Karl war schließlich auch nicht mehr der Jüngste, und in diesem Land gab es unzählige Krankheiten, die einem Leben unvermittelt ein Ende setzen konnten. Julie wäre zwar als Karls Frau durchaus erbberechtigt an Rozenburg, das wusste sie, aber er würde sie niemals mit der Führung der Plantage betrauen, solange er noch die Zügel in der Hand hatte. Da war Pieter offensichtlich Karls erste Wahl, vielleicht hatte Karl ja sogar diesbezüglich schon irgendwelche Regelungen getroffen. Julie wusste es nicht. Sie musste auch Pieter gegenüber vorsichtig sein. Niemand wusste, wie gut er Karl beeinflussen konnte. Julie beschloss, solange Pieter auf der Plantage war, erst einmal weniger Kontakt zu den Sklavenkindern zu haben. Es brach ihr das Herz, aber die Gefahr, dass Karl es herausbekam, war einfach zu groß.

Über die Mittagsstunden war es still im Haus, und Julie fiel erschöpft in einen leichten Schlaf. Die knarrenden Dielen des Flures ließen sie hochschrecken. Weder Amru noch Kiri gingen um diese Zeit im Haus umher, und auch den anderen Haussklaven war es nicht gestattet, die Mittagsruhe zu stören. Julie ließ sich aus dem Bett gleiten und schlich auf nackten Füßen zur Tür. Vorsichtig öffnete sie diese einen Spalt und spähte auf den Flur. Gerade eben noch sah sie, wie Karls Hemdsärmel in dem Zimmer verschwand, das Amru ihr nicht gezeigt hatte. Was Karl wohl in diesem Zimmer zu schaffen hatte? Leise schloss sie ihre Tür und legte sich zurück aufs Bett.

»Tabu« sei das Zimmer, hatte Amru bei der Hausführung gesagt. Ganz ernst hatte sie Amrus gewichtigen Gesichtsausdruck damals nicht genommen. Schließlich gab es unten auch einige Wirtschaftsräume, die nur von den Sklaven genutzt und kaum von den Weißen betreten wurden. Julie hatte angenommen, es handele sich um ein ungenutztes Gästezimmer oder vielleicht eine Kleiderkammer und keinen weiteren Gedanken an den Raum verschwendet, nachdem sie ganz zu Beginn einmal die Klinke heruntergedrückt und festgestellt hatte, dass der Raum verschlossen war.

Jetzt war aber doch ihre Neugier geweckt.

Am Abend, als sich die Dunkelheit über die Plantage gelegt hatte und auch das ohrenbetäubende Abendkonzert der Waldbewohner verstummt war, lag Julie da und lauschte auf die gedämpften Töne der Nacht. Kiri hatte ihr vor gut zwei Stunden noch einen Schlaftrunk gebracht und frisches Wasser in den

Waschkrug gefüllt. Julie hatte sie gefragt, ob die anderen sich auch bereits zur Ruhe begeben hätten.

»Misi Martina hat sich wieder mit Masra Karl über die Hochzeit gestritten. Sie ist früh auf ihr Zimmer gegangen. Masra Karl und Masra Pieter haben noch Dram getrunken. Dann hat sich Masra Pieter zurückgezogen. Masra Karl hat noch zwei Gläser allein getrunken, dann hat Aiku ihn zu Bett gebracht«, gab Kiri eifrig preis.

»Danke Kiri, du kannst dann auch gehen.«

Julie hatte sich das so ähnlich schon gedacht. Sie hatte gehört, wie Karl im Nachbarzimmer einige Anweisungen für Aiku gelallt hatte, bevor es still geworden war.

Jetzt beschloss sie, dass der Augenblick gekommen war, herauszufinden, was sich hinter dieser Tür verbarg. Julie stand auf und zog sich ihren leichten seidenen Morgenmantel über. Vorsichtig tappte sie erst zu der Verbindungstür, die ihren Raum mit Karls Schlafzimmer verband. Wie sie vermutet hatte, ertönte ein leises Schnarchen. Wenn Karl getrunken hatte, schlief er für gewöhnlich tief und fest. Selbst wenn es ihm vor dem Zubettgehen noch in den Sinn kam, Julie zu behelligen, schlief er danach wie ein Stein. Auch wenn Julie aufstand, um sich zu waschen, kümmerte ihn das nicht. Julie schauderte kurz, sie dachte nicht gern an diese Nächte und verbannte sie für gewöhnlich aus ihrem Kopf.

Vorsichtig schlich sie aus ihrem Zimmer die wenigen Schritte über den Flur. Als sie die Klinke des geheimnisvollen Zimmers drückte, ließ sich die Tür zu ihrer Verwunderung öffnen. Julie huschte durch den Türspalt und bemühte sich, die Tür möglichst leise wieder zu schließen. Ihr Herz pochte bis zum Hals, sie holte ein paarmal tief Luft und drehte sich dann um, um sich in dem Raum umzusehen. Als sich ihre Augen an das dämmrige Licht gewöhnt hatten, erkannte sie schemenhaft einzelne Möbelstücke. Julie machte einige unsichere Schritte in den Raum hinein, auf der Hut, nirgends anzustoßen, bis sie vor einem Möbelstück mitten im Raum stehen blieb. Vor ihr stand eine Babywiege mit einem Baldachin aus Gaze! Der Raum war ein Kinderzimmer! Julie stockte einen Moment der Atem. Hatte Karl etwa schon in freudiger Erwartung ein Kinderzimmer für ihr gemeinsames Kind einrichten lassen? Doch dann wurde ihr die düstere Atmosphäre in dem Raum bewusst. Es roch staubig und abgestanden, und als sie sachte über den Gazestoff des Bettchens strich, gab der ein leises Knistern von sich. Der Raum war seit langer Zeit unberührt. Julie fröstelte, sie zog ihren Morgenmantel fester um sich. Vorsichtig schlüpfte sie wieder aus dem Zimmer und verkroch sich in den Laken ihres Bettes. Was hatte das zu bedeuten? Auf dem Schiff hatte Wilma erzählt, dass Karls erste Frau Felice wieder schwanger gewesen war, als sie ... als sie ...

Für Julie war es unvorstellbar, dass sich eine schwangere Frau das Leben nahm. Was hatte Felice nur dazu getrieben?

An Schlaf war jetzt nicht zu denken. Unruhig wälzte Julie sich in ihrem Bett. Aber war dies überhaupt ihr Bett? Hatte Felice hier früher gelegen und sich vielleicht auch in tiefer Nacht Gedanken gemacht, die sie letztendlich dazu bewogen ...? Julie wurde übel bei dem Gedanken. Ruckartig stand sie auf, schlang das dünne Laken um ihren Körper und legte sich auf die Recamiere nahe beim Fenster. Plötzlich kam ihr der ganze Raum im fahlen Mondlicht gespenstisch und fremd vor.

Nico schien Julies betrübte Stimmung am nächsten Tag schnell zu erfassen. Kaum hatte sie sich auf der Veranda niedergelassen, vollführte er einige komische Hüpfer auf der Balustrade, als wolle er sie aufheitern.

Amru brachte Julie eine Tasse warme Schokolade. Ihr waren die blassgrauen Augenringe der Misi aufgefallen, sie hielt sie aber für eine Folge des Unwohlseins, das Julie in den letzten Tagen angeblich ereilt hatte.

»Der Kakao wird der Misi guttun.« Mit einem Handwink versuchte Amru, den Vogel von der Tasse fernzuhalten. Das Tier stahl gerne das kleinen Löffelchen, um damit zu spielen.

»Ach, lass ihn doch.« Julie nahm den Löffel und hielt ihn Nico hin, der auch gleich fröhlich mit seiner Beute in die Ecke der Veranda hüpfte.

Julie beschloss, einige Dinge herauszufinden. Das Thema ließ sie sowieso nicht los, und wenn ihr hier jemand Auskunft geben konnte und würde, dann war es Amru. »Amru?«

Die Haussklavin hatte sich schon zum Gehen gewandt. »Möchte die Misi noch etwas?«

»Nein, ich möchte dich etwas fragen.«

Amru wandte sich wieder Julie zu. »Ja?«

»War das Zimmer oben für Felices Kind bestimmt?«

Amrus Gesichtszüge erstarrten. »Masra Karl sagt, niemand soll in das Zimmer, Misi!«

»Ich weiß, Amru, aber ich hab nur einmal kurz hineingesehen. Sag mir, was passiert ist damals!«

»Misi, ich ...« Amru knetete nervös ihre Schürze. »Vielleicht fragt Misi lieber Masra Karl.«

»Amru, du weißt genau, dass er über so was nicht mit mir reden würde ... wen sollte ich sonst fragen, bitte!«

Amru seufzte und setzte sich behäbig auf die Stufen der Veranda zu Julies Füßen. »Misi Felice war eine schöne Frau und so nett«, begann sie. »Masra Karl und Misi Felice waren damals ein schönes Paar. Ihre Hochzeit war ein großes Ereignis hier auf Rozenburg. So viele Menschen, so viele Gäste.« Amru seufzte nochmals tief, warf Julie dann aber gleich einen peinlich berührten Blick zu. »Entschuldigung, Misi, ich meine natürlich ...«

»Schon gut Amru, schon gut. Ich weiß, dass Karl diese Felice wohl sehr geliebt hat.«

Amru nickte nur bestätigend. Nachdenklich schwieg sie einen Moment und beobachtete den Papagei, der sich immer noch emsig an dem Löffel zu schaffen machte. »Nico war der Vogel von Misi Felice. Aiku brachte ihn eines Tages mit aus dem Wald, er hatte ihn gefunden, das Tier war klein und schwach, wohl aus dem Nest gefallen. Eigentlich wollte er ihn für die Kinder im Dorf mitnehmen. Aber als Misi Felice das kleine Tier sah ... Sie hat ihn gefüttert und ihn Nico getauft. Nico war von da an immer an ihrer Seite. Als Misi Felice starb ... kam auch der Vogel nicht wieder.«

Nachdenklich betrachtete Julie das Tier. Jetzt war klar, warum Karl und auch Martina so verwundert auf sein Auftauchen reagiert hatten. Ihr Blick wanderte weiter zu Amru zu ihren Füßen, die gedankenversunken vor sich hin starrte. Sie sah der Sklavin an, wie sehr sie die Erinnerung erschütterte. Julie wartete eine Weile in der Hoffnung, mehr zu erfahren, aber Amru schien nicht gewillt, noch mehr preiszugeben. Seufzend entließ sie die Haussklavin, die sich mit schweren Schritten trollte.

Julie kam nicht umhin, nach einiger Zeit den gemeinsamen Mahlzeiten wieder beizuwohnen. Ihre Abwesenheit hätte vermutlich Karls Unmut heraufbeschworen, und sie konnte sich ja auch nicht auf ewig vor Pieter und Martina verstecken.

Sie hatte neue Kraft geschöpft und fühlte sich ihnen wieder gewachsen.

Die Gedanken an das verstaubte Kinderzimmer und Karls wachsender Zorn über eine ausbleibende Schwangerschaft betrübte sie zutiefst, sie wusste aber auch nicht, wie sie den Zustand hätte ändern können.

Das Thema am Tisch wurde wieder einmal von der bevorstehenden Hochzeit beherrscht. Martina beklagte sich erneut: »Vater, ich kann das so nicht organisieren. Tante Valerie …« Sogleich erstarrte sie, jetzt hatte sie sich verplappert!

Pieter warf resigniert seine Serviette auf den Teller. Karls Augen verzogen sich zu schmalen Schlitzen, und er fixierte seine Tochter.

»Was hatte ich gesagt, passiert wenn du deine Tante …?«

»Vater, ich …«

»Schweig, es reicht! Die Hochzeit wird so lange verschoben, bis du bereit bist, die Feier mit Juliette zu planen.«

Martina heulte auf. Jetzt machte auch Pieter ein betroffenes Gesicht. Er hatte nicht erwartet, dass sein zukünftiger Schwiegervater seine Drohung wirklich wahr machen würde.

»Karl, bitte, wir werden da doch eine Lösung finden«, versuchte er, die Situation zu retten.

Doch dieses Mal ließ Karl sich von Pieter nicht umstimmen.

Wenige Tage später erschien Jean Riard zu seinem Arbeitseinsatz auf der Plantage. Julie hatte sich bisher immer gefreut, wenn der junge Mann kam und versucht, ihm etwas Gesellschaft zu leisten, soweit es der Anstand zuließ. Diesmal saß sie aber nur betrübt, mit gedankenversunkenem Blick auf ihrem

Platz auf der Veranda und versuchte erst gar nicht, ein Gespräch mit ihm zu beginnen.

Der Buchhalter, der durchaus spürte, dass auf Rozenburg eine sehr gespannte Stimmung herrschte, wagte am zweiten Tag zögerlich, Julie zu fragen, was vorgefallen war.

Julie schüttete ihm ihr Herz aus. »Ich würde mich ja bemühen um Martinas Hochzeit, aber ... sie weigert sich strikt, mit mir zu sprechen. Wie soll ich denn da helfen?«

Jean Riard war ein geduldiger Zuhörer, aber Rat wusste er auch nicht. Ihm tat Julie leid, die hier zum Spielball anderer geworden war. Er sah, wie die Lebenslust dieser jungen Frau zunehmend schwand und sie sich mehr und mehr in Depressionen verlor. Aus einem Impuls heraus legte er tröstend seine Hand auf die ihre. »Mevrouw, ich ...«

Ihre Blicke trafen sich, und plötzlich bedurfte es keiner Worte mehr.

Julie wusste nicht, wie ihr geschah. Jedesmal, wenn sie an den jungen Buchhalter dachte, flatterte in ihrer Brust ein Schmetterling, ihr wurde heiß, dann kalt, dann hatte sie Durst, obwohl ihr eigentlich übel war. Nach ihrem letzten Treffen auf der Veranda war er am nächsten Tag bei Tagesanbruch zurück in die Stadt gefahren. Julie hätte eigentlich andere Dinge im Kopf haben sollen, aber sie kam nicht umhin, ständig an ihn zu denken. Sie versuchte, sein Bild aus ihrem Kopf zu verdrängen, doch wenn sie dann wieder an die sanfte Berührung seiner Hand dachte, seine blauen Augen, sein blondes Haar ...

Als nach einigen Wochen die Zeit seiner Wiederkehr nahte, kämpfte sie jeden Tag, jede Stunde mit dem schlechten Gewissen darüber, dass sie sich im Stillen darüber freute. War sie etwa verliebt? Sie wusste es nicht.

Eines Abends im Dezember, alle saßen wie gewohnt mehr oder weniger schweigend bei Tisch, trieben Julies Gedanken gerade wieder in weite Ferne, als Martina sich plötzlich zu Wort meldete. Das war ungewöhnlich, denn seit der Hochzeitsabsage ignorierte sie ihren Vater. Auch Pieters gutes Verhältnis zu Karl hatte einen derben Riss bekommen. Julie nahm sich zusammen und konzentrierte sich wieder auf das Diesseits. Trotzdem hatte sie verpasst, was Martina gerade gesagt hatte. Diese saß mit geröteten Wangen vor ihrer Suppe, und auch Pieter wirkte irgendwie unruhig. Karl fixierte seine Tochter aber bereits wieder mit schmalem Blick, was nichts Gutes verhieß.

»Du bist was?«

»Ich bin schwanger.«

Julie war sich nicht sicher, ob sie die Worte jetzt wirklich gehört hatte. Karls Reaktion ließ jedoch keinen Zweifel. Er stand so abrupt auf, dass sein Stuhl umkippte. Aiku, der neben der Tür dienstbeflissen wartete, zuckte zusammen.

Karls Gesicht bekam eine zornige Röte. »Pieter, sofort in mein Arbeitszimmer!« Im Vorbeigehen griff er sich seinen Schwiegersohn in spe und schleifte ihn am Arm mit in seine Räume. Die Tür knallte zu, trotzdem konnte Julie hören, wie Karl Pieter mit lauter Stimme maßregelte: »Wie konnte das ...? Pieter!«

Martina saß zusammengesunken auf ihrem Platz. Julie wusste nicht, was sie sagen sollte. Schweigend stocherte sie in ihrem Essen herum, ohne jedoch einen Bissen zu sich zu nehmen.

Eine gefühlte Ewigkeit später wurde die Tür von Karls Arbeitszimmer wieder aufgerissen. Karl stapfte zurück in das Esszimmer, gefolgt von einem ungewohnt unterwürfig dreinblickenden Pieter. Karl baute sich vor dem Tischende auf, nicht ohne noch einen strafenden Blick auf Martina zu werfen, und knurrte: »Jetzt wird geheiratet, gleich im Frühjahr, nicht auszudenken, wenn … Das habt ihr euch ja hervorragend ausgedacht!« Er machte auf dem Absatz kehrt, nahm ein Glas Dram vom Tablett, das Aiku ihm wohlwissend entgegenhielt, und verschwand in seinen Räumen.

Jetzt erst regte sich Pieter. Sobald Karl verschwunden war, ließ er die Maske des Reumütigen fallen und setzte das höhnische Grinsen eines Siegers auf. Besitzergreifend legte er eine Hand auf Martinas Schulter. »Siehst du, meine Liebe, da konnte er jetzt gar nicht anders als *Ja* zu sagen.« Und mit einem Seitenblick auf Julie fügte er herablassend hinzu: »Wir werden hier schon zu unserem Recht kommen.«

Kapitel 14

Kiri machte sich Sorgen um ihre Misi. Misi Juliette aß nur noch wie ein Vögelchen, zeigte eine ungesunde Blässe, und ihr Blick schien stets nach innen gekehrt und betrübt.

Kiri gab sich redlich Mühe, die Stimmung ihrer Misi aufzuhellen. Sie erzählte ihr immer wieder kleine Begebenheiten von den Kindern aus dem Sklavendorf. Die hatten ihrer Misi doch immer so große Freude bereitet. Aber die Misi war vorsichtig geworden. Kiri hatte mitbekommen, dass Masra Pieter ihrer Misi gedroht hatte, Masra Karl von ihren Bemühungen um die Sklaven zu erzählen. Und nicht nur Kiri wusste, was das bedeuten würde. Misi Juliette vermied also den Kontakt zu den Sklaven, vielleicht war sie deshalb so traurig. Irgendetwas beschäftigte sie noch, wenn Kiri nur wüsste, was.

In ihrer Not zog Kiri Amru ins Vertrauen. Die Haussklavin runzelte die Stirn und faltete nachdenklich das Trockentuch, welches sie eben benutzt hatte, zusammen, um es dann wieder aufzuschlagen und nochmals zu falten.

»Amru, was kann ich denn machen, ich habe Angst, dass die Misi krank wird so.« Kiri war ehrlich in Sorge.

Amru setzte sich behäbig auf einen der alten Stühle auf der hinteren Veranda und bedeutete Kiri, auch Platz zu nehmen. Kiri hockte sich neben Amru auf die Holzplanken. Einen Stuhl zu benutzen traute sie sich nur, wenn die Misi es ihr erlaubte. Die Stühle hier waren zwar nicht für die Herrschaft, aber die einzigen Sklaven, die sich darauf setzten, waren Amru und Aiku.

Amru strich zum wiederholten Male das Tuch glatt. »Kiri, ich glaube, die Misi ist unglücklich, weil sie dem Masra noch kein Kind geschenkt hat«, sagte sie ernst.

Kiri stutzte. Bisher hatte ihre Misi nicht den Anschein gemacht, dass sie dem Masra ein Kind schenken wollte. Zudem wusste Kiri, dass der Masra Misi Juliette nur noch selten nachts besuchte. Die Misi wies Kiri dann nämlich immer am Morgen sofort an, die Laken auszuwechseln und das Bett frisch herzurichten, während sich die Misi wusch und wusch, als hätte sie es tagelang nicht getan. Selbst Kiri bemerkte dann den Hauch von Tabak und Alkohol, den der Masra in das Bett getragen hatte, und sie vermutete, dass die Misi dem Masra nicht gänzlich aus freien Stücken des Nachts beilag. Aber nie hätte sie etwas dazu gesagt.

Sie hatte das auch von anderen Sklaven schon gehört. Dass die Weißen manchmal Ehen hatten, die nicht auf Liebe gründeten und dass die weißen Frauen sich den Mann oft nicht aussuchen konnten.

Zwar schwebte über den Sklavenfrauen immer die Gefahr, dass der Masra einer Plantage Männer auserkor, die als Väter für Sklavennachwuchs sorgen sollten. Aber die Frauen wussten sich durchaus zu helfen, um diesen Begattern zu entgehen. Am besten täuschte man eine Schwangerschaft oder eine ansteckende Krankheit vor, dann machten sie schon einen Bogen um einen. Anders lag der Fall hingegen, wenn es einen weißen Mann nach einer hübschen Sklavin gelüstete. Das mussten die schwarzen Frauen dann als unumgängliches Übel hinnehmen. Ja, inzwischen wusste Kiri, wo die vielen Mischlinge herkamen.

Echte Beziehungen unter den Sklaven selbst hingegen oblagen selten der Aufsicht des Masra oder der Basyas, solange es Sklaven der gleichen Plantage waren. Und einer Sklavenfrau stand es auch frei, einen Verehrer abzulehnen. Das schien bei den Weißen irgendwie anders zu sein.

Das war das eine. Warum und wieso nun die Misi ausgerechnet den Masra zum Mann hatte – Kiri wusste es nicht und würde das wohl auch nie erfahren. Aber warum die Misi bisher noch kein Kind unter ihrem Herzen trug, wenn der Masra das doch wollte und sie auch, das war Kiri ein Rätsel. Es war doch nun wirklich nicht schwer, schwanger zu werden, die meisten Sklavinnen klagten eher darüber, dass genau das ein Problem war.

Und die Misi erschien Kiri da ganz normal. Zumindest ließ nichts darauf schließen, dass sie keine Kinder bekommen konnte. Aber so wirklich kannte Kiri sich da ja auch nicht aus, wie sie sich jetzt eingestand.

»Amru, meinst du, die Misi kann keine Kinder bekommen?«

Amru lachte leise auf.

»Die Misi ist jung und stark.« Dann beugte sie sich zu Kiri hinunter und dämpfte die Stimme. »Aber der Masra, wer weiß ...«

Kiri betrachtete die Haussklavin erstaunt. Daran hatte sie noch gar nicht gedacht. »Ja, aber er hat doch schon ... Wie kann es denn da sein, dass ...«

»Kiri, manche Bäume hören einfach auf, Früchte zu tragen«, sagte Amru zwinkernd.

Kiri dachte eine Weile nach. Natürlich könnte das Problem auch beim Masra liegen. Der aber, darauf schwor sie Stein und Bein, würde die Schuld nie bei sich suchen.

»Amru, meinst du, wir können der Misi irgendwie helfen? Ich meine ...?«

Amru schien zu grübeln. Eigentlich sollten sich Sklaven in die Angelegenheiten der Weißen nicht einmischen. Aber die Misi war auch ihr ans Herz gewachsen. »Ich werde mit Jenk sprechen, vielleicht können wir die Götter um Hilfe bitten. Ich glaube zwar nicht, dass das bei einem Weißen viel hilft, aber wenn die Misi so weitermacht, wird sie noch krank, da hast du recht, und das wäre für uns alle schlimm.«

Einige Tage später, tief in der Nacht, wurde Kiri durch das Geraschel ihres Türvorhangs geweckt. Kurz zuckte sie zusammen. Seit damals auf der anderen Plantage ... sie fürchtete sich des Nachts immer noch vor Überfällen.

»Schsch ... ich bin es.« Es war Amrus Silhouette, die sich aus der Dunkelheit abzeichnete. »Komm mit, schnell! Und sei leise.«

Kiri sprang sogleich aus ihrer Hängematte, schlang sich ein Tuch um die Hüften und folgte Amru.

Als sie die Dorfgrenze hinter sich gelassen hatten, sprach Amru zu ihr.

»Ich habe mit Jenk gesprochen, heute findet ein Treffen statt, da kannst du für deine Misi um die Gunst der Götter bitten.«

Kiri durchfuhr ein nervöses Kribbeln, sie hatte noch nie ein Ritual selbst vollzogen. Ob sie es überhaupt konnte, sodass es auch wirken würde?

Diesmal gingen sie nicht in die Zuckerrohrfelder, sondern folgten einem schmalen Pfad bis zur Baumgrenze und ein Stück in den Wald hinein. Sie befanden sich hier eindeutig auf verbotenem Land. Keinem Sklaven war es gestattet, die Grenzen der Plantage zu verlassen. Kiri schluckte nervös. Wenn sie bemerkt würden, schickten die Aufseher ihre blutrünstigen

Hunde los, und diese würden ohne Zögern zubeißen, sobald sie den Geflohenen gestellt hatten. Amru aber schritt zügig voran.

Nach einer guten Stunde kamen sie auf eine kleine Lichtung, auf der ein schwaches Feuer brannte, um das mehrere Personen saßen. Amru schob sie in den kleinen Kreis und bedeutete ihr, sich zu setzen. Kiri versuchte, im schwachen Feuerschein die Identität der anderen Anwesenden zu erkennen. Sie sah einen Mann und eine Frau aus dem Sklavendorf, Jenk, einen ihr unbekannten Mann und – Dany! Ihr stockte der Atem.

Zunächst schien sich alles um den Mann und die Frau aus dem Sklavendorf zu drehen. Jenk vollzog einige Beschwörungen, wobei er in leisen Singsang verfiel und immer wieder mit einem langen, geschmückten Stock die Schultern der beiden berührte.

Kiri sah fragend zu Amru hinüber. Diese beugte sich vor und flüsterte. »Die beiden möchten fortan als Mann und Frau zusammenleben und bitten um den Schutz der Götter.«

Nachdem Jenk die beiden mit einer scharf riechenden Flüssigkeit aus einer Kalebasse besprenkelt hatte, lachte er ihnen zu und nickte. Die Frau machte ein erleichtertes Gesicht, und der Mann bedankte sich bei Jenk.

Dann schritt der Medizinmann auf Kiri zu und deutete ihr an, sich zu erheben.

»Hast du das schon mal gemacht?« Kiri schüttelte den Kopf. »Gut, ich werde die Formeln für dich sprechen – das Opfer musst aber du darbringen und dabei den Göttern deinen Wunsch dann ganz fest in Gedanken mitteilen.«

Ein Opfer? Kiri zögerte einen Moment.

Dann aber sah sie, dass Danys Blick auf ihr ruhte. Tapfer nickte sie. Sie würde jetzt keinen Rückzieher machen. Während sie in der Mitte des kleinen Kreises stand, lief Jenk, leise Beschwörungen aussprechend, um sie und das Feuer herum. Nach und nach wurde seine Stimme lauter, und die anderen antworteten mit einem leisen Gesang. Als alle Stimmen sich in einer Tonlage trafen, erhob Jenk die Arme, Dany stand auf, griff in einen Sack, den er bei sich trug, und reichte Kiri zunächst ein Schlagmesser und dann ein Huhn. Kiri konnte nicht erkennen, ob das Tier noch lebte.

Leise flüsterte er ihr zu, wobei sein Mund ganz nahe an ihr Ohr kam: »Du musst dem Huhn den Kopf abschlagen und das Blut ins Feuer tropfen lassen.«

Kiri schwankte kurz. Sie hatte andere schon beim Schlachten von Tieren beobachtet, selbst aber noch nie eins getötet.

Dany reichte ihr das Huhn. Sollte sie wirklich? Sie zögerte kurz, aber es war unmöglich, jetzt einen Rückzieher zu machen. Tapfer legte sie ihre Hand um den Hals des Tieres. Sie versuchte, nicht darauf zu achten, ob es noch zuckte oder nicht. Der Gesang der anderen erhob sich wieder leicht. Kiri trat an das Feuer, hob das Messer und schlug zu, als würde sie einen Flaschenkürbis köpfen.

Dann packte sie den Körper des Vogels, drehte ihn mit den Füßen nach oben und ließ das Blut in das Feuer tropfen. Dabei kniff sie die Augen zu und stellte sich ganz fest ihre Misi vor, zu deren Füßen ein kleines, weißgekleidetes Kind tollte.

Ob es so richtig war? Zur Sicherheit sprach sie den Wunsch noch still in Worten: Bitte macht, dass meine Misi ein gesundes Kind zur Welt bringt!

Erst als der Gesang verstummte, öffnete Kiri die Augen, Jenk nahm ihr den toten Vogelkörper ab und legte seine Hand auf ihre Schulter. »Das hast du gut gemacht!«

Kiri setzte sich wieder in die Runde, ihre Knie zitterten leicht.

Amru legte ihr lachend den Arm um die Schultern. »Kind, das nächste Mal solltest du aber die Augen auflassen, sonst schlägst du dir womöglich noch die eigenen Finger ab.« Alle lachten.

Jenk ließ eine Kalebasse mit einem scharfen, nach Alkohol schmeckenden Getränk herumgehen, dann erhoben sich alle. Und plötzlich tauchte Dany dicht neben ihr auf. Kiri hatte das Gefühl, als würde ihr die Luft wegbleiben.

»Bist ein ganz schön tapferes Mädchen, hm?« Er lächelte sie an, dabei trafen sich ihre Blicke. »Wir sehen uns wieder!«, flüsterte er fröhlich und verschwand mit dem anderen Mann im Unterholz, während sich Amru, Jenk und das Paar wieder in Richtung Plantage wandten.

»Kiri, nun komm, wir müssen zurück.«

Kiri erwachte wie aus einem Traum und lief eilig hinter Amru her.

Nachdem sie einige Zeit schweigend durch den Wald gelaufen waren, fand Kiri ihre Sprache wieder. »Amru?« Sie versuchte, so dicht es ging, hinter ihr aufzuschließen, die anderen sollten nicht unbedingt mithören. »Amru? Warum war denn Dany heute Nacht da?«

Amru lachte. »Irgendwo mussten wir ja das Huhn herbekommen, von der Plantage stehlen konnten wir es ja schlecht. Und das Huhn ...«, Kiri erkannte ein verschwörerisches Lächeln in Amrus Gesicht, »... du schuldest Dany jetzt was, er wird also wiederkommen und dich noch mal treffen wollen.«

Kiris Herz klopfte bis zum Hals.

Sie wiedersehen wollen! Kurz war der eigentliche Anlass des Rituals vergessen.

Kapitel 15

Erika saß betrübt im Schatten der hohen Königspalmen, die den Hafen einrahmten. Sie lauschte auf das leise Plätschern des Wassers und beobachtete einige Vögel bei dem Versuch, bei den Fischerbooten eine Beute zu ergattern. Reiner lag neben ihr in seinem Korb und schlief. Er war ein artiges Baby. Derama hatte Erika gewarnt. »Pass auf deinen Sohn auf, er ist etwas zu früh geboren, fütter ihn gut und nimm ihn viel mit nach draußen. Die Weißen schonen ihre Kinder zu viel, sie müssen gleich an das Klima gewöhnt werden, dann haben sie es später leichter. Aber nimm ihn nicht mit in die Krankenstation, das ist zu gefährlich.«

Erika befolgte den Rat der alten Medizinfrau. Sie nahm, sobald sie selbst wieder auf den Beinen war, ihren Sohn überall mit hin.

Viel gab es nicht zu tun für sie. Josefa kümmerte sich um die wenigen Patienten, und die Missionsbrüder betrauten die Sklaven mit allen anfallenden Arbeiten. Mehr als etwas herumzuspazieren und hier und da mal nach dem Rechten zu sehen, blieb Erika nicht. So hatte sie es sich zur Gewohnheit gemacht, nachmittags, wenn die Schwüle des Tages langsam nachließ, zum Hafen zu gehen. Hier, wo immer irgendwo quirliges Treiben herrschte, fühlte sie sich Reinhard näher und konnte gut nachdenken.

In Erika schwelte der Wunsch, ihren Mann zu suchen. Sie

sehnte sich so nach ihm. Sie musste ihn wiedersehen. Doch wie? Sie hatte kein Geld, sie hatte kein Auskommen, und sie hatte ein kleines Baby. Aber hier sitzen und warten? Nein, das war keine wirkliche Alternative. Nach der Geburt war sie schnell zu Kräften gekommen. Reiner war pflegeleicht und gesund. Vielleicht könnte sie es in einigen Monaten wagen. Aber das Problem mit dem Geld, wie sollte sie das lösen? Sie würde für sich allein sorgen müssen, von der Gemeine würde sie keine Zuwendung erhalten. Die Missionstätigkeit war nicht darauf ausgelegt, sich zu bereichern. Vorerst würde sie also nicht reisen können.

Sie war so in Gedanken vertieft, dass sie das Boot, welches in der Nähe anlandete, erst spät bemerkte. Eine ganze Schar weißer Kinder kletterte unter lautem Geschrei auf die Mole und tobte umher. Eine behäbige große Frau, gefolgt von einer Sklavin, die ihr zudem den Sonnenschirm hielt, folgte dem Spektakel. Kurz vor der Bank, auf der Erika saß, kamen zwei der Buben ins Gerangel, der eine schubste den anderen, und bevor die Frau im Hintergrund etwas sagen konnte, stolperte der eine Junge und rutschte mit einem spitzen Schrei an den Rand der Mole, wo er sich gerade noch an einen Poller klammern konnte. Seine strampelnden Beine baumelten über dem Wasser.

Erika reagierte als Erste. Sie sprang auf, war mit einigen schnellen Schritten bei dem Jungen, packte ihn am Kragen und zog ihn wieder auf festen Boden. Das Kind rannte gleich heulend zu seiner Mutter, klammerte sich aber nicht an deren Rockschöße, sondern an die der Sklavin, die das Geschehen mit offenem Mund beobachtet hatte. Die Sklavin hielt weiterhin mit einer Hand ihrer Herrin den Schirm, während sie mit dem anderen Arm tröstend den Jungen umschlang.

Dann endlich fiel die Starre von der weißen Frau ab, und sie schritt auf Erika zu. Ungeachtet der Tatsache, dass ihr Sonnenschirm ihr nicht folgte, umfasste sie mit beiden Händen Erikas Arm und bedankte sich überschwänglich. »Danke! Danke! O Gott, er hätte ertrinken können!«

Bevor Erika jedoch reagieren konnte, ließ die Frau ihre Hand unvermittelt los, packte sich den Buben, der geschubst hatte, und verpasste ihm eine schallende Ohrfeige. Auch dieses Kind hing sich sogleich der Sklavin an den Schoß, und nun heulten beide in den fadenscheinigen Rock der Schwarzen.

»Verzeihen sie, diese Kinder machen mich ganz … Jette, nun sorg schon dafür, dass sie Ruhe geben!«

Jette, die Sklavin, schob die beiden Kinder hinter ihren Rücken und eilte sich, ihrer Herrin den Schirm wieder hinzuhalten. Vier weitere Kinder scharten sich inzwischen hinter ihr, gaben aber mit verängstigtem Blick auf die weiße Frau, vermutlich ihre Mutter, keinen Mucks von sich.

»Mein Name ist Frieda van Drag«, wandte sich die Frau wieder an Erika. »Ich muss Ihnen nochmals danken. Darf ich Sie morgen Nachmittag einladen, auf einen Kaffee? Das ist wohl das Mindeste, was ich Ihnen schulde.«

Erika wollte, mit einem Blick auf das Körbchen auf der Bank, wo der kleine Reiner unbeeindruckt des Spektakels schlief, schon abwinken, als auch Frau van Drags Blick auf das Baby fiel und ihr ein Laut des Entzückens entwich. »Oh, Sie haben ein Baby … darf ich?« Sie beugte sich über den Korb und beäugte den Kleinen mit glänzenden Augen.

Erika wog ab. Sie hatte bisher kaum Kontakt zu weißen Kolonisten gehabt. Vielleicht wäre es doch hilfreich, dort Verbindungen zu knüpfen. Frieda van Drag schien allerdings nicht bemerkt zu haben, dass Erika sich durch ihre schlichte Tracht als Missionsschwester auswies, vielleicht störte es sie aber auch einfach nicht. Viele Kolonisten waren den Missionaren nicht sonderlich zugetan. Aber ein Besuch bei einer Dame der Gesellschaft, mit einem kleinen Baby? Reiner war zwar pflegeleicht, aber was, wenn er sich gerade dann nicht brav verhielt?

»Ach, ich bitte Sie.« Die Frau richtete sich wieder auf, nachdem sie Reiner ausgiebig begutachtet hatte, »ich würde mich schrecklich freuen, wenn Sie mich besuchen könnten. Ich bin nicht oft in der Stadt und freue mich immer über Gesellschaft. Ist Ihnen morgen gegen fünf Uhr recht, in der Forgreeten Straat 12?« Erika wagte allen Überlegungen zum Trotz nicht, die Freundlichkeit dieser Frau auszuschlagen. »Und bringen Sie den Kleinen ruhig mit, ich liebe Kinder!«, rief sie fröhlich, »wir sehen uns morgen, Mevrouw …?«

Erika wurde rot, wie unhöflich, sie hatte sich gar nicht vorgestellt! »Bergmann … Erika Bergmann.«

»Mevrouw Bergmann … um fünf in der Forgreeten Straat 12, ich freue mich«, bevor sie sich an ihre Sklavin wandte: »Jette – Marsch, bring die Kinder in Gang – es ist so warm hier, die Kutsche wartet.« Und schon rauschte die Frau gefolgt von der Sklavin und der Kinderschar davon.

Erika blieb eine Weile etwas überrumpelt stehen. Dann setzte sie sich neben ihren Sohn und streichelte sachte mit einem Finger über die zarte Babywange.

Am nächsten Tag zögerte sie. Sollte sie dieser Einladung wirklich nachkommen? Wenn nicht, wäre das wirklich unhöflich. Also packte sie zeitig den kleinen Reiner in sein Körbchen, legte ihm noch die gute, gehäkelte Decke über, um die Spuckflecken auf der Alltagsdecke abzudecken, zog sich selbst eines ihrer besseren Kleider an und machte sich auf den Weg zum Hause von Frau van Drag.

Erika staunte, als sie sich vor einem imposanten Stadthaus wiederfand. Die van Drags schienen wohlhabende Leute zu sein. Auf ihr Klopfen hin öffnete ein barfüßiges Sklavenmädchen mit gestärktem Schürzchen die Tür. Es knickste und führte Erika in einen schicken Salon, in dem Frieda van Drag bereits wartete. Als sie Erika erblickte, sprang sie auf und begrüßte sie überaus freundlich.

»Schön, dass Sie es einrichten konnten, ich freue mich sehr. Setzen Sie sich doch bitte.« Sie schob Erika auf einen der feingepolsterten Stühle zu, die an einem kleinen Edelholztisch standen. »Da ist ja auch der Kleine.« Mit einem versonnenen Blick verharrte Frieda van Drag vor Reiners Korb, dann setzte sie sich Erika gegenüber.

»Nochmals danke, dass Sie Geert gestern gerettet haben, nicht auszudenken, wenn er ins Wasser gestürzt wäre ...«

Das Sklavenmädchen mit der gestärkten Schürze schlich herbei und brachte ein Tablett mit Tassen und einer Kanne. Als sie die eine Tasse abgestellt hatte, schlug ihr Frieda van Drag unversehens mit einer flinken Bewegung auf die Finger. Das Mädchen zuckte zusammen.

»Nicht so!«

»Ja, Misi, Entschuldigung, Misi.«

Erika konnte beim besten Willen nicht erkennen, worin die Verfehlung bestanden hatte. Das Mädchen hingegen hatte es sofort bemerkt und rückte nun die Tassen zurecht, indem sie deren Henkel auf die jeweils rechte Seite drehte.

»So ist's besser.« Frieda schenkte ihr ein mildes Lächeln, das Mädchen knickste und sputete sich dann aus dem Raum. Erika zog nachdenklich die Augenbrauen hoch. Frieda van Drag schien eine sehr korrekte Person zu sein. Sogleich kam sie im Gespräch auf die unumgängliche Frage: »Erika, erzählen Sie mir: Was machen Sie hier in Surinam, sind Sie schon lange hier?«

Erika zögerte kurz, sie hoffte, dass Frieda van Drag nicht ebenso kritisch über die Missionare dachte wie die anderen Kolonisten. Zu ihrer Erleichterung gab die Frau als Reaktion auf ihre Antwort ein wohlwollendes Nicken ab.

Eigentlich fühlte sich Erika nicht in der Position, dieser wohlhabenden Frau ebenfalls Fragen zu stellen. Eine peinliche Pause sagte ihr aber, dass es nun für sie an der Zeit war, das Gespräch zu führen. »Und Sie haben eine Plantage?« Erika versuchte sich zaghaft in Konversation.

Frieda van Drag sprang unmittelbar auf das Stichwort an. »O ja, wir haben einen großen Holzgrund am Weikabo Kreek.« Erika wusste zwar nicht genau, wo dieser Kreek lag, nickte aber verstehend.

Es folgte eine längere Ausführung über das Leben von Frieda van Drag auf Bel Avenier, so der Name der Holzplantage, was so viel wie »Gute Zukunft« bedeutete. Sie erfuhr, dass Frieda van Drag zwölf Kinder geboren hatte, wovon sie aber bereits vier zu Grabe hatte tragen müssen. Mit einem verträumten Lächeln strich sie sich über den Bauch. »In ein paar Monaten wird es noch ein Geschwisterchen geben.«

Dann folgten weitere Erzählungen über ihren Mann Ernst, Klagen über die vielen unfähigen Sklaven auf der Plantage, das Wetter und Krankheiten. Frau van Drag sprach ohne Pause, und nach einer guten Stunde schwirrte Erika der Kopf. Erst als Reiner sich in seinem Körbchen regte, stoppte Frieda van Drag ihren Redefluss. »Oh, der Kleine hat bestimmt Hunger. Leider habe ich gerade keine Amme im Haus.«

Erika erschrak. Niemals hätte sie ihr Kind einer fremden Frau an die Brust gelegt! Freundlich, aber durchaus auch froh, nutzte sie die Gelegenheit, sich zu verabschieden.

»Es war so nett mit Ihnen«, wieder tätschelte Frieda van

Drag ihr die Arme, »und es würde mich so freuen, wenn Sie mich noch einmal besuchen könnten.«

In der Mission angekommen, setzte sich Erika auf einen Stuhl und atmete tief durch. Schnell legte sie sich Reiner an die Brust, der inzwischen vor Hunger ungehalten in seinem Korb schrie. Dann ließ sie das Gespräch mit Frieda van Drag nochmals durch ihren Kopf kreisen. In dieser kurzen Zeit hatte Erika mehr über das Land und das Leben der Kolonisten erfahren als in den ganzen letzten Monaten zuvor. Das Treffen hatte sie erschöpft, aber sie freute sich auch, dass sie endlich außerhalb der Krankenstation und Mission Kontakt hatte knüpfen können. Selbst wenn es anstrengend würde, beschloss sie, Frieda van Drag nochmals zu besuchen. Sie wusste, dass sie in der Mission nicht das nötige Geld verdienen konnte, um sich auf die Suche nach Reinhard zu begeben. Daher musste sie auf eine Anstellung irgendwo in der Kolonie hoffen, die dem zuträglicher war. Und alles, was sie dazu brauchte, waren Kontakte, da war Frieda van Drag ein guter Anfang.

Und so saß Erika zwei Tage später bereits wieder Frieda van Drag gegenüber und nippte Tee aus einer zarten Porzellantasse. Dieses Mal war sie vom Drumherum, den wertvollen Möbeln, den feinen Spitzendeckchen und den hübsch gekleideten Sklavenmädchen nicht mehr so abgelenkt und konnte sich besser auf das Gespräch konzentrieren. Sie hatte kurz überlegt, Reiner mitzunehmen, ihn dann aber in der Mission in Dodos Obhut gelassen, die recht gut mit ihm vertraut war und sicher einige Stunden auf ihn aufpassen konnte. Die alte

Sklavin hatte eine überaus interessante Anmerkung gemacht, als Erika von ihrem Besuch bei Frieda van Drag erzählte hatte.

»Oh! Haben Misi Erika Misi van Drag nach Mann gefragt? Der Weikabo Kreek liegt doch auf Weg, den er hat genommen, als er fuhr in Hinterland!«

Diese Information hatte Erika in zittrige Aufregung versetzt, sie konnte es kaum erwarten, Frieda van Drag danach zu fragen. Endlich drehte sich das Gespräch auch in die Richtung, die Erika erhofft hatte.

»Und? Werden Sie in der Mission bleiben, oder planen Sie noch, an anderer Stelle zu arbeiten?« Aus Frieda van Drags Blick sprach Neugier.

Erika senkte gewohnheitsmäßig den Blick. »Nein, ich würde gerne ... Mein Mann ist im Hinterland, ich würde ihn gerne besuchen«, sagte sie schüchtern. Und fügte dann eifrig hinzu: »Vielleicht ist er sogar bei Ihnen vorbeigekommen, man sagte mir, der Weikabo Kreek läge auf seinem Weg.«

Ihre Gastgeberin schüttelte nachdenklich den Kopf. »Nein Kindchen, leider kann ich mich nicht erinnern«, sie zuckte bedauernd mit den Schultern. »Das ist ein mutiger Entschluss, eine solche Reise mit einem so kleinen Kind anzutreten. Aber haben Sie denn überhaupt das Geld für eine solche Reise?«

Erika holte tief Luft, sie musste diese Chance nutzen. Wenn nicht jetzt, wann würde sie das nächste Mal Gelegenheit haben, mit einer Dame aus der Gesellschaft darüber zu sprechen?

»Ich habe gedacht, ich könnte vielleicht als Hauslehrerin irgendwo anfangen oder als Kinderfrau.« Erika wusste zwar, dass als Kinderfrauen eigentlich gerne ausgebildete junge Lehrerinnen, natürlich am liebsten ledig und ohne Kinder, eingestellt wurden, und der Bedarf an Hauslehrerinnen auch nicht besonders groß war, zumindest besuchten in der Stadt alle Kinder der besseren Familien Schulen. Und den Zöglingen nur dreimal, jeweils in den Pausen, ein Tablett mit kleinen Mahlzeiten zur Schule zu tragen, wie es die Sklavinnen zu tun hatten, entsprach nicht gerade dem, was Erika sich vorstellte. Sie hatte viel darüber nachgedacht, aber ihr war beim besten Willen keine andere Möglichkeit eingefallen, sie hatte schließlich keinerlei Qualifikation.

Frieda van Drag schien kurz zu überlegen, stellte dann ihre Tasse ab und klatschte leise mit begeistertem Gesichtsausdruck in die Hände. »Mevrouw Bergmann, Mevrouw Bergmann, wie passend, ich meine … Sie müssen wissen, ich war zu ebensolchem Zweck in die Stadt gekommen. Meine ganzen Kinder … die Plantage, also ich suche händeringend eine junge, gesittete Frau, die sich vorstellen könnte, bei uns auf der Plantage als Erziehungsperson zu arbeiten. Diese Sklavinnen auf Dauer … die haben ja keine Kultur. Als Ammen und Kindermädchen ja, aber wenn aus den Kindern mal was werden soll …«

Erika traute ihren Ohren nicht. Sollte das Schicksal es jetzt so gut mit ihr meinen? Sie schenkte Frieda van Drag einen hoffnungsvollen Blick.

»Ja, meinen Sie denn, ich … Würden Sie …?«

»Natürlich, Kindchen, so wie ich Sie jetzt kennengelernt habe – Sie wären perfekt für diese Arbeit! Ich würde mich sehr freuen.«

Erika wagte noch nicht, sich zu freuen.

»Und Reiner, ich meine, stört es Sie nicht, dass ich ein Kind mitbringen würde?« Erika hatte eigentlich damit gerechnet, dass es schwer sein würde, eine Anstellung zu finden, solange Rainer noch in den Babywindeln steckte.

»Da machen sie sich mal keine Sorgen, das eine Kind fällt bei uns auch nicht weiter auf, und ich denke, Sie sind gewissenhaft genug, darüber Ihre Arbeit nicht zu vergessen. Also: abgemacht?«

Frieda reichte ihre Hand über den Tisch.

Erika war etwas überrumpelt von diesem Arbeitsangebot, sie hatte doch eigentlich erst einmal nur Kontakte knüpfen wollen. Aber egal! Das ist meine Chance!, dachte sie freudig erregt und reichte mit einem zögerlichen Lächeln Frieda van Drag die Hand.

»Fein! In zwei Tagen reisen wir ab, meinen Sie, Sie schaffen es bis dahin?«

Erika nickte, viel zu packen hatte sie ja nicht. Insgeheim jubelte sie – sie würde Reinhard etwas näher kommen, schneller als erwartet!

In hetzelfde bootje zitten

Im selben Boot sitzen

Surinam 1860
Plantage Rozenburg, Plantage Bel Avenier, Paramaribo

Kapitel 1

Julie beobachtete einen kleinen, zierlichen Vogel, der sich in der Luft fast stehend an den Orangenblüten im Garten labte. Bis zu Martinas Hochzeit waren es nur noch wenige Wochen. Auf Karls Geheiß hatte Julie artig Dutzende von Einladungen geschrieben und sie zwei extra dafür von der Feldarbeit abkommandierten Sklaven überreicht, die sich auf die tagelange Reise flussauf- und -abwärts begeben hatten, um die Briefe zu ihren Empfängern zu bringen.

Bei ihrer Rückkehr hatten sie einen stattlichen Stapel an Zusagen im Gepäck. Bei dem Gedanken, bald so viele Menschen auf Rozenburg unterbringen zu müssen, wurde Julie ganz flau im Magen. Martina schmollte immer noch, da Karl keinen Millimeter von seiner Forderung abwich, Julie solle die Hochzeit organisieren. Nun waren immerhin die Einladungen verteilt, trotzdem blieb noch viel zu tun.

Julie kritzelte lustlos auf einem Blatt Papier herum, das eigentlich mit Notizen zum Hochzeitsessen versehen werden sollte. Nachdem Amru ihr aber ausführlich ihre Pläne dazu dargelegt hatte, hatte Julie auch hier nicht mehr viel zu tun. Und selbst wenn – würde sie es aufschreiben, müsste sie es Amru sowieso vorlesen. Julie hatte keinerlei Erfahrung in diesen Dingen, und außerdem war Martinas Schweigen in ihre Richtung auch keine große Hilfe.

Über die Bewirtung der Hochzeitsgäste machte sich Julie

die wenigsten Sorgen. Amru hatte den Überblick. Alles in allem kümmerten sich viele stille Helfer um das Geschehen. Julie war froh darüber – und den Haussklaven sehr dankbar, dass sie so geschlossen hinter ihr standen. Es schien ihnen nichts auszumachen, dass ihre Herrin sich nicht so einbringen konnte, wie sie es hätte tun sollen. Als Vermittlerin fungierte Kiri. Sie brachte Julie immer auf den neuesten Stand, den Julie dann Karl berichten konnte, so hatte es wenigstens den Anschein, als hätte sie den Überblick. Karl nickte meist zufrieden und ließ Julie gewähren.

Wie so häufig fühlte Julie sich jetzt auf der Veranda vor ihrem Blatt Papier einsam, sie sehnte sich nach einem Gesprächspartner. Nicht nach irgendeinem, musste sie sich eingestehen … Wenn Herr Riard doch endlich wiederkommen würde! Allein der Gedanke an ihn machte sie glücklich, sie sehnte sich danach, mit ihm auf der Veranda zu sitzen, sehnte sich nach den tiefgreifenden Gesprächen mit ihm. Sie hoffte auch im Stillen, dass er vielleicht einen Rat wusste in Bezug auf die verzwickte Lage auf der Plantage. Und doch waren ihre Gefühle zwiegespalten, hatte sich seit dem letzten Besuch etwas verändert. Sie strich sich mit der einen Hand über die andere, als könnte sie die kurze prickelnde Hitze auf der Haut, die seine Berührung hervorgerufen hatte, wieder herbeizaubern. Julie lehnte sich zurück und dachte an seine sanften Augen.

Aber der Buchhalter hatte sich nach seinem letzten Besuch kurzfristig für den folgenden Termin entschuldigen lassen und nun, in der großen Trockenzeit, war nicht ganz so viel zu tun, der Besuch des Buchhalters war nicht zwingend erforderlich. Julie hatte gehofft, ihn vielleicht zum Jahreswechsel in der Stadt treffen zu können, aber Karl hatte die Reise der

Familie dorthin abgesagt, da Martina schwer mit der Schwangerschaft zu kämpfen hatte. Dauernde Übelkeit, stetiges Erbrechen – sie sah inzwischen aus wie ein Gespenst.

»In diesem Zustand kannst du sowieso auf keinen Ball gehen«, hatte Karl geknurrt.

Martina, die sonst jede Gelegenheit für einen Aufenthalt in der Stadt nutzte, hatte die Entscheidung ohne Murren hingenommen. Die meiste Zeit verbrachte sie in ihrem Zimmer, umsorgt von der fleißigen Liv, die insgeheim froh schien, dass ihre Herrin durch die Schwangerschaft etwas umgänglicher geworden war. Oder, besser gesagt, nicht mehr so viel Kraft hatte, ihre schlechte Laune an ihrer Leibsklavin auszulassen. Zwar schrie sie Liv immer noch häufig an und marterte das Mädchen mit Beschimpfungen, aber die Bestrafungen durch den Stock der Aufseher hatten deutlich abgenommen – Martina kam ja auch die meiste Zeit kaum bis in die untere Etage, geschweige denn vor die Haustür.

Karl hingegen setzte sich weiterhin jede Woche in die Stadt ab, was Julie inzwischen ärgerte.

Sie war jetzt fast ein Jahr auf der Plantage, nie hatte er auch nur gefragt, ob sie vielleicht mit in die Stadt wollte. Und Martina, die vor ihrer Schwangerschaft die eine oder andere Woche bei ihrer Tante verbracht hatte, kam für Julie als Gesellschaft nicht in Frage. Lieber hätte sie sich auf die Zunge gebissen, als Martina zu fragen, ob sie sie begleiten dürfte.

Wie gerne hätte sie noch einmal die Stadt besucht … oder aber auch eine Plantage in einem anderen Teil des Landes. Aber viel mehr als Rozenburg, das Stadthaus und die nächsten Nachbarplantagen kannte Julie noch nicht. Sie hatte gehört, dass die Landschaft in anderen Teilen des Landes sehr vielfältig war, es gab neben dem Regenwald auch weitläufige Savannen und sogar Gebirge. Sie jedoch kannte nur das tiefe Grün, welches man von der Plantage aus sehen konnte, sowie das dunkle Wasser des Flusses, der sich unentwegt an der Plantage vorbei in Richtung Meer schob.

Julie seufzte und legte den Stift beiseite. Inzwischen dämmerte es, und Milliarden von Zikaden stimmten zum Abendkonzert an, unterbrochen von den tiefen Stimmen der Baumbewohner aus dem Wald. Nico saß auf der Balustrade der Veranda und schien ebenfalls zu lauschen. Julie atmete tief die kühle Luft der nahen Nacht ein. In der Trockenzeit sank die Temperatur tagsüber kaum, die Hitze wurde noch unerträglicher. Die Abende und die Nächte hingegen waren deutlich angenehmer.

Julie stand auf, zog sich ihr Tuch um die Schultern und verließ die Veranda in Richtung Garten. Abends verströmten einige der Pflanzen einen betörenden Duft, und große Falter umflatterten die Blüten der Orangenbäume. Kleine Kolibris schwirrten umher. Wie so häufig entschädigte die Natur dieses Landes Julie für den alltäglichen Verdruss. Die üppige, süße und bunte Pracht war nicht vergleichbar mit der Pflanzenwelt Europas. Im Geiste ging Julie die Namen der Pflanzen im Garten durch, die sie kannte. Einige hatte Jean Riard ihr benennen können, andere wiederum hatte Amru ihr in der Umgangssprache der Sklaven vorgestellt. Wie gern hätte sie auch die restlichen Bezeichnungen erfahren, sie hätte mit Vergnügen in der Stadt geschaut, ob sie ein Buch fand, welches ihr bei der Bestimmung behilflich sein konnte. Aber eine Reise dorthin lag in weiter Ferne, und sie traute sich nicht, Karl darum zu bitten, ihr etwas mitzubringen. Vielleicht könnte der junge Buchhalter beizeiten …

Sie blieb stehen und betrachtete den Himmel, von dem die

ersten Sterne leuchteten. Wenigstens in einem hatte Karl damals recht gehabt: Der Sternenhimmel über Surinam war so dunkel, und die Sterne strahlen so klar, wie Julie es nie zuvor gesehen hatte. Das Leuchten der fernen Objekte beruhigte sie immer ein wenig.

Langsam schritt sie durch die Dunkelheit zwischen den Büschen und Palmen um das Haus herum. Im Haus hatte jemand die Lichter entzündet, deren schwacher Schein Julie durch die Fenster begleitete.

Auf der hinteren Veranda war es still. Wenn Karl in der Stadt war, wurden hier keine opulenten Abendessen vorbereitet. Julie zog einen kleinen Imbiss auf der vorderen Veranda vor. Martina nahm sowieso kaum etwas zu sich, und Pieter, den Karl seit der Verkündung der Schwangerschaft aus dem Gästezimmer im Haus in ein Zimmer im Gästehaus verwiesen hatte, aß auch nicht am Tisch.

Julie setzte sich auf die Stufen der hinteren Veranda und schmunzelte. Martina hatte laut protestiert, als Pieter aus dem Haus ausquartiert worden war. Aber Karl hatte sich fürchterlich aufgeregt, immerhin war mehr als deutlich, dass er Pieter nicht so nah bei Martina hätte unterbringen sollen. Ihn zu diesem späten Zeitpunkt mit seiner Schlafstätte noch des Hauses zu verweisen, war zwar auch nicht mehr als ein hilfloser Versuch, der Hochzeit einen Hauch von Anstand zu verleihen. Pieter jedoch beugte sich brav, vermutlich hatte er Angst, seine Pläne könnten durchkreuzt werden. Julie ekelte es an, wie Pieter seinem Schwiegervater inzwischen nach dem Mund redete. Dass das alles nur Heuchelei war, schien aber niemand außer ihr zu bemerken. Pieter verfolgte einen Plan, mehr nicht.

Leise Stimme rissen sie jäh aus ihren Gedanken. Julie versuchte zu orten, woher die Stimmen kamen, konnte aber niemanden sehen.

Das war merkwürdig, denn sie wähnte die Haussklaven um diese Zeit bereits im Dorf, außerdem hätten sie beim Verlassen des Hauses an ihr vorbeigemusst. Und von den Feldsklaven würde zu so später Stunde zwischen den Wirtschaftsgebäuden am Haus auch niemand herumschleichen. Die Tiere waren versorgt – wer also konnte das sein? Als die Laute näher kamen, registrierte Julie eine tiefe Männerstimme und die eines Mädchens. Die beiden schienen zu streiten, zumindest klang die Mädchenstimme sehr hoch, während die Männerstimme nur kurze barsche Anweisungen gab.

Julie konnte im Dämmerlicht keine Personen ausmachen, meinte aber zu erkennen, dass die Stimmen von der rückwärtigen Seite der Gebäude kamen – sie näherten sich dem Gästehaus von hinten. Julie wusste, dass es dort ebenfalls eine Dienstbotentür gab. Aber da momentan nur Pieter einen der Räume bewohnte, konnte sie sich keinen Reim darauf machen, wer dort jetzt noch etwas zu schaffen hatte. Sie stand auf und huschte im Schutze der Büsche auf das Gästehaus zu. Ein kleiner Trampelpfad der Gärtner führte zwischen Hauswand und Hecken um das Gebäude. Julie hielt an und lugte vorsichtig um die Ecke. Sie sah eine große, männliche Gestalt auf der Rückseite des Gebäudes stehen, den Türflügel mit einer Hand geöffnet haltend. Mit der anderen hielt der Mann den Arm einer deutlich kleineren Person umklammert – in dem Versuch, sie durch die Tür zu zerren.

Julie überlegte fieberhaft, was sie tun sollte. Brauchte das Mädchen Hilfe? Es war dunkel, Amru und die Haussklaven waren bereits im Dorf, und Pieter, der würde ihr wohl kaum zur Unterstützung eilen. Julie beobachtete, wie der Mann das

Mädchen in das Gästehaus zwang. Augenblicklich wich ihr leiser Protest. Kurz darauf wurde die Tür wieder aufgestoßen, und die Gestalt des Mannes verschwand im Dunkeln Richtung Sklavendorf. Dann hörte Julie über ihrem Kopf ein leises Poltern und das Klacken einer Tür im Haus. Sie sah nach oben und vernahm aus einem der Räume einen schwachen Lichtschein.

Sie tastete sich vorsichtig an der Wand entlang. Nahe bei ihr standen einige Fässer und Kisten. Wenn es ihr gelänge, dort hinaufzusteigen, könnte sie vielleicht ... Kurz zögerte sie, aber die Neugier überwog. Vielleicht war es eines der Hausmädchen, das im Gästehaus irgendetwas angestellt hatte? Vielleicht hatte Amru den Mann angewiesen, das Mädchen dahingehend zu tadeln? Sie raffte ihren Rock und stieg vorsichtig auf eine Kiste. Während sie sich leicht nach vorn beugte, konnte sie über den Rand des Fensters in das Zimmer sehen. Es brannte nur eine schwache Lampe auf einem kleinen Tisch. Julies Herz setzte einen Schlag aus, als sich plötzlich eine Person am Fenster vorbeibewegte. Pieter. Julie zuckte zurück. Hatte er sie gesehen?

»Zieh dich aus!«, hörte sie ihn jetzt befehlen.

Er war offensichtlich nicht allein im Raum. Dann vernahm Julie das leise Wimmern des Mädchens. In ihrer Brust zog sich eine kalte Faust zusammen. Sie beugte sich wieder vor und lugte über den Rand des Fensters. Und konnte nicht glauben, was sie jetzt sah: Pieter stand, nur mit einer Hose bekleidet, im Raum. Von dem Mädchen sah Julie nur eine Schulter und einen Arm und kurz, als sich die Kleine wie geheißen entkleidete, eine kleine, knospenhafte Brust. Julie wurde schlagartig gewahr, dass das Mädchen noch nicht alt sein konnte. Sie versuchte einen Blick auf sein Gesicht zu erhaschen, drohte aber von den Kisten zu kippen. Julie sah nur aus dem Augenwinkel das Aufblitzen einer grünlichen Halskette, bevor sie sich gerade noch an das raue Holz der Wand klammern konnte, um nicht zu stürzen. Ihr Herz schlug bis zum Hals. Dennoch zwang sie sich, ihre Position zu stabilisieren und erneut durch das Fenster zu schauen. Das Bild brannte sich in Julies Kopf ein wie ein schlechter Traum. Pieter packte das Kind blitzschnell an den Haaren, drückte es mit der einen Hand auf die Knie, während er sich mit der anderen an seiner Hose zu schaffen machte.

Julie wollte laut schreien, brachte aber keinen Ton heraus und schlug sich nur vor Entsetzen die flache Hand vor den Mund. Sie spürte, wie die Kisten unter ihr ins Wanken gerieten und sprang instinktiv zur Seite, um nicht zu stürzen. Schnell drückte sie sich mit dem Rücken an die Hauswand und lauschte. Hoffentlich hatte Pieter das Gepolter nicht gehört! Sie wartete einen Augenblick, aber niemand kam, um nachzusehen. Hektisch überlegte sie, was sie tun sollte. Sie konnte das Mädchen da oben nicht seinem Schicksal überlassen, wusste aber, dass es keinen Zweck hatte, dazwischenzugehen. Pieter – wer wusste, was er tun würde, wenn Julie ihn auf frischer Tat ertappte?

Hastig rannte sie um das Gästehaus herum. Ihr Blick fiel auf das Gatter der Nutztiere, die leise im Dunkeln grunzten. Die Schweine! Julie rannte zum Gatter, riss es auf und brachte mit ein paar hektischen Armbewegungen die Tiere in Bewegung, die sogleich lauthals quiekend die Chance zur Freiheit nutzten. Dann stürzte Julie in Richtung Plantagenhaus, rannte über die hintere Veranda und durch den dunklen Flur in den Damensalon. Von hier aus konnte sie beobachten, was geschah. Erleichtert sah sie, dass ihre Idee Früchte trug. Durch das laute Gequieke aufgeschreckt, wurden auch die anderen Tiere unruhig, und schon sehr bald kamen die ersten Männer aus dem Sklavendorf mit Fackeln in den Händen angerannt und versuchten, die aufgebrachten Viecher wieder einzufangen. Durch den Tumult zwischen den Gebäuden und den lauten Rufen vermutlich gestört, erschien auch Pieter alsbald mit zugeknöpfter Hose in der Vordertür des Gästehauses und brüllte einige Anweisungen. Das Mädchen konnte Julie nicht entdecken, hoffte aber, dass es sich in Sicherheit hatte bringen können.

Erschöpft schlich sie sich auf ihr Zimmer. Es war wohl besser, wenn niemand mitbekam, dass sie draußen gewesen war. Sie empfand tiefe Abscheu vor Pieter: Jetzt, wo Martina unpässlich war, holte er sich bei den kleinen Sklavenmädchen, was er wollte. Julie wurde schlecht bei dem Gedanken. Welche Mädchen? Und wie oft hatten sie das wohl schon ertragen müssen? Wie konnte ein erwachsener Mann so etwas tun? Sie würde etwas unternehmen müssen … nur was?

Kapitel 2

Die Plantage Bel Avenier lag viel weiter von der Stadt entfernt, als Erika sich hatte träumen lassen. Ein paar Bootsstunden waren in diesem Land gleichbedeutend mit einer großen Distanz zur Zivilisation. Erikas erste Wochen im Hause der van Drags erschienen ihr wie ein heilloses Durcheinander. War Ernst van Drag aus dem Haus, was jeden Morgen in aller Frühe geschah, wenn er sich zur Beaufsichtigung der Arbeiter in die Holzgründe begab, nahm das Chaos seinen Lauf. Die durchweg unerzogene und aufmüpfige Kinderschar war kaum zu bändigen, weder von den Haussklavinnen, die sich redlich bemühten, aber von den lieben Kleinen kaum ernst genommen wurden, noch von Frieda van Drag, die sich nur in ihren eigenen, für die Kinder verbotenen Räumen aufzuhalten schien. Auch vor Erika hatten die Kinder der Familie kaum Respekt – zumal sie schnell herausfanden, dass Erika abgelenkt war, wenn sie den kleinen Reiner zum Weinen brachten und sie entsprechend schalten und walten konnten wie sie wollten. In diesem Haus gab es nur Zucht und Ordnung, wenn der Hausherr anwesend war. Dann verstummten die Kinder unter dem strengen Blick des hochgewachsenen Mannes, und wenigstens die Nachmittagsstunden verliefen halbwegs gesittet.

Abends war Erika wie erschlagen. Die viele Aufregung um die Kinder, deren Bändigung und Beaufsichtigung ja eigentlich ihre Aufgabe war, und das ständige Einreden auf Reiner, der durch die Unruhe um ihn herum zunehmend quengeliger wurde, zehrten an Erikas Nerven. Sie wusste nicht, wie sie der Sache Herr werden konnte und zweifelte insgeheim schon, ob es eine gute Idee gewesen war, die Stellung auf Bel Avenier anzunehmen. Geert, Harm, Jan, Ruthger und die Mädchen Edith und Anka waren die sechs Kinder, die noch im Hause lebten. Die beiden ältesten Söhne Anton und Frits lebten bereits in der Stadt und besuchten dort die Schule. Die beiden Mädchen waren verschüchterte Geschöpfe, die, überwiegend in sich gekehrt, mit ihren Püppchen spielten oder am Rockzipfel ihrer schwarzen Amme hingen, wohingegen die vier Jungen im Alter zwischen sechs und zehn schon wahrlich kleine Tyrannen waren. Wenn sie nicht gerade ihre Schwestern ärgerten, übten sie sich im Herumkommandieren der Haussklaven, die, ohne auch nur eine Miene zu verziehen, den kleinen Masras gehorchten, waren deren Befehle auch noch so kindisch oder irrsinnig. Erika schauderte jedes Mal, wenn sie feststellte, wie wenig Achtung die Kinder diesen Menschen entgegenbrachten. Sie behandelten und hielten sich die Haussklaven wie Tanzäffchen. Im Hause van Drag war es Sitte, dass jedes Kind mit fünf Jahren einen eigenen kleinen Sklaven geschenkt bekam. Dieses Sklavenkind war zwei bis drei Jahre älter als sein neuer Herr und hatte ihm willenlos zu Diensten zu sein. Nur so, schwadronierte der Hausherr Ernst van Drag, als Erika ihn auf diese Sitte ansprach, lernten die Kinder den richtigen Umgang mit Untergebenen und zögen sich selbst einen verlässlichen und ergebenen Hausdiener heran.

Erika überlegte immer wieder, wie sie die Kinderschar unter Kontrolle bringen konnte. Der Zufall half ihr schließlich auf die Sprünge.

Eines Vormittags, als Erika ihrer Aufgabe als Hauslehrerin nachkommen wollte und sich mühte, die sechs Kinder an den Tisch zu bekommen, erwischte sie Harm, wie er im Nebenzimmer den kleinen Reiner piesackte, vermutlich mit dem Hintergedanken, dem lästigen Unterricht entkommen zu können, wenn Erikas Kind schrie. Erika, die gerade noch sah, wie der Achtjährige den kleinen Reiner so grob an den Ärmchen zog, dass dem Kleinkind vor Schmerz die Luft wegblieb, sah für einen Moment rot. Die angestaute Wut der letzten Wochen entlud sich explosionsartig beim Anblick ihres gequälten Sohnes. Sie packte Harm bei den Schultern, schleuderte ihn herum und verpasste ihm eine schallende Ohrfeige. Bevor das Kind überhaupt reagieren konnte, beugte sich Erika blitzschnell hinunter, bis ihr Gesicht dicht vor den schreckgeweiteten Augen des Knaben lag: »Wenn ich dich noch ein Mal«, fauchte sie drohend, »noch ein Mal dabei erwische, werde ich es deinem Vater erzählen, und dann gnade dir Gott, was passieren wird, wenn er erfährt, dass ihr nicht seinen Anweisungen folgt.«

Dicke Tränen quollen jetzt aus den Augen des Jungen. Schlagartig empfand Erika Schuldgefühle, ihn so angefahren zu haben. Harm glitt an ihr vorbei aus dem Zimmer. Während Erika Reiner tröstete, hörte sie, wie Harm eilig seine Brüder zusammentrieb und alle artig am Tisch Platz nahmen. Ihr kleiner Ausbruch hatte ihr offensichtlich Respekt verschafft.

Insgeheim hoffte sie, dass Harm seinem Vater oder seiner Mutter nichts von diesem Vorfall erzählte, sie fühlte sich nicht ganz wohl in ihrer Haut und wusste nicht, wie sie dazu stehen sollte. Aber Harms Reaktion auf die Drohung, seinen Vater zu informieren, eröffnete ihr unverhofft eine neue Möglichkeit im Umgang mit den Kindern. Vor Ernst van Drag hatten die Kinder großen Respekt, und Erika beschloss, sich dies zu

Nutze zu machen. Natürlich wäre es ihr lieber gewesen, die Kinder hätten ihr den nötigen Respekt, den man eigentlich einem Erwachsenen zu zollen hatte, von selbst entgegengebracht, aber wenn es nicht anders ging, dann eben so. Die bloße Andeutung, dass etwas Negatives zum Vater vordringen könnte, ließ die Kinder in der Folge zumindest vorübergehend zu kleinen mustergültigen Engelchen werden. Erika hatte endlich das Gefühl, Herrin der Situation zu sein.

Selbst Frieda van Drag ließ ein paar Worte des Lobes erklingen, als sie nach ein paar Tagen bemerkte, dass die Lautstärke und die Toberei im Haus während des Vormittags abnahmen. Die Hausherrin schob inzwischen einen beachtlichen Bauch vor sich her, es waren nur noch wenige Wochen bis zur Niederkunft. Ständig umschwirrt von zwei Leibsklavinnen, gab sie sich ganz dem Leid der Schwangeren hin und ließ sich abwechselnd baden, trocknen, füttern und bequem betten, um nach einer kurzen Ruhe gleich wieder nach Hilfe zu rufen. Erika dünkte, dass eine Schwangerschaft für Frieda van Drag durchaus Mittel zum Zweck war, sie bekam Aufmerksamkeit und musste sich nicht um die anderen Kinder kümmern. Mit Blick auf die letzten beiden Jahrzehnte war das bei zwölf Schwangerschaften für Frieda sicherlich nicht das unbequemste Leben gewesen.

Dass diese zahlreichen Schwangerschaften noch einen anderen Grund hatten, ahnte Erika zu diesem Zeitpunkt nicht.

Auf Bel Avenier gab es neben den schwarzen Arbeitssklaven auch eine Gruppe deutscher Holzfäller, die als Vorarbeiter fungierten und die Sklaven bei der Arbeit im Holzgrund anleiteten. Während die Männer den überwiegenden Teil der Woche tief in den Wäldern verbrachten, von wo das Holz direkt über die Kreeke und Flüsse in Richtung Stadt abtransportiert wurde, saßen die Frauen daheim auf der Plantage und kümmerten sich um den Haushalt, die Gärten und die Kinder.

Als Erika zum ersten Mal die Häuser der Deutschen sah, die sich wie in einem kleinen Dorf um einen zentralen Platz drängten, hatte sie mit den Tränen gekämpft, so sehr fühlte sie sich an ihre alte Heimat erinnert. Die Holzfäller kamen zwar aus dem Schwarzwald und sprachen einen derben Dialekt, aber allein die heimatlich anmutenden Holzhäuschen mit gezimmerten Fensterläden und blumengeschmückten Fensterbänken riefen Erinnerungen in Erika wach und nahmen ihr für einen kurzen Moment die Luft. Ihr früheres Leben in Deutschland, im Schutz der Gemeine, mit Reinhard …

Die fünf Frauen der Vorarbeiter hatten das Leben in der Ferne aus den ärmsten Verhältnissen angetreten und bemühten sich redlich, das Beste daraus zu machen. Und da es ihnen hier offensichtlich wirklich wesentlich besser ging als früher im fernen Europa, hörte man sie auch selten klagen. Sie beackerten mit großem Eifer die kleinen Schollen, die ihnen der Plantagenbesitzer überlassen hatte, und dankten Gott jeden Tag, dass er ihnen dieses üppige Land gebracht hatte.

Im Austausch mit den Frauen änderte sich Erikas Einstellung ganz allmählich. Auch wenn Surinam sie auf eine harte Probe gestellt hatte – ihr war es doch immerhin vorher nicht schlecht ergangen. Diese Frauen aber hatten schon sehr viel mehr Leid erlebt. Sie erzählten Erika von großer Not, Hunger und Armut, die sie hatten ertragen müssen. Dagegen waren Probleme wie Wechselfieber, Hitze und tropische Niederschläge in ihren Augen durchaus Lappalien und annehmbar. Von dieser Warte hatte Erika das Ganze bisher noch nie betrachtet. Sie hoffte, nach wenigen Wochen Arbeit genug Geld verdient zu haben, um ihre Suche nach Reinhard im Hinterland fortsetzen zu können. Ob die van Drags sie überhaupt ziehen lassen würden? Darüber hatte sie sich noch nicht so recht Gedanken gemacht. Und wohin sie von hier aus fahren sollte, das wusste sie auch noch nicht.

Erika war sich sicher, dass sie das schon irgendwie in Erfahrung bringen würde. Erst einmal war sie glücklich, es bis hierher geschafft zu haben. Lange hatte sie sich ihrem Mann nicht mehr so nahe gefühlt. Doch auch auf Bel Avenier lagen Glück und Unglück dichter beisammen, als Erika ahnte.

Kapitel 3

Das Streitgespräch beim Abendessen zwischen Martina und Karl wurde jäh unterbrochen, als Aiku per Handzeichen die Ankunft eines Besuchers vermeldete. Julies Herz machte einen kleinen Sprung. Sie vermied es aber tunlichst, sich in der aufgeladenen Stimmung etwas anmerken zu lassen. Herr Riard? Wie viele Wochen hatte sie jetzt warten müssen, ihn wiederzusehen?

Welch willkommene Abwechslung in diesem immerwährenden Streit um die Hochzeitsvorbereitungen. Martina hatte sich gerade wieder inbrünstig über Julie beschwert; ihr gingen die Hochzeitsplanungen nicht schnell genug voran, und sie wollte unbedingt wieder ihre Tante in die Organisation mit einbeziehen, was Karl jedoch aufs Strengste untersagte. Julie war sich keiner Schuld bewusst, schließlich war Martina diejenige, die jegliche Kommunikation abblockte. Die Nörgelei ihrer Stieftochter perlte mittlerweile an ihr ab wie ein Sommerregen. Martina war ein verwöhntes, kindisches Biest. Gerade hatte sich auch Pieter wieder getraut, Partei für seine Zukünftige zu ergreifen, was Karl zusätzlich in Rage brachte. Julie verfolgte die Diskussionen inzwischen etwas gelangweilt. Warum sich ihr Mann aber so vehement gegen die Familie seiner verstorbenen Frau wehrte, war ihr nach wie vor ein Rätsel.

Überhaupt, die Familie seiner Exfrau. Wo auch immer Julie versucht hatte, mehr über sie herauszufinden, traf sie auf eine Mauer des Schweigens. Selbst Amru zuckte jedes Mal merklich zusammen, sobald Julie die verstorbene Hausherrin zur Sprache brachte.

Vielleicht würde sie von Martinas Tante etwas dazu erfahren. Allerdings wusste Julie nicht, ob diese überhaupt mit ihr reden würde. Wenn Felices Familie genauso reagierte wie Karl …

Als jetzt aus dem Flur Stimmen erklangen, richtete sie ihre Aufmerksamkeit gespannt auf die Tür. Zu ihrer tiefen Enttäuschung aber erhob sich Karl sofort vom Tisch und fing den Buchhalter gleich an der Tür ab, um ihn in sein Arbeitszimmer zu begleiten. Julie sah nicht mehr als Riards hochgewachsene Gestalt, die die Tür passierte. Gleichzeitig schalt sie sich ihrer innerlichen Aufgeregtheit.

Am nächsten Morgen nahm sie ihren Platz auf der Veranda ein, in der Hoffnung, der Buchhalter würde seine Arbeit an der frischen Luft verrichten wollen. Sie wurde nicht enttäuscht. Bald tauchte er, mit einem Stapel Papiere in den Händen, in der Tür auf. Als Riard Julie sah, zögerte er kurz, nahm dann aber ebenfalls am Tisch Platz.

»Guten Morgen, Mevrouw«, sagte er leise.

»Guten Morgen, Mijnheer«, entgegnete Julie etwas schüchtern. Himmel! Julie schalt sich ihrer Zurückhaltung, so zögerlich hatte sie das lang ersehnte Zusammentreffen nicht gestalten wollen. Sie wollte mit ihm sprechen, ihn viele Dinge fragen und am liebsten … wollte sie, dass er wieder ihre Hand berührte. Aber stattdessen machte sich nun verlegenes Schweigen breit. Julie versuchte, sich auf ihre Handarbeit zu konzentrieren und das Kribbeln in ihrem Bauch abzustellen. Sie wollte auf keinen Fall, dass er merkte, wie nervös sie war. Der junge Mann steckte seine Nase in die Geschäftsbücher.

Julie suchte fieberhaft nach einem geeigneten Gesprächseinstieg, ihr wollte aber nichts Gescheites einfallen. Mitten in ihre Überlegungen erschien Kiri in der Sklaventür. Julie las sofort aus ihrem Gesicht, dass etwas nicht in Ordnung war. »Kiri, ist irgendetwas?«

Auch Riard hatte seinen Blick von den Papieren gehoben.

»Misi Juliette ... ich suche Amru, wissen Sie, wo ...?«

Julie stand auf und legte ihre Handarbeit beiseite. »Ich glaube, Amru ist oben bei Martina. Was ist denn los, Kiri, du schaust so verschreckt? Ist etwas passiert?« Normalerweise behelligten die anderen Sklaven Amru nicht mit Nichtigkeiten. Kiri musste also durchaus ein wichtiges Anliegen haben. Das Mädchen jedoch schüttelte den Kopf und wandte sich zum Gehen. »Moment«, rief Julie und wäre Kiri fast durch die Sklaventür gefolgt, besann sich dann aber doch und schlüpfte schnell durch den richtigen Eingang, um ihre Leibsklavin im Flur hinter dem Esszimmer wieder abzufangen. Sie packte das Mädchen bei den Schultern und schaute ihm eindringlich in die Augen. »Nun sag schon, was los ist.«

Kiri wandte den Blick gen Boden und druckste herum. »Na ja, ich soll Amru holen. Im Dorf ... das eine Mädchen.«

Schlagartig hatte Kiri Julies ganze Aufmerksamkeit. »Was ist mit dem Mädchen? Welches Mädchen meinst du?«

»Amru soll es sich mal ansehen, sie ...«

Julie drehte sich um und lief zur Treppe. Ohne sich lange mit Benimmregeln aufzuhalten, rief sie in das oberste Stockwerk hinauf: »Amru?« Alsgleich erschien die Sklavin am oberen Treppengeländer mit einigen frischen Laken auf dem Arm. Es war ungewöhnlich, dass im Haus so laut gerufen wurde, und sie blickte Julie am Fuße der Treppe verwundert an. »Kiri sagt, du musst sofort ins Sklavendorf, irgendetwas ist mit einem Mädchen passiert!«

Sofort kam Bewegung in Amru. Sie legte die Laken beiseite und hastete hinter Julie her, die durch den Hinterausgang bereits auf dem Weg hinaus war.

Im Sklavendorf deutete Kiri auf eine Hütte. Amru zögerte kurz. »Misi Juliette, Sie warten besser, bitte.« Sie verschwand in der Hütte und ließ Julie ratlos neben ihrer Leibsklavin zurück.

»Was ist denn passiert? Ist das Mädchen krank?«, fragte Julie besorgt. Kiri jedoch gab keine Antwort.

Stattdessen tauchte Amrus Kopf im Eingang der Hütte auf. »Kiri, hol frisches Wasser und saubere Tücher.« Das Mädchen eilte los.

Julie spürte die Spannung, die in der Luft lag. Irgendetwas stimmte nicht, und wenn jemand Hilfe brauchte und sie schon einmal hier war, wollte sie ihre Kraft auch einbringen. Entschlossen folgte sie Amru in das Innere der Hütte. Das Licht war dämmerig, in der Luft lag ein merkwürdiger Geruch von Metall. Julie konnte in einer Hängematte eine Person ausmachen, über die Amru und eine weitere Frau sich gerade beugten. Julie trat näher.

Die Sklavenfrau sah Julie verschreckt an, um den Blick sogleich wieder zu senken. »Misi.«

Amru sah ebenfalls auf und verzog ärgerlich das Gesicht. »Misi sollte das besser nicht sehen«, sagte sie bestimmt.

»Was ist denn?« Julie schob sich neugierig neben die Haussklavin und taumelte sofort erschrocken einen Schritt zurück. In der Matte lag ein junges Mädchen. Julie konnte nicht erkennen, um welches Kind es sich handelte, auch wenn sie sich seit einiger Zeit wirklich bemühte, sich die vielen Namen zu merken. Der Zustand des Mädchens war erbärmlich. Das Gesicht wirkte aufgequollen, die Augen waren zugeschwollen, die Lippen aufgeplatzt und blutig. Trotz der dunklen Hautfarbe waren bis zu den Schultern dunkelblaue Hämatome zu erkennen, ab dort bedeckte ein Tuch den Körper.

»O Gott, was ist passiert?«, stammelte Julie und schlug sich die Hand vor den Mund, als sie sah, dass das Tuch nicht nur im oberen Bereich blutbefleckt war.

Kiri kam in die Hütte und reichte Amru eine Kalebasse mit Wasser und einige saubere Tücher.

Amru drehte sich zu Julie um. »Misi Juliette geht jetzt besser!«

Julie nickte stumm, konnte aber den Blick nicht von dem Mädchen wenden. Starr vor Schreck fixierte sie die Halskette des Mädchens: Sie war grün. Julie wurde auf einen Schlag speiübel, und sie stürzte an Kiri vorbei aus der Hütte. Draußen schnappte sie nach Luft. Als sie ihre Sinne wieder beisammenhatte, wandelte sich ihr Schreck in blanke Wut. Pieter!

So schnell ihre Beine sie trugen, lief Julie in Richtung Haus. Vor der hinteren Veranda kam ihr Jean Riard entgegen.

»Was ist denn passiert?« Seine Miene drückte ehrliche Sorge aus.

Julie wollte an ihm vorbeistürmen, doch er hielt sie am Arm. Sie stockte kurz, dann brach sie in Tränen aus.

Er schob sie behutsam etwas abseits in den Schatten der Bäume. Julie warf sich ungeniert an Riards Brust und schluchzte bitterlich.

»Dieses Schwein ... er ... er ...«

»Alles gut ...«, er nahm sie vorsichtig in den Arm. So

standen sie eine kurze Weile schweigend im Schatten der Bäume.

Julie fasste sich schnell wieder, nahm dankend sein dargereichtes Taschentuch und tupfte sich die Tränen aus den Augen. »Danke. Es ist nur ... Ich ...« Sie schien sich innerlich zu schütteln.

»Was ist denn nun passiert?« Die Sorge war Jean Riards Stimme deutlich anzuhören.

Julie zögerte. Unmöglich konnte sie ihm sagen, was passiert war. Zu ... zu ungeheuerlich war das, was sie gerade gewahr geworden war. Sie schluckte und sagte so tapfer wie möglich: »Nichts ... schon gut, ich war nur ...«

Er fragte nicht weiter, schenkte ihr aber ein verständnisvolles Lächeln.

Julie bemühte sich, zumindest nach außen hin, die Fassung zu bewahren. Als sie aber später am Tag den Tisch mit Pieter teilen musste, wühlten Ekel, Abscheu und Wut sie erneut auf. Sie versuchte, ihre Gedanken zu sammeln, und so stand ihr Entschluss schnell fest: Sie musste etwas unternehmen. Es war vermutlich nur eine Frage der Zeit, bis ihm das nächste Mädchen zum Opfer fiel. Kurz überlegte sie, mit Karl darüber zu reden, verwarf den Gedanken dann aber. Karl stand seinen Sklaven nach wie vor nicht sonderlich wohlgesinnt gegenüber, außerdem hatte er bisher nichts gegen die Vergewaltigung seiner Sklavinnen durch Pieters Sklaven unternommen. Wenn jetzt allerdings publik würde, dass sein zukünftiger Schwiegersohn ... Das würde vermutlich einen Eklat heraufbeschwören. Julie kannte Karls Jähzorn nur zu gut – sie hatte Angst, dass die Geschichte auch auf sie zurückfallen könnte.

In den nächsten Tagen stattete Julie den Sklaven im Dorf häufig Besuche ab. Die letzten Wochen war sie von den unliebsamen Hochzeitsvorbereitungen so eingenommen worden, dass sie wenig Zeit und Muße für die Dorfbewohner gefunden hatte. Mit Argusaugen beobachtete sie die jungen Mädchen. Bis auf das verletzte Kind, das sich langsam erholte, schienen aber alle unversehrt. Ihr Versuch, Amru zu den Geschehnissen zur Rede zu stellen, scheiterte kläglich. Die Haussklavin zuckte mit verbittertem Gesicht nur die Achseln und beschied Julie knapp, das sei Sache der Sklaven. Der Vater des Mädchens habe sein Kind wohl gezüchtigt.

»Ein Vater würde sein Kind wohl kaum ...«, brauste Julie auf, hielt aber inne, als sie den Gesichtsausdruck der Sklavin sah. Aus Amru würde sie nichts herausbekommen. Auch Kiri war keine große Hilfe. Sie schien ehrlich nicht zu wissen, was vorgefallen war.

Der Einzige, der anscheinend nicht die Augen davor verschloss, dass auf der Plantage vieles im Argen lag, war der Buchhalter Jean Riard. Besorgt fragte er wiederholt bei Julie nach. Die aber mochte ihm nicht erzählen, was sie belastete. So saßen sie sich oft schweigend auf der Veranda gegenüber. Julie, die gedankenversunken Nico beobachtete, und Riard, der in seinen Papieren las. Der junge Mann schien das Schweigen brechen zu wollen und sprach schließlich ein anderes Thema an.

»Wie geht es denn mit Mejuffrouw Leevkens Hochzeitsplanungen voran, es sind ja nur noch wenige Wochen bis zum großen Tag.«

Julie ließ ihre Stickerei auf den Schoß sinken. »Sie lässt mich nichts machen«, stieß es aus ihr hervor. »Ich würde ihr ja gern dabei helfen, dieses Ereignis schön zu feiern, aber im Grunde befehligt Karl, was passieren und wie es werden soll, Martina schmollt, und ich stehe zwischen den Fronten.« Julie seufzte. Im gleichen Moment fühlte sie sich erleichtert, so deutlich hatte sie die Problematik noch nie jemandem dargelegt. Wem auch?

Riard schien die Aufgewühltheit seiner Gesprächspartnerin zu spüren. Er runzelte die Stirn, legte den Stift beiseite und schaute nachdenklich in die Ferne. Dann lachte er kurz leise auf. »Mejuffrouw Leevken besteht darauf, dass ihre Tante die Schirmherrschaft übernimmt«, sagte er schließlich. Die kurzen scharfen Wortwechsel zu den Mahlzeiten waren ihm nicht entgangen. »Das ist in der Tat ein Problem, denn so wie ich Mijnheer Leevken kenne, wird er sich da kaum erweichen lassen. Ich glaube, die Zerwürfnisse zwischen den Familien …«

Julie zuckte nur mit den Achseln. Das war ihr auch schon aufgefallen. »Was ist denn bloß vorgefallen, dass sie sich so überworfen haben?«

Riard beugte sich verschwörerisch zu ihr herüber. »Das sollte ich Ihnen wirklich nicht erzählen«, er seufzte leise, »aber da es anscheinend niemand sonst tut … Ich finde, Sie haben ein Recht darauf zu erfahren, was damals passiert ist. Also: Um den Tod von Mevrouw Leevken ranken sich viele Gerüchte. Verstehen Sie mich nicht falsch, ich will niemanden beschuldigen und Ihnen auch keine Angst machen, aber man munkelte damals, dass Mijnheer Leevken daran nicht ganz unbeteiligt war. Das sahen wohl auch die Eltern von Mevrouw Leevken so, und es gab sehr viel Streit. Letztendlich hat das den alten Mijnheer Fiamond ins Grab gebracht. Seine Frau führte dann noch einen erbitterten Feldzug gegen Mijnheer Leevken, um die damals gegebene Mitgift wieder zurückzubekommen. Und um das Kind, Mejuffrouw Leevken, hat man sich auch gestritten. Die Fiamonds wollten Martina damals zu sich nehmen, sie bekamen aber nur ein Besuchsrecht zugesprochen. Daher fährt Mejuffrouw Leevken auch heute noch in die Stadt zu ihrer Tante. Die Großmutter lebt noch, ist aber stets leidend.«

»Oh!« Julie hatte nichts von der Dramatik der Ereignisse nach Felices Tod gewusst. »Also … habe ich gar keine Chance, etwas zu bewirken«, sagte sie niedergeschlagen.

»Aber Mevrouw Leevken, natürlich bestünde diese Möglichkeit! Ich meine, Ihre Beziehung zu Mejuffrouw Leevken ist zwar nicht die beste, aber …« Julie gab ein verächtliches Lachen von sich. »… aber Sie könnten doch, nun ja, ich weiß ja nicht, ob sie das annehmen würde …«

»Nun sagen Sie schon.« Julie war in der Tat über jede Idee dankbar, die die Situation auflockern konnte.

»Na, sehen Sie doch einfach zu, dass Mejuffrouw Leevken ihren Willen bekommt. Fahren Sie mit ihr zu ihrer Tante in die Stadt und beziehen Sie sie in die Planungen ein. Mijnheer Leevken muss ja nicht … er muss es ja nicht so direkt mitbekommen. Sie hätten damit eine große Last weniger, und Mejuffrouw Leevken würde sich vielleicht etwas umgänglicher zeigen.« Und mit einem Augenzwinkern fügte er hinzu: »Mevrouw, Valerie Fiamond ist eigentlich eine ganz nette Frau, Sie brauchen keine Angst vor ihr zu haben. Sie sind immerhin die Letzte, die sich Vorwürfe machen muss. Sie haben mit der ganzen Geschichte schließlich nichts zu tun.«

Julie grübelte einige Tage über Riards Vorschlag nach. Im Grunde war die Idee nicht schlecht. Martina würde ihren Willen bekommen, sie ersehnte sich nichts mehr als eine standesgemäße Hochzeit und hing ja offensichtlich sehr am Wort ihrer Tante. Die Gefahr, dass sie den Plan an Karl verraten würde, schätzte Julie inzwischen als gering ein.

Julie vermutete, dass es Martina im Laufe der Jahre bei den Besuchen in der Stadt bei der Familie ihrer Mutter besser ergangen war als auf der Plantage, wo ein junger Mensch stupider Langeweile ausgesetzt war. Auch wenn Martina materiell sicher nie etwas hatte entbehren müssen. Aber Karl war vermutlich kein sich sorgsam kümmernder Vater gewesen. Martinas Bindung an ihre Tante war also durch vielerlei zu erklären, Julie konnte sie in gewisser Weise sogar verstehen. Vage erinnerte sie sich an ihre erste Zeit im Internat, ohne Familie und ohne wirkliche Freundinnen. Manchmal hatte sie sich nichts sehnlicher gewünscht als eine heile Familie, eine Mutter, Schwester oder Base, an die sie sich vertrauensvoll hätte wenden können.

Vielleicht würde sich der Kontakt zu Martina sogar verbessern. Martina hatte nie Zweifel aufkommen lassen, dass sie ihre Stiefmutter nicht mochte. Aber immerhin, sie war ihre Stieftochter. Vielleicht war es Zeit, jetzt etwas daran zu ändern. Die Hochzeit würde Ende März stattfinden. Karl hatte einfach den alten Termin wieder anberaumt, er hatte ja auch keinen Überblick über den Aufwand dahinter. Julie wäre es lieber gewesen, wenn die Feier erst nach der großen Regenzeit stattgefunden hätte, aber im August würde Martinas Baby schon da sein, und eine Geburt vor der Hochzeit war undenkbar. Also blieb nicht viel anderes übrig, als die Hochzeit jetzt noch abzuhalten. Die Zeit drängte. Theoretisch war zwar alles organisiert, aber die praktische Umsetzung war noch nicht weit gediehen.

Und es gab noch weitere Argumente, die Julie für den Plan begeisterten: Pieter würde es sich nicht entgehen lassen, mit in die Stadt zu reisen und sich somit von den Mädchen fernhalten. Sie würde selbst endlich auch mal wieder von der Plantage wegkommen und in der Stadt . . . Und wenn sie schon mal da war, vielleicht konnte sie da Jean Riard treffen.

In Julie reifte der Entschluss, seine Idee in die Tat umzusetzen. Noch wusste sie zwar nicht, wie der Vorschlag bei Martina und vor allem bei Pieter ankommen würde, aber sie hoffte, dass sie ihn durchsetzen konnte.

Als wenig später Riards Abreise bevorstand, begleitete sie ihn zum Ufer, wo das Boot wartete.

»Mijnheer Riard, werden Sie ... ich meine ... in der Stadt?« Julie war unsicher, wie sie ihr Anliegen formulieren sollte.

Er aber schien verstanden zu haben und lächelte sie munter an, wobei seine blauen Augen vor Freude kleine Funken versprühten. »Natürlich werde ich Sie besuchen, wenn Sie in der Stadt sind, es ist doch schade, dass Sie bisher kaum mehr als die Plantage kennengelernt haben.«

Julie wurde von einer herrlichen Wärme durchströmt, und in ihrem Bauch schienen tausend Schmetterlinge zu flattern.

»Ich freue mich darauf. Machen Sie es gut.«

»Martina, können wir reden?«

Julie traf ihre Stieftochter allein im Damensalon, wo Martina für ihren zukünftigen Nachwuchs bereits einiges an Leibchen gehäkelt hatte. Noch sah man nichts von der Schwangerschaft, und da die Hochzeit schon in einigen Wochen vollzogen werden sollte, würde Martina nicht in die prekäre Lage geraten, ihren Bauch großartig verstecken zu müssen. Dies war Karls größte Sorge, denn eine Hochzeit aus eindeutigem Grund schien ihm eine hochnotpeinliche Angelegenheit zu sein.

Martina sah auf und funkelte Julie sofort wieder mit ihrem katzenhaft lauernden Blick an. »Na, welche tolle Idee hatte Vater jetzt wieder für die Hochzeit?«

Martina und Julie hatten in den letzten Wochen nur kommuniziert, wenn es die Situation verlangte. Und das war meistens dann, wenn Karl etwas bestimmte und Julie die leidliche Aufgabe hatte, es ihrer Stieftochter mitzuteilen. Was meistens im Streit endete, obwohl Julie an Karls Anweisungen im Grunde keine Schuld trug. Hätte Karl Martina direkt angesprochen, wäre seine Tochter wohl weniger aggressiv gewesen, er schien sich aber einen gewissen Spaß daraus zu machen, Julie mit der zänkischen Martina zu konfrontieren.

»Nein, Martina. Ich möchte dir einen Vorschlag machen.« Julie setzte sich ihr gegenüber. Sofort versteifte sich Martina auf ihrem Sessel. Julie tat, als hätte sie es nicht gesehen. Sie hoffte, Martina jetzt klarmachen zu können, dass sie ihr im Grunde nichts Böses wollte, und fuhr mit ruhiger Stimme fort: »Martina, ich weiß, dass du eigentlich generell gegen alles bist, was ich zu deiner Hochzeit beitrage. Das bringt aber weder uns noch die Hochzeit weiter, und ich will doch auch, dass es ein schönes Fest wird. Du willst unbedingt deine Tante in die Planungen mit einbeziehen. Dein Vater duldet das jedoch nicht, wofür ich übrigens nicht unbedingt Verständnis habe.« Julie holte tief Luft: »Da einige Dinge jetzt ja auch in der Stadt erledigt werden müssen, könnten wir es so machen, dass wir beide für einige Zeit nach Paramaribo reisen, um uns dort offiziell um die Hochzeitsangelegenheiten zu kümmern. Von mir aus kannst du das Ganze dann gerne mit deiner Tante organisieren. Nur offiziell, und vor allem deinem Vater gegenüber, sollten wir so tun, als ließen wir sie außen vor … verstehst du? Ich möchte keinen Ärger mit Karl, und ich denke, auch du hast keine Lust, dich ständig mit deinem Vater zu streiten.«

Mutig nahm Julie Martinas Hand in die ihre und drückte sie freundschaftlich. »So hätten wir es doch beide einfacher, oder?«

Martina schien aufbrausen zu wollen, dann sah man ihrem Gesicht aber an, dass die Verlockung dieses Vorschlages deutlich überwog. »In die Stadt? Zu Tante Valerie? Und du würdest Vater nichts verraten?« In ihrem Blick lag Misstrauen.

Julie schüttelte nachdrücklich den Kopf und blickte Martina fest in die Augen. »Das bliebe unter uns, Martina«, versprach sie.

Plötzlich erhellte ein Strahlen Martinas Gesicht, wie es Julie in all den Monaten noch nicht gesehen hatte. »Wirklich? Wann fahren wir?«

Karl hingegen war weniger leicht davon zu überzeugen, dass die Hochzeitsvorbereitungen eine Reise in die Stadt nötig machten. Obwohl er weniger mit Martinas Plänen zu hadern schien als mit Julies Wunsch, sie in die Stadt zu begleiten.

»Könnt ihr das nicht von hier aus regeln?«, brummte er missmutig. Julie grollte innerlich. Hatte Karl sie etwa in den ersten Tagen nach ihrer Ankunft in der Stadt herumgereicht und in den folgenden Monaten zu sämtlichen Nachbarn geschleppt, um sie dann nachfolgend auf immer und ewig auf der Plantage gefangen zu halten? Warum stellte er sich so an, wenn es darum ging, dass sie auch mal in die Stadt wollte? Hier auf der Plantage brachte sie ihm schließlich nichts. In der Stadt konnte sie wenigstens das repräsentative Püppchen spielen, das er sich doch offensichtlich gewünscht hatte.

Martinas Argumente überzeugten ihren Vater dann doch. Vielleicht wäre es wirklich nicht schlecht, wenn sie sich mit ihrer Stiefmutter in der Stadt sehen ließ. Der Rat, sich der Gesellschaft der Kolonie wieder etwas mehr zuzuwenden, weshalb er sich die junge Frau überhaupt ins Land geholt hatte, hallte leise in seinem Kopf nach. Und die Zeiten wurden nicht besser. Die Hochzeit sah er als notwendiges Übel, aber auch als passende Gelegenheit, sich jetzt wieder vermehrt geschäftlichen Kontakten zu widmen. Dieser Buchhalter hatte erneut keine Zweifel offengelassen: Die Plantage lief erneut nicht gut. Es war Zeit, jetzt an die Reserve zu gehen – und die bestand aus Juliettes Mitgift und Erbe.

Kapitel 4

Kiri war aufgeregt. Nicht wegen der bevorstehenden Reise in die Stadt, nein – die Frauen aus dem Dorf warteten auf die Boote der Buschneger, die diverse Waren aus dem Hinterland liefern sollten. Kiri hoffte, dass Dany dabei war. Sie hatte ihn lange nicht gesehen, in ihren Träumen aber tauchte immer wieder der muskulöse Körper des jungen Mannes auf, dessen Tätowierungen zu tanzen schienen.

Kiris Hoffnungen wurden nicht enttäuscht. Bei der Ankunft der Boote sprang Dany als Erster behände ans Ufer und schenkte Kiri ein strahlendes Lächeln. Schlagartig verschwanden aus Kiris Kopf alle Worte, die sie zu ihm hatte sagen wollen.

Zunächst aber hatten die Männer genug mit dem Entladen der Boote zu tun. Die Frauen wuselten um sie herum wie eine Schar aufgeregter Hühner und kommentierten jede Ware, die an Land gebracht wurde, mit aufgeregtem Geschnatter. Die Handelsbeziehungen zu den Buschnegern waren für die Plantagensklaven die einzige Möglichkeit, an Dinge zu kommen, die es auf der Plantage nicht gab. Das Reisen war ihnen untersagt und Passierscheine, die vom Masra ausgestellt werden mussten, so gut wie nicht zu erhalten. Lediglich die Rudersklaven, die die Herrschaften in die Stadt oder zu anderen Plantagen brachten, hatten Kontakt zur Außenwelt. Aber deren Möglichkeiten, Hunderte von Menschen mit den gewünschten Dingen zu beliefern, waren begrenzt, schließlich konnten sich die weißen Herrschaften während ihrer Reisen nicht auf bunte Stoffballen oder Ähnliches hocken. Also bestellten die Sklaven größere Mengen an Gütern über die Buschneger. Von diesen durften einige die Stadt bereisen, andere wiederum hatten ein florierendes Netzwerk auf den Flüssen zu den Plantagen aufgebaut. Zwar sahen es die weißen Kolonisten nicht gerne, wenn die Buschneger Kontakt zu den Plantagensklaven hatten, vom Rang her stand dieses gottlose Urwaldvolk in der Bevölkerung des Landes noch weit unter den einfachen Arbeitern, aber so wurden die Kolonisten wenigstens von dem Übel entbunden, auch noch Güter wie Stoffe und dergleichen für ihre Arbeitssklaven beschaffen zu müssen. Die meisten Plantagenbesitzer begnügten sich also damit, lediglich einmal im Jahr einfachen Tuchstoff an die Leute auszugeben, die sich dann zusätzlich mit dem bunten Tand der Buschneger eindeckten. Bei Letzteren war der Erwerb auch billiger, Tauschgeschäfte bestimmten den Handel.

Dementsprechend ging es an diesem Morgen am Flussufer hoch her. Es wurde gefeilscht, was das Zeug hielt, die Frauen schimpften drakonisch, lachten aber mindestens genauso viel, und unterm Strich wusch eine Hand die andere.

Kiri beobachtete, etwas abseits stehend, das Treiben. Sie hatte zwar auch eine Kette gefertigt, aus kleinen rosafarbenen Muscheln, die es weiter oben am Fluss nicht gab, weshalb Schmuckstücke daraus bei den Frauen der Buschneger und den Arbeitssklaven im Hinterland durchaus begehrt waren, aber jetzt dachte sie nicht daran, diese gegen etwas Nützliches einzutauschen. Sie saß gedankenverloren auf einem Baumstamm und ließ die zerbrechliche Kette zwischen ihren Fingern hin und her gleiten. Eigentlich brauchte sie nichts von den Waren. Als Haus- und Leibsklavin der Misi standen ihr einige Vergünstigungen zu, die unter anderem den Erhalt abgelegter Kleidung aus dem Haushalt beinhaltete, die sie sich zu eigenen Stücken umnähen konnte. Die entsprechende Umänderung war dabei ungeschriebenes Gesetz – kein Sklave durfte in der Kleidung der Weißen herumlaufen, außer es handelte sich um eine Hausuniform, die aber wohl kaum ein Weißer je tragen würde.

Natürlich schürten diese Vergünstigungen manchmal den Neid der anderen Mädchen und Frauen, aber da Kiri bescheiden war und auch gerne einen Streifen Stoff abgab, hielt sich der Unmut in Grenzen.

Als sich die Frauenschar jetzt langsam auflöste, um ihre Errungenschaften in das Dorf zu bringen, schlenderte Dany auf Kiri zu. Kiri spürte, wie ihre Wangen zu glühen begannen.

»Na, Kleine!«, sagte er neckisch, während er sich neben sie setzte und ein Stück Cassavabrot abbrach, das er soeben erhandelt hatte. Er bot es ihr an. Kiri nahm es und versuchte ein Lächeln.

»Und? Hat das Huhn geholfen?«, fragte er zwinkernd.

Kiri wusste erst nicht, was er meinte. Dann fiel ihr siedend heiß die Nacht ein, in der sie das Ritual für die Misi abgehalten hatte. In ihren Erinnerungen drehte sich das Ereignis meist eher um etwas anderes. Sie hatte sofort ein schlechtes Gewissen, denn noch hatte die Opferung des Huhns nichts geholfen, vielleicht glaubte sie auch einfach nicht genug daran. Oder war sie gar zu sehr abgelenkt gewesen?

Kiri zuckte als Antwort lediglich mit den Achseln und biss schnell in das Brot, aus Angst, ihre Stimme würde kratzig klingen vor Nervosität. Als Dany sich nun näher zu ihr beugte, verschluckte sie sich fast.

»Bist du heute Nacht wieder beim *dansi*?«, flüsterte er heiser.

Kiri wusste gar nichts von einem Fest, das war aber nicht ungewöhnlich, normalerweise sprachen die Sklaven untereinander nicht über ein solches Ereignis, in der Regel wussten nur die Beteiligten davon. Zu groß war die Gefahr, dass die Weißen etwas mitbekamen. Trotzdem nickte Kiri jetzt. Sie würde schon herausfinden, wie und wo …

»Gut, dann sehen wir uns ja!« Ein breites Grinsen überzog Danys Gesicht, er stand auf, zwinkerte Kiri zu und lief den anderen Männern hinterher ins Dorf.

Kiris Herz pochte bis zum Hals.

Es war nicht schwer, tief in der Nacht den wenigen Sklaven zu folgen, die sich aus dem Dorf schlichen. Kiri hatte hellwach jedes Geräusch verfolgt und sich ebenfalls in den Wald begeben.

Niemand stieß sich daran, als sie sich mit an das Feuer schlich, und Dany wählte gleich den Platz neben ihr. Jenk wusste vielleicht von Dany, dass er Kiri erwartete. Kiri grübelte kurz ängstlich, ob sie sich zu offensichtlich verhielt, wenn sie jetzt ohne triftigen Grund hier am Feuer Platz nahm. Die anderen Plantagensklaven waren aber zu sehr mit sich selbst beschäftigt, dass keiner sie eines Blickes würdigte. Wieder schien es um ein Beschwörungsritual zu gehen, wieder waren zwei Paare sowie die Buschneger und Jenk als Schamane dabei. Vermutlich hatten die Buschneger das notwendige Zubehör besorgt, manchmal bedurfte es für ein spezielles Ritual etwas ausgefallenerer Dinge. Affenschwänze oder gar eine große Leguanhaut zum Beispiel waren auf dem Grund der Plantage schwer zu bekommen. Dany grinste sie wieder an, und einige Zeit saßen sie schweigend nebeneinander, das knisternde Feuer erhitzte die Haut ihrer Gesichter, und die Beschwörungsformeln des Medizinmannes lullten sie in eine unwirkliche Stimmung.

Irgendwann brach Dany das Schweigen und flüsterte Kiri zu: »Sag mal, du bist nicht von der Plantage, oder?«

Kiri schüttelte den Kopf. »Nein, ich bin mit der neuen Misi hergekommen.«

Er nickte und schwieg wieder einen Moment. Dann fragte er: »Und? Hast du Sehnsucht nach dem Ort, wo deine Nabelschnur begraben liegt?«

Kiri war erstaunt, dass Dany dieser alte Glaube etwas zu bedeuten schien. Dieser Glaube, der besagte, dass jeder Mensch an den Ort gebunden war, wo seine Nabelschnur begraben lag. Er war stets einer der Gründe, warum Sklaven überwiegend eben an genau diesem Ort, einer Plantage, ihr Leben lang festhielten und nicht daran glaubten, dass es einen anderen Ort für sie gab. Was sie selbst betraf, gab es bezüglich dieses Glaubens allerdings ein kleines Problem. »Ich weiß gar nicht, wo meine Nabelschnur begraben liegt«, brachte sie leise hervor und senkte den Blick, denn im Grunde stimmte sie das ein wenig traurig. Wieder wurde sie gewahr, dass sie eigentlich keine Heimat hatte und auch keine Familie.

Dany zog verwundert die Augenbrauen hoch. »Du weißt es nicht? Oh, das ist schade.«

Kiri war es peinlich, nicht genau zu wissen, woher sie stammte. »Wo liegt denn deine?«, fragte sie neugierig, nicht zuletzt in dem Versuch, von ihrer eigenen Situation abzulenken.

»Meine? Na, hier!« Er deutete mit dem Blick in den Wald.

Jetzt lachte Kiri. »Hier? Im Wald? Kommst du gar aus *No-Meri-Mi-Kondre*?« Sie kicherte.

No-Meri-Mi-Kondre war eine beliebte Geschichte unter den Sklaven im Land. Es bedeutete so viel wie *Lass-mich-in*

Ruhe-Dorf und bezeichnete einen Ort, von dem man nie wieder fortkam, denn wenn man wusste, wo er lag, musste man dort bleiben. Dort wohnten böse Geister, so sagte man, und Buschneger, die Menschen jagten und in dieses Dorf brachten. Tante Grena hatte Kiri als kleines Mädchen oft die Geschichte erzählt, vermutlich um sie am Fortlaufen in den Wald zu hindern.

Dany schüttelte schmunzelnd den Kopf. »Nein, nicht von dort, obwohl … als Kind habe ich manchmal versucht, dieses Dorf zu finden«, sagte er nachdenklich. »Nein, von hier meine ich, von Rozenburg«, fügte er schließlich lächelnd hinzu.

Jetzt war Kiri wirklich überrascht. »Wie? Du kommst von der Plantage, lebst aber im Wald bei … das verstehe ich nicht.«

Er nickte. »Ist 'ne längere Geschichte … beim nächsten Mal.« Er schaute sie verschwörerisch an und erhob sich dann. Kiri bemerkte, dass auch die anderen im Aufbruch waren.

Ihre Gedanken kreisten jedoch weiter um das Gehörte. Wenn Dany von der Plantage kam, musste er doch Familie dort haben? Und wie war er zu den Buschnegern gekommen? Sie fand das alles sehr merkwürdig und tappte grübelnd im Dunkeln am Rand der Zuckerrohrfelder zurück ins Sklavendorf.

Kapitel 5

»Ich bleibe hier!«

Fast hätte Julie sich an ihrem Kaffee verschluckt, als Pieter die Neuigkeit zwei Tage vor der Abreise in die Stadt am Frühstückstisch eröffnete. Martina hatte tagelang aufgeregt ihre Sachen gepackt, und Julie fragte sich im Stillen, von welcher Reisedauer ihre Stieftochter wohl ausging. Julie hatte an zwei oder drei Wochen Aufenthalt in der Stadt gedacht, Martina aber packte, als gäbe es kein Zurück. Sie war sichtlich froh, der Plantage zu entkommen.

Julie hatte gehofft, dass es Pieter ähnlich ging. Schließlich hielt Karl ihn seit Martinas Schwangerschaft an der kurzen Leine. Pieter durfte zwar die umliegenden Plantagen besuchen und dort als Arzt tätig sein, doch viel zu tun gab es nicht. Auch wenn Karl ihm bei den Sklaven und auf den Feldern einiges zugestand, mehr als ein besserer Aufseher war er dann doch nicht. Daher lungerte Pieter die meiste Zeit auf Rozenburg herum und versuchte, sich in der Plantagenverwaltung einzubringen. Neuerdings hegte er auch Interesse an medizinischen Neuentwicklungen, ihm waren zumindest einige große Pakete aus Europa geliefert worden. Auf Nachfragen antwortete er stets mit gewichtiger Miene. »Forschung« nannte er sein Vorhaben, das ihm besser zu gefallen schien als die Arbeit als praktizierender Arzt.

»Aber Pieter!« Martina brauste jetzt auf. »Du kannst doch nicht … wir wollten doch …«

Auch Karl schaute seinen zukünftigen Schwiegersohn böse an. »Du wirst die Frauen in die Stadt begleiten, da gibt es nichts zu diskutieren.«

Julie war ernsthaft in Sorge. Wenn Pieter wirklich nicht mitreisen würde, wenn er während Karls Kontrollritten und wöchentlichen Dienstagsreisen gar allein hier auf der Plantage blieb – wer wusste, was er mit den Sklavenmädchen anstellen würde? Nein, das kam gar nicht in Frage.

Julie raffte ihren Mut zusammen. »Ich finde auch, du solltest uns begleiten, stell dir mal vor, Martina passiert etwas? Ich würde ja des Lebens nicht froh, wenn wir dann keinen Arzt zur Stelle hätten.«

Ihre Argumentation zeigte prompt Wirkung. Karl pflichtete ihr sofort bei, und Martina tupfte sich bereits die Tränen von der Wange.

Pieter jedoch schnaubte verächtlich. Seine schwangere Zukünftige schien ihm eher eine Last zu sein. Der Blick, den er Julie nun zuwarf, hätte töten können.

Karl war nach dem Frühstück in die Stadt aufgebrochen. Am Donnerstag, wenn er wiederkommen würde, sollte Julie mit Martina und Pieter und den Leibsklaven mit einsetzender Ebbe in die Stadt fahren. Pieter nutzte die Abwesenheit von Karl und ließ seine üble Laune an Julie aus. Mit einem höhnischen Grinsen kam er am Abend auf die vordere Veranda geschlendert und lehnte sich an einen Pfeiler.

»Na, da werden die Negerkinder aber traurig sein, dass sie einige Zeit auf die Zuwendungen der Misi verzichten müssen.« Julie nahm sich fest vor, sich nicht provozieren zu lassen und konzentrierte sich verbissen auf einige Schriftstücke, die sie für ihre Reise in die Stadt noch ordnen wollte. Immerhin für seine Hochzeitsvorbereitungen. »Weiß Karl eigentlich, was du so treibst, wenn er in der Stadt ist? Ich meine ... könnte ja sein, dass es ihm gar nicht gefällt, dass du dich so um seinen Arbeiternachwuchs scherst.«

»Kann ihm doch eigentlich nur recht sein, wenn seine Sklaven zu gottgefälligen und eifrigen Menschen erzogen werden.« Fast hätte Julie das Wort Bildung benutzt. Bildung war aber im Bezug auf die Sklaven undenkbar. Sie wollte Pieter nicht noch mehr provozieren.

»Und Pieter, wie du vielleicht bemerkt hast, war ich schon lange nicht mehr im Sklavendorf.« Natürlich war Julie im Sklavendorf gewesen, aber inzwischen achtetete sie darauf, dass weder Pieter noch Martina es merkten.

Pieter schien jedoch sehr genau zu wissen, wo er Julie treffen konnte und hackte weiter auf dem Thema herum. »Ich wollte es Karl ja erst nicht erzählen, wahrscheinlich auch eher eine Nebensächlichkeit.« Er machte eine betont abfällige Handbewegung. »Aber gewundert habe ich mich schon, als ich neulich zwei Negerkinder erwischte, die so etwas wie Buchstaben in den Sand kritzelten. Vielleicht sollte ich es ihm doch ... Na ja, Karl lässt es ja auch etwas schleifen mit den Sklaven. Wenn ich und Martina erst mal verheiratet sind, wird er mir mehr Verfügungsgewalt zuteilwerden lassen. Mir – als seinem potenziellen Nachfolger. Dann werden hier andere Seiten aufgezogen ...«

Julie schnappte empört nach Luft. »Wenn hier noch jemand Verfügungsgewalt hat, dann ja wohl ich!«

Pieter lachte gehässig. »Ach, Juliette, wie traurig, dass du den Tatsachen nicht ins Auge siehst. Du als Frau, als kinderlose Frau, was willst du hier auf der Plantage schon ausrichten?« Sein sarkastischer Unterton war nicht zu überhören. »Die Zukunft gehört mir und Martina. Karl ist ja auch nicht mehr der Jüngste und wenn er eines Tages ... wir werden dich später hier leben lassen, als Schwiegermutter«, er machte eine großmütige Geste. »Oder willst du vielleicht lieber zurück nach Europa?«, fragte er lächelnd, bevor seine Stimme scharf wurde: »Aber die Plantage wird an uns gehen. Du – zudem noch jung und unerfahren – wirst die Plantage wohl kaum leiten können.«

Jetzt reichte es Julie, was bildete sich dieser Mann überhaupt ein? Spitz konterte sie: »Ach, Pieter, wie nett von dir, dass du mich versorgen würdest. Aber bis jetzt bist du nicht mal mit Martina verheiratet. Und unter Umständen könnte es auch sein, dass es gar nicht dazu kommt.« Sie zwang sich, ihn mit einem festen Blick zu fixieren. »Was glaubst du, Pieter, würde Martina wohl dazu sagen, wenn sie hört, dass du die Zeit ihrer Schwangerschaft mit kleinen Sklavenmädchen überbrückst?« Allein der Gedanken verursachte ihr wieder Übelkeit, aber Julie wusste, dass sie jetzt nicht nachgeben durfte. Sie hatte ihren Trumpf ausgespielt. Als Pieters Gesichtszüge für einen kurzen Moment entglitten, wusste Julie, dass sie ihn in der Hand hatte.

Er schnaubte. »Das ist ja wohl mehr als eine unverschämte Unterstellung.«

Julie spürte seine unbändige Wut und sah wieder auf ihre Papiere vor sich auf dem Tisch. Jetzt nur nicht ins Wanken geraten! Sie holte Luft und sagte so ruhig und bestimmt wie möglich: »Ach, neulich, als nachts die Schweine ausbrachen ... Pieter ... ein guter Kontakt zu den Sklaven hat auch seine Vorteile. Man sieht und hört so einiges, was Plantagenbesitzer sonst nicht erfahren.« Sie spürte, dass ihre Worte ihre Wirkung nicht verfehlten und machte noch einmal eine kleine Pause, in der sie Mut sammelte: »Und dass du es weißt«, sagte sie, während sie ihn mit ihrem Blick fixierte, »wenn mir noch ein Mal zu Ohren kommt, dass ... werde ich mit Martina und mit Karl sprechen. Deine schöne Zukunft hier auf Rozenburg wird sich dann in Luft auflösen.«

Pieter war knallrot vor Wut, und er fixierte sie mit brennendem Blick. »Soll das jetzt eine Erpressung werden?«, schnaubte er.

»Nenn es einen guten Rat«, erwiderte Julie so gelassen wie möglich.

Sie hoffte, er würde jetzt klein beigeben – aber im Gegenteil, sie hatte seine Wut erst recht angestachelt. In seinen Augen erkannte sie das Verlangen, sie zu vernichten, als er näher an sie herantrat: »Ach, aber wo wir gerade dabei sind, was glaubst du eigentlich, was dein Karl drei Tage in der Woche in der Stadt treibt?« Er hielt kurz inne, und in Julie wuchs der Drang, davonzulaufen, stattdessen musste sie dem lauschen, was Pieter dann sagte: »Dass er sich da, wie fast alle Männer, eine schwarze Hure hält, weil sein Frauchen daheim ihm nicht geben kann, wonach ihn verlangt, das weißt du wohl nicht?«

Julie war geschockt. Instinktiv riss sie sich jedoch mit all ihrer Kraft zusammen, um nicht wirklich überrascht zu wirken. So gleichgültig wie möglich zuckte sie mit den Achseln. »Karl ist ein erwachsener Mann und darf tun und lassen, was ihm gefällt. Und, da bin ich mir sicher«, sie funkelte Pieter an, bevor sie ausstieß: »Karl missbraucht keine Kinder!«

Pieter machte auf dem Absatz kehrt und verschwand im Haus.

Julie atmete auf. Tränen brannten in ihren Augen, und in ihrem Hals stieg ein schmerzhaftes Stechen empor. Gegen Pieter schien sie für diesen Moment gewonnen zu haben. Aber Karl ... was trieb ihr Mann hinter ihrem Rücken? Julie gab sich ja redlich Mühe, ihm eine gute Ehefrau zu sein. Dass es mit der Schwangerschaft nicht klappte ... Sie wusste doch auch nicht, woran es lag. Vielleicht kam Karl dafür einfach zu selten zu ihr. Sein Interesse an ihr war fast erloschen. Sie liebte ihn nicht, aber trotzdem hoffte sie immer noch, dass ihre Ehe etwas harmonischer ablaufen würde in Zukunft. Dass er sich anscheinend in der Stadt eine zweite Frau hielt, schmerzte sie. Dann war sie für ihn wirklich nur Mittel zum Zweck gewesen. Und das Gefühl, benutzt zu werden, war fast noch schlimmer, als betrogen zu werden.

Am nächsten Tag stieg Pieter mit mürrischem Gesichtsausdruck mit in das Boot, welches sie in die Stadt bringen sollte. Sechs kräftige Rudersklaven, Julie, Kiri, Martina, Liv, Pieter, seine zwei Burschen ... Es wurde recht eng zwischen dem ganzen Gepäck.

Julie vermied es, Pieter anzusehen. Martina war aufgekratzt und schwatzte aufgeregt auf ihren Verlobten ein, der ihr Gebrabbel allerdings nur mit genervten Blicken quittierte.

Die beiden Sklavenmädchen rutschten nervös auf ihren Plätzen umher. Es war für sie nicht üblich, auf Reisen zu gehen. Liv hatte die Plantage noch nie verlassen, und für Kiri war es eher eine unschöne Reise in die Vergangenheit. An ihren letzten Aufenthalt in der Stadt, beim Sklavenhändler Bakker, dachte sie nicht gern zurück.

Julie saß da und wusste nicht, ob es richtig war, was sie tat. Vor ihrer Abfahrt hatte sie sich fast noch mit Karl gestritten. Er war schon mit übler Laune aus der Stadt zurückgekehrt, und der Trubel, der auf der Plantage herrschte, war da auch nicht gerade hilfreich. Nico war nicht gewillt gewesen, sich an der Veranda anbinden zu lassen, und Aiku hatte seine liebe Not gehabt, den Vogel zu bändigen. Karl war dann dazwischengegangen und hatte das Tier so barsch angefasst, dass es sogar ein paar Federn verloren hatte. Julie hatte kurz aufgeschrien, aber nicht eingegriffen. Was hätte sie schon tun können?

Die Sorge, wie die nächsten Wochen verlaufen würden, bedrückte sie. Würde sie mit Pieter und Martina in der Stadt überhaupt fertig werden? Was, wenn Martina doch wieder zickig wurde? Was, wenn Pieter in der Stadt versuchen würde, Julie zu drangsalieren – immerhin hatte sie ihn jetzt gewissermaßen in der Hand, das würde er so nicht hinnehmen. Vielleicht würde er versuchen, sie und Martina gegeneinander auszuspielen. Und dann war da ja noch Karl. Er war gar nicht begeistert gewesen, dass Julie mit in die Stadt wollte. Jetzt, nach Pieters Andeutungen, schien Julie auch klar, warum: Vermutlich hatte er Angst, dass Julie ihm dort auf die Schliche kam. Geschäftliches habe er zu erledigen, hatte er stets betont. Aber laut der Ausführungen des Buchhalters kümmerte er selbst sich in der Stadt um alles Wesentliche. Und Karl war sowieso auf einem Pferd gewandter als an seinem Schreibtisch. Julie hatte beschlossen herauszufinden, was Karl hinter ihrem Rücken trieb. Sie war wütend auf ihn. Wenn er sie schon hinterging, dann wollte sie es auch wissen.

Sie kamen gut voran, und Pieter drängte die Sklaven, ohne Pause durchzurudern. Eigentlich war ein Zwischenstopp auf einer Plantage vorgesehen, aber bis zur aufsteigenden Flut war der Fluss in Richtung Stadt gut befahrbar, und Julie brannte nicht darauf, die Zeit bis zur nächsten Tide bei fremden Leuten zu verbringen, auch wenn Martina und die Sklaven erschöpft wirkten. So erblickten sie bereits am frühen Abend die Stadt. Nach und nach tummelten sich immer mehr Boote auf dem Fluss, und dann bot sich Julie das Bild, welches sie damals, bei ihrer ersten Ankunft in Paramaribo, als Erstes gesehen hatte. Wieder lagen in der breiten Flussbucht einige große Schiffe vor Anker, umschwirrt von vielen kleinen Booten.

Julie wurde gewahr, wie abgeschieden sie die letzten Monate auf der Plantage verbracht hatte. Bei dem Gedanken, jetzt bald in der Stadt zu sein, regte sich eine gewisse Nervosität in ihr. Sie kannte diese Stadt nicht einmal. Die kurze Zeit, die sie und Karl nach ihrer Ankunft hier verbracht hatten, erschien ihr wie ein lange vergessener Traum. Jetzt würde sie hier einige Zeit allein zurechtkommen müssen. Ehrlich gesagt zweifelte sie ein bisschen an ihrer eigenen Courage. Kiri guckte ähnlich verängstigt. Und ansonsten … sie hoffte inständig, dass Jean Riard sein Versprechen wahr machen und sie besuchen würde.

Nachdem sie am Hafen aus dem Boot gestiegen waren, organisierte Pieter zwei Mietdroschken.

»Juliette …« Martina hatte wieder etwas Farbe im Gesicht. Das lange Sitzen im Boot hatte ihr zugesetzt, und Julie hatte beobachtet, wie sie verbissen gegen ihre Übelkeit angekämpft hatte. Nun schien sie aber gleich, nachdem sie wieder festen Boden unter den Füßen spürte, neue Kraft zu schöpfen. »Juliette, ich hoffe du bist nicht böse, aber Pieter und ich würden lieber bei meiner Tante unterkommen. Es gib so viel zu besprechen jetzt, und das Haus in der Keizerstraat … na, es ist ja auch etwas eng da, du verstehst doch, oder?« Ihr Blick wirkte fast entschuldigend.

Julie nickte nur. Was sollte sie auch sagen. Selbst wenn es ihr oder gar Karl nicht recht wäre, hindern konnte sie Martina wohl kaum an ihren Plänen. Unterdessen verstauten Pieters Sklaven bereits das Gepäck auf verschiedene Droschken. Und so fuhren die beiden Kutschen in unterschiedliche Richtungen vom Hafen fort. In der einen Julie mit Kiri hinten auf dem Wagen neben dem Gepäck, denn in eine Mietkutsche durfte sich ein Sklave nicht setzen, in der anderen Martina und Pieter. Zu Fuß folgten Pieters Burschen und eine verängstigt dreinblickende Liv. Julie hoffte inständig, dass Pieter in der Stadt nicht auch noch …

Als sie in der Keizerstraat ankamen, stand bereits ein kleines Begrüßungskomitee vor der Tür. Die alte Haussklavin Foni, Julie erinnerte sich noch gut an das runde gutmütige Gesicht, zwei Hausmädchen und ein alter, etwas gebeugter schwarzer Mann nahmen Julie und Kiri in Empfang.

»Misi Juliette, ich freue mich, dass Misi in die Stadt kommt.« Foni umsorgte Julie gleich nach allen Regeln der Kunst, nahm ihr Hut, Schirm und Umhang ab, den Julie gegen das brennende Sonnenlicht übergeworfen hatte, und schob Kiri zielstrebig in den Wirtschaftsbereich, um sie sogleich mit einem Tablett, auf dem etwas Obst und ein kühles Getränk angerichtet waren, wieder in die vorderen Räume zu schicken. Julie hätte fast gelacht, denn daheim auf der Plantage brauchte Kiri schon lange keine Anweisungen mehr, wenn es um die Wünsche der Misi ging. Dort war sie eigenmächtiges Handeln gewohnt, was auch Amru unterstützte, schließlich sollte Kiri eine gute Leibsklavin werden.

Julie hatte keinen Grund zur Klage. Kiri gehörte inzwischen zu ihrem Leben, und sie hatte sich daran gewöhnt, das

Mädchen die meiste Zeit des Tages um sich zu haben. »Kiri, sorg bitte dafür, dass ich mich gleich oben etwas frisch machen kann.« Ohne dass Julie etwas hinzufügen musste, huschte Kiri los, und Julie freute sich darauf, bald in ihrem Schlafzimmer frisches Wasser mit etwas Rosenseife vorzufinden, ganz so, wie sie es mochte. Kiri würde sich anschließend zurückziehen, denn nach wie vor lehnte Julie jede Hilfe der Sklaven beim Entkleiden oder gar Waschen ab. Sie wusste zwar, dass dies durchaus zu den geforderten Aufgaben gehörte, zierte sich aber, diese Gepflogenheiten anzunehmen.

Julie setzte sich derweil in den Salon und atmete tief durch. Jetzt war sie also in der Stadt. Sie schaute sich um. In dem Raum hatte sich seit ihrem letzten Besuch nichts verändert. Alles stand akkurat an seinem Platz, war sauber und der Boden verströmte einen frischen Orangenduft. Dass Karl hier zweimal die Woche zugegen war und gar mit Geschäftsfreunden dem Alkohol und Zigarren frönte, konnte Julie sich nicht vorstellen.

Auf ihrem Weg in ihr Zimmer hielt sie kurz vor dem ersten Schlafzimmer inne, in dem Karl nach ihrer Ankunft geschlafen hatte. Sie öffnete die Tür einen Spalt und spähte hinein. Das Bett sowie die Möbel waren mit weißen Laken verhangen. Würde Foni jede Woche so einen Aufwand treiben, wo Karl doch zuverlässig jeden Dienstagabend hier einkehrte und doch gerade heute Morgen erst abgereist war?

Julie schwante, dass sie sich mit Karls Treiben in der Stadt befassen musste. Hier, in seinem Stadthaus, schien er sich dabei zumindest nicht aufzuhalten.

Sie rieb sich die Stirn, langsam bekam sie Kopfschmerzen. Sie würde später darüber nachdenken. Jetzt wollte sie erst mal aus ihrem zerknitterten Reisekleid heraus und etwas essen.

Die Kost auf dem Ruderboot war von Amru zwar umfangreich zusammengestellt worden. Aber in Martinas und Pieters Beisein hatte Julie die ganze Fahrt über kaum einen Biss herunterbekommen.

Kapitel 6

Erika bekam schnell Anschluss zu den Frauen der Holzfäller, auch wenn diese auf den ersten Blick etwas grobschlächtig und robust anmuteten. Aber gerade Resa Müller, eine korpulente Frau jenseits der Fünfziger, hatte es Erika mit ihrer resoluten mütterlichen Art angetan. So kam es auch, dass Erika den kleinen Reiner gerne ab und zu bei Resa ließ, während sie sich um die Kinder der van Drags kümmerte. Die Stimmung im Haus war angespannt. Frieda van Drag stand kurz vor der Niederkunft.

Jette, ihre treue Leibsklavin, äußerte Erika gegenüber inzwischen fast täglich ihre Besorgnis, dass es bei der Geburt Komplikationen geben könnte. Jette hatte nach Erikas Informationen fast allen Geburten im Hause van Drag beigewohnt, jetzt schätzte sie jeden Tag die Bedingungen derer, die gut ausgegangen waren, gegen die der missglückten Geburten ab. Erika fragte sich insgeheim, ob es überhaupt gesund sein konnte, so viele Kinder zu gebären. Sicherlich war es gottgefällig, aber wenn sie sich so an ihre eigene Schwangerschaft erinnerte ... Diesen Zustand über so viele Jahre durchgängig zu erleben, konnte sie sich nicht vorstellen. Auch Resa äußerte Bedenken. Sie lebte schon ein paar Jahre auf Bel Avenier und verfolgte das Geschehen im Haus mit Sorge. »Immer mehr Kinder, die sich kaum bändigen lassen ... und die Frau sollte aufpassen, dass sie ihre Kinder nicht zu Halbwaisen macht. So eine Geburt, hier draußen weit ab ... Die Negerhebamme versteht zwar ihr Handwerk, aber man weiß ja nie.«

Alle Bedenken waren jedoch umsonst. Frieda van Drag traf schließlich das Glück der raschen und problemlosen Geburt. Erika war froh, sie gesund und munter in ihrem Bett vorzufinden, die kleine rosige Gemma in ihren Armen. Frieda van Drag strahlte, gleichzeitig umflorte ein dunkler Schatten ihre Augen. »Ist sie nicht süß? So ein Glück.«

Die Hausherrin sollte, wie es für weiße Damen unumgänglich war, noch mindestens sechzehn Tage das Bett hüten, ein Umstand, der Erika bis dato fremd gewesen war. Sklavenfrauen und Arbeiterinnen bekamen gerade einmal drei Tage Pause nach der Geburt zugesprochen, bevor sie sich wieder zur Arbeit zu melden hatten, und auch sie selbst hatte es nicht lange im Wochenbett ausgehalten. Schließlich war sie ja nicht krank gewesen.

Warum sich Friedas Zustand dieses Privilegs zum Trotz nach einigen Tagen jedoch verschlechterte, vermochte Erika nicht zu sagen. Eines Abends kam Jette mit besorgtem Gesichtsausdruck zu Erika.

»Misi Erika, Sie doch haben Erfahrung mit Krankheiten?« Als Erika bejahte, führte Jette sie in das Schlafzimmer der Hausherrin. Diese lag scheinbar schlafend im Bett, bei genauer Betrachtung erkannte Erika jedoch den ungesunden fiebrigen Glanz ihrer Haut. Besorgt warf sie schnell einen Blick in das Körbchen, in dem die kleine Gemma schlief. Das Baby war bereits kurz nach Geburt einer schwarzen Amme übergeben worden, an deren vollen Brüste es auch stets genüsslich nuckelte. Das Kind sah wohlgenährt und gesund aus.

»Misi, schauen Sie bitte.« Jette schlug vorsichtig die leichte Bettdecke zurück, und Erika erschrak. Die Beine von Frieda van Drag waren rot und prall geschwollen.

»Filariose?«, fragte Jette mit Tränen in den Augen.

Erika nickte verdrossen. Man brauchte kein Arzt zu sein, um die beiden gefürchtetsten Krankheiten des Landes zu erkennen. Neben Lepra war die Filariose wohl die größte Geißel der Region, Erika hatte in der Krankenstation einige betroffene Patienten behandelt. Die Krankheit bedingte fürchterliche Schwellungen der Beine, auch *Bimba-Beine* genannt, die einen Menschen schrecklich entstellten und seine Beweglichkeit extrem einschränkten. Ganz abgesehen von den schweren Fieberschüben, die den Kranken mehrmals im Jahr auszehrten. Man konnte die Krankheit lindern, aber eine Heilung war unmöglich. Frieda van Drag würde nie wieder genesen, das war Erika sofort klar. Sie wies Jette an, kalte Wickel zu besorgen und ließ Gemma zu ihrer Amme bringen. Die Übertragung von Mensch zu Mensch war zwar unwahrscheinlich, man vermutete die Mücke als Verursacher der Krankheit, aber Erika wollte kein Risiko eingehen.

Auch Ernst van Drag zeigte sich bestürzt, als er die schlechte Nachricht am Abend von Erika entgegennahm. Er wusste sehr wohl, was das bedeutete. Eine auf ewig pflegebedürftige Frau im Haus und ... eine Beendigung der ehelichen Beziehung. In der Stadt hatte Erika einige Frauen mit dieser Krankheit unter den Patienten der Station gehabt. Unter vorgehaltener Hand hatte Erika erfahren, dass auch Männer an Filariose erkrankten. Allerdings waren bei ihnen nicht nur die Beine betroffen, sondern auch ... Erika hatte wenige Male Männer gesehen, die sich schleppend in weiten Röcken bewegten. Ohne Frage war das für jeden Mann ein Graus.

Gemma würde also das letzte Kind der van Drags sein. Wobei Resa das nur trocken mit »... Na, dreizehn reichen ja auch« kommentierte.

Erika übernahm fortan nicht nur die Aufsicht über die Kinder, sie kümmerte sich auch um Frieda van Drags Pflege. Diese erholte sich, dank Kräuterwickel und fiebersenkender Tees, recht schnell, versank aber in eine tiefe Depression, als sie gewahr wurde, wie es um sie stand.

»Mevrouw, es gibt genug Menschen, die mit dieser Krankheit noch lange gut leben«, versuchte Erika sie zu beschwichtigen.

Und ihre Worte entsprachen sogar der Wahrheit. Zwischen den Schüben waren die Betroffenen, abgesehen von den geschwollenen Gliedmaßen, durchaus frei von Beschwerden und konnten am täglichen Leben teilhaben. Frieda van Drag aber befürchtete gleich das Schlimmste. Außerdem traute sie sich mit ihren geschwollenen Beinen nicht mehr unter das Volk und fürchtete um ihre Stellung in der Gesellschaft.

Nach Ablauf ihrer Wöchnerinnenzeit war sie nur schwer aus dem Bett zu bewegen, und bei ihren seltenen Besuchen im unteren Stockwerk des Hauses zeigte sie sich mürrisch und vor allem den Kindern gegenüber gereizt. Erika versuchte, die Schar möglichst im Zaum zu halten und immer nur ein oder zwei der Kinder zu ihrer Mutter zu lassen, um deren Nerven nicht überzustrapazieren. Die Kinder, die schon lange genug auf ihre Mutter hatten verzichten müssen, verstanden natürlich nicht, warum diese, trotz Gemmas Geburt, weiterhin leidend war. Erika versuchte, den Größeren schonend zu erklären, was mit ihrer Mutter los war. Dabei bedachte sie nicht, dass ihnen diese Krankheit durch Sklavenfrauen durchaus ein Begriff war. Geert wandte sich sofort angewidert ab und nuschelte seinem Bruder Harm zu, er würde fortan nicht mehr zu seiner Mutter gehen, das sei ja ekelig. Erika war entsetzt, das hatte sie nicht gewollt. Edith und Anka weinten gleich los. Beschwichtigend versuchte sie, den Jungen und auch den zartbesaiteten Mädchen zu erklären, dass sie sich ihrer

Mutter ruhig nähern durften. Insgeheim war sich Erika sicher, dass die Gefahr von innigen Zärtlichkeiten zwischen Mutter und Kindern sowieso nicht gegeben war. Frieda van Drag hielt eine kühle Distanz zu ihren Sprösslingen.

Im Hause van Drag gab es jedoch bald noch zusätzliche Unbill. Die Kinder erkrankten an einer Magen-Darm-Verstimmung, die Erika und die Haussklaven bis zur Erschöpfung forderte. Alle außer der kleinen Gemma, Erika dankte Gott, dass er das Baby verschonte, lagen mit Erbrechen und Durchfall danieder und jammerten um die Wette. Erika brachte Reiner vorsorglich bei den Deutschen unter, damit er sich nicht auch noch ansteckte.

Als sie am späten Nachmittag vom Krankenlager der beiden Mädchen kam, wischte sie sich erschöpft den Schweiß von der Stirn. Im Wirtschaftsbereich des Hauses kochten Jette und Lore seit Tagen stets Tücher und Wäsche aus, um der Infektion Einhalt zu gebieten. Besorgt schaute Jette auf Erikas beschmutztes Hauskleid.

»Misi Erika muss sich umziehen, geben Sie das Kleid mir, kommt gleich mit in den Topf.«

Betroffen schaute Erika an sich herab. Einige große Spuckflecken zierten ihren grauen Hausrock. Es war ihr letztes sauberes Kleid gewesen, die anderen hingen noch zum Trocken aus. Bei der tropisch schwülen Luft konnte das aber dauern.

»Ich habe nichts mehr zum Anziehen!« Erschöpft ließ sie sich auf einen Stuhl fallen.

Jette lachte. »Kein Problem Misi, ich geh Misi was holen.« Bevor Erika was erwidern konnte, lief Jette los. Kurze Zeit später kam sie mit einem bunten Sklaventuch wieder. Erika schüttelte nur den Kopf. »Jette, ich kann doch nicht …«

»Na, Misi kann auch nicht nackt laufen.«

Jette hatte recht, und für ein paar Stunden sollte es wohl gehen. Erika sehnte sich nach frischer, sauberer Kleidung. Frieda ruhte in ihrem Zimmer, und auch die Kinder waren vor Erschöpfung allesamt eingenickt. Erika nahm also das Tuch der Sklavin und verschwand in ihrem Zimmer. Nachdem sie sich gewaschen hatte, versuchte sie, ihren Körper in das Sklavenkleid zu wickeln. Es gelang ihr nach mehreren Versuchen schließlich, den Stoff, der weder Haken noch Ösen hatte, zum Halten zu bringen. Zwar blieb eine Schulter unbedeckt, was ihr gleich eine peinliche Röte ins Gesicht schießen ließ, aber der kühle Stoff war zu Erikas Erstaunen bei diesen Temperaturen luftiger und angenehmer als jedes andere Kleidungsstück. Nun musste sie nur noch ihr verschmutztes Kleid zur Wäschekammer in den Kochkessel bringen. Sie spähte durch die Tür, im Haus war alles still. Schnell lief sie barfüßig durch den Flur.

Jette nahm Erikas Kleid entgegen und lächelte wohlwollend, als sie Erika sah. »Misi sehen gut aus.« Sie zupfte noch einen Knoten an Erikas Schulter zurecht und zwinkerte ihr fröhlich zu. Erika schämte sich jedoch.

Aber damit nicht genug: Ein Mädchen kam in die Wäschekammer, stutzte bei Erikas Anblick im bunten Tuch kurz und vermeldete dann, Masra Ernst wünsche über den Zustand seiner Kinder informiert zu werden. Erika schluckte. Sie konnte doch nicht so …

Aber es konnte noch dauern, bis sie etwas Trockenes zum Anziehen hatte, und sie wollte Ernst van Drag auf keinen Fall verärgern. Er war es gewohnt, dass seinen Anweisungen sofort Folge geleistet wurde. Also seufzte Erika. »Wo finde ich den Masra?«

»Auf der Veranda.« Das Mädchen lief kichernd davon.

Erika straffte sich und machte sich auf den Weg. Als sie nach draußen trat, starrte Ernst van Drag sie einen kurzen Moment verwirrt an. Sofort setzte sie zu einer Entschuldigung an: »Die Kinder, es wird zwar besser, aber ich hatte nichts Sauberes mehr zum Anziehen.« Sie wusste nicht, ob der starre Blick von Ernst van Drag Tadel sprach oder gar Verachtung. Beschämt senkte sie den Blick, dabei wurde sie gewahr, dass sie auch noch barfuß war. Welch eine Verfehlung! Nun würde sie bestimmt Ärger mit dem Hausherrn bekommen.

Dass der Blick des Masra lüstern zu glänzen begann, als er die zarte weiße Haut ihrer Schultern im rötlichen Abendlicht schimmern sah, und ihn das exotische Gewand an der an sich so züchtigen und tugendhaften Erika eher zu erregen als zu verärgern schien, bemerkte sie nicht.

Kapitel 7

Julie starrte auf die Straße vor dem Haus. Seit einem Tag war sie nun in der Stadt, aber vor die Tür getraut hatte sie sich noch nicht. War es überhaupt standesgemäß, allein das Haus zu verlassen? Natürlich hätte sie Foni bitten können, sie zu begleiten, oder Hedam, den alten, gebeugten Haussklaven. Draußen sah sie ab und an Frauen in schicken kleinen Kutschen vorbeifahren, die Dienerschaft lief stets zu Fuß hinterher. Aber zum einen wusste sie nicht, wo sie eine Droschke hätte bestellen sollen, zum anderen hätte sie dem Fahrer auch kein Ziel nennen können. Und zu Fuß, zu Fuß sah man die Weißen gar nicht. Also würde Julie auffallen, wenn sie einfach so auf der Straße spazieren ging. Es zog sie jedoch nach draußen, sie wollte endlich etwas von dieser Stadt sehen.

Als am Nachmittag ein Besucher gemeldet wurde, war sie fast überrascht. Von Martina und Pieter hatte sie seit ihrer Ankunft nichts gehört, waren sie jetzt etwa gekommen? Schnell machte Julie sich frisch und eilte nach unten. Dort stand Jean Riard in der Eingangshalle. Ihr Herz blieb für einen Moment stehen, und ihre Wangen begannen zu glühen.

»Mevrouw Leevken, ich freue mich, Sie zu sehen.« Galant nahm er ihre Hand und hauchte einen Kuss auf deren Rücken. Julie musste lächeln, so förmlich war er auf der Plantage nie gewesen. Und auch nie so gut gekleidet, wie sie jetzt freudig bemerkte. Hatte er auf Rozenburg eher praktische Baumwollhemden getragen, stand er nun im Jackett vor ihr, sein blondes Haar war adrett zurückgekämmt, die blauen Augen leuchteten schelmisch. Julies Herz machte einen Sprung.

»Mevrouw Leevken, ich habe mir gedacht, Sie würden vielleicht gern etwas von der Stadt sehen. Ich habe eine Droschke mitgebracht, also wenn Sie Zeit hätten, würde ich mich über Ihre Begleitung freuen.«

»Natürlich habe ich Zeit.« Julie ließ sich schnell von Foni Sonnenschirm, Hut und Handschuhe reichen und folgte dem jungen Mann an seinem Arm die Treppen hinunter zur Droschke.

Paramaribo war der Inbegriff einer florierenden Kolonialstadt. Auf den Straßen tummelten sich Menschen vielerlei Hautfarbe. Stimmen- und Sprachgewirr drängten an Julies Ohren: die Rufe der Händler, die aus kleinen Läden ihre Waren feilboten, das Geschnatter der Sklavenfrauen, die sich in kleinen Grüppchen am Straßenrand trafen, das Gejauchze von halb nackten farbigen Kindern, die über die Straßen tollten. Julie sog diese ganze Stimmung in sich ein – wie einsam und still war es doch auf der Plantage gewesen! Zwar hatte Julie nie in einer größeren Stadt gelebt und bis auf den Markttag war auch in dem kleinen beschaulichen Elburg in den Niederlanden nicht viel losgewesen, aber die bloße Anwesenheit der vielen Menschen bot eine betörende Abwechslung zu dem gleichmäßigen Alltag mit immer denselben Menschen auf der Plantage.

Kiri folgte der Droschke zu Fuß. Das war wiederum nicht schwer, denn Jean Riard hatte den Kutscher angewiesen, langsam zu fahren. Julie war ihm für seine Umsicht dankbar, schließlich konnte sie nicht ganz allein mit dem jungen Mann durch die Stadt fahren. Sie glaubte zwar nicht, dass sich jemand an sie erinnern oder sie gar erkennen würde, aber man konnte schließlich nie wissen.

Vielleicht gab es ja sogar die Möglichkeit, Erika und Wilma wiederzusehen. Wenn sie nur wüsste, wo sie sie suchen musste ... Erika war vielleicht in der Mission, danach konnte sie Herrn Riard fragen. Aber Wilma? Die Stadt war ja nicht gerade klein.

Sie war froh, dass Riard sich an sein Versprechen erinnert hatte und sie nun durch die Stadt führte. Sonst hätte die Einsamkeit der Plantage sie vielleicht sogar in der Stadt eingeholt. Julie bestaunte Kirchen und Synagogen, alte Kolonialbauten und neue Gebäude. Riard erzählte von zwei großen Bränden, die ein paar Jahrzehnte zuvor die Stadt heimgesucht hatten und in deren Folge viele Neubauten entstanden waren. Julie lauschte ihm andächtig. Der Buchhalter hatte auf sie zwar auf der Plantage schon recht gebildet gewirkt, hier aber zeigte er sich mit Leidenschaft als Fremdenführer und wusste so manches zu erzählen. So wies er Julie gerade augenzwinkernd auf eine wichtige Bedeutung der kunstvoll geschlungenen Kopftücher der Sklavinnen hin. Da es ihnen verboten war, öffentlich über ihre Herren zu sprechen oder untereinander auf der Straße zu enge Beziehungen zu pflegen, nutzten sie ihre Kopfbedeckungen als Kommunikationsmittel. Angeblich zeigten sie wichtige Ereignisse im Leben der Trägerin an, wie zum Beispiel Geburten, Todesfälle, Familienstand oder Alter, aber auch die entsprechende Stimmung. Jean Riard deutete auf eine Frau am Straßenrand, deren Tuch zu mehreren Spitzen gefaltet war.

»Das heißt *Lass mich in Ruhe*«, lachte er, »das kenne ich noch von meiner Amme aus Kinderzeiten.«

Julie konnte kaum glauben, was sie da hörte, aber als sie genauer darauf achtete, wie unterschiedlich die Tücher geknotet, geschlagen und gebunden waren ...

Jean Riard ließ die Kutsche an einer weitläufigen Grünanlage halten, von hier an gingen sie zu Fuß. Kiri eilte sich, Julie den Schirm zu tragen; allen Damen, denen sie begegneten, folgte stets auf Schritt und Tritt eine Sklavin. Zweifelsohne bemühte sich Kiri dabei aber, ihrer Misi nicht zu sehr auf den Leib zu rücken, und schon bald brach ihr der Schweiß aus, weil sie mit langem Arm den Schirm über Julies Kopf zu halten versuchte. Unter den hohen Bäumen des Parks war es angenehm schattig, und vom Fluss wehte eine frische Briese, die die stickige Stadtluft verdünnte.

Julie schritt schweigend neben Riard her. Inzwischen deutete er nur noch ab und an auf einen Vogel oder einen Strauch und gab sein Wissen dazu preis. Vielmehr konzentrierte er seine Aufmerksamkeit jetzt auf Julie, ließ seinen Blick länger auf ihr ruhen und lächelte sie fast zärtlich an. Ganz selbstverständlich hatte Julie sich bei ihm untergehakt.

Auf einer Bank legten sie eine Rast ein. »Ich ...«, Riard faltete verlegen die Hände im Schoß, »... ich würde mich freuen, wenn ich Sie nochmals besuchen dürfte, solange Sie in der Stadt verweilen«, sagte er langsam.

»Aber natürlich!« Seine Verlegenheit rührte ihr Herz. Hatte er eben noch so offen mit ihr geplaudert, schien ihm jetzt diese Frage nur zögerlich über die Lippen zu kommen. »Ich würde mich freuen, ich bin doch schließlich allein momentan«, sagte Julie scherzhaft, in dem Versuch, ihn zu entspannen.

Er wiegte den Kopf. »Hm, ja eben. Ich möchte Sie ja nicht ... in eine verwerfliche Situation bringen. Mijnheer Leevken ...«

»Ach, Mijnheer Riard, ich glaube nicht, dass es ein Problem ist, wenn Sie mir, als Buchhalter unserer Plantage, die Ehre erweisen, mir die Stadt zu zeigen.« Sie zwinkerte ihm fröhlich zu und fügte flüsternd, mit einem verschwörerischen Unterton, hinzu: »Und Karl ist nicht da, und wenn er in die Stadt kommt ... er muss es ja nicht wissen. Außerdem sind wir nicht allein.« Sie deutete auf Kiri, die sich etwas abseits unter einem Baum in den Schatten gesetzt hatte.

Dem jungen Buchhalter schien es Sorge zu bereiten, vor seinem Arbeitgeber nun ein Geheimnis zu haben. Aber andererseits wäre es auch unhöflich gewesen, dessen Frau den Wunsch nach Gesellschaft abzuschlagen. Seine Augen glänzten glücklich. »Dann darf ich Sie morgen wieder abholen?«

Am nächsten Tag war es aber nicht Riard, der als Besucher im Stadthaus erschien, sondern Martina.

»Juliette, Tante Valerie meint, es sei an der Zeit, dass sie dich endlich persönlich kennenlernt, wo sie doch ... wir doch nun die Hochzeit gemeinsam planen.« Martina widerstrebte es deutlich, Julie diese Nachricht zu überbringen, aber sie war an die Abmachung gebunden. Valerie würde in die Planungen miteinbezogen, solange Karl den Eindruck hatte, die Hoheit über die Hochzeitsplanungen läge bei Julie. Martina hatte inzwischen offensichtlich eingesehen, dass dies der einzige Weg war, ihre Tante einzubinden – und dass es besser war, ihren Vater nicht noch weiter zu vergrämen.

»Gern.« Julie versuchte ein Lächeln. Innerlich krampfte sich aber ihr Magen vor aufsteigender Nervosität zusammen. Nun würde sie die Familie von Karls ehemaliger Frau kennenlernen. Julie hatte sich immer eingeredet, das sei nicht so schlimm, aber jetzt, wo es unmittelbar bevorstand, bekam sie doch Angst. Wie würden diese Leute auf sie reagieren? Was hatte sie sich da nur eingebrockt? Die Fiamonds waren schließlich eine der wohlhabendsten und angesehensten Familien in Paramaribo. Sie schluckte. Sie würde die Situation schon meistern, schließlich hatte sie diesen Vorschlag gemacht.

»Morgen zum Tee«, beschied Martina sie knapp und verschwand.

Julie blieb mit einem Kloß im Hals zurück. Als Riard kurz danach kam, um sie wie verabredet abzuholen, war sie nicht ganz so bei der Sache wie am Tag zuvor. Immer und immer wieder schweiften ihre Gedanken zum Treffen am nächsten Tag.

»Ist Ihnen nicht gut?« Er sah sie besorgt an, als Julie zum wiederholten Male nicht auf seine Ansprache reagierte. Sie schüttelte schnell den Kopf.

»Doch, doch, alles gut. Es ist nur ... morgen soll ich zu den Fiamonds kommen, um Martinas Tante Valerie kennenzulernen.«

Riard hob fragend die Augenbrauen. »Aber so war es doch geplant, oder?«

»Ja.« Julie seufzte, »aber ein bisschen Angst habe ich schon.«

»Da machen Sie sich mal keine Sorgen, die werden Sie schon nicht beißen ...« Riard warf Julie einen aufmunternden Blick zu.

Diese schenkte ihm ein dankbares Lächeln. Er war wirklich ein Freund. Der einzige, den sie momentan hatte.

Plötzlich fiel ihr Blick auf eine Frau am Straßenrand, gekleidet in der schlichten Tracht der Herrnhuter. Julie erinnerte sich schlagartig an Erika. »Halt! Halt, bitte, können wir anhalten?«, rief sie aufgeregt.

Riard deutete dem Kutscher, den Wagen anzuhalten, und Julie sprang heraus. Mit gerafftem Rock lief sie der Frau hinterher.

»Entschuldigen Sie! Mevrouw, Entschuldigung!« Atemlos erreichte sie die Frau.

Diese blieb verwundert stehen. »Ja?«

»Es tut mir leid, dass ich Sie so überfalle, aber kennen Sie eine Erika Berg... Bergmann?«

»Aber ja.« Die Frau lächelte freundlich.

»Können Sie mir vielleicht sagen, wo ich... Lebt sie hier in der Stadt?«

»Oh, da muss ich Sie enttäuschen«, sagte die Frau entschuldigend, »Mevrouw Bergmann ist vor einiger Zeit in das Hinterland gereist. Ich weiß allerdings nicht, wann wir sie zurückerwarten können.«

Julie musste sich zusammenreißen, um nicht allzu enttäuscht zu wirken. »Schade! Aber danke für die Information.« Sie verabschiedete sich nachdenklich von der Frau und ging zurück zur Droschke, wo Riard sie mit einem neugierigen Blick empfing.

»Wer war denn das?«

»Ach, ich habe damals auf dem Schiff eine junge Frau kennengelernt und ich dachte ... Aber sie ist nicht mehr in der Stadt.« Julie war ehrlich enttäuscht.

»Schade.« Seine Stimme war voller Mitgefühl.

»Ja, sehr schade, ich hätte sie gern wiedergetroffen.«

Später am Abend ließ Julie sich von Kiri verschiedene Kleider herauslegen. Nachdenklich musterte sie die Auswahl, sie war unentschlossen, welches sie bei ihrem Besuch bei den Fiamonds tragen sollte. Ärgerlich schüttelte sie den Kopf. Warum beschäftigte sie die Sache so sehr? Es ging doch schließlich um Martinas Hochzeit. Julie wusste, dass dieser Erklärungsversuch nur vorgeschoben war, insgeheim gestand sie sich ein, dass sie immer das Gefühl hatte, mit Felice mithalten zu müssen. Felice, die geheimnisvolle erste Frau ihres Mannes, Felice, die geliebte Mutter ihrer Stieftochter. Aber wem wollte sie eigentlich etwas beweisen? Karl hatte sich nicht unbedingt als liebevoller und treusorgender Ehemann entpuppt, und Martina war nach wie vor eine Katze. Haschte Julie immer noch nach Anerkennung? Es schmerzte sie schon, dass die Ehe mit Karl sich nicht so entwickelt hatte, wie zunächst erhofft. Aber ihren Gram darüber hatte sie schnell zu vergessen versucht und sich auf andere Dinge konzentriert. Auf die Sklaven der Plantage, auf Kiri ... auf Jean Riard! Diese Menschen lagen ihr inzwischen wirklich am Herzen und waren eine Art Ersatzfamilie für sie geworden. Aber jetzt, hier in der Stadt, traf sie mit unverhohlener Kraft die Erkenntnis, dass sie die nächsten Jahre als schmuckes Beiwerk eines Mannes leben würde, den sie weder liebte noch begehrte.

Julie ließ sich aufs Bett fallen und starrte an die Decke. Dass dabei einige der Kleider, die Kiri sorgsam dort ausgebreitet hatte, zerknitterten, störte sie nicht weiter.

Ihre Gedanken schweiften ab. Was wäre, wenn sie ohne Karl in dieses Land gekommen wäre? Das wäre natürlich ein Unding gewesen, aber angenommen es wäre so, oder sie wäre gar hier heimisch gewesen, hätte einen attraktiven Mann in einem ihr angemessenen Alter kennengelernt ... einen Mann wie Jean Riard? Kurz verlor Julie sich in der Vorstellung, Jean Riard wäre an Karls Stelle, vielleicht hätte sie inzwischen eine eigene, kleine, glückliche Familie gegründet? Familie? Ruckartig setzte sie sich auf und schalt sich ihrer Gedanken. Er war ihr als verheiratete Frau so fern wie Surinam Europa. Sie durfte nicht einmal daran denken, dass ... Aber gleich sprangen ihre Gedanken wieder zu seinen blauen Augen und seinen kleinen Lachgrübchen. Gestern hatte sie ihm aufgrund ihrer Sorge über das nahende Treffen mit Valerie kaum folgen können, jetzt konnte sie sich nicht auf dieses Treffen konzentrieren, weil ihre Gedanken ständig zu Jean Riard wanderten. Was war nur los mit ihr? Sie fühlte sich erschöpft und fiebrig.

Die Droschke fuhr dieses Mal schnell durch die Straßen der Stadt. Sie war vom Hause Fiamond geschickt worden, und Julie hatte Kiri angewiesen, daheim zu bleiben, was Foni mit einem nachdenklichen Blick quittiert hatte. Julie betrachtete neugierig die Umgebung. Einige Straßen kannte sie bereits, hier war sie mit Riard gewesen, aber dann gelangten sie in ein ihr unbekanntes Viertel. Die Straße war breiter, der feine Muschelsand glänzte weiß und sauber in der Sonne, und hier und da beobachtete sie kleine Sklavenjungen, die die Wege vor den Häusern mit Palmenbesen reinigten. Vor ziemlich großen Häusern, stellte Julie erstaunt fest – alle Gebäude waren durchweg imposant und nicht so dicht aneinandergebaut wie in der Keizerstraat. Dies hier war eine bevorzugte Wohngegend – eine Erkenntnis, die ihre Nervosität noch verstärkte. Dann bog die Droschke durch das Nebentor eines gepflegten Anwesens, durchfuhr einen Palmengarten und kam zum Stehen.

Noch während Julie ausstieg, erschien Martina in der Haustür und begrüßte sie. »Tante Valerie wartet schon«, sagte sie fröhlich.

Julie atmete tief durch und folgte ihrer Stieftochter. Diese bewegte sich selbstsicher durch das Haus. Vermutlich hat sie hier in ihrer Kindheit mehr Zeit als auf Rozenburg verbracht, kam es Julie in den Sinn. Sie versuchte, sich vorzustellen, wie Martina als kleines Mädchen mit wehendem Kleidchen durch diese Flure gelaufen war. Oder besser gesagt »gegangen«, dies waren Flure, durch die man nicht lief, nicht einmal als Kind. Julie fühlte sich ähnlich eingeschüchtert, wie damals bei den Besuchen im Haus ihres Onkels. Dort hatte sie stets still sein müssen, man hatte sich nur leise zu bewegen und zu sprechen. Nur ihr Cousin hatte diese Regeln regelmäßig missachtet, was ihn mehr als einmal zur Zielscheibe seiner Mutter gemacht hatte. Tante Margret. Julie erschauerte, hoffentlich traf sie bei Valerie Fiamond nicht ausgerechnet auf diesen Typ Tante.

Martina führte Julie in einen hellen und freundlich eingerichteten Damensalon. An einem Tisch, auf dem bereits feinstes Porzellan gedeckt war, saß eine Frau.

»Tante Valerie, das ist Juliette.« Martina hatte zumindest einen halbwegs höflichen Tonfall angeschlagen.

Die Frau erhob sich und trat engelsgleich auf Julie zu. Julie war vom ersten Augenblick in ihren Bann gezogen und konnte den Blick kaum von ihr wenden. Valerie Fiamond war etwas größer als Julie, ihr sandblondes Haar war kunstvoll und etwas altmodisch hochgesteckt, und ihr grünes Kleid aus feinster Seide gab nicht das leiseste Knistern von sich. Diese Frau war wunderschön! Aber nicht allein ihre Schönheit zog Julie in ihren Bann. Die Frau wirkte grundgütig und liebenswürdig, sie war umgeben von einer Aura von Gutmütigkeit, und es schien, als könne sie niemandem etwas zu Leide tun. Julie fühlte sich in ihrer Nähe sofort wohl und schalt sich ob der Zweifel, die sie vor diesem Besuch gehegt hatte. Nun suchten Valeries grüne Augen freundlich Blickkontakt zu Julie, als sie ihr die Hand reichte.

»Juliette, es freut mich ausgesprochen, Sie endlich persönlich kennenzulernen«, sagte sie mit warmer, weicher Stimme. »Meine Mutter lässt sich entschuldigen, sie fühlt sich nicht gut.« Sie deutete auf den Tisch. »Kommen Sie, setzen wir uns. Ich habe ja schon so viel von Ihnen gehört, nachdem sich auf dem Empfang nie die Gelegenheit ergab, ein paar Worte zu wechseln.«

Julie lag eine verächtliche Bemerkung auf der Zunge: Von Martina? Dann bestimmt nichts Gutes! Aber in Anbetracht der Aufrichtigkeit dieser Frau besann sie sich auf eine höfliche Antwort. »Es freut mich ebenfalls.« Diese Frau würde sich sicher ihr eigenes Urteil bilden.

Julie war sich sicher, dass Valerie Fiamond die angespannte Stimmung zwischen ihr und Martina bemerkt hatte, sie ließ sich allerdings nichts anmerken. Stattdessen führte sie die beiden jungen Frauen nun zum Tisch und begann alsbald ein Gespräch über belanglose Dinge, das allen bei der Akklimatisierung half. Julie war ihr dankbar für diese Umsicht, nicht nur ihrer selbst willen. Für Martina musste es anstrengend sein, diese beiden Frauen jetzt gleichzeitig um sich zu haben: zum einen den geliebten Muttterersatz, zum anderen die verhasste Stiefmutter. Julie bewunderte Valeries Umgang mit der Situation. Diese Frau war wirklich beeindruckend.

Bald lenkte Valerie das Gespräch auf die Hochzeit. Die Vorbereitungen liefen hervorragend, Valerie hatte das Meiste bereits in die Wege geleitet, sie hatte sogar zusätzliche Köchinnen ausgesucht, weiteres Personal organisiert und einen Mann namens Ivon Cornet für die Organisation und Dekoration engagiert. Diesen stellte sie Julie zu ihrer Verwunderung auch gleich vor.

»Wir haben nur noch so wenig Zeit, da ist es besser, jemand kümmert sich umfassend um die Hochzeit, Ivon ist der perfekte Mann dafür!«

Julie musste Valerie in puncto Eile recht geben. Der ungewohnt weibisch anmutende Franzose umschwirrte die Frauen im weiteren Verlauf des Nachmittags wie eine Motte das Licht. Julie war das nicht unangenehm, und sie musste zugeben, das er nicht nur einen guten Geschmack hatte, sondern auch sehr amüsant war.

Zu Julies Erleichterung bezog Valerie sie gleich in alle Belange mit ein. So war Julie auf dem Laufenden, musste aber im Grunde nicht viel mehr tun, als den Vorschlägen zuzustimmen. Karl würde später gar nicht bemerken, wer in Wirklichkeit die Fäden im Hintergrund gesponnen hatte. Valerie gab Julie augenzwinkernd zu verstehen, dass sie dies durchaus guthieß und kein Problem damit hatte, später nicht die Früchte ihrer Bemühungen zu ernten.

»Ach was«, meinte sie lapidar, »Hauptsache, Martina hat eine schöne Hochzeit. Das … das bin ich Felice schuldig.«

Bisher hatte sie ihre Schwester mit keiner Silbe erwähnt, und Julie hütete sich davor, Fragen zu stellen. Doch Valeries schuldvoller Blick in diesem Moment kitzelte Julies Neugier wach. Wer war diese Frau gewesen?

Julie blieb allerdings nicht viel Zeit, darüber zu grübeln, denn schon am nächsten Tag besprachen sie bei Valerie die Blumenbuketts und die Dekoration, außerdem würde Karl am Abend eintreffen. Trotz der Anwesenheit seiner Familie in der Stadt, wollte er anscheinend nicht auf seine wöchentlichen Besuche dort verzichten.

Julie vergrämte sein Kommen die Freude an ihrem Stadtbesuch. Sie hatte schon zwei wundervolle Nachmittage mit dem jungen Buchhalter verbracht, und auch die Treffen mit Martina und Valerie liefen besser als erhofft. Wenn Karl nun eintraf, mussten sich alle während seiner Anwesenheit verstellen. Also packte Martina ihre Sachen und zog, gefolgt von Liv, ins Stadthaus zu Julie. Schließlich konnte sie nicht bei der Familie ihrer Mutter wohnen, wenn ihr Vater in der Stadt war. Pieter hatte sich derweil abgesetzt und einen Kurzbesuch bei einem alten Freund angetreten. Julie vermutete, dass die

Hochzeitsvorbereitungen schon an seinen Nerven zehrten. Aber so kam sie jetzt zumindest nicht in die unangenehme Situation, das Stadthaus mit ihm teilen zu müssen. Martinas Laune allerdings war daher ebenso getrübt wie die von Julie.

Karl traf am späten Nachmittag ein. Julie und Martina hatten sich über die Einzelheiten zur Hochzeit abgesprochen – nicht, dass sich eine von ihnen noch verplapperte!

Am nächsten Morgen zeigte Karl daran aber wenig Interesse. Mit mürrischem Gesicht saß er am Tisch und lauschte Martinas Ausführungen mehr oder weniger ungeduldig. Er schien nicht einmal überrascht zu sein, dass Julie es geschafft hatte, sich in so kurzer Zeit um Köchinnen und Personal zu kümmern. Umso mehr schien er sich aber darüber zu ärgern, seinen zukünftigen Schwiegersohn nicht in der Stadt anzutreffen. Erst bei der Erwähnung von Ivon Cornet blickte Karl kurz irritiert auf »Ivo … wer?«

Martina versicherte ihm sofort, dass dieser junge Mann ihr wärmstens von einer ehemaligen Schulfreundin empfohlen worden sei. Er sei momentan der beste Organisator von Festen in ganz Surinam. Er habe sogar schon für die Tochter des Gouverneurs gearbeitet.

»Was das alles kostet!« Karl zog verärgert die Augenbrauen zusammen, sagte aber nichts weiter. Alsbald verabschiedete er sich, ließ sich von Foni Hut und Jacke reichen und verkündete, es könne spät werden am Abend, man bräuchte mit dem Essen nicht auf ihn zu warten. Martina und Julie atmeten gleichzeitig erleichtert auf.

Julie packte die Gelegenheit beim Schopf, schließlich galt es, wichtige Dinge zu erfahren. Kaum hatte Karl das Haus verlassen, rief sie nach Kiri und nahm sie beiseite. »Folge dem Masra, ich will wissen, was er den Tag über so treibt.«

Kapitel 8

Als Kiri auf die Straße hinaustrat, zögerte sie kurz. Ein Angstschauer lief über ihren Rücken. Musste sie jetzt wirklich allein los? Ja, die Misi hatte es ihr befohlen. Also eilte sie sich, der Droschke zu folgen, in die der Masra eingestiegen war. Zum Glück war es recht belebt auf der Straße, sodass der Wagen nicht allzu schnell fahren konnte. Kiri hastete am Straßenrand hinterher. Seit sie bei Misi Juliette wohnte, war sie nie allein durch die Stadt gelaufen. Entweder hatte einer der Haussklaven sie begleitet, wenn sie für Foni Besorgungen erledigte, oder sie war mit Misi Juliette und Masra Jean unterwegs gewesen.

Jetzt schwappten in ihr Erinnerungen an die Erlebnisse hoch, die sie nach ihrer Flucht von der überfallenen Plantage in der Stadt gehabt hatte. Der weiße Soldat, der sie so barsch angefahren hatte, der Sklavenhändler Bakker, der stinkende Verschlag, in dem sie wochenlang hatte kauern müssen. Hoffentlich dachte jetzt nicht wieder jemand, sie sei Freiwild und fing sie ein. Die Misi würde sie niemals wiederfinden in dieser großen Stadt.

Die Gedanken hatten ihre Schritte verlangsamt, und fast hätte sie die Kutsche aus den Augen verloren. Kiri riss sich zusammen, sie hatte einen Auftrag und beschleunigte ihren Schritt. Je schneller sie herausfinden würde, wohin der Masra fuhr, desto eher konnte sie wieder zurück zur Misi.

Die Kutsche fuhr immer weiter, die Häuser am Straßenrand wurden zusehends ärmlicher, und auf den Fußwegen sah man immer häufiger auch Weiße zu Fuß gehen – ein untrügliches Zeichen dafür, dass es sich hier nicht gerade um eine noble Gegend handelte. An einem Eckhaus kam die Droschke schließlich zum Stehen. Viel weiter hätte sie auch nicht fahren können, am Ende der Straße lagen nur noch Kostäcker.

Masra Karl stieg aus, und der Kutscher setzte zum Wenden an. Kiri drückte sich hinter eine Hausecke, von wo aus sie beobachtete, wie der Masra auf das Eckhaus zuging und ohne zu klopfen durch die Eingangstür trat. Kiri wartete.

Die Sonne stieg höher und höher, und allmählich taten ihr vom langen Stehen die Beine weh. Also setzte sie sich hin und lehnte sich an die Hauswand, wenn niemand in der Nähe war, sprang aber schnell auf und lief ein paar Meter hin und her, sobald eine Kutsche oder ein Fußgänger kam. Es sollte schließlich niemand denken, sie lungere hier herum. Gerade als sie überlegte, woher sie jetzt wohl einen Schluck Wasser bekommen könnte, näherte sich von der Seite der Gärten aus eine hochgewachsene schwarze Frau. Kiri bereitete sich darauf vor, einen geschäftigen Eindruck zu machen, aber zu ihrer Verwunderung ging die Frau auf das gleiche Haus zu, in dem vor Stunden der Masra verschwunden war, und betrat es. Durch die gleiche Tür wie der Masra!

Kiri ließ sich verwirrt im Schatten der Hauswand nieder. Dann würde der Masra wohl bald auch fertig sein und nach Hause wollen. Aber nichts geschah. Als sich die Sonne zum Nachmittag neigte, hatte Kiri genug vom Warten. Ob die Misi böse mit ihr wäre, wenn sie jetzt nach Hause kam? Viel hatte sie ja nicht in Erfahrung gebracht, sie konnte der Misi nicht einmal sagen, wie die Straße hieß, in der sie nun seit Stunden auf den Masra wartete.

Als zwei schwarze Jungen die Straße entlangkamen, sprach sie diese an: »Hört mal, könnt ihr mir was sagen?« Die etwa zwölfjährigen Bengel kicherten. Kiri zeigte auf das Eckhaus. »Wer wohnt da, wisst ihr das?«

Wieder kicherten die beiden, der eine zuckte mit den Achseln, der andere setzte aber plötzlich eine gewichtige Miene auf und nickte. »Ich weiß, wer da wohnt.«

»Na, sag schon«, bat Kiri ungeduldig.

»Was kriegen wir denn dafür?«, fragte der Bengel spitz.

Kiri seufzte. »Ich hab nichts für euch.« Wie zum Beweis zupfte sie an ihrem Kleid.

Der Junge blickte kurz mürrisch drein, dann leuchtete sein Gesicht aber wieder spitzbübisch auf. Er flüsterte seinem Freund etwas ins Ohr, und der kicherte gleich wieder los.

Kiri rollte ungeduldig mit den Augen. »Na, sagt schon, was wollt ihr?«

Jetzt schienen sich die Jungen zu genieren. Der größere grinste zwar immer noch bis über beide Ohren, blickte aber zu Boden. »Wenn du's wissen willst, musst du ... du ...« Er zupfte an seinen verschlissenen Hosenbeinen, als wolle er sie hochziehen.

»Ach was.« Kiri verschränkte trotzig die Arme. Was glaubten die Kleinen denn!

»Bitte!«, feixte jetzt der Kleinere.

Kiri schaute sich kurz um. Niemand war zu sehen.

»Also gut.« Schnell zog sie ihr Kleid bis kurz über die Knie hoch. Die Jungs quietschten vor Lachen und wollten auf dem Absatz kehrtmachen, als Kiri den einen am Schlafittchen packte. »Du hast versprochen, es mir zu sagen«, forderte sie energisch.

Der Junge zappelte an ihrer Hand.

»Ist ja gut! Da in dem Haus, meinst du? Lass los! Lass

schon los.« Kiri lockerte ihren Griff. »Da wohnen die Suzanna und der Masra Karl.« Und mit einem Ruck riss sich der Junge los und rannte johlend hinter seinem Freund her.

»Der Masra Karl?« Kiri blieb verdutzt allein am Wegesrand stehen.

Sie musste nach Hause, sie musste der Misi Bericht erstatten. Auch wenn der ihrer Misi bestimmt nicht gefallen würde.

Karl kam weder am Abend nach Hause noch spät in der Nacht, er kam gar nicht. Julie hatte Kiri, die erschöpft und sichtlich irritiert in das Stadthaus zurückgekehrt war, nach ihrem Bericht freigestellt. Sie sollte sich bei Foni etwas zu essen abholen und sich dann zur Ruhe begeben. Julie selbst lag stundenlang in ihrem Zimmer und lauschte auf die Geräusche des Hauses. Irgendwann schlief sie ein. Am Morgen blieb Karls Platz am Tisch frei. War er bei dieser Frau geblieben? Bei Suzanna? War sie Teil seiner surinamischen Ehe, von der Pieter gesprochen hatte?

Martina schien die Abwesenheit ihres Vaters nicht weiter zu stören, sie sehnte vermutlich den Abend herbei, wenn er wieder Richtung Plantage reisen und sie zu Valerie ziehen würde – bis zu seinem nächsten Besuch.

Nachmittags kam Karl kurz ins Stadthaus, entschuldigte seine lange Abwesenheit knurrend mit geschäftlichen Dingen und verabschiedete sich dann wieder nach Rozenburg.

Martina packte ihre Tasche und zog mit Liv zu Valerie. Julie blieb mit Kiri im Stadthaus.

Grübelnd zog sie sich in ihr Schlafzimmer zurück. Wenn Karl wirklich eine Liebschaft hatte, wäre das vielleicht eine

Möglichkeit für sie, aus der Ehe mit ihm zu kommen. Eine wirkliche Ehe führten sie ja schon seit Monaten nicht mehr. Sie konnte sich kaum daran erinnern, wann er sie das letzte Mal in ihrem Bett besucht hatte ... Julie schüttelte es allein bei dem Gedanken an den Alkoholgeruch. Nein, es war ihr ganz recht, dass er sich zurückhielt. Aber eine Scheidung? War das wirklich eine Möglichkeit? Vermutlich blieben ihr als Frau dabei kaum Rechte. Sie würde mittellos sein, ihr Vermögen war bei der Heirat an Karl gegangen, und nun würde sie es nicht einmal an ihrem einundzwanzigsten Geburtstag erhalten. Würde sich überhaupt ein Richter finden, der die Ehe schied, allein aufgrund von Karls Verhältnis zu einer Farbigen? Julie schätzte die Chancen dazu eher gering ein. Wahrscheinlich würde man über sie spotten, schließlich schien sich in diesem Land jeder weiße Mann mit den Sklavinnen zu vergnügen. Nein ... Es war aussichtslos. Sie war weiterhin an Karl gebunden. Und selbst wenn sie geschieden würden, was sollte sie allein und ohne Geld in diesem Land?

Im Stillen verfluchte sie ihren Onkel. Wie hatte er damals nur so handeln können? Es hatte ihm bestimmt ein schönes Sümmchen eingebracht. Julie wusste von Riard, dass die Plantage bevorzugt an das Kontor Vandenberg lieferte – Julie fühlte sich wie eine Stute, die auf dem Pferdemarkt verschachert worden war.

Karl hatte nach der Ankunft auf Rozenburg damals recht schnell mit seinen wöchentlichen Stadtbesuchen begonnen. Wenn Julie genau darüber nachdachte, war er vermutlich schon direkt nach der Ankunft in Paramaribo zu Suzanna gefahren. Also hatte es diese Frau in seinem Leben schon vor Julie gegeben. Sie fühlte sich gekränkt, einmal mehr führte sie sich vor Augen, dass sie nur Mittel zum Zweck gewesen war.

Karl hatte sie ein paar Wochen lang auf den Nachbarplantagen herumgezeigt und sich damit über jeden Verdacht erhoben, ein unstetes Leben zu führen. Danach hatte er seine Frau in sein Haus gesetzt – als Alibi für sein bisheriges Leben. Julie bemerkte mit Verbitterung, dass Karl einen Plan gehabt haben musste. Ob der aufgegangen war, konnte sie nicht sagen, er hatte bei seinen Besuchen bei den Nachbarn zumindest ein paar gute Geschäfte abgeschlossen. Wirklichen Kontakt zu seinen Nachbarn hatte er nie gewollt, im wahren Leben beschäftigte sich hier ohnehin jeder mit seinem eigenen Land. Natürlich war ein Ereignis wie Martinas und Pieters Hochzeit jetzt eine Gelegenheit, sich zu profilieren – aber wirklich engagiert war Karl dabei nicht, er überließ das alles ihr.

Andererseits: Wenn er sich sein eigenes Leben aufbaute, dann konnte sie das vielleicht auch? Auf der Plantage würde sie ihm gegenüber zumindest nicht mehr so schnell klein beigeben. Er schien sie ja doch irgendwie gebraucht zu haben, wenn auch nur aus wirtschaftlicher Sicht. Der Gedanke verschaffte ihr eine gewisse Genugtuung. Und zweitens wollte sie das Feld in Bezug auf Pieter keinesfalls kampflos räumen. Niemand wusste, was er mit den Sklaven auf der Plantage anstellen würde.

Pieter hatte von vornherein gewusst, was hinter ihrem Rücken gespielt wurde, da war sich Julie ganz sicher. Und Martina interessierten diese Dinge vermutlich nicht. Sie würde bald ihre eigene kleine Familie haben, Julie brauchte sie dafür nicht. Für sie würde Karl immer ihr Vater bleiben, ob mit oder ohne schwarzer Konkubine. Wahrscheinlich empfand Martina diese Beziehung sogar als normal. Und wer weiß: Vielleicht würde es ihr mit Pieter ja genauso ergehen – Interesse an den Sklavenmädchen zeigte er ja zumindest schon.

Julie war erschüttert über die Verhältnisse in Surinam.

Wo steckte Pieter eigentlich, sollte er nicht langsam mal wieder in die Stadt zurückkehren?

»Pieter? Der nutzt die Gelegenheit, einige Plantagen am Fluss Para zu besuchen. Solange er noch Arzt ist.«

Martina antwortete sehr betont auf Julies Frage. Sie und ihr Zukünftiger sprachen inzwischen ganz offen darüber, dass Pieter nach der Hochzeit gedachte, sich endgültig auf Rozenburg niederzulassen. Es gäbe inzwischen genug Ärzte im Land, und Pieter mache keinen Hehl daraus, den Beruf nur aus zwei Gründen ergriffen zu haben: seines Vaters wegen und weil er dadurch seine Studienzeit in Europa verbringen konnte. Von Berufung war in diesem Zusammenhang nie die Rede. Eher schien er sich mehr und mehr mit seiner zukünftigen Stellung als Plantagendirektor anzufreunden.

Julie bereitete das Unbehagen. Martina war inzwischen recht zugänglich, sobald Julie mit ihr allein war, sogar kurze Gespräche waren möglich, ohne dass Martina gleich einen Streit heraufbeschwor. Offenbar war sie Julie wirklich dankbar, dass sie ihr zu diesem Stadtbesuch verholfen hatte. Noch war ihre Schwangerschaft nicht weit fortgeschritten, aber schon bald nach der Hochzeit würde sie nicht mehr viel reisen können. Und wenn das Kind erst einmal da war ...

Ging es aber um die Plantage, sprach Martina ganz ungeniert über ihre Zukunft mit Pieter auf Rozenburg. Karl oder gar Julie kamen in diesen Überlegungen allerdings nie vor. Julie schob dies auf Martinas naive Vorstellung, sie schien ihr häufig doch etwas weltfremd. Manchmal allerdings überkam sie tatsächlich die Angst, es könnten schon Absprachen getroffen worden sein, von denen sie nichts wusste. Nicht dass Karl in den Ruhestand zu seiner surinamischen Ehe zog und Julie ihr Dasein als Alibifrau und alternde Strohwitwe einsam und allein im Stadthaus fristete … oder gar unter der Fuchtel von Pieter auf der Plantage.

Julie seufzte. Bis dahin blieb immerhin noch Zeit.

Die Frauen saßen wieder beim Tee in Valeries Damensalon und ließen sich von Ivon diverse Muster für Blumengestecke und Tischdekorationen vorführen. Julie kam nicht umhin, die dargebotenen Sachen für durchaus geschmackvoll zu befinden. Valerie und Martina hingegen taten sich schwer mit einer Entscheidung, und somit zog sich die Prozedur in die Länge.

Julie rutschte nervös auf ihrem Stuhl hin und her. Riard hatte angekündigt, am Abend eine Überraschung für sie zu haben. Sie war gespannt und freute sich auf seine Gesellschaft.

Nachdem die Blumenbuketts endlich zur Zufriedenheit aller abgehandelt waren, entschuldigte sie sich eilig und ließ sich von einer Droschke zurück ins Stadthaus bringen. Kiri hatte am Nachmittag sorgfältig Julies Lieblingskleid geplättet, und als Julie nun in ihr Schlafzimmer kam, stand dort bereits eine Schale mit Rosenwasser zur Erfrischung bereit. Julie gab sich besonders viel Mühe, hübsch auszusehen. Für den jungen Buchhalter? Vielleicht. Ein Lächeln umspielte ihren Mund, als sie sich im Spiegel betrachtete. Seit ihr bewusst geworden war, dass ihre Ehe eine reine Farce war, genoss sie die Begegnungen mit Riard noch mehr. Warum sollte sie sich nicht auch etwas amüsieren dürfen in der Stadt? Die Zeit auf der Plantage würde wieder lang genug werden.

»Kiri, du hast heute Abend frei«, beschied sie das Mädchen und wartete dann aufgeregt, dass Riard sie abholte.

Er fuhr mit ihr zu einer Parkanlage nahe des Gouverneurpalastes. Die Gärten hier waren besonders prachtvoll und verströmten am Abend einen betörenden Duft. In der Parkanlage selbst gelangten sie nach einem kurzen Spaziergang zu einem kleinen Freilufttheater. Mehrere Tische und Stühle standen zu einer Bühne ausgerichtet, rundherum brannten Fackeln, und schwarzes Personal in europäischer Dienertracht trug Sektkühler und Kanapees zu den Tischen, an denen nun immer mehr Menschen Platz nahmen.

»Oh, was ist das denn hier?« Julie war beim Anblick dieses Arrangements ganz entzückt. »Ein Theater unter freiem Himmel?«

Der junge Mann nickte stolz. Er führte sie zu einem Tisch mit zwei Stühlen und bot ihr an, Platz zu nehmen. Kurz darauf nippte Julie bereits an einem Glas Champagner und wartete gespannt, was auf der Bühne passieren würde. An den Tischen rundum saßen einige weiße, aber auch einige schwarze Besucher. Das waren vermutlich sogenannte »Freie«, denn Sklaven war der Besuch solcher Veranstaltungen untersagt.

Julie versuchte seit ihrer Ankunft in der Stadt, das komplizierte soziale Geflecht um die Hautfarben herum zu durchschauen: Je nach Abstufung der Farbe gab es deutliche Standesunterschiede. Je dunkler die Haut, desto niedriger der Stand, das war nicht schwer zu begreifen. Andererseits gab es durchaus auch freie Schwarze in der Stadt und wiederum viele Weiße, die sich für einfache Tätigkeiten nicht zu schade waren. Diese allerdings standen dann im Ansehen der wohlhabenden Kolonialgesellschaft nicht sehr hoch.

Als der Vorhang sich lichtete, trat eine junge Mulattin hervor und begann zu singen. Alsbald tauchten mehrere Schauspieler auf der Bühne auf, sangen oder sprachen einen Text, woraus sich eine Geschichte entspann. Julie verstand zwar nicht den gesamten Text, der aus einem Gemisch von Französisch und Negerenglisch bestand, aber die Bilder sagten mehr als Worte. Es ging um Liebe, Verrat und Eifersucht – und am Ende gab es eine rührende Versöhnung. Julie war ganz benommen und fühlte sich überglücklich. Um sie herum war es inzwischen tiefste Nacht geworden, und nur die Fackeln und der Mondschein erhellten noch die Gesichter der Zuschauer.

Im Feuerschein bemerkte Julie, dass Jean Riard sie belustigt anschaute. Ihr wurde bewusst, dass sie sich die ganze Aufführung über nur auf das Schauspiel konzentriert hatte. Nachdem jetzt der Applaus verebbte und nochmals Getränke gereicht wurden, sah sie ihn verlegen an.

»Entschuldigung, dass ich Sie den ganzen Abend nicht beachtet habe, aber ich ... ich habe schon lange nicht mehr ...«

»Ist schon gut, ich hoffe, es hat Ihnen gefallen?«

»Es war sehr schön, danke, dass Sie mich hierher geführt haben, Mijnheer Riard.«

»Wollen wir nicht ...«, er erhob sein Glas, »ich meine, wir können das *Sie* auch gerne weglassen. Es ist immer so ...« Er lächelte verlegen.

»Gerne, wenn Sie ... du ...« Julie war froh, dass es dunkel war, so sah er hoffentlich nicht, wie ihr die Röte ins Gesicht schoss.

Himmel, was würde Karl jetzt wohl denken, schoss es ihr durch den Kopf. Sie verdrängte den Gedanken und konzentrierte sich auf die blauen Augen ihr gegenüber.

»Freut mich, Juliette.«

»Jean.«

Sie erhoben beide ihre Gläser.

Etwas später schlenderten sie im Schutz der Nacht durch die Gärten, zu dem Platz, an dem die Droschken warteten. Allerlei kleine Nachtvögel umschwirrten im Licht des Mondes die Bäume auf den Grünflächen, die von gepflegten Muschelsandwegen durchzogen wurden. Julie und Jean gingen sehr langsam, und so waren sie bald allein.

»Jean, das war ein sehr schöner Abend.« Julie hatte sich wieder bei ihm eingehakt und zog ihn jetzt zur Bestätigung ihrer Worte leicht zu sich heran. Sie mochte seine Nähe, den leicht männlichen Duft, der von ihm ausging, seine Art zu reden. Sie fühlte sich wohl mit ihm.

Jean blieb stehen und wandte sich ihr zu. »Mir hat der Abend auch sehr gefallen, Juliette … Julie, und wenn … wenn ich …« In Julies Brust machte sich ein Schwarm Schmetterlinge frei, wie sie es noch nie erlebt hatte. Alles um sie herum schien in weite Ferne zu rücken. Hier, jetzt, in diesem Moment, in diesem Garten, auf diesem, vom Mondlicht bestrahlten Weg, gab es nur sie beide. Ihre Augen suchten die seinen, ihre Blicke trafen sich. Er strich ihr sanft mit der Hand über die Wange, fasste sie zärtlich am Kinn und führte ihre Lippen zu den seinen. Einen kurzen Moment schien die Welt um Julie stillzustehen. Als sich ihre Lippen trennten, rang sie nach Atem. »Julie … wenn es in meiner Macht stünde … ich würde dir jeden Abend eine Freude bereiten, und jeden Tag … und …« Er strich ihr zärtlich über die Wange. Julies Körper reagierte mit einem wohligen Schauer. Dann näherten sich Schritte. Der Zauber entschwand. Jean trat einen Schritt zurück, sein Gesicht bekam einen ernsten Ausdruck. »Julie … Es … es tut mir leid. Wir sollten weitergehen, da kommt jemand.« Sie hakte sich mechanisch wieder bei ihm unter, und gemeinsam schritten sie zu den Kutschen.

Im Stadthaus angekommen ließ Julie sich rücklings auf ihr Bett fallen.

»Misi? Alles in Ordnung?« Kiri blieb verwundert stehen, als sie gerade eine frische Schale Wasser hereinbrachte.

»Ja, Kiri, es ist alles gut.«

Julie wusste nicht, wie ihr geschah, eine solche Gefühlsexplosion wie vorhin, als ... als seine Lippen die ihren gesucht hatten, das hatte sie noch nie erlebt. Sie hoffte, Jean bald wiederzusehen.

Zu Julies Bedauern ging Jean von diesem Abend an auf Distanz zu ihr. Seine Besuche nahmen wieder einen förmlicheren Charakter an, auch führte er sie nur noch zu belebten Plätzen aus und niemals mehr am Abend. Zunächst versuchte sie, seinem Verhalten etwas Positives abzugewinnen, außerdem redete sie sich ein, sich ihrer Gefühle noch nicht ganz klar zu sein. Aber nach und nach merkte sie, wie sehr sie sich nach ihm sehnte, nach seiner Nähe, seiner Stimme. Wenn er nicht da war, verursachte ihr sein Fehlen nichts als schmerzhaftes Verlangen. Sicherlich war es taktvoll von ihm, sie beide nicht noch einmal in eine verfängliche Situation zu bringen. Aber Julie hatte manchmal das Gefühl zu platzen.

In der folgenden Woche kam Karl wieder in die Stadt. Und dieses Mal wollte Julie es mit eigenen Augen sehen. Als er sich am Vormittag verabschiedete, rief sie kurz darauf eine Mietdroschke und führte den Fahrer gemäß Kiris Beschreibung. Die Straßen in dieser Stadt waren fast alle schnurgerade, man musste nur darauf achten, dass man oft genug abbog. Als Julie schließlich an der richtigen Straße angelangt war, wies sie den Kutscher an, zu halten und zu warten. Sie wollte das letzte Stück zu Fuß gehen. Sie hatte sich möglichst unauffällig gekleidet, um nicht aufzufallen. Viele Menschen begegneten ihr nicht, und dies war eine Gegend, in der eine weiße Frau durchaus auch allein herumspazierte.

Als sie am Ende der Straße tatsächlich das Haus erblickte, welches Kiri beschrieben hatte, blieb Julie stehen. Sie hatte keinen Plan, in ihren Gedanken war sie immer nur bis zu diesem Haus gelangt. Was sollte sie jetzt tun? Vielleicht war Karl ja doch woanders hingefahren? Und wenn er hier war? Was, wenn er sie hier sah? Plötzlich befand sie ihre Idee, ihm zu folgen, für sehr dumm. Sie machte auf dem Absatz kehrt, um zu der Straßenecke zurückzukehren, an der der Kutscher wartete. Fast wäre sie dabei mit einer hochgewachsenen dunkelhäutigen Frau zusammengestoßen, die mit einem Korb Früchte hinter ihr aufgetaucht war.

»Oh, Entschuldigung!« Reflexartig senkte Julie den Blick. Dass dies in Surinam Farbigen gegenüber unangemessen war, entfiel ihr in diesem Moment.

»Ist ja nichts passiert.« Die Frau lächelte sie freundlich an, als Julie den Blick wieder hob. »Haben Sie sich verlaufen? Sie standen so ratlos auf dem Weg.« Das Gesicht der Frau hatte fein geschnittene Züge und war so ganz anders als die Gesichter der afrikanischen Sklaven mit ihren vollen Lippen und breiten Nasen. Julie konnte ihre Herkunft nicht einordnen, aber die Frau war hübsch, das stach sofort ins Auge.

»Ja ... verlaufen ...« Julie wusste nicht, was sie sagen sollte, »aber ich glaube, ich muss da entlang.«

Schnell murmelte sie ein verlegenes Danke und huschte an der Frau vorbei, die Straße hinunter.

Nach ein paar Metern aber verharrte sie kurz. Sie nahm ihren Mut zusammen und blickte sich um. Die Frau hatte ihren Weg fortgesetzt, wandte sich jetzt zum Eingang des letzten Hauses und verschwand darin. Julie stockte der Atem. Suzanna!

Kapitel 9

Zunächst reagierte Erika nicht auf Ernst van Drags Bemerkungen. Seit er sie in dem Sklavenkleid gesehen hatte, ließ er ihr gegenüber ab und an Kommentare dazu fallen. Erika bemerkte seinen seltsamen Blick und nahm an, dass er sie damit tadeln wollte. Es war ihr ohnehin peinlich gewesen, dem Plantagenbesitzer in diesem Aufzug gegenüberzutreten, aber sie hatte keine Wahl gehabt. Sie hoffte nur, dass er den Vorfall schnell vergessen würde, wenn sie sich anstrengte und redlich zeigte.

Leider kam es anders.

Es begann, als er sie scheinbar zufällig auf dem Weg vom Arbeiterdorf zur Plantage traf.

»Ah, Erika. Na, haben Sie den Landsleuten wieder einen Besuch abgestattet?« Er baute sich vor ihr auf. Erika wollte gerade wahrheitsgemäß erwidern, dass sie Reiner bei Resa abgeliefert hatte, um gleich den Unterricht mit den Kindern beginnen zu können, da packte er sie am Arm und hielt sie fest. Er schob sein Gesicht ganz dicht an ihres. »Oder warst du etwa wieder im Sklavendorf, Mädchen, hm? Vielleicht sollte ich dir eins der Sklavenkleider schenken.«

Erika riss sich verschreckt los. »Ich … ich muss zu den Kindern«, stammelte sie und rannte so schnell sie konnte zum Haus. Er lachte dröhnend hinter ihr her.

Erika konnte an diesem Tag keinen klaren Gedanken mehr fassen. Hatte der Hausherr den Verstand verloren?

Am Nachmittag zog sie es vor, ihren Sohn in Begleitung von Jette bei Resa abzuholen. »Alles in Ordnung bei dir, Erika, du siehst so blass aus?« Resa sah ihre junge Freundin besorgt an.

»Alles gut, Resa, ich ... ich bin nur etwas müde.«

Die Holzfällerfrau runzelte die Stirn, sagte aber nichts.

Als Erika mit Reiner auf dem Arm zum Plantagenhaus zurückkam, dämmerte es bereits. Jette hatte sich an der Abzweigung zum Sklavendorf von Erika verabschiedet und sich auf den Weg nach Hause gemacht. Als Erika nun die Veranda hinaufstieg, erschrak sie zutiefst, als sie Ernsts Gestalt im Halbdunkel auf einem der Stühle erspähte.

»Bring das Kind ins Bett, und dann kommst du zu mir, Erika.« Seine Stimme duldete keinen Widerspruch. Erika eilte sich, ins Haus zu kommen. Jetzt würde er ihr bestimmt kündigen, wegen ihres Auftritts neulich! Damit konnte sie die weitere Suche nach Reinhard vergessen. Der Gedanke, bald wieder mittellos in die Stadt zurückkehren zu müssen, trieb ihr die Tränen in die Augen. Was sollte dann aus ihr werden? Zurück zu den Gemeinebrüdern wollte sie nicht, und ansonsten kannte sie niemanden in diesem Land. Außer vielleicht Juliette, aber die war weit entfernt, und wer wusste, ob sie überhaupt noch im Lande war und ob sie sich überhaupt noch an sie erinnerte. Wo sollte sie wohnen, wie ihr Geld verdienen? Was, wenn sie nicht mehr für Reiner sorgen konnte? Gut, vielleicht würde sie eine andere Stelle als Hauslehrerin bekommen, aber so würde sie Reinhard nie finden. Sie war jetzt schon viel zu lange bei den van Drags. Eigentlich hatte sie gehofft, das Geld für die Reise schneller zusammenzubekommen. Sie hatte immer gedacht, Hauslehrerinnen würden gut verdienen – dass die Bezahlung aber so schlecht war, hatte sie nicht bedacht. Sie ärgerte sich über sich selbst, dass sie vorher nicht genau nachgefragt hatte. Und die Buschneger, die im Hinterland das Transportwesen kontrollierten, verlangten von Passagieren horrende Preise. Fünfhundert Gulden hatte einer der Bootsmänner auf ihre Frage geantwortet, wie viel es kosten würde, sie ins Hinterland zu bringen. Es würde ewig dauern, bis sie diese Summe beisammenhatte.

Als Erika den schlafenden Reiner in sein Bettchen legte, wirbelten die Gedanken nur so durch ihren Kopf. Entschlossen stand sie auf. Schnell steckte sie ihren Haarknoten zurecht und zog ihr graues Hauskleid zurecht. Wenn ihr jetzt schon gekündigt wurde, wollte sie ihrem Arbeitgeber wenigstens ordentlich entgegentreten.

Als sie zurück auf die Veranda kam, saß Ernst van Drag immer noch auf seinem Platz. Eine leere Karaffe stand neben einem noch halbvollen Glas und der Geruch von Dram wehte Erika entgegen. Sie wappnete sich innerlich für das folgende Gespräch. Entschuldigen wollte sie sich, vielleicht konnte sie das Schlimmste ja noch abwenden.

Ernst van Drag erhob sich etwas schwerfällig, er hatte offensichtlich schon eine Menge getrunken. »Komm mit!«, sagte er im Befehlston und unterstrich seine Forderung mit einer winkenden Handbewegung. Im Dunkeln schritt er um das Plantagenhaus herum zum dahinterliegenden Wirtschaftsbereich, bevor er eine Tür neben einem Lagerhaus aufstieß. »Rein!«

Erika war zu verwundert, als dass ihr das seltsam vorkam. »Wenn ... wenn Sie mir kündigen wollen, dann ... sagen Sie es mir bitte!«

»Kündigen ... mal sehen!« Van Drag lachte leise und heiser. »Rein!« Er wies auf die Tür, und Erika schritt schnell hindurch, um ihn nicht weiter zu erzürnen.

Sie fand sich in einer der kleinen Kammern wieder, die eigentlich Besuchern der Plantage vorbehalten waren. Auf dem Tisch brannte eine kleine Öllampe.

»Sie hätten das auch ... auch auf der Veranda mit mir besprechen können.« Erika überkamen erste Zweifel, die sich verstärkten, als der Hausherr die Tür schloss und ihr so den Ausgang versperrte.

»Zieh das an!« Er deutete auf ein buntes Sklavenkleid, welches auf dem Stuhl neben dem Tisch hing.

Erika sah ihn verwundert an. »Ich soll ...?«

»Du willst doch deine Stellung bei uns behalten, oder?«, knurrte er mit zusammengebissenen Zähnen. »Also mach, was ich dir sage.«

Erika stand wie versteinert mitten im Raum, ihr wurde eiskalt.

»Nun zier dich nicht so, mach schon ...« Er ging einen Schritt auf sie zu und versuchte, ihr das Kleid vom Leib zu zerren.

»Nein ...!« Erika versuchte, den Stoff am Körper zu behalten, doch gegen seine Kraft hatte sie keine Chance.

»Still!« Er schlug ihr unvermittelt ins Gesicht, und Erika schmeckt Blut auf ihren Lippen.

Da ihr eigenes Kleid ihr bereits von der Hüfte rutschte, griff sie schnell nach dem bunten Tuch. Leise schluchzend wickelte sie sich darin ein. »Mach das ordentlich! Du sollst aussehen wie ... wie neulich ... Schuhe aus! Und mach die Haare auf.« Er fingerte an ihrem Haarknoten. Sie versuchte, sich seinen Händen zu entziehen, doch er schien jetzt vom Wahn gepackt. Rüde stieß er sie von sich und betrachtete sie mit lüsternem Blick, als sie nun barfüßig, mit offenem Haar und dem bunten Tuch um dem Leib, mitten im Raum stand. »Wenn du hierbleiben willst, dann musst du schon was für mich tun ... weiße

Sklavin.« Bevor sie wusste wie ihr geschah, packte er sie wieder und stieß sie auf die kleine Pritsche, die als Bett diente. Gewaltsam zog er das Sklavenkleid hoch, während er mit der anderen Hand an seiner Hose fingerte. »Dich immer als braves Mädchen zeigen … aber im Grunde bist du eine weiße Sklavin.« Er keuchte. »Ich hab's neulich genau gesehen, du bist im Grunde genau wie diese anderen verdorbenen Sklavenfrauen … nur, dass du es besser versteckst … bist doch genauso willig wie diese Weiber … aber nicht so schmutzig.« Mit einem groben Stoß drang er in sie ein. Erika meinte, vor Schmerz die Besinnung zu verlieren. Als sie ein paar klagende Töne von sich gab, hielt er ihr die Hand auf den Mund. Immer und immer wieder stieß er zu, bis er atemlos und verschwitzt über ihr zusammenbrach. Eine Sekunde nur, dann richtete er sich mit einem zufriedenen Gesichtsausdruck auf und blickte auf Erika herab. Erika versuchte derweil unter Tränen, sich zu bedecken. »Na, also … das Kleid kannst du behalten, bring es mit, wenn ich dich rufe!« Mit diesen Worten verließ er die Kammer.

Erika war wie in Trance. Sie lag einen Moment reglos da, bevor sie sich schließlich mühsam unter Schmerzen aufraffte, ihre zerrissene Kleidung aufsammelte und im Schutz der Dunkelheit zum Haus huschte. Kurz vor der Hintertür krampfte sich ihr Körper zusammen, und sie übergab sich hinter einigen Büschen. Verbissen versuchte sie, leise zu sein, nicht auszudenken, wenn sie jemand in diesem Zustand sah. Mit dem Geschmack von Tränen, Blut und bitterer Galle im Mund erreichte sie endlich ihr Schlafzimmer. Als sie die Tür hinter sich verschlossen hatte, sackte sie haltlos schluchzend auf dem Boden zusammen.

Wie konnte er nur so etwas tun? Angeekelt zog sie sich das Sklavenkleid vom Leib. Sie fühlte sich schmutzig. Leise, um das schlafende Kind nicht zu wecken, kroch sie bis zur Waschschüssel und säuberte sich mit einem Lappen so gut sie konnte. Dass sich dabei eine große Wasserlache zu ihren Füßen bildete, kümmerte sie nicht. Immer und immer wieder schrubbte sie sich über die Beine und über ihre Scham, bis ihre Haut so brannte, dass nichts von dem Geschehenen noch übrig sein konnte. Achtlos ließ sie den Lappen auf den Boden fallen, kroch unter ihre Bettdecke und zog sich das Laken bis unter das Kinn. Zitternd lag sie da, starrte in die Dunkelheit und versuchte, sich auf den leisen, friedlichen Atem ihres Kindes zu konzentrieren. Nicht daran denken, was sie eben erlebt hatte. Nicht daran denken!

Kapitel 10

Die Zeit in Paramaribo verging viel zu schnell. Als Karl zum dritten Mal in die Stadt kam, befahl er Julie und Martina, wieder mit auf die Plantage zu kommen. Julie wollte nicht, zwang sich aber zu schweigen. Sie mochte seinen Zorn jetzt nicht heraufbeschwören. Martina war auch nicht begeistert.

»Aber Pieter ist doch noch …«, startete Martina einen vorsichtigen Versuch.

»Der findet den Weg zur Plantage auch allein«, knurrte Karl, »solange er es bis zur Hochzeit schafft.«

Er hatte recht. Jetzt waren es nur noch knapp drei Wochen bis zur Hochzeit, und alles Weitere war nun auf der Plantage zu regeln. Wehmütig packte Julie ihre Sachen, um mit Martina, Kiri und Liv nach Rozenburg zurückzukehren. Vielleicht bekam Pieter ja kalte Füße und kam nicht wieder … Natürlich war ihr klar, dass das ein Wunschtraum war, denn die Chance auf die Plantage würde er sich nicht nehmen lassen. Das hatte er mehr als deutlich zum Ausdruck gebracht.

Ivon Cornet würde ebenfalls in ein paar Tagen nach Rozenburg reisen, mit einem ganzen Frachtkahn voller Dekoration und Hochzeitsausstattung. Die ersten Gäste wurden dann bereits einige Tage vor der Hochzeit erwartet. Julie wollte noch zu den Nachbarn reisen, um die Unterbringung der Gäste zu besprechen, schließlich konnten nicht alle auf Rozenburg unterkommen, kaum jemand würde jedoch noch am selben

Tag abreisen. So eine Hochzeit schien allen eine willkommene Gelegenheit, ein paar Tage Urlaub zu machen. Julie schmerzte jetzt schon der Kopf, wenn sie daran dachte, was noch alles zu erledigen war. Valerie hatte ihr zwar versprochen, sich zumindest um die Gäste zu kümmern, die aus der Stadt anreisten, und Julie eine lange Liste mit Namen gegeben, wer am besten bei wem unterzubringen war. Aber Julie wäre es viel lieber gewesen, Valerie vor Ort dabeizuhaben. Dies war allerdings undenkbar, Karl rückte keinen Millimeter von seiner Entscheidung ab, dass die Hochzeitsorganisation allein in der Hand seiner Frau lag, und Martinas Tante sowie seine ehemalige Schwiegermutter nur Martina zuliebe als Gäste geduldet waren. Allein die Anwesenheit dieser Personen auf der Hochzeit erregte sein Gemüt. Das entsprechende Versteckspiel war zwar für alle Beteiligen etwas nervenaufreibend, aber Martina und auch Valerie schien es auf gewisse Weise auch Spaß zu bereiten, Pieter hingegen enthielt sich einer Meinung und glänzte sowieso mit Abwesenheit. Julie empfand inzwischen keine Skrupel mehr, Geheimnisse vor Karl zu haben. Schließlich war er derjenige, der am meisten davon mit sich trug.

Während Julie mit Kiri sorgsam ihre Kleider für die Heimreise zusammenlegte, schweiften ihre Gedanken immer wieder zu Jean. Er hatte den nächtlichen Kuss mit keiner weiteren Silbe erwähnt. Empfand er vielleicht doch nicht ebenso wie sie? Leider hatte sie keine Gelegenheit mehr gehabt, allein mit ihm zu sein. Gern hätte sie noch einmal seine Hand auf ihrer Haut gespürt. Gleichzeitig schalt sie sich: Julie, du bist eine verheiratete Frau.

Aber was war diese Ehe schon wert, mit einem Mann, der die Zeit lieber mit seiner schwarzen Gespielin verbrachte? Gegen die sie selbst, davon war sie inzwischen überzeugt, vom Aussehen her nicht ankam. Julie war zwar recht ansehnlich, aber dieser dunkelhäutigen, exotischen Schönheit Suzanna hatte sie nichts entgegenzusetzen. Sie war einfach nur Karls kleines weißes Vorzeigepüppchen. Sie war das, was die Kolonie von der Ehefrau eines Plantagenbesitzers erwartete.

Die Plantage Rozenburg verwandelte sich nach der Rückkehr binnen weniger Tage in einen wirren Bienenstock. Ivon begann frühzeitig mit der Vorbereitung der Gartenanlage, baute Pavillons auf und holte Unmengen an Tischen, Stühlen und Tand von seinem Boot, gefolgt von einer Schar Sklaven, die alles hin und her schleppten, drapierten und aufstellten. Martina stand meistens mittig im Geschehen und gab zusätzliche Anweisungen, während Pieter, der inzwischen auch aufgetaucht war, sich das Spektakel bei einem Glas Dram von der Veranda aus ansah. Karl zog es vor, jeden Morgen früh genug auf seinen Hengst zu steigen, um dem Ganzen zu entkommen. Julie ließ sich derweil mit dem Boot zu den Nachbarplantagen rudern. Dies dauerte meist einige Stunden, war aber, allein auf dem Fluss, ein recht angenehmer Zeitvertreib. Kiri war stets an ihrer Seite, und Amru sorgte mit einem gefüllten Picknickkorb dafür, dass die beiden auf der Fahrt keinen Hunger leiden mussten.

Bei den jeweiligen Nachbarn angekommen, führte Julie meist kurze Gespräche und übermittelte die Namenslisten der Gäste, was aber eigentlich überflüssig war, da sowieso jeder jeden kannte und die Gäste sich schon selbst entsprechend angemeldet hatten. Die Freude darüber, sich wieder einmal zu treffen, war überall zu spüren. Kinder kehrten auf die Plantagen heim, Verwandte kamen endlich einmal wieder zu Besuch,

Freundschaften wurden gepflegt. Die eigentliche Hochzeit wurde fast zur Nebensache. Und Julie wurde schmerzlich bewusst, dass sie nach einem Jahr in diesem Land immer noch keinen Anschluss an die Bewohner gefunden hatte. Manche schienen sich kaum mehr an sie zu erinnern.

Nach den kurzen Gesprächen über die Gästeliste bestanden die Frauen des Hauses darauf, Julie noch zu bewirten, und so musste sie fast überall ein längeres Kaffeekränzchen über sich ergehen lassen, bis sie, mit einsetzender Ebbe oder Flut, je nach Reiserichtung, weiterfahren konnte.

Dann trafen die ersten Gäste ein. Traditionell versammelten sich alle zuerst auf der Plantage, die Quartiere wurden erst später bezogen. Julie fühlte sich schnell erschöpft von den unendlichen Begrüßungen und dem stetig freundlichen Lächeln auf ihren Lippen. Karl schaffte es irgendwie, sich immer schnell aus der Affäre zu ziehen. Er begrüßte die Damen höflich, aber knapp, um sich dann den Männern zuzuwenden, die sich verdächtig schnell von ihm in den Herrensalon geleiten ließen. Die ausgiebige Begrüßung und Bewirtung der Frauen überließ er Julie und Martina.

Ivons Sklaven erwiesen sich als gut geschultes und unauffälliges, aber flinkes Personal. Amru verzog zwar das Gesicht, wie so oft in den letzten Tagen, als ihr das Ruder aus der Hand genommen wurde, aber sie und ihre kleinen Hausmädchen hätten diese Flut anspruchsvoller Gäste allein kaum bewältigen können.

Martina gab sich redlich Mühe in der Rolle der Braut. Leider wurde sie immer wieder von kleineren Übelkeitsanfällen heimgesucht, die sie natürlich zu verbergen versuchte. Immer noch wusste keiner von ihrer Schwangerschaft, und das sollte, so hatte Karl es angewiesen, bis nach der Hochzeit so bleiben. Pieter unkte zwar, dass es wohl auffallen würde, wenn Martina ein Fünfmonatskind bekam. Karl schalt ihn jedoch dafür rüde.

»Freundchen – immerhin bist du nicht unschuldig daran. Du hast ja noch etwas Zeit, dir zu überlegen, wie du das dann erklärst.«

Julie vermutete, dass die Frage in einigen Monaten sowieso niemanden mehr interessierte. Wann genau Martina ihr Kind zur Welt brachte, würde dann den meisten wohl egal sein.

Als Valerie und ihre Mutter eintrafen, ließ Karl sich überhaupt nicht blicken. Einige Gäste bemerkten diese Unverfrorenheit, angesichts Valeries fröhlichem Auftreten nahm aber niemand ernsthaft Anstoß daran. Julie war froh, dass Karl Valerie und seiner ehemaligen Schwiegermutter konsequent aus dem Weg ging, denn so konnte sie selbst ganz ungezwungen mit diesen Gästen umgehen. Wobei das bei Valeries Mutter, Martinas Großmutter, nicht einfach war. In der Stadt waren sich Julie und diese Frau trotz Julies häufiger Besuche im Hause Fiamond nie begegnet. Jetzt zeigte sich, dass Mevrouw Fiamond wenig mit ihrer Tochter Valerie gemein hatte. Sie wirkte kühl und distanziert. Valerie hingegen trat Julie gewohnt freundlich entgegen. Karl würde nicht bemerken, dass während der Zeit in der Stadt ein zartes Band geknüpft worden war. Mittlerweile duzten sich die Frauen sogar, es sei denn, Karl war in der Nähe.

Ungleich schwerer fiel Julie der Umgang mit einem anderen Gast. Als Jean eintraf, musste sie den Kopf senken, damit niemand ihre geröteten Wangen sah. Auch er begrüßte sie freundlich und distanziert. Anders hatte sie es nicht erwartet, schon der Etikette wegen. Im Stillen hoffte sie aber …

Der 23. März, der Tag der Hochzeit, war mit einem strammen Programm gefüllt. Ivon hatte keine Kosten und Mühen gescheut. Geplant war ein Frühstücksempfang, danach eine kleine Vormesse in der Gartenanlage. Dann die Trauung, das Dinner, eine Kaffeetafel und abends ein Ball mit Musik.

Die Gäste überfluteten die Plantage schon morgens wie eine Schar summender Fliegen. Julie kannte nur wenige, obwohl sie am Vortag fast jeden persönlich begrüßt hatte. Aber an den Grüppchen, die sich bildeten, war deutlich zu erkennen, dass diese Hochzeit im Grunde nur eine willkommene Gelegenheit war, sich wieder einmal zu treffen, zu reden und zu feiern. Die Marwijks von der Nachbarplantage Watervreede schienen gleich ein eigenes kleines Familienfest daraus zu machen, am nächsten Tag sollte sich die Tochter des Hauses verloben.

Während der Trauung, die sich trotz des straffen Zeitplans bis in die schwülen Mittagsstunden zog, verfolgte Julie neben Karl in der vordersten Stuhlreihe das Geschehen. Martina sah hübsch aus, ihr Kleid kaschierte das kleine Bäuchlein perfekt, und eine üppige Frisur, mit weißen Orchideenblüten besteckt, lenkte die Aufmerksamkeit zusätzlich auf ihr Gesicht. Wenn man von der Schwangerschaft nichts wusste, war sie nicht zu bemerken. Martina hatte am Morgen noch einen Tee von Amru zu sich genommen, der sie vor neuerlicher Übelkeit schützen sollte. Sie hatte zwar das Gesicht verzogen, den bitteren Trank dann aber hinuntergestürzt – nicht auszudenken, wenn sie während der Trauung unpässlich werden würde.

Inzwischen hoffte Julie, dass der Tee auch wirklich stark genug gewesen war, denn mit der aufkommenden Hitze wich Martina nach und nach die Farbe aus dem Gesicht.

Währen der langen Predigt des Geistlichen, der bereits mit schweißnasser Stirn auf seinem kleinen Podest stand, schweiften Julies Gedanken ab. Wie spartanisch doch ihre eigene Hochzeit gewesen war! In der kleinen Kapelle in Amsterdam, die Bänke mit Fremden bestückt, die Zeremonie lieblos und hastig. Dagegen war dies hier der organisierte Traum einer jeden Frau. Wenn Karl sie in Surinam geheiratet hätte, wäre ihre Hochzeit dann auch so ausgefallen? Hätte er dann vielleicht auch keine Kosten und Mühen gescheut? Ein Seitenblick auf ihren Mann holte sie in die Realität zurück. Ihm war seine Hochzeit sicher recht so gewesen. Still und heimlich. Dieses ganze Tamtam hier stieß ihm auf, sein mürrischer Gesichtsausdruck sprach Bände.

Julie ärgerte sich über Karls Verhalten. Dass er nicht mal am Tag der Hochzeit seiner Tochter etwas freundlicher sein konnte! Wenn sie schon die brave Frau spielen musste, obwohl sie nicht mal die Mutter der Braut war, war es dann zu viel verlangt, dass er sich ein paar Tage zusammenriss? Als Vater der Braut? Aber Karl stand der Sinn lediglich nach alkoholgetränkten Abenden mit den männlichen Gästen, wobei er nur Auserwählte mit in sein Reich nahm. Aiku hatte unablässig Gläser und Flaschen aus dem Lagerhaus Richtung Herrensalon getragen, und der Geruch von Zigarren durchzog das ganze Haus. Amru hatte wohlweislich einige der Gästezimmer auf der Plantage gar nicht erst belegt, da sich des Nachts erfahrungsgemäß immer jemand fand, der nicht mehr per Boot zu seinem eigentlichen Übernachtungsort gebracht werden konnte. Julie wollte ihren Nachbarn schließlich keine betrunkenen Männer ins Haus schicken. Sie hoffte nur, dass Karl es heute nicht übertrieb und der Tag ohne unschöne Szenen ausklingen würde.

Als die Gäste endlich das junge Brautpaar beglückwünschen konnten und sich alle nach und nach auf die schattigen Plätze unter den Palmen im Garten verteilten, atmete Julie auf. Jetzt ging es eindeutig zum entspannteren Teil der Festlichkeiten über. Sie wies Kiri an, in ihrem Zimmer kühles Wasser bereitzustellen, sie musste sich frisch machen.

Als Julie vom Haus zurückkam, traf sie auf Valerie. Julie hatte eigentlich gehofft, Jean irgendwo zu begegnen. Seit sie in der Stadt … seit … hatte sie ihn nicht mehr allein gesprochen.

»Juliette, komm, wir gehen ein Stück«, schlug Valerie unvermittelt vor. Julie dachte einen kurzen Moment daran, sich zu entschuldigen, entschied sich dann aber anders. Gemeinsam gingen die beiden Frauen in Richtung Fluss. »Es war eine sehr schöne Trauung.« Valerie lächelte Julie an. Julie wollte schon erwidern, dass dies ja Valeries Verdienst sei und nicht ihrer, als diese ihren Arm nahm und ihn tätschelte. »Schon gut, Juliette, ich habe es für Martina gemacht, und ich habe es gern gemacht. Schon wegen Felice …« Valeries Blick umflorte sich etwas. »Du musst wissen … Damals, die Hochzeit von Karl und Felice … es war auch ein schönes Fest, obwohl es unter keinem guten Stern stand.«

Julie blickte Valerie erstaunt an. Sie hatte gedacht, dass Karl seine Felice damals in aller Glückseligkeit geheiratet hatte. Nach allem, was sie bis jetzt gehört hatte, waren die beiden doch ein Traumpaar gewesen. »Aber ich dachte …?«

»Ach, Juliette, in diesem Land ist vieles nicht, wie es scheint. Du glaubst bestimmt auch an die Geschichte von Felices großer Liebe und die Traumhochzeit unter Palmen.« Valerie senkte betroffen den Blick. »Aber es war anders … meine Schwester … unser Vater wollte Felice damals mit einem Juristen aus Europa verheiraten. Felice wollte diesen Mann aber nicht heiraten, und schon gar nicht nach Europa ziehen. Es gab also einen langen Zwist. Bis sie mit Karl ankam.« Valerie stieß einen leisen Seufzer aus. »Ich glaube nicht einmal, dass sie Karl wirklich geliebt hat, er war ihr zwar ganz ergeben, seine Verehrung war in der Tat echt, aber Felice hat ihn, glaube ich, nur geheiratet, damit sie im Land bleiben konnte und unser Vater zufrieden war.«

»Oh.« Julie war sprachlos. Sie wusste nicht, was sie zu dieser Version der Geschichte sagen sollte. Sie war immer davon ausgegangen, dass Felice eine vor Glück strahlende Braut gewesen war.

»Felice hat das Leben auf der Plantage auf sich genommen, denn die Alternative, mit einem fremden Mann in ein fremdes Land zu gehen, widerstrebte ihr.«

Das wiederum konnte Julie verstehen, wenn sie an ihre eigene Geschichte dachte. Wie töricht war sie gewesen!

»Na ja, aber Karl und Felice ... ich dachte immer, es wäre eine glückliche Ehe gewesen?«

Inzwischen waren die beiden Frauen an einem kleinen Pavillon am Flussufer angekommen. Hierher hatte sich noch keiner der Gäste verirrt. Valerie nahm Platz, und Julie setzte sich neben sie. Sollten die anderen Gäste nur warten. Valerie schien dieses Gespräch sehr wichtig zu sein, und Julie brannte darauf, mehr über ihre Vorgängerin zu erfahren, jetzt, da sich anscheinend zeigte, dass ihr Bild von Felice völlig falsch gewesen war.

Valerie sah schweigend auf den Fluss hinaus, wo die Luft über dem Wasser in der Hitze flimmerte. Beide Frauen zuckten erschrocken zusammen, als Nico sich zu ihnen gesellte. Dann lachten sie.

»Nico, dich gibt's ja immer noch!« Zärtlich strich Valerie dem Papagei mit dem Zeigefinger über die Brustfedern, was er sich zu Julies Erstaunen gefallen ließ. Sonst war er etwas eigen, was Berührungen durch andere Menschen außer Julie betraf – zumal ihn Aiku heute Morgen etwas unwirsch eingefangen und angebunden hatte, damit er die Gäste nicht belästigte. »Hast du dich befreit?« Julie schmunzelte, als der Vogel ihre Frage mit einem wippenden Kopfnicken quittierte. Auch Valerie lächelte. »Nico war Felices ganzer Stolz, sie hat ihn damals aufgezogen, nachdem Aiku ihn aus dem Wald mitgebracht hatte. Eigentlich wollte er ihn den Sklavenkindern geben, aber Felice hat darauf bestanden sich selbst um ihn zu kümmern. Ich glaube, er war in den letzten Monaten, bevor ... ihr einziger Freund hier.«

»Aber Valerie, so darfst du nicht reden! Ich denke doch, dass Karl ... wo Felice doch wieder schwanger war.«

Valerie gab ein leises Prusten von sich. »Karl? Der hat Felice vollkommen ignoriert, nachdem Martina auf der Welt war. Felice wurde immer stiller ... ich schätze, die Einsamkeit hier bekam ihr nicht gut. Ich hätte sie öfter besuchen sollen.«

»Nein, du hast bestimmt keine Schuld daran, manchmal ... manchmal kann man nicht wissen, was in Menschen vorgeht«, warf Julie ein.

»Doch, ich wusste es ja.« Valerie kniff verbittert die Lippen zusammen, und eine Träne rann über ihre Wange. »Ich wusste es leider ganz genau. Aber ich konnte Felice nicht helfen. Nicht nach ... nachdem sie schwanger war.«

Julie spürte Valeries tiefe Traurigkeit und war zutiefst erschüttert. Sie setzte zu einer Erklärung an. »Na ja, aber viele Frauen werden etwas ... schwermütig, wenn sie schwanger sind, das lässt ja nicht ahnen, dass sie ... Außerdem, wenn jemand hätte reagieren müssen, wäre es doch wohl Karl gewesen, ich meine, wenn seine Frau damals ...«

»Das war es ja eben, er hat sie ignoriert und sozusagen verstoßen ...«

»Ach, warum hätte er das denn tun sollen? Meinst du, dass

es wirklich so schlimm war?« Julie konnte sich das nicht vorstellen, selbst bei Karl nicht, zumal er Felice zunächst offensichtlich wirklich geliebt hatte. Es rührte sie jedoch zutiefst, dass Valerie das Ganze immer noch so zu Herzen ging. Sie nahm beruhigend Valeries Arm, der jetzt unverhohlen die Tränen über die Wangen liefen. »Warum hätte er Felice ... er als zukünftiger Vater!«

»Das ist es doch ... Juliette. Karl war nicht der Vater!«

Kapitel 11

Kiris Füße schmerzten. In den letzten Tagen war sie so viel hin und her gelaufen, wie noch nie in ihrem Leben. Jedesmal, wenn die Misi sie gerade freigestellt hatte, tauchte Amru auf und scheuchte sie mit einem neuen Auftrag davon. Erschöpft wanderte sie jetzt zum Sklavendorf. Die Trauung war beendet. Die Bedienung der Gäste oblag den Hausmädchen und Ivons Personal. Mit den schick livrierten Dienstboten konnten die Hausmädchen auf Rozenburg sowieso nicht mithalten und beschränkten sich daher darauf, die Tabletts mit Getränken und Speisen aus der Küche bis zum Garten zu tragen, wo die geschulten Diener diese entgegennahmen und gekonnt servierten. Kiri kam das alles etwas hochgestochen und pompös vor, aber sie hatte die Misi Martina noch nie so glücklich gesehen wie an diesem Tag, und auch Misi Juliette machte einen sehr zufriedenen Eindruck. Als nun der gesellige Teil des Abends begann, hatte sie Kiri fortgeschickt. »Ruh dich aus, die nächsten Tage werden nicht ruhiger«, hatte sie gesagt.

Nach Ausruhen war Kiri trotz ihrer schmerzenden Füße aber nicht zumute. Zu Ehren des Brautpaares hatte der Masra den Sklaven eine großzügige Extraration ausgegeben, und seit den Mittagsstunden bereiteten die Frauen über großen Feuern ein Festmahl zu. Kiri schätzte, dass dieses ohne das Zutun der Misi Juliette nicht so opulent ausgefallen wäre. Die Misi hatte den Masra nachdrücklich gebeten, die Sklaven bei den Feierlichkeiten entsprechend zu bedenken.

Und bei dem heutigen Fest würden die Sklaven unter sich sein, denn die Aufseher hatten ebenfalls ein kleines Fass Dram bekommen und sich mit Speisen aus der Küche versorgen dürfen. Die meisten von ihnen lagen vermutlich schon im Delirium, verbot es ihre Tätigkeit doch sonst, dem Alkohol zu sehr zuzusprechen. Darauf achtete der Masra sehr.

Je näher sie dem Dorf kam, desto intensiver stieg ihr der Duft von gebratenem Fleisch in die Nase. Ihr Magen meldete sich mit einem lauten Knurren. Seit dem Morgen hatte sie nichts mehr gegessen.

Am hintersten Ende des Dorfes hatten sich schon viele Sklaven versammelt. Es wurde gelacht, und einige Männer bauten gerade die Trommeln auf. Kiri hoffte, dass sie weit genug von der Plantage und der Gartenanlage entfernt waren, um die weißen Gäste nicht durch die Trommelmusik und die Feier der Sklaven zu stören. Aber der Tanz war ja genehmigt. Kiri war voller Vorfreude – bisher hatte sie nur Veranstaltungen miterlebt, die tief in der Nacht und in aller Heimlichkeit irgendwo im Wald oder zwischen den Zuckerrohrfeldern stattgefunden hatten.

Dankbar nahm sie das Essen an, welches die Frauen verteilten, und setzte sich bequem etwas abseits an die Wand einer Hütte. Inzwischen war es dunkel geworden, nur der Schein des Feuers erhellte die Umgebung. Die Tänzer, die sich nach und nach am Feuer einfanden, warfen lange, gespenstische Schatten, und die Musik lullte Kiri ein. Dies war ein Fest, keine Beschwörung, daher war die Stimmung ausgelassen. Man saß zusammen, scherzte und lachte.

Kiri lehnte sich satt und zufrieden an die kühle Wand der Hütte und schloss die Augen. Kurz fühlte sie sich an ihre alte Plantage erinnert und an Tante Grena. Dort hatte es auch solche Feste gegeben und Kiri hatte als kleines Kind fasziniert auf dem Boden gehockt und die züngelnden Flammen des Lagerfeuers beobachtet, während die Sklaven es im Tanz umkreist hatten.

»He! Schläfst du etwa?«

Kiri schreckte hoch. Vor ihr stand Dany – groß und glänzend vor Schweiß. Er packte sie entschlossen bei der Hand und zog sie auf die Füße. »Komm, tanzen!«

Ehe Kiri etwas erwidern konnte, zog er sie bereits zum Feuer. Ohne dass sie Einfluss darauf nehmen konnte, begannen ihre Füße, sich im Takt der Trommeln zu bewegen. Ein Vibrieren wanderte durch ihre Beine und erfasste ihren ganzen Körper. Mit einem Schlag war sie hellwach und konnte dem Drang nicht widerstehen, sich der Musik hinzugeben. Schneller und immer schneller tanzte sie mit den anderen um das Feuer. Sie schloss sich den Frauen im inneren Kreis an, außen herum wirbelten die Männer. Und bei jeder Runde blieb ihr Blick einen kurzen Moment an Danys dunklen Augen hängen. Die Musik wurde immer intensiver und der Gesang der Umstehenden lauter.

Kiri ließ sich wie in Trance von den anderen Tänzern mitziehen. Irgendwann, sie wusste nicht, wie lange sie getanzt hatte, wurde sie von einer starken Hand am Arm gepackt und aus dem Strudel der Musik und der anderen Tänzer gezogen. Schwindelig suchte sie Halt und fand sich dicht an Danys Seite wieder. Er führte sie ein Stück vom Feuer weg, zwischen ein paar Hütten. Ohne ein Wort zu sagen, nahm er ihr Gesicht in seine großen Hände und umschloss ihren Mund zu einem Kuss. Kurz meinte Kiri, ihre Beine würden nachgeben, dann erfasste eine zittrige Erregung ihren Körper. So nah war sie einem Mann noch nie gewesen. Dany strich ihr über die Schultern und den Rücken, und während er sie mit der einen Hand noch dichter an sich zog, suchte die andere den Weg zu ihren Brüsten. Sein Kuss wurde zu einem zärtlichen Drängen, und Kiri kam nicht umhin, dass ihr Körper anfing, sich an den seinen zu schmiegen.

»Nicht hier ... lass uns ... die anderen«, stammelte sie dennoch.

Er schob sie sanft weiter in die Dunkelheit zwischen den Hütten, dorthin, wo hohe Büsche angrenzten. Als er sie sanft auf den Boden legte, fand sie sich auf einem weichen Lager aus duftendem Grün. Über ihr breitete sich der schwarze Nachthimmel mit einzelnen funkelnden Sternen aus, und der entfernte Feuerschein tauchte sie in ein warmes rotes Licht. Kiri schloss die Augen und gab sich ganz Danys zärtlichen Berührungen hin. Sie hatte versucht, es zu verdrängen, aber seit dem ersten Tag, an dem sie ihn am Feuer gesehen hatte, sehnte sich ihr Körper nach dem seinen.

Später lagen sie entspannt nebeneinander. Das Feuer war inzwischen heruntergebrannt, und bis zu ihrem grünen Lager drang nur noch leises Gemurmel. Dany spielte mit ihren Haaren.

»Hast du mal überlegt fortzugehen?«

Fast hätte Kiri gelacht. »Fort? Wohin? Damit sie mich gleich wieder einfangen? Ich bin eine Sklavin.«

»Ja, aber es gibt doch Orte, wo man auch als ... na ja, wo man nicht gefunden wird.«

»Ach«, Kiri machte eine abwehrende Handbewegung, »das erzählt man sich doch nur. Bisher sind alle Sklaven, die versucht haben fortzulaufen, ich meine die, die ich kenne, von den Aufsehern wieder eingefangen worden. Die hetzen ihre Hunde hinterher und sind auf Pferden viel schneller. Und ...«

»Und?«

Kiri senkte etwas den Blick. »Ich habe es doch gut bei der Misi, ich kann nicht klagen. Ohne mich ...«

»Du meinst, sie käme nicht ohne dich aus.« Er lachte verächtlich. »Kiri, so eine Misi kann sich an jeder Ecke eine neue Sklavin kaufen, nach einigen Wochen würde sie sich nicht mal an deinen Namen erinnern.«

»Nein, Misi Juliette ist nicht so. Als sie mich ... als der Masra mich gekauft hat, war sie neu in diesem Land. Ich glaube, sie war froh, mich dann zu haben.«

»Pah!« Dany richtete sich auf die Ellenbogen auf. »Mal ehrlich, du könntest mit mir gehen, ich würde dafür sorgen, dass du hier wegkommst und ... heute würde das auch gar nicht auffallen. Wir nehmen mein Boot, und bis jemand merkt, dass du weg bist ...«

»Nein!«, sagte Kiri forsch, setzte sich auf und zog ihr Tuch wieder über ihren Körper. Sie fröstelte plötzlich. Das, was sie eben noch in Danys Armen erlebt hatte, war absolut einmalig. Aber sich jetzt gleich entscheiden zu müssen, gar mit ihm zu gehen, das kam für sie nicht in Frage.

Er machte eine ehrlich überraschtes Gesicht. »Du willst wirklich nicht? Ich dachte ... jeder Sklave träumt davon ...«

Jetzt hatte sie fast Mitleid mit ihm. Er schien sie ja wirklich zu mögen, wenn er ihr gleich anbot, ihr bei der Flucht zu helfen. Entschuldigend reichte sie ihm die Hand und strich sanft über seinen Handrücken. »Dany, ich kann das nicht so einfach, ich werde hier gebraucht.«

»Aber du denkst drüber nach, ja? Als ... als meine Frau

würde es dir bei den Freien an nichts mangeln, das verspreche ich dir.«

Als seine Frau? Kiri war das jetzt wirklich zu viel, sie hatte gerade das erste Mal einem Mann beigelegen, und jetzt wollte der sie gleich …

»Ich werde es mir überlegen.« Mit diesen Worten zog sie Dany auf die Füße und wieder in Richtung Feuer.

Kapitel 12

Karl war nicht der Vater? Julie musste immer wieder an die Tragweite dieser Worte denken. Das warf ein ganz neues Licht auf die Situation um Felices' mysteriösen Selbstmord. Bisher war Julie davon ausgegangen, dass Felice sich in einem Anfall von geistiger Umnachtung in den Fluss gestürzt hatte. Wenn sie aber von einem anderen Mann schwanger gewesen war und Karl das gewusst hatte, was mochten sich für Szenen hier auf der Plantage abgespielt haben! Julie wurde schon beim Gedanken daran schlecht. In ihrem Kopf drehte sich alles nur um das eine: Was war hier passiert?

Julie gelang es nur mit Mühe, sich auf die anderen Gäste zu konzentrieren, und so schaffte sie es kaum, einige kurze, belanglose Gespräche zu führen.

»Alles in Ordnung …? Du wirkst etwas … abwesend.« Julie hatte nicht mal bemerkt, dass Jean sich unauffällig neben sie geschoben hatte.

Julie spürte die Nähe und Vertrautheit ihres Freundes, nach der sie sich zuvor so sehr gesehnt hatte, doch jetzt wirkte sie auf einmal bedrohlich. »Doch, alles gut … es ist nichts, ich bin nur etwas erschöpft.«

Jean nahm einem vorbeieilenden Diener ein Glas Champagner vom Tablett und reichte es Julie. »Hier, das hilft vielleicht, war ja auch ein langer Tag.«

Als Julie das Glas entgegennahm, streiften ihre Finger kurz

die seinen. Vergessen waren die Gedanken um Felice, das war Vergangenheit. Jetzt, hier – das war die Wirklichkeit. Die prickelnde Spannung, die sich zwischen ihnen aufbaute, brachte ihr Herz gleich wieder aus dem Takt und die Schmetterlinge in ihrem Bauch zum Flügelschlag.

Nicht hier!, mahnte sie sich, nicht jetzt! Doch die Gedanken an den Kuss drängten sich mit überwältigender Kraft in ihren Kopf. Ob es ihm auch so ging? Kurz blieb sein Blick an dem ihren hängen. Was spiegelte sich darin? Begehren? Wie wurde aus einer kleinen Sekunde nur so schnell eine Ewigkeit? Sie zwang sich, den Blick abzuwenden.

»Julie, ich …«

»Nicht hier, Jean, bitte … nicht. Ich … ich muss mich um die anderen Gäste kümmern.« Julie floh, bevor sie ihre Gefühle überwältigen konnten.

Sie versuchte den ganzen Abend, sich auf die anderen Gäste zu konzentrieren. Aber immer wieder streifte ihr Blick umher und suchte nach Jean. Dieser fand sich mal in höflicher Konversation oder mit nachdenklichem Blick allein an einem Tisch. Er schien jedoch sofort zu merken, wenn ihr Blick auf ihm ruhte und schaute zu ihr hin, worauf sie gleich die Augen senkte.

Am späten Abend verabschiedeten sich die meisten Gäste, um zu ihren Unterkünften zu fahren oder sich in den Gästezimmern der Plantage einzurichten. Ivon hatte Fackeln aufstellen lassen, die den Garten mit ihrem Feuerschein erhellten.

»Das war eine sehr gelungene Feier.«

Julie erschrak nicht einmal, als Jean plötzlich an ihrer Seite auftauchte. Sie war unendlich erschöpft und müde und sehnte sich nach einer Schüssel mit frischem Wasser zum Waschen und den kühlen Laken ihres Bettes. Doch sie musste ausharren, bis der letzte Gast sich verabschiedete. Das Brautpaar hingegen hatte sich schon vor ein paar Stunden entschuldigt und zurückgezogen. Natürlich unter dem wohlwollenden Gekicher der Gäste. Wenn die wüssten … die Hochzeitsnacht können sie sich ja sparen, hatte Julie im Stillen gedacht.

»Ja, Ivon hat wirklich gute Arbeit geleistet.« Julie vermied es, Jean anzusehen.

»So eine schöne Nacht, gehen wir noch ein Stück?« Auffordernd wandte er sich in Richtung Fluss.

Julie zögerte kurz. Die verbliebenen Gäste schienen mit sich selbst beschäftigt, und von Karl und seinen Trinkkumpanen war auch weit und breit nichts zu sehen. So ging sie neben Jean den Pfad entlang, den sie zuvor bereits mit Valerie beschritten hatte.

Dass die beiden von zwei aufmerksamen Augen beobachtet wurden, die sich in der Tat die Hochzeitsnacht ersparten, blieb ihnen verborgen.

Sie schwiegen, es gab nichts zu sagen. Die bloße Anwesenheit des anderen erübrigte alle Worte. Julie hätte auch kaum in Worte fassen können, was sie jetzt fühlte. Alles in ihr sehnte sich danach, sich gegen Jeans Schulter zu lehnen, seine Arme um ihren Körper zu spüren. Aber ihr Verstand sträubte sich, dies zuzulassen. Sie durfte nicht …

Am Ufer verharrten sie und schauten auf den schwarzen, dahinziehenden Strom. Das Mondlicht ließ kleine Wellen silbern aufblitzen und leises Plätschern verriet, dass der Fluss auch in der Nacht Leben trug.

Jean wandte sich ihr zu, und für einen kurzen Moment hoffte Julie, er würde sie in den Arm nehmen und seine Lippen an ihre schmiegen. Doch dazu kam es nicht. Schritte und unverständliche Wortfetzen kamen näher. Erschrocken wich Julie einen Schritt zurück.

Auf dem Weg zwischen den Büschen erschien Karl, gefolgt von Pieter und Aiku.

»Was ist hier los?« Karls Zunge tat sich schwer nach dem vielen Alkohol. Aber seine Sinne schienen noch nicht so vernebelt, dass er nicht bemerkte, was hier allem Anschein nach geschah. Bevor Julie etwas hervorbringen konnte, packte er sie rüde am Arm. »Das würde dir wohl gefallen, du kleine Hure, hinter meinem Rücken mit einem Jüngeren ...« Er stieß sie hinter sich.

»Und Sie ... Sie ...« Karl trat einen schwankenden Schritt auf Jean zu. Dieser wich mit beschwichtigend erhobenen Händen zurück und fand schneller Worte als Julie. »Ich habe Ihre Frau nur begleitet, ihr war nicht wohl ... und da ...«

»Nicht wohl, nicht wohl ... Ich bin doch nicht blind. Sie ... Sie ... gehen Sie mir aus den Augen, und lassen Sie sich nie wieder auf meiner Plantage blicken! So weit kommt es noch!« Karl schnappte sich Julie und schob sie vor sich her zurück zum Garten und bis zum Haus. Dass ihn dabei einige Gäste verdutzt beobachteten und anfingen zu tuscheln, weil er seine Frau so brutal herumstieß, nicht ohne sie auch noch unflätig zu beschimpfen, bemerkte er gar nicht. Er verfrachtete Julie ihn ihr Zimmer, knallte die Tür hinter sich zu und riss sich das Hemd vom Leib. »Dir werd ich's zeigen, brauchst 'nen Jüngeren, wie? Komm her ...«, er stieß sie aufs Bett und zerrte an ihrem Kleid.

In diesem Moment wich die Starre von Julie. Sie hatte nicht vermocht zu reagieren, als er sie draußen am Fluss gepackt hatte, zu überraschend war sein Erscheinen gewesen. Aber jetzt ... sie ahnte, was ihr drohte.

»Karl, nicht, du bist betrunken und es war nicht so, wie du …«

Die Ohrfeige traf sie hart und warf sie rücklings in die Kissen. Sie schmeckte Blut auf ihren Lippen. Bevor sie sich wieder aufrappeln konnte, war er über ihr, legte ihr eine Hand unter das Kinn, dass ihr fast die Luft wegblieb, und zwang mit der anderen ihre Beine auseinander.

»Wenn du das haben willst, kannst du das auch bei mir bekommen. Meine Frau lässt sich nicht mit anderen Männern ein!«

Julie schwanden fast die Sinne, als ein stechender Schmerz ihren Körper durchzuckte.

Sie wusste nicht, was Karl den Gästen sagte, als sie nicht kam, um sie standesgemäß zu verabschieden, sie wusste auch nicht, was nach der Feier im Garten und im Haus geschah, um alles wieder in den Normalzustand zu versetzen. Die nächsten Tage vergingen wie im Nebel. Julie lag still in ihrem Bett, sie ließ nur Kiri zu sich. Das Sklavenmädchen war sichtlich besorgt über den Zustand, in dem sie ihre Misi vorgefunden hatte. Das Gesicht verquollen, die Lippe aufgeplatzt und das Bettlaken blutbefleckt. Kiri hatte ihre Misi gewaschen und ihr ein frisches Nachtgewand angezogen. Julie hatte alles kommentarlos über sich ergehen lassen. Nur als Kiri Amru hatte holen wollen, damit sie sich die Wunde an der Lippe und die Hämatome im Gesicht ansehen konnte, hatte sie sich geweigert.

»Nein Kiri, nicht, bitte … kümmer du dich, ich möchte niemanden sehen.«

Kiri hatte gehorcht. Als sie aber am nächsten Morgen ihre Misi wieder in einem solchen Zustand vorgefunden hatte und einen Tag später erneut, war sie ohne Julies Wissen doch zu Amru geschlichen.

»Der Masra … ich weiß nicht … ich mache mir Sorgen um Misi Juliette.«

Amru aber zuckte nur traurig mit den Achseln. »Kiri, das müssen der Masra und die Misi miteinander ausmachen. Auch wenn es dir schwerfällt, das auszuhalten. Der Masra ist sehr böse auf die Misi, ich weiß nicht genau … aber ich kann's mir denken. Kümmere dich um sie, sei für sie da.« Sie erhob mahnend den Finger. »Aber nie darfst du etwas dazu sagen. Wenn der Masra das rausbekommt, schlägt er dich tot.«

Kiri traute ihm das durchaus zu, daher beherzigte sie Amrus Rat. Julie selbst wusste nicht, wie ihr geschah. Tagsüber lag sie grübelnd im abgedunkelten Zimmer, abends erstarrte sie vor Angst, sobald sie Karls Schritte hörte. Das, was dieser Mann ihr jede Nacht antat, ließ ihre Lebensgeister erlöschen. Sie wollte das Zimmer nicht verlassen, wollte nicht nach draußen, wollte nichts essen und vor allem niemanden sehen.

Eines Morgens, als Karl auf den Feldern war, klopfte es an Julies Tür. Sie war verwundert, rang sich aber ein kaum hörbares »Ja?« ab.

Herein kam Aiku. Julie, die am Fenster stand, wich einen Schritt zurück. Schickte Karl jetzt etwas schon seinen Leibdiener?

Aiku senkte den Blick. Eine Geste, die sein Bedauern und Entschuldigung ausdrückte. Sein Auftreten war zögerlich, fast ängstlich, er machte nicht den Eindruck, als wäre er im Auftrag von Karl hier. Julie riss sich zusammen. Vor Aiku brauchte sie keine Angst zu haben. Er hatte ihr schließlich noch nie etwas Böses gewollt.

»Aiku?« Sie fand ihre Stimme wieder. Aiku hob seine rechte Hand, in der er ein kleines Säckchen hielt und deutete Julie damit an, er habe ihr etwas mitgebracht. »Was hast du da? Für mich?« Er nickte eifrig und löste die Schnüre des Säckchens. Heraus fiel ein empört schnatternder Nico, der sich sofort hilfesuchend in Richtung Julie orientierte. »Nico!« Über Julies Gesicht huschte ein Lächeln. Ihren gefiederten Freund hatte sie in den letzten Tagen fast vergessen. »Danke, Aiku.«

Jetzt zeigte auch das ansonsten so ausdruckslose Gesicht des Sklaven die Regung eines Lächelns, und er verschwand schnell wieder aus dem Raum der Misi.

Julie setzte sich ans Fenster. Nico flatterte auf die Armlehne des zierlichen Damensessels und beäugte Julie neugierig mit schief gelegtem Kopf. »Na? Hast du mich vermisst?«, schien er zu sagen. Julie strich ihm zärtlich über die Brustfedern, die er wohlig aufplusterte.

Nicos Gesellschaft brachte ihre Gedanken in eine neue Richtung. War Karl mit Felice gar ebenso umgegangen wie mit ihr in letzter Zeit? Er wollte sie für sich allein besitzen ... die Tatsache, dass sie mit einem anderen Mann getändelt hatte, hatte ihn in Rage versetzt. Jean! Jedesmal, wenn sie an ihn dachte, versetzte es ihrem Herzen einen Stich. Was würde jetzt aus ihm werden?

Karl hatte sich nie sonderlich für sie interessiert, sie vermutlich eher als Spielzeug angesehen. Aber als ihm das jetzt jemand streitig gemacht hatte, war er offensichtlich in seinen Grundfesten erschüttert.

Julie war sich der Aussichtslosigkeit ihrer momentanen Situation durchaus bewusst. Sie war hier auf der Plantage gefangen. Was konnte sie schon machen?

Gerade als sie sich wieder in Gleichmut verlieren wollte, kniff der Papagei sie unsanft in den Finger.

»Au!«

Er blinzelte sie scheinbar belustigt an und wackelte mit dem Kopf.

Und in diesem Moment, als Julie in die Augen des kleinen Vogels schaute, der sie so gut zu kennen schien, fasste sie einen Entschluss. Nein! Sie würde sich nicht sang- und klanglos ihrem Schicksal hier fügen! Karl konnte sie nicht auf ewig so behandeln. Sie würde nicht enden wie Felice, sie würde sich von Karl nicht brechen lassen. Und ihre selbst auferlegte Isolation konnte nur sie selbst brechen.

Julie stand auf und betrachtete sich im Spiegel. Die blauen Flecken verblassten langsam. Wenn sie sich nicht wehrte, schlug Karl sie auch nicht. Und alles in allem verlor er bereits wieder das Interesse an ihr, seine Besuche wurden seltener und waren meist aus einer Alkohollaune heraus getrieben. Sie beschloss, das Zimmer zu verlassen.

Kiri und Amru war die Erleichterung anzusehen, als Julies Lebensgeister wieder zu erwachen schienen. Julie hatte das Gefühl, als würde ihr jeder Wunsch von den Lippen abgelesen. Sie fand bald wieder Gefallen daran, sich auf der Veranda aufzuhalten, war aber immer darauf bedacht, eine Zeit zu wählen, in der Karl nicht in der Nähe des Plantagenhauses war und auch Martina und Pieter sich nicht blicken ließen. Gänzlich konnte sie den anderen jedoch nicht aus dem Weg gehen. Als Karl bemerkte, dass Julie ihre Räume verließ, herrschte er sie an, dann auch wieder an den Mahlzeiten teilzunehmen. Julie überlegte kurz, sich erneut zurückzuziehen, entschied sich dann aber anders. Nein, er würde sie nicht zermürben!

Martina sprach kein Wort mit Julie. Pieter gab ab und an ein gehässiges Grinsen von sich. Es war nicht schwer zu erraten, wer Karl bei der Hochzeit auf die Fährte von ihr und Jean gesetzt hatte.

Het geviel dat …

Es geschah, dass …

Surinam 1860–1862
Plantage Bel Avenier, Plantage Rozenburg, Paramaribo

Kapitel 1

Frieda van Drag starb an einem Morgen im September. Dichter Nebel zog durch den Wald bis über den Fluss und nahm ihre Seele mit. So hoffte zumindest Erika. Normalerweise führte diese Krankheit nicht so schnell zum Ableben, aber die Fieberschübe waren zuletzt immer häufiger und heftiger aufgetreten und hatten letztendlich ihren Tribut gefordert. Erika dankte Gott insgeheim, dass er dem Leid der Frau ein schnelles Ende gesetzt hatte. Und zwar nicht nur dem Leid ihres kranken Körpers. Inzwischen war Erika klar, wieso sich Frieda van Drag jahrelang von einer Schwangerschaft in die nächste geflüchtet hatte. Nur so hatte sie sich ihren Mann fernhalten können. Ernst van Drag war ein Monster. Zeigte er sich tagsüber kühl, distanziert und herrisch gegenüber seinen Kindern und den Untergebenen, erwachte sein wahres Ich nach Anbruch der Dunkelheit, wenn er Erika in die Kammer orderte. Sie hatte nach dem ersten Übergriff kurz gehofft, es handele sich um ein einmaliges Vergehen, wurde aber schnell eines Besseren belehrt. Er rief sie immer und immer wieder, zwang sie in das Sklavenkleid und fiel über sie her.

Erika war nur noch ein Schatten ihrer selbst, riss sich aber so gut es ging zusammen. Oft hatte sie in ihrer Verzweiflung überlegt, jemanden einzuweihen, aber wen? Jette? Den Gedanken hatte sie schnell wieder verworfen. Was sollte die Haussklavin schon ausrichten? Sie vertraute Jette, wollte sie aber nicht ebenfalls in Gefahr bringen. Nicht auszudenken, was geschah, wenn Ernst van Drag mitbekam, dass sie anderen von seinen Übergriffen erzählte. Nein, es war besser, nichts zu sagen.

Erika versuchte, sich mit der Versorgung der Kinder abzulenken. Diese zeigten sich nicht sehr betroffen vom Tod ihrer Mutter, nur die Kleinsten vergossen einige Tränen, vergaßen sie aber nach ein paar Wochen. Ihre Mutter war für sie nur eine kühle Fremde gewesen, die den Hausstand überwiegend aus ihren Gemächern dirigiert hatte. Sie waren genau genommen schon lange mutterlos. Erika schmerzte das in der Seele. Wie konnte man nur so viele Kinderseelen in so eine herzlose Welt pflanzen? Was sollte aus den Kindern werden bei diesem Vater? Ernst züchtigte seine Kinder, und Erika hoffte inständig, dass er die Mädchen nie anfasste. Einzig die ehemaligen Ammen und Haussklaven boten den Kindern etwas Halt, was die Kinder allerdings nicht davon abhielt, die Sklaven herumzukommandieren, nachdem sie sich an ihren Rockschößen ausgeweint hatten.

Erika versuchte, ihren Sohn so gut es ging vom Haushalt fernzuhalten. Reiner fühlte sich bei den Holzfällern und deren Kindern wohler, plapperte schon eifrig Laute vor sich hin und lief inzwischen mit gespreizten Beinchen – gehalten von Erikas Händen – tapsig über den staubigen Hof zwischen den Hütten.

Aber nach vielen Wochen und weiteren schmerzhaften Übergriffen seitens Ernst van Drags wollte Erika nur noch fort. Sie war jetzt fast ein Jahr in der Familie und konnte nicht mehr. Wenn sie blieb, würde sie diese Tortour nicht mehr lange überleben. Auf Anfrage ziehen lassen würde Ernst sie nicht, nie und nimmer, da war sie sich sicher – also blieb ihr nur die Flucht. Natürlich war eine Flucht gefährlich, gerade auch für den kleinen Reiner, aber Erika sah keinen anderen Ausweg. Ihr ging es nicht gut, und das würde sich nicht bessern, solange sie hierblieb. Ihr Körper war geschunden, und langsam zehrte er sich aus. Sie hatte kaum noch Appetit, und eine latente Übelkeit befiel sie. Sie schob es auf den psychischen Druck.

Jette hatte in diesem Punkt ein besseres Auge: »Misi Erika schwanger?«, sagte sie eines Morgens augenzwinkernd zu Erika, als diese das Frühstück gerade wieder beiseitegeschoben hatte und Reiner noch ein paar Früchte in die kleinen Finger gab. Erika erstarrte und zählte fieberhaft im Kopf die verstrichenen Tage. Dann sprang sie auf und übergab sich draußen neben dem Kücheneingang in die Büsche. Das konnte doch nicht sein! Das durfte nicht sein! Nicht von diesem Mann!

Doch je länger sie darüber nachdachte und in sich hineinhorchte, wurde es ihr klar. Sie erwartete ein Kind. Erika war geschockt, zwang sich aber zur Ruhe. Das Kind konnte nichts dafür. Und allmählich begriff sie, dass die Schwangerschaft auch eine Chance barg: Vielleicht konnte sie Ernst van Drag damit auf Distanz halten. Er hatte seine Frau immer in Ruhe gelassen, wenn sie in anderen Umständen gewesen war. Sein Trieb ging offensichtlich nicht so weit, dass er seine ungewöhnlichen Gelüste an einer Schwangeren ausließ. Erika zögerte also nicht, ihm von ihrer Schwangerschaft zu erzählen.

»Schwanger, hm?«, knurrte er sie an. »Ist doch immer das Gleiche mir euch Huren, nie könnt ihr aufpassen«, sagte er, ließ Erika aber von diesem Tage an in Ruhe.

Erika verspürte zumindest in diesem Punkt Erleichterung. Trotzdem wusste sie, dass das Problem nur aufgeschoben war. Wenn das Kind da war, sein Kind, würde er sie erst recht nicht ziehen lassen und seine Belästigungen mit großer Wahrscheinlichkeit wieder aufnehmen. Sie musste fort.

Erika bereitete gedanklich alles für ihre Flucht vor. Eine Flucht auf dem Landweg war viel zu gefährlich, die Aufseher der Holzplantage hatten ein geschultes Auge und ein Gespür für genau diese Situation. Außerdem ließ ihr körperlicher Zustand lange Fußmärsche durch unwegsame Wälder im Moment nicht zu, zumal sie Reiner über weite Strecken würde tragen müssen. Und sie wusste nicht, wo die nächsten Plantagen lagen, wahrscheinlich würde man sie eher erwischen, als dass sie sich und das Kind in Sicherheit bringen konnte. Nein, sie würde die erste Strecke auf dem Kreek zurücklegen müssen. Wenn sie den richtigen Zeitpunkt erwischte, würde das Wasser sie hoffentlich schnell von der Plantage weg und außer Reichweite befördern, alles andere würde sich dann schon ergeben. Also brauchte sie ein Boot. Sie fand heraus, wo die kleinen Boote lagen und beobachtete wie beiläufig das Treiben. Tagsüber, bis zum Einbruch der Dunkelheit, landeten und fuhren immer wieder Boote mit Sklaven, sie würde also auf die Nacht warten müssen und dann eines der Boote nehmen. Sie hatte keine Ahnung, wie man mit den Rudern umging, aber sie hoffte, dass der Strom des Kreeks sie treiben würde, zu einem größeren Fluss und irgendwann in Richtung Stadt. So schwer konnte das doch nicht sein! Jetzt musste sie erst einmal dafür sorgen, dass sie wieder zu Kräften kam. Aufbrechen musste sie allerdings, bevor die Schwangerschaft so weit fortgeschritten war, dass sie sie noch weiter behinderte.

Sorgen um das Ungeborene machte Erika sich nicht, eigentlich verschwendete sie kaum einen Gedanken an das neue Leben in ihrem Körper. Ihre Gefühle waren zwiegespalten: Das, was dort in ihr heranwuchs, war ein Geschenk Gottes, Kinder waren ein Geschenk Gottes! Sie musste es akzeptieren, auch wenn es in sie hineingezwungen worden war. Sie zweifelte allerdings daran, ob ihr das gelingen würde. Auf Bel

Avenier sicherlich nicht. Aber vielleicht an einem anderen Ort, wo nichts mehr an den Kindsvater erinnerte. Vielleicht würde Reinhard sogar … Erika graute vor dem Moment, in dem sie ihrem Mann beibringen musste, dass sie das Kind eines anderen unter ihrem Herzen trug oder geboren hatte, dann allerdings könnte sie immer noch sagen … Ach, sie wusste es nicht.

Reiner schlief tief und fest. Erika hatte ihn am Nachmittag ausgiebig spielen lassen und ihm dann eine große Menge Brei gefüttert. Die kleinen rosa Kinderwangen glänzten, und ab und an gab er ein leises Schmatzen von sich. Sie würde ihn schlafend ins Boot befördern können. Erika hatte etwas Brot und Obst sorgsam in ein Tuch gewickelt. Ihre wenigen Habseligkeiten hatte sie ebenso zu einem kleinen festen Paket verschnürt, welches sie neben dem Kind noch gut tragen konnte. Alles war vorbereitet. Nervös saß sie in ihrem Zimmer und wartete, bis die Dämmerung sich in tiefschwarze Nacht verwandelt hatte.

Kurz traf sie ein Anflug von Reue. Konnte sie die Kinder wirklich allein lassen? Ja, sie hatten ihre Ammen und Haussklaven, die gut für sie sorgen würden. Auch der Abschied von den deutschen Holzfällern fiel ihr schwer. Das Dorf hatte ihr immer einen kleinen Trost und das Gefühl von etwas Heimat gespendet. Erika riss sich zusammen. Sie konnte nicht hierbleiben. Mit einem Ruck stand sie auf, nahm Reiner und das Bündel und schlich leise aus dem Haus.

»Wo willst du hin?« Erika erschrak fast zu Tode, als sich Ernst van Drags hochgewachsene Gestalt aus der Dunkelheit auf der Veranda schälte. Erika umklammerte Reiner. »Willst du etwa abhauen? Du weißt doch, was entflohenen Sklaven blüht, oder?« Er trat einen Schritt auf sie zu, der Gestank von Alkohol wehte ihr entgegen. Erika wich zurück, ohne jedoch den Griff um ihr schlafendes Kind zu lockern.

»Nein, ich ... ich ...« Leises gläsernes Klirren erklang hinter ihr, als sie an einen der kleinen Tische stieß.

Ernst van Drag trat einen weiteren Schritt auf sie zu. Im Dunkeln funkelte das Weiß seiner Augen auf, als er Erika mit festem Griff am Arm packte, mit dem sie Reiner umklammert hielt.

Um nicht rücklings zu fallen, ruderte Erika haltsuchend mit der freien Hand. Plötzlich bekam sie etwas Kaltes zu fassen. Einen Krug? Eine Flasche? Sie umfasste das Gefäß und hob den Arm, während sie gleichzeitig ihren Körper nach vorne warf. Mit voller Wucht hieb sie mit dem Gegenstand nach Ernst van Drag. Glas splitterte, als der Krug seinen Kopf traf. Verblüfft taumelte er rückwärts.

»Na ... na...! Du kleine Hure willst doch wohl nicht...«

Seine Stimme hatte einen merkwürdig kalten Klang. Erika spürte, wie Reiner unruhig den Kopf hin und her warf, bald würde er aufwachen. Tränen der Angst rannen über ihre Wangen, sie sah Ernst van Drags Gestalt nicht mehr richtig, hatte aber nur noch ein Ziel. Sich und ihr Kind zu retten. Instinktiv stieß sie noch einmal nach ihm und registrierte, dass sie mit dem zerbrochenen Krug seinen Körper traf. Nein, er durfte, er würde sie nicht aufhalten! Wieder und wieder schlug sie zu, blind vor Panik. Plötzlich gab er einen gurgelnden Laut von sich und sackte nach hinten. Erika ließ wie in Trance den Krug fallen, schlang beide Arme um Reiner, der jetzt leise wimmerte, und rannte so schnell sie konnte in Richtung Fluss.

Fast wäre sie über eine Wurzel auf dem ausgetretenen Weg gestolpert, fing sich aber und flüsterte Reiner ein paar Worte zu, in der Hoffnung, er würde sich beruhigen. Wenn er jetzt anfing zu schreien, würde die ganze Plantage es hören.

Sie warf ihren Beutel mit den wenigen Habseligkeiten in das erste Boot und schob ihn mit dem Fuß unter eine der Sitzbänke. Reiner legte sie davor, bevor sie erneut auf den Steg sprang. Es dauerte eine gefühlte Ewigkeit, bis es ihr gelang, das Tau mit ihren zittrigen Fingern zu lösen. Fast wäre sie im Schlamm ausgeglitten, als sie das Boot in tieferes Wasser stieß. Schnell sprang sie in das wankende Gefährt und ergriff das Ruder in dem unbeholfenen Versuch, es in die Strömung zu bringen. Das Boot legte sich jedoch sofort wie von selbst mit der Strömung ins Wasser und nahm schnell Fahrt auf. Erika atmete erleichtert auf. Sie zitterte am ganzen Körper. Sie hatte Ernst van Drag verletzt. Vielleicht sogar …? Nein! Das durfte sie nicht einmal denken. Aber selbst wenn sie ihn nur verletzt hatte … man würde sie suchen, womöglich sogar anklagen und einsperren. Was hatte sie getan?

Erika fand keinen Schlaf. Lange saß sie da und verlor sich in ihren Gedanken. Reiner schlief auf seinem Lager auf der anderen Seite des Bootes, ihm schienen die Turbulenzen der Nacht nicht besonders viel ausgemacht zu haben. Was sollte sie jetzt bloß tun? Wenn man nach ihr suchte, würde man sie auch finden, sie konnte sich mit Reiner schließlich nicht ewig verstecken, nicht in ihrem Zustand. Erschöpft und mutlos wandte sie den Blick zum Himmel. Bald müsste die Sonne aufgehen. Ein zarter roter Schleier erschien bereits über den Baumkronen. Plötzlich fing das Boot wie von Geisterhand an zu schwanken. Erst gemächlich von links nach rechts, schon bald aber immer stärker. Was war das? Stromschnellen? Felsen? Erika bekam Angst, und auch Reiner regte sich auf seinem Lager. Erika wollte ihren Sohn näher bei sich haben, dafür würde sie allerdings das Boot durchqueren müssen.

Als sie sich umblickte, sah sie das Tau, mit dem das Boot zuvor festgemacht gewesen war. Sie wickelte sich das lose Ende um das Handgelenk und versuchte schwankend, sich aufzurichten. Ein fataler Fehler. Das Boot kam gänzlich aus dem Gleichgewicht, neigte sich, und ehe Erika Halt finden konnte, stürzte sie über Bord. Das kalte Wasser schlug über ihr zusammen und drückte ihr die Luft aus den Lungen. Prustend und strampelnd kämpfte sie sich an die Oberfläche, einen kurzen Moment verlor sie die Orientierung. Reiner!

Ein schmerzhafter Ruck am Arm zog Erika ein Stück aus dem Wasser. Das Tau, sie hing hinter dem Boot!

Erika konnte nicht schwimmen, aber die Strömung trieb sie am Seil hinter dem Boot her. Sie ruderte verzweifelt mit dem freien Arm, um näher an das Boot heranzukommen, was ihr mit unendlicher Kraftanstrengung schließlich auch gelang. Sie klammerte sich mit beiden Händen an die Kante und versuchte mit letzter Kraft sich hochzuziehen, brachte das Boot dadurch aber fast zum Kippen. Unmöglich! Wenn sie sich hochzog, würde Reiner womöglich ins Wasser stürzen. Erika überlegte fieberhaft. Ihre Finger schmerzten, lange würde sie sich nicht mehr halten können. Wenn es ihr allerdings gelingen würde, das Boot ein wenig zu lenken, vielleicht würde sie es bis zum Ufer schaffen? Inzwischen war die Strömung nicht mehr so stark, und auch die Stromschnellen schienen überwunden. Erschöpft sah sie sich um. Ob das Ufer auf der einen oder der anderen Seite näher war, sie vermochte es nicht zu sagen. Mit den Beinen strampelnd versuchte sie das Boot zu drehen, was ihr ganz langsam auch gelang. Erika nahm alle Kraft zusammen und ruderte mit den Beinen gegen die Strömung an. Dann schlugen die ersten Äste gegen das Holz, sie hatte das Ufer fast erreicht! Ihre Finger aber waren klamm und taub, und sie spürte entsetzt, wie sie vom Rand abrutschte.

Das Boot drehte sich wieder mit der Strömung den Bug voran und glitt ihr fort. Sie versuchte das Tau zu halten und paddelte verzweifelt mit den Armen. Einige dünne Äste der im Wasser stehenden Bäume entglitten ihr, als sie danach fasste. Plötzlich bekam sie einen herben Schlag vor die Brust. Ein dicker Ast! Sie klammerte sich an ihn, doch das Boot zerrte an ihrem Arm. Wenn sie es schaffen würde, das Tau um den Ast zu bekommen, würde vielleicht wenigstens Reiner … irgendjemand würde das Boot schon finden. Das Tau lag über dem Ast, sie müsste also einmal hindurchtauchen und es um ihn legen, ihr Körper würde das Boot dann hoffentlich halten. Sie konnte nicht mehr. Reiner … Reinhard.

Bevor ihr gänzlich die Sinne schwanden, holte Erika noch einmal tief Luft und ließ sich unter dem Ast hindurchgleiten. Sie spürte gerade noch, wie sich das Tau spannte und das Boot mit einem Ruck in der Strömung stehen blieb, dann wurde sie wieder nach oben gedrückt. Sie versuchte, sich auf den Rücken zu drehen, um sehen zu können, ob das Boot tatsächlich stand. Der Bug wippte nur wenige Meter von ihr sachte auf und ab, über ihr ging die gleißende Sonne am Himmel auf.

Das Letzte was Erika hörte, außer dem Plätschern des Wassers, war das leise Geglückse ihres Sohnes.

Kapitel 2

Martinas Sohn wurde in eine drückende, schwüle Augustnacht hineingeboren. Er begrüßte die Welt mit einem empörten Schrei, der durch das ganze Plantagenhaus hallte. Julie war erleichtert. Martina hatte fast zwei Tage in den Wehen gelegen, und selbst Pieter war unruhig geworden, als die Geburt nicht voranging. Amru und die Hebamme aus dem Sklavendorf hatten aber zur Ruhe gemahnt. Julie hatte den Frauen geholfen, soweit sie konnte, sie hatte heißes Wasser gebracht und frische Tücher. Martina hatte sie in ihrer Erschöpfung sogar an ihrer Seite toleriert, und Julie hatte sich Mühe gegeben, ihrer Stieftochter Mut zuzusprechen. Obwohl Julie die Geburt an sich schockiert hatte. Noch nie hatte sie dergleichen erlebt, und bei dem Gedanken, dass sie selbst vielleicht irgendwann einmal …

Amru hatte versucht, sie zu beruhigen. »Misi, das ist der schönste Schmerz, den eine Frau haben kann, und wenn das Baby da ist, ist auch alles schnell vergessen.« Trotzdem hatte Julie geschaudert in den letzten Stunden, in denen Martinas Kind endlich unaufhaltsam in die Welt gedrängt hatte.

Martina war tapfer, aber am Ende bis ins Mark erschöpft gewesen. Kurz begrüßte sie noch ihren Sohn, dann verließen sie die Kräfte. Sie bekam nicht mehr mit, wie Amru und Julie den kleinen Jungen wuschen, in saubere Laken wickelten und an Martinas Seite legten. Pieter kam kurz, um seinen Sohn mit stolzgeschwellter Brust zu begrüßen. Amru schob ihn jedoch schnell wieder aus dem Raum. »Misi Martina braucht Ruhe.«

Julie blieb neben Martina sitzen, auch wenn sie selbst sehr müde und erschöpft war. Karl ließ sich erst am nächsten Morgen blicken. Er begutachtete kurz seinen Enkel und warf Julie dann einen mehrdeutigen Blick zu. War es Wut, die sich darin spiegelte oder gar ein stiller Vorwurf? Julie wusste es nicht. Sie hatte im Zuge von Martinas Schwangerschaft häufig darüber nachgedacht, aber selbst auch keine Erklärung dafür, warum sie nicht schwanger wurde.

»Juliette?« Martina erwachte, als Julie ihr gerade mit einem feuchten Tuch die Stirn tupfte. Auch wenn sie ihrer Stieftochter immer noch misstraute, würdigte sie mit Hochachtung, was Martina in der vergangenen Nacht geleistet hatte.

»Martina, alles ist gut!«, sagte sie jetzt zärtlich. »Schau«, Julie legte ihr behutsam das schlafende Baby in den Arm.

Martinas Gesicht bekam einen Ausdruck von seliger Freude.

»Ist er nicht hübsch? Und so kräftig.« Zärtlich küsste sie ihren Sohn. Dann blickte sie auf und legte ihre freie Hand auf Julies Arm. »Danke, dass du bei mir warst.«

Julie war überrascht von so viel Zutraulichkeit, die sie durchaus nicht unberührt ließ. Sie hielt Martinas Blick stand, bevor ihre Augen in Richtung des Babys wanderten. »Jetzt ruht euch erst mal aus. Ich werde nach Amru schicken, dass du ... ich meine, du willst doch ... oder soll eine Amme gerufen werden?« Die meisten weißen Frauen ließen ihre Babys von schwarzen Ammen nähren. Das war angeblich der Gesundheit und der Figur zuträglicher.

Martina schüttelte aber entschlossen den Kopf. »Nein, ich werde meinen Sohn selbst stillen. Schau doch, diese Äuglein ...«

Julie ließ Mutter und Kind in trauter Zweisamkeit zurück.

Sie musste sich frisch machen und dringend etwas essen, ihr Magen knurrte. Auf dem Flur traf sie Pieter, der eine schwarze Frau vor sich herschob, die ein Baby im Tragetuch bei sich hatte. »Ist Martina wach?«, fragte er kurz. »Ich habe die Amme mitgebracht.«

»Ich glaube, die wird nicht benötigt, Pieter«, sagte Julie so ruhig wie möglich.

Pieter machte ein verwundertes Gesicht. »Aber…«

»Martina möchte sich selbst um das Baby kümmern.« Julie hoffte, dass Pieter jetzt keinen Streit heraufbeschwor. Sie schob die Sklavin, die sichtlich erleichtert war, dass sie sich nicht monatelang um ein zweites und dazu noch weißes Baby kümmern musste, vor sich her nach unten und ließ den verdutzten Pieter einfach stehen. Über das Thema wurde danach nicht mehr gesprochen. Nur Karl gab noch einmal einen unwirschen Kommentar von sich: Martina habe sich in den folgenden Wochen zu jeder Tages- und Nachtzeit um das Baby zu kümmern, das sei vollkommen unnötig. Wofür hatte man schließlich Sklaven?

Der kleine Martin verlangte viel Aufmerksamkeit. Julie sah in ihm die perfekte Mischung aus seinem streitlustigen Vater und seiner egoistischen Mutter. Kaum kehrte ein bisschen Ruhe im Haus ein, hörte man schon einen schrillen Babyschrei, der Aufmerksamkeit forderte. Martina fütterte, wickelte, wusch und tröstete, soweit sie konnte. Es dauerte aber nicht lange, da war sie mit ihren Kräften am Ende.

»Misi Martina müssen das Baby auch mal schreien lassen. Es muss lernen, dass es alles bekommt … aber zu seiner Zeit«, bemängelte Amru die aufopfernde Fürsorge kopfschüttelnd.

Martina aber hob nur trotzig den Kopf. »Amru, das mögt ihr vielleicht mit euren Kindern so machen, aber Martin ...« Martinas Blick legte sich liebevoll auf das Baby, und Julie schlug die Augen gen Himmel. Auch sie fand, dass Martina es etwas übertrieb. Sie ließ nicht mal Liv an das Baby. Der wenige Schlaf und das bisschen Essen, welches sich Martina halbherzig zuführte, zehrten an ihrem Körper, und vier Monate nach der Geburt sah Martina aus wie ein Gespenst. Pieter übte sich im Unsichtbarsein. Er hielt seinen Sohn zwar stolz, wenn dieser friedlich schlief, quäkte das Kind aber los, überreichte er es schnell wieder der Mutter. Auch hatte er sein Quartier ins Gästehaus verlegt, mit dem Argument, er fände keine Ruhe, wenn Martina alle paar Stunden zum Baby lief. In Julie weckte dies die Angst, er könne sich des Nachts wieder an den Sklavenmädchen vergehen. Und so schlich sie zu fortgeschrittener Stunde immer noch einmal aus dem Haus und beobachtete das Gästehaus mit Argusaugen. Aber es blieb ruhig. Pieter schien seine Triebe im Zaum zu halten.

Eines Morgens hatten sich Martina und Julie nach dem Frühstück gerade auf die Veranda begeben, als Martina schwankte und Julie das Baby gerade noch in den Arm legen konnte, bevor ihre Knie nachgaben.

Julie schrie auf. »Amru, schnell!«

Selbst der Papagei flatterte aufgeregt herum.

Die Haussklavin stürzte durch die Tür und half Martina wieder auf die Beine und dann auf einen Stuhl. Mit einem Tuch wedelte sie ihr Luft zu und schüttelte missbilligend den Kopf. »Misi Martina hat sich einfach zu viel zugemutet.«

Auch Julie äußerte ihre Besorgnis. »Martina, so kann das nicht weitergehen«, sagte sie behutsam. »Du opferst dich ja völlig auf für das Kind. Ich denke, es ist an der Zeit, eine andere Lösung zu suchen, eines der Mädchen könnte doch …«

»Nein!« Martina saß zittrig auf ihrem Verandastuhl und stellte jetzt mühsam das Glas Wasser zur Seite, das Amru ihr geholt hatte. »Ich möchte nicht, dass eines der Mädchen … sie wissen doch gar nicht, wie …«

Julie seufzte. »Aber Martina, du braucht etwas Ruhe! Und du sollst Martin ja auch nicht ganz aus der Hand geben, nur ein paar Stunden am Tag, damit du mal etwas Schlaf bekommst und in Ruhe etwas essen kannst.«

»Aber …«

Julie konnte Martinas Angst nachempfinden, dass niemand sich so gut um Martin kümmern konnte wie sie selbst, aber so wackelig wie Martina auf den Beinen war, musste eine Lösung her, und zwar schnell.

Das Problem lag allerdings nicht nur bei der Mutter, die ihren Sohn nur zögerlich abgab, sondern vor allem bei diesem eigenwilligen Kind. Es war durchaus nicht so, dass man nicht schon versucht hatte, Martin an einen anderen Arm, der ihn schuckelte, zu gewöhnen. Der Junge ließ sich aber nur schwer täuschen und schrie bei jedem Fremden, der versuchte, ihn umherzutragen oder ihn in seinem Körbchen zu wiegen. Liv, Kiri und Amru waren bereits kläglich gescheitert und hatten das Baby mit resignierter Miene wieder in die Arme seiner Mutter zurückgelegt.

Nachdenklich betrachtete Julie jetzt den kleinen Jungen, der immer noch friedlich in ihrem Arm lag. In ihr reifte ein Entschluss.

»Ich kann ihn doch manchmal nehmen«, sagte sie bestimmt.

Martina runzelte die Stirn. »Du?«

Julie schmunzelte. »Ja, ich mache das gern. Schau, er ist

ruhig bei mir, und wenn du dadurch ein bisschen Zeit für dich bekommst …«

Julie holte Martin fortan morgens, nachdem Martina ihn gefüttert hatte. Das Kind war dann ruhig und zufrieden und zeigte sich bei Julie in der Tat umgänglicher als bei anderen. Sie schaffte es mühelos, ihn wieder in den Schlaf zu wiegen, wenn er zu früh aufwachte und quengelte. Sie brachte ihn sogar zum Lächeln, indem sie ihn mit ihren Fingern spielen ließ. Martina nahm diese Hilfe nach anfänglicher Sorge dankend an. In den ersten Tagen schlich sie unruhig hinter Julie her, als sie aber sah, dass es Martin gut ging, nutzte sie die gewonnene Zeit, um sich auszuschlafen. Bereits nach drei Wochen war sie wieder bei Kräften und sah wesentlich gesünder aus.

Pieter hingegen schien dieses Abkommen gar nicht zu passen. Argwöhnisch beobachtete er Julie, wenn sie sich seines Sohnes annahm. Da Martin aber selbst in seinen Armen schrie, bis sein Babygesicht eine tiefrote Farbe annahm, blieb Pieter nichts anderes übrig, als die Absprache zu tolerieren.

Julie kam nicht umhin, zärtliche Gefühle für dieses kleine Wesen zu entwickeln. Nachdenklich und zugleich fasziniert beobachtete sie jetzt das schlafende Baby. Immer häufiger verspürte sie Traurigkeit darüber, dass ihr bisher ein Baby verwehrt geblieben war. Wo Karl doch … aber es schien einfach so, als solle es nicht sein.

Ob Karl mit Martins Geburt den Wunsch nach einem Erben aufgegeben hatte? Seit sein Enkel auf der Welt war, behelligte er Julie nicht mehr. Sie war froh darüber, waren seine nächtlichen Übergriffe doch alles andere als angenehm gewesen.

Dennoch fuhr er nach wie vor einmal in der Woche in die Stadt. Ob ihm Suzanna eher gab, wonach er verlangte? Julie hatte ein paarmal darüber nachgedacht, ihn auf seine surinamische Ehe anzusprechen. Doch die Angst vor seiner Reaktion ließ sie zögern, vielleicht war es besser, die Dinge einfach so hinzunehmen, wie sie waren. Und solange Karl sie in Frieden ließ, war das Leben auf Rozenburg auch wieder erträglich.

Julie liebte diese Plantage inzwischen wie ein Zuhause. Sie hatte hier Menschen, die ihr etwas bedeuteten. Vor allem Kiri, Amru, die anderen Sklaven, die ihr wirklich ans Herz gewachsen waren. Und natürlich Martin und sogar Martina, für die sie sich verantwortlich fühlte. Karl und Pieter waren nur unliebsame Schatten, die sich ein paarmal am Tag in den Frieden hineindrängten, aber meist auch ebenso schnell wieder verschwanden. Wusste der Himmel, was Karl den ganzen Tag in seinem Arbeitszimmer oder auf den Feldern der Plantage trieb und womit Pieter im Gästehaus die Zeit verbrachte. Wenn sie nicht zugegen waren, konnte Julie das Leben fast genießen.

Wäre da nicht diese unstillbare Sehnsucht nach Jean gewesen. Er fehlte ihr. Sie fragte sich, was er wohl jetzt tat in der Stadt. Hatte er eine neue Anstellung gefunden? Vermisste er sie?

Kapitel 3

Erika vernahm dumpfe Stimmen. Sie versuchte, ihre Augen zu öffnen, aber ihre Lider waren wie Blei. Es fiel ihr schwer, nicht wieder in den warmen, wonnigen Dämmerzustand zurückzukehren, aus dem sich ihr Geist gerade zu schälen versuchte. Sie konzentrierte sich auf die leisen Stimmen, und je mehr ihr Geist erwachte, desto deutlicher wurde ihr bewusst, dass sie nicht verstand, was dort gemurmelt wurde. Diese Sprache kannte sie nicht.

Wo war sie? Was war passiert? Das leise Greinen eines Kindes holte sie endgültig ins Hier und Jetzt. Reiner!

Als es ihr schließlich gelang, die Augen zu öffnen, war es schummrig. Erst dachte sie, das läge an ihrem Zustand, aber dann bemerkte sie, dass es um sie herum in der Tat recht dunkel war. Sie lag auf dem Rücken. Schwerfällig versuchte sie, sich auf die Ellenbogen zu stützen. Aus der Dunkelheit tauchte eine Hand auf, die sie sanft an der Schulter nach unten drückte. Erika versuchte, die Hand abzuwehren, fiel aber unbeholfen zurück auf den Rücken.

»Reiner? Wo … wo ist mein Kind?«

»Frau liegen bleiben«, sprach jetzt dicht an ihrem Ohr eine Stimme zu ihr. Ihr Ton war leise und rau, und Erika drehte den Kopf in dem Versuch zu erkennen, wer da neben ihr saß. Aus dem Dämmerlicht zeichneten sich allmählich die Konturen einer Gestalt ab. Jetzt erkannte sie zwei mandelförmige, dunkle Augen in einem runden Gesicht. Erschrocken wich Erika zurück.

»Wo bin ich?« Langsam kehrten ihre Erinnerungen zurück. Das Boot. Sie war geflohen von der Plantage. Der Fluss, das Boot hatte gewackelt. Reiner. Als hätte die Gestalt Erikas Gedanken gelesen, stand sie auf und verschwand kurz im Dunkeln. Erika versuchte sich aufzurichten. Das leise Geplapper, welches sich nun aus dem Dämmerlicht näherte, kannte sie nur zu gut. Ihr Herz machte einen Sprung. »Reiner!«

Erika stemmte sich wieder auf die Ellenbogen und sah ihren Sohn auf ihr Lager zukommen. Sie streckte ihm die Arme entgegen und spürte dankbar seine Wange in ihrer Hand. Schnell krabbelte Reiner zu ihr auf das Lager und schmiege sich an sie. Erika war wie benommen vor Glück. Reiner war nicht ertrunken! Über und über bedeckte sie sein helles Haar mit Küssen, während Tränen der Freude über ihre Wangen liefen. Reiner war nicht ertrunken. Sie war nicht ertrunken. Im Stillen dankte sie Gott.

Aber wo war sie? »Frau essen«, meldete sich die Stimme neben ihr. Erika schüttelte den Kopf. Sie hatte keinen Hunger. »Frau muss essen.« Die Gestalt erhob sich und entfernte sich dann. Erika versuchte, sich zu orientieren. War sie in einer Hütte?

Nein, es schien sich eher nur um ein Dach zu handeln, unter dem sie lag. In der Richtung, in die die Gestalt verschwunden war, konnte sie durch die offene Giebelwand das dunkle Grün des Waldes erkennen.

Reiner, der sich neben sie gekuschelt hatte, plapperte unentwegt. Erstaunt bemerkte Erika, dass auch ihr Sohn, abgesehen von zahlreichen bunten Ketten um seinen Hals, vollkommen nackt war. Er deutete stolz auf die vielen bunten Perlen und

Muscheln und winkte dann der Person zu, die wieder den Raum betrat.

Erika erkannte nun, dass es sich um eine Frau handelte – ihre großen, schlaffen Brüste waren unbedeckt, und bis auf einen Lendenschurz war die Frau nackt! Sie hatte eine gedrungene Gestalt, ihre Haut war rötlich, sie war also weder Sklavin noch Weiße. Die glatten und tiefschwarzen Haare waren an der Stirn zu einem geraden Pony geschnitten, hinten hingen sie offen bis über die Schultern. Erika wandte beschämt den Blick ab. Sie hatte sich nie richtig an den Anblick nackter Haut gewöhnen können – in ihren Augen liefen schon die Sklavenfrauen recht freizügig umher, diese Frau hingegen …

Sie trug einen Korb in den Händen, den sie Erika nun mit einem aufmunternden Blick hinhielt.

»Hier, Frau essen!« Mit diesen Worten stellte sie den Korb neben Erika ab.

Reiner griff gleich ungeniert hinein und stopfte sich eine Art Mehlfladen in den Mund. Erika betrachtete ihren Sohn zärtlich. Er schien dieses Essen bereits zu kennen.

Erika verspürte immer noch keinen Hunger, auch wenn sie ahnte, dass das Essen ihrem Körper guttun würde. Ihr brannte eine Frage auf den Lippen: »Wo bin ich?«

»Frau in Fluss gefallen. Männer der Oayanas auf Jagd finden Frau an Boot, im Boot kleiner Mann.« Die Frau tätschelte Reiner liebevoll die Wange und gab ihm noch einen der kleinen Fladen in die gierig ausgestreckte Hand.

»Frau kalt und jetzt hat lange geschlafen. Aber jetzt Frau wieder wach. Ich Jaminala!« Sie klopfte sich mit der flachen Hand auf den Oberkörper und lächelte zufrieden.

Oayanas? Was bedeutete das? Indianer? Eingeborene? Erikas Gedanken rasten in ihrem Kopf durcheinander. Natürlich wusste sie, dass Surinam zunächst von Indianern bevölkert worden war, das hatte Reinhard ihr mehr als einmal erläutert. Und natürlich hatte sie davon gehört, dass es im Regenwald noch Eingeborenenstämme gab, die Plantagensklaven handelten sogar ab und zu Tauschgeschäfte mit ihnen aus, wenn die Buschneger nicht dazwischenkamen. Aber getroffen hatte Erika bisher noch keine Eingeborenen, sie lebten schließlich weit ab von jeglicher Zivilisation, auch das hatte Reinhard ihr immer wieder erklärt, schließlich war er ja auch ausgezogen, um sie zu missionieren. Bedeutete das, dass sie sich weitab von jeglicher Zivilisation befand? Sie betrachtete die Frau neben ihrem Lager. Sie schien nett und wohlwollend zu sein, außerdem hatte sie sich offensichtlich gut um Reiner gekümmert.

Jetzt reichte sie Erika einen der Fladen aus dem Korb. Erika zögerte. Gab es nicht sogar Kannibalen im Regenwald? In der Stadt hatte man sich viele Schauergeschichten erzählt.

Aber als ihr Magen sich jetzt knurrend meldete und auch Reiner immer noch zufrieden neben ihr lag und spielte, nachdem er einige dieser Fladen verspeist hatte, griff sie dankbar zu. Zögerlich biss sie hinein und genoss schon bald den überraschend süßen Geschmack auf der Zunge. Dankbar nahm sie noch zwei weitere saftige Küchlein an. Sie spürte, wie ihre Lebensgeister erwachten.

»Frau lange geschlafen, Frau aufstehen.« Jaminala erhob sich und nahm den Korb mit sich. »Frau kommen!«

Erika setzte sich auf, sofort überkam sie leichter Schwindel und ... jemand hatte sie ausgezogen! Schamhaft versuchte sie, sich mit dem Tuch halbwegs zu bedecken, aber entweder blieben ihre Brüste frei oder die Knie. Dann doch lieber die Knie. Reiner war bereits vom Lager gesprungen und nach draußen gelaufen. Schwankend erhob sie sich und folgte Jaminala aus der Hütte.

Draußen fand sie sich auf einem Platz zwischen vielen kleinen, gedrungenen Dächern wieder. Rings herum erhoben sich mächtige Bäume und undurchdringliches Grün. Vor den Hütten saßen vereinzelt Frauen, kleine Feuer qualmten. In der Mitte auf dem Platz saßen einige Männer beisammen, und um sie herum tollte eine nackte Kinderschar, begleitet von einigen Hundewelpen. Mittendrin Reiner. Die Bewohner des Dorfes schenkten Erika keine besondere Beachtung. Einige blickten kurz auf und nickten ihr zu.

Eine der Frauen winkte Jaminala und Erika zu sich und bedeutete ihnen, sich zu setzen. Erika versuchte, sich möglichst schicklich niederzulassen, ohne dass dabei das Tuch verrutschte, mit dem sie ihren Körper bedeckte. Dann reichte ihnen die Frau zwei kleine Schälchen und füllte sie mit einem Getränk aus einer Kalebasse. Jaminala trank die Schale gleich in einem Zug aus. Erika zögerte und versuchte mit der Hand die vielen großen schwarzen Fliegen zu verscheuchen, dann nippte sie vorsichtig an dem Getränk. Ihre Lippen waren trocken, und sie hatte Durst. Das Gebräu war scharf und bitter, aber auf dem Weg durch den Hals bis in den Bauch hinterließ es eine wohlige Wärme. Alkohol? Misstrauisch blickte sie in Richtung Jaminala, aber als die beiden Frauen ihr grinsend bedeuteten, sie solle trinken, leerte sie ihr Schälchen in einem Zug. Sofort schien sich in ihrem Hals ein kleines Feuer zu entfachen. Das Zeug war stark, stärker als ein Glas Dram, mit dem Erika auf der Plantage versucht hatte, die Gedanken an Ernst van Drag herunterzuspülen. Jetzt spürte sie, wie sich in ihrem ganzen Körper ein entspanntes Gefühl ausbreitete. Umnebelt von dem starken Alkohol beobachtete sie Reiner, wie dieser mit den anderen Kindern spielte. Zwischendurch blickte er glücklich zu seiner Mutter herüber und winkte ihr zu. Erika ging das Herz auf. Sie lebte. Hoffentlich waren sie auch weit genug weg von Bel Avenier! Weit genug weg von Ernst van Drag! Durch den Nebel in ihrem Kopf drang langsam von weit her ein Gedanke. Das Kind! Die Schwangerschaft! Vielleicht ... durch den Sturz in den Fluss. Nein! Das durfte sie nicht denken.

Kapitel 4

Karls Augen zogen sich zu zornigen Schlitzen zusammen, und Julie duckte sich unmerklich, weil sie wusste was kommen würde. Martina war soeben fröhlich am Tisch erschienen. In der Hand hielt sie eine Einladung von Valerie: Jetzt, wo Martin einige Monate alt war, bestand die Familie Fiamond darauf, ihren Urenkel und Großneffen endlich zu Gesicht zu bekommen. Martina plapperte begeistert. Eine Fahrt in die Stadt, darauf hatte sie schon lange verzichten müssen! Als sie aber ganz selbstverständlich eröffnete, dass Julie sie begleiten sollte . . .

»Das würde dir so passen!« Böse funkelte Karl Julie über den Tisch an. »Damit du dich gleich wieder diesem Schreiberling in die Arme werfen kannst – nein! Du bleibst hier.«

»Aber Vater!« Martina war nicht bereit, das Feld kampflos zu räumen. Dabei ging es ihr weniger um Julie als vielmehr um ihre eigenen Interessen.

»Juliette muss mit!«, sagte sie bestimmt. »Wer soll sich denn sonst um Martin kümmern?« Sie setzte sich an den Tisch und fing an zu essen. Für sie war die Sache klar. Nicht so für ihren Vater.

»Du hast doch dein Negermädchen mit. Das kann sich kümmern.«

»Liv? Ach, Vater, sei nicht albern, du weißt selbst, was Martin veranstaltet, wenn Liv versucht, ihn zu nehmen.«

Liv war inzwischen zum lebenden Schatten Martinas geworden. Sie verrichtete alle Arbeiten gehorsam und ertrug Martinas ewige Nörgelei mit Gleichmut. Mit dem Nachwuchs ihrer Misi hatte Liv aber in der Tat zu kämpfen, Martin schrie in ihren Armen aus Leibeskräften. Eigentlich durfte niemand außer Martina und Julie nach ihm greifen, wenn man die Sache richtig betrachtete.

»Dann soll Pieter dir helfen.«

Pieter gab ein leises Husten von sich. »Ach, Karl, also, ich denke ...«

Karl machte eine wegwerfende Handbewegung. Er machte keinen Hehl daraus, dass er sich der väterlichen Unfähigkeit seines Schwiegersohnes bewusst war.

»Dann bleibst du eben auch hier, Martina«, sagte er barsch. Damit war für ihn das Thema beendet.

Martina aber brauste auf. »Vater! Du kannst Großmutter ihren Urenkel nicht ewig vorenthalten! Die Leute reden schon in der Stadt!«

Karl blickte auf. »Wer sagt das? Deine Tante?« Er wusste sehr wohl, dass nach seinem nächtlichen Auftritt auf Martinas Hochzeit einige Gerüchte kursierten.

»Ach, Vater, bitte, ich würde gerne mal wieder in die Stadt fahren und ...«

»Wir fahren alle zusammen!« Karl stand entschieden auf und verließ den Raum.

»Wir?« Martina sah verwundert zu Julie. Die jedoch zuckte nur die Achseln.

Diesmal waren es zwei Boote, die an einem Dienstag im Februar von Rozenburg ablegten. Im ersten befanden sich Martina, Martin, Pieter und Liv sowie Unmengen Gepäck, insbesondere für das Baby. Im anderen Boot saßen Julie, Karl, Kiri und überraschenderweise auch Aiku, den Karl für gewöhnlich während seiner wöchentlichen Stadtbesuche auf der Plantage zurückließ.

Jetzt starrte Julie sehnsüchtig vom Balkon des Hauses auf die Straße. Karl würde in der Stadt sicher nichts mit ihr unternehmen. Und er würde sie nicht allein ziehen lassen.

Von Martina war keine Abwechslung zu erwarten. Sie hatte gleich nach der Ankunft eine Kutsche zum Haus der Fiamonds genommen und ihrem Vater eröffnet, sie werde bei Valerie wohnen, mit dem Argument, sie könne Martin nicht ständig hin und her schleppen und würde bei Bedarf nach Julie rufen lassen. Karl hatte gegrollt, ließ seine Tochter aber gewähren.

Julie hatte sich schon damit abgefunden, dass dieser Stadtaufenthalt für sie eher ein Schauspiel werden würde, welches sie sich vom Balkon des Hauses ansehen musste, als Foni die Ankunft eines kleinen, staksigen Sklavenjungen vermeldete. Der Junge starrte verschüchtert auf seine nackten Füße und überreichte unterwürfig eine Nachricht für die Misi Juliette. Julies Herz pochte plötzlich bis zum Hals. Sie ließ dem Sklavenjungen eine Orange geben, dankte ihm und schickte ihn fort.

War die Nachricht von Jean? Wusste er, dass sie in der Stadt war? Nein, er würde es nicht wagen, sich zu melden, solange Karl im Hause war. Auf wackligen Beinen ging sie in den Salon und setzte sich in einen der Sessel. Mit zittrigen Fingern öffnete sie den Umschlag und erblickte die Schrift einer Frau. Einen kurzen Moment musste Julie mit ihrer Enttäuschung kämpfen.

Karl sah unwirsch von seiner Zeitung auf. »Von wem ist das?« Julie spürte sein Misstrauen. Sie war sich sicher, dass er davon ausging, sie warte nur auf eine Gelegenheit, sich mit Jean zu treffen.

Julies Augen wanderten an das Ende des Blattes. »Von Martina!«

Gleich wanderten ihre Gedanken zu Martin: War etwas mit dem Kind? Julie verspürte Sehnsucht nach dem kleinen Jungen. Seit seiner Geburt war auch sie tagtäglich mit ihm zusammen gewesen, sie vermisste seinen zarten Geruch und sogar das vollgespuckte Tuch über der Schulter.

Sie überflog das Schreiben, konnte aber keinen weiteren konkreten Hinweis finden. Martina schrieb lediglich, dass sie es für gut hielt, wenn Julie sie baldmöglichst bei den Fiamonds besuchen würde.

»Hm.« Karl überlegte kurz, bevor er Julie seine Entscheidung mitteilte. Es war seiner Stimme deutlich anzumerken, dass der Wunsch seiner Tochter ihm missfiel. »Gut, fahr zu Martina, Juliette. Aiku wird dich begleiten. Schließlich bist du deshalb mit in die Stadt gekommen.« Der Nachdruck in seiner Stimme war eindeutig: Aiku sollte auf Julie aufpassen. Dann erhob er sich. »Ich werde dann mal ...«

Julie war nicht überrascht, dass Karl nicht von seiner Gewohnheit abrückte, Suzanna zu besuchen, obwohl seine ganze Familie in der Stadt war. Im Stillen atmete Julie sogar auf. So war Karl zumindest achtundvierzig Stunden fort.

Sie wies Kiri an, ein paar Sachen zu packen. Wenn Martina nach ihr schicken ließ, musste es dringend sein, vielleicht waren sie oder Martin sogar krank? Sie würde vielleicht länger bei den Fiamonds bleiben müssen, da war es besser, sie hatte ein paar Sachen dabei.

Kurz darauf machte Julie sich auf den Weg, Aiku und Kiri folgten der Droschke zu Fuß. Julie starrte abwesend auf die weißen Blüten der Orangenbaumallee, durch die sie fuhren.

Unweigerlich schweiften ihre Gedanken zu Jean und dem Abend im Park zurück. Auch dort hatten die Orangen geblüht ... Der Nachthimmel war von unzähligen Sternen bevölkert gewesen, als ... Julie seufzte. Sie konnte diesen Mann einfach nicht aus ihrem Kopf verbannen, sosehr sie sich auch bemühte.

Bei den Fiamonds nahm Valerie Julie in Empfang.

Julie war aufgeregt. »Valerie! Ist etwas mit dem Kind? Oder ... Martina?«, flüsterte sie leise, während sie vorsichtig das schlafende Kind in Valeries Arm beäugte.

Mit der freien Hand winkte Valerie Kiri und Aiku, die der Misi ergeben gefolgt waren, aus dem Raum. Dann lächelte sie.

»Nein, keine Sorge, alles in Ordnung.« Sachte wippte sie das Baby hin und her.

Julie trat heran und streichelte Martin zärtlich über die Wange. Dann blickte sie Valerie in die Augen. »Aber warum habt ihr mich dann rufen lassen?«

»Juliette – mit Karl im Stadthaus hast du dich doch bestimmt gelangweilt, oder?« Jetzt zwinkerte Valerie Julie verschwörerisch zu. »Und da dachte ich, du würdest dich hier vielleicht besser unterhalten!« Julie grinste. Hierher würde Karl auf keinen Fall kommen, da hatte Valerie recht. »Und heute Abend wollte ich einen Ausflug in den Park machen, vielleicht hast du ja Lust mitzukommen?«

Julies Herz machte einen Sprung. Das Gefühl von Freiheit breitete sich in ihr aus.

In fröhlicher Stimmung machten sich die drei Frauen mit dem Baby wenige Stunden später auf den Weg. Als ihnen bald darauf wie zufällig Jean im Park begegnete, kam Julie für einen Moment der Gedanke, Valerie könnte diese Begegnung eingefädelt haben. Ihr Herz klopfte bis zum Hals, und ihre Knie wurden ganz weich, als ihr Blick für einen kurzen Moment auf seine Augen traf. Dann begrüßte Jean die Damen: »Julie! Mevrouw Fiamond, Mevrouw Brick. Ich freue mich, Sie zu treffen.« Die Begeisterung war seiner Stimme anzuhören.

Valerie erwiderte seine Begrüßung herzlich, und für einen kurzen Moment hatte Julie das Gefühl, sie zwinkere Jean zu. Lediglich Martina schaute etwas verstört drein.

In diesem Moment ließ Martin aus seinem Korb ein leises Quäken ertönen. Valerie schritt sogleich eifrig zur Tat. »Oh! Ich glaube, er hat Hunger. Martina? Vielleicht suchen wir uns ein ruhiges Plätzchen und ... Aiku, trag bitte meinen Schirm! Juliette, vielleicht möchtest du mit Mijnheer Riard ein Stück gehen, solange wir uns um Martin kümmern?«

Martina schien zu einem Protest ansetzen zu wollen, erwiderte aber nichts, und auch Aiku warf seinen Blick unentschlossen zwischen Julie und Valerie hin und her, besann sich dann jedoch auf seinen gerade erhaltenen Auftrag und trug Valerie den Schirm hinterher.

Ehe Julie sich versah, hakte Jean ihren Arm bei sich unter und führte sie in einen ruhigen Teil der Parkanlage. Kiri tappte in angemessener Entfernung hinter ihrer Misi her.

Julie sah sich kurz um. Was war, wenn sie jemand sah? Dann wischte sie den Gedanken beiseite. Wie lange hatte sie nicht von diesem Moment geträumt? Sie war zutiefst glücklich. Alles in ihr sehnte sich nach Jeans Nähe, und nun spürte sie seinen Blick auf sich.

»Ich habe dich vermisst.« Er lächelte ihr zu.

Julie schluckte. »Jean, es tut mir so leid. Auf der Hochzeit ... Ich weiß nicht, was in Karl gefahren ist. Jemand muss wohl irgendwie ... Was machst du jetzt?«

»Ach, Julie, mach dir keine Sorgen. Ich komme schon klar. Schreiber werden immer gesucht.« Er dämpfte seine Stimme. »Dein Mann ... Ich meine, hat Karl ...?«

Julie schlug die Augen nieder. »Ach, Jean. Karl hat ... Er ist fürchterlich eifersüchtig.« Sie spürte, wie die Erinnerung sie zu überrollen drohte und Tränen in ihre Augen schossen. Nein, sie wollte nicht darüber reden, das war Vergangenheit. Jetzt war sie hier. Im Hier und Jetzt. Mit Jean. Sie schluckte und sammelte sich, so gut es ihr möglich war. »Martina hatte eine Einladung von den Fiamonds bekommen und wollte unbedingt, dass ich mitfahre – es ist ein bisschen schwierig mit dem Baby, musst du wissen. Karl wollte erst gar nicht, dass wir in die Stadt fahren. Aber er kann das Baby den Fiamonds ja nicht ewig vorenthalten. Also ist er mitgefahren, und er hat Aiku abkommandiert, um auf mich aufzupassen.« Sie lächelte. »Naja, außer im Moment ... wenn Valerie ihn vorhin nicht ...« Sie warf ihm einen vielsagenden Blick zu: »Sag mal, Jean: War das hier geplant?«

Jean schmunzelte: »Sagen wir mal so: Der Zufall wollte, dass ich vor einigen Tagen Mevrouw Fiamond traf, und da ...«

»Also doch!« Julie schüttelte in gespielter Entrüstung den Kopf. Sie war Valerie in diesem Moment unendlich dankbar.

»Julie, ich musste dich einfach wiedersehen«, sagte Jean eindringlich. Sein Blick war voller Sehnsucht und senkte sich tief in ihren. Dann zog er sie sanft unter einen schattigen Laubengang und strich ihr zärtlich über die Wange.

»Jean, nicht! Wir ...« Hektisch sah Julie sich um. Kiri war nicht mehr zu sehen, sie war dezent auf dem Hauptweg geblieben und wartete, bis ihre Misi wieder auftauchen würde.

»Julie, wir sollten uns öfter sehen!« Jeans Stimme war bittend. »Mevrouw Fiamond deutete an, du würdest vielleicht jetzt öfter mit Martina in die Stadt kommen.«

Julie war hin und her gerissen. Sie wollte nichts lieber, als jede Minute mit Jean zu verbringen. Andererseits ... nicht auszudenken, wenn Karl von ihren Treffen erfuhr. »Jean, das geht nicht! Wenn Karl etwas herausfindet! Martina wird ...«

»Karl wird das nicht mitbekommen«, sagte Jean eindringlich. »Solange du sagst, du bist bei den Fiamonds. Dort wird er dich nicht aufsuchen. Außerdem ... selbst wenn er in der Stadt ist, das Haus seiner ... es liegt am anderen Ende der Stadt. Und da ist er dann auch gut beschäftigt.«

Julie zögerte. Seine Worte klangen überzeugend, trotzdem blieb ein Restrisiko. Was, wenn sie jemand sah? »Was ist mit Martina und Pieter?«

Jean zog sie an sich, nahm ihr Gesicht in seine Hände und gab ihr einen Kuss. Dann drückte er kurz seine Stirn gegen die ihre und sah ihr tief in die Augen. »Kein Aber Julie, ich möchte dich wiedersehen! Bitte! Um die beiden wird sich Mevrouw Fiamond kümmern, da bin ich mir sicher.«

»Aiku wird ...?«

»Um den mach dir keine Sorgen.« Jean lächelte vielsagend, »vor dem brauchst du keine Angst zu haben, er wird dich kaum verraten.«

Natürlich würde Aiku Karl nicht sagen können, wo Julie sich aufgehalten hatte und wen sie traf. Aber ganz sicher war Julie sich nicht. Aiku würde, wenn er wollte, einen Weg finden, seinem Masra die gewünschten Informationen zu übermitteln.

Jean bemerkte Julies Zögern und sah ihr tief in die Augen: »Julie, Aiku ist der Letzte, der uns verraten würde. Er hasst Karl.« Julie blickte ihn überrascht an. Das war ihr neu. Ihr war bisher nicht aufgefallen, dass Aiku seinen Herrn stark ablehnte. Schließlich bediente er ihn den ganzen Tag ehrerbietig. Natürlich, Karl behandelte ihn nicht gut, aber solange Aiku sich nichts zuschulden kommen ließ … Bevor sie Jean allerdings weitere Fragen stellen konnte, nahm dieser ihre Hand. »Komm jetzt, es ist Zeit zu gehen«, flüsterte er und führte sie dann zurück auf den Weg und in Richtung von Martina, Valerie und dem Kind.

Diese hatten unter einem Baum Schatten gefunden. Martina spielte mit ihrem Sohn, der auf einer Decke lag und vergnügt strampelte. Valerie lächelte Julie fröhlich an, als sie und Jean herangeschlendert kamen.

»Oh, da seid ihr ja wieder, Martin ist jetzt satt, dann können wir ja weitergehen. Begleiten Sie uns noch ein Stück, Mijnheer Riard?«

»Es tut mir leid, Mevrouw Fiamond, ich muss leider weiter. Es war nett, Sie zu treffen. Mevrouw Brick.« Jean nickte den Damen höflich zum Abschied zu, nur Julie bedachte er mit einem längeren Blick.

»Bis bald, Julie!«

Nach ihrer Rückkehr auf die Plantage sahen Jean und sie sich nicht häufig, Karl verwehrte ihr oft den Wunsch, in die Stadt zu reisen. Nur wenn Martina darauf drängte, ließ er sich erweichen, für tageweise Aufenthalte seine Erlaubnis zu geben. Jedes Mal, wenn Julie Jean traf, fiel es ihr schwerer, wieder auf seine Gesellschaft zu verzichten.

»Meinst du nicht, es gibt eine Möglichkeit, dass du öfter in die Stadt kommst?«

Julie hatte den drängenden Unterton seiner Stimme wohl vernommen. Aber sie konnten nicht das Risiko eingehen, dass

Karl etwas bemerkte. Der Aufwand war schon so groß genug: Jedes Mal musste sie den Umweg über Valerie nehmen, Aiku bei den Fiamonds lassen, am besten auch Kiri dort beschäftigen und dafür sorgen, dass Martina abgelenkt war, um dann einige Zeit allein mit Jean verbringen zu können. Von Kiri drohte zwar am wenigsten Gefahr, sie verabschiedete ihre Misi auch immer mit einem wohlwollenden Lächeln, aber Julie traute sich nicht, mehr als einige Stunden fortzubleiben.

Heute hatte sie gezögert, als Jean sie zu sich nach Hause gebeten hatte. Sie hatte sich schon einige Male geziert, hatte Jean lieber an stillen, aber öffentlichen Plätzen getroffen. Er hatte sie nie gedrängt, doch konnten sie an diesen Orten nicht so beieinander sein, wie es sich beide im Stillen wünschten. Aber es war April, Regenzeit und ein Aufenthalt im Freien war fast nicht möglich. Und schließlich hatte Julie doch eingewilligt, ihm zu sich nach Hause zu folgen. Julie lief rot an, als Jean sie an seiner Vermietern vorbei in seine kleine Wohnung führte.

»Mevrouw Toomson«, sagte er und nickte ihr freundlich zu, ganz so, als bemerke er ihren neugierigen Blick gar nicht. Julie wurde das Gefühl nicht los, dass sie etwas Verbotenes, etwas Ungehöriges tat. Und der vielsagende Blick der alten Mulattin verbesserte diesen Zustand nicht gerade. »Keine Angst, sie ist keine Klatschbase«, versuchte Jean Julie jetzt zu beruhigen, als sie die hölzerne Treppe emporstiegen, die in das Dachgeschoss des alten Stadthauses führte.

Ihr flaues Gefühl aber blieb. Erst als die Tür hinter ihnen zufiel, entspannte sich Julie etwas und schaute sich neugierig um.

Die Wohnung war klein und spärlich eingerichtet. Ein Tisch, ein Stuhl, ein Bett und ein wackeliges Regal, welches als offener Schrank diente. Julie überkam ein schlechtes Gewissen: Konnte Jean wirklich ohne die gut bezahlte Arbeit auf der Plantage leben? Hoffentlich hatte Karl keine Geschichten über ihn in die Welt gesetzt, so etwas sprach sich in der Kolonie herum wie ein Lauffeuer. Und einen Buchhalter, der gar den Frauen der Plantagenbesitzer nachstieg, den würde niemand beschäftigen wollen. Immer, wenn sie das Thema ansprach, tat Jean es schnell ab. Es gehe ihm gut, sie solle sich keine Sorgen machen. Julie fiel aber auf, dass er sie seltener auf etwas zu Trinken einlud und seine Kleidung langsam verschliss.

Jetzt nahm er ihr vorsichtig das Tuch ab, welches sie sich gegen den Regen um die Schultern und das Haar gelegt hatte, und hängte es sorgfältig über die Lehne des einzigen Stuhls im Raum. »Setz dich«, sagte er lächelnd. Julie nahm vorsichtig auf dem Stuhl Platz. »Julie …«, er hockte sich vor sie und nahm ihre Hände zwischen seine. Zärtlich küsste er ihre Fingerspitzen.

Julie durchfuhr ein wohliger Schauer. Bis auf einen flüchtigen Kuss oder eine leichte Berührung hatten sie bisher immer darauf verzichtet, sich näherzukommen, ihre heimlichen Treffen waren schon verwerflich genug. Sie beugte sich vor, um ihn auf den Mund zu küssen. Erst verhalten, dann immer forscher. Er streichelte ihren Hals und fuhr mit den Fingerspitzen den Ausschnitt ihres Kleides entlang.

Julie reagierte mit einem leichten Zittern, ihr Atem ging schneller. Alles in ihr sehnte sich nach seiner Berührung, doch im Hintergrund lauerte die Angst. Alles, was sie über die Geschehnisse zwischen Mann und Frau wusste, hatte sie bei Karl gelernt. Sie erinnerte sich jedoch nicht daran, dass ihr Körper auf Karls Berührungen je so reagiert hatte. Karl war grob gewesen, hatte sie derbe angepackt, ungeduldig und herrisch. Jean hingegen ... Julie war dankbar, dass er ihr Zeit ließ. Sie hatte das Gefühl, jederzeit Nein sagen zu können, auch wenn ihr nichts auf der Welt ferner lag. Je forschender er sie berührte, desto mehr drängte ihr Körper ihm entgegen.

Er zog sie sachte auf die Beine und öffnete ihr Kleid. Langsam ließ er es hinabgleiten, während er sie mit Küssen bedeckte. Julie schmiegte ihren nackten Körper an seinen. Sie wollte ihm nahe sein, wollte ihn spüren. Jean konnte seine Erregung kaum noch verbergen und drückte sich an sie. Eng umschlungen ließen sie sich auf das schmale Bett gleiten. Julie half ihm aus dem Hemd. Seine Haut war warm und weich. Mit den Fingerspitzen fuhr sie seinen Oberkörper entlang, zeichnete die Linien seines muskulösen Rückens nach. Ein Körper, der eher von körperlicher Arbeit geprägt war denn vom Schaffen an einem Schreibtisch. War er schon immer so kräftig gewesen? Sie verdrängte den Gedanken, als er begann, ihre Brust zu liebkosen. Nichts sonst war mehr wichtig. Ihr war schwindelig vor Glück.

»Ich liebe dich.« Sanft schob er ihr eine verschwitzte Haarsträhne von der Stirn. Dicht aneinandergedrängt lagen sie da.

Julie wich seinem Blick aus. »Jean ... Du weißt, dass wir nicht ...«

Er rückte ein Stück von ihr ab und drehte sich auf den Rücken. »Ja, ich weiß. Du bist verheiratet. Aber trotzdem!«

Julie spürte, wie sich der Zauber der letzten Stunde abrupt verflüchtigte. Eben noch waren sie ein Paar, waren sie eins gewesen. Jetzt stand die unüberwindbare Mauer von Julies Ehe wieder zwischen ihnen.

»Vielleicht finden wir ja einen Weg, wie du dich von Karl trennen könntest.« Jean schien diese Möglichkeit ernsthaft in Betracht zu ziehen.

»Glaubst du, ich hätte noch nicht darüber nachgedacht?«, flüsterte Julie leise.

»Wir könnten durchbrennen und irgendwo neu anfangen, wir könnten unsere eigene Plantage haben!« Jean schien wirklich begeistert.

»Ach, Jean.« Sie versetzte ihm einen kleinen Stoß. »Und wovon sollen wir leben? Ich bin ohne Karl mittellos und du …« Jean zuckte merklich zusammen, als sie ihren Blick durch das Zimmer schweifen ließ.

»Ich schaffe das, ich werde genug Geld verdienen, um uns zu versorgen«, sagte er bestimmt.

Julie seufzte leise. »Ja, vielleicht … irgendwann.«

In ihren Augen war die Situation aussichtslos. Mutlos ließ sie sich auf sein Kissen sinken.

Kapitel 5

Als Julie mit Martina aus der Stadt zurückkehrte, herrschte auf der Plantage schlechte Stimmung. Karl war aufgebracht, und Pieter lief wie ein geprügelter Hund umher.

»Amru, was ist passiert?« Julie hatte gleich die Haussklavin gesucht, um herauszufinden, was passiert war.

Amru war ebenfalls schlecht gelaunt. Unwirsch hantierte sie mit den Töpfen auf der hinteren Veranda, während sie leise Flüche ausstieß.

»Misi fragt besser Masra Pieter«, stieß sie hervor.

»Amru, nun sag schon«, sagte Julie flehend.

Scheppernd ließ die Sklavin die Töpfe in eine Wanne mit Spülwasser gleiten und wischte sich die Hände an ihrer fleckigen Schürze ab.

»Masra Pieter hatte eine Idee gegen Fieber. Jetzt sind alle Kinder krank!«

»Krank?« Julie verstand nicht, was Amru ihr sagte. »Was hat er gemacht?«

Amru verschränkte die Arme vor ihren Brüsten und gab ein wütendes Prusten von sich.

»Nachdem die Misis in die Stadt gefahren sind, hat Masra Pieter alle Kinder rufen lassen. Er hat ihnen etwas gegeben. Masra Karl stand dabei, er sagte, es sei gegen das Fieber. Am nächsten Tag waren alle Kinder krank.«

Julie verstand das nicht richtig – Pieter war doch Arzt,

wieso sollten dann nach seiner Behandlung alle Kinder krank sein? Sie konnte sich keinen Reim darauf machen und beschloss, Martina zu suchen. Vielleicht hatte die ja inzwischen etwas von Pieter erfahren.

Sie fand ihre Stieftochter auf der vorderen Veranda, wo sie Martin, der um ihre Beine herumkrabbelte, enthusiastisch ermutigte, sich daran hochzuziehen, obwohl der Junge noch viel zu jung war, um mit dem Laufen zu beginnen.

Julie setzte sich auf einen Stuhl ihr gegenüber und kam direkt zur Sache. »Hast du schon mit Pieter gesprochen?«

»Ja. Komm, Martin, hoch! Hoch!«

»Und? Hat er gesagt, was hier passiert ist, während wir weg waren?«

»Wer?«

Julie rollte mit den Augen. »Na, Pieter!«

Martina zog Martin an den drallen Ärmchen hoch. »Wieso, was sollte Pieter denn gesagt haben?«

Julie stand auf, von Martina war auch nichts zu erfahren. Sie war mit ihren Gedanken woanders. Die Nachricht jedoch ließ ihr keine Ruhe, und so verließ Julie die Veranda und lief um das Haus herum in Richtung Sklavendorf.

Dort war es verdächtig still. Keine Kinder tollten umher, und auch nur wenige Frauen saßen vor den Hütten an den Kochstellen. Julie steuerte die Hütte von Mura an und rief nach der Sklavin. Mura erschien gleich mit überraschtem Gesichtsausdruck aus dem Dämmerlicht ihrer Behausung. »Misi Juliette?«

»Mura, was ist mit den Kindern? Amru erzählte, dass ...«

Aus der Hütte erklang leises Wimmern.

Julie schob sich an Mura vorbei in das Innere der Hütte. Muras Enkelkinder, zwei kleine Mädchen von drei und fünf Jahren, lagen in ihren Hängematten. Ihre dunklen Gesichter waren eingefallen, ihre Augen verquollen. Als die Kleine anfing zu würgen, eilte Mura zu ihr und hielt ihr die Stirn, während sich das Kind in eine Schale übergab. Julie überkam eine Welle des Mitleids und mit voller Wucht das schlechte Gewissen, nicht da gewesen zu sein, als man sie brauchte. Egal, was Pieter getan hatte – wäre sie auf Rozenburg geblieben, hätte sie es vielleicht verhindern können.

»Das wird nicht wieder vorkommen!« Karl war immer noch wütend auf Pieter, und es verging keine Mahlzeit, ohne dass er ihm das zu verstehen gab. Immerhin war ein Teil der Frauen einige Tage auf den Feldern ausgefallen, da sie ihre kranken Kinder pflegen mussten.

Julie hatte sich inzwischen zusammengereimt, was passiert war: Pieter hatte das, was er Forschung nannte, weiterverfolgt und sein Wissen an den Kindern ausprobiert.

»Er hat unheimlich viel gelesen«, berichtete Martina stolz.

Karl hingegen reagierte mit einer eindeutigen Anweisung: »Er soll seine Mittelchen nicht an unseren Sklaven ausprobieren.«

Pieter selbst sagte nicht viel dazu. Ihn schien es zu ärgern, dass sein erster Feldversuch fehlgeschlagen war.

»Was um Himmels willen will er denn überhaupt behandeln? Die Kinder waren doch gar nicht krank?« Julie hoffte, von Martina brauchbare Informationen zu erhalten, diese hingegen interessierte sich nicht für die Geschehnisse im Sklavendorf.

»Ach, er wollte diese neue Methode ausprobieren, damit die Sklaven eben nicht krank werden. Das Fieber ist immer so lästig. Vater stöhnt ja auch immer, dass die Sklaven dann auf den Feldern fehlen.«

Wenige Tage später belauschte Julie Pieter auf der Veranda, wie er sich bei Martina lauthals über Karl beschwerte. Sie verharrte hinter der Tür und hörte seinen Proteststurm.

»Er hat doch keine Ahnung. Ich habe die Berichte aus den Niederlanden intensiv studiert und mich strikt an die Ratschläge von Dr. Joventus gehalten. Er hat damit in Indien schließlich gute Erfolge erzielt.«

»Vielleicht sind die Inder anders als unsere Sklaven?«, erwiderte Martina, während sie Martin auf den Knien schuckelte. Durch die Vorhänge beobachtete Julie, wie der Kleine seine Ärmchen nach Pieter ausstreckte. Sein Vater jedoch reagierte überhaupt nicht, wie so oft. Eigentlich ignorierte Pieter das Kind gänzlich, außer Karl war zugegen.

Pieter schien nicht erfreut über Martinas Antwort. »Was weißt du schon!« Mit einer wegwerfenden Handbewegung verließ er die Veranda in Richtung Garten.

Julie atmete auf, dass er nicht ins Haus gegangen war. Sie wartete einen Moment und betrat dann die Veranda, bemüht, sich nicht anmerken zu lassen, dass sie gelauscht hatte. Martin krähte gleich, als er Julie sah, und streckte ihr nun die Ärmchen entgegen.

»Na, junger Mann? Wie geht es dir heute?« Julie setzte sich neben die beiden.

Martina schaute noch einen Moment in die Richtung, in die Pieter verschwunden war. Dann seufzte sie kurz und wandte sich Julie zu. »Sind die Negerkinder wieder wohlauf?«

Julie war verblüfft über Martinas plötzliches Interesse.

»Ja, sie haben es gut überstanden.«

»Ach, Juliette, Pieter wollte doch nur helfen. Ob Vater ihm das je verzeihen wird?«

Natürlich beruhigte Karl sich wieder. Nach ein paar Wochen schien der Vorfall vergessen, und alles auf der Plantage ging seinen gewohnten Gang. Julie ließ es sich nicht nehmen, sich wieder täglich im Sklavendorf blicken zu lassen. Auch Karl beobachtete seine Sklaven intensiver. Ob er Angst hatte, Pieter würde ohne seine Erlaubnis nochmals ein Experiment wagen? Julie wusste es nicht. Ihr bereitete etwas ganz anderes Sorge. Sie wurde morgens von einer seltsamen Übelkeit befallen, und ihre Stimmung schwankte wie eine Palmenkrone im Wind. Im einen Moment war sie guter Dinge, im anderen kämpfte sie plötzlich ohne ersichtlichen Grund mit den Tränen. Julie hatte furchtbare Angst, ernsthaft krank zu sein, schließlich konnte man sich in diesem Land allerhand seltsame Tropenkrankheiten einfangen. Sie versuchte, ihr Befinden so gut es ging zu verbergen. Nur Kiri bekam eines Morgens mit, wie Julie sich würgend in die Waschschüssel übergab.

»Ist Misi nicht gut?«

»Doch, ist schon in Ordnung Kiri.« Julie hoffte, dass Kiri sich damit zufriedengab. Ihr blieb der forschende Blick ihrer Sklavin aber nicht verborgen.

»Soll ich Amru holen?«

»Nein!«

Als Julie ein paar Tage später vor Übelkeit dann des Morgens gar nicht aus dem Bett kam, blieb ihr nichts anderes übrig, als Kiri nach Amru zu schicken. Besser die schwarze Haushälterin als Karl, Martina oder gar Pieter.

Amru kam gemächlichen Schrittes in Julies Zimmer. Sicherlich hatte Kiri sie über Julies Zustand informiert. Einen besonders besorgten Eindruck machte sie jedoch nicht.

»Misi Juliette, Kiri sagt ...«

Weiter kam Amru nicht, weil Julie sich erneut übergeben

musste. Der leichte Duft nach Küche und Essen, der Amru anhaftete, strapazierte ihre Sinne an diesem Tag bis aufs Äußerste.

Zu Julies Ärger grinste Amru über das ganze Gesicht, als sie den Kopf endlich von der Schüssel erhob.

»Amru, das ist nicht lustig, ich glaube, ich bin krank«, stieß Julie verzweifelt hervor.

Amru raffte ihre Schürze und setzte sich neben Julie aufs Bett. »Misi Juliette ist nicht krank.«

Amru roch nach Speck und Fisch. Julie unterdrücke den auftretenden Brechreiz. »Doch, ich glaube schon, Amru. Das geht schon einige Zeit so.« Tränen rannen Julie über die Wangen. Sie konnte nicht einmal sagen, warum sie weinte, sie fühlte sich schwach und ausgelaugt. Ganz sicher war sie krank, das musste doch auch Amru bemerken.

»Ich sage, Misi Juliette ist nicht krank. Ich glaube eher ...«, wieder grinste sie, »ich glaube eher, Misi Juliette ist in anderen Umständen.«

Julie starrte die Haushälterin entgeistert an. »Was?« Dann fiel es ihr wie Schuppen von den Augen. Martina! Sie hatte die gleichen Symptome gezeigt, als sie mit Martin schwanger gewesen war. Natürlich! Fieberhaft zählte Julie im Geiste die Tage nach, seitdem sie das letzte Mal ... Grundgütiger! Julie wurde schwindelig. »Amru, lass mich bitte allein und ... und sag dem Masra nichts. Sag bitte keinem etwas!«, stieß sie hervor.

Amru nickte verständnisvoll und verließ den Raum.

Julie drehte sich in ihrem Bett auf die Seite und starrte zum Fenster. Schwanger! Und es gab nur eine Möglichkeit, wer der Vater sein konnte. Schließlich hatte Karl sie seit Monaten nachts nicht besucht. Jetzt rannen ihr erneut Tränen über die Wangen.

Was sollte sie tun?

Am späten Vormittag schien die Luft bereits wieder vor Hitze zu flimmern. Das ewige Gekrächze der Bananenvögel war verstummt, ein untrügliches Zeichen für die nahende heiße Mittagszeit.

Julie schwitzte und sehnte sich in die kühleren Räume des Hauses, doch musste sie hier auf der Veranda ausharren, um Karl Gesellschaft zu leisten. Schweigend saß sie neben ihm. Selbst der sonst so muntere Nico plusterte sich auf und verzog sich in die hinterste Ecke der Veranda, wenn Karl auftauchte.

Aiku hatte bereits mehrmals sein Glas mit Dram nachgeschenkt, und Julie sah an Karls flackernden Lidern, dass es schon wieder viel zu viel des Guten war. Karl war bereits am Morgen übellaunig von seinem Rundritt heimgekehrt, es war besser, seine Aufmerksamkeit jetzt nicht auf sie zu lenken.

Aiku schien das ähnlich zu sehen. Nachdem er eilig Karls Pfeife gestopft hatte, verzog er sich ins Haus.

Hinter der Orangenallee sah Julie Mura mit ihren Schützlingen den Weg hinaufkommen. Keines der Sklavenkinder schien sich zu beeilen. Ihnen war dieses wöchentliche Ritual ebenso zuwider wie Julie. Karl hatte es lange schleifen lassen, aber seit Pieter die Kinder für seine Versuche missbraucht hatte, schien Karls Interesse an ihnen neu aufgeflammt zu sein. Jeden Samstag ließ er nach Mura und den Kindern schicken. Und Julie musste ihm Gesellschaft leisten. Auch darauf bestand er vehement.

»Du bist doch sonst so zartbesaitet mit den Sklaven. So kannst du wenigstens sehen, dass es ihnen gut geht.«

Ängstlich schoben die Kinder sich nebeneinander her, und Mura musste den einen oder anderen zurechtweisen, damit er nicht zurückfiel. Karl gab einen grunzenden Laut von sich und stieß eine große Rauchwolke aus. Die Kinder konnten heute sicher mit keiner freundlichen Ansprache rechnen. Aber wann konnten sie das überhaupt jemals?

Julie erschrak, als Karl unvermittelt mit der Hand auf das hölzerne Verandageländer schlug. Ein kurzes, gehässiges Lächeln umzuckte seinen Mund, als er die Hand nun hob und darunter der zerquetschte Körper eines großen Monarchfalters zum Vorschein kam. Julie bekam beim Anblick der kläglich zerknitterten Flügel des einstmals so hübschen Schmetterlings eine Gänsehaut.

Muras große Schar erreichte derweil den Vorplatz. Mit niedergeschlagenen Augen bezogen die Kinder der Größe nach Aufstellung. Karl ließ seinen Blick über die Gruppe schweifen und gab Mura dann mit einem fast unmerklichen Kopfnicken ein Zeichen. Die alte Kreolin erhob die Hände, und die Kinder stimmten sogleich an: *»Odi Masra, odi Misi! Fai Masra dan? Fai Misi dan?«*

Julie bemühte sich, den kleinen, schwarzen Kulleraugen ein aufmunterndes Lächeln zu schenken, die sich jetzt angstvoll auf Karl richteten. Ihr Mann hatte sich gemächlich erhoben und stieg nun die drei Stufen auf den Platz herunter. Sofort streckten ihm die Kinder die Hände entgegen, die Handflächen nach oben. Sie senkten die Häupter, damit er auch hinter die Ohren schauen konnte. Mehr aus Impertinenz als aus echtem Interesse klappte er dem einen oder anderen Kind unsanft mit dem Ende eines Stocks die Ohren nach vorne. Die Kinder verzogen dabei schmerzerfüllt das Gesicht, gaben aber keinen Mucks von sich. Julie hasste diesen Moment. Sie wusste, dass Mura sich inbrünstig um ihre Schützlinge kümmerte. Anstatt die Kinder zu quälen, die ohne Frage sauber waren, sollte Karl lieber seinen Aufsehern hinter die Ohren schauen, dachte sie wütend. Einige von ihnen schienen der Körperpflege gänzlich zu entsagen.

Beim letzten Buben angekommen, zögerte Karl kurz, als würde er die Hände des Jungen intensiver betrachten. Dann holte er blitzschnell aus und ließ den Stock auf dessen Handflächen niedergehen. Das harte, klatschende Geräusch ließ alle zusammenzucken.

Die Knie des misshandelten Buben gaben eine Sekunde nach, aber dann straffte er sich trotz des Schmerzes sofort wieder und blieb schwer atmend aufrecht stehen. Karl grinste, diesmal zufrieden. Genau so mochte er seine zukünftigen Sklaven: Hart im Nehmen und treu ergeben. Als er sich abwandte und wieder die Veranda ansteuerte, klatschte Mura in die Hände und trieb die Kinder eilig vom Platz. So langsam wie sie gekommen waren, so hastig sputeten sie sich jetzt, um zu verschwinden. Es brannte in Julies Hals, als sie in der Ferne sah, wie Mura dem Geschlagenen tröstend den Arm um die Schulter legte.

»Das Negerpack war auch schon mal gebärfreudiger.« Karl ließ sich schwer auf seinen Stuhl fallen und griff nach dem nächsten Glas Dram. »Sonst sind die doch wie die Ratten untereinander. Warum sie in den letzten Jahren so wenig Nachwuchs zustande gebracht haben, verstehe ich nicht.« Er nahm einen großen Schluck aus dem Glas und hielt dem allzeit bereiten Aiku die Pfeife erneut zum Stopfen hin.

Julie runzelte die Stirn und legte wie beiläufig die Hand auf ihren Bauch. Wie würde Karl auf ihre Schwangerschaft reagieren? Und, viel wichtiger: Wie sollte sie es bewerkstelligen, dass Karl glaubte, er wäre der Vater? Es gab nur einen Weg ... Würde er die Wahrheit herausfinden ... Julie schauderte.

Kapitel 6

Erika streckte sich und trat vor die Hütte.

Wie jeden Tag herrschte ruhiges, aber redliches Treiben im Dorf. Die Frauen kümmerten sich um die Lebensmittel, flochten Hängematten oder webten die knappen Lendenschurze, die hier als Kleidung getragen wurden. Die Kinder spielten zwischen den Hütten, und die Männer, die nicht zur Jagd gingen, bearbeiteten ihre Jagdwaffen oder fertigten Dinge aus Holz.

Jaminala und die anderen Frauen des Stammes hatten Erika herzlich aufgenommen. Es war, als lebe sie schon ewig hier und nicht erst ein paar Wochen. Nach anfänglichen Bedenken hatte Erika sich gut an die Umstände gewöhnt. Die Eingeborenen waren friedliebend und freundlich. Die Weiße in ihrer Mitte schien ihnen nichts auszumachen. Niemand fragte sie, woher sie kam, niemand fragte sie, ob sie fortwollte. Sie war einfach da. Erika war beeindruckt von der Einfachheit der Lebensweise dieser Menschen. Bei den Oayanas im Dorf wurde alles geteilt. Brachten die Männer Beute von der Jagd mit, bekam jede Familie etwas davon ab. Die Frauen buken immer so viel Teigfladen auf den heißen Steinen am Feuer, dass jeder zumindest ein kleines Stück davon erhielt. Die Kinder wuselten durch das ganze Dorf und durch jede Hütte. Selbst zum Schlafen kuschelten sie sich ein, wo es ihnen gerade gefiel. War eines der kleinen Kinder hungrig, fand sich immer eine Brust, weinte eines der Kinder, gab es immer eine tröstende Hand. Für Erika war es zunächst etwas befremdlich, doch sie gewöhnte sich schnell an den lockeren und liebevollen Umgang, den die Menschen hier miteinander pflegten.

Mehr Probleme bereitete ihr die Zubereitung der Nahrung. Die Männer brachten von ihren Streifzügen oft nur Früchte und Fisch mit, seltener größeres Wild. Wenn sie aber ein Tier erlegten, dann wäre es unhöflich gewesen, den ihr gereichten Anteil der Jagdbeute abzuweisen, auch wenn Erika keine Ahnung hatte, wie sie die Eidechsen oder Affen zubereiten sollte. Auch mit dem Faultier- oder dem Tapirfleisch wusste sie nichts anzufangen. Abgesehen davon hatte sie keine eigene Kochstelle. Sie gab daher alles an Jaminala weiter, in deren Hütte sie nach wie vor untergebracht war. Jaminala bereitete daraus scharfe Suppen und Eintöpfe oder garte das Fleisch im Feuer, um es dann anstandslos wieder mit Erika und Reiner zu teilen. Saßen die Frauen beieinander, beobachtete Erika erstaunt, wie sie ständig Stücke eines ausgebackenen Brotes in den Mund nahmen und unermüdlich darauf herumkauten, um es anschließend in eine große Kalebasse zu spucken.

Eines Tages konnte Erika ihre Neugier nicht mehr zügeln und fragte Jaminala, was es damit auf sich hatte. Diese hielt ihr nur grinsend den Krug, in dem sich der scharfe Schnaps befand, vor die Nase. Zuerst verstand Erika nicht. Aber dann ... ihr wurde übel.

Erika wusste nicht genau, wie lange sie schon hier war, in diesem Dorf vergingen die Tage immer gleich. Sie war sich selbst nicht einmal sicher, ob sie überhaupt wegwollte. Und wenn ja, wohin. Sollte sie versuchen, bis in die Stadt zu kommen? Zurück in die Missionsstation? Josefa würde schnell erkennen, dass Erika schwanger war, und ohne Reinhard als Vater ... Und überhaupt, wenn sich in der Stadt herumgesprochen hatte, was auf Bel Avenier geschehen war, würde man sie sofort verhaften, sobald sie einen Fuß hineinsetzte.

Oder sollte sie noch einmal versuchen, ihren Mann zu finden? Erika hatte jetzt seit fast zwei Jahren nichts von ihm gehört und vermisste ihn schrecklich. All ihre Fragen auf Bel Avenier und bei mit den van Drags befreundeten Familien, Plantagennachbarn oder handelnden Buschnegern hatten nichts ergeben. Keine Spur von Reinhard. War er überhaupt noch am Leben?

Sie könnte natürlich auch versuchen, auf einer weit von Bel Avenier entfernten Plantage unterzukommen. Sie war sich fast sicher, dass sich ihre Flucht herumgesprochen hatte, selbst in weiter entfernten Regionen. Die Leute saugten alle Neuigkeiten gierig auf, und Ernst van Drag kannte schließlich eine Menge Leute, die ihm die Geschichte von der »unzuverlässigen Hauslehrerin« abkaufen würden, wenn er ihnen nicht sogar noch Schlimmeres erzählte. Zudem würde sich ihre Schwangerschaft nicht mehr lange verbergen lassen. Was wirklich auf Bel Avenier vorgefallen war, das würde sie nie jemandem erzählen. Schaudernd überkam sie jedes Mal tiefste Scham, wenn sie daran zurückdachte, was Ernst van Drag ihr angetan hatte. Schnell verdrängte sie dann die Gedanken. Im Notfall auch mit einem Schluck dieses widerwärtigen Tranks aus der Kalebasse.

Nein, eigentlich hatte sie keine richtige Wahl. In Anbetracht der Alternativen fühlte sie sich, und vor allem Reiner, hier sicherer und besser aufgehoben.

Der Junge fühlte sich bei den Oayanas sichtlich wohl. Er war nicht in der Hütte gewesen, als sie aufwachte, aber sie hatte inzwischen keine Angst mehr um ihn. Zunächst hatte sie immer Insektenstiche, Schlangenbisse oder gar Schlimmeres gefürchtet, aber einer der Erwachsenen war stets in der Nähe der Kinder, und Reiner schloss sich seinen Spielgefährten sorglos an.

Jaminala hatte sie zur Ruhe gemahnt. Sie hatte mit der Hand im Dorf einmal in die Runde gewiesen und Erikas Sorge mit dem schlichten Satz kommentiert: »Wir alle hier groß geworden, groß und gesund. Du nicht so viel Sorge machen.«

Und Erika musste Jaminala wieder einmal recht geben. Im Dorf waren alle Bewohnter wohlgenährt und strotzten vor Gesundheit. Selbst die Ältesten befanden sich in bester Verfassung. Der *piaai* des Dorfes, der Medizinmann, hatte nicht viel zu tun.

Erika war inzwischen vollkommen von der hier herrschenden Ruhe und Ausgeglichenheit eingenommen. Das erste Mal seit langer Zeit schlief sie wieder tief und fest und ohne Sorge.

»Warum du allein auf Fluss?« Jaminala stampfte mit den Fäusten in einer Schale mit Teig herum, während Erika neben ihr saß und Maniok schabte. Bisher hatte niemand im Dorf gefragt, woher sie kam. Bei den Oayanas wurden Gäste einfach aufgenommen und durften bleiben, solange sie wollten. Oft kamen aus entfernten Gegenden Besucher, blieben ein paar Wochen und verschwanden wieder. Manche Frauen blieben gar für immer. Niemand störte sich daran, jeder war willkommen. Erika fiel als Weiße zwar auf, aber da sie sich in die Gemeinschaft einbrachte, machte das keinen Unterschied. Nicht einmal ihre fortschreitende Schwangerschaft warf fragen auf. Die Oayanas waren ein friedliebendes Volk. Wenn jemand Hilfe benötigte wie Erika am Fluss, dann halfen sie ganz selbstverständlich. Nur mit einigen Stämmen der Buschneger gab es ab und an Streit. Aber inzwischen hatten sich die

Oayanas so weit in das Hinterland zurückgezogen, dass auch das nur noch selten vorkam. Erika hatte inzwischen herausgefunden, dass sie sich an irgendeinem namenlosen Flüsschen im Hinterland befand, fernab jeglicher Ansiedlung. Die Männer, die sie gefunden hatten, waren auf dem Rückweg von einem längeren Jagdausflug gewesen und hatten Erika mitgenommen, da sie in der Nähe von keiner Plantage wussten.

»Ich wollte in die Stadt«, antwortete Erika leise.

»Du immer noch dahin wollen?« Jaminala knetete unablässig weiter. Erika wusste nicht, was sie antworten sollte. »Musst du fragen Kajaku, fährt in ein paar Tagen mit Männern Fluss Richtung Meer.«

Erika nickte langsam und fand für den Rest des Tages keine Ruhe mehr. Sie lag die ganze Nacht wach und starrte in die Dunkelheit. Wollte sie wirklich in die Stadt? Sie dachte vor allem an Ernst van Drag: Ob er nach ihr suchen ließ? Andererseits konnte sie schließlich nicht für immer hier bei den Eingeborenen sitzen. Und in der Stadt ... vielleicht war Reinhard inzwischen zurückgekehrt? Sie hatte zwar Josefa damals in der Mission eine Nachricht für ihn hinterlassen, aber bis zu ihrer Flucht von Bel Avenier nichts von ihm gehört. Fast zwei Jahre ... Hätte er in all der Zeit nicht irgendwie versucht, ihr eine Nachricht zu übermitteln? Die Angst, ihn könnte das gleiche Schicksal getroffen haben wie die beiden anderen Missionsbrüder, übermannte Erika. Was, wenn er in den letzten Monaten in die Stadt zurückgekehrt war und sie suchte? Was, wenn er auf Bel Avenier gehört hatte, was seine Frau getan hatte, dass sie einen Menschen verletzt hatte ... oder gar Schlimmeres? Was, wenn er den Gerüchten glauben schenken würde, ohne je ihre Version gehört zu haben? Sie musste ihn finden.

Sie würde ihm nie erzählen können, was Ernst van Drag mit ihr gemacht hatte, niemals! Aber wenn er erfuhr, dass sie diesen Mann angegriffen hatte, würde ihr schon eine Begründung einfallen. Er war ihr Mann, er würde ihr glauben. Und in diesem Moment stand ihr Entschluss fest: Sie würde in die Stadt fahren. Auch wenn das gefährlich war – denn hier würde sie ihr Mann nie finden.

Die Bootsfahrt dauerte eine Ewigkeit. Kajaku und die anderen Männer machten ständig Rast, auch über mehrere Tage, hielten an jeder der verstreut am Ufer liegenden Siedlungen kleiner Eingeborenenfamilien und fuhren an einem Tag sogar noch einmal zurück, um jemanden zu treffen, der tags zuvor nicht anwesend gewesen war. Erika versuchte, Reiner so gut es ging auf dem Boot bei Laune zu halten. Das Kind aber war am vergnügtesten, wenn einer der Männer ihm ein Paddel gab und er, wie ein Großer, damit in das Wasser stoßen konnte. Erika fand das sehr gefährlich, das Kind so nahe am Bootsrand sitzen zu lassen. Die Männer aber lachten nur und ließen den Knirps gewähren.

Überhaupt war ihr gar nicht wohl auf dem Boot. In ihrem Kopf tauchten Erinnerungen an ihre Flucht auf, Wasser, Kälte und die nackte Angst ums Überleben. Aber sie riss sich zusammen – in diesem Land ging nun mal nichts ohne Boot. Wie lange war sie jetzt bei den Oayanas gewesen? Viele Monate schon, sie hatte aufgehört die Nächte und Tage zu zählen. Reiner aber hatte sich binnen kürzester Zeit an das Leben im Regenwalddorf gewöhnt. Erika hoffte, er würde sich an die Zivilisation ebenso schnell wieder gewöhnen.

Gottlob stieß sich auf ihrer Reise niemand daran, dass eine weiße Frau mit Eingeborenen reiste. Auch im Regenwald regierte inzwischen das Geld. Die Männer der Oayanas arbeiteten manchmal als Lotsen für größere Schiffe und als Bootsführer für kleinere Transporte und ließen sich ihre Ortskenntnisse gut bezahlen, bevor sie wieder in den Tiefen des Regenwaldes verschwanden. Wenn nicht gerade die Buschneger dazwischenkamen, die die Hoheit auf den Flüssen an sich gerissen hatten. Es war ein Konkurrenzdenken, welches die Eingeborenen erst schmerzhaft hatten erlernen müssen, das hatte Jaminala mehr als einmal angedeutet.

Als sie endlich in der Stadt ankamen, schmerzte Erikas ganzer Körper. Während die Eingeborenen sofort die Marktstraßen nahe dem Hafen ansteuerten, stand Erika einige Zeit ratlos am Anleger, in ihrem alten zerschlissenen Hauskleid, ihr kleines Bündel mit den wenigen Habseligkeiten unter einem Arm, an der anderen Hand Reiner, der aufmerksam alles um sich herum beobachtete. Er war bei ihrer Abreise aus der Stadt noch ein Baby gewesen. Er konnte sich vermutlich nicht einmal an sein Leben auf der Plantage erinnern.

Jetzt zog er ungeduldig an der Hand seiner Mutter. Erika gab sich einen Ruck, setzte sich Reiner auf die Hüfte und ging in Richtung Missionsstation. Als sie sich den Gebäuden näherte, überkam sie wieder die Angst, man könnte in der Stadt von den Geschehnissen auf Bel Avenier gehört haben. Sie verlangsamte ihre Schritte und ließ Reiner auf seine eigenen Füße. In diesem Moment trat Dodo, eine der Sklavinnen der Station, mit einem Korb in der Hand um eine Hausecke. Sie blieb stehen und stutzte. Dann ließ sie den Korb fallen und stürzte auf Erika zu. Reiner fing vor Schreck an zu weinen und versteckte sich hinter Erikas Beinen.

»Misi Erika, Misi Erika.« Ihre Rufe machten sogleich andere Bewohner der Station neugierig, einige kamen aus den Türen und schauten nach, was Dodo so in Aufregung versetzte.

Dodo erfasste Erikas Hand und schüttelte sie unter ständigen Verbeugungen. Erika war das furchtbar unangenehm. »Dodo, ist ja gut … nun lass doch«, sagte sie beschwichtigend, während sie sich mühte, Reiner zu beruhigen.

»Misi Erika mitkommen, hat Misi Erika Hunger? Oh! Das Masra Reiner? Sehr groß geworden.« Dodo schob Erika mit einem Wortschwall in Richtung des Haupthauses. Hinter ihnen bildete sich eine kleine Traube Menschen, die neugierig auf Erika schauten. Erika erkannte allerdings keines der Gesichter.

Die Sklavin eilte sich, Erika und Reiner an einen Tisch zu geleiten und ihnen einen Teller mit Essen vorzusetzen. »Dodo, nun warte doch mal. Dodo!«

Erst als Erika sie scharf ansprach, hielt Dodo verwundert inne. »Misi?«

»Wo ist denn die Misi Josefa?«

Josefa Bürgerle war Erika zwar nie eine Freundin gewesen, aber immerhin hatten sie durch ihre gemeinsame Reise nach Surinam und die Monate in der Missionsstation ein dünnes Band geknüpft.

»Oh.« Dodo senkte den Blick. Erika ahnte nichts Gutes.

»Masra Walter … es gab einen Unfall.« Dodo tupfte sich mit ihrer fleckigen Schürze eine Träne aus dem Augenwinkel. »Misi Josefa war ganz krank vor Trauer, hat ein Schiff genommen zurück in Heimat.«

Das überraschte Erika in der Tat. Sie hatte fest damit gerechnet, hier alles beim Alten vorzufinden. »Und wer kümmert sich jetzt um die Krankenstation?«

»Ah! Mit Schiff, womit gegangen Misi Josefa in Heimat Misi Klara ist angekommen. Soll ich holen Misi Klara? Misi Klara gute Krankenschwester.«

Erika schüttelte nur den Kopf und zog Reiner auf ihren

Schoß. Gierig fasste das Kind nach den Brotfladen auf dem Teller, und auch Erikas Magen meldete sich knurrend. »Warte, bis ich gegessen habe. Dann komme ich mit zu Misi Klara.« Dankbar biss sie in das Brot, das die Sklavin ihr reichte.

Klara Decker war hoch aufgeschossen wie ein Baum, hatte kupferfarbenes Haar und eine Stimme, die Wände zum Beben brachte. Erika hatte diese Frau bei ihrer ersten Begegnung einen Moment sprachlos angestarrt, bevor sie ihre Stimme wiedergefunden hatte. Klara selbst war wortkarg, die Begrüßung war mehr als knapp ausgefallen. Dennoch gelang es Erika nach ein paar Tagen, ihr Informationen zu entlocken über das, was in der Mission geschehen war. Mit einem Achselzucken kommentierte Klara die Abreise von Josefa und dreier weiterer Missionsbrüder.

»Ich verstehe das gar nicht.« Klara rückte während des Gesprächs die klapprigen Betten in der Krankenstation zurecht. Dass in einem noch ein alter Sklave lag, der sich von unzähligen Bissen einer kleinen angriffslustigen Spinne erholte, störte Klara nicht weiter. »So schlimm ist es hier doch nun wirklich nicht. Das Wetter ist gut, man muss sich nicht überarbeiten, und so viele Kranke gibt es auch nicht.«

In der Tat war es verdächtig ruhig in der Station. Erika vermutete, dass Klara auf die Menschen hier möglicherweise abschreckend wirkte. Die Sklaven der Mission schrumpften immer um einige Zoll, wenn Klara vorüberschritt. Dabei tat sie ihnen nichts. Eigentlich war sie ein guter Mensch, wenn da nur nicht diese beachtliche Größe wäre.

Erika brannte natürlich eine ganz andere Sache auf der Seele. »Hat Josefa vielleicht eine Nachricht für mich hinterlassen? Oder … oder hat sich sonst jemand gemeldet hier?«

Klara runzelte die Stirn und schien nachzudenken, dann sagte sie knapp: »Nein.«

Erika sackte traurig in sich zusammen. Reinhard hatte sich also nicht bei der Mission in der Stadt gemeldet.

»Erwartest du denn Nachricht, Schwester?«

Erikas trübsinniger Gesichtsausdruck schien in Klara doch irgendetwas zu regen.

»Ja, eigentlich schon. Ich hatte gehofft, mein Mann Reinhard hätte sich gemeldet. Er ging vor zwei Jahren ins Hinterland, seitdem habe ich nichts von ihm gehört.«

»Hm.« Klara zog nur die Augenbrauen hoch und ließ einen kurzen tadelnden Blick auf Erikas wachsendem Babybäuchlein ruhen.

Erika senkte beschämt den Kopf. Das konnte sie Klara nicht erklären, und sie wollte es auch nicht.

»Reinhard sagst du? Hm.« Klara ließ sich auf eines der Betten nieder, das prompt ein knarrendes Geräusch von sich gab und sich sichtlich durchbog. »Da gab es mal eine Nachricht aus Batavia. Ist vielleicht ein Jahr her. Der Bruder dort schrieb, er habe nun Unterstützung bekommen. Da ich keinen anderen Bruder wüsste, der vermisst wird oder dessen Verbleib ungeklärt wäre, seit ich hier bin …«

»Batavia?«, fragte Erika hoffnungsvoll. »Das ist doch eine Missionsstation am Fluss Coppename? Da könnte ich doch …«

Klara erhob sich, stemmte die Hände in die Hüften und betrachtete Erika streng. »Schwester, wie lange bist du schon im Land?«

»Ungefähr zwei Jahre.«

Klara schnaubte. »Na, viel hast du hier noch nicht gelernt, oder?« Ihr tadelnder Ton war nicht zu überhören. »Batavia ist eine Station der Mission, ja, aber eine Leprastation. Schlag dir also aus dem Kopf, dorthin zu fahren!«

»Lepra?« Erika wurde blass. »Aber …«

»Da gibt es kein Aber, Mädchen, wer da erst mal ist … Die Kolonieverwaltung sieht es nicht so gern, wenn man dann wiederkommt.«

»Aber irgendwie muss man doch herausfinden können, ob Reinhard wirklich da ist!«

Klara wiegte sich etwas und überlegte. »Wir könnten es mit einem Brief versuchen.«

»Brief?« Erika schnaubte. »Ich habe seit zwei Jahren nichts von meinem Mann gehört. Vielleicht ist er krank, vielleicht braucht er meine Hilfe? Ich muss dahin!«

»Dann überleg dir gut, wie du das anstellen willst, zumal du nicht reisen solltest in deinem … Zustand.« Erika blickte schuldbewusst an sich herab. Das Kind. Sie verdrängte ihre Schwangerschaft immer noch, obwohl es sich natürlich auch nach außen schon lange nicht mehr verleugnen ließ. Klaras Gesicht bekam einen etwas milderen Ausdruck. »In der Zwischenzeit kannst du mir ja hier helfen.«

Kapitel 7

Es hatte funktioniert! Es hatte in der Tat funktioniert, auch wenn es sehr lange gedauert hatte. Kiri war sich sicher, dass ihr nächtliches Ritual nun endlich Früchte trug: Die Geister hatten sie erhört, die Misi war schwanger. Die Misi hatte es ihr zwar noch nicht direkt gesagt, aber Amru hatte merkwürdige Andeutungen gemacht. Und dann war da noch die allgegenwärtige Übelkeit der Misi ... Kiri kannte das von den Sklavenfrauen. Es war ein eindeutiges Zeichen.

Kiri wunderte es allerdings, dass die Misi anscheinend noch niemandem von ihrer Schwangerschaft erzählt hatte. Selbst Amru, die es sicherlich wusste, war offiziell nicht eingeweiht. Es stand Kiri nicht zu, darüber zu urteilen, aber ein bisschen ungeduldig wurde sie mit der Zeit schon. Beschwingt schritt sie nun zwischen den Hütten des Sklavendorfes hindurch. Es war schon spät am Abend, sie hatte der Misi noch ein Bad hergerichtet und dann gehen dürfen.

Jetzt würde sich einiges ändern, da war Kiri sich sicher. Wenn der Masra endlich mit der Misi ein Kind hatte, am besten einen Sohn, dann würde der Masra ganz sicher nicht mehr einmal in der Woche nach Paramaribo fahren. Kiri wusste nur zu gut, was er dort trieb. Aber vor allem würde Masra Pieter dumm aus der Wäsche gucken. Kiri kicherte. Alle Sklaven regten sich über Masra Pieter auf, und als sich das Gerücht verbreitete, er würde eines Tages mit Misi Martina an seiner

Seite die Plantage übernehmen, waren die Sklaven darüber sehr ungehalten gewesen. Natürlich hatten sie nicht wirklich eine Wahl, und Kiri wusste nur zu gut, dass alle Aufregung nichts half, die Sklaven konnten sich ihren Masra nicht aussuchen. Aber wenn ein Masra gut zu ihnen war, dann arbeiteten sie auch guten Willens für ihn. Masra Pieter jedoch hatte es sich mit den Sklaven schon verdorben. Seine grobe Art, seine unsinnigen Anweisungen an die Basyas und zuletzt seine merkwürdigen Versuche mit der Medizin ...

Bei Misi Juliette lag der Fall anders. Die Sklaven vertrauten ihr, nie war sie böse gewesen und hatte immer ihr Möglichstes getan, dass es den Sklaven gut ging. Wenn ihr Sohn auch nur halbwegs etwas von ihr erben und lernen würde, wäre er ein angesehener Masra. Wenn da nicht Masra Karl als Vater wäre, von dem sollte der Sohn bloß nicht zu viel annehmen. Aber da würde die Misi sicher aufpassen.

»Warum bist du denn heute so fröhlich?«

Kiri erschrak, als sie jemand am Arm packte und hinter eine Hütte zog. »Dany!«, rief sie erstaunt aus, während ihr Herz einen Sprung machte. »Musst du mich so erschrecken?«

Dany lächelte sie zärtlich an: »He, wie wäre es mit ein bisschen Freude, wir haben uns so lange nicht gesehen!«

Kiri lies ihn gewähren, als er sie dicht an sich heranzog. Er hatte recht, sie hatte ihn zuletzt getroffen, bevor sie mit der Misi in die Stadt gefahren war.

»Na, sag schon, warum bist du so fröhlich? Oder hast du dich einfach so gefreut, weil du an mich gedacht hast?« Er knabberte an ihrem Hals.

»Dany, nicht ...« Sie schob ihn sachte ein Stück von sich.

»Ach, nun komm, die anderen sind schon beim Boot, ich muss gleich fort, ich hatte so gehofft, dich noch zu treffen.«

Sie spürte, wie seine starken Arme sie umschlangen und er sie wieder an sich zog. Aus der Ferne ertönte ein Pfiff. »Ich muss gehen, kleine Kiri«, raunte er in ihr Ohr. »Aber in drei Wochen sind wir wieder da. Wartest du auf mich?«

Kiri blieb keine Gelegenheit zu antworten, er küsste sie noch einmal, dann war er fort.

Ihr Herz beruhigte sich nur langsam. Es klopfte, als wäre sie stundenlang gerannt. Drei Wochen! Natürlich würde sie auf ihn warten. Sie sehnte sich schon jetzt wieder nach ihm.

Kiri gab sich in den folgenden Tagen besonders Mühe, dass es Misi Juliette gut ging und es ihr an nichts fehlte. Dennoch schien die Misi niedergeschlagen, und auch körperlich war sie nicht in der besten Verfassung.

Es war ein besonders schwüler Tag gewesen. Selbst die Tiere im Regenwald verstummten am Nachmittag. Nico saß aufgeplustert auf der Balustrade. Die Regenzeit brach dieses Jahr besonders heftig ein. Die Luft schien zu vibrieren, und es roch nach Regen. Amru hielt während des Kochens einige Male besorgt inne und schaute erst zum Himmel und dann zum Fluss. In der Ferne ertönte tief grollender Donner. Kiri wartete auf das Essen, das sie der Misi bringen sollte. Die Misi hatte sich in ihr Zimmer zurückgezogen. Ihr war bei dem unangenehmen Wetter nicht wohl.

»Nicht gut«, murmelte Amru. »Das ist nicht gut. Kiri, hier, bring das der Misi. Wenn noch was ist, ich bin im Dorf.«

Amru gab Kiri einen Teller und eine Schale mit dem Essen für die Misi und verließ dann die Veranda, ohne das Kochgeschirr wegzuräumen. Das war nicht ihre Art. Kiri runzelte nachdenklich die Stirn, eilte sich dann aber, das Essen in das

Zimmer der Misi zu bringen. Der Donner kam näher und schien noch drohender und lauter zu werden.

»Bleib noch etwas, Kiri, dieses Wetter ...« Misi Juliette saß auf einem Polstersessel am Fenster und zuckte sichtbar zusammen, als ein Blitz in der Nähe einschlug.

Kiri setzte sich auf eine Matte auf dem Fußboden. Insgeheim war sie froh, jetzt im Haus bleiben zu können, insbesondere als der Regen einsetzte. Das Gewitter würde sicher schnell vorüberziehen, und sie hatte keine Eile.

Aber es regnete und regnete. Die Misi hatte das Essen kaum angerührt und las in einem Buch. Kiri saß zu ihren Füßen auf der Matte und flocht an einem kleinen Korb. Für gewöhnlich saßen die Sklaven herum und warteten, bis ihre Herrschaft ihre Gesellschaft nicht mehr wünschte oder bis sie eine neue Anweisung erhielten. Misi Juliette hingegen fand dies unnütz und hatte Kiri erlaubt, in ihrem Beisein kleine Handarbeiten durchzuführen. Wenn du mir schon Gesellschaft leistet, dann sollst du dich auch beschäftigen, hatte sie ihr erklärt.

Beide erschraken, als Karl plötzlich tropfnass durch die Tür gepoltert kam.

»Was sitzt du hier rum, Juliette? Komm nach unten, die Sachen müssen weggeräumt werden. Na los!«, donnerte er, während er auf die Misi zustapfte, wobei seine Stiefel große matschige Pfützen auf dem Holzboden hinterließen, und sie vom Sessel hochzog. »Du auch!«, bellte er. Als er die Misi schon zur Tür schob, gab er Kiri einen Fußtritt. Sie sprang auf und eilte sich, den beiden zu folgen.

»Karl, was ist denn los, lass mich los!« Misi Juliette löste sich aus dem Griff des Masra. Kiri sah, dass er ihr trotzdem noch einen ungelenken Schubs in Richtung Treppe gab.

»Was hier los ist?«, blaffte er. »Das Haus steht gleich unter Wasser, und du sitzt da oben seelenruhig rum. Los! Sag den

Mädchen, was sie wegschaffen müssen. Ich muss zurück auf die Felder, bleib im Haus, am besten gehst du nach oben zu Martina und Pieter!«

»Wegschaffen?« Es war Misi Juliette deutlich anzusehen, dass sie kein Wort von dem verstand, was er sagte.

Masra Karl fluchte nur und stürmte an ihnen vorbei nach unten und aus dem Haus. Unten an der Treppe standen bereits die Hausmädchen mit großen verängstigten Augen. So richtig schien keiner zu wissen, was zu tun war. Dann kam Amru durch den hinteren Flur gestürzt.

»Los, los!« Sie fuchtelte mit den Armen. »Alles was ihr tragen könnt, in die obere Etage.« Nun kam Leben in die Mädchen, sie eilten sofort in die einzelnen Räume.

»Amru, was ist denn los, um Himmels willen?« Misi Juliette stand immer noch auf der untersten Treppenstufe, Kiri regungslos daneben.

»Der Fluss, das Wasser steigt, schnell!«, antwortete Amru knapp.

Kiri sah aus den Augenwinkeln, wie die Misi zusammenzuckte. »Wird es bis zum Haus kommen?«, fragte sie ängstlich, aber Amru war bereits im Speisezimmer verschwunden. Kiri hatte so einen Aufruhr noch nicht erlebt. Die Hausmädchen hasteten unterdessen vollbepackt mit Tischwäsche, Vorhängen und dem guten Tafelgeschirr an ihr und der Misi vorbei in die obere Etage. Dass der Fluss gar bis zum Plantagenhaus steigen würde … Kiri konnte sich das nicht vorstellen. So heftig konnte der Regen doch nicht sein, es regnete immer mal, aber bis hinauf zum Haus … und dass dabei Dinge weggeschwemmt wurden …

Amru tauchte sichtlich besorgt im Türrahmen auf. »Misi Juliette sollte besser nach oben gehen.«

Die jedoch bewegte sich keinen Millimeter. »Amru, was ist

mit dem Sklavendorf?« Die Sorge war ihrer Stimme anzuhören.

Amru zuckte nur die Achseln und verschwand.

Plötzlich kam Leben in ihre Misi. »Kiri, komm!«, sagte sie laut, raffte ihren Rock und marschierte schnurstracks aus dem Haus.

»Oh, Misi, ich weiß nicht, ob das gut ist ...« Kiri wusste, dass sie ihrer Misi folgen musste, wagte aber trotzdem einen leisen Protestversuch. Sie warf angsterfüllt einen Blick auf den Garten, durch den sich schon das Wasser schob. Der Fluss schien sich in dieser kurzen Zeit um das Doppelte verbreitert zu haben.

Die Misi jedoch ließ keinen Einwand zu. »Wir müssen zum Dorf, die Hütten ...« Sie lief los.

Kiri stolperte und rutschte hinter ihrer Misi her. Der Boden war knöcheltief aufgeweicht, und immer noch schüttete es wie aus Kübeln. Sturmböen rissen an den Palmen und peitschten das Wasser zusätzlich auf.

Im Dorf standen die Frauen mit ihren Kindern auf dem Arm und an den Händen unschlüssig vor ihren Hütten. »Wo sind eure Männer?«, schrie die Misi atemlos durch den Sturm, als sie vor ihnen standen.

»Der Masra hat alle auf die Felder geschickt, die Gräben müssen freigehalten werden, sonst ...«

»Sonst was?«, rief die Misi aufgebracht. »Hier steht gleich alles unter Wasser, und der Masra hat Sorge um seine Felder?« Sie schien einen Moment fassungslos, dann rief sie mit entschlossener Stimme: »Kiri, los! Schick alle zum Gästehaus, alle Frauen und Kinder! Dass mir keiner hier im Dorf bleibt. Und alle in die obere Etage!« Zunächst zögerten die Sklavenfrauen. Was die Misi von ihnen verlangte, war ungeheuerlich: Sie sollten sich in das Gästehaus begeben, das Haus für die Weißen? Unschlüssig blieben sie im Schlamm stehen, während die Misi einer Frau ihr Baby abnahm, damit die Mutter ihre anderen beiden Kinder bei der Hand nehmen konnte. Das Wasser stand allen bereits bis zu den Knöchel und stieg unaufhörlich. »Nun los!«, befahl sie energisch. Jetzt endlich kam Bewegung in die Frauen. Kiri rannte von Hütte zu Hütte und dann ebenfalls zum Gästehaus, wo die Misi soeben der alten Orla die Stufen hinaufhalf. In der oberen Etage herrschte bereits dichtes Gedränge. Die Sklavenfrauen hockten sich auf den Flur, niemand wagte, die Zimmer zu betreten. Als sie zusammen mit der Misi die alte Frau die Treppe hinaufgeschoben hatten, stand das Wasser bereits an der untersten Stufe. »O Gott, wie weit wird es steigen?« Misi Juliette starrte ungläubig auf die braune Brühe, die sich dort unten ihren Weg bahnte. Der Regen ließ nicht nach, Windböen rüttelten am Haus, und die Mütter hielten ihre Kinder schützend im Arm. Draußen wurde es langsam dunkel. Die Misi ging noch einmal den Flur ab. »Habt ihr alle eure Kinder? Ist auch keines zurückgeblieben?« Die Frauen nickten stumm und blickten die Misi mit dankbarem Blick an. »Wir können jetzt nichts mehr machen, wir müssen warten, bis das Wasser wieder weg ist«, sagte sie mit ruhiger Stimme, während sie durch das Fenster auf das Drama hinabschaute, welches sich in der Dunkelheit der einbrechenden Nacht draußen abzeichnete. Das Wasser stand bereits über einen Meter hoch.

Kiri suchte aus dem Kleiderschrank des Gästezimmers eine Decke und legte sie ihrer Misi um die Schultern. »Misi sollte sich setzen.«

Die Misi blickte sie dankbar an. »Hoffentlich passiert den Männern auf den Feldern nichts«, murmelte sie.

»Die passen schon auf sich auf«, versuchte Kiri ihre Misi zu beruhigen. Sie hörte selbst, dass ihre Stimme nicht besonders überzeugend klang.

»Und Pieter? Wo steckt der eigentlich?« Misi Juliette stand noch einmal auf und schaute aus dem Fenster.

Kiri hoffte, dass Masra Pieter jetzt nicht im Gästehaus auftauchte. Er wäre bestimmt sehr böse, weil die Sklavenfrauen in den Fluren saßen. Seine Räume waren zwar immer fest verschlossen, munkelten die Hausmädchen, aber nicht auszudenken, falls eine der Türen offenstand und eine der Frauen …

Ihr Blick fiel auf die Misi. Sie zitterte vor Aufregung, und ihre Kleider waren tropfnass.

»Misi Juliette sollte sich etwas anderes anziehen, sonst wird die Misi krank. Darf ich … darf ich nachsehen, ob ich trockene Kleidung finde?« Die Misi nickte erschöpft. Kiri lief los und fand in einem der vorderen Gästezimmer in einem Schrank einige alte Kleidungsstücke. Sie führte ihre Misi in das Zimmer und half ihr beim Umziehen. Misi Juliette schwankte leicht, hielt sich aber auf den Beinen. »Ist der Misi nicht gut?« Kiri stützte ihre Herrin besorgt am Arm.

»Geht schon«, murmelte diese mit dünner Stimme.

»Misi sollte sich etwas ausruhen, die ganze Aufregung, in Misis Zustand …«, sagte Kiri behutsam.

Die Misi starrte Kiri an, ihre Augen waren vor Schreck weit aufgerissen. »Woher weißt du das?«

Kiri jedoch zuckte nur die Achseln. »Misi hat Anzeichen wie jede Frau, die …« Weiter kam sie nicht. Die Misi packte sie an den Armen, wie sie es nie zuvor getan hatte. Sie blickte ihr fest in die Augen, ihr Blick war unergründlich.

»Kiri, du darfst es niemandem sagen, hörst du? Niemandem!« Der Tonfall ihrer Stimme war beschwörend.

Kiri schüttelte verdattert den Kopf, so hatte sie ihre Herrin noch nie erlebt. »Aber Misi Juliette, der Masra wird sich …« Erstaunt sah sie, wie die Misi sich kraftlos auf einen hölzernen Stuhl sinken ließ, die Hände vor das Gesicht schlug und schluchzte. »Misi … alles in Ordnung … Ich wollte nicht …«, stammelte Kiri.

Es dauerte eine ganze Weile, bis ihre Misi reagierte. Kiri wartete geduldig, ihr war die Situation nicht geheuer. Die Misi war endlich schwanger, warum freute sie sich nicht, sondern saß hier auf einem Stuhl und weinte?

»Ach Kiri, nichts ist in Ordnung«, schluchzte die Misi schließlich. »Ich … das Kind … der Masra ist nicht …«

Kiri schlug sich die Hand vor den Mund. Wie dumm war sie gewesen!

Kapitel 8

»Wie soll sie denn heißen?«

Klara wiegte das kleine neugeborene Mädchen in ihren Armen. Auf dem sonst so derbe anmutenden Gesicht der Missionsschwester spiegelte sich Verzückung.

Erika hingegen lag da und starrte an die Decke. In der Nacht hatte nicht nur ein Unwetter das Land heimgesucht, sie hatte auch noch eine Tochter geboren. Sie wusste nicht, wie sie dieses Kind nennen sollte. Bis zuletzt hatte sie versucht, die Schwangerschaft zu verdrängen. Selbst als sie nach dem Frühstück vom Tisch aufgestanden war und die nahe Geburt sich mit einem Schwall Fruchtwasser, der ihr die Beine herabrann, angekündigt hatte, wollte sie nicht realisieren, was geschah.

Während der Wehen hatte sie sich gefühlt, als würde sie das Geschehen aus weiter Ferne beobachten. Das war nicht ihr Körper, der jetzt den schmerzhaften Höhepunkt der Demütigungen durch Ernst van Drag ertragen musste.

»Erika, nun sag schon. Schau, sie ist so süß!«, ließ Klara nicht locker.

Hanni, schoss es Erika durch den Kopf. »Hanni«, flüsterte sie leise, während sie den Kopf abwandte.

»Hanni, ja, Hanni ist ein schöner Name«, kommentierte Klara zufrieden. »Jetzt werde ich aber erst mal auf der Station nach dem Rechten sehen, und dann komme ich wieder …

kleine Hanni.« Sie legte das Baby in Erikas Arme und verschwand.

Erika traute sich nicht, das Kind anzusehen. Doch als es bald leise, drängende Geräusche von sich gab, kam sie nicht umhin. Zögerlich ließ sie ihren Blick zu dem kleinen Mädchen wandern. Sie betrachtete es eingehend. Nein – sie konnte keine Ähnlichkeit mit dem Vater erkennen. Aber sie empfand auch nichts für dieses Kind. Als sie Reiner das erste Mal in den Armen gehalten hatte, war sie voller Liebe und Glück gewesen. Jetzt regte sich gar nichts in ihr. Wenn doch wenigstens Reinhard …

Mit einem leisen Seufzer legte sie das Baby an ihre Brust. Das Kind kann nichts dafür, sagte sie sich immer wieder, es kann nichts dafür!

Reiner hingegen war ganz begeistert von seiner kleinen Schwester. Vom ersten Tag an behandelte er Hanni behutsam und so putzig, wie es nur ein Kind von fast zwei Jahren tun konnte. Mit gewichtigem Gesichtsausdruck verfolgte er Klaras feierliche Ansprache an ihn: Dies sei nun seine kleine Schwester, die er zu lieben, zu ehren und zu beschützen habe. Mit todernster Miene nickte er mit seinem Köpfchen.

Hanni war ein ruhiges und pflegeleichtes Baby. Dies machte es Erika einfacher, das Kind öfter einfach zu vergessen. Schlief die Kleine, stellte Erika das Körbchen irgendwo ab. Sie nahm ihre Tätigkeit in der Krankenstation wieder auf, obwohl Klara dies zunächst missbilligte. »Denk doch erst mal an dich und das Baby, Erika.« Erika aber wollte genau das nicht: an das Baby denken. Quäkte Hanni leise nach dem Aufwachen, wartete Erika immer erst, ob nicht Dodo oder Klara, die ganz vernarrt in die Kleine waren, sich ihrer annahmen. Nur wenn sich wirklich niemand fand, hob sie Hanni aus dem Korb, fütterte sie schnell und legte sie dann zurück.

Ab und an quälte Erika ihr schlechtes Gewissen. Sie war diesem Baby keine gute Mutter. Aber sie war auch nicht gewollt seine Mutter geworden.

Ungeduldig wartete sie einige Wochen nach der Geburt ab. Am liebsten wäre sie so schnell es ging zur Kolonialverwaltung geeilt, um sich um einen Passierschein nach Batavia zu kümmern. Aber Klara wachte mit Argusaugen über sie. Zaghaft versuchte Erika noch einmal, ihr die Beweggründe zu erklären.

»Ich muss doch meinen Mann finden«, sagte sie flehentlich.

»Du musst dich zuallererst einmal um deine Kinder kümmern!«, antwortete Klara bestimmt, wobei ihre Sorge vermutlich eher Hanni galt als Reiner.

So blieb Erika nichts anders übrig, als in aller Heimlichkeit zur Kolonialverwaltung zu fahren. Leider bekam sie dort nicht so schnell Auskunft, wie sie gehofft hatte. Nach mehreren Besuchen und unzähligen ausgefüllten Formularen durfte sie endlich beim zuständigen Beamten vorsprechen.

»Nach Batavia, soso.« Der kleine rundliche Mann, dessen Gesicht Erika unwillkürlich an ein Schweinchen erinnerte, rückte seine Brille zurecht. Dann schaute er Erika mit seinen wässrig blauen Augen an und wiegte den Kopf.

»Also, Mevrouw Bergmann, ich weiß ja nicht ... Ich weiß ja nicht ...«

Erika war inzwischen der Verzweiflung nahe. Nicht nur, dass sie jedes Mal Klara belog, wenn sie zum Amt wollte, auch die ewige Warterei und die stoischen Beamten zehrten an ihren Nerven. »Ich möchte doch nur wissen, wie es meinem Mann geht!«, brach es aus ihr heraus.

»Mevrouw, ich verstehe ja Ihre Not, aber mit einem Passierschein ist das nicht so einfach getan. Ich meine … Sie wollen doch nicht dableiben, oder?«

»Nein, ich … ich habe Kinder«, gab Erika ehrlich zu.

»Sehen Sie. Hinfahren ist das eine – aber zurückkommen das andere. Wir tragen hier schließlich die Verantwortung für die ganze Stadt. Wir sind froh, dass uns mit Batavia eine Eindämmung des … Problems gelungen ist. Wenn jetzt jeder hin und her reisen könnte, wie er wollte …«, der Mann legte den Kopf schräg. »Ich fürchte, ich kann Ihnen keinen Passierschein ausstellen.«

Kapitel 9

Das Wasser hatte weniger Schaden angerichtet, als Julie erwartet hatte. Im Haupthaus, welches von allen Gebäuden am höchsten lag, war nur die untere Etage leicht überschwemmt worden. Dank Amru und dem Einsatz der Hausmädchen hatten nur wenige Möbel Schaden genommen. Martina, Martin und Pieter hatten in der oberen Etage seelenruhig das Unwetter abgewartet und nicht einmal bemerkt, dass Julie und Kiri nicht im Haus gewesen waren.

Im Gästehaus war die untere Etage deutlich stärker in Mitleidenschaft gezogen worden. Der Schlamm lag eine Handbreit auf dem Fußboden. Am schlimmsten aber hatte es das Sklavendorf getroffen. Neben einigem Hab und Gut, welches das Wasser mit sich gerissen hatte, waren auch zahlreiche Hütten zerstört worden.

Als die erschöpften Männer am nächsten Tag von den Feldern zurückkehrten, beaufsichtigte Julie bereits die Aufräumarbeiten im Dorf. Karl trabte auf seinem Pferd zwischen den Hütten hindurch. Er parierte seinen Hengst neben Julie und sprang vom Pferd. »Ist das Wasser bis hierhergekommen?«

Julie nickte nur.

»Und im Haus?«

»Nicht so schlimm.«

»Irgendjemand vermisst?«

»Nein, Karl!« Julie fuhr böse herum. »Und auch die Frauen

und Kinder sind wohlauf, ich habe sie im Gästehaus in Sicherheit gebracht, als das Wasser stieg.«

»Du hast was?« Karl starrte sie ungläubig an.

Julie wusste, was er davon halten würde, und hatte sich entsprechende Argumente bereitgelegt. Sie war sich sicher, die richtige Entscheidung getroffen zu haben. »Sollte ich sie hier draußen ihrem Schicksal überlassen? Sieh doch, wie hoch das Wasser stand!« Sie zeigte auf die braunen Streifen an den Wänden der Hütten.

»Hm«, machte Karl. »Das Wasser ist noch nie so hoch gestiegen«, sagte er nachdenklich. Er nahm sein Pferd am Zügel und wendete es in Richtung Stall. »War vielleicht ganz gut so ... mit dem Gästehaus«, brummte er.

Julie sah ihm verblüfft nach. Sie hatte sich schon innerlich darauf eingerichtet, ihr Handeln rechtfertigen zu müssen. Dass sie jetzt fast ein Lob aus Karls Mund hörte, überraschte sie.

Vom Dorf aus hatte sich das Wasser dann seinen Weg bis in die Felder gebahnt. Dort war der Schaden vor allem dank des Einsatzes der Sklaven gering geblieben. Der anhaltende Regen hatte zwar die Entwässerungskanäle gefüllt, die Pflanzungen an sich waren aber nur wenig beschädigt worden.

Nachdenklich wandte Julie sich erneut den Frauen zu, die sich schon wieder um die Kostäcker hinter den Hütten kümmerten. Viele Pflanzen waren verdorben, und auch nicht alle Hühner hatten überlebt. Aber keine Frau und kein Kind war zu Schaden gekommen. Dankbar betrachtete Julie die Szenerie.

»Pieter, du hättest dich auch kümmern können.« Karl fuhr seinen Schwiegersohn beim Abendessen an. »Ich war die ganze Nacht auf den Feldern. Aber du?! Wer muss sich draußen um alles kümmern? Meine Frau!«

Julie traute ihren Ohren nicht.

Pieter lief rot an. »Ich war bei meiner Frau und meinem Kind, was kümmert mich das Negerpack, können doch alle schwimmen.«

»Das Negerpack sind meine Sklaven, und jeden davon habe ich teuer bezahlt. Und ich brauche sie, ohne sie würdest auch du nicht hier leben. Aber um so etwas macht sich der Herr Doktor ja keine Gedanken.« Karl war eindeutig gereizt. »Du tönst doch immer herum, dass du die Plantage eines Tages mit Martina führen willst. Da kannst du dich dann bei so was nicht einfach im warmen Bettchen verkriechen!« Er ließ sich zum wiederholten Male von Aiku nachschenken. »Juliette hat umsichtig gehandelt.« Er prostete ihr zu. Julie rang sich ein kleines Lächeln ab. Dann stand sie auf. »Ich werde mich jetzt zurückziehen, ich bin müde.« Sie eilte sich, in ihr Schlafzimmer zu kommen, sie war bis ins Mark erschöpft. Kiri folgte ihr. Das Sklavenmädchen wirkte nachdenklich, als sie Julie in ihr Nachtgewand half. »Ist etwas, Kiri?«, half Julie ihr auf die Sprünge. Sie wusste, dass die Sklaven nie von sich aus etwas sagen würden, sie durften es nicht.

»Oh, Misi, nein ... doch ... ich weiß nicht.«

»Nun sag schon.«

Kiri war die Situation sichtlich unangenehm.

»Was wird Misi Juliette machen, ich meine, was wird sie Masra Karl sagen wegen ...?«

Julie schluckte. »Kiri, das weiß ich nicht, ich weiß es nicht«, antwortete sie ehrlich.

Kiri wand sich, sprach dann aber doch aus, was sie so offensichtlich beschäftigte. »Na ja, Misi, am besten ist, wenn Masra Karl ... wenn er denkt, er ist der Vater. Dann wird Masra Karl nicht ...«

Julie bedachte das Mädchen mit einem dankbaren Blick.

Das hatte sie sich auch schon überlegt. Genau genommen hatte sie gar keine andere Wahl. Wenn Karl erfuhr, dass sie ohne sein Zutun schwanger geworden war! Sie hatte sich das Hirn zermartert, wie sie eine Lösung finden sollte. Karl war schon lange nicht mehr bei ihr gewesen, und sie – sie hatte sich ihm noch nie angeboten, er würde sicher misstrauisch werden. Julie seufzte.

»Kiri, ich weiß ... aber ich ... ich kann nicht ...«

Kiri nickte, sie wusste um die Geschehnisse in diesem Bett. Sie hatte Julie mehr als einmal des Morgens geholfen, sich zu waschen, und hatte ihr Salbe geholt, um die Platz- und Risswunden zu versorgen, die Karl ihr zugefügt hatte.

Plötzlich erhellte sich das Gesicht des Mädchens. »Und wenn der Masra ... Er war doch heute zufrieden mit der Misi, oder?« Sie strahlte. »O Misi, darf ich kurz gehen, bitte ... Ist wichtig!«

Julie hob gleichgültig die Hände. »Geh schon. Ich bin müde und muss mich hinlegen.«

Es war weit nach Mitternacht, als es an Julies Tür klopfte. Julie schreckte hoch. Kiri schlüpfte durch die Tür.

»Misi Juliette, nicht erschrecken!« Sie trat an Julies Bett, im Dunkeln leuchteten ihre Zähne – sie grinste breit.

»Kiri, was ist denn los?«, fragte Julie schläfrig.

»Misi ... der Masra«, Kiri deutete auf die Tür, »der Masra wollte unbedingt noch zur Misi.«

Julie sah Kiri fragend an. »Und da schickt er dich, um ...?« Wenn Karl etwas von Julie wollte, war er immer durch die Tür von seinem Schlafzimmer aus herübergekommen. Jetzt aber öffnete sich die Tür zum Flur, durch die Kiri eben hereingeschlüpft war. Karl erschien, gestützt von Aiku, der sichtlich Mühe hatte, seinen Masra auf den Beinen zu halten.

Kiri zuckte nur die Achseln und schaute nun sehr ernst

drein. »Misi, der Masra hat sehr viel getrunken.« Aiku nickte zur Bestätigung. »Aber wenn der Masra unbedingt bei der Misi schlafen will ...?«

»Jul...li...juett«, stammelte Karl, der auf Aikus Schulter hängend auf das Bett zutaumelte. Julie rückte aus Reflex bis an die hinterste Bettkante, während Aiku seinem Herrn die Kleidung auszog.

Julie runzelte die Stirn, ließ den Sklaven aber gewähren. Sie betrachtete ihn ängstlich, beruhigte sich aber schnell. In diesem Zustand ging wohl kaum Gefahr von Karl aus.

Kiri drückte sich noch einmal kurz an Julies Bettseite. Flüsternd wies sie auf Karl: »Der Masra soll schlafen jetzt, aber morgen früh ... der Masra soll denken, dass ...«

Jetzt verstand auch Julie endlich, was Kiri mit dieser nächtlichen Aktion bezweckte. Wenn Karl wirklich gefordert hatte, zu ihr gebracht zu werden, wäre das für ihren Plan ein denkbar günstiger Zeitpunkt. Wenn Karl dachte, dass er und Julie ... Dankbar drückte sie die Hand ihrer Sklavin.

Am nächsten Morgen begrüßte Julie den verkaterten Karl besonders freundlich. Dieser sah sich kurz verwundert um, murrte etwas Unverständliches und schwankte hinüber in sein Schlafzimmer. Bis zum Nachmittag sah Julie ihn nicht wieder.

Dafür nahm sie sich gleich am morgen Kiri beiseite und schleppte sie in den Garten. »Das war brillant, Kiri. Ich danke dir von ganzem Herzen! Aber was um Himmels willen hat Aiku ihm gegeben? Karl war die ganze Nacht wie tot!«

Kiri winkte nur belustigt ab. »Egal, Misi Juliette, egal.« Dann wurde ihr Gesicht bitterernst. »Jetzt muss die Misi aber noch ein bisschen warten, bis ...«

Julie nickte und blickte dem Mädchen tief in die Augen. »Und, Kiri, niemand darf das je erfahren, vergiss das nicht!«

»Ich werde Vater!« Karls Brust schwoll mit diesen Worten.

Julie hatte gut vier Wochen gewartet, bis sie ihm die frohe Botschaft überbrachte. Kurz schien Karl selbst überlegen zu müssen, wo und wie ... dann lächelte er zufrieden.

»Oh, wie schön!« Martina schien sich ehrlich für Julie zu freuen, als diese es dem Rest der Familie mitteilte. Seit Martin auf der Welt war, hatte sich das Verhältnis zwischen Julie und Martina deutlich entspannt.

Pieter hingegen runzelte nur die Stirn. Julie hoffte, dass weder Karl noch Pieter jemals nachrechnen würden, was die Dauer der Schwangerschaft betraf. Sie hatte fast zu lange gewartet. In ein paar Wochen würde sie einen deutlichen Bauch haben.

Durch die Verkündung der Schwangerschaft änderte sich die Stimmung im Hause Leevken deutlich. Amru und Kiri waren gelöster, und auch das Verhältnis zu Martina entspannte sich weiter. Der Einzige, dessen Laune zusehends schlechter wurde, war Pieter. Karl jedoch war guter Dinge. Zu Julies Verwunderung änderte er auch sein Verhalten ihr gegenüber. Sein Ton wurde deutlich freundlicher, und an besonders guten Tagen erkundigte er sich sogar nach dem Befinden des Babys.

Eines Morgens wies er die Haussklaven sogar an, das verwaiste Kinderzimmer leerzuräumen. Als Julie aus ihrem Schlafzimmer kam, neugierig wegen der ungewohnten Betriebsamkeit in der oberen Etage des Plantagenhauses, nahm Amru bereits die letzten Vorhänge ab. »Masra Karl sagt, das Zimmer soll hergerichtet werden für das neue Baby!«

Julie war ehrlich verblüfft. Ihre Schwangerschaft schien einige dunkle Schatten aus diesem Haus zu vertreiben.

Dass dies nicht Karls Kind war, welches sie unter ihrem Herzen trug, verdrängte sie so gut es ging. Manchmal überkam sie eine tiefe Sehnsucht nach Jean, vor allem wenn Martina und Pieter in Richtung Stadt aufbrachen.

Dieses Kind durfte nur einen Vater haben, und das war Karl. Sie hatte sich lange dagegen gewehrt, aber es war die einzige Lösung. Was in ihrem Herzen geschah, spielte keine Rolle. Sie musste für das Kind stark sein, durfte sich nicht ihren Gefühlen hingeben.

Nach einigen Wochen hielt sie es jedoch nicht mehr aus. Es war inzwischen September, Julie hatte Jean fast fünf Monate nicht mehr getroffen. In ihrem Inneren brannte der Wunsch, Jean wiederzusehen, nur für einen kurzen Moment, einen Augenblick.

»Also, ich finde, dass Julie jetzt ruhig noch einmal mit uns in die Stadt kommen sollte, bald wird sie es für eine Weile nicht mehr können.« Martina sprang ihr zur Seite, sie konnte sich noch gut an die erste Zeit nach der Geburt erinnern. Julie war fest davon überzeugt, dass selbst Martina an Karls Vaterschaft glaubte. Valerie und Julie war es in der Tat gelungen, die wenigen heimlichen Treffen zwischen ihr und Jean geheim zu halten. Einerseits beruhigte Julie das, andererseits hatte sie ein schlechtes Gewissen. Sie und das Kind würden ein Leben lang mit dieser Lüge leben müssen.

Dieses Mal war es nicht so einfach für Julie, in der Stadt einen Moment zu arrangieren, an dem sie sich davonschleichen konnte. Martina hatte darauf bestanden, dass Julie auch bei Valerie wohnte, da Pieter auf der Plantage geblieben war. Julie war sehr unwohl bei dem Gedanken, Pieter dort zurückzulassen, aber ihre Sehnsucht nach Jean war stärker als die Bedenken.

»Ach, was willst du denn allein im Stadthaus?«, hatte Martina gesagt, und Julie hatte ihr nicht widersprechen können.

Wieder war es Valerie, die rettend einsprang und Martina und Martin an einem Nachmittag mit zu einer Kaffeetafel nahm. »Juliette, du siehst ein bisschen blass aus, vielleicht ist es besser, wenn du dich etwas ausruhst«, sagte sie bestimmt.

Dankbar nickte Julie und verschwand in ihrem Zimmer, bis es im Haus ruhig geworden war. Sie wusste, dass sie tief in der Schuld der Hausherrin stand.

Julie eilte sich, eine Mietdroschke zu finden. Sie hoffte, Jean in seiner Wohnung anzutreffen, hoffentlich war er nicht auf der Arbeit. Sie musste ihn sehen, unbedingt.

Als sie kurze Zeit später vor seinem Haus ankam, ließ ihr Gewissen sie zögern. Inzwischen war ihre Schwangerschaft unübersehbar. Was wollte sie ihm sagen? Sollte sie ihm erzählen, dass dieses Kind seines war? Oder war es besser, ihn in dem Glauben zu lassen, Karl wäre der Vater? Bevor sie sich aber über diese Frage klar werden konnte, öffnete sich die Eingangstür, und Frau Toomson streckte neugierig die Nase heraus.

»Ich ... ich wollte zu Herrn Riard. Ist er da?«, stammelte Julie.

Die Mulattin musterte Julie von oben bis unten, wobei ihr Blick ganz ungeniert einen Moment an Julies Bäuchlein hängen blieb. Dann grinste die Frau feist: »Nee, Misi, der is nicht da.«

»Wann kommt er denn wohl wieder?«

»Da werden Sie kein Glück haben Misi, der ist vor einigen Wochen weg. Das Zimmer habe ich schon neu vermietet.«

»Weg?« Julie sah die Mulattin fassungslos an. »Aber ...«

Frau Toomson zuckte nur gleichgültig mit den Achseln. »Keine Ahnung, hat seine Sachen gepackt, die letzte Miete bezahlt und ist fort.«

»Danke.« Julie drehte auf dem Absatz um und stieg wieder in die Droschke.

Er war fortgegangen. Warum? Und wohin? War er nach Europa oder nach Amerika gereist? Warum hatte er sie nichts wissen lassen? War sie ihm egal? Sie konnte nicht weinen, obwohl es ihr in der Kehle brannte.

Zum Ende der Schwangerschaft quälten Julie fürchterliche Albträume. In ihren Träumen erkannte Karl sofort, dass dieses Kind nicht von ihm war, er warf Julie hinaus, und sie musste sich, mittellos wie er sie fortschickte, mit dem Kind als gefallene Frau in der Stadt durchschlagen. Ein ums andere Mal wachte sie schweißgebadet auf. Gleichzeitig verspürte sie eine unendliche Liebe für dieses kleine Wesen, welches da in ihr heranwuchs. Es war ihr Kind, Jeans Kind. Das Kind des einzigen Mannes, den sie jemals wirklich geliebt hatte. Und sie würde dieses Kind beschützen, selbst wenn sie dafür ihr Leben lang lügen musste.

Kapitel 10

Henry wurde an einem sonnigen, lauen Dezembervormittag drei Wochen zu früh geboren. Die lange Nacht in den Wehen hatte Julie arg gebeutelt. Sie hatte nie gedacht, jemals solche Schmerzen ertragen zu müssen. Aber als sie das zarte rosa Baby in ihren Armen hielt, verflog die Erinnerung in Windeseile.

»Ist ein starker Junge.« Amru lächelte zufrieden, und auch Kiri strahlte glückselig und wich nicht von Julies Seite. Beide hatten Julie in den letzten Stunden beigestanden.

Karl kam erst hinzu, als das Kind bereits gewaschen und friedlich schlafend in sauberen Tüchern lag.

»Mein Sohn!« Stolz nahm er das Baby hoch und hielt es vor sich. Kurz überkam Julie die Angst, dies sei der Moment, in dem er erkennen würde, dass dieses Kind nicht seins war. Aber Karls Augen spiegelten Glückseligkeit wider, keine Spur des Misstrauens zeigte sich darin. Langsam fiel die Anspannung von Julie ab. Wenn Karl nie Zweifel hegen würde, dann würde auch niemand anderes einen Verdacht äußern.

Julie gab Kiri von Anfang an vertrauensvoll den kleinen Henry in den Arm. Sie beobachtete, wie Amru dem Mädchen alles geduldig erklärte, was es für den Umgang mit dem Baby wissen musste, wie es zu halten und zu wickeln war und vieles mehr. Sie wusste, Kiri würde alles tun für ihr Kind.

Im Gegensatz zu Martin, der in seinen ersten Lebensmonaten den ganzen Haushalt auf Trab gehalten hatte, war Henry ein pflegeleichtes Kind. Nie schrie er ungehalten, nie wurde er ungeduldig. Mit seinem charmanten Babylächeln wartete er, bis man sich um ihn kümmerte, und gluckste munter, wenn man ihn versorgte.

Julie erholte sich schnell von der Geburt, und als sie wieder aufstehen durfte, nahm sie das Baby gleich auf ihrem Arm überall mit hin.

Karl schimpfte mit ihr: »Nimm Henry doch nicht mit in das Negerdorf, wer weiß, was er sich da alles einfangen kann!«

Aber Julie ließ sich davon nicht beirren. »Ach was, die Sklaven sind alle gesund und munter, was soll da passieren?«

Kiri betrachtete das Kind von Zeit zu Zeit nachdenklich. Ab und an überkam sie die Angst, man würde den Schwindel um den Vater des Kindes bemerken. Sie gab sich aber Mühe, diese Gedanken aus ihrem Kopf zu streichen. Die Misi spielte dieses Schauspiel hervorragend, dann würde sie das auch tun.

Ihr war nicht entgangen, dass Masra Pieter das Kind immer wieder argwöhnisch betrachtete. Die Misi hatte ihr leise zugeflüstert, er sei nur böse, weil er sich von seinem Thron verstoßen fühlte. Kiri hatte kurz darüber nachgedacht, bevor ihr klar wurde, was die Misi meinte: Masra Pieter sah seine Zukunft auf der Plantage gefährdet. Aber das war Kiri ziemlich egal, mit ihm und seiner Frau und dem Kind hatte sie nicht viel zu tun. Seit Henrys Geburt schienen sie sich außerdem mehr und mehr zurückzuziehen. Sie hatten ihre eigenen Leibsklaven und führten auch weitestgehend ihr eigenes Leben auf der Plantage oder in der Stadt. Selbst wenn Masra Pieter irgendwann die Plantage übernehmen würde, war sie davon nicht betroffen, sie würde Misi Juliette folgen.

Zu Ehren seines neugeborenen Sohnes ließ Masra Karl ein

Fest veranstalten. Die Sklaven bekamen einen halben Tag frei und durften am Abend im Dorf einen Tanz abhalten. Sogar eine Extraportion Fleisch schenkte ihnen der Masra.

»Sie sollen den kleinen Masra gleich als guten Masra sehen«, hatte er der Misi in Kiris Beisein erklärt, die sich über diese ungewohnte Fürsorge Karls für die Sklaven wunderte.

Natürlich war dies Fest ein willkommener Anlass für die Buschneger, mit ihrem Boot an der Plantage anzulegen. Kiri fragte sich zum wiederholten Male, wie sie so schnell von solchen Dingen erfuhren. Noch bevor das Holz für das Feuer zusammengetragen war, begegnete sie dem vergnügten Dany im Sklavendorf.

Sie betrachtete ihn in letzter Zeit mit ganz anderen Augen. Wäre er als potenzieller Mann für sie und als Vater für zukünftige Kinder geeignet? Dabei lohnte sich diese Überlegung eigentlich nicht einmal. Dany war ein Maroon, ein Buschneger, zwischen ihnen würde nie eine offizielle Verbindung möglich sein. Außer wenn Kiri auch eines Tages freikäme. Aber wer sollte sie freikaufen? Dany würde wohl kaum so viel Geld aufbringen können. Und dann war da ja auch noch die Misi. Würde die sie überhaupt ziehen lassen? Nun, momentan wollte Kiri das gar nicht. Aber später, wenn der kleine Masra Henry groß war und die Misi sie vielleicht nicht mehr so dringend brauchte, was war dann? Kiri schüttelte die Gedanken ab. Jetzt freute sie sich erst einmal auf den bevorstehenden Abend.

Die Stimmung war ausgelassen, und der Schnaps floss in großen Mengen. Kiri trank allerdings nicht mit. Sie wollte noch zurück zum Plantagenhaus, denn seit Henry auf der Welt war, durfte sie auf einer Matte am Flurende schlafen. Und auch wenn das nicht ganz so bequem war, wollte Kiri nicht darauf verzichten, schnellstmöglich bei der Misi oder Masra Henry zu sein.

Als Dany sie aber mit zärtlichen Küssen hinter die Hütten lockte, konnte sie dennoch nicht widerstehen, und so wurde es doch etwas später, bis sie zum Plantagenhaus zurücklief. Erhitzt und glücklich.

Als Kiri den Wirtschaftshof überquerte, bemerkte sie den Schatten auf ihrem Weg erst spät. Sie war mit ihren Gedanken noch ganz woanders.

»Na, Kleine, wo willst du denn hin?« Ihr schlug der Geruch von Dram entgegen. Masra Pieter baute sich drohend vor ihr auf.

»Ich … ich muss zu der Misi …« Kiri versuchte, sich an ihm vorbeizuschlängeln.

Er packte sie grob am Arm und zog sie mit in Richtung Gästehaus. »Deine Misi kann noch etwas warten«, sagte er kalt.

»Nein! Ich muss wirklich … Bitte, lassen Sie mich los!« Kiri hatte Gerüchte gehört über den Masra, schlimme Gerüchte … Sie bekam Angst.

Doch der Masra kümmerte sich nicht um ihren Einwand. Er stieß sie die Treppe hinauf zu seinen Räumen. Seine Arbeitszimmer, wie er sie nannte. Kiri hatte diese Räume noch nie betreten, außer Masra Pieter und seinem Leibsklaven durfte hier niemand rein. Jetzt stieß er barsch die erste Tür auf und schubste Kiri in das Halbdunkel des Raumes. Überall standen Tische mit kleinen und großen Glasgefäßen, und es roch merkwürdig scharf.

»Ich muss zu Misi Juliette, sie wird mich sonst suchen!« Kiri unternahm einen weiteren Versuch, den Masra zu überzeugen.

Der lachte jedoch nur höhnisch auf. »Suchen? Was sollte sie dich kleines Negermädchen suchen? Sie wird schlafen, wie alle anderen auch. Nur ihr Neger, ihr könnt ja wieder nicht genug bekommen. Tanzerei, Hurerei … War dein kleiner

Freund auch wieder da?« Er packte Kiri beim Arm und zog sie dicht an sich heran. »Hast du wieder die Beine breit gemacht für ihn, komm … ich weiß das, du bist doch willig wie alle anderen kleinen Negermädchen.«

Jetzt bekam Kiri wirklich Angst. Der Masra war betrunken, und sie saß in der Falle. »Bitte!«, wimmerte sie, »Ich muss gehen …«

»Du bleibst schön hier! Mit welchen Negern du dich herumtreibst, ist mir egal … Und du wirst jetzt artig sein, sonst könnte es passieren, dass der Masra Karl ganz böse wird auf deine feine Misi.«

Kiri wurde stocksteif, und ihr Widerstand erlahmte. Was wusste Masra Pieter?

»Na, siehst du, dachte ich's mir doch … du bist genauso ein hinterhältiges, verlogenes Stück wie deine Misi …« Mit diesen Worten verpasste er Kiri einen groben Schlag ins Gesicht, dass sie rücklings auf die schmale Pritsche fiel, die dem Masra als Bett diente, wenn er nicht im Haupthaus schlief. Schon war er über ihr und riss ihr das Tuch vom Oberkörper. Er zwang ihre Beine auseinander und stieß mit Gewalt zu.

Kiri blieb wie gelähmt liegen. Ihr Gehirn registrierte den Schmerz, den er ihr zufügte. Aber die Sorge, er könnte der Misi oder Masra Henry Schaden zufügen, indem er irgendetwas ausplauderte, was er eigentlich nicht hätte wissen sollen, ließ sie widerstandslos werden.

Als er fertig war, zog er sie am Arm aus dem Bett und gab ihr einen groben Stoß in Richtung Tür. »Sieh zu, dass du fortkommst! Aber hab Acht, wenn ich dich rufe, hast du zu kommen, verstanden! Denk daran: Deine Misi ist eine Lügnerin, und wenn der Masra Karl das herausfindet … Gnade euch Gott.«

Kiri dachte daran, immer … immer, wenn er sie fortan zu sich rief.

Kapitel 11

»Karl, wenn nur die Hälfte der Neger dadurch nicht mehr so oft Fieber bekommt, hast du doch schon gewonnen.« Pieter bearbeitete seinen Schwiegervater nun schon seit einigen Tagen. Die Rezeptur, die er jetzt entwickelt habe, sei absolut sicher, das hätten die Versuche in Indien gezeigt, so betonte er immer wieder. Dabei klopfte er mit den Fingern auf einen Stapel Papier, den er Karl ständig vorlegte, der sich aber weiterhin weigerte, die Artikel zu lesen.

Julie runzelte die Stirn. Sie saßen bei Tisch, Martin inzwischen schon in einem eigenen Stühlchen, Henry schlummerte brav in einem Korb neben Julie. Julie hoffte, dass Karl Pieters Bitten nicht nachgeben würde. Ihr waren diese medizinischen Versuche sehr suspekt. Um des Friedens willen wagte sie es aber nicht, dies laut auszusprechen. Karl war seit Henrys Geburt wesentlich umgänglicher geworden. Manchmal erinnerte er sie sogar an den Mann, den sie damals in den Niederlanden geheiratet hatte. Allerdings bezog sich seine Nettigkeit eher auf das Baby als auf Julie. In Pieter hingegen schwelte die Eifersucht, das war unverkennbar. Da aber seine Karten bei seinem Schwiegervater seit dem Vorfall mit den Kindern nicht so gut standen, hielt er sich zurück. Die meiste Zeit verbrachte er in seinem »Labor«, wie er es inzwischen nannte, im Gästehaus. Martina, Julie und die Kinder hatten im Plantagenhaus überwiegend ihre Ruhe. Martina zog sich seit Henrys Geburt mehr und mehr zurück. Das entspannte Verhältnis, das sich seit der Hochzeit entwickelt hatte, war merklich abgekühlt. Henry war schließlich ihr Halbbruder, den sie wohl nicht erwartet hatte, jemals zu bekommen. Die Gunst ihres Vater jetzt teilen zu müssen …

Martin hingegen tat sich schwer mit dem neuen Familienmitglied und weinte stets um Aufmerksamkeit, wenn er das Gefühl hatte, alle kümmerten sich nur um das Baby.

»Pieter meint, dass er sehr viel Geld damit verdienen kann, wenn er die Medikamente in Surinam einführt.« Martina versuchte nach wie vor, die Ideen ihres Mannes gutzuheißen.

»Aber euch geht's doch gut.« Julie verstand Pieters Gier nicht.

»Na ja, jetzt wo Henry da ist … Vater macht ja kein Geheimnis daraus, dass er hofft, dass Henry eines Tages die Plantage übernimmt.«

Julie musste lachen. »Martina, schau dir den Wurm an.« Sie deutete lachend auf das Körbchen. »Bis der so weit ist, dass er hier etwas ausrichten könnte …«

Allerdings machten ihr Martinas Worte erst jetzt bewusst, was Henrys Geburt wirklich bedeutete. Er war Karls Nachfolger, der männliche Erbe von Rozenburg. Obwohl er ja nicht mal wirklich Karls Sohn war. Schnell verscheuchte sie diese Gedanken. Henry war Karls Sohn, daran gab es nichts zu rütteln.

Pieter erhielt schließlich Schützenhilfe von ganz unerwarteter Seite. Im Sklavendorf der Plantage erhitzte seit einer Weile das Thema der Aufhebung der Sklaverei die Gemüter. Auch wenn es erst 1863 so weit sein sollte, war die Mischung aus Angst und Hoffnung, welche die Sklaven befiel, bereits jetzt deutlich spürbar.

Die Unruhe lieferte Pieter ungewollt ein Argument. Karl erregte sich sehr über die Entscheidung der Regierung zur Sklavenfrage. Wie so viele andere Plantagenbesitzer machte er sich große Sorgen, seine billigen Arbeitskräfte zu verlieren, und Pieter traf mit seinen Ideen zumindest auf fruchtbareren Grund.

»Gerade deswegen sollten wir jetzt damit anfangen. Du wirst nicht mehr einfach so neue Sklaven kaufen können, Karl! Du wirst mit dem wirtschaften müssen, was da ist.«

In diesem Punkt musste selbst Julie Pieter recht geben. Sie hatte viel darüber nachgedacht: Wenn selbst in der Kolonie der Handel mit Sklaven nicht mehr erlaubt war und der Sklavenstand gänzlich aufgehoben wurde, würde das die Plantagenbesitzer vor ein unlösbares Problem stellen. Wie sollte man die Sklaven auf den Plantagen halten?

»Die werden sich schon eine Lösung einfallen lassen«, brummte Karl missmutig.

»Aber es wäre ja durchaus von Vorteil, wenn die Neger sich besserer Gesundheit erfreuen würden.«

Karl war sichtlich genervt von Pieter, er wollte das Thema ein für alle Mal vom Tisch haben. Julie traute ihren Ohren nicht, als er sagte: »Gut, mach was du meinst machen zu müssen, aber lass die Kinder und Frauen da raus, und nimm nur ein paar von den entbehrlichen Männern.«

»Karl!« Julie sprang entrüstet auf. »Das kannst du nicht zulassen!« Sie war ehrlich entsetzt.

»Setz dich, Juliette«, herrschte Karl sie an.

»Karl, bitte!«, bat sie flehend.

Doch Karl schien unberührt. »Ich habe gesagt, du sollst dich setzen. Pieter hat recht. Wir müssen sehen, was wir bis nächstes Jahr erhalten können. Wenn, dann muss er jetzt damit anfangen. Und wenn sein Zeug tatsächlich hilft ...«

»Dann hätten wir im kommenden Jahr sogar noch gut ein Drittel mehr Leute in der Ernte, die wegen des verdammten Fiebers sonst immer ausfallen.« Pieter lehnte sich triumphierend zurück.

»Vielleicht solltest du das Mittel zunächst selbst mal schlucken«, fuhr Julie ihn an.

Sie erinnerte sich noch gut an sein anfänglich höhnisches Lachen, als sich beim letzten Mal die Kinder die Seele aus dem Leib gewürgt hatten. »Die fangen sich schon wieder«, hatte Pieter lapidar gesagt. Erst als Karl ihn in die Verantwortung genommen hatte, hatte er ein bisschen Reue gezeigt, vermutlich aber nur, um seinen Schwiegervater zu besänftigen. Im Dorf, bei den Kindern, war er kein einziges Mal wieder gewesen.

»Juliette!« Karls scharfer Ton ließ keine Zweifel: Die Diskussion war beendet.

Julie fühlte sich hilflos. Es widerstrebte ihr zutiefst, dass sie das Geschehen nicht beeinflussen konnte und alles in Pieters Hand lag. Das Einzige, was sie in dieser Hinsicht tun konnte, war, Pieters Tun persönlich zu beaufsichtigen. Nach ihrem Geschmack hatte er sich viel zu viele Männer ausgesucht. Diese saßen nun mit verängstigten Mienen unter dem Dach des großen Gemeinschaftshauses und warteten auf ihre »Behandlung«.

Zwei Aufseher standen am Eingang postiert. Keiner der Sklaven würde es wagen, sich zu widersetzen.

»Es wird euch nichts passieren, das Mittel soll euch helfen.« Julie schenkte ihren Worten zwar selbst wenig Glauben, aber sie versuchte, die Männer so gut es ging zu beruhigen.

Nach einer Stunde hatten alle eine Spritze erhalten und trollten ich schnell wieder zurück ins Sklavendorf.

»Wie lange wird es dauern, bis man weiß, ob etwas passiert?« Julie konnte sich diese Frage nicht verkneifen, obwohl sie es eigentlich vermied, mit Pieter zu sprechen.

Pieter grinste höhnisch. »Liebe Schwiegermutter«, begann er hochmütig, »es wird nichts passieren, außer dass diese Männer keine Fieberschübe mehr bekommen werden.«

Seine arrogante Art reizte Julie bis aufs Mark. »Na, hoffen wir es ...«

Es dauerte genau drei Tage, bis die ersten Männer daniederlagen. »Normale Nebenwirkungen«, beschied Pieter, immer noch von seinen Fähigkeiten überzeugt.

Derweil reiste Karl in die Stadt. Am Nachmittag des nächsten Tages starb der erste Mann.

Amru machte am folgenden Morgen einen nervösen und fahrigen Eindruck. So kannte Julie die Haussklavin gar nicht.

»Alles in Ordnung Amru?«, fragte sie besorgt.

»Nein, Misi ... es gibt ein Problem im Dorf«, stammelte Amru. Ihr Blick drückte ernsthafte Sorge aus.

Julie wurde sofort hellhörig. »Was ist los? Hat Pieter wieder ...?«

»Nein, Misi ... aber ... heute Nacht sind einige der Männer, die Masra Pieter behandelt hat, davongelaufen.«

»Davongelaufen?« Julie traute ihren Ohren nicht. Auf das Verlassen des Plantagengrundes stand eine hohe Strafe.

»Die Männer haben Angst Misi, sie wollen lieber zu ...« Julie konnte es sich denken. Wenn im Sklavendorf der Medizinmann nichts mehr ausrichten konnte, befragten die Sklaven den Heiler der Buschneger, nicht weil dessen medizinischen Kenntnisse besser waren, sondern weil die Sklaven meinten, dieser Mann würde mit den Geistern direkter in Kontakt stehen als ihr eigener Heiler. »Sie denken, sie werden sterben.« Amru senkte den Blick.

Julie schluckte. »Das kann ich ihnen nicht verübeln. Wissen es die Basyas schon?« Die Aufseher hatten strikte Anweisung, sofort mit den Hunden auf die Suche zu gehen, wenn ein Sklave vermisst wurde. Und was diese abgerichteten Tiere anrichteten, wenn sie, von der Leine gelassen, einen Schwarzen zu packen bekamen ... Julie schauderte. Sie hatte die verheilten Bisswunden eines alten Feldsklaven der Plantage gesehen. Gegen die Hunde war die Peitsche das geringere Übel. Das wusste jeder Sklave. Amru schüttelte den Kopf. »Gut.« Somit hatten sie wenigstens noch eine geringe Chance, dass die Sache glimpflich ausging. Jetzt galt es, zu handeln. »Die Männer wollen doch wiederkommen, oder?«

Amru nickte heftig mit dem Kopf. »Natürlich, Misi, die haben alle Familie hier!«

»Mein Gott, wo bleibt der denn?« Julie stand mit Kiri seit über zwei Stunden am Fluss. Sie wartete auf Karl. Nervös lief sie am Ufer auf und ab, gefolgt von einem ebenso nervös flatternden Nico.

Julie hielt es für das Beste, Karl gleich am Fluss in Empfang zu nehmen. Er sollte von ihr hören, was geschehen war. Vielleicht konnte sie ihn überzeugen, dass man auf die Männer warten und nicht gleich Jagd auf sie machen sollte.

Endlich sah sie das Boot den Fluss hinaufkommen.

»Juliette, was stehst du hier im Dunkeln am Wasser?« Er klang ärgerlich.

»Karl, wir müssen reden! Pieter ...«

»Heute nicht mehr, Juliette, ich bin müde. Aiku, bring meine Sachen ins Haus. Und du Viech ... weg!« Er gab Nico einen Fußtritt, Federn flogen. Der Vogel verschwand im Dunkeln.

Julie schnappte nach Luft, zwang sich aber zur Ruhe. »Karl, bitte, es ist wichtig, Pieter hat ... die Männer ...«

»Hat das nicht Zeit bis morgen?« Karl schob Julie unwirsch beiseite, um sich auf den Weg zum Haus zu machen.

»Karl! Ein Mann ist bereits tot ... die anderen ...«

Karl drehte sich um. »Was?« Sein Blick verfinsterte sich, und er wandte sich in Richtung Sklavendorf.

In diesem Moment trat Jenk aus dem Schatten der Hecken, die den Weg zum Sklavendorf säumten. »Masra Karl.«

»Jenk? Was tust du hier? Warum bist du nicht im Dorf?« Karl schien nun ernsthaft erstaunt.

»Masra Karl, bitte.« Jenk schmiss sich vor seinem Masra auf die Knie. »Die Männer ... sie hatten Angst ... sie kommen wieder.« Jenk war als Schamane und Medizinmann im Grunde auch der Anführer der Sklaven. Alles, was im Dorf geschah, fiel unweigerlich auf ihn zurück.

»... kommen wieder? Heißt das ...? Sind die Aufseher schon unterwegs?«

Jenk schüttelte unterwürfig den Kopf. »Masra, ich sage doch, sie kommen wieder, bitte ...«

»Du hast den Aufsehern keine Meldung erstattet?«

»Karl, bitte, hör ihn doch an.« Julie schwante Böses.

»Halt dich da raus! Wolltest deine Negerfreunde wieder mal beschützen, was?«, brauste Karl auf.

»Karl, wenn Pieter nicht ...«

Karl wandte sich bereits wieder Jenk zu und griff nach seiner Peitsche, die immer an seinem Gürtel hing. »Dass du mir noch in den Rücken fällst ... aufständische Neger überall ...« Der erste Schlag traf den Mann quer über den Schultern. »Du hast zu melden, wenn welche weglaufen ...« Der zweite Schlag ging nieder.

»Karl, hör auf!« Julie wollte sich zwischen Karl und Jenk

werfen, doch Kiri kam ihr zuvor. Geistesgegenwärtig stieß sie ihre Misi beiseite, bevor der nächste Hieb sie treffen konnte. Julie strauchelte und ging auf die Knie. Dafür bekam Kiri die Peitsche quer durchs Gesicht und fiel zu Boden.

»Dieses Negerpack! Werden jetzt alle widerspenstig? Es ist unglaublich!« Karl brüllte vor Zorn.

»Karl! Hör auf!«

Doch Karl war wie von Sinnen, wieder holte er aus, um einen der Sklaven zu treffen, die vor ihm kauerten. Kiri hielt beide Hände vor ihr Gesicht, Jenk duckte sich in Erwartung des nächsten Schlages.

Julie taumelte auf Karl zu, sie war wie benommen vor Entsetzen. Diese Menschen hatten nichts getan! Sie stieß mit dem Bein gegen etwas Hartes und griff danach – ein Paddel!

»Karl!«, schrie sie verzweifelt, doch er ließ sich nicht von seinen Opfern ablenken.

Zwischen Kiris Händen quoll eine Unmenge Blut hervor, Julie konnte es förmlich riechen. Und mit einem Mal wurde ihr klar, dass er das Mädchen totschlagen würde, wenn sie selbst nichts unternahm. Julie nahm alle Kraft zusammen und riss das Paddel in die Luft. Als es auf Karls Hinterkopf traf, erklang ein dumpfes Geräusch. Karl hielt kurz inne und wandte den Kopf. Der Blick, den er Julie zuwarf, drückte Verwunderung aus. Dann fiel er wie ein gefällter Baum zu Boden. Julie schmiss das Paddel beiseite und eilte zu Kiri. Das Mädchen lag zusammengekauert auf dem Boden und wimmerte.

»Kiri, alles gut, Kiri?«, fragte sie sanft. Julie nahm ihr vorsichtig die Hände vom Gesicht. »Kiri, lass mich mal sehen. Bitte ... Kiri!«

Julie stockte der Atem, als das Mädchen schließlich das Gesicht hob. Der Schlag der Peitschte hatte sie quer darüber getroffen. In Höhe des linken Auges war die Haut tief aufgeplatzt, unter der großen Menge Blut konnte Julie kein Auge mehr erkennen.

»Jenk?«, stieß sie atemlos hervor. »Jenk, wir müssen ihr helfen!«

Als Julie sich umdrehte, sah sie Jenk über Karl gebeugt stehen. Auch Jenks Schultern waren von blutigen Striemen übersät.

»Jenk!«

»Misi Juliette ... der Masra, ich glaube ...«

»Komm hierher und hilf mir!« Julie schrie jetzt fast, während sie versuchte, Kiri aufzusetzen. Das Mädchen schien das Bewusstsein verloren zu haben, schlaff lag sie in Julies Armen.

»Bei allen Geistern!« Jenk war neben Julie getreten und betrachtete Kiris Verletzung.

»Jenk, hilf ihr bitte, bitte! Du musst ihr helfen!«

Der alte Mann beugte sich herunter und nahm Kiri, trotz seiner eigenen Verletzungen, auf den Arm. »Ich bringe sie ins Dorf, Misi.« Auch Julie erhob sich, um ihm zu folgen.

»Nein, Misi«, sagte Jenk bestimmt. Er deutete auf Karl. »Misi sollte nicht ... der Masra.«

Jetzt drehte sich auch Julie zu Karl um, der reglos dalag. »Ist er ...?«

Jenk nickte leicht, bevor er sich abwandte und Kiri davontrug.

Julie erstarrte. Sie hatte doch nur ein Mal zugeschlagen! Das konnte nicht sein! Karl war so ein starker Mann ... Benommen kniete sie neben Karls leblosem Körper nieder. Karl war tot! Julie fühlte sich wie betäubt. Sie hatte diesen Mann nicht geliebt, nein, aber irgendwie ... das hatte sie jetzt auch nicht gewollt. Er hatte sie immerhin in dieses Land gebracht. Er war ihr Mann. Sie war eine Mörderin! Nein ... es war Notwehr gewesen! Aber würde man ihr das glauben? Was würde jetzt geschehen? Fieberhaft kreisten Julies Gedanken. Henry! Wenn man sie jetzt verhaftete! Unfall ... Es war ein Unfall! Was sollte sie bloß machen?

Julie nahm das Paddel und starrte es an. Dann schmiss sie es in den Fluss. Als es abgetrieben war, drehte sie sich um und lief in Richtung Haus.

Im Salon fand sie Pieter und Martina. »Pieter!«, rief sie atemlos von der Tür. »Pieter ... Karl ist am Fluss ausgerutscht und ... ein Stein, ich glaube, da lag ein Stein ... er ...«

Pieter sprang sofort auf und rannte hinaus.

»O Gott – Vater!« Auch Martina wollte hinterherlaufen, doch Julie packte sie beim Arm. »Martina, bleib hier.«

»Aber ich muss ...« Sie versuchte, sich aus Julies Griff zu lösen.

»Martina!« Julie schüttelte heftig den Kopf.

Kapitel 12

Martina war untröstlich.

Pieter hatte Karls Tod bestätigt, nachdem er vom Fluss zurückgekehrt war. Er wies Aiku und ein paar Sklaven an, den Masra in ein Zimmer des Gästehauses zu bringen.

»Sein Schädel ist gebrochen. Weiß Gott, wo er damit angeschlagen ist«, erklärte er der schluchzenden Martina mit einem vielsagenden Seitenblick auf Julie.

Die jedoch schwieg beharrlich.

Martina bestand darauf, die Totenwache zu übernehmen.

Julie wusste nicht, ob Aiku, Amru oder Pieter Karl hergerichtet und aufgebahrt hatte. Es war ihr egal. Sie saß ihre Zeit neben der Leiche ihres Mannes wie in Trance ab. Kaum hatte sie jedoch das Gästehaus verlassen, eilte sie zum Sklavendorf.

Jenk hatte Kiri in seine und Amrus Hütte gebracht und versorgte sie seitdem dort. Julie erschrak, als sie das Mädchen sah. Kiri trug einen dicken Verband um den Kopf, das restliche Gesicht war geschwollen und blau. Kiris Verletzungen rührten sie weit mehr als Karls Tod. Ihr liefen die Tränen über die Wangen, als sie sich neben Kiris Lager kauerte. Das Mädchen hatte zu allem Übel auch noch hohes Fieber bekommen. Sie war nicht bei Sinnen und reagierte nicht auf Julies leise Worte der Entschuldigung.

Amru trat hinter Julie und legte ihr tröstend die Hand auf

die Schulter, eine für eine Sklavin eigentlich unerhörte Geste. Julie jedoch war dankbar, dass Amru bei ihr war. Aber selbst der mütterliche Trost der Sklavin nahm Julie nicht die vermeintliche Last der Schuld von ihren Schultern.

»Amru? Sie wird doch wieder gesund, oder?«, fragte sie stockend.

»Misi, wir müssen warten, das Fieber ist hoch ...« Jenk flößte Kiri in regelmäßigen Abständen einen undefinierbaren Trank ein.

»Wird sie denn wieder ... ich meine, ... das Auge?«

Jenk sah Julie nur traurig an. »Ich weiß nicht, Misi Juliette, das werden wir erst sehen, wenn ich den Verband abnehmen kann.«

Amru strich Kiri sanft über das Haar. »Armes Mädchen ... aber wenigstens ...« Sie biss sich auf die Lippen.

»Was?« Julie sah Amru fragend an.

Diese seufzte, dann schaute sie Julie mit ernstem Blick an. »Wenigstens ist dem Baby nichts passiert.«

»Baby?« Julie brauchte einen Moment, um zu begreifen, was Amru da gerade gesagt hatte.

»Du meinst, Kiri ist ...? Davon hat sie mir gar nichts gesagt.«

Amru zuckte nur mit den Achseln. »Ich ahnte es auch nicht, bis ... na ja, man sieht es schon.«

Julie wusste nicht, ob Jenk oder Kiri mitbekommen hatten, was am Fluss wirklich passiert war. Dass Karl ausgerutscht und sich den Kopf angeschlagen hatte, war und blieb die offizielle Version. Niemand stellte sie in Frage.

Karl wurde an einem heißen Tag im April im hinteren Teil der Gartenanlage begraben. Dort stand bereits ein Kreuz – für

Felice, allerdings nur zum Gedenken, denn ihre Familie hatte damals darauf bestanden, sie in Paramaribo im Familiengrab zu beerdigen.

Kiri erholte sich nur langsam. Sie war inzwischen in ihre eigene kleine Hütte gebracht worden, wo die alte Orla nun an ihrer Seite wachte. Julie besuchte das Mädchen jeden Tag und saß stundenlang schweigend neben ihm. Henrys Korb stellte sie neben Kiris Lager. Wenn schon nicht sie, vielleicht konnte Henrys leises, fröhliches Babygequietsche Kiri in ihrer Bewusstlosigkeit erreichen.

Die alte Orla seufzte nur ab und an geräuschvoll und benetzte Kiris Lippen mit etwas Wasser.

Vier Tage nach Karls Beerdigung betrat Aiku die Hütte. Julie sah ihn verwundert an, als er ihr ein kleines Bündel reichte und sofort wieder verschwand. Sie schlug das Tuch auseinander. Darin lag Karls Ring. Julie mochte ihn nicht anfassen, er war ein seltsames Schmuckstück, das sie nie verstanden hatte. Kurz kam ihr das Hotel in Amsterdam in den Sinn, als sie den Ring das erste Mal an Karls Hand bemerkt hatte. Das schien eine Ewigkeit her zu sein.

Orla starrte mit ihren trüben Augen ebenfalls auf den Ring. Dann murmelte sie etwas Unverständliches. Julie entging nicht, dass sich im Gesicht der Alten Angst, Wut und Hass widerspiegelten. »Orla, was hat es mit diesem Ring auf sich?«, fragte sie behutsam.

Orla senkte den Blick. Julie rechnete nicht damit, eine Antwort zu bekommen, doch dann fing die alte Sklavin leise an zu sprechen: »Misi ... Mein Sohn hat nie etwas Unrechtes getan. Was die Götter zusammenführen, sollte der Mensch nicht missbilligen. Aber die Weißen sehen das anders. Eine weiße Frau und ein schwarzer Mann ... Wenn ein Mensch etwas nicht erzählen soll, dann nimmt man ihm die Zunge. Wenn man sich einen Menschen auf ewig zum Diener machen möchte, muss man ihm ebenfalls einen Körperteil nehmen, verbrennen und bei sich tragen. So war das vor Generationen, als unsere Ahnen noch im alten Land waren. Eine schlimme Strafe, die schlimmste überhaupt.«

Fast hätte Julie den Ring fallen lassen. »O Gott! Du willst doch nicht sagen, dass in diesem Ring …?«

Orla zuckte nur mit den Achseln.

»Pass auf Henry auf, ich bin gleich wieder da«, sagte Julie und stürmte aus der Hütte. Es fiel ihr wie Schuppen von den Augen, was hier vor Jahren passiert war. Aiku … Felice … das Kind!

Sie rannte zwischen den Hütten hindurch, ohne Aiku zu finden. Als sie zum Plantagenhaus herüberlief, sah sie ihn am Fluss. Atemlos kam sie neben ihm zum Stehen.

»Aiku …« Er senkte den Blick. »… ich hatte keine Ahnung.«

Sie nahm die Hand des Sklaven und legte den Ring hinein. Tränen rannen über sein Gesicht, als er ihr einen dankbaren Blick zuwarf. Am nächsten Morgen war er verschwunden, und wenige Tage später verschwand auch die alte Orla von Kiris Krankenlager.

Kapitel 13

Kiri wurde von wirren Träumen heimgesucht. Das Fieber quälte ihren Körper und ließ ihren Geist nur selten klar werden.

Sie hatte keine Ahnung, wie lange sie hier schon lag, sie wusste auch nicht mehr genau, was passiert war. Nur ganz langsam kehrten ihre Sinne zurück, konnte sie die Augen öffnen und erkennen, was um sie herum geschah.

Ihre Sicht war verschwommen, und es dauerte eine ganze Weile, bis sie gewahr wurde, dass irgendetwas mit ihren Augen nicht stimmte. Vorsichtig begann sie, ihr Gesicht mit der rechten Hand zu ertasten, bis eine fremde Hand ihr diese sanft fortzog.

»Nicht, Kiri.«

Kiri wusste, dass sie diese Stimme schon einmal gehört hatte, aber es dauerte eine Weile, bis sie sich erinnerte, wem sie gehörte. »Dany?«, fragte sie voller Freude.

»Ja.« Er nahm ihre linke Hand und drückte sie.

»Was ist passiert?«

»Du hattest einen …«

»… Unfall«, fügte eine weitere Stimme hinzu.

»Amru?«

Wieder versuchte Kiri, sich an das Gesicht zu fassen. Dieses Mal ließ man sie gewähren. Vorsichtig ertastete sie mit den Fingern den Bereich um ihr linkes Auge. Die Haut war schmerzhaft geschwollen, und Kiri spürte eine große Narbe, die sich quer über das Auge zog. Sie erschrak und versuchte mit aller Kraft, es zu öffnen, aber nichts passierte.

»Mein Auge? Was ist mit meinem Auge?«

Sie wollte sich aufsetzen.

»Bleib liegen, Kiri«, herrschte Amru sie an.

Kiri versuchte, mit dem rechten Auge klar zu sehen, dazu musste sie sich sehr anstrengen.

»Kiri, bitte.« Das war wieder Danys Stimme, er saß wohl links von ihrem Lager. Sie konnte ihn erst sehen, als sie den Kopf ganz weit drehte.

»O nein! Ich bin blind ... bin ich blind?«

Dany drückte nur ihre linke Hand, die er die ganze Zeit in der seinen hielt.

Sie wollte sich noch einmal mit der freien Hand ins Gesicht fassen. Dany nahm aber nun auch diese und hielt sie fest. »Kiri, alles wird gut, wichtig ist, dass du wieder ganz gesund wirst. Das Fieber war so hoch ... Wir dachten schon ...«

Dann sprangen plötzlich Bilder durch Kiris Kopf, der Abend am Fluss, die Misi ...

»Die Misi ...?«

»Der Misi geht es gut, sie war sehr besorgt um dich«, sagte Amru sanft.

»Und der Masra?«

Amru schüttelte nur den Kopf.

Einige Stunden später besuchte Julie Kiri. Sie freute sich sichtlich, dass Kiri wieder bei Sinnen war, aber Kiri spürte deutlich, dass hinter der freundlichen Miene ein großer Schatten lag. Sie fragte sich, was wohl passiert war, während sie im Fieber gelegen hatte, wagte aber nicht, den Gedanken laut auszusprechen.

Julie hob den kleinen Henry aus seinem Körbchen und legte ihn an Kiris Seite.

»Er hat dich vermisst, Kiri«, sagte sie zärtlich.

Kiri hielt dem kleinen Masra ihre Finger hin, seine Fingerchen umfassten diese, und er gab ein zufriedenes Gurren von sich.

Julie wählte ihre Worte mit Bedacht. »Kiri, warum hast du denn nichts gesagt, wegen ... ich meine ...«

Kiri wusste zunächst nicht, wovon Julie sprach, drehte dann aber den Kopf zur Seite. Die Misi sollte nicht sehen, wie sehr sie das Thema quälte.

»Misi, ich dachte ... ich wollte nicht ...«

»Aber Kiri, das ist doch schön! Schau, Henry ist auch noch nicht so alt, und dein Baby ... es wird ihm ein Freund werden, ganz bestimmt.«

Kiri versuchte zu lächeln. »Ja, Misi, bestimmt!«

»Wer ist denn der Vater? Hast du einen Freund?«

Kiri nickte. Sie hatte der Misi nie von Dany erzählt. Es war schon gefährlich genug, dass er sich anmaßte, sich recht frei im Sklavendorf zu bewegen. Als Buschneger hatte er dazu eigentlich kein Recht, und es bestand immer die Gefahr, dass die Basyas ihn erwischten oder gar der Masra etwas mitbekam. Aber der Masra war jetzt ja nicht mehr da, auch das hatte sie mittlerweile verstanden. Auch er hatte einen Unfall gehabt.

Ohne es zu wissen, hatte Julie in Kiris dunkelstes Geheimnis gestochen. Die Frage der Vaterschaft lastete schwer auf Kiris Seele. Sie wusste nicht, ob Dany wirklich der Vater des Kindes war oder ...

Masra Pieter hatte sie oft zu sich gerufen. Kiri hatte versucht, die Demütigung und die Schmerzen, die er ihr zufügte, aus ihrem Kopf zu verbannen. Mehr als einmal war sie nahe daran gewesen, sich ihm zu widersetzen, aber der Gedanke an die Konsequenzen hatte sie dann doch schweigen lassen. Sie hatte sich nichts anmerken lassen, selbst die Misi hatte nichts gemerkt.

Jetzt war Masra Karl tot. Masra Pieter konnte ihm das Geheimnis also nicht mehr verraten, dass Henry nicht sein Sohn war. Vielleicht würde er jetzt aufhören, sie zu quälen? Jetzt war sicherlich die Misi Herrin über Rozenburg, jetzt würde alles gut werden. Und vielleicht war es ja doch Danys Kind, welches sie unter ihrem Herzen trug. Nichts wünschte sie sich sehnlicher.

Kapitel 14

Julie wusste nicht, wie es nach Karls Tod mit der Plantage weitergehen würde. Die Zeit aber drängte, allmählich musste eine Entscheidung getroffen werden. Pieter hatte natürlich sofort die Leitung übernommen, aber Julie hatte keine Ahnung, wie die Geschäfte liefen. Martina trauerte noch um ihren Vater.

Julie verbrachte die ersten Wochen nach Karls Tod wie in einem schlechten Traum. Ständig stand sie in der Angst, dass herauskommen würde, was passiert war. Doch Jenk und Kiri schwiegen beharrlich, Julie war sich immer noch nicht sicher, ob sie wussten, was wirklich geschehen war.

Jenk erklärte Kiris Verletzung im Allgemeinen mit einem Unfall am Brunnen. Eine der Ketten habe sich gelöst, sei hochgeschnellt und ihr ins Gesicht geschlagen.

Seine eigenen Striemen kümmerten niemanden, fast jeder Sklave trug Striemen auf dem Rücken.

Pieter interessierte sich nicht dafür, was mit Julies Leibsklavin passiert war. Nur Martina fragte Julie einmal danach. Nachdem sie sich von ihrem ersten Schrecken erholt hatte, erzählte sie die Geschichte mit dem Brunnen.

»Wie schrecklich! Wird sie wieder gesund? Ach, was für eine schlimme Zeit!« Martina schien keinen Verdacht zu schöpfen, dass es einen Zusammenhang zum Tode ihres Vaters geben könnte.

Julie kam gerade von einem Besuch bei Kiri aus dem Sklavendorf. Es war ein verhältnismäßig kühler Tag Anfang Mai. Nichts deutete darauf hin, welch Unbill dieser Tag noch bringen sollte.

Auf der Veranda traf sie auf Pieter, der, lässig die Füße auf einen Stuhl gelegt, dasaß und sie mit einem abfälligen Lächeln empfing.

»Na, warst du wieder bei deinen Negerfreunden? Wie du vermutlich gesehen hast, sind die Männer alle wohlauf. Somit war der Versuch erfolgreich.«

Die entlaufenen Sklaven waren allesamt wieder zurückgekehrt. Im Durcheinander nach Karls »Unfall« war ihre Abwesenheit niemandem aufgefallen. Die Männer waren tatsächlich alle wieder genesen, nur ein weiterer Sklave war nach Pieters Behandlung gestorben.

»Erfolgreich?« Julie ballte zornig die Fäuste. »Zwei Männer sind tot!«

»Zwei von sechzehn«, verbesserte Pieter sie. Julie hatte keine Lust, mit Pieter über Sinn und Unsinn seiner Versuche zu diskutieren. Als sie an ihm vorbei ins Haus gehen wollte, stoppte er sie mit einer Handbewegung. »Wir sollten uns unterhalten.«

Julie schwante nichts Gutes, sie blieb auf der Verandatreppe stehen.

»Was willst du?«, fragte sie kalt.

»Ich werde die Leitung der Plantage nun offiziell übernehmen.«

Julie hatte damit gerechnet, dieses Gespräch mit Pieter führen zu müssen, sie hatte ihre Argumente gut durchdacht. Nun versuchte sie, ruhig und besonnen zu bleiben, obwohl sie innerlich sofort aufgewühlt war.

»Ich glaube, darüber hast nicht du zu entscheiden, Pieter.

Als männlicher Nachkomme steht Henry die Plantage zu, und ich als seine Mutter …«

Pieter lachte leise und schrill auf, dann erhob er sich von seinem Stuhl und trat nahe an Julie heran. Seine Augen fixierten sie drohend.

»Du und dein Bastardkind, ihr habt hier gar nichts zu wollen!«

»Henry …«

»Ach, hör doch auf! Dass Karl so dumm war und sich dieses Kuckuckskind hat unterschieben lassen, das begreife ich bis heute nicht. Juliette, ich bin Arzt. Karl konnte schon lange keine Kinder mehr zeugen … sonst hätte seine schwarze Hure in der Stadt wohl noch mehr Bälger in die Welt gesetzt. Und du ja vielleicht auch eher … Nein! Das Balg ist sicher nicht von Karl.«

Julie wurden die Knie weich. Schwankend musste sie sich am Geländer der Veranda festhalten.

»Karl hat Henry aber als seinen Sohn anerkannt, in den Papieren steht …«

Pieter winkte ab.

»Und? Was willst du schon machen? Die Plantage führen, bis das Balg groß genug ist dafür? Nein, ich werde dafür sorgen, dass mir die Leitung der Plantage übertragen wird.«

»Damit kommst du nicht durch, Pieter!« Julie funkelte ihn wütend an.

»O doch, das werde ich, liebe Schwiegermutter, und du wirst nichts dagegen unternehmen. Wäre doch schade, wenn dein Kind seine Mutter hinter Gittern aufwachsen sehen müsste. Karls ›Unfall‹ … du verstehst?«

Julie merkte, wie ihr das Blut aus dem Gesicht wich. Er wusste alles! Er hatte sie in der Hand. Sie schob sich an ihm vorbei und stürzte ins Haus.

Weniger als einmal eine Woche später saßen Julie, Martina und Pieter vor dem breiten Holzschreibtisch des Richters. Julie war so aufgeregt, dass sie sich nicht einmal den Namen des Mannes gemerkt hatte.

Fieberhaft überlegte sie bis zur letzten Minute, wie sie das, was jetzt passieren würde, noch abwenden konnte. Ihr fiel aber nichts ein. Wenn Pieter redete ...

Der Richter schaute über den Rand seiner Brille, die auf der Spitze seiner Adlernase saß, in die Papiere, blätterte ein paar Seiten durch und wandte sich dann gleich mit zufriedenem Gesicht an Pieter. »So weit wäre alles geregelt.«

Der Richter warf Julie einen verständnisvollen Blick zu, wobei er die Hände wie zum Gebet faltete und die Ellenbogen auf dem Tisch abstützte. »Mevrouw Leevken, ich möchte Ihnen noch einmal mein herzlichstes Beileid aussprechen. Sie haben sicherlich viele Fragen. Ich freue mich, dass Ihr Schwiegersohn sich bereit erklärt hat, sich um alle Belange der Familie zu kümmern. Natürlich steht Ihnen eine Witwenrente zu. Und Ihr Schwiegersohn«, er deutete mit einem gefälligen Kopfnicken zu Pieter, »wird Sie ja weiterhin auf Ihrer Plantage versorgen. Ich weiß, wie schwer es für Sie als Frau ist ... und dazu noch in so jungen Jahren, den Mann verloren zu haben. Aber machen Sie sich keine Sorgen.«

»Juliette, Pieter macht das schon.« Martina tupfte sich zum wiederholten Male mit einem Taschentuch die Tränen von der Wange und tätschelte Julies Arm.

Der Richter fuhr fort: »Um über die Konten verfügen zu können, bedarf es dann noch der Anerkennung Ihrer Vormundschaft für Henry Leevken.« Er schob Pieter ein weiteres Papier zu und reichte ihm einen Stift. »Alles Weitere müssen Sie dann allerdings mit der Bank besprechen.«

Julie schrak hoch. »Vormundschaft?«

Der Richter blickte sie milde an. »Mevrouw Leevken, um das Erbe Ihres Sohnes vollständig zu verwalten, muss Ihr Schwiegersohn die Vormundschaft bekommen. Nur so kann er die Plantage und die Geschäfte im Sinne Ihres Sohnes fortführen. Er hatte das doch mit Ihnen besprochen.«

Pieter streifte Julie mit einem harten Blick.

»Natürlich, ja …« Julie senkte den Kopf.

Sie hatte keine Chance. Hilflos sah sie zu, wie Pieter seine Unterschrift auf das Papier setzte.

In den folgenden Tagen bewahrheiteten sich Julies schlimmste Befürchtungen. Seit Pieter die Leitung der Plantage übernommen hatte, fühlte sie sich endgültig entmündigt. Karl hatte ihr wenigstens einen gewissen Freiraum gelassen, Pieter aber untersagte ihr jegliche Einmischung, was die Plantage oder die Sklaven betraf. Julie musste hilflos mit ansehen, wie er sofort die Rationen auf ein Minimum kürzte und auch die restliche Unterstützung, die den Sklaven eigentlich zustand, strich.

»Die besorgen sich doch eh alles von den Buschnegern. Was soll ich da noch in Stoff, Kleidung oder Hängematten investieren?«, argumentierte er.

Nur was Kiri anbelangte, ließ er Julie gewähren, Kiri war schließlich ihre Leibsklavin. So konnte Julie wenigstens dafür sorgen, dass Kiri umfangreichere Rationen bekam als die Arbeitssklaven. Gerade jetzt, da Kiri schwanger war.

Auch Amru war unzufrieden. Pieter hatte angewiesen, die Mahlzeiten im Plantagenhaus nicht mehr so opulent zu gestalten. Er überprüfte akribisch die Vorratsräume, wie er eigentlich alles und jeden auf der Plantage kontrollierte.

Julie hätte dies nie zugelassen, aber ihr waren die Hände gebunden. Pieter hatte ihr unmissverständlich klargemacht, dass er nicht zögern würde, sie an den Pranger zu stellen, wenn sie es wagte, ihm in die Quere zu kommen.

Schon nach drei Wochen hatte Julie das Gefühl, Pieter nehme ihr den letzten Rest Luft zum Atmen.

Martina war ihr auch keine große Hilfe. Sie vergötterte Pieter nach wie vor und zeigte nur Unverständnis darüber, dass Julie Pieter anscheinend nicht ausstehen konnte.

»Er versucht doch nur, die Plantage zu erhalten, Juliette.«

»Und wie? Indem er die Sklaven hungern lässt, Martina? Das bringt doch auch nichts.«

»Ach, Juliette, kannst du ihm nicht einfach mal vertrauen?«

Am liebsten hätte Julie Martina ein paar Takte zum Thema Vertrauen in ihren Mann erzählt. Aber sie sagte nichts. Sie musste auch an Henry denken.

Julie konnte dieses Dasein nicht ertragen, sie musste hier raus. Wenn sie in die Stadt reiste, könnte sie vielleicht etwas über Jeans Verbleib herausfinden. Sie hatte sich das Hirn zermartert, aber keinen Ansatzpunkt für seinen Verbleib gefunden. Vielleicht wusste Valerie Fiamond etwas. Sie lebte schließlich in der Stadt und kannte viel mehr Leute als Julie, vielleicht würde Julie mit ihrer Hilfe etwas über Jean herausfinden. Sie musste wissen, wo er war. Jetzt, wo Karl nicht mehr war … vielleicht könnten sie … Jean wüsste bestimmt auch für das Problem mit Pieter eine Lösung, vielleicht würde sie es mit seiner Hilfe ja sogar schaffen, Pieter von der Plantage zu verdrängen. Auch wenn das beinhaltete, dass sie ihm erzählte, womit Pieter sie in der Hand hatte. Alles war besser als dies hier. Im Moment war es jedenfalls nur eine Frage der Zeit, bis Rozenburg in den Ruin steuerte. Da war sich Julie sicher.

Wenige Tage später beim Mittagessen fasste Julie all ihren Mut zusammen. »Pieter? Wie wäre es, wenn ich in das Stadthaus zöge? Ich meine … wenn ihr in der Stadt seid, wohnt ihr ja meistens bei den Fiamonds. Das Stadthaus steht ungenutzt da, ich könnte also …«

»Du willst fort?« Martina sah sie verblüfft an.

»Ich würde gerne einige Zeit in die Stadt ziehen. Ja.«

Pieter legte die Stirn in Falten und warf ihr einen argwöhnischen Blick zu. Dann zuckte er mit den Achseln. »Wenn du meinst.«

Julie wunderte sich über das schnelle Einlenken, war aber erleichtert. »Gut, dann werden wir in einigen Tagen abreisen.«

»Wir?«, jetzt lachte er höhnisch auf.

»Henry, Kiri und ich …«

»Juliette, hast du vergessen, dass ich die Vormundschaft für dein Kind habe?«

»Nein. Aber …«

»Nichts da, Henry bleibt auf Rozenburg.«

»Du willst mir doch jetzt nicht mein Kind wegnehmen?«

»Du kannst auch gern hierbleiben, wenn dir das nicht passt.«

Da war er wieder – dieser Blick.

Julie zuckte zusammen.

In den folgenden Stunden überlegte sie fieberhaft, was sie tun sollte. Hier auf der Plantage würde sich nichts ändern, sie musste Jean finden. Und von der Plantage aus würde sie nie erfahren, wo er sich aufhielt. Aber konnte sie Henry allein lassen? Der Kleine war erst fünf Monate alt.

Pieter würde dem Kind nichts tun, Henry war der rechtmäßige Erbe auf Rozenburg. Und Martina war ja auch noch da. Auch wenn ihr Verhältnis angespannt war, um Henry sorgte sich Martina, nach ihrem anfänglichen Zögern, inzwischen wie um ihr eigenes Kind. Amru konnte sich auch kümmern. Sie würde ja nicht lange fort sein, vielleicht einige Wochen. Und sie konnte jederzeit zurück auf die Plantage kommen. Die Sehnsucht nach Jean überwog. Er würde wissen, was zu tun war, und er würde ihr helfen, die Plantage vor Pieter zu retten.

Julie rief nach Kiri. »Kiri, ich werde einige Zeit in der Stadt verbringen.«

»Soll ich packen, Misi?«

»Ja, bitte.«

»Wann fahren wir?«

Julie trat auf ihre Leibsklavin zu und fasste sie mit den Händen an den Oberarmen. »Kiri, hör zu, das ist jetzt nicht so einfach für mich, aber …« Sie ließ Kiri los und wandte sich ab. »Ich fahre allein. Du wirst mit Henry hierbleiben.«

»Aber«, stammelte Kiri. Die Enttäuschung war ihrer Stimme anzuhören.

»Kein Aber, Kiri, das ist schon schwer genug für mich. Ich darf Henry nicht mitnehmen, und du bist mit ihm vertraut wie kein anderer. Du musst auf ihn aufpassen!«

»Misi, natürlich.« Kiri senkte den Blick, und Julie bemerkte, dass ihre Sklavin weinte.

»Kiri, ich werde nicht lange fort sein, das verspreche ich.«

»Ja, Misi.«

Noch ahnte sie nicht, dass sie dieses Versprechen nicht halten würde.

Het is niet alles goud, wat er blinkt

Es ist nicht alles Gold, was glänzt

Surinam 1862
Paramaribo, Batavia, Plantage Rozenburg, Goldsucherlager

Kapitel 1

Julie stand schwitzend in der Mittagssonne. Am Vormittag hatte es noch unwetterartige Regenfälle gegeben, dann riss der Himmel auf, und die Sonne brachte die Straßen zum Dampfen. Julie wartete wieder einmal auf die Ankunft des Kapitäns eines der großen Frachtschiffe, die regelmäßig zwischen Surinam und Nordamerika oder Europa pendelten.

Nachdem sie in der Stadt in den vergangenen zwei Wochen alle Möglichkeiten ausgeschöpft hatte, herauszufinden, wo Jean geblieben war, aber keine einzige hilfreiche Antwort erhalten hatte, versuchte sie es seit einiger Zeit am Hafen. Auch Valerie, die Julie bei der Suche nach Jean unterstützte, wusste keinen Rat. Jean schien wie vom Erdboden verschluckt.

Wenn er das Land verlassen hatte, erinnerte sich vielleicht einer der Kapitäne an den Passagier. Leider hatte sie auch damit bisher wenig Erfolg gehabt. Dies ließ sie andererseits hoffen, dass Jean noch im Land war. Wenn er allerdings das Land über die grüne Grenze verlassen hatte, dann wusste wohl nur der Himmel, wo er jetzt steckte.

Die kleinen Beiboote der *Justine* dümpelten langsam auf den Anleger zu. Julie versuchte, aus der Entfernung zu erkennen, wo sich der Kapitän befand. Die Seemänner hatten oft nichts Eiligeres im Sinn, als in einer der Hafenkneipen zu verschwinden oder die Damen in einem der Häuser zu besuchen, über die man öffentlich lieber nicht sprach. Da galt es, den Kapitän schnell zu erwischen.

»Juliette?« Julie zuckte erschrocken zusammen, als eine Frauenstimme hinter ihr ihren Namen aussprach. Verwundert drehte sie sich um – und blickte direkt in ein paar sanfte braune Rehaugen. »Erika!«

Die beiden Frauen fielen sich sofort in die Arme und drückten sich freundschaftlich. Auch wenn sie damals während der Überfahrt nicht besonders viel Zeit miteinander verbracht hatten, hatten die Geschehnisse sie doch zusammengeschweißt. Julie freute sich in diesem Moment riesig über das Wiedersehen.

»Erika, wie geht es Ihnen?«, rief sie aufgeregt und schob die Frau eine Armlänge von sich. Julie bemerkte, dass trotz der Wiedersehensfreude auf Erikas Gesicht ein dunkler Schatten lag. »Ist alles in Ordnung? Wie geht es Ihrem Mann?«

Erika senkte betrübt den Blick. »Oh! Entschuldigen Sie, wenn ich ... Aber ich freue mich sehr, Sie zu sehen.«

Jetzt lächelte Erika zaghaft. »Juliette! Was machen Sie hier am Hafen? Erwarten Sie jemanden?«

Nun war es Julie, deren Blick sich kurz umflorte. »Nein, nicht direkt«, wich sie aus. In diesem Moment kamen die Boote mit der Schiffsbesatzung an. »Laufen Sie nicht weg, Erika, ich bin gleich wieder da!«

Julie ging schnell hinüber zu den Männern. Der Kapitän der *Justine* war ein kleiner, vollbärtiger Mann in einer zerschlissenen Uniform. Er antwortete mit einem knappen »Nein« auf Julies Frage, ob er sich an einen bestimmten Passagier erinnern könne, dessen Aussehen sie ihm kurz schilderte. Julie hatte es eigentlich nicht anders erwartet, trotzdem war sie zutiefst enttäuscht. Niedergeschlagen ging sie zu Erika zurück, die im Schatten unter einem Baum wartete.

»Sie sehen aus, als hätten Sie gerade keine gute Nachricht bekommen …«

Julies Herz erwärmte sich an Erikas mitfühlendem Blick. So lange hatten sie sich nicht gesehen, und trotzdem war eine Nähe zwischen ihnen spürbar.

»Erika, hätten Sie Lust … Ich meine, ich weiß ja nicht, ob Sie Zeit hätten, aber … Wir könnten auf einen Kaffee zu mir gehen.«

Erika schien kurz zu überlegen, bevor sie zustimmte. Julie freute sich. Schnell winkte sie eine Mietdroschke heran, und kurz darauf servierte Foni den beiden Frauen im Stadthaus der Plantage Rozenburg bereits dampfenden Kaffee und süßes Gebäck.

»Ich bin erst seit kurzem wieder in der Stadt. Mein Mann Karl … es gab einen Unfall.« Es war, als breche ein Damm. Julie konnte nicht anders. Sie redete sich die ganze Last der letzten Jahre von der Seele. Angefangen bei der unglückseligen Hochzeit über Karls Unfall bis hin zur aktuellen Situation, in der Pieter sich die Plantage angeeignet hatte und ihr sogar den Sohn entzog.

Erika hörte Julie schweigend zu und nickte ab und an mitfühlend. Dann berichtete sie ebenfalls, wie es ihr in diesem Land ergangen war. An ihrem Gesichtsausdruck konnte Julie ablesen, dass es wohl viele Ereignisse gab, die weit über das hinausgingen, was Erika in Worte fasste. Julie wusste nur zu gut, wie es war, einen Sack unliebsamer Erinnerungen mit sich herumzuschleppen.

Wenige Tage später lud Erika Julie zu sich in die Missionsstation ein. Es versetzte Julie einen schmerzhaften Stich, den kleinen Reiner so sorglos mit den anderen Kindern spielen zu sehen. Sie vermisste Henry sehr und hatte ein schlechtes Gewissen, ihn auf der Plantage zurückgelassen zu haben. Schnell verscheuchte sie die dunklen Gedanken. Sie musste hier sein, gerade seinetwillen. Sie konnte Pieter die Plantage nicht kampflos überlassen, sie musste etwas unternehmen – und dazu musste sie Jean finden. Wäre sie in dieser Stadt doch nur nicht so zur Untätigkeit verdammt! Sie hatte keine Ahnung, wo sie noch suchen sollte – nichts, aber auch gar nichts ließ darauf schließen, wohin Jean gegangen war.

Erika schienen ähnliche Gedanken umherzutreiben. Julie spürte, wie sehr Erika die Unwissenheit über den Verbleib ihres Mannes belastete.

»Und wenn du versuchst, so dorthin zu kommen … ich meine … ohne Passierschein?« Die intensiven Gespräche hatten das zarte Freundschaftsband zwischen ihnen verstärkt, mittlerweile hatte Julie ihrer Freundin das Du angeboten. Nun saßen sie auf einer Bank im Hof der Missionsstation und beobachteten die Kinder. Reiner tollte mit zwei schwarzen Jungen um einen Baum herum. Hanni saß auf Erikas Schoß und war eingeschlafen. Julie war aufgefallen, wie distanziert Erika sich dem Kind gegenüber verhielt. Und natürlich war ihr noch etwas aufgefallen – wenn Erikas Mann bereits so lange verschollen war, konnte Hanni nicht von ihm sein. Sie hütete sich aber zu fragen. Entweder würde Erika ihr irgendwann vertrauen und darüber sprechen oder eben nicht. Julie wollte ihre junge Freundschaft nicht mit neugierigen Fragen belasten. »Das Schlimmste was passieren könnte wäre doch, dass sie dich unverrichteter Dinge wieder zurückschicken.«

»Aber wenn ich nach … du weißt schon komme«, Erika flüsterte. Sie vermied es, in der Station von Batavia zu sprechen, denn wenn Klara davon Wind bekam, dass sie immer noch mit dem Gedanken spielte ... »vielleicht käme ich dort nicht mehr weg. Ich weiß nicht, wie das da gehandhabt wird.«

»Ach, die können dich da ja nicht gefangen halten.« Julie wusste zwar nicht viel über Batavia, aber so weit würde man doch wohl nicht gehen. »Erika, es ist eine Krankenstation und kein Gefängnislager.«

»Eben drum. Selbst wenn ich wieder zurück in die Stadt käme, wenn das jemand herausfindet, sperren die mich womöglich ein, aus Angst, ich könnte die Krankheit übertragen!«

Das Argument konnte auch Julie nicht von der Hand weisen. Die Bewohner von Paramaribo waren gebrannte Kinder. In den letzten Jahren hatte so mache Epidemie in der Stadt gewütet und insbesondere die weiße Bevölkerung befallen. Die Angst vor neuen Ausbrüchen war allgegenwärtig. Wer sich freiwillig in eine Lepra-Station begab, war ein potenzieller Gefahrenherd, obwohl niemand genau wusste, wie diese Krankheit übertragen wurde.

Julie kam eine Idee. »Vielleicht kann ich dir helfen.«

Erika blickte Julie überrascht an. »Du?«

Julie zuckte die Achseln. »Ich habe in den letzten Wochen so ziemlich jeden Kapitän im Hafen kennengelernt. Irgendwo wird sich sicherlich auch der finden, der das Versorgungsschiff nach Batavia führt.«

In Erikas Augen glomm Hoffnung auf. »Und du meinst, ich könnte vielleicht an Bord gehen?«

»Na ja, bestimmt nicht offiziell, aber für Geld machen diese Seeleute so einiges.«

Der Hoffnungsschimmer erlosch sofort. »Geld? Ich habe kein Geld.«

Julie legte Erika die Hand auf den Arm. »Erika, lass uns erst mal sehen, ob wir diesen Kapitän ausfindig machen, dann sehen wir weiter. Und mach dir wegen des Geldes keine Sorgen, das schaffen wir schon.«

»Aber ich kann doch von dir kein Geld annehmen!«

Julie winkte ab. »Da mach dir mal keine Gedanken. Pieter versorgt mich ganz gut, und mir ist es nur recht, wenn seine Zahlungen einem guten Zweck zukommen.« Dass Julie dafür an ihr Erspartes ging, musste Erika ja nicht wissen.

»Aber was ist mit Klara? Wenn die erfährt, dass ich ...«

Julie unterbrach Erikas Gedanken. »Klara muss du ja nichts erzählen. Du kannst ihr sagen, du stattest der Plantage, auf der du gearbeitet hast, einen Besuch ab.«

Erikas Gesicht versteinerte sich. »Nein!«, rief sie laut. Ihrer Stimme war die Panik deutlich anzuhören.

»Erika, beruhige dich! Du fährst da doch nicht wirklich hin! Du sollst es doch nur behaupten.«

Erika atmete tief ein und aus und nickte schließlich. »Aber was ist mit den Kindern?«

»Ich bin doch auch noch da, und so vernarrt wie Klara in die Kinder ist, ist das sicher kein Problem.«

Erika aber war immer noch nicht überzeugt. »Und die Krankenstation? Klara wird böse sein, wenn ich jetzt gehe.«

»Ach, die hat sie vorher doch auch allein geführt. So lange wirst du ja hoffentlich nicht fort sein, und ich denke, ich bin sowieso noch einige Wochen in der Stadt, bis ich ... ich könnte hier etwas mithelfen.« Julie hatte in Wirklichkeit kaum noch Hoffnung, dass sie Jean ausfindig machen würde. Vielleicht hatte wenigstens Erika nun Erfolg bei der Suche nach ihrem Mann. Und sosehr sich Julie auch nach ihrem Kind sehnte, sie konnte sich noch nicht durchringen, die Rückreise nach Rozenburg anzutreten. Dieser Schritt hätte dann etwas Endgültiges, befand sie, den wollte sie noch nicht gehen.

»Das Boot hat ja nicht mal einen Namen!«, flüsterte Erika, als sie sich zusammen mit Julie im Hafen der kleinen Dschunke näherte, die laut Julies Informationen als Versorgungsboot nach Batavia eingesetzt wurde. Das Boot hatte in der hintersten Ecke des Hafens festgemacht.

Julie konnte das Erstaunen ihrer Freundin verstehen. Liebevoll gepflegt wie manch anderes Schiff sah dieser Segler nicht aus. Die Farbe platzte in großen Placken von den Holzwänden, und die bunten Segel ließen auf viele Reparaturen schließen.

»Ich weiß nicht …« Erika zögerte.

»Nun komm, noch liegt es auf dem Wasser.« Julie ging weiter auf das Boot zu. An Deck werkelte ein Mulatte mit einem Hammer an dem wackeligen Deckaufbau herum. Julie blieb auf dem Kai stehen und räusperte sich laut. Das allgegenwärtige Geschrei der Seevögel im Hafen ließ das Geräusch aber ungehört verschallen. Sie sah Erika an und zuckte mit den Achseln, dann rief sie laut: »Hören Sie?«

Jetzt regierte der dunkelhäutige Mann und drehte sich verwundert um.

»Wir suchen den Kapitän von diesem Schiff.«

Der Mann ließ den Hammer sinken und trat an die Reling. »Das bin ich. Wie kann ich den Damen helfen?«

Erika sah aus, als wollte sie fortlaufen. Julie packte sie am Ärmel und schob sie dichter an die Bordwand des Schiffes, auch um nicht so laut reden zu müssen. Es musste ja nicht gleich jeder im Hafen ihr Anliegen mitbekommen.

»Ähm … ist das das Schiff, das nach Batavia fährt?«

Der Mulatte grinste breit. »Ja. Haben Sie jemanden, der … den ich da hinbringen soll?«

»Nein … doch … wir …«

Ließen die Stadtbewohner dort etwa ihre Kranken abliefern?

Jetzt ging der Mann ein Stück an der Reling entlang, öffnete eine Klappe an der Bordwand und schob einen Steg zum Anleger hinüber. »Vielleicht wollen die Damen das lieber auf dem Schiff besprechen?«

Julie schob Erika vor sich her und flüsterte: »Nun geh schon!«

Erika straffte sich und ging vor Julie über den wackeligen Brettersteg. An Deck blickte der Kapitän die beiden erwartungsvoll an.

»Also, wissen Sie …«, versuchte Julie sich zu erklären, »es geht darum, dass jemand gern dahin möchte, aber nicht genau … na ja, diese Passierscheine sind nicht leicht zu bekommen.«

Der Mann machte nun ein ernstes Gesicht. »Ich verstehe. Die Damen wissen aber schon, dass es in Ba… da nicht so … na ja, ich meine, das ist kein Erholungsheim, Sie verstehen.«

Jetzt fand Erika endlich ihre Sprache wieder. »Ja, das wissen wir. Ich … mein Mann … wir vermuten, dass er dort ist.«

»Sie wollen also nach … hat Ihr Mann denn … ich meine, ist er Patient dort?«

»Nein. Ich glaube … ich weiß es nicht, eigentlich arbeitet er als Missionar.«

»Hm, ja, zwei weiße Missionare gibt es dort. Aber ich betrete die Station nicht. Den einen sehe ich immer nur aus der Ferne, den anderen gar nicht.«

Jetzt meldete sich Julie wieder zu Wort. »Wären Sie denn

bereit, gegen eine gewisse Aufwandsgebühr versteht sich, jemanden dorthin zu bringen?«

Der Mann schien zu überlegen.

»Bitte!« Erika sah ihn mit ihren unschuldigen Rehaugen unverwandt an.

Er runzelte die Stirn. »Na ja, es wird nicht gerade billig, für mich entsteht ein gewisses Risiko, Sie verstehen? Und es müssen bestimmte Regeln eingehalten werden. Auf dem Boot … und vor allem vor Ort.«

Julies Gesicht hellte sich auf. »Das ist kein Problem!«, sagte sie und stieß Erika auffordernd an. »Wann würden Sie denn fahren?«

»Ich lege in drei Tagen ab, in aller Frühe. Und es wäre gut, wenn Sie«, er warf Erika einen nachdrücklichen Blick zu, »wenn Sie das Schiff bereits im Dunkeln besteigen würden. Alles Weitere regeln wir dann.«

Klara schaute zwar misstrauisch, als Erika ihr mit leicht zitternder Stimme verkündete, sie müsse für einige Tage auf die Plantage reisen, auf der sie früher einmal gearbeitet habe, sagte aber nichts weiter als: »Natürlich passe ich auf die Kinder auf.«

Reiner war quengelig, es passte ihm ganz und gar nicht, dass seine Mutter so ganz ohne ihn ein Abenteuer antreten wollte. »Ich bin in einigen Tagen wieder da, Reiner«, versicherte Erika ihm zuversichtlich. Sie hatten es in der Tat versäumt, den Kapitän zu fragen, wie lange die Fahrt dauern würde. Länger als eine Woche wäre sie aber sicher nicht weg.

Um Klara durch einen nächtlichen Aufbruch nicht noch misstrauisch zu machen, verbrachte Erika die letzten Stunden vor ihrer Abfahrt bei Julie. An Schlaf war nicht zu denken.

Schweigend saßen sich die Frauen gegenüber. Julie dachte an Jean. Wenn ihr doch nur eine Idee käme, wie sie ihn finden könnte.

Erika seufzte leise. Julie wusste, dass Erika im Grunde große Angst hatte, ihren Mann wiederzusehen. Schließlich würde er seine Gründe haben, sich über drei Jahre lang nicht gemeldet zu haben, die Möglichkeit dazu hätte er, zumindest per Brief an die Mission, gehabt. Julie schwante nichts Gutes. Aber sie wusste auch, dass Erika endlich Gewissheit haben musste. Sie konnte nachfühlen, was in ihrer Freundin vorging.

Gegen Ende der Nacht machten sie sich auf zum Hafen. Julie hatte Hedam, den krummbeinigen alten Haussklaven, angewiesen, sie zu begleiten. Um diese Uhrzeit gab es keine Mietdroschken, und für zwei Frauen bei tiefster Dunkelheit durch die Straßen zu laufen, war einfach zu gefährlich. Und auch wenn Hedam nicht wirklich als Beschützer geeignet war, konnte sie sich auf seine Verschwiegenheit verlassen. Julie war zum ersten Mal richtig froh, dass Sklaven keine Fragen stellen durften. Hedam folgte den Frauen ergeben durch die dunklen Straßen bis zu einem Boot im letzten Winkel des Kais. Eine kleine Lampe baumelte an Deck und erhellte die hölzerne Stiege, die auf das Boot führte.

»Hier!« Julie drücke Erika einen kleinen Beutel mit Münzen in die Hand. »Für die Fahrt und für alles, was noch nötig sein könnte!«

Erika blickte zögerlich auf die Gabe. Julie wusste, dass es ihrer Freundin schwerfiel, das Geld anzunehmen.

»Es ist in Ordnung. Geh und finde deinen Mann!«, beschwor sie Erika und bugsierte sie über den Steg an Deck des Schiffes, bevor diese etwas erwidern konnte. Aus dem hölzernen Aufbau, der wohl als Unterkunft diente, erschien die Gestalt des Kapitäns.

»Kommen Sie hierher!« Er winkte Erika zu sich und nickte Julie kurz zu. Diese eilte sich nun, vom Schiff zu kommen. Jetzt lag es einmal mehr in Gottes Hand, was Erika widerfuhr. Julie hoffte nur, dass Gott endlich eine schützende Hand auf seine treue Tochter legte. Es war offensichtlich, dass Erika ihr nur einen Bruchteil ihrer Erlebnisse in Surinam erzählt hatte. Julie ahnte, dass sie gute Gründe hatte, den Rest zu verschweigen. Nachdenklich wanderte sie durch die laue Juninacht zurück zum Stadthaus.

Kapitel 2

Kiri gab sich alle Mühe, den kleinen Henry nicht spüren zu lassen, dass seine Mutter nicht da war. Da der Junge sie aber ohne Weiteres als Ersatz akzeptierte und noch zu klein war, entsprechende Fragen zu stellen oder das Ausmaß zu begreifen, war Kiris Sorge fast unbegründet. Sie fühlte sich im Plantagenhaus sehr unwohl. Die Nähe zu Masra Pieter, so er denn da war und nicht auf den Feldern oder in seinem Labor verschwand, war ihr unangenehm. Er ließ sie zwar in Ruhe, seit ihm Misi Juliette von Kiris Schwangerschaft berichtet hatte, aber Kiri hatte trotzdem furchtbare Angst, dass er es sich doch wieder anders überlegte.

Sie schlief seit der Abreise ihrer Misi bei Henry im Kinderzimmer auf einer Matte, kümmerte sich dann am Morgen im Plantagenhaus um ihn und nahm ihn sobald es ging mit in das Sklavendorf.

Misi Martina äußerte hierzu zwar einige Male ihre Bedenken, aber Amru beschied der Misi, dass Henry bei Kiri bestens aufgehoben war. Und Masra Pieter schien sowieso nicht begeistert, wenn Kiri und Henry viel Kontakt zu Misi Martina und dem kleinen Masra Martin hatten.

Masra Pieter brauchte das Kind nur als Pfand für die Plantage. So viel hatte Kiri in den vielen Streitgesprächen, die ihre Misi vor ihrer Abreise mit dem Masra geführt hatte, mitbekommen.

Die Misi hatte sie und Henry nur ungern zurückgelassen. »Kiri, wenn ich wiederkomme, dann wird alles gut!«, hatte sie bei der Abfahrt gesagt. Kiri setzte all ihre Hoffnungen darauf, denn seit Masra Pieter die Plantage verwaltete, wurde alles nur noch schlimmer. Die Sklaven waren aufmüpfig und akzeptierten den neuen Masra nicht. Er ließ den Basyas viele Freiheiten, was die Aufseher schamlos ausnutzten, indem sie die Sklaven grober als nötig behandelten. Andererseits ließ er sich nicht in die Feldwirtschaft reinreden. Auf einer Plantage musste man trotz allem Hand in Hand arbeiten, um den Fortbestand der Pflanzung zu gewährleisten. Einige der erfahrenen Feldsklaven murrten, dass Masra Pieter die Pflanzungen völlig falsch organisierte, es würde schlechte Ernten geben. Aber kaum drangen dem Masra solche Einwände in die Ohren, wies er die Basyas an, die Sklaven besser im Zaum zu halten.

Im Sklavendorf ging zudem die Angst um, der Masra würde seine merkwürdigen Medikamentenversuche wieder aufnehmen.

Nach der ersten Woche hoffte Kiri noch täglich, die Misi würde heimkehren. Aber sie kam nicht. Kiri tröstete sich mit dem Gedanken, die Misi würde schon einen Grund haben, so lange fortzubleiben. Aber mit zunehmender Dauer ihrer Abwesenheit wurde Kiri unruhiger.

»Was ist, wenn die Misi nicht mehr wiederkommt?«, fragte sie Amru eines Tages.

»Kiri, die Misi hat ein Kind hier«, Amru tätschelte dem kleinen Henry die Wange, »sie wird schon wiederkommen, mach dir keine Sorgen.«

Aber Kiri wurde von Albträumen geplagt: Die Misi kam nicht wieder, Henry wurde von Pieter zu einem gemeinen

Menschen erzogen, Kiri selbst gebar ein weißes Kind ... An diesem Punkt schreckte Kiri jedes Mal schweißgebadet hoch. Was, wenn das Kind wirklich das Kind von Masra Pieter war? Würde er Anspruch darauf erheben? Nicht als Kind im Sinne eines weißen Kindes, nein – als zukünftige Arbeitskraft in irgendeiner Form?

Kiri hatte auch Dany nichts von Masra Pieters Übergriffen erzählt. Man würde erst bei der Geburt sehen, wer der Vater des Kindes war. Kiri fürchtete sich vor dem Moment, in dem Dany und allen anderen klar wurde, dass er nicht der Vater sein konnte. Sie hatte überlegt und gegrübelt und kam immer mehr zu dem Schluss, dass es unwahrscheinlich war, dass Dany der Vater war.

Obwohl Masra Pieter die Besuche der Buschneger deutlich eingeschränkt hatte und nur noch selten erlaubte, dass sie auf der Plantage anlegten, fand Dany immer einen Weg, Kiri zu besuchen. Sie fühlte sich geschmeichelt. In der ersten Zeit nach dem »Unfall« hatte sie sich wegen ihrer Narbe geschämt. Aber Dany hatte sie in den Arm genommen, war sanft mit den Fingerspitzen über ihr Gesicht gefahren und hatte gemurmelt: »Kleine Kiri, für mich bist du das schönste Mädchen im ganzen Land.«

Kiri hatte weinen müssen. So eine Zuneigung war ihr noch nie widerfahren. Sie hoffte nur, dass sie ihn nicht bitter enttäuschen würde. Mit zunehmendem Fortschritt ihrer Schwangerschaft zog sie sich mehr und mehr von ihm zurück. Dany tat das als Stimmungsschwankungen ab – er freute sich väterlich auf das Kind. »Wenn deine Misi zurückkommt und auf der Plantage alles wieder ordentlich läuft, werde ich deine Misi fragen, ob wir heiraten dürfen. Meinetwegen auch so, wie die Weißen heiraten.«

Kiri hoffte von ganzem Herzen, dass er recht behielt.

Kapitel 3

Erika saß auf einem wackeligen Holzbrett, welches als Sitzbank diente, und spähte in die Ferne. Die Morgensonne stand am Himmel und erwärmte die Luft. Noch war nur morastiges Ufergebiet zu sehen. Der Kapitän hatte das Boot von Paramaribo über den Wanika-Kanal zum Fluss Saramaka gesteuert. Von dort mussten sie nun über die Mündung ein kleines Stück auf See hinaus, um dann beim Fort Nassau wieder in den Fluss Coppename zu gelangen. Dies war der gefährlichste Teil der Reise. Das Boot von Kapitän Parono war weiß Gott nicht seetauglich. Schon auf dem Fluss hatte das Holz geknarrt und geächzt, sobald die Strömung etwas stärker wurde. Parono hatte Erika aber immer beruhigt. Das »alte Mädchen« hatte angeblich schon ganz andere Fahrten ausgehalten. Erika hoffte nur, dass nicht ausgerechnet diese die letzte Fahrt des Seglers werden würde.

Ihre Unterkunft auf dem Schiff war nicht gerade komfortabel. Der Kapitän hatte ihr eine kleine Ecke im Deckaufbau zugewiesen, in dem auch das Steuer lag. Tagsüber konnte sie dort nicht ruhen, es war ihr unangenehm, wenn Parono so dicht bei ihr an seinem Steuer stand. Er selbst hatte seine Schlafstätte irgendwo unter Deck. So er denn mal schlief. Wenn Erika es recht bedachte, stand Parono Tag und Nacht an seinem Platz, nur ab und an, wenn der Fluss es zuließ, setzte er sich auf einen Schemel neben das Steuerrad und legte auf diesem die Beine hoch. Dass er schlief, ließ nur die Pfeife unter seinem breitkrempigen Hut erraten, die dann aufhörte zu qualmen.

Parono war wortkarg und sprach nur selten mit Erika. Am Morgen aber hatte er sie zu sich gewinkt und ihr mit ernster Miene erklärt, wie sie sich in Batavia zu verhalten hatte: »Fassen Sie nichts an, essen Sie nichts, trinken Sie nur Wasser vom Schiff und scheuchen sie die Kinder beiseite, wenn die zu aufdringlich werden. Sie müssen verstehen: Wenn ich Sie wieder mit in die Stadt nehme und Sie krank werden würden ... und herauskäme, dass ich Sie gefahren habe, würde ich meine Lizenz verlieren.«

Erika nickte. Sie hatte inzwischen wirklich Angst. Sie wusste nicht genau, was sie in Batavia erwartete.

Einige Stunden später, es war inzwischen Nachmittag, erkannte sie am Flussufer des Coppename endlich die ersten Gebäude. Parono steuerte sein »altes Mädchen« direkt auf einen Anlegesteg zu. Kaum hatten die Bewohner der Station das Boote erspäht, sammelten sich mehr und mehr Menschen am Ufer. Als sie näher kamen sah Erika, dass unter ihnen auch Kinder und Greise waren. Gerade als das Boot anlegte, schritt ein weiß gekleideter Mann durch die Menge. Erika hatte gehört, dass die Station seit einigen Jahren von einem katholischen Priester geleitet wurde. Gleich ergriff sie eine Welle des Respekts vor dem Kirchenmann. Sie selbst sah sich schon lange nicht mehr als treusorgende Tochter des Allmächtigen. Zu viele Erlebnisse und auch ihre eigenen Taten hatten sie an ihrem Glauben zweifeln lassen.

Sie wartete an Deck des Bootes, während Parono mit dem Priester sprach. Dieser schaute ein paarmal verwundert zu Erika hinüber, nickte dann aber und winkte sie freundlich zu sich.

»Herzlich Willkommen in Batavia. Donders mein Name. Bitte entschuldigen Sie meine Verwunderung, wir bekommen hier nicht oft Besuch.«

Erika schlug den Blick nieder, während sie Pater Donders' Gruß mit leiser Stimme erwiderte: »Erika Bergman heiße ich. Ich hoffe, ich bereite Ihnen mit meinem unangemeldeten Besuch keine Unannehmlichkeiten.«

Pater Donders schüttelte lachend den Kopf. »Nein, nein! Und machen Sie sich keine Sorgen, Mevrouw Bergmann, Parono hat mir eben erzählt, wie Sie ... aber wir sind so weit weg von der Stadt. Ich bin mir sicher, es wird keine Probleme geben.« Dann wurde sein Gesichtsausdruck ernst. »Kommen Sie, wir gehen ein Stück.« Er lotste Erika durch die Menschenmenge.

Parono hatte begonnen, die Waren aus dem Boot zu laden. Er ließ als Helfer nur einen Mann mit an Deck, die Angst vor der Krankheit stand ihm im Gesicht geschrieben.

Erika hingegen machte sich weniger Sorgen, der Pater sah gesund und kräftig aus, und auch die meisten Menschen am Kai zeigten keine Anzeichen einer Krankheit.

Als sie sich ein Stück entfernt hatten, ergriff Pater Donders wieder das Wort. »Sie sind also auf der Suche nach Ihrem Mann?«

Erika nickte, sie musste sich zusammenreißen, um nicht in Tränen auszubrechen. Hoffentlich hatte der Pater jetzt keine schlechten Nachrichten für sie.

Donders schien die Last, die auf Erika lag, zu spüren und lächelte sie milde an. »Seien Sie beruhigt, Ihr Mann ist hier.«

Erika traute ihren Ohren nicht. Auch wenn sie diesen Satz seit Jahren ersehnte und sich vor dieser Reise an ihn geklammert hatte, kam er doch überraschend. Sie ließ ihren Tränen freien Lauf. »Reinhard ist wirklich hier? Wo ist er? Geht es ihm gut?«

Donders atmete schwer aus. Er blieb stehen und blickte ihr ins Gesicht. »Mevrouw Bergmann, es geht Ihrem Mann den Umständen entsprechend«, sagte er behutsam. »Sie sollten wissen … er kam nicht als Missionar hierher … sondern als Patient.«

Erika hatte das Gefühl, unter ihr täte sich der Erdboden auf. Bis zur letzten Sekunde auf dem Schiff hatte sie noch gehofft, Reinhard in Batavia zu finden, besser gesagt, sie hatte sich fest eingeredet, dass er einfach nur seinem missionarischen Eifer nachgegangen war. Dass er tatsächlich hier war, war überwältigend. Dass er aber hier war, weil … die Erkenntnis traf sie wie ein Schlag. Es dauerte einen Moment, bis sie ihre Stimme wiederfand. »Kann … kann ich ihn trotzdem sehen?«

»Natürlich, ich wollte Sie nur vorwarnen. Bitte folgen Sie mir.«

Kapitel 4

Julie stand in der Krankenstation und faltete Tücher zusammen. Seit Erikas Abreise kam sie jeden Tag hierher, half Klara und schaute nach den Kindern. Das gab ihr zumindest ein wenig das Gefühl, eine Aufgabe zu haben und gebraucht zu werden. Der Wunsch, zu ihrem Kind zurückzukehren, übermannte sie täglich, aber jetzt musste sie wenigstens noch warten, bis Erika wieder heimkehrte. Das hatte sie ihrer Freundin versprochen.

Erika war nun schon fast eine Woche fort. Julie bereitete das zunehmend Sorge. War es falsch gewesen, Erika auf dieses Schiff zu bringen? Was, wenn unterwegs etwas passiert war? Wenn es einen Unfall gegeben hatte? Andererseits wusste sie nicht, wie lange die Reise nach Batavia dauerte, und sie kannte auch niemanden, den sie danach oder nach eventuellen Vorkommnissen auf dem Fluss hätte fragen können. Sie ging immer wieder zum Hafen, fragte aber nicht mehr nur nach Jean, sondern wartete auf Erika, auch wenn beide Unterfangen hoffnungslos erschienen. Inzwischen hatte sie jeden Kapitän nach Jeans Verbleib gefragt, es waren doch immer die gleichen Schiffe, die von den Fahrten entlang der Küste oder aus den Nachbarländern heimkehrten. Die großen Schiffe aus Amerika oder Europa legten so selten an, dass sie befürchtete, es könnte Jahre dauern, alle abzuklappern. In ihr machte sich tiefe Hoffnungslosigkeit breit. Sie würde Erikas Rückkehr abwarten und dann sofort ihre Rückreise nach Rozenburg antreten.

Julie legte gerade die letzten Tücher in das dafür vorgesehene Schränkchen, als es an der Tür der Krankenstation klopfte.

»Ja?«

Dodo kam herein und schob dabei einen kleines, etwa zehnjähriges Mulattenmädchen vor sich her.

»Misi Juliette, wo ist Misi Klara?«

»Klara ist zu einem Hausbesuch. Was ist denn, Dodo? Hat die Kleine was?« Julie hatte nicht übersehen, dass dem Mädchen die Tränen über die Wangen rannen.

»Nein, Misi, sie hat nichts«, Dodo schob das Mädchen ein paar Schritte vor und forderte sie in ruhigem Tonfall auf: »Nun red mit der Misi!«

»Misi«, die Kleine verbeugte sich ungelenk, »ich komme wegen meiner Mutter. Sie ist krank und kann nicht aufstehen.« Sie flüsterte fast.

Julie ging zu ihr und legte ihr die Hand auf die Schulter. Erschrocken zuckte das Kind zurück. »Ist schon gut, ich tu dir doch nichts.« Julie ging in die Hocke. »Nun erzähl mal ganz in Ruhe, was ist mit der Mutter?«

Das Mädchen schniefte. »Ich ... ich weiß nicht ... sie hat Fieber und liegt da. Ich ... ich hab nach der Medizinfrau gesucht, aber die war nicht zu finden. Ich glaube, sie stirbt.«

»Na, so schnell stirbt man nicht.« Julie tätschelte ihr beruhigend den Arm. »Wir warten jetzt noch auf Schwester Klara, und dann sehen wir nach deiner Mutter, in Ordnung?«

Das Mädchen wischte sich mit der Hand über das Gesicht und nickte.

Julie hatte Mitleid mit der Kleinen. Nicht genug damit, dass sie Angst um ihre Mutter hatte, ihr war bestimmt auch unwohl bei dem Gedanken, nachträglich Ärger von ihrer Mutter zu bekommen, weil sie in die Mission gelaufen war. Trotz der zahlreichen Hilfsangebote der Station kamen Sklaven und Mulatten nur selten hierher. Es sei denn, der Besitzer eines Sklaven sprach ein Machtwort, oder ein Mulatte war so in Geldnot, dass er sich keinen Medizinmann oder den farbigen Arzt der Stadt leisten konnte.

Die Angst, dass die Missionare ihre Hilfe an ein Glaubensbekenntnis koppelten, hielt sie vehement zurück. Wobei insbesondere Klara sich nicht gerade missionarisch verhielt. Ihr lag in der Tat das Wohl der Menschen am Herzen – unabhängig von der Hautfarbe und Religion. Ihr hünenhaftes Auftreten erleichterte ihr dieses Anliegen allerdings nicht gerade.

Es dauerte nicht lange, bis Klara von ihrem Hausbesuch zurückkehrte. Kaum hatte Julie ihr die Geschichte des Mädchens berichtet, stand die Missionsschwester bereits mit ihrer Tasche wieder in der Tür.

»Dodo, ruf eine Droschke.«

Wenig später hievte sie das Mädchen neben den mürrisch dreinblickenden Kutscher und setzte sich dann hinten neben Julie in die Kutsche. »Wenn sie laufen muss, kommen wir ja nie an«, sagte sie knapp.

Julie mochte Klaras resolute Art.

Kurze Zeit später überkam Julie ein ungutes Gefühl. Sie kannte die Gegend, in die sie nun fuhren. Sie kannte auch die Straße, in die sie abbogen und – sie kannte das Haus, vor dem das Kind dem Kutscher bedeutete zu halten.

Es war das Haus von Suzanna!

Julie betrat das Haus mit einem mulmigen Gefühl. Am liebsten wäre sie weggelaufen, aber sie schritt tapfer hinter Klara her, die ohne zu zögern dem kleinen Mädchen durch die Eingangstür folgte. Das Kind führte die beiden Frauen eine

Treppe hinauf und einen kurzen Flur entlang in ein abgedunkeltes Schlafzimmer. Auf einem Bett am Fenster lag eine Frau.

»Mevrouw?« Klara sprach laut, um auf sich aufmerksam zu machen. Vom Lager der Frau kam allerdings keine Reaktion. Klara stellte ihre Tasche ab und trat an das Bett.

Das kleine Mädchen hatte sich auf die Bettkante gesetzt und hielt die Hand seiner Mutter. Auch Julie trat nun heran. Auch wenn die bronzefarbene Haut der Frau bleich wirkte und tropfnass vom fiebrigen Schweiß war, erkannte Julie sie: Es war Suzanna.

»Wer?«, drang es leise au dem Mund der Kranken. Ihre Stimme war leise und heiser.

»Alles gut. Wir kommen von der Krankenstation der Mission. Ihre Tochter hat uns geholt, sie macht sich Sorgen. Sie sind sehr krank, wir werden Ihnen helfen«, sagte Klara so zuversichtlich wie möglich und wandte sich dann an das kleine Mädchen. »Kannst du uns eine Schale kaltes Wasser holen und ein paar Tücher?«

Das Mädchen nickte eifrig und lief los.

Klara betrachtete Suzanna besorgt. »Wir müssen dafür sorgen, dass das Fieber sinkt und ihr kalte Wickel machen. Dass diese Leute aber auch immer warten, bis es fast zu spät ist.«

Julie zögerte einen Moment, Klara dabei zu helfen, Suzanna aus ihrer durchgeschwitzten Kleidung zu befreien. In ihrem Kopf wirbelten die Gedanken durcheinander. Dies war die surinamische Ehefrau ihres Mannes. Und damit war diese Frau ja auch … Witwe! War das Mädchen, das sie hierher geführt hatte, etwas Karls Tochter?

Dann besann sie sich. Diese Frau war schwer krank. Ob Karls Geliebte oder nicht – sie brauchte Hilfe.

Bald kehrte das Mädchen zurück. Mit besorgtem Gesicht drückte sie sich in eine Zimmerecke und beäugte das Tun der beiden weißen Frauen. Sie wickelten kalte Tücher um Suzannas Körper und wechselten das Bettzeug. Dann flößte Klara Suzanna noch Fiebertropfen ein. »Jetzt können wir nur warten. Juliette, würden Sie bitte bei der Frau bleiben, bis sie wieder bei Bewusstsein ist?«

Julie sah Klara mit großen Augen an. Nein! Sie konnte doch nicht ... hier ... bei ...

Klara wartete Julies Antwort aber gar nicht ab. Im Vorbeigehen tätschelte sie dem Mädchen das Haar. »Ich komme in ein paar Stunden wieder, bis dahin sollte es deiner Mutter besser gehen.«

Julie blieb verdattert im Raum stehen. Als sie in die großen braunen Kulleraugen des Mädchens sah, das sie hoffnungsvoll anblickte, straffte sie sich. Sie würde hierbleiben. »Komm her und setzt dich zu deiner Mutter, das ist gut für sie«, sagte sie freundlich.

Gleich nahm das Kind wieder die Hand seiner Mutter zwischen die kleinen Hände. »Sie wird doch wieder gesund, oder?«, fragte sie ängstlich.

Julie nickte. Sie hoffte es, vermochte es dem Kind aber nicht zu versprechen. Sie war nicht so optimistisch wie Klara, zu viele Menschen schienen in diesem Land am Fieber dahinzusiechen.

Sie setzte sich auf einen Stuhl in der Zimmerecke und betrachtete still die Frau im Bett. Suzanna war immer noch schön, obwohl ihre Wangen eingefallen waren. Julie erinnerte sich an ihre fein geschnittenen Züge. Aber sie hatte sie nur einmal kurz gesehen. Ob Suzanna sie erkennen würde? Kannte sie Julie überhaupt? Sie waren ja lediglich aus Versehen zusammengestoßen, als Julie ... aber ob sie wusste, wer sie war? Karl hatte ihr doch bestimmt nicht von ihr erzählt?

Dann besann sie sich auf das Mädchen. Julie zog ihren Stuhl heran und setzte sich neben das Bett. »Sagst du mir deinen Namen, Kleine?«

Das Mädchen sah sie schüchtern an. »Minou. Ich heiße Minou.«

»Und, Minou«, Julie konnte es sich nicht verkneifen, danach zu fragen, »wo ist denn dein Vater?«

Das Mädchen sah betroffen auf seine Hände, dann kurz zu seiner Mutter und zuckte mit den Achseln. »Der ist schon seit Monaten nicht gekommen. Mama ... Mama sagt, er wird wohl auch nicht wiederkommen.«

»Hast du noch Geschwister, Minou?«

Jetzt lächelte das Mädchen kurz und nickte. »O ja! Einen großen Bruder habe ich. Wico.«

»Und wo ist dein großer Bruder?«

Wieder zuckte das Mädchen mit den Achseln. »Als Vater nicht mehr kam ... Wico sagte, er muss nun Geld verdienen und ist fortgegangen. Irgendwohin.«

Julies Magen krampfte sich zusammen. Hatte sie diesen Kindern womöglich den Vater genommen, dieser Frau den Mann? Karl war ein Tyrann gewesen, daheim auf Rozenburg, aber im Grunde wusste sie nichts über sein zweites Leben in der Stadt, welches er so konsequent geführt hatte, trotz seiner Ehe mit ihr.

Klara kam einige Stunden später wieder. Sie untersuchte die Kranke und blickte dann zufrieden auf. »Das Fieber scheint zu sinken.«

Julie war erleichtert. Sie hatte sich die ganze Zeit Gedanken gemacht, was passieren würde, wenn Minou und Wico jetzt auch noch die Mutter verloren.

»Wir kommen morgen wieder«, Klara packte ihre Tasche zusammen, »du musst deiner Mutter so oft wie möglich das kalte Tuch auf der Stirn frisch machen, hörst du?«

Minou nickte eifrig.

»Gut! Und wenn sie wach wird, muss sie viel trinken!«

Julie warf im Gehen noch einen besorgten Blick auf Minou und Suzanna. »Bis morgen, Minou!«, sagte sie leise und folgte Klara aus dem Haus.

Nachdem sie die Mietdroschke bestiegen hatte, gab Klara ein verächtliches Prusten von sich.

»Sehen Sie – da haben wir es wieder. Da lassen sich die Frauen von weißen Männern aushalten, und wenn sie wirklich Hilfe brauchen, machen sie sich aus dem Staub.«

Julie sah Klara verwundert an. Solche Ausbrüche waren Klara eigentlich nicht zu eigen. »Woher wollen Sie wissen, dass diese Frau sich von einem Weißen aushalten lässt?«, fragte sie neugierig.

»Ach, Juliette, ich kenne die Gegend hier, die Kinder werden immer heller, das können Sie mir glauben. Und der Vater von der Kleinen, der sitzt bestimmt gerade brav bei seiner weißen Familie. Diese Ehebrecher!«

Klara mochte noch so resolut sein, sie war immer noch eine Missionsschwester. Dass der freizügige Lebenswandel unter den Kolonisten ihre Abscheu schürte, konnte Julie verstehen.

Julies Gefühlswelt war völlig aus den Fugen geraten. Im Stadthaus angekommen fand sie keine Ruhe, ihre Gedanken schwirrten wild umher. Ja, sie hatte Karl einmal dafür gehasst, dass er eine Beziehung zu einer anderen Frau hegte. Später aber war sie sogar froh darüber gewesen, denn er hatte sie dadurch immer seltener behelligt. Seit seinem Tod versuchte sie so wenig wie möglich an ihn zu denken. Und nun kam die Erinnerung mit voller Wucht zurück. Jetzt musste sie sich zwangsweise noch einmal mit Karls Vergangenheit auseinandersetzen. Sie brachte es nicht übers Herz, Minou und die kranke Suzanna ihrem Schicksal zu überlassen.

Kapitel 5

Pater Donders führte Erika auf den Wegen zwischen den kleinen sauberen Hütten der Lepra-Station zu einem Gebäude nahe der hölzernen Kapelle. Dieses Haus war etwas größer als die anderen. Donders nickte Erika zu, klopfte an eine Tür und zog sich dann zurück. Erikas Hände krampften sich um ein Taschentuch, das sie seit ihrer Ankunft in Batavia festhielt. Schritte erklangen hinter der Tür, dann wurde sie geöffnet.

Reinhard!

Erika schluchzte laut auf. Ihr Mann stand ihr mit verwundertem Blick und offenem Mund gegenüber. Er war etwas magerer als noch vor ein paar Jahren, und auch sein Haar war schütterer geworden.

»Erika?«

Erika breitete die Arme aus und macht einen Schritt auf ihn zu. Sofort verschloss sich sein Gesichtsausdruck und er wich zurück.

»Nein! Nicht!«, rief er laut.

Erika ließ überrascht die Arme sinken. »Reinhard?«

»Ja, Erika! Mein Gott ... ich ... hör zu, ich ...« Reinhard senkte den Blick. Er gab ihr nicht einmal die Hand, versteckte seine Hände in den wallenden Ärmeln der Kutte, die er trug. »Komm rein«, sagte er leise. Er machte ihr Platz, und Erika betrat das kleine Zimmer. Es war sauber und ordentlich eingerichtet und in einem Regal über dem schmalen Bett standen sogar einige Bücher. »Setz dich. Setz dich bitte.« Reinhard schob ihr den einzigen Stuhl im Raum hin. »Ich wusste ja nicht, dass du ... es tut mir so leid ... ich hätte ...«

Erika sah ihn an, dann brach aus ihr heraus, was sie schon so lange auf dem Herzen trug.

»Reinhard ... all die Jahre ... warum hast du dich nicht gemeldet?«

Reinhard wandte sich ab, sie konnte sein Gesicht nicht sehen, und es dauerte einen Moment, bis er zu sprechen begann. »Erika, ich bin schon sehr lange hier«, sagte er langsam. »Wir sind damals die Flüsse hinauf ins Landesinnere gefahren. Auf den Plantagen war man nicht ... nicht besonders freundlich zu uns.« Sie sah, wie er den Kopf senkte. »Irgendwann wurden meine Begleiter krank, das Fieber hat sie so schnell dahingerafft, es konnte niemand mehr helfen.«

»Ich hab gedacht, du wärst tot!«, stieß sie hervor. »Ich hab gedacht ...«, ihre Finger krallten sich wieder um das Taschentuch. Und dabei hatte sie sich vorgenommen, ihm keine Vorwürfe zu machen.

Reinhard drehte sich erneut zu ihr um, den Blick immer noch starr auf den Boden gerichtet. Leise sprach er weiter: »Ich weiß, dass du böse auf mich sein musst, ich war dir kein guter Ehemann. Aber ich bin weitergefahren, habe mich tief in den Regenwald bringen lassen. Ich wollte sehen, wie die Menschen da leben, wollte ihnen Gottes Wort näherbringen. Ich landete in einem Dorf der Buschneger. Ich war nicht mal ein halbes Jahr dort, bis ...« Jetzt hob er den Blick, sah Erika mit Tränen in den Augen an und schob mit der rechten Hand, die dabei verdeckt blieb, den langen Ärmel an seinem anderen Arm hinauf. Erika erstarrte. An Reinhards linker Hand waren kaum mehr Finger.

»Oh«, mehr brachte sie nicht hervor. Beschämt versuchte sie, ihren Blick auf etwas anders zu richten.

»Erika!«, seine Stimme klang nun verzweifelt. »Ich habe es darauf angesetzt, dass du denkst, ich sei tot. So kann ich dir doch kein Mann sein! Warum Gott gerade mich damit gestraft hat, ich weiß es nicht.« Tiefe Trauer schwang in seiner Stimme mit. Er zuckte die Achsel und begann unruhig durch den Raum zu wandern. »Du hättest mich nicht suchen sollen!«

»Aber Reinhard, ich ... wir haben ...«

Die Erkenntnis, dass Reinhard nie wieder zu ihr zurückkehren würde, traf Erika mit voller Wucht, obwohl sie sich immer wieder vor Augen geführt hatte, dass es durchaus möglich war, dass ihm etwas zugestoßen war, er womöglich nicht mehr lebte. Die Situation jetzt vor Augen zu haben, war schlimmer als jeder Gedanke.

»Erika, glaub mir: Ich habe jeden Tag an dich gedacht. Wie gern hätte ich dich wissen lassen, dass ... aber es ging nicht, es durfte nicht sein.« Er schluckte schwer. »Was ... was ist aus unserem Kind geworden?«

Erika lächelte bei dem Gedanken an Reiner. »Oh, Reinhard ... Reiner ist schon so groß! Und manchmal ist er genauso stur, wie du es früher warst«, fügte sie lächelnd hinzu.

Von Hanni sagte Erika nichts. Reinhard würde nie wiederkehren, sie befand es spontan für besser, ihm nichts von ihrem weiteren Kind zu erzählen. Er würde Fragen stellen, gar denken, dass sie ... Nein! Das wollte sie nicht. Sie hatte ihn all die Jahre geliebt, er sollte nicht denken, sie wäre ihm nicht treu gewesen.

Sie sprachen die ganze Nacht. Erika erfuhr, dass Reinhard für die Kinder der Station als Lehrer arbeitete. Welch widersprüchliche Aufgabe, dachte sie im Stillen. Selbst wenn diese Kinder mit der Krankheit groß wurden und ihnen gar ein recht langes Leben beschert würde, die Station würden sie nie verlassen können. Sie sagte aber nichts, um Reinhard nicht zu verletzen.

Reinhard hielt große Stücke auf Pater Donders. Er war, neben zwei schwarzen Aushilfsschwestern, der Einzige, der nicht von der schrecklichen Krankheit befallen war. Seine Lebensaufgabe bestand darin, die Station und den Kontakt zur Landesverwaltung aufrechtzuerhalten, um den Menschen auf Batavia ein halbwegs lebenswertes Leben zu ermöglichen. Mit Lepra konnte man durchaus alt werden. Nur wollte sich kein Gesunder freiwillig in die Nähe eines Kranken begeben. Aus dem ganzen Land schickte man Erkrankte hierher. Reinhard erzählte, dass häufig Boote mit ausgezehrten und halb toten Sklaven in Batavia ankamen. Erika merkte, dass ihm die Arbeit hier sehr wichtig war. Das erfüllte sie mit Stolz.

Als der Morgen graute, wurden beide schweigsam. Parono hatte die Abfahrt für den frühen Morgen angekündigt. Die Trennung nahte, und sie würde dieses Mal endgültig sein. Erika konnte nicht hier leben, Reinhard konnte sich nicht in der Stadt oder überhaupt unter Gesunden aufhalten.

Erika war vollkommen durcheinander. Sie wusste überhaupt nicht mehr, was sie denken sollte. Bis zum gestrigen Tag hatte sie immer die Hoffnung gehabt, dass ihr Mann zu ihr zurückkehren würde und sie wieder als Familie zusammenfanden, sobald sie ihn fand. Dass dies nun nicht geschehen würde und sie ab jetzt allein ihr Leben weiterführen musste, dazu noch mit einem Mann in der Ferne, der noch nicht tot war, aber auch nicht mehr im wirklichen Leben stand – diese Tatsache überforderte sie.

Als Erika wenige Stunden später das Boot bestieg, fühlte sie sich leer. Wie in Trance sah sie zu, wie Batavia und das Flussufer sich entfernten.

Die Rückfahrt in die Stadt verbrachte Erika wie benommen. Stunde um Stunde saß sie auf der hölzernen Bank und starrte auf das Wasser. Selbst wenn ein Regenguss kam, verließ sie diesen Platz nicht. Kapitän Parono schien Mitleid mit der Frau zu haben, die nun tatsächlich ihren Mann verloren hatte. Schweigend brachte er ihr eine zerschlissene Decke und legte sie ihr, als sie nicht auf seine Anwesenheit reagierte, um die Schultern.

Erika war in Gedanken weit weg. Sie dachte an ihr früheres Leben mit Reinhard, dachte an Deutschland und ging noch einmal die vielen Szenen ihrer Reise nach Surinam durch. Manchmal lachte sie still oder vergoss einige Tränen. Innerlich drohte der Verlust sie zu zerreißen. Was sollte sie jetzt tun? Jetzt war sie allein mit Reiner … und Hanni. Wenn sie wirklich nach Europa zurückkehren wollte, brauchte sie Geld. In der Mission würde sie es nicht verdienen können, vielleicht sollte sie wieder als Hauslehrerin … aber der Gedanke an ihre Erfahrungen bei den van Drags ließ sie erschaudern. Sie wusste nicht, was sie tun würde, sie wusste es einfach nicht. Insgeheim hoffte sie, diese Bootsfahrt würde nie zu Ende gehen.

Drei Tage später trat Parono an sie heran: »Mevrouw? … Mevrouw! Ich möchte Sie nicht stören, aber … wir werden heute Mittag in Paramaribo ankommen. Würden Sie vielleicht dann … es ist besser, wenn Sie erst das Schiff verlassen, wenn es dunkel ist.«

Erika nickte nur.

Als die ersten Häuser in Sicht kamen, zog Erika sich in den Deckaufbau zurück. Parono nickte ihr kurz zu und konzentrierte sich dann wieder auf das Steuer.

Kurze Zeit später vertäute er sein »altes Mädchen« am Anleger, kam noch einmal zurück zu Erika und zog seine Mütze vom Kopf. »Mevrouw, wir sind jetzt da«, sagte er sanft.

Erika überreichte ihm den kleinen Beutel mit Geld. Sie wusste nicht, wie viel darin war, aber Juliette würde schon dafür gesorgt haben, dass es ausreichte.

Er schaute kurz in den Beutel und nickte dann. »Danke. Ich werde schon mal das Schiff verlassen ... meine Familie wartet.« Erika nickte. »Sie werden dann bitte ...«

»Ja, ich werde erst von Bord gehen, wenn es dunkel ist. Danke, Kapitän Parono. Und keine Sorge: Diese Reise bleibt unter uns.«

Er schenkte ihr ein dankbares Lächeln und steckte den kleinen Beutel ein.

»Ein guter Mann«, dachte Erika, während sie auf den Einbruch der Dunkelheit wartete.

Erika wanderte noch in der Nacht bis zur Missionsstation. Sie wollte kein Aufsehen erwecken, also setzte sie sich auf die kleine Bank im Hof und wartete auf das Morgengrauen. Während die Sonne über den Dächern der Stadt aufging, regte sich als Erste in der Mission Dodo. Als sie schlaftrunken über den Hof zum Brunnen lief und Erika auf der Bank entdeckte, riss sie die Arme hoch. Erika konnte ihr gerade noch deuten, still zu sein. Hastig kam Dodo auf sie zugelaufen, wedelte wild mit den Armen und schien sich ehrlich zu freuen, Erika wiederzusehen. »Misi Erika! Misi Erika, wie schön! Kinder werden sich freuen. Misi Erika Hunger? Ich mache gleich Frühstück«, flüsterte sie aufgeregt.

Erika war das aufgeregte Geflatter der Sklavin nach ihrer mehr als ruhigen Rückfahrt fast ein bisschen zu viel. Aber dies hier war das Leben, ihr Leben, und dazu gehörten nun einmal

Bewegungen und Gefühle. »Gern Dodo, ja, ich möchte bitte Frühstück.« Sie lächelte die Sklavin an und stand auf.

Wenig später tapste Reiner schlaftrunken in die Missionsküche. Als er seine Mutter sah, riss er die Augen auf. »Mama!«, rief er fröhlich und sprang in ihre ausgebreiteten Arme. »Mama, du bist wieder da! Wie war es auf dem Fluss?« Aufgeregt stellte er eine Frage nach der anderen, während er sich auf Erikas Schoß an sie kuschelte.

Kurz darauf erschien Klara mit Hanni ebenfalls in der Küche. Auch sie freute sich, dass Erika sicher angekommen war. Erika strich ihrer Tochter kurz über die Wange, aber Hannis Äuglein suchten nur nach Klara, die ihr sogleich Brei auf einem Löffel reichte.

Erika seufzte leise. Sie würde sich mehr um das kleine Mädchen kümmern müssen. So einfach es war, das Kind bei Klara abzugeben und so liebevoll Klara sich auch kümmerte – Hanni war ihre Tochter. Erika würde sich daran gewöhnen müssen, Hanni konnte schließlich nichts für ihre Herkunft. Und wenn es nach Erika ging, würde sie davon auch nie erfahren.

Als Erika nun so dasaß, Reiner auf dem Schoß und das emsige Treiben von Dodo und Klara um sich herum, fühlte sie sich plötzlich zufrieden. Eigentlich war es doch gar nicht so schlecht hier in diesem Land! Europa war fern und ihr inzwischen auch fremd geworden. Ihre Heimat war jetzt hier, und sie würde sich und den Kindern ein Zuhause schaffen.

Kapitel 6

Am nächsten Morgen holte Klara Julie auf dem Weg zu Suzanna mit der Droschke ab. »Erika ist wieder da«, beschied sie Julie ziemlich emotionslos und in Gedanken wohl schon bei der Kranken. »Oh.« Julie war einen kurzen Moment hin und her gerissen. Sie brannte darauf, Erika wiederzusehen und zu hören, wie es ihr auf ihrer Reise ergangen war, ob sie ihren Mann gefunden und vielleicht sogar mitgebracht hatte. Andererseits … andererseits bedeutetet das für sie, allmählich an eine Rückreise nach Rozenburg zu denken. Sie war jetzt seit über vier Wochen fort. Das wiederum bedeutete Abschied von dem Gedanken, Jean zu finden. Und damit waren sämtliche Hoffnungen auf eine glückliche Zukunft auf Rozenburg, ohne Pieter, zunichte. Julie verdrängte den Gedanken. Jetzt fuhren sie erst einmal zu Suzanna.

Als sie dort ankamen, fanden sie Suzanna noch sehr geschwächt vor, aber das Fieber war deutlich gesunken. Julie hielt sich etwas im Hintergrund, als Klara Suzanna untersuchte und ihr noch einmal frische Wickel bereitete.

Minou saß auf der Bettkante bei ihrer Mutter. Julie sah dem Kind an, dass es übermüdet war. »Hast du schon was gegessen, Minou?«

Die Kleine schüttelte den Kopf. »Nein, ich wollte bei meiner Mutter bleiben.«

Das Mädchen rührte Julies Herz. »Na, komm, wir schauen

mal, ob wir etwas zu essen für dich finden. Deine Mutter wird im Moment gut betreut.«

Julie nahm die Hand des Mädchens und führte es in die untere Etage. In der kleinen sauberen Küche fanden sich nicht viele Nahrungsmittel, mit denen Julie etwas hätte anfangen können. Seit sie in diesem Land war, überhaupt seit sie das Internat mit dem wenigen Hauswirtschaftsunterricht verlassen hatte, hatte sie nicht mehr kochen müssen. Etwas ratlos sah sie sich um, entdeckte dann aber einen Korb mit Bananen. Davon gab sie Minou gleich zwei in die Hand.

Sie schaute sich weiter um, aber bis auf ein Stück Brot, welches schon mit Schimmel behaftet war, gab es in diesem Haus nichts zu essen. Julie beschlich ein Verdacht. »Wie lange ist deine Mutter schon krank?«

Minou kaute mit vollen Wangen und überlegte. »Zwei Wochen, Misi«, sagte sie schließlich.

Julie seufzte. Also hatte die Kleine sich wahrscheinlich seitdem auch nicht wirklich satt gegessen. Julie nahm sich vor, Foni am nächsten Tag einige Lebensmittel zusammenpacken zu lassen, damit wieder etwas zu essen in dieses Haus kam. Auch Suzanna würde eine Stärkung gebrauchen können.

Klara kam die Treppe hinunter und schaute durch die Küchentür. »Juliette, ich werde jetzt zurück in die Krankenstation fahren.« Mit einem Seitenblick auf Minou fügte sie hinzu: »Würden Sie heute hier noch mal etwas Wache halten? Es wäre gut, wenn die Frau in zwei Stunden nochmals kalte Wickel bekommt.«

Julie nickte ergeben. Was hätte sie auch machen sollen?

Als sie eine Weile später mit dem Kind das Zimmer der Mutter betrat, schlief Suzanna. Julie setzte sich auf den Stuhl, Minou wieder auf die Bettkante.

Julie betrachtete die Frau und verlor sich in Gedanken. Was tat sie nur hier? Was würde Suzanna denken, wenn sie wach wurde und sie hier sah? Julie schüttelte den Gedanken ab, schließlich war sie im Auftrag der Krankenstation hier.

Nachdenklich betrachtete sie Minou. Hatte das Mädchen Ähnlichkeit mit Karl? Nein, Julie vermochte nicht zu sagen, dass man da etwas sah. War Karl vielleicht gar nicht der Vater von Suzannas Kindern? Das wiederum konnte sie sich auch nicht vorstellen. Bei ihr war er schon äußerst eifersüchtig gewesen, bei seiner schwarzen Gespielin hätte er vermutlich erst recht nicht geduldet, dass sie … Aber wer konnte das schon wissen? Karl mochte Kinder. Auf Henry war er stolz gewesen. Obwohl Henry ja gar nicht … der Gedanke daran gab Julie einen schmerzhaften Stich und rief ihr in Erinnerung, weswegen sie eigentlich in der Stadt war. Jean!

Sie ließ ihr Kind im Stich und trödelte hier herum. Dabei wollte sie eigentlich nach Jean suchen, und wenn sie ihn nicht fand, dann sollte sie schnellstmöglich auf die Plantage zurückkehren, auch wenn sich in ihr alles dagegen sträubte. Hier in der Stadt, weit weg von Pieter und den Erinnerungen an Karl, ging es ihr gut. Aber sie hatte große Sehnsucht nach ihrem Sohn, nach seinem weichen Babyhaar, seinen dicken Ärmchen und seinem fröhlichen Gequietsche. Hoffentlich ging es ihm gut! Kiri, Amru und selbst Martina würden auf ihn aufpassen. Da war sie sich sicher.

Suzanna regte sich und riss damit Julie aus ihren Gedanken.

»Mama? Mama, hörst du mich?« Minou beugte sich über ihre Mutter und wartete hoffnungsvoll auf ein Zeichen des Erwachens. Ganz langsam öffnete Suzanna die Augen. Sie schien einen Moment zu brauchen, um zu erfassen, wo sie war. Als sie in das Gesicht ihrer Tochter blickte, legte sich ein

Lächeln auf ihres. »Minou«, flüsterte sie, hob die Hand und strich ihrem Kind über die Wange.

In Minous Augen lagen Tränen. »Mama, du bist krank, ich habe die Schwestern aus der Mission geholt, sie haben dir geholfen. Bitte nicht böse sein!«

Im ersten Moment legte sich ein Schatten über Suzannas Gesicht. Dann lächelte sie ihre Tochter an. »Nein, keine Sorge«, sagte sie schwach. »Das hast du gut gemacht, Mädchen!«

Minou strahlte. Sie dreht sich um und zupfte an Julies Ärmel. Julie stand auf und legte Minou die Hand auf die Schulter. »Sie haben eine wirklich tapfere Tochter, Suzanna.«

Suzanna starrte Julie verwirrt an. »Wer …?«

Julie hatte für einen kurzen Augenblick die Hoffnung, Suzanna würde sie nicht erkennen. Sie waren einander schließlich nie vorgestellt worden, und Karl hatte sicherlich alles darangesetzt, dass dies auch nicht geschah. Aber, und das wusste Julie, als sie jetzt in Suzannas Augen sah, welche Frau würde nicht versuchen herauszufinden, welche andere Frau es im Leben ihres Mannes gab?

Julie sah, wie Suzannas Blick unruhig hin und her wanderte und sah sie eindringlich an. »Es ist alles gut, Suzanna!«, sagte sie ruhig. »Minou, möchtest du nicht einen Moment nach unten gehen oder gar mal nach draußen?« Die Botschaft war unmissverständlich.

»Aber …?«

»Geh ruhig, Minou, mir geht es gut. Geh!« Verwirrt verließ das Mädchen den Raum. Suzanna setzte sich leicht in ihrem Bett auf. »Juliette! Was machen Sie hier?« Ihre Stimme klang jetzt hart.

Julie konnte es ihr nicht verdenken. »Suzanna, es war wirklich so, wie Minou gesagt hat! Sie kam zur Krankenstation der

Mission und holte uns hierher. Es ist wirklich ein Zufall. Ich wusste ja nicht …«

»Sie … Sie arbeiten in der Krankenstation der Mission?« Das schien Suzanna noch mehr zu verblüffen als ihre Anwesenheit in diesem Haus.

Julie zuckte mit den Achseln. »Ja, das ist eine längere Geschichte.«

Suzanna schüttelte nur den Kopf. »Und ich dachte, weiße Misis müssten nicht arbeiten.«

Julie spürte die Missbilligung der Frau, bemühte sich aber, möglichst ruhig zu bleiben. »Suzanna, ich denke, es ist erst einmal wichtig, dass Sie gesund werden. Dann sollten wir uns vielleicht mal unterhalten … wenn Sie mögen.«

»Bei mir gibt es nichts zu holen, Karl hat mir nichts hinterlassen.«

Julie war verblüfft. »Sie denken doch nicht etwa, ich wollte …? Nein! Ich bin doch nicht hier, um … Suzanna, bitte, lassen Sie uns in ein paar Tagen in Ruhe darüber reden, ja?«

»Wenn Sie unbedingt möchten … ich wüsste zwar nicht, was wir zu bereden hätten, aber bitte.« Dann schloss sie erschöpft die Augen.

Kapitel 7

»Erika! Wie schön, dich zu sehen! Ich hab mir schon Sorgen gemacht.« Julie begrüßte ihre Freundin noch am selben Tag überschwänglich. »Erzähl! Hast du Reinhard gefunden?«

Über Erikas Gesicht huschte ein kurzes Lächeln. »Ja.«

»Das ist ja wunderbar!« Julie freute sich ehrlich. »Und? Kommt er zurück in die Stadt?« Julie war ganz aufgeregt und zog Erika am Ärmel in den Salon des Stadthauses. »Foni, bring uns bitte etwas zu trinken. Erika, setz dich doch.« Aber das Lächeln auf Erikas Gesicht war bereits wieder verschwunden. »Erika? Ist alles gut?« Erika senkte den Blick und nestelte an ihrem Kleid.

»Nein. Reinhard wird nicht in die Stadt zurückkommen. Er kann nicht.«

Julie sah Erika an, wie tief verzweifelt sie war. Sie verstand zwar nicht, worum es ging, stand aber auf und legte ihrer Freundin tröstend den Arm um die Schulter. »Ach, Erika …«

Erika weinte nicht, aber ihr Körper bebte, als würde sie einen innerlichen Kampf ausfechten. »Er … er muss auf Batavia bleiben. Und ich … ich muss … irgendwie allein …«

»Aber du bist doch die letzten Jahre auch allein zurechtgekommen.« Julie wusste nicht, was sie sagen sollte, traute sich aber auch nicht zu fragen, was genau passiert war.

»Ja, aber da habe ich immer gedacht, eines Tages wären wir wieder vereint.«

Die Gewissheit, nun endgültig auf sich allein gestellt zu sein schien für Erika schlimmer als die Jahre, in denen sie es schon gewesen war. Stockend berichtete sie von den Erlebnissen der letzten Tage.

Julie hörte schweigend zu, dann saß auch sie ratlos da.

»Aber du willst doch nicht das Land verlassen, oder?« Sie hatte nicht nur große Angst um Erika und die Kinder, sondern spürte auch ein Unbehagen, dass sie Erika nun ebenfalls verlieren könnte. Sie war schließlich ihre einzige Vertraute hier im Land. Erika aber schüttelte nur schwach den Kopf. »Selbst wenn ich wollte, ich könnte nicht. Ich habe kaum Geld, und so eine Reise mit einem kleinen Kind … zwei kleinen Kindern«, verbesserte sie sich, »wäre viel zu riskant.«

»Außerdem, wo sollte ich hin? Nach Deutschland? Was sollte ich dort anfangen? Würde ich in die Gemeine zurückkehren, als Witwe, was ich ja aber eigentlich noch gar nicht bin … es ist kompliziert.«

Julie schwieg einen Moment. »Ach, Erika … ich wünschte, die Reise wäre anders verlaufen«, sagte sie dann, bevor sie hinzufügte: »Aber ich habe während deiner Abwesenheit auch einiges erlebt. Eigentlich muss ich dir sogar danken, denn durch deine Abwesenheit und meine Vertretung in der Krankenstation …« Julie erzählte von ihrer Bekanntschaft mit Suzanna.

Erika schaute Julie verblüfft an. »Du meinst, du und die ehemalige Gelie… von deinem Mann, ihr habt euch getroffen?«

»Na ja, Geliebte … ich weiß nicht, ob das die richtige Bezeichnung ist. Suzanna hat ihn nicht … genau genommen war sie …« Julie wusste nicht, wie sie die komplizierte Situation beschreiben sollte. Das war wirklich zu verworren, und sie hatte sich in den letzten Tagen öfter gefragt, wie stark wohl solche Beziehungen in der Kolonie ausgeprägt waren. Besser, man dachte nicht darüber nach. Sie wurde in ihren Überlegungen unterbrochen.

»Hast du inzwischen etwas von Jean gehört?«

Julie verneinte traurig. »Und leider auch schon einige Zeit nichts mehr von Rozenburg, ich hoffe, da ist alles in Ordnung.« So ganz glaubte sie nicht daran, Pieter war unberechenbar und würde ihre Abwesenheit ganz sicher auf die eine oder andere Art ausnutzen.

»Was willst du jetzt machen?« Erika sah Julie fragend an. »Ich meine, willst du zurück?«

Julie zuckte mit den Achseln. »Ich muss zurück, vor allem wegen Henry. Schon bald. Aber ich will erst abwarten, bis bei Suzanna wieder alles in geordneten Bahnen läuft. Ich könnte nicht mit der Gewissheit leben, dass sie und ihre Kinder in Armut leben müssen, nur weil Karl nicht für sie vorgesorgt hat!«

Suzanna ging es stetig besser. Am nächsten und auch am übernächsten Tag ließ Julie sich von Foni allerlei Leckereien aus der Küche des Stadthauses zusammenpacken und nahm sie mit in Suzannas Haus. Minou erwartete sie bereits aufgeregt an der Tür und steckte sofort ihre Nase in den Korb.

Suzanna saß in der Küche, als Julie hereinkam. Heute würde sie mit ihr reden.

»Sie sollten das Kind nicht zu sehr verwöhnen. Wir können nicht … und wenn Sie dann nicht mehr kommen, wird Minou enttäuscht sein«, sagte Suzanna und blickte ihrer Tochter nachdenklich hinterher, als diese mit einer Hand voll Keksen glücklich die Küche verließ. Dann senkte sie den Blick. »Und wir brauchen keine Almosen.«

Julie setzte sich zu Suzanna an den Tisch. »Suzanna, ich bringe keine Almosen, ich bringe Ihnen etwas zu essen, da Sie krank waren und nicht selbst für sich und Ihr Kind sorgen konnten«, sagte sie eindringlich. »Im Übrigen mache ich das gern«, fügte sie leise hinzu.

»Warum?« Jetzt sah Suzanna Julie an. In ihrem Blick lag ehrliches Erstaunen. »Warum tun Sie das? Sie müssten doch böse auf mich sein.«

Julie lachte auf. »Suzanna! Ich? Ich bin noch nicht einmal vier Jahre in diesem Land. Sie hingegen ... Sie waren doch schon lange vor mir da, auch für Karl.« Sie verspürte nicht einmal Bitterkeit. »Seit wann, wenn ich fragen darf, kannten Sie Karl eigentlich?«

Ein bitteres Lächeln huschte über Suzannas Gesicht. »Ich bin die Tochter von Karls früherer Kinderfrau. Die Tochter einer Sklavin. Als ich geboren wurde, war Karl zehn Jahre alt. Ich gehörte ihm vom ersten Moment an. Meine Mutter starb, als ich zwölf war. Ich blieb bei der Familie Leevken.«

»Oh, und Ihr Vater?«

Suzanna schwieg einen Moment. Dann sprach sie leise weiter: »Wissen Sie, in diesem Land ... ich hatte keinen Vater. Meine Mutter gehörte dem Vater von Karl, der ... Sie verstehen?«

Suzanna war nicht nur schon immer Karls Sklavin gewesen, sondern mit allerhöchster Wahrscheinlichkeit auch seine Halbschwester! Und ihre Kinder somit ... Julie schüttelte es bei dem Gedanken.

»Grundgütiger ...«, entfuhr es Julie. »Es tut mir leid! Ich wusste ja nicht ...« Sie war ehrlich entsetzt. Betroffen fügte sie hinzu: »Sie waren also schon ... sehr lange bei Karl.«

Suzanna zuckte nur mit den Achseln. »Ja, eigentlich schon immer. Das ist eben so in diesem Land.«

»Und die Kinder?«, Julie musste es genau wissen, »ich meine, ist Karl der Vater?«

Suzanna nickte. »Ja. Beide Kinder sind von Karl.«

Julie schwieg betroffen.

»Karl war übrigens sehr glücklich, als sie ihm einen Sohn geschenkt haben. Wobei ...«

»Wobei was?«

»Na ja, ich bin die letzten Jahre nicht mehr schwanger geworden. Es schien, als ob Karl nicht mehr ... Sie wissen schon. Dass Sie ihm noch einen Sohn geschenkt haben, hat ihn wirklich zufrieden gemacht. Mein Sohn hätte ihn ja nie beerben können.«

»Er hat mit Ihnen darüber geredet?« Das wiederum erstaunte Julie.

»Natürlich, er hat sehr viel von der Plantage geredet.«

Julie kam nicht umhin, diese Frau zu bewundern. Schließlich hatte sie ihr ganzes Leben an der Seite eines Mannes verbracht, für den sie doch nie das sein konnte, was andere Frauen waren. Hatte sie das überhaupt gewollt? Oder war ihre Beziehung zu Karl nur eine reine »Besitzangelegenheit« gewesen?

Jetzt, als Suzanna den Blick senkte und leise fragte: »Ich hörte ... es gab einen Unfall ... und da Karl nicht wiederkam ...«, wurde ihr bewusst, dass diese Frau wirklich etwas für ihn empfunden hatte.

»Ja, einen Unfall ...«, Julie wollte nicht darüber sprechen. »Hätte ich gewusst ... ich hätte Sie benachrichtigen lassen.« Wieder meldete sich das Gefühl der Schuld, das sie so häufig überkam.

Julie kämpfte immer noch mit dem schlechten Gewissen, Martina den Vater genommen zu haben, aber jetzt wurde ihr bewusst, dass sie eine ganze Familie zerstört hatte. Es war Notwehr! Reine Notwehr, versuchte sie sich zu beruhigen.

»Hat Karl Ihnen … ich meine, hat er Sie irgendwie abgesichert?«, fragte sie vorsichtig.

Suzanna lachte leise auf. »Nein.«

»Und das Haus hier? Gehört es Ihnen?«

»Nein, es gehört zur Plantage. Und Karls Schwiegersohn … Ihr Schwiegersohn hat mich schon benachrichtigen lassen, dass das Haus bald nicht mehr tragbar sei für die Plantage. Ich soll mich schon mal umsehen.«

»Was hat er?« Julie fuhr hoch. Das sah Pieter ähnlich. »Er kann Sie und die Kinder doch nicht auf die Straße setzen! Ich meine, irgendwie sind wir ja alle … sind Sie mit Martina …«

Suzanna winkte ab. »So was zählt hier nicht, verwandt ist man nur, wenn man auch die gleiche Hautfarbe hat.« In ihrer Stimme lag nicht einmal Bitterkeit.

Julie wusste, dass Suzanna recht hatte. Kein Weißer würde zugeben, dass es Abkömmlinge aus gemischtfarbigen Beziehungen gab. Die unfreiwilligen Nachkommen boten sich als Arbeitskräfte an, und die freigekauften Gespielinnen versorgte man eben unter der Hand mit. Aber sich öffentlich dazu bekennen? Nie!

Julie hatte vom Fall eines jungen Mannes gehört, der vor ein paar Jahren gewagt hatte, um die Rechte seiner farbigen Frau zu kämpfen. Nach Monaten der gesellschaftlichen Ächtung und Demütigungen war er mit ihr nach Europa abgereist. Und Julie war sich sicher, dass man in Europa toleranter war als in dieser kleinen Kolonie. Oder besser gesagt: In Europa gab es keine Sklaverei mehr.

Sie war fest entschlossen, Suzanna zu helfen. »Machen Sie sich keine Sorgen, noch habe ich auf der Plantage ein Wort mitzureden.«

Das war zwar gelogen, Julie war von Pieter regelrecht entmündigt worden. Aber jetzt, wo es nicht mehr nur um sie und Henry ging, sondern auch um Suzanna und ihre Kinder, spürte Julie neuen Mut, es mit Pieter aufzunehmen. Sie musste die Plantage aus seiner Hand retten. Und dazu brauchte sie Jean. Sie würde ihn finden.

Kapitel 8

Es war unerträglich schwül. Selbst Kiri schwitzte, was ungewöhnlich war, kam sie doch mit dem Klima prima aus und verstand nicht, warum sich die Weißen damit so schwertaten. Vielleicht lag es an der Schwangerschaft. Inzwischen ließ die sich nicht mehr verleugnen, Kiri hatte das Gefühl, tagtäglich etwas runder zu werden.

Auch Masra Henry litt unter der Hitze. Kiri hatte den kleinen Jungen schon fast gänzlich entkleidet. Misi Martina hatte sich darüber aufgeregt und Kiri angeherrscht, dem Kind sein Jäckchen wieder anzuziehen. Amru hatte mit dem Kopf geschüttelt und Kiri angeleitet, mit Masra Henry ins Dorf hinüber zu gehen. »Und zieh ihn bloß nicht wieder an!«, hatte sie geflüstert.

Masra Martin hingegen lief seit einigen Tagen mit hochrotem Kopf umher, weil Misi Martina ihn trotz des Wetters in Hemdchen und Jacke steckte, er schwankte manchmal schon verdächtig ob der schwülen Luft.

Amru hatte Misi Martina geraten, es dem Kind auch etwas leichter zu machen, aber die hatte nur böse geantwortet: »Ich kann ihn ja schlecht wie ein Negerkind umherlaufen lassen.«

Dass Masra Pieter dazu nichts sagte, er als Arzt musste doch wissen, wie schlecht die warme Kleidung bei dem Wetter war, ärgerte Amru umso mehr. Überhaupt war die Hausskla-vin immer häufiger mit übler Laune anzutreffen. Früher hatte

Amru hier das Zepter in der Hand gehabt. Auch wenn Masra Karl oft nicht einfach gewesen war, so hatte er doch Amru den Vorstand des Haushaltes überlassen. Misi Martina hingegen versuchte seit einiger Zeit, Amru hineinzureden. Ihr Mann beschwor sie immer wieder, sich endlich gegen das »Negerpack« durchzusetzen.

Auch im Sklavendorf war die Stimmung bedrückt. Das Klima schürte das Fieber, und die ersten Männer lagen danieder. Masra Pieter hatte sich sehr aufgeregt, dass wieder Arbeitskräfte ausfielen, und dann angekündigt, etwas dagegen zu unternehmen. Seine erste Anweisung an die Basyas hatte natürlich darin bestanden, die Männer mit der Peitsche von ihren Lagern zu treiben. Das ging aber nur einige Tage gut, bis die ersten von den Feldern heimgetragen werden mussten. Sie brachen, mit ihrer Machete in der Hand, einfach zusammen. Sie waren wirklich krank, und nach einer Woche starb der erste Mann im Fieberwahn.

Amru und Jenk taten ihr Bestes, um im Dorf zu helfen. Jenk bereitete Tees und Heilsalben zu, und des Nachts schlichen der Medizinmann und die gesunden Sklaven in die Felder, um am Feuer die Geister um Hilfe zu bitten. Aber es war ein schlechtes Jahr. Das Wetter wurde nicht besser, kaum ein Lüftchen regte sich, und die schwüle Luft hielt sich Tag und Nacht zwischen den Hütten.

Als die ersten Kinder krank wurden, schlug Amru Alarm. Sie wagte sich zu Misi Martina. Die saß mit den Kindern auf der Veranda, Kiri hockte auf einer Matte daneben. »Geben Sie den Sklaven wenigstens eine etwas größere Ration, die kranken Kinder brauchen gutes Essen.«

Misi Martina schien kurz darüber nachzudenken. Als

Masra Pieter von den Feldern kam, wagte sie es, ihn darauf anzusprechen, aber Masra Pieter erstickte Amrus Vorschlag im Keim. »Ach, faul herumliegen und sich dann noch fettfressen – das täte den Negern so passen! Nichts da! Wer wenig arbeitet, muss auch nur wenig essen.«

»Aber Pieter, vielleicht … ich meine … die Kinder?«

»Unsere Neger haben alle Kostäcker – sollen sie sich doch selbst versorgen! Wenn die jetzt schon zu faul sind, ihre eigenen Gärten zu beackern … Martina, der Plantage geht es wirtschaftlich gerade nicht so gut, dass ich die durchfüttern könnte wie die Maden. Ich werde es noch einmal mit den Medikamenten versuchen, ich habe da aus Europa eine neue Rezeptur …«

Misi Martina war dabei ganz offensichtlich nicht wohl. »Aber beim letzten Mal …«

Ihr Einwand führte nicht dazu, dass Masra Pieter sich beruhigte, im Gegenteil. »Was weißt du schon! Die Zusammensetzung wurde nochmals verbessert. Diesmal wird es keine Probleme geben. Zudem gibt es eine kleine Entschädigung von dort, wenn wir die Mittel hier an unseren Sklaven erproben.«

Als Kiri Amru berichtete, wie das Gespräch ausgegangen war, gab Amru nur ein unwirsches Prusten von sich.

»Wenn der Masra so weitermacht, hat er bald gar keine Sklaven mehr.«

Auch Kiri fühlte sich zunehmend schlapper. Sie war inzwischen im sechsten Monat der Schwangerschaft, und durch das unangenehme Wetter hatte sie das Gefühl, aufzuquellen wie ein Schwamm. Manchmal fühlte sie sich am Abend fiebrig. Sorgfältig umlegte sie ihre Beine dann mit kühlen Wickeln. Sie durfte nicht krank werden, nicht solange Misi Juliette nicht wieder da war.

Um sie herum jedoch verschlimmerte sich die Situation. So viele Sklaven waren noch nie vom Fieber gepackt worden. Fast in jeder Hütte lag eine kranke Person.

Es dauerte nicht lange, bis Masra Pieter die Kranken in das Versammlungshaus bringen ließ und ihnen seine Spritzen setzte. Jeder, der sich weigerte, wurde gnadenlos ausgepeitscht, bis er freiwillig den Arm hinhielt.

In der Nacht zuvor hatten zwei junge Burschen, mit Fieber, aber noch fähig zu laufen, versucht, die Plantage zu verlassen.

»Lieber sterben wir im Wald als durch diese Medizin des weißen Mannes«, hatten sie gesagt. Als die Basyas merkten, dass es Flüchtige gab, ließen sie die Hunde los.

Amru hatte Masra Pieter beschworen, noch abzuwarten. »Das Fieber kommt und geht jedes Jahr!« Aber er schickte sie weg.

Wenige Tage, nachdem Masra Pieter die Männer behandelt hatte, ging es einigen noch schlechter. Zum Fieber kamen Erbrechen und ein Delirium; sie wussten nicht mehr, wo sie waren, die Kinder schrien ununterbrochen oder waren gar nicht mehr ansprechbar.

Im Sklavendorf brach Chaos aus.

Kapitel 9

Als Julie ein paar Tage später im Haus von Suzanna eintraf, trug diese bereits einen Korb mit Früchten in die Küche.

»Suzanna, meinen Sie, Sie sind dafür schon wieder kräftig genug? Sie müssen das doch gar nicht, ich bringe Ihnen etwas mit …«

»Juliette, ich habe das nicht für mich geholt. Wissen Sie, ich muss ja irgendwie meinen Lebensunterhalt bestreiten.« Suzanna sprach Julie seit dem ersten Tag beim Vornamen an, der Name Leevken schien ihr nicht über die Lippen kommen zu wollen. Julie war nicht böse darum. Im Grunde wäre es ihr lieber gewesen, sie hätte diese Frau unter anderen Umständen kennengelernt. Seit ihrem ausführlichen Gespräch über Karl vermieden sie es beide, seinen Namen zu erwähnen. Was gesagt werden musste, war gesagt.

Suzanna stellte den Korb mit den Früchten auf den Tisch und zog sich einen Stuhl heran, auf den sie sich erschöpft niederließ. Die Anstrengung war ihr anzusehen, das Fieber hatte sie vermutlich stärker geschwächt, als sie wirklich zugeben wollte.

»Ich muss damit morgen zum Markt.«

»Meinen Sie wirklich, dass das geht?« Auch Julie setzte sich an den Tisch.

»Wenn ich die Früchte verderben lasse, hilft mir das auch nicht.«

»Gehört … der Kostacker, gehört der zum Haus?«

Julie bekam plötzlich Angst, dass Suzanna nicht nur das Dach über dem Kopf verlieren könnte, sondern auch ihre Lebensgrundlage.

Suzanna schüttelte den Kopf. »Nein. Den habe ich damals von meiner Mutter übernommen. Er ist nicht groß, reicht aber gerade aus, um uns zu ernähren und ein bisschen was zu verkaufen.«

Julie überlegte, wie sie Suzanna helfen konnte. Geld würde sie von Julie nicht annehmen, dafür war sie viel zu stolz. Plötzlich kam ihr eine Idee. »Der Kostacker des Stadthauses! Der liegt zwar am anderen Ende der Stadt, aber was dort angebaut wird, können wir sowieso nicht verbrauchen. Vielleicht hätten Sie Interesse, dort die Überschüsse abzuernten und zu verkaufen?«

Suzanna runzelte die Stirn. Sie dachte eine Weile nach.

»Hätte ihre Haussklavin im Stadthaus denn nichts dagegen?«

Julie zuckte nur die Achseln. »Ich denke, die Ernte reicht, um das Stadthaus zu bedienen, Foni und Hedam anteilig zu versorgen und auch noch einen Überschuss zu erwirtschaften. Hedam hat sich gerade neulich erst beschwert, dass er vieles wegschmeißen musste, weil keiner da war, der es hätte essen können. Wenn Sie also wollen … ich denke, es spricht nichts dagegen, dass Sie dort ernten und die Erträge mit auf den Markt nehmen. Als Gegenleistung können Sie ja den Kostacker etwas pflegen. Hedam kann da bestimmt Hilfe gebrauchen, und Foni kümmert sich sowieso nur um das Haus.«

Suzanna war noch nicht überzeugt, irgendwo musste doch ein Haken an der Sache sein. »Aber ich kann doch nicht einfach Ihre Früchte verkaufen, so ohne … ich weiß ja nicht.«

Julie rollte mit den Augen. Suzannas Stolz in Ehren, aber sie meinte es ernst.

»Na, dann liefern Sie das eingenommene Geld eben im Stadthaus wieder ab, und ich bezahle Sie dann dafür, dass Sie die Waren verkauft haben.«

Jetzt lächelte Suzanna: »Abgemacht!«

Julie war zufrieden. So konnte sie Suzanna wenigstens helfen, ohne dass es den Anschein hatte, ihr Almosen aufzuzwingen.

Gerade als die Frauen sich voneinander verabschiedeten, drangen von draußen Rufe herein. »Mama! Mama?«

»Das ist Minou!« Besorgt stürzte Suzanna durch die Tür in den Flur, stieß aber sogleich mit jemandem zusammen, der gerade das Haus betrat.

»Oh!« Suzanna schlug die Hand vor den Mund, um gleich darauf die Arme hochzureißen und der Person um den Hals zu fallen. Julie trat einen Schritt an die Tür heran, um sehen zu können, wer da gekommen war. Sie beobachtete, wie Suzanna einem jungen Burschen die Stirn küsste, während sie sein Gesicht in beiden Händen hielt.

Sie schien überglücklich, ihren großen Sohn wohlbehalten in die Arme schließen zu können. Ebenso Minou, die ihn gleich mit vielen Fragen belagerte: Hatte er Gold gefunden? Und die gefährlichen Echsen am Fluss gesehen? Oder gar einen der Waldgeister? Als er sich in Richtung Küche wandte, betrachtete er Julie einen Moment verwundert, sagte aber nichts. Er nahm seine kleine Schwester liebevoll auf den Arm und trug sie in die Küche. »Minou, Minou, nun lass mich doch erst mal reinkommen.«

Julie zögerte. War es besser, jetzt zu gehen? Ob es Suzanna etwas ausmachte, wenn sie noch blieb? Julie war nämlich durchaus neugierig auf die Berichte des jungen Mannes. Zu ihrer Erleichterung winkte Suzanna sie zum Tisch, bevor sie aus einem Regal zur Feier des Tages eine kleine Flasche holte und Wico zuprostete. Dann nahm sie einen Schluck und ließ die Flasche herumgehen.

Julie bemerkte, dass Wico sie immer noch neugierig ansah. Sie hatte sich ja auch noch nicht richtig vorgestellt. Nur, wie sollte sie sich präsentieren? Suzanna kam ihr zuvor.

»Wico, das ist Juliette Leevken. Die Frau eures verstorbenen Vaters.« Suzanna machte kurzen Prozess, und Julie schluckte überrascht.

Minou hatte in der Aufregung gar nicht richtig zugehört, aber Wicos Augenbrauen zogen sich misstrauisch zusammen. Suzanna entging das nicht, sie stupste ihn an und erklärte: »Juliette arbeitet in der Krankenstation der Mission und kam sozusagen dienstlich hierher.«

»Mutter, warst du krank?« Wico betrachtete seine Mutter mit besorgtem Blick.

»Nur ein bisschen Fieber, ist schon wieder in Ordnung«, spielte sie die Situation herunter. »Aber nun erzähl: Was hast du erlebt?«

Wico berichtete von den Zuständen im Hinterland, wo die Menschen an den Flüssen nach Gold schürften. Die Situation klang recht chaotisch, die Gebiete waren anscheinend noch gar nicht erforscht, und die Arbeiter wurden auf gut Glück losgeschickt. Einige waren bereits ums Leben gekommen. Und wenn es ihnen gelang, in einem Fluss oder Kreek etwas Gold zu finden, mussten sie es auf dem Weg zurück in die Stadt beim Vorarbeiter abliefern und sich durchsuchen lassen.

»Inzwischen durchsuchen sie auch die kleinste Ecke, in der ein Mann etwas verstecken könnte. Und das nicht nur im Boot und im Gepäck«, er deutete mit der Hand auf seinen Körper. »Erst dann bekommt man seinen Lohn!« Wico warf ein kleines Säcklein mit klimpernden Münzen auf den Tisch. »Der steht aber in keinem Verhältnis zum Aufwand.« Er seufzte.

»Siehst du, ich habe dir ja gleich gesagt, du brauchst nicht zu glauben, dass du mit einem Sack voller Gold wiederkommst.« Suzannas Worte sollten wie ein Scherz klingen, ihr Gesicht aber verriet Julie, dass sie genau das gehofft hatte.

Julie verabschiedete sich bald, zu lange wollte sie das Glück der wiedervereinten Familie nicht stören. Als sie in der Droschke saß, fiel es ihr siedendheiß ein: Warum hatte sie Wico nicht nach Jean gefragt? Die Goldsucher! Daran hatte sie noch gar nicht gedacht, vielleicht war Jean ja dort? Am liebsten wäre sie gleich umgekehrt, aber dann besann sie sich. Die drei sollten heute erst einmal ihre Ruhe haben und außerdem – wie wahrscheinlich war es schon, dass Wico nun genau dort Jean getroffen hatte? Julie seufzte. Sie wusste, dass sie an ihre Rückkehr nach Rozenburg denken sollte. Doch schnell schob sie den Gedanken beiseite.

Am Morgen des nächsten Tages begleitete Suzanna Hedam zum Kostacker. Julie bestellte am Nachmittag eine Droschke, um Suzanna, die einen ganzen Korb mit Knollen und Früchten geerntet hatte, nach Hause zu begleiten.

Suzanna zögerte jedoch, zu Julie in den Wagen zu steigen. Eine Farbige und eine Weiße zusammen – das war undenkbar!

»Ach, stellen Sie sich nicht so an.« Julie deutete resolut auf den Sitz neben sich. Suzanna nahm schließlich beklommen Platz.

»Juliette, wenn uns jemand sieht! Ihr Ruf wird darunter leiden.«

Julie lachte laut. »Mein Ruf? Ich glaube, ich habe nicht mal einen.« Unterwegs verdrehten einige Weiße, die ihnen in anderen Kutschen entgegenkamen, vor Verwunderung tatsächlich den Kopf, und eine Frau lief sogar krebsrot an, als Julie ihr auch noch unverhohlen zuwinkte. Aber Julie hatte Spaß wie schon lange nicht mehr.

»Morgen redet bestimmt die ganze Stadt über uns«, kicherte sie. Suzanna quittierte das eher mit einem besorgten Blick. Sie war sichtlich froh, als die Kutsche endlich vor ihrem Haus hielt.

Die Kinder begrüßten ihre Mutter freudig. Wico hatte sich seit dem gestrigen Tag ordentlich gewaschen, gekämmt und frische Kleidung angelegt. Julie begrüßte er freundlich, aber reserviert, sie spürte sehr wohl, dass er einen gewissen Argwohn gegen sie hegte. Sie konnte es ihm nicht verübeln, diese Konstellation war einfach merkwürdig.

Julie hatte von Foni einen Kuchen einpacken lassen, diesen stellte sie nun auf den Tisch, was bei Minou ein Freudengeheul auslöste.

Suzanna brühte frischen Kaffee auf, während sie Wico von Julies Idee mit dem Kostacker berichtete. »Ich bin sozusagen eine Erntehelferin«, schloss sie ihren Bericht. Der Stolz war ihrer Stimme deutlich anzuhören.

In Wicos Gesicht spiegelte sich für einen kurzen Moment ein schlechtes Gewissen. »Es tut mir leid, Mutter, dass ich nicht mehr Geld mit nach Hause gebracht habe.«

Suzanna winkte sofort ab. »Ach, Junge, nun mach dir darüber mal keine Gedanken, wir kommen auch so aus.«

Richtig beruhigt schien Wico aber nicht. »Ich habe übrigens in dem einen Lager einen Goldwäscher getroffen, der früher für Va...«, Wico schluckte das Wort herunter und korrigierte sich schnell, »für Rozenburg gearbeitet hat.«

Julie sah neugierig auf. Sie hatte auf den richtigen Zeitpunkt gewartet, um nach Jean zu fragen. Fast verschluckte sie sich. »Wie … wie sah er aus?«

»Er war wohl mal Buchhalter dort«, sagte Wico mit vollem Mund.

»Was?« Julie musste husten.

»Vielleicht kennen Sie ihn ja noch, er heißt Jean Riard.«

Julie starrte Wico einen Augenblick fassungslos an. Dann brach sie in Tränen aus.

Kapitel 10

Kiri fütterte gerade Masra Henry, als Masra Pieter hinter seiner Zeitung ein wütendes Schnauben von sich gab. Masra Henry wollte allerdings viel lieber mit dem silbernen Löffel spielen, als sich damit den Brei in den Mund schieben zu lassen. Mit klebrigen Fingerchen grabschte er immer wieder nach dem Löffel, und Kiri hatte ihre liebe Not, dass nicht noch mehr von dem Brei da landete, wo er eigentlich nicht hin sollte – auf dem Boden. Misi Martina, die schon zweimal böse herübergeschaut hatte, wollte wohl gerade ansetzen, Kiri zu schelten, als Masra Pieter barsch die Zeitung zusammenknüllte und auf den Tisch warf. Verwundert blickten ihn alle an, selbst Masra Henrys Fingerchen blieben in der Luft stehen, und seine großen blauen Kulleraugen fixierten den erwachsenen Mann erschrocken.

»Es ist unglaublich! Der König will tatsächlich die Sklaverei abschaffen lassen. Jetzt wurde eine Kommission gebildet, und die berät nun, was zu tun ist. Was denken die eigentlich, was aus der Kolonie wird, wenn wir keine Sklaven mehr halten dürfen?«

Misi Martina zuckte nur mit den Achseln und widmete sich weiter ihrem Frühstück. »Pieter, reg dich doch nicht auf, der König sitzt in Europa, und der Gouverneur wird das schon regeln.«

»Ach, das ist doch auch so ein Negerfreund! Du würdest

dich umgucken, wenn du dich plötzlich selbst anziehen müsstest.«

Woraufhin Misi Martina ihren Mann in der Tat kurz verwundert anstarrte. Kiri hätte fast gelacht, und auch Liv, die gerade dem kleinen Masra Martin sein Frühstück in mundgerechte Stücke zerteilte, verzog kurz belustigt das Gesicht, senkte dann aber schnell den Kopf.

Sichtlich erbost verließ Masra Pieter den Tisch. Misi Martina bedeutete Liv, auf Masra Martin aufzupassen und verließ ebenfalls den Raum.

Als die Herrschaften verschwunden waren, atmete Kiri erleichtert auf. Sie hatte immer noch Angst vor Masra Pieter – obwohl der sie schon seit Monaten nicht mehr behelligt hatte. Dass sie ihn tagtäglich sehen und der Familie dienen musste, machte das Ganze nicht leichter.

Auch Liv entspannte sich etwas. Sie war nun schon sehr lange Misi Martinas Leibsklavin und inzwischen auch für Masra Martin zuständig, aber so recht schien die junge Frau sich daran nicht zu gewöhnen.

»Die Sklavenhaltung abschaffen …« Liv schüttelte den Kopf. »Das wird doch nie passieren.«

»Aber wenn es doch schon in der Zeitung steht?«, wandte Kiri hoffnungsvoll ein.

»Ach, Kiri – hörst du nicht, was da ab und an für Zeug drinsteht? Erinnere dich doch mal, was Masra Karl früher manchmal vorgelesen hat: Angeblich gibt es Boote, die unter Wasser fahren, und in Europa soll es Kutschen ohne Pferde geben, die dafür mit Dampf oder so fahren. Ich glaube das alles nicht.«

Kiri hingegen wollte es gerne glauben. Was sie alles tun könnte, wenn sie frei wäre …

Als Kiri später während Masra Henrys Mittagsschlaf zum Sklavendorf hinüberging, stutzte sie. Sie sah bereits von Weitem einen Menschenauflauf, und als sie näher kam, bemerkte sie, dass sich zwei Seiten gegenüberstanden. Neben Masra Pieter standen die Basyas mit Peitschen und Hunden, auf der anderen Seite die Arbeitssklaven, allen voran Jenk. Kiri blieb stehen. Es war besser, jetzt nicht dorthin zu gehen. Hatte es in den letzten Tagen immer schon schwelende Proteste gegeben, die von den Basyas mit der Peitsche sofort niedergemacht wurden, so hatte sich heute das ganze Sklavendorf versammelt. Sie versuchte, aus dem Gewirr von Stimmen etwas zu verstehen. Offensichtlich war soeben ein weiterer Mann nach Masra Pieters Behandlung gestorben. Kiri bekam Angst und rannte so schnell sie konnte zurück zum Plantagenhaus, wo sie nach Amru rief. Selbst Misi Martina tauchte auf.

»Was ist hier denn für ein Krach?« Als sie sah, dass Amru alles stehen und liegen ließ und aus dem Haus eilte, folgte sie ihr verwundert.

Als die Frauen am Sklavendorf ankamen, hatte sich der Streit verschärft. Masra Pieter stand mit hochrotem Kopf da und zeigte mit dem Finger immer wieder auf Jenk, wobei er schrie: »Du mit deinem Hokuspokus hast mir die Sklaven doch jetzt widerspenstig gemacht. Sorg dafür, dass sie wieder an die Arbeit gehen. Sofort!«

Jenk hob nur hilflos die Arme. »Masra, ich kann auch nichts dafür, die Männer haben Angst vor ...«

Masra Pieter griff nach der Peitsche des Basya, riss sie ihm aus der Hand und schlug auf Jenk ein. Der Mann blieb am Boden liegen. Neben Kiri stieß Amru einen leisen Schrei aus und wollte losstürmen. Kiri hielt sie geistesgegenwärtig zurück. Die anderen Sklaven wichen einen kurzen Moment zurück, um sich dann aber wieder geschlossen aufzustellen. In den Gesichtern der Männer sah man, dass sie es dieses Mal absolut ernst meinten.

»Wenn ihr nicht sofort losgeht, lass ich die Hunde losmachen!« Masra Pieters Stimme überschlug sich fast.

Selbst die Basyas sahen sich hinter seinem Rücken kurz verwundert an. Die Hunde waren darauf abgerichtet, jeden Sklaven zu beißen, den sie zu packen bekamen. Sie im Wald laufen zu lassen, um Flüchtige zu suchen, das war eine Sache, aber sie auf der Plantage, im Sklavendorf loszumachen? Das würde in einer Katastrophe enden. Die Basyas hatten sonst den Befehl, jeden Hund sofort zu erschießen, der sich auf dem Grund der Plantage freimachte.

Die Drohung brachte die Sklaven ins Wanken, noch aber standen sie alle da.

»Gib mit den Hund!« Masra Pieter zerrte an der Leine, die der Basya neben ihm festhielt. Der große erdfarbene Hund, dem bereits lange Geiferfäden aus den Lefzen tropften, knurrte drohend. »Nun gib schon her!«

Verdattert ließ der Basya los, Masra Pieter schnappte sich den Hund und löste die Leine. Das Tier stutzte einen Moment verwundert und setzte dann sofort mit einem großen Sprung zwischen die vielen schwarzen Körper, die vor ihm standen. Die Sklaven stoben auseinander, viele schrien, und alle suchten ihr Heil in der Flucht.

Der Masra gab ein schallendes Lachen von sich. »Na, lauft!«

Endlich regte sich Misi Martina. »Pieter, bist du verrückt?«, schrie sie, und zu einem der Basyas: »Los! Holen Sie das Gewehr, und erschießen Sie das Tier.«

Amru war mit einem Satz bei Jenk, der vor Masra Pieter auf dem Boden lag.

»Es reicht.« Masra Pieter hatte einen entrückten Ausdruck

in den Augen. »Es reicht wirklich, hier werden jetzt andere Seiten aufgezogen.«

»Pieter, bitte…« Weiter kam Misi Martina nicht, Masra Pieter verpasste ihr eine schallende Ohrfeige. »Und du«, brüllte er, »geh ins Haus, wie sich das gehört!«

Die Misi wich taumelnd zurück und hielt sich erschrocken die getroffene Wange.

Hinter den Hütten hörte man einen Schuss und ein kurzes Aufheulen. Der Basya hatte den Hund erlegt. Trotzdem hatte der Hund jeden gebissen, der ihm zwischen die Fänge geraten war. Viele Männer lagen auf dem Boden und hielten sich die blutenden Beine. Die Frauen, die das Spektakel aus den Hütten beobachtet hatten und aus Angst um ihre Kinder die Eingänge verschlossen hatten, sobald der Hund losgelaufen war, kamen nun hervorgestürzt und versuchten, ihren Männern zu helfen.

»Nehmt den Mann und hängt ihn an den Baum«, befahl Masra Pieter und gab Jenk noch einen Tritt.

Amru warf sich vor dem Masra auf die Knie. »Bitte, Masra… bitte nicht«, flehte sie.

»Er hat hier alle aufgewiegelt, das muss bestraft werden! Nun packt ihn schon, und hängt ihn an den Baum – wie früher, sage ich!«, befahl der Masra kalt.

Amru versuchte noch, sich an den Arm ihres Mannes zu klammern, aber die Basyas stießen sie weg. Wie früher, hatte er gesagt! Das ließ alle Sklaven bis ins Mark erschrecken.

Die Basyas brachten Jenk zum Baum, fesselten seine Handgelenke an die Fußgelenke, sodass er mit den Armen seine Beine umschlang, steckten oberhalb der Ellenbogen ein Stange durch die Kniekehlen und hängten ihn daran kopfüber an einen dicken Ast. »Papageienschaukel« nannte man diese Strafe, eine Foltermethode, die schon seit einigen Jahren verboten war. Kiri sah hilflos zu, wie Amru nochmals versuchte, den Masra zu beschwichtigen. Misi Martina stand derweil schluchzend hinter Kiri und jammerte nur: »Was ist nur in ihn gefahren? Warum tut er das?«

Masra Pieter hingegen sah sich zufrieden den zusammengeschnürten Sklaven im Baum an, klopfte sich den Staub von der Hose und ging zum Plantagenhaus. Amru blieb weinend unter ihrem Mann sitzen. Masra Pieter hatte zwei Aufseher abgestellt, die Wache halten mussten, dass niemand Jenk befreite.

Amru saß auch zwei Tage später noch dort. Sie hatte nichts gegessen und nichts getrunken, und kein gutes Zureden der anderen Sklaven brachte sie von Ort und Stelle.

Am vierten Tag war Jenk tot.

Kapitel 11

»Erika, ich muss dahin!« Julie hatte ihrer Freundin soeben atemlos berichtet, was sie von Wico erfahren hatte.

Erika runzelte die Stirn. »Ich weiß ja nicht ...«

Julie konnte nicht verstehen, warum Erika keine Begeisterung zeigte. Sie hatte Jean gefunden! Sie wusste, wo er war! Sie war enttäuscht und auch ein bisschen wütend über die Reaktion ihrer Freundin. Gerade sie musste doch wissen, wie sie sich fühlte. »Erika, du bist schließlich auch nach Batavia gefahren, um Reinhard zu suchen«, sagte sie trotzig. Dass diese Worte Erika einen schmerzhaften Stich versetzten, bedachte sie nicht.

»Ja, eben, Juliette«, sagte Erika leise, »ich bin nach Batavia gefahren. Und? Was habe ich davon? Die Gewissheit, dass mein Mann nie wieder zu mir zurückkehren wird.«

»Ja, aber Jean ...« Julie spürte den Schmerz ihrer Freundin. Aber mit Jean, das war doch etwas ganz anderes.

»Juliette, hast du mal darüber nachgedacht, dass er seine Gründe gehabt hat, zu verschwinden und sich nicht mehr bei dir zu melden?«

Ja, Julie hatte darüber nachgedacht, die entsprechenden Erklärungen aber immer schnell verworfen. Nicht ohne Grund. »Da war doch noch alles anders zu der Zeit! Er weiß ja gar nichts.«

Erika verschränkte die Arme und schaute Julie durchdringend an. »Bist du dir sicher? Ich meine ... dass er heute immer noch mit dir ...«

Julie kamen die Tränen. Erika sprach genau das aus, was sie seit Monaten befürchtete. Dass er sie gar nicht mehr wollte, dass er genau deswegen gegangen war ... »Ja! Er wollte sein Leben mit mir verbringen, das hat er gesagt. Und jetzt könnten wir zusammen sein, also werde ich ihn suchen.«

Trotzig drehte Julie auf dem Absatz um und verließ die Krankenstation. Wütend lief sie Richtung Hafen. Nach und nach wurde ihr jedoch bewusst, dass sie eigentlich nicht auf Erika böse war, die meinte es schließlich nur gut. Sie war eher wütend auf sich selbst, denn der Gedanke, dass sie einer Wunschvorstellung nachjagte, hielt sich hartnäckig in ihrem Hinterkopf. Andererseits würde sie Genaues nur herausfinden, wenn sie Jean endlich fand. Sie musste zu den Goldflüssen. Und das so schnell wie möglich. Julie winkte nach einer Mietdroschke und ließ sich zu Suzannas Haus bringen.

»Da können Sie nicht hin!« Wico lachte. »Wirklich nicht. Wie stellen Sie sich das vor?«

Julie ließ den Einwand nicht gelten. Es war ein hartes Stück Arbeit gewesen herauszufinden, wo Jean war, sie würde sich jetzt, so kurz vor dem Ziel, nicht aufhalten lassen. »Wico, du weißt doch, wo Jean ist, du könntest mich hinführen. Ich bezahle das auch!«, sagte Julie schnell, obwohl sie im Moment nicht wusste, woher sie das Geld nehmen sollte. Sie hatte nicht mehr viel, Pieter hielt sie knapp, und ihre Ersparnisse hatte sie Erika gegeben für die Fahrt nach Batavia. Aber sie konnte Valerie fragen. Valerie würde ihr sicherlich aushelfen.

Während sie noch grübelte, winkte Wico bereits ab. »Unmöglich, Sie als Frau ... die Reise dauert Tage und ist sehr gefährlich. Warten Sie doch einfach, bis dieser Jean wieder in die Stadt kommt.«

»Dafür habe ich aber keine Zeit mehr! Ich habe schon so lange nach ihm gesucht!«

Julie setzte sich auf einen Stuhl in Suzannas Küche und ließ resigniert den Kopf hängen. Wico schien Mitleid mit ihr zu bekommen. Dass sich die ehemalige weiße Frau seines Vaters mit seiner Mutter, der farbigen Gespielin, zusammengetan hatte, fand er zwar offensichtlich absonderlich. Aber dass diese Frau sich so für seine kranke Mutter und seine kleine Schwester eingesetzt hatte, dafür zollte er ihr gehörigen Respekt, er hatte sich dafür auch schon bei ihr bedankt. Nun hoffte sie, dass er ihr helfen würde. Noch war er eher skeptisch, rückte sich aber einen Stuhl an den Tisch, setzte sich darauf und verschränkte die Arme auf der Tischplatte. Nach einer Weile des Nachdenkens richtete er das Wort an Julie.

»Angenommen, wir würden diese Fahrt planen. Wir bräuchten ein Boot, mindestens noch drei Männer zum Rudern, Proviant für mehrere Wochen und ... ein Gewehr wäre ganz gut. Das würde sehr teuer werden.«

Julie hob den Kopf, in ihre regte sich eine leise Hoffnung. »Das wäre alles? Kein Problem! Ich kann Geld besorgen, aber um die Dinge kümmern müsstest du dich. Ich weiß nicht, wo man Waffen kauft.«

Wico grinste jetzt wieder. »Abgemacht.«

»Abgemacht.« Julie fiel ein Stein vom Herzen. Sie hatte schon befürchtet, er würde nicht einwilligen.

Die nächste Hürde war allerdings Suzanna. Sie hatte kein Verständnis dafür, dass Julie ihren Sohn zu dieser gefährlichen Reise überreden wollte. Sie war froh, dass Wico gerade unbeschadet aus der Wildnis wiedergekehrt war, und jetzt sollte er gleich wieder dorthin?

»Kommt gar nicht in Frage! Juliette, Ihre Hilfe für unsere Familie in Ehren, aber das kann ich nicht erlauben. Nur damit Sie Ihren Buchhalter wiedersehen.«

»Jean ist nicht *mein Buchhalter.*« Julie hatte ihr nicht erzählt, was sich auf der Plantage durch Pieter zugetragen hatte. »Ohne Jean werde ich die Plantage vielleicht verlieren!«

Suzanna zuckte mit den Achseln. »Das ist nicht mein Problem.«

»Nein?« Julie wurde etwas lauter, sie konnte Suzannas Sorge um Wico ja verstehen, aber hier ging es schließlich um mehr. »Und was ist mit dem Haus hier? Was ist mit dem Stadthaus und dem Kostacker? All das gehört zur Plantage. Wenn ich die verliere, verliere ich auch diese Dinge. Und wo wir gerade dabei sind: Die Plantage hat Ihnen all die Jahre das Leben ermöglicht, welches Sie geführt haben, Karl hat es Ihnen ermöglicht. Sie sind es den Menschen, die dort arbeiten, doch wohl schuldig, dass Sie Ihnen jetzt helfen, dass die Plantage nicht in Pieters Hände gerät.«

Suzanna verschränkte die Arme vor der Brust und drehte Julie den Rücken zu. Julie wusste, dass sie ein empfindliches Thema angesprochen hatte. Nie würde Suzanna zugeben, dass sie im Grunde ein Teil der Plantage war wie alles andere auch.

»Ich möchte nur nicht auch noch meinen Sohn verlieren«, war alles, was Suzanna sagte. Sie sprach jetzt leise.

Julie wurde warm ums Herz. »Ich doch auch nicht. Ich werde alles tun, damit wir bestmöglichst ausgestattet sind. Wico wird alles bekommen, um uns sicher dorthin und wieder zurückzubringen.« Und nach einem kurzen Moment des Schweigens fügte sie hinzu: »Es geht um unser aller Zukunft. Wenn ich es nicht versuche, dann ...«

Suzanna nickte stumm.

Die nächsten Tage waren von Betriebsamkeit erfüllt. Julie war zu Valerie gegangen und hatte um Geld gebeten. Der Weg war ihr nicht leichtgefallen, es war ihr peinlich. Aber es ging nicht anders.

»Ich zahle alles zurück, Valerie.«

»Ach, Juliette, es geht ja auch um Martina und die Plantage. Ich gebe dir das Geld, allerdings mit einem Pfand, sozusagen.« Julie sah Valerie verwundert an, sie konnte sich nicht vorstellen, was Valerie von ihr fordern könnte. »Schau, Juliette, meine Mutter ist alt und irgendwann ... ich werde allein dastehen, und davor graut es mir. Ich gebe dir das Geld, wenn du mir das Versprechen gibst, dass ich später zu euch ziehen darf. Ich habe doch dann niemanden mehr, und so ganz allein alt werden, davor habe ich einfach Angst.«

Julie war verblüfft über dieser Offenheit, freute sich aber über das Vertrauen. Sie lächelte. »Natürlich. Du bist uns jederzeit willkommen.«

Julie gab Wico das nötige Geld zur Vorbereitung der Reise. Wico nahm seine Aufgabe sehr ernst. Er trug Julie diverse Besorgungen auf, die ihm als Mulatte verwehrt blieben, kümmerte sich dafür aber um den Kauf des Bootes und um drei kräftige Burschen, die es rudern sollten. Diese waren im Grunde froh über diesen Job, denn sie wollten auf den Goldfeldern Arbeit suchen und hätten sich die Fahrt dorthin sonst mühsam vom Munde absparen müssen.

Stolz bestellte Wico Julie zum Hafen, um ihr das Boot zu zeigen. Im ersten Moment war sie entsetzt. Das war kein Boot, das war eine Nussschale. Sie hatte gedacht, sie würden mit einem der größeren Treidelboote reisen, dies aber war nur ein ganz normales Korjal, gerade mal groß genug für fünf Personen und etwas Gepäck. Wico bemerkte ihren besorgten Blick. »Machen Sie sich keine Sorgen, die kleinen Boote sind robuster als die großen und da wir viele Stromschnellen und sogar Wasserfälle überwinden müssen, passt das gut.«

»Wasserfälle?« Julie wurde flau im Magen.

»Ja, Wasserfälle und ... ähm ... Sie sollten ...« Wico blickte verlegen auf Julies Füße. »Sie sollten sich noch ein paar feste Stiefel besorgen. Denn genau diese Wasserfälle müssen wir zu Fuß umgehen, und da sind gute Schuhe für Sie von Vorteil.«

Stiefel! Auch das noch. Julie seufzte.

Und gerade diese Stiefel erwiesen sich als echtes Problem. In der Kolonie war nicht vorgesehen, dass Frauen Stiefel trugen. Julie brauchte ewig, bis sie einen Schuhmacher fand, der ihr ein Paar anbieten konnte, das allerdings für Männer gemacht war und ihr am Fuß schlackerte. Sie würde dicke Strümpfe anziehen müssen, um die Stiefel nicht zu verlieren.

Erschöpft machte sich Julie schließlich auf den Heimweg. Sie ließ die Kutsche bei einem weiteren Geschäft halten, um letzte Kleinigkeiten zu besorgen. Plötzlich rief eine Stimme hinter ihr: »Juliette Leevken! Nein, wie schön, Sie zu treffen!« Es war Marie Marwijk. Julie war ebenfalls überrascht, jemanden von Rozenburgs Nachbarplantage hier in der Stadt zu sehen, bisher hatte sie noch überhaupt niemanden getroffen, abgesehen von ihren gelegentlichen Besuchen bei Valerie natürlich.

»Oh, guten Tag«, erwiderte sie freundlich, hatte aber eigentlich keine Lust, ein längeres Gespräch mit Marie Marwijk zu führen.

»Haben sich Ihre Neger denn wieder beruhigt? Wir hörten, es gab Probleme?«, kam die Nachbarin jedoch gleich zur Sache.

Julie bemühte sich, nicht allzu überrascht zu wirken. »Unsere Neger?«, fragte sie vorsichtig.

»Ja, wir hörten, es gäbe einige Aufständische unter ihnen.«

»Nein, das muss eine Verwechslung sein. Es ist alles in Ordnung«, sagte Julie schnell.

Marie wusste anscheinend nicht, dass Julie schon seit längerer Zeit nicht mehr auf der Plantage war. Julie zwang sich, noch eine kurze belanglose Plauderei mit Marie Marwijk zu führen, und eilte dann zurück zum Stadthaus. Der Gedanke an die Plantage ließ sie nicht los. Was war auf Rozenburg los? Kurz erwog sie, ihre Reisepläne über den Haufen zu werfen und lieber sofort zur Plantage zurückzukehren. Aber wenn es dort ernsthafte Probleme gegeben hätte, hätte man sie doch wohl benachrichtigt? Andererseits: Selbst wenn es Probleme gab, was sollte sie schon ausrichten, Pieter hatte sie in der Hand. Sie wollte Rozenburg retten, aber dazu brauchte sie Hilfe. Sie würde erst Jean suchen und danach gleich weiter nach Rozenburg reisen.

Im Stadthaus packte Foni bereits Julies Sachen. Der Stapel Gepäck war größer, als Julie gedacht hatte. »Foni, das kann ich nicht alles mitnehmen!« Julie schaute in die Taschen. »Hier, etwas Leibwäsche und ein Kleid zum Wechseln, das muss reichen.«

»Misi, nur ein Kleid?« Foni schüttelte verständnislos den Kopf.

»Ich fahre doch nicht auf eine Vergnügungsfahrt.«

Julie zog die wenigen Dinge, die sie mitnehmen wollte, aus dem Gepäck und wies Foni an, die restlichen Sachen wieder wegzupacken. Als sie dann vor dem kleinen Bündel stand, welches für einige Wochen ihr ganzes Hab und Gut sein würde, wurde ihr selbst kurz angst und bange. Sie war zwar nicht unbedingt auf Luxus aus, aber dieses Gepäck war wirklich spartanisch.

Zwei Tage später stand Julie am Hafen bereit. Wico verstaute ihre kleine Gepäcktasche unter einer der Sitzbänke des Bootes und wies ihr dann einen Platz im Heck zu.

Erika und Suzanna waren mit zum Hafen gekommen, um die Reisenden zu verabschieden. Auf ihren Gesichtern spiegelte sich gleichwohl der Unmut über Julies Unternehmung. Beide verkniffen sich aber weitere Kritik. Suzanna war inzwischen bewusst, dass Julies Mission im Sinne der Plantage lag, und Erika konnte nicht viel argumentieren. Sie hatte ja selbst eine wagemutige Reise gemacht, um ihren Mann zu finden.

Ihnen allen gemeinsam war die Hoffnung, sich schon bald wohlbehalten wiederzusehen.

Kapitel 12

Amru sprach kein Wort mehr. Kiri machte sich ernsthaft Sorgen um die Haussklavin. Seit ihr Mann gestorben war, gefoltert am Baum, auf Anweisung von Masra Pieter, verrichtete sie ihre Arbeit nur noch gleichmütig, sprach mit niemandem ein Wort und ignorierte die weißen Herrschaften. Kiri hoffte, dass sich Amru nicht noch den Unmut von Masra Pieter zuzog. Auch die Kinder litten darunter. Masra Henry und Masra Martin sahen in Amru wohl so etwas wie eine Großmutter, die immer ein nettes Wort für sie hatte oder ihnen die Münder oder Finger abwischte. Seit Jenk nicht mehr lebte, ging Amru an den Kindern vorbei, als wären sie unsichtbar. Masra Henry begann des Öfteren zu weinen, wenn er seine Ärmchen nach Amru ausstreckte, sie aber an ihm vorbeiging, ohne ihn eines Blickes zu würdigen.

Auch das Verhältnis zwischen Masra Pieter und Misi Martina hatte gelitten. Sie stritten kurz nach dem Vorfall noch einmal lautstark, seitdem schwiegen sie sich an. Misi Martina verkroch sich mit dem kleinen Masra Martin meistens in ihren Zimmern und kam nur hervor, wenn Masra Pieter auf den Feldern oder in seinen Räumen im Gästehaus war. Die Stimmung auf der Plantage war sehr bedrückend.

Dann wurde Misi Martina krank. Fieber! Kiri und Liv gaben sich alle Mühe, es ihrer Misi so bequem wie möglich zu machen. Alle paar Stunden erneuerten sie die kalten Wickel und versuchten, die Luft im Zimmer der Misi so kühl wie möglich zu halten. Als Masra Pieter davon erfuhr, war er sehr ungehalten. Er kam in das Zimmer seiner Frau und schimpfte: »Bist du jetzt schon genauso verweichlicht wie das Negerpack?« Die Misi brach in Tränen aus. Dann schnauzte er Kiri und Liv an, die neben dem Bett gewacht hatten: »Sitzt da nicht so dumm rum, bewegt euch, habt ihr nichts anderes zu schaffen?«

Betroffen verließen sie sofort den Raum. Erst als Masra Pieter aus dem Haus war, trauten sie sich wieder in das Zimmer der Misi. Diese lag verweint in ihrem Bett.

»Liv, Kiri, kommt her.« Verwundert hockten die beiden sich neben das Bett. »Hört mir jetzt gut zu«, sagte Misi Martina leise. »Wir müssen fort von hier, in die Stadt, am besten noch heute Nacht. Pieter ... ich weiß nicht, was in ihn gefahren ist«, schluchzte sie, »aber ich habe große Angst vor ihm. Auch Henry ist hier nicht mehr sicher. Wir müssen mit den Kindern hier weg! Zu Juliette.«

»Aber Misi, wie sollen wir denn hier wegkommen?« Liv sah ihre Herrin verwundert an.

Kiri hingegen dachte bereits fieberhaft nach. Nichts war ihr lieber, als die Plantage zu verlassen, sie hatte viele Male über die verschiedenen Möglichkeiten nachgedacht. Von der Plantage konnte kein Sklave entkommen. Das würden Masra Pieter oder die Basyas vermutlich schneller bemerken als das Verschwinden der eigenen Frau oder Kinder. Wenn allerdings ...

Kiri hatte eine Idee. Am Nachmittag wurden die Buschneger erwartet. Wenn Dany dabei war, und Kiri war sich fast sicher, dass er kommen würde, dann könnte er vielleicht helfen.

Kiri erhob sich und drücke Liv die frischen Lappen in die Hand, die sie für Misi Martina geholt hatte.

Sie blickte die Hausherrin ernst an. »Misi Martina, ich werde sehen, was ich machen kann. Keine Sorge, wir werden heute Nacht die Plantage verlassen. Liv, pack ein paar Sachen zusammen und beschäftige Masra Henry und Masra Martin nachher so, dass sie heute Abend müde sind. Ich habe etwas zu erledigen.« Mit diesen Worten huschte sie aus dem Raum.

Als Erstes lief sie zu Amru. Sie zog die Haussklavin beiseite und schilderte ihr, was die Misi gesagt hatte und was sie vorhatte. Amru nickte, schwieg aber. »Kannst du heute Abend dafür sorgen, dass der Masra gut schläft?«, bat Kiri.

Amru legte ihr die Hand auf die Schulter und nickte noch einmal zur Bestätigung. Kiri atmete auf, Amrus Hilfe war ihr gewiss, sie würde ihre Aufgabe gut machen. Die Haussklavin kannte so einige Mittelchen gegen kleine Leiden, unter anderem ein hervorragendes Schlafmittel. Kiri hoffte nur, dass Amru es dem Masra irgendwie unterschieben konnte.

Dann rannte Kiri zum Fluss. Sie musste nicht lange warten, bis das Boot der Buschneger in der Ferne auftauchte. Als die Männer angelandet waren und sich die Frauen aus dem Dorf um das Boot sammelten, zog Kiri Dany vom Fluss weg in ein ruhiges Gebüsch. Flüsternd erklärte sie ihm, was auf der Plantage vorging.

»Würdest du das tun? Ich meine, könntest du uns bis in die Stadt bringen? Hilfst du uns?«

Dany lächelte nur und nahm Kiris Gesicht in seine großen starken Hände. »Natürlich, Kiri. Allerdings habe ich keinen Passierschein. Aber wenn deine Misi dabei ist, dürfte das kein Problem sein. Seid um kurz nach Mitternacht am Fluss, ich werde dort sein!«

Kiri fiel ein Stein vom Herzen.

Das Warten zehrte an den Nerven der Frauen. Liv legte Misi Martina fast halbstündlich neue Wickel an, um das Fieber so gut es ging zu senken. Die Fahrt war schon gefährlich genug, sich auch noch mit einer Kranken an Bord zu begeben, war ein hohes Risiko. Aber Misi Martina war fest entschlossen – sie wollte die Plantage verlassen, koste es, was es wolle.

Kurz nach Mitternacht hoben Liv und Kiri die beiden Kinder aus ihren Bettchen. Masra Martin und Masra Henry schlummerten friedlich weiter. Kurz überlegte Kiri, ob Amru den Kindern gar auch in den Schlaf geholfen hatte?

Amru half Misi Martina auf die Füße. Die Frau war sehr schwach und konnte nur langsam laufen. Alle erstarrten vor Schreck, als Misi Martina versehentlich an einen Stuhl stieß, der mit lautem Poltern umfiel. Amru winkte aber nur zur Eile und deutete in Richtung des Gästehauses. Masra Pieter war also am Abend gar nicht ins Haupthaus zurückgekehrt. Das beruhigte Kiri nicht wirklich. Ihr Herz klopfte bis zum Hals, während die kleine Karawane zum Fluss lief. Eine Schrecksekunde lang dachte sie schon, Dany hätte sie im Stich gelassen. Dann aber schob sich das Boot aus der Deckung einiger überhängender Äste. Dany nahm Liv und Kiri die Kinder ab, legte sie zwischen die Sitzbänke, half dann Misi Martina in das Boot und zu guter Letzt Liv und Kiri.

»Wir müssen nur sehen, dass wir in die Stadt zu Misi Juliette kommen, bevor Masra Pieter uns erwischt. Misi Juliette wird uns helfen können«, flüsterte Kiri. Er nickte und stieß das Boot vom Ufer ab. Ob sie allerdings wirklich in Sicherheit waren, wenn sie die Stadt erreichten, oder ob sie damit den Zorn des Masra nur noch mehr schürten, das wußte Kiri nicht.

Kapitel 13

Sie waren nicht den Surinam hinaufgefahren, sondern über den Commewini zum Cottica und wollten dann über den Wane-Kreek zum Maroni.

Immer wenn Julie meinte, jetzt hätten sie die bewohnten Gebiete verlassen, tauchte hinter einer Flussbiegung doch wieder eine Plantage auf. Dafür war Julie auch dankbar, sie hatte in den vergangenen Nächten nie unter freiem Himmel schlafen müssen. Sie waren bereits drei Tage unterwegs, und jetzt gab es am Ufer seit einigen Stunden nur noch Ruinen zahlreicher verlassener Pflanzungen zu sehen. Große Hausgerippe standen verlassen an den Ufern, und der Wald hatte die seit Jahrzehnten verlassenen Plantagen zurückerobert. Julie bekam einen Eindruck davon, wie glanzvoll die Hochzeiten der Plantagenwirtschaft in diesem Land gewesen sein mussten. Vor hundert oder mehr Jahren hatte dieser Landesteil noch geblüht.

Wico erzählte Julie, die Ansiedlungen seien ab hier Dörfer der Buschneger. Am Maroni gab es noch einen Posten, auf dem ein Deutscher lebte, der laut Wicos Aussage aber eine recht wunderliche Gestalt sei.

Wico erzählte auch, dass sich nach Aufgabe der Plantagen lange Zeit kein Weißer hierher verirrt hatte. Und als dann Gold am oberen Maroni gefunden wurde, waren zunächst lange und zähe Verhandlungen mit den Oberhäuptern der befriedeten Buschneger geführt worden, damit die Goldsucher überhaupt das Land queren durften. Letztendlich hatten die findigen Buschneger aber auch wieder Profit aus der Situation geschlagen, da sie die besseren Versorgungswege besaßen und auch kannten und zudem mit jedem, der von diesem Zeitpunkt an ihre Gebiete durchfuhr, Handel betrieben.

Es gab in den Wäldern immer wieder Lager von französischen Flüchtlingen. Beim Fluss Maroni herrschte noch keine Einigkeit über den genauen Grenzverlauf, eines war jedoch sicher: Schaffte man es von Französisch-Guayana bis nach Surinam, war man frei. Da die Franzosen immer noch gerne ihre Sträflinge zu mühseligen Kolonialversuchen, die aber meist scheiterten, in dieses unwirtliche Dschungelland verfrachteten, trieb es immer wieder Menschen über den Fluss. Auf der französischen Seite gab es laut Wico auch einige Militärposten, dort durften sie aber offiziell mit dem Boot nicht anlegen. Inoffiziell, zwinkerte Wico Julie dann zu, wartete dort aber das beste Essen nach der langen Reise. Und es war der letzte Posten vor den Wasserfällen.

Julie hatte nicht geahnt, in welche Wildnis Wico sie führen würde. Am Ufer der Wasserwege war nur dichter Urwald zu erkennen, Affen sprangen wild und ohne Scheu durch die Äste, und im Schatten der überhängenden Bäume trauten sich sogar die Wasserschweine am helllichten Tag bis an den Fluss. Diese, so erklärte Wico, seien nicht mit den Schweinen verwandt, sondern hätten große Nagezähne wie eine Maus. Julie wusste nicht, worüber sie sich mehr wundern sollte: über Mäuse von der Größe eines Hundes oder über Wico, der über ein sehr großes Wissen verfügte.

Die anderen drei Burschen waren schweigsam. Manchmal bedachten sie Julie mit spöttischen Blicken, wahrscheinlich hielten sie die weiße Frau für verrückt. Julie überlegte ab und an, wie sie wieder zurückkommen sollten, wenn diese drei jungen Männer im Goldlager blieben. Aber Wico hatte sicherlich auch da einen Plan. Hoffte sie.

Am Abend legten sie auf einer großen Sandbank mitten im Fluss an. »Hier ist es besser, hierher kommen keine wilden Tiere«, sagte Wico. Julie war das Ganze nicht geheuer. Noch nie hatte sie unter freiem Himmel geschlafen.

Wico rammte die Ruder verkehrt herum in den Boden und legte eine Plane darüber. Den Platz darunter bot er Julie an. Die Burschen selbst legten sich um das kleine Feuer, welches sie entfacht hatten.

»Sie sollten aber die Stiefel anlassen!«, beschied Wico Julie. »Es gibt hier kleine Vampire, die beißen einen gerne mal.«

Julie zog verschreckt ihre Füße so dicht sie konnte an den Körper und hüllte sich so gut es ging in ein dünnes Gazetuch ein, auf dem Foni bestanden hatte. Julie hatte es zwar nur unter Protest eingepackt, hier auf der Sandbank dankte sie der Haussklavin aber im Stillen für ihre Hartnäckigkeit. Die Mückenplage war unerträglich. Verfolgten diese Biester die Reisenden schon in Schwärmen auf dem Boot, so nutzten sie jetzt die Chance, ihre Opfer endlich zu beißen. Seltsamerweise schienen sie an Julie besonders Gefallen zu finden.

Julie fand kaum Schlaf in dieser Nacht. Wenn das jetzt so weiterging, wäre sie bis ins Mark erschöpft, wenn sie bei Jean ankam.

Zwei Tage später legten sie an besagtem französischen Posten am Maroni an.

Kaum hatten sie das Boot verlassen, wurden sie von einer farbigen Frau bestürmt. Sie sprach eine wirre Mischung aus

Negerenglisch und Französisch. Julie versuchte sich an ihre rudimentären französischen Sprachkenntnisse aus dem Internat zu erinnern. Aber außer *merci beaucoup* fiel ihr nichts ein, und um sich zu bedanken, war es noch zu früh. Der Wachhabende, der hier stationiert war, kam kurze Zeit später behäbig aus seiner Hütte spaziert. Als er Julie sah, strahlten seine Augen, und er bemühte sich redlich, sie wie eine Dame zu begrüßen. Er präsentierte sich als Pierre Goudard und bedeutete bald der farbigen Frau, die er Elodie nannte, etwas zu essen zu bereiten. Wico behielt recht: Julie und ihre farbigen Begleiter kamen in den Genuss eines fast fürstlichen Mahls.

Mangels Gästezimmer musste Julie zwar wieder unter der Plane schlafen, aber mit einem gut gefüllten Magen und leicht angeheitert von dem guten Wein, den Goudard hervorgezaubert hatte, schlief sie besser als in den Nächten zuvor.

Am nächsten Morgen wurden sie überschwänglich verabschiedet, und Goudard nahm Julie das Versprechen ab, auf ihrer Rückreise wieder bei ihm Halt zu machen. Julie hatte keine Ahnung, ob sie das Versprechen halten würde, aber der Mann freute sich so sehr, dass sie es nicht übers Herz brachte, ihm seinen Wunsch auszuschlagen.

Hinter dem Posten erhob sich das Land langsam zu einem bergigen Gelände. Wobei die Berge als solche nicht zu erkennen waren, das Grün des Regenwalds hob und senkte sich in der Ferne, und es gab zunehmend unwegsame Stromschnellen im Fluss. Der Wasserweg wurde ungemütlicher, und als die ersten größeren Wasserfälle auftauchten, mussten alle das Boot verlassen. Die Männer banden sich das wenige Gepäck auf den Rücken, stemmten dann das Boot über ihre Köpfe und trugen es auf verwucherten Pfaden um das Hindernis im Wasser herum. Julie lief hinter ihnen her, ständig bemüht, nicht zu stolpern oder gar zu stürzen. Die scharfkantigen Blätter der bodennahen Gewächse zerkratzten ihr schmerzhaft die Arme, während sie versuchte, ihr Gesicht so gut als möglich zu schützen. Trotz der Strapazen konnte Julie kaum den Blick von der üppigen Pracht abwenden, in die sie nun eintauchte. Unzählige Orchideen säumten den Trampelpfad. Stieß man versehentlich eine der Blütentrauben an, flatterten verschreckt Hunderte von winzigen, ebenso bunten Schmetterlingen empor und tauchten die Eindringlinge einen kurzen Moment in eine farbenfrohe Wolke. Der schwere, süßliche Duft der Pflanzen umhüllte Julie und machte ihr das Atmen schwer.

Der Weg war mühsam und kräftezehrend. Julie war diese Art von Bewegung nicht gewohnt und Wico dankbar für den Hinweis der Anschaffung der Stiefel. Ohne diese wäre es ihr nicht möglich gewesen, das unwegsame Gelände zu beschreiten. Trotzdem kamen sie nur langsam voran. Als sie endlich wieder das Boot besteigen konnten, fühlten sich Julies Beine bleischwer an und schmerzten.

Sie wurden auf ihrem Weg zudem zwei Mal von Buschnegerposten angehalten. Die Männer diskutierten lange und gestenreich, Julie verstand größtenteils nicht, worum es ging. Nach der Übergabe diverser Schnapsflaschen und einiger Münzen ließen die Buschneger sie aber weiterreisen. Julie staunte einmal mehr über Wicos Fähigkeiten, er schien wirklich an alles gedacht zu haben. Es war ihr allerdings nicht entgangen, dass er jedes Mal, wenn sie die Buschneger hinter sich ließen, erleichtert seufzte.

»Kann es mit diesen Leuten Probleme geben?«, fragte sie nach der zweiten Begegnung zögerlich.

Wico zuckte mit den Achseln. »Es kann sein, dass sie einen nicht weiterfahren lassen, weil sie erst ihren *kapten* befragen wollen, und wenn man Pech hat, will der wiederum erst den *granman* befragen.« Als er Julies verständnislosen Blick sah, setzte er zu einer Erklärung an: »Bei den Buschnegern gibt es einzelne Familien, die sogenannten *osos.* Diese wiederum fügen sich zusammen zu *bee's*, wobei die Mitglieder eines *bee's* angeblich immer dieselbe afrikanische Stammmutter haben.« In seiner Stimme schwang eine gewisse Bewunderung mit.

»Ist das denn etwas Besonderes?«, fragte Julie neugierig.

Wico senkte den Blick. »Na ja, diese Leuten wissen wenigstens, wo sie herkommen.« Julie spürte, wie sehr ihn dieser Satz bewegte. Er schwieg kurz, bevor er seine Erläuterungen mit fester Stimme fortsetzte: »Die *bee's* schließen sich wiederum zu einem *loh* zusammen, alle Mitglieder des *loh* haben auch immer eine gemeinsame Geschichte, z. B. sind sie mit demselben Schiff nach Surinam gekommen oder stammen von derselben Plantage. Sie leben heute dann wiederum in gemeinsamen Dörfern und bilden zusammen alle den jeweiligen Stamm. Jedes Dorf hat seinen Vorsteher, den *kapten*, und jeder Stamm hat seinen *granman.*«

»Ganz schön kompliziert«, befand Julie.

Wico lachte leise. »Ja. Die Unterscheidung Weißer und Sklave ist da natürlich einfacher.«

Julie schwieg bedrückt. Sie hatte bisher nicht gewusst, dass die Buschneger in solch komplizierten Gefügen lebten. Sie hatte sich eher verstreute und unorganisierte Dörfer vorgestellt. So unorganisiert, wie sich dann die Goldsucherlager erwiesen.

Kapitel 14

Kiri war erleichtert, als sie am Morgen Paramaribo erreichten. Es war nicht einfach gewesen, die beiden Kinder nach ihrem Erwachen im Boot ruhig zu halten, und Misi Martina hatte während der Fahrt wieder hohes Fieber bekommen. Sie versuchte aber, sich gegenüber ihrem Sohn nichts anmerken zu lassen.

Liv und Kiri hatten zudem Dany beim Rudern helfen müssen und waren ob der ungewohnten Anstrengung sehr erschöpft. Kiri machte sich ernsthaft Sorgen um das Baby, aber im Moment hatte sie zumindest in dieser Hinsicht keine Beschwerden.

Dany half den Frauen noch bis zum Stadthaus. Dann eilte er wieder zurück zum Boot und aus der Stadt, zu groß war die Gefahr, dass er wegen eines fehlenden Passierscheins von der Polizei festgesetzt wurde.

Foni starrte einen Moment verwundert auf die Menschen, die nun vor der Tür des Hauses standen. Sie brauchte einen Moment, um sie zu erkennen. Dann aber rief sie sofort nach Hedam, und der alte krumme Haussklave konnte Misi Martina gerade noch auffangen, als sie Liv und Kiri, die die Misi gestützt hatten, aus den Armen glitt. »Bring die Misi auf ihr Zimmer«, wies Foni ihn an. »Und ihr beiden bringt die Kinder nach oben, wascht sie und legt sie noch einmal schlafen, die sehen ja vollkommen erschöpft aus. Und dann kommt ihr in die Küche, ich mach euch was zu essen.«

Liv und Kiri taten, wie ihnen aufgetragen, obwohl ihnen selbst jeder Knochen schmerzte. Kiri lauschte auf dem Weg zu den Zimmern nach einem Laut von Misi Juliette. Bemerkte sie gar nicht, dass sie gekommen waren? Schlagartig kam ihr der Gedanke, sie könnte gar nicht da sein. Nein, das konnte nicht sein, das durfte nicht sein!

Nachdem sie Masra Henry gewaschen und umgezogen hatte und das Kleinkind in der Tat gleich einschlief, ging sie müde nach unten in die Küche. Der Duft von gekochten Bananen und Brot brachte ihren Magen zum Knurren. Vor Aufregung hatte sie seit gestern nichts mehr gegessen.

»Ist die Misi Juliette gar nicht da?«, wagte sie schließlich die Frage zu stellen, die ihr unter den Nägeln brannte. Ihre Befürchtungen wurden bestätigt, als sich die Haussklavin nun umdrehte und den Kopf schüttelte. »Nein, Misi Juliette ist … ist auf Reisen.«

»Auf Reisen? Wann kommt sie denn wieder?«

Foni zuckte nur mit den Achseln und begab sich wieder an ihre Töpfe.

Liv, die inzwischen auch in die Küche gekommen war, warf Kiri einen fragenden Blick zu. Doch Kiri wusste auch nicht, was das bedeutete. Viel mehr stieg in ihr die Angst auf, dass Masra Pieter sie hier finden würde. Und wenn Misi Juliette nicht da war … sie schluckte schwer.

Misi Martinas Zustand verschlechterte sich im Laufe des Tages. Sie fragte mehrmals nach Misi Juliette, Kiri antwortete ihr aber nur vage, dass die Misi nicht da sei und erst später zurückerwartet werde. Sie wollte Misi Martina nicht noch zusätzlich mit der Nachricht aufregen, dass Juliette auf Reisen war.

Als Kiri zum wiederholten Male in der Küche frisches, kaltes Wasser holte, saß dort eine hochgewachsene, schlanke

Mulattin bei Foni am Tisch. »Ich bin Suzanna, du musst Kiri sein. Deine Misi hat mir schon viel von dir erzählt«, sagte sie freundlich.

Kiri sah die Frau verwundert an: Das war doch die surinamische Ehefrau von Masra Karl! Kiri konnte sich auf die Schnelle keinen Reim darauf machen, wie diese Frau nun hierherkam und was sie wohl wollte. Um sich ihre Unsicherheit nicht anmerken zu lassen, besann sie sich dann aber auf ihr Anliegen. »Ich brauche noch einmal frisches Wasser für Misi Martina.«

Die Mulattin runzelte die Stirn. »Geht es ihr noch nicht besser?«

Kiri schüttelte besorgt den Kopf. »Nein, ich fürchte, das Fieber steigt wieder.«

Mit einem Ruck erhob sich die Frau. »Ich werde Hilfe holen, die Misi muss behandelt werden«, sagte sie, während sie aus der Küche lief. Im Türrahmen blieb sie aber noch einmal kurz stehen. »Hat überhaupt jemand Misi Martinas Tante Bescheid gesagt?«

Foni und Kiri schüttelten beide den Kopf. Daran hatte wirklich noch keiner gedacht.

Es dauerte keine Stunde, da kam Suzanna mit zwei weißen Frauen zurück in das Stadthaus. Die eine, rothaarig und groß wie ein Baum und in Schwesterntracht. Die andere klein, zart und im schlichten Arbeitskleid.

»Kiri, das sind Schwester Klara und Misi Erika.« Kiri begrüßte die Frauen höflich und rückte vom Bett der Misi Martina ab. Schwester Klara beugte sich gleich über die Kranke, während Erika sich an Kiri wandte. »Wir ... ich bin eine gute Bekannte von Juliette, wir werden Mevrouw Brick helfen. Habt ihr die Kinder mit? Geht es ihnen gut?«

Kiri nickte. »Ja, Misi, den Jungen geht es gut.« Sie betrachtete nachdenklich ihre Füße. Kiri wusste nicht, ob sie Misi

Erika vertrauen konnte. Andererseits schien sie über die Kinder Bescheid zu wissen, ja, sie interessierte sich sogar für ihr Wohlergehen. Außerdem war sie gekommen, um Misi Martina zu helfen. Und wenn sie wirklich eine Freundin von Misi Juliette war, dann wusste sie vielleicht, wo sie war. Aber dann musste sie selbst sich trauen zu fragen … obwohl das strengstens verboten war. Egal, sie brauchte Gewissheit. Kiri nahm all ihren Mut zusammen. »Misi … die Misi Juliette«, mit einem Blick auf Martina senkte Kiri ihre Stimme und flüsterte: »Wann kommt sie denn wieder?«

Erika seufzte. »Ach, Mädchen, wenn ich das wüsste.«

Das war nicht die Antwort, auf die Kiri gehofft hatte. Ihr kam das alles sehr merkwürdig vor, aber sie traute sich nicht, weiter nachzufragen. Jetzt stand die Sorge um Misi Martina im Vordergrund.

»Gut, dass Suzanna uns geholt hat.« Misi Erika blickte besorgt auf Misi Martina. »Klara, wie geht es ihr?«

»Sie hat hohes Fieber, wie erwartet. Wir müssen sie kühlen, sie hätte die Anstrengung der Bootsfahrt nicht auf sich nehmen sollen. Warum …«, weiter kam Schwester Klara nicht.

»Wo ist meine Nichte?«

Misi Valerie kam in das Zimmer gestürzt. »Martina?« Verwundert blickte sie auf die Frauen, die um Misi Martinas Bett standen. »O nein! Martina …«

Misi Erika klärte Misi Valerie kurz über die Ereignisse auf. Gerade als sie fertig war, drangen von unten laute Stimmen nach oben.

»Hier geht es ja zu wie im Taubenschlag! Alle raus jetzt aus dem Zimmer, die Patientin braucht Ruhe«, befahl Schwester Klara.

Die Stimmen im Flur wurden lauter. Kiri zuckte verschreckt zusammen und schob sich hinter Misi Erika.

»Wer ist das? Ist das Martinas Mann?« Misi Erika war auf dem Weg in Richtung Zimmertür, als sie Kiris erschrockenes Gesicht wahrnahm. »Kiri, was ist denn?«

»Misi ... die Misi Martina wollte nicht, dass wir ... Masra Pieter ... wir sind heute Nacht heimlich von der Plantage abgefahren«, stammelte Kiri panisch.

»Heimlich?« Misi Erika blickte von Kiri zu Misi Valerie und zurück, während auch den anderen die Tragweite dieser Aussage bewusst zu werden schien. »Oh!«

»Ich regle das«, sagte Misi Valerie. Ihre Stimme drückte Entschlossenheit aus.

In diesem Moment wurde polternd die Tür aufgestoßen, und Masra Pieter stürmte herein. Einen kurzen Moment blieb er stehen, dann knurrte er: »Wer sind Sie? Was machen Sie in meinem Haus?« Dann fiel sein Blick auf Misi Valerie. »Was machst du hier?«

Bevor Misi Valerie aber etwas entgegnen konnte, richtete sich Schwester Klara auf, die eben noch gebeugt über dem Krankenlager von Misi Martina gestanden hatte, und baute sich vor Masra Pieter auf.

»Ist das Ihre Frau?«, fragte sie bestimmt. Als er kurz nickte, fuhr sie im selben Tonfall fort: »Gut. Sie ist sehr krank, deswegen sollten Sie hier nicht so einen Krach machen. Und jetzt gehen wir alle nach unten und besprechen das dort. Die Frau braucht absolute Ruhe.« Schwester Klara verschränkte die Arme vor der Brust und starrte Masra Pieter herausfordernd an.

»Das lassen Sie mal meine Sorge sein, ich bin Arzt!«, donnerte Masra Pieter.

»Ach ja? Und warum lassen Sie zu, dass Ihre Frau sich in diesem Zustand bis in die Stadt schleppen muss? Offensichtlich konnten Sie ihr ja nicht helfen, oder?«

Kiri presste nervös die Lippen aufeinander, so hatte sie noch nie jemanden mit Masra Pieter sprechen hören.

Er schien das auch ungeheuerlich zu finden. »Was erlauben Sie sich eigentlich?«, fauchte er und versuchte, an Schwester Klara vorbei zum Bett der Misi zu gelangen.

Schwester Klara aber packte ihn kurzerhand an den Oberarmen und schob ihn aus dem Raum. »Die Frau braucht Ruhe, hab ich gesagt!«

Masra Pieter war so perplex, dass er nicht einmal daran dachte, sich zu wehren. Schwester Klara geleitete den Masra nach unten, Kiri, Misi Erika und Misi Valerie eilten hinterher, während die verschreckte Liv am Bett ihrer Misi blieb. Unten im Flur trafen sie auf Foni und Suzanna, die Masra Henry und Masra Martin auf den Armen trugen. Schwester Klara hatte es derweil geschafft, Masra Pieter, den sie um fast zwei Kopflängen überragte, bis zur Tür zu lotsen. Jetzt jedoch erwachte er aus seiner Starre, machte sich von ihrem Griff frei und fuhr nochmals herum.

»Ich will sofort zu meiner Frau! Und die Kinder geben Sie mir auch! Wir werden noch heute auf die Plantage zurückkehren!«

Jetzt fand Misi Valerie ihre Stimme wieder, beschützend stellte sie sich vor Foni, Suzanna und die Kinder. »Die Kinder bleiben hier, Pieter«, sagte sie mit ruhiger Stimme.

»Nein, wir fahren. Noch heute!« Er machte Anstalten, Misi Valerie aus dem Weg zu schieben, um nach den Kindern zu greifen.

Wieder war Schwester Klara schneller, sie packte Masra Pieter erneut am Arm und schob ihn aus der Tür.

»Ja, ja. Sie können ja auch fahren, Ihre Frau und die Kinder bleiben aber hier, bis sie wieder gesund ist.« Schwester Klaras Stimme ließ keinen Widerspruch zu.

Hinter ihr hatten sich inzwischen Kiri, Misi Erika, Misi Valerie, Suzanna und Foni wie eine schützende Mauer um die Kinder aufgebaut. Masra Pieters Gesicht wurde rot vor Zorn, als er schließlich aus dem Haus stürmte. »Das wird ein Nachspiel haben!«, zeterte er.

Schwester Klaras eben noch ernstes Gesicht verzog sich zu einem breiten Grinsen. »Na, dem haben wir es aber gezeigt! Was ist das eigentlich für ein Kerl? Das ist doch nicht Juliettes Schwiegersohn, oder?«

»Doch«, erwiderten Misi Erika und Misi Valerie wie aus einem Mund, und Misi Erika fügte hinzu: »Und du hast ihn gerade aus seinem eigenen Haus gewiesen, Klara!«

Schwester Klara zuckte nur mit den Achseln.

Kapitel 15

Wico hatte das kleine Boot in einen der unzähligen Seitenarme des Flusses gelenkt. An dessen Ufer sah man nun überall kleine Lager mit klapprigen Hütten oder zerschlissenen Zelten. Hier und da qualmte noch ein Feuer. Alles wirkte unordentlich und irgendwie unorganisiert.

»Wo sind die Männer?« Julie hatte erwartet, sie am Fluss anzutreffen.

»Die sind etwas tiefer im Wald. Dort gibt es kleine Bäche, die aus den steinigen Abhängen entspringen, da findet man das Gold, das aus der Erde ausgewaschen wird.«

Julie sah sich neugierig um. Alles rundherum war von dichtem Urwald bedeckt, zwischen den Bäumen hielten sich Nebelschwaden, aus denen ab und an ein Vogel geflogen kam. Die Laute des Regenwaldes klangen gedämpft. Als sie am Ufer festmachten, sah Julie gleich, dass das Gelände kurz hinter der Uferlinie anstieg. Die Männer zogen das Boot zwischen die Wurzeln der Mangrovenbäume und verankerten es dort. Dann machten sich die drei Burschen auf den Weg in den Wald, um dort beim Vorarbeiter vorstellig zu werden.

»Wir gehen gleich ins Lager und warten dort«, sagte Wico zu Julie und ging ihr voran am Ufer entlang. Auf einer kleinen Lichtung standen mehrere notdürftig zusammengezimmerte Hütten. Nirgendwo war eine Menschenseele zu erblicken.

»Und du bist sicher, dass Jean hier ist?« Julie war verschwitzt und dreckig und spürte, wie sich angesichts des verlassenen Lagers und der Erschöpfung eine Welle von Mutlosigkeit in ihr ausbreitete.

»Als ich abgefahren bin, war er zumindest noch hier. Wir müssen warten, die Männer kommen erst später aus dem Wald zurück.«

Wico setzte sich an eine der Feuerstellen und blies ein paarmal in den Rauch, bis sich kleine Flammen zeigten. »Setzen Sie sich, das kann dauern.«

Julie setzte sich neben Wico. Sie hatte sich daran gewöhnt, auf der Erde zu sitzen und sich das Kleid so um die Beine zu wickeln, dass es nicht unschicklich wirkte und außerdem keine Insekten ihre Beine hinaufkrabbeln konnten. Einmal, als sie auf einer Flussinsel Rast gemacht hatten, hatte es eine große Schabe geschafft bis ... Wico und die Burschen hatten noch Stunden später über Julies zappeligen Tanz gelacht. Über Schmutz machte sie sich schon lange keine Gedanken mehr, nach sieben Nächten auf dem blanken Boden war ihr fast alles egal. Sie hoffte nur, schnell wieder in die Zivilisation zu kommen, auch wenn die Rückfahrt sich sicher nicht bequemer gestalten würde.

Julie war eingedöst, schreckte aber auf, als Männergelächter an ihr Ohr drang. Aus dem Dickicht am Rande des Lagers tauchte die erste Gruppe Arbeiter auf, und diese feixten mächtig, als sie Julie am Feuer erblickten. »Oh, schickt uns der Gouverneur jetzt schon Mädchen?«, johlten sie.

Julie setzte sich schnell kerzengerade auf und ordnete in dem kläglichen Versuch, wenigstens etwas Anstand zu bewahren, ihr Haar. Immer mehr Männer traten nun auf die Lichtung, und Julie versuchte, mit ihrem Blick in einem der verschmutzten und ausgezehrten Gesichter Jean zu erkennen.

»Julie?!« Aus dem Trupp löste sich die Gestalt eines Mannes und eilte auf sie zu. »Was um Himmels willen machst du hier?« Mit ungläubigem Gesicht stand Jean plötzlich vor ihr. Sie hätte ihn fast nicht erkannt. Er trug einen stoppeligen Bart in seinem schmutzigen Gesicht, und seine Kleidung war dreckig und zerrissen.

Julie durchfuhr eine Woge des Glücks. So lange hatte sie ihn gesucht, so lange hatte sie sich nach ihm gesehnt – und nun stand er endlich vor ihr! Sie sprang auf und fiel ihm um den Hals. »Jean, Gott sei Dank, ich hab dich gefunden!«, flüsterte sie in sein Haar, während Tränen des Glücks ihre Wangen hinabliefen.

Die Männer grölten und klatschten.

»Julie … Julie, ist ja gut.« Jean löste sanft ihre Arme von seinem Körper und schob sie ein Stück von sich weg. Er wandte sich an die umstehenden Schaulustigen: »So Leute, jetzt ist es gut. Habt ihr keinen Hunger?«

Die Arbeiter machten noch den einen oder anderen derben Spruch, trollten sich dann aber an die verschiedenen Feuerstellen des Lagers.

Jean begrüßte Wico freundschaftlich, bevor er Julie in Richtung Flussufer führte, dort waren sie ungestört.

Ungläubig schüttelte er den Kopf. Sein Blick ruhte in ihrem, er konnte die Augen nicht von ihr wenden. »Was machst du nur für Sachen? Warum bist du hier? Wenn Karl das erfährt!«

Julie unterbrach ihn. Immer noch liefen Tränen über ihre Wangen. »Ach, Jean! Karl ist tot. Es ist so viel passiert.« Schniefend erzählte sie ihm, was seit ihrem letzten Treffen geschehen war. Sie sprach von dem Kind und von Karls Tod, Einzelheiten verschwieg sie jedoch.

»Karl ist tot? Und du meinst … ich und du, wir haben ein Kind?«

Julie nickte. »Ja, wir haben einen Sohn. Er heißt Henry. Ich wollte es dir ja schon eher berichten, aber du warst verschwunden.« Sie konnte nicht vermeiden, dass ihre Stimme einen vorwurfsvollen Ton annahm.

»Julie … ich war mir sicher, dass unsere Beziehung keine Zukunft hatte. Wir hätten uns nur unglücklich gemacht, und Karl … auf längere Sicht wäre es nicht gegangen.« Er senkte betroffen den Kopf. »Ich wusste ja nicht … hätte ich gewusst … Und du bist ganz sicher, dass nicht Karl der Vater ist?«

»Ich weiß es!«

Jean schluckte schwer. »Und wo ist Henry jetzt?«

Als Julie ihm nun erzählte, wie Pieter sich die Plantage angeeignet und Henry als Pfand behalten hatte, schnaubte Jean wütend. So hatte Julie ihn noch nie erlebt.

»Dieser Mistkerl! Ich habe ja immer gewusst, dass er einen schlechten Charakter hat, aber das hier sprengt jeden Rahmen!«

»Jean, genau deswegen bin ich hier.« Julie nahm seine Hand und blickte ihm ins Gesicht. Wie sehr hatte sie ihn vermisst! Jede Faser ihres Körpers sehnte sich nach ihm, sie wollte ihre Zukunft mit ihm verbringen und würde ihn nie wieder loslassen. Er musste einfach mit zurück in die Stadt, gemeinsam würden sie die Situation auf Rozenburg schon meistern. »Ich allein kann nichts gegen ihn ausrichten! Ich hatte gehofft, dass du mir hilfst. Wir könnten vielleicht die Plantage übernehmen, ich meine, ich bin schließlich die Erbin.«

Jean schien nachzudenken. Nach einer Weile sagte er: »Julie, er ist nicht ganz im Unrecht. Du als Frau kannst die Führung der Plantage nicht übernehmen.«

Das hatte Julie auch schon herausgefunden. Und sich eine Lösung einfallen lassen. »Ich weiß. Aber wenn du …?«, sagte sie zögerlich.

»Wenn ich … was? Glaubst du, dass Pieter die Plantage einfach so aufgibt, wenn wir beide zurückkehren? Nie im Leben! Und selbst wenn du es schaffst, damit vor Gericht zu kommen, hat er einfach die besseren Karten. Zumal Martina ja auch ein gewisses Anrecht auf die Plantage hat.«

»Ja, aber Henry ebenfalls!«, protestierte Julie.

»Ja, natürlich. Aber wenn er gar nicht Karls Sohn ist …«

»Das weiß doch niemand außer uns beiden, und es muss auch niemand erfahren.«

Jean zögerte. »Ich weiß nicht. Nein, das könnte ich nicht. Ich müsste dem Kind ja ständig eine Lüge erzählen.«

Julie spürte, wie sich Enttäuschung in ihr ausbreitete. So weit hatte sie das Ganze noch gar nicht durchdacht. Jean hatte recht, er würde Henry nie als sein eigenes Kind anerkennen können, weil Henrys Zukunft auf der Plantage unweigerlich an Karls Vaterschaft geknüpft war. Es gab kein einziges Gegenargument.

Jean strich ihr eine verschwitzte Haarsträhne aus der Stirn und sah sie lange an, dann küsste er sie zärtlich.

»Ich bin so froh, dass du mich gefunden hast. Ich wäre sonst wohl nie … Na ja, ich hatte andere Pläne, aber jetzt, da ich weiß, dass ich einen Sohn habe und ihr mich braucht …«

Julie spürte seine Lippen auf ihrer Haut und drückte zärtlich seine Hand. Sie hatte ihn gefunden, nichts anders zählte. Sie würden es schon irgendwie schaffen, es musste eine Lösung geben, für sie, Henry, Jean und die Sklaven. Auch wenn sie im Moment keine Ahnung hatte, wie die aussehen könnte.

Vorsichtig löste sie ihren Kopf von seinen Lippen. »Ach, Jean! Was sollen wir denn jetzt machen? Ich will mein Kind wiederhaben! Aber das bedeutet auch, dass ich mich Pieter auf der Plantage brav unterwerfen muss und hoffen, dass er mich und meinen Sohn bis an mein Lebensende mit durchfüttert. Und was wird dann aus uns? Pieter wird dich nie auf der Plantage dulden.«

Jean streichelte mit den Fingern über ihren Handrücken. »Es könnte ja auch anders sein«, sagte er nachdenklich. »Wenn wir gemeinsam in die Stadt zurückkehren, ich Henry als meinen Sohn anerkenne und wir Pieter die Plantage einfach überlassen, wird kein Gericht etwas dagegen haben. Und Pieter wird froh sein, dich und das Kind los zu sein.«

Julie unterbrach ihn. Daran hatte sie auch schon gedacht, die Sache hatte nur einen Haken. »Und was ist dann mit all den Menschen, mit Amru, Kiri, Liv, den Sklaven? Ich lasse die doch im Stich!«

»Kiri ist deine Sklavin, die darfst du mitnehmen, wohin du willst. Und Amru und die anderen Sklaven sind schon viel länger auf der Plantage als du. Sie werden damit klarkommen. Wir könnten ganz neu anfangen, vielleicht mit einer eigenen kleinen Plantage!«

Julie lachte auf. »Und wie willst du das bewerkstelligen, Jean? Weder du noch ich sind doch besonders wohlhabend.«

Jetzt lachte auch Jean, während er aufstand und sie am Arm zu den Hütten geleitete.

»Wico«, er zwinkerte dem Jungen zu, der immer noch am Feuer saß, »pass bitte auf, dass wir nicht gestört werden.«

Wico quittierte diese Anweisung mit einem breiten Grinsen.

In der Hütte war es fast dunkel und stickig. Jean befestigte das Sackleinen als Vorhang vor dem Eingang und knöpfte sich den Gürtel auf.

Julie schaute ihn verdattert an. »Jean, ich weiß nicht … hier?«

Jean lachte leise. »Nicht, was du denkst. Warte ab.« Er zog sich die Hose halb herunter und nestelte an einem Band, das um seinen Oberschenkel geschlungen war. Daran hing ein kleiner, flacher Lederbeutel. Jean schmunzelte, als er Julies erleichtertes Gesicht sah. »Ist dir meine Behausung etwa nicht genehm für die Liebe?«, fragte er augenzwinkernd. Dann schüttete er sich aus dem Beutel ein stattliches Häufchen Goldkrümel auf die Hand. »Dabei könnte ich dir das Bett vergolden.«

Julie schenkte ihm einen zärtlichen Blick. Zaghaft berührte sie mit den Fingerspitzen das glänzende Edelmetall. »Du meinst, das ist für einen Neuanfang? Für eine eigene Plantage?«

Jean nickte. »Ich kenne jemanden in der Stadt, der dafür unter der Hand mehr bezahlt als auf offiziellen Wegen.« Er schüttete das Gold sorgsam zurück in den kleinen Lederbeutel und schnürte ihn fest um sein Bein, dann zog er die Hose wieder hoch.

»So, jetzt lass uns einmal was essen, du musst ja total ausgehungert sein von deiner Reise.« Er kniff Julie in beide Wangen, um ihnen etwas Farbe zu geben und zwinkerte ihr zu. »Und mach bitte ein freudig-erschöpftes Gesicht, wenn wir jetzt wieder rausgehen.«

Das Kneifen hätte er sich sparen können, Julie wurde krebsrot, als sie die Hütte verließen und die schwarzen Männer davor grinsend ihre weißen Zähne zeigten.

Kapitel 16

»Wico hat gesagt, das ist sehr gefährlich«, flüsterte Julie, während sie sich an Jeans Schulter kuschelte.

Sie saßen im schwachen Licht des niedergebrannten Feuers, alle anderen Bewohner des Lagers hatten sich bereits zur Ruhe begeben. Wieder bemerkte Julie erstaunt, wie laut der nächtliche Dschungel war. Die Zikaden zirpten viel lauter als in bewohnten Gebieten, Baumfrösche ließen vielstimmig ihr hohes Quaken ertönen, und aus der Ferne zerschnitten tiefe, grollende Tierlaute die Luft. Julie wollte lieber nicht wissen, wer deren Urheber war.

Jean schob noch etwas feuchtes Holz in die Glut, der beißende Rauch hielt zuverlässig die Myriaden von Moskitos ab.

»Ja, es ist gefährlich. Die Vorarbeiter kontrollieren jeden, der das Lager verlässt. Einige haben sich schon sehr merkwürdige Stellen einfallen lassen, um das Gold zu schmuggeln. Aber ich kann sie verstehen, der Lohn ist wirklich schlecht. Hätte ich das vorher gewusst …«, Jean seufzte leise. »Wenn wir es nicht schaffen, das Säckchen hier rauszubringen, stehen wir in der Stadt mit nichts da. Es muss einfach gelingen! Uns wird schon was einfallen.« Aufmunternd zog er Julie an sich. »Und jetzt lass uns versuchen zu schlafen, ich habe noch ein paar anstrengende Tage vor mir, bis wir abfahren können.«

Während Jean am nächsten Tag früh morgens tief im Wald verschwand, nutzte Julie die Abwesenheit der Männer, um sich erst einmal ausgiebig zu waschen und ihre Kleidung zu reinigen. Die Luft war schwül, und zähe Nebelschwaden standen zwischen den Bäumen am Fluss. Bis auf die Geräusche des Waldes war nichts zu hören. Vögel und Insekten schwirrten umher. Julie war das unheimlich. Sie war noch nie so allein in der Wildnis gewesen. Aufmerksam beobachtete sie das Wasser – hier gab es Kaimane und Schlangen. Auch von Büschen und Bäumen sollte sie sich fernhalten, hatte Jean ihr geraten. Das hier war das Reich der Urwaldbewohner, und der Mensch war nur ein ungern gesehener Gast, der sich allerdings gut beißen, stechen oder anderweitig angreifen ließ.

Julie hatte ihre Säuberungsaktion gerade beendet, als aus einer der Hütten ein leises Scheppern erklang. Sie blieb wie angewurzelt stehen. Eigentlich konnte niemand mehr im Lager sein. Die Männer waren im Wald zum Goldsuchen, und die drei schwarzen Burschen, die in einigen Tagen als Ablöse für Heimreisende anfangen sollten, waren zur Jagd aufgebrochen. Julie war also allein im Lager.

Auf das Scheppern folgte nun ein kratzendes Geräusch, dann ein leises Klacken und wieder ein Kratzen.

Julie lauschte. »Ist da jemand?«

Keine Antwort. Dafür erneutes Scheppern.

Julie bekam Angst. Wenn das nun ein Dieb war? Ein Buschneger oder gar ein Eingeborener?

Rasch sah sie sich um, sie brauchte eine Waffe. Falls der Eindringling auf die Idee kam, Frauen zu rauben.

Sie fand einen dicken Ast und nahm ihn in die Hand. Vorsichtig schlich sie dichter an die Hütte heran, aus der die Geräusche gekommen waren, die im Moment allerdings verstummten. Julie versuchte, so leise wie möglich zu sein, aber der

Sand unter ihren Stiefeln knirschte laut. Ein Rascheln, eine schnelle Bewegung, und schon sprang ihr ein kleines, gelbzahniges Ungetüm entgegen. Julie schrie auf, ließ den Stock fallen und rannte los. Ein fauchendes Geräusch ließ sie vermuten, dass das Biest sie verfolgte.

Sie erblickte neben einer Hütte einige Proviantkisten und sprang mit einem beherzten Satz hinauf. Hektisch wandte sie sich um und sah das graue Fell eines Tieres mit hässlichem Kopf, langer Schnauze und rattenartig kahlem Schwanz. Es erhob sich an der Kiste auf die Hinterbeine, als wolle es Julie folgen. Sie kletterte panisch noch eine Etage höher, bis sie das Dach der Hütte erreichte. Mühsam zog sie sich hinauf und stieß sich dabei so kräftig mit dem Fuß von den oberen Kisten ab, dass der Stapel ins Wanken geriet und mit einem lauten Gepolter umfiel. Das Tier machte einen Satz rückwärts und gab, als aus den Kisten diverse Bananen und anderes Obst purzelten, einen quietschenden Laut von sich. Genüsslich begann es, seine neue Beute zu verspeisen. Julie saß derweil mit klopfendem Herzen auf dem Dach und bedachte ihre Lage. Zum Herunterspringen war es ein bisschen zu hoch, zum Hinabklettern gab es nichts mehr, und solange dieses kleine Monster da unten herumlungerte, blieb sie lieber auf dem Dach.

Erst nach einigen endlosen Stunden kamen die drei schwarzen Burschen von der Jagd. Das graue Untier hatte sich vollgefressen in den Schatten einer Hüttenwand gelegt und gab laute schnarchende Geräusche von sich.

»Heee … psst …!« Julie versuchte, nicht zu laut zu sprechen.

Als die Burschen Julie auf dem Dach bemerkten, tauschten sie verwunderte Blicke aus. Julie deutete derweil hektisch mit dem Finger auf das schlafende Tier. Die Männer folgten ihrem Wink und lachten laut auf, als sie das Biest erblickten. Das Tier schreckte hoch und verzog sich schnellstens in den Wald. Die Burschen lachten immer noch, zeigten abwechselnd auf Julie und auf den Weg, den das Tier genommen hatte, und klopften sich prustend auf die Schenkel.

Julie war die Situation jetzt peinlich. »Ja, sehr lustig! Könntet ihr mir jetzt bitte hier herunterhelfen?« Die Burschen stapelten die Kisten und halfen ihr, immer noch grinsend, wieder auf den Erdboden zurück.

Als die Männer abends zurückkehrten, erzählten die drei natürlich sofort, wie sie Julie auf dem Dach vorgefunden hatten.

»Du hast dich von einem Opossum aufs Dach jagen lassen?« Jean sah Julie ungläubig an und grinste dann übers ganze Gesicht.

»Freut mich, dass ich zur Belustigung des ganzen Lagers beitragen kann«, schnaubte Julie wütend.

»Wie wäre es, wenn wir uns jetzt einmal über wichtige Dinge Gedanken machen? In zwei Tagen wollen wir zurück in die Stadt und wissen noch nicht, wie wir ... also?«

Jean setzte sich neben Julie ans Feuer. »Mir ist da heute so eine Idee gekommen, aber dafür müsstest du morgen etwas erledigen ...«

Jean und Wico saßen an den Rudern und versuchten, das Boot ruhig flussabwärts gleiten zu lassen. Sie waren auf dem Weg zum Lagerposten, um die übliche Visitation der Arbeiter und des Gepäcks über sich ergehen zu lassen. Wenn sie in die Stadt fuhren, ohne dort anzuhalten, würde man sofort die Polizei benachrichtigen.

»Also werden wir so wenig Aufmerksamkeit wie möglich erregen«, hatte Jean gesagt. Sein Plan war ebenso genial wie gefährlich. Julie saß vorne im Boot und rutschte unruhig hin und her. Wenn sie den Wachposten doch endlich hinter sich hätten!

Zu ihren Füßen gluckten drei dicke schwarze Hühner in ihren kleinen Käfigen.

»Mevrouw, würden Sie bitte …«

»Fassen Sie mich bloß nicht an«, herrschte Julie den hageren weißen Wachmann des Lagerpostens an. Der aber grinste nur breit, wobei er eine Reihe fauliger Zahnstumpen entblößte. Er wischte sich die Hände an seinem speckigen Hemd ab. Wico und Jean hatten die Prozedur schon über sich ergehen lassen.

»Das können Sie doch nicht machen! Das ist eine Dame!«, warf Jean ein.

»Ja, ja«, blaffte der Mann. »Schon merkwürdig, dass sich die Dame hierher verirrt hat … Mevrouw, wenn Sie jetzt nicht … dann …«

»Ja, ist ja schon gut, schon gut.« Julie betrat den kleinen Büroraum im Haus der Wachstation und zog sich bis auf das Unterkleid aus.

»Bitte!« Sie hob die Arme und drehte sich einmal im Kreis.

Jean protestierte im Hintergrund immer noch: »Unerhört, dass Sie sogar von einer Frau verlangen …«

»Hören Sie mal, wenn Sie wüssten, wie viele Mulatten schon versucht haben, mit ihren Mädchen hier Gold rauszuschmuggeln, würden Sie sich nicht so aufregen. Und Befehl ist Befehl!«, rief der Mann nach draußen. Er nahm grinsend seinen Stock, der an der Wand lehnte, und schob damit Julies Unterrock bis über das Knie hoch.

»Also … Nein!«, mokierte sich Julie, ließ es aber geschehen.

»Na, was haben wir denn daaaaaa?« Der Wachmann tickte mit dem Stock an ein breites, ledernes Band, welches knapp über dem Knie um Julies Bein geschlungen war. Er trat an sie heran und riss es mit einem Ruck ab. Julie machte ob der ungebührlichen Berührung einen Satz zur Seite. Dem Wachmann war die halb nackte Frau aber egal. Mit einem gehässigen Lachen verließ er das Büro und hielt Jean den kleinen Lederbeutel unter die Nase.

»Ob weiß, braun oder schwarz, wenn's ums Gold geht, sind doch alle gleich.«

Jean machte ein betroffenes Gesicht. Julie zog sich wieder an.

Der Wachmann öffnete den Beutel und ließ ein paar Goldkrümel auf seine Hand rieseln. Er schaute etwas verwundert drein. »Mann, das ist aber nicht gerade viel.«

»Das«, schniefte Julie jetzt herzerweichend, »das ist für unsere Hochzeit.«

»Na, die müssen Sie jetzt wohl anders finanzieren, das Gold ist beschlagnahmt!«, sagte er kalt und verstaute den Beutel sorgfältig in einer großen, eisernen Kiste.

»So, jetzt noch das Boot und ihr könnt weiterfahren.« Er stapfte, gefolgt von Julie, Wico und Jean zum Ufer. Im Boot schaute er unter die Bänke, wühlte im Gepäck, befühlte jeden Hosensaum und Hemdkragen, und sogar die Hühner in ihren Käfigen mussten sich ordentlich durchschütteln lassen, was sie mit bösem Gegacker quittierten.

Nach gut zwei Stunden war die Durchsuchung vorbei, und Julie, Jean und Wico konnten wieder in das Boot steigen. Erst als die Wachstation nicht mehr zu sehen war, atmete Julie auf.

»Puh, das war knapp.« Auch Jean machte einen erleichterten Eindruck. »Er hätte uns auch anzeigen können, obwohl es ein paar Krümel waren.«

Wico grinste und schüttelte den Kopf. »Jean, deine Idee ist genial! Trotzdem, schade um das verlorene Gold.«

»Wir mussten den Kerl doch was finden lassen. Und hätte er Julie nicht durchsucht, dann hätten wir auch das noch mitgenommen. Aber so«, er klopfte mit der flachen Hand auf die Hühnerkäfige, »so haben wir es doch sicher an ihm vorbeigebracht.«

»Schade nur«, bemerkte Julie jetzt, »dass die Hühner dafür ihr Leben lassen müssen.« Das war für sie der einzige Haken an der Geschichte.

»Ach, die würden so oder so in der Suppe landen. Sei froh, dass der alte Gorven gerade welche übrig hatte und ich sie ihm abkaufen konnte.« Jean imitierte noch einmal seinen Auftritt vor dem alten Mann: »Na, komm, drei der Hennen, sei nicht so! Ich will ein Fest geben, wenn ich wieder in der Stadt bin, und deine Hühner sind einfach die besten.«

Gorven hatte es sich zur Aufgabe gemacht, mit einer kleinen Hühnerzucht hinter seiner Hütte sein mageres Auskommen in den Goldlagern aufzubessern. Zwar vermehrten sich die Tiere nicht so zahlreich wie in der Stadt, aber hier und da ein Hühnchen in der Suppe oder über dem Feuer, das ließen sich die ausgehungerten Goldsucher schon mal etwas kosten.

Als Jean gleich drei kaufen wollte, hatte Gorven allerdings gemurrt. »Lass den anderen auch noch was übrig. Bis die Kleinen so weit sind, dass man sie essen kann, das dauert noch. Und das sind meine letzten.«

Gottlob hatte Julie noch ein paar Münzen zurückbehalten, die Jean Gorven jetzt geben konnte. Und so hatte Jean einen Tag zuvor morgens mit den drei Hühnern vor der Hütte gestanden. Julie war müde gewesen. Die halbe Nacht hatte sie Jeans Goldausbeute in Maiskörner gestopft, die sie dann am morgen nach und nach an die Hennen verfüttert hatte. Diese freuten sich sichtlich über das üppige Mal. Julie hoffte nur, dass sie nicht gleich tot umfielen, wenn …

Aber bis jetzt machten die Vögel einen munteren Eindruck. Sie hatten das Gold sicher am Wachposten vorbeigebracht. In wenigen Tagen würden sie wieder in der Stadt sein und dann, dann würde alles gut werden, da war Julie sich sicher.

Waar rook is, is ook vuur

Wo Rauch ist, ist auch Feuer

Surinam 1862
Paramaribo, Plantage Rozenburg,
Buschnegerdorf

Kapitel 1

»Das ist unglaublich!« Erika kam in die Krankenstation gerannt und wedelte mit einer Zeitung.

»Klara! Klara, wo steckst du?«, rief sie atemlos.

Die Krankenschwester steckte den Kopf aus einem der Zimmer. »Was schreist du denn so, Erika?«

Erika ging schnellen Schrittes auf sie zu. »Hier, schau nur! Sie haben es jetzt offiziell verkündet!«, sagte sie fröhlich und deutete auf die Zeitung.

»Was?« Klaras Stimme war die Ungeduld deutlich anzuhören.

Erika holte tief Luft, bevor sie herausplatzte: »Na … dass die Sklaverei aufgehoben wird!«

Klara blickte ihre Mitarbeiterin ungläubig an. »Was? Das glaube ich nicht! Zeig her.« Klara nahm Erika die Zeitung aus der Hand und überflog die Zeilen. Sie starrte Erika mit großen Augen an und rief dann durch den Flur: »Dodo, Minna, Jakob, kommt sofort alle her!«

Schnell versammelten sich alle Mitarbeiter und Sklaven in der Krankenstation, selbst die drei Patienten richteten sich neugierig in ihren Betten auf.

Klara baute sich vor der Versammlung auf und sagte ernst: »Hört alle gut zu. Was ich euch jetzt vorlese, ist wichtig!«

Sie holte tief Luft und begann zu lesen: »Bekanntmachung

des Gouverneurs. An die Sklavenbevölkerung der Kolonie Surinam!

Seine Majestät, unser ehrerbietiger König, hat verfügt, dass die Sklaverei in der Kolonie Surinam mit dem 1. Juli 1863 für allezeit abgeschafft wird. Von diesem Tag an seid ihr frei!

Der König wünscht, dass jeder, der unter seinem väterlichen Schutz lebt, die Zeit bis zu diesem sehnlichst erwarteten Termin ruhig und freudig verlebt.

Ich blicke nun zuversichtlich auf den Juli 1863 und hoffe, dass ihr euch bis dahin durch eure Lust an der Arbeit und euren Gehorsam dem Segen des Königs als würdig erweist.

Ebenso erwarte ich, dass ihr nach dem Tage eurer Befreiung eure Pflichten als freier Mensch ausübt und euch dem Vorstand der UWC unterordnet. Ihr werdet regelmäßig zu einem fairen Lohn arbeiten und damit euch und eure Familien ernähren können.

Ich freue mich, im Namen des Königs, euch diese frohe Botschaft zu überbringen.«

Kein Laut war zu hören, als Klara nun aufblickte und die Zeitung langsam zusammenfaltete. Dann redeten alle plötzlich auf einmal los.

Erika starrte derweil auf die Rückseite der Zeitung, die Klara ihr in die Hand gedrückt hatte. Dort stand in einem kleinen Kasten in dicken Lettern: *Versteigerung der Plantage Bel Avenier, guter Holzgrund, 20 deutsche Arbeiter und 120 Negersklaven.* Und etwas kleiner gedruckt war zu lesen: *Aufgrund des Unfalltodes meines Vaters vor einigen Monaten bin ich gezwungen, die Plantage zur Versteigerung anzubieten. Bei Interesse wenden Sie sich bitte an die Verwaltung in Paramaribo. Frits van Drag.*

Einen Moment rauschte es in Erikas Ohren. Sie dachte, ihr würde der Boden unter den Füßen weggerissen.

Viel später am Tag saß Erika in der Küche des Stadthauses und redete mit Kiri, Liv, Foni, Hedam und Suzanna über die Abschaffung der Sklaverei. Die Situation war neu für alle und warf viele Fragen und Gefühle auf.

»Werden wir denn … ich meine, was machen wir denn ab diesem Tag?« Kiri schaute etwas ängstlich drein.

Erika versuchte, es ihr zu erklären. »Soweit ich gehört habe, soll es eine Übergangzeit geben, in der jeder ehemalige Sklave sich einem Arbeitgeber verpflichten muss.«

Foni gab ein unwirsches Prusten von sich. »Also sind wir dann doch nicht frei?«

»Doch, schon, aber ihr müsst in einem Arbeitsverhältnis bleiben und vermutlich bekommt ihr sogar Geld dafür.«

Suzanna schüttelte den Kopf. »Geld? Dass ich nicht lache! Kein Weißer wird einem Sklaven Geld für Arbeit bezahlen.« Erika wusste, dass Suzanna zwar keine Sklavin mehr war, da Karl sie bereits vor Jahren freigekauft hatte, um sie als Gespielin in der Stadt wohnen lassen zu können. Aber sie hatte von vielen ehemaligen Sklaven gehört, dass sie sich immer eher als Sklaven denn als Freie fühlten. Die Abhängigkeit hatte ihr Denken und Verhalten von Kindesbeinen an geprägt, das war nur schwer abzustellen. Und in der Praxis änderte sich meist ja auch nicht viel. Vermutlich ging es Suzanna genauso.

»Geld? Geld, mit dem man was kaufen kann?« Liv hatte lange still dagesessen und zugehört.

»Ja.« Erika nickte. »Ich rede von Geld, mit dem ihr euch kaufen könnt, was ihr wollt. Und soweit ich weiß, bekommt ihr sogar eine Abfindungssumme.«

Kiri grinste. »Wir bekommen Geld dafür, dass wir freigelassen werden?«, fragte sie. Ihrer Stimme war die Verwunderung deutlich anzuhören.

»Oh!« Liv war anzusehen, wie ihr Gehirn bei dem völlig ungewohnten Gedanken an eigenes Geld arbeitete. »Ich werde mir ein paar Schuhe kaufen. Werden wir dann Schuhe tragen dürfen, Misi Erika?« Sie stand auf und wanderte in der Küche umher. Dabei stolzierte sie wie eine feine Dame und wackelte mit ihrem Po. Die anderen lachten.

Jetzt stand auch Erika auf. »Aber bis dahin dauert es ja noch ein bisschen. Trotzdem solltet ihr euch an den Gedanken gewöhnen, bald keine Sklaven mehr, sondern Arbeiter zu sein«, sagte sie lächelnd, bevor sie ernst hinzufügte: »Ich werde mal nach Martina sehen.«

Sofort verstummte das Lachen. Martina ging es immer noch sehr schlecht. Meistens lag sie im Fieberdelirium und erkannte kaum jemanden, nicht einmal ihr eigenes Kind.

Ihr Mann war lediglich noch einmal da gewesen – mit der Polizei. Der freundliche Beamte hatte sich aber von Klara besänftigen lassen und ihr zugestimmt, dass Martina keinesfalls transportfähig war und zur Genesung im Stadthaus bleiben musste.

»Fallen Sie mir jetzt ruhig auch noch in den Rücken!«, hatte Pieter getobt.

Die Augen des Polizisten waren zu schmalen Schlitzen geworden, als er mit eiskalter Stimme antwortete: »Wenn Sie die Schwestern nicht ihre Arbeit machen lassen und die Gesundheit Ihrer Frau gefährden, kann ich Sie auch anzeigen wegen Behinderung humanitärer Hilfe. Ich muss wohl nicht erwähnen, dass Ihnen das als Arzt nicht besonders zuträglich wäre?«

Pieters Gesicht hatte eine ungesunde dunkelrote Farbe angenommen.

»Ich komme wieder!«, hatte er ausgespien und auf dem Absatz kehrtgemacht. Seitdem hatte ihn niemand mehr gesehen. Hedam hatte gehört, er sei auf die Plantage zurückgekehrt. Erika fühlte sich dadurch aber keineswegs sicherer, der Mann war ihr nicht geheuer. Eine solche Behandlung würde er niemals auf sich sitzen lassen. Sie machte sich ernsthaft Sorgen um Martina, die Kinder und die Sklavenmädchen. Zumal Kiri kurz vor der Entbindung stand. Es war besser, wenn sie alle hier in der Stadt blieben. Dieser Mann hatte einen verrückten Glanz in den Augen …

Kapitel 2

Julies Mitleid mit den gefiederten Mitreisenden nahm von Tag zu Tag ab. Die Hühner gackerten unentwegt, flatterten nervös herum und rochen auch nicht besonders gut. Wären diese Tiere nicht eine so wertvolle Fracht gewesen, hätte sie sie am liebsten im Fluss versenkt. So aber trug sie sie brav an den Wasserfällen vorbei, fütterte sie ab und an mit Blättern, die sie von Büschen rupfte, und beobachtete akribisch ihre Hinterlassenschaften in den kleinen Käfigen.

»Da passiert nichts«, sagte Jean ihr ein ums andere Mal. »Das Gold ist so schwer, dass es in den Tieren bleibt. Darum muss man sie dann ja auch …«

Genau an dieser Stelle ihrer Unterhaltung verzog Julie immer das Gesicht. »Ja, ist ja gut, ich weiß, welches Schicksal ihnen droht.«

Sie kamen gut voran, und schließlich näherten sie sich endlich der ersten Plantage. Die Familie Fredenburg hatte Julie bereits auf der Hinreise freundlich aufgenommen und sie jubilierte innerlich. Ein Bett! Wasser aus einer Schüssel! Seife! Julie freute sich auf den Komfort der Zivilisation. Nun allerdings schaute die Frau des Hauses etwas pikiert, als Julie schmutzig wie ein Waldarbeiter und zudem noch in Stiefeln auf ihrer Veranda stand. Sie hatte außerdem offensichtlich drei schwarze Burschen gegen einen abgerissenen Weißen eingetauscht, der in seiner speckigen Goldgräberkluft ebenfalls keinen besonders vertrauenerweckenden Eindruck machte. »Die jungen Männer können bei den Aufsehern schlafen«, beschied sie Julie schließlich mit gerümpfter Nase.

Julie hätte zu gerne die Nacht mit Jean verbracht. Aber darauf musste sie noch eine Weile warten. Es gehörte sich einfach nicht als unverheiratetes Paar.

Am Abend gelang es ihnen dennoch, sich von ihren Gastgebern unbemerkt am Fluss zu treffen. Arm in Arm schlenderten sie am Ufer entlang.

»Und du meinst wirklich, dass das Gold für einen Neuanfang reicht?«

»Natürlich. Zumal es im Moment viele Plantagen zu wirklich günstigen Konditionen gibt. So viele geben auf.« Jeans Augen funkelten. Er schien sich an den Gedanken, bald Herr über eigene Ländereien zu sein, wirklich zu freuen.

»Aber die geben doch nicht ohne Grund auf«, gab Julie zu bedenken.

»Ja, weil sie einfach unzeitgemäß wirtschaften. Ich hatte als Buchhalter lange genug damit zu tun. Sie verprassen ihr Geld, anstatt es in die eigene Plantage zu investieren. Das war vielleicht vor fünfzig oder hundert Jahren noch kein Problem, als dieses Land noch im Geld schwamm.« Er blieb stehen und sah Julie tief in die Augen. »Aber hier ändert sich alles, und ich fände es wunderbar, wenn wir beide mit unserem Neubeginn auch in diesem Land neue Seiten aufziehen könnten.«

Julie wurde ganz warm ums Herz. Sie hatte so große Angst gehabt, dass Jean sie nicht mehr wollte, dass er gegangen war, weil … Aber sie hatte sich geirrt: Er liebte sie immer noch, und er wollte die Zukunft mit ihr verbringen!

Je näher sie allerdings der Stadt kamen, desto mulmiger wurde Julie, desto mehr drängten sich die Probleme in den Vordergrund. Würde Pieter sie ohne Weiteres freigeben? Jean war der Meinung, dass Pieter mitspielen würde, wenn man ihm Rozenburg überließ und keine Forderungen an ihn stellte. Schließlich war es das, was er immer gewollt hatte. Julie war sich da nicht so sicher. Theoretisch klang es durchaus einfach, praktisch aber spielten in Julies Kopf Hunderte von anderen Dingen eine Rolle. In Rozenburg steckte ihr Erbe, das Erbe ihrer Eltern – sollte sie das Pieter kampflos überlassen? Und dann die vielen Menschen, die auf der Plantage lebten, die Sklaven und die Kinder. Julie wurde schwer ums Herz, wenn sie daran dachte, dass sie diese Leute in Pieters Gewalt lassen musste. Und überhaupt … je näher sie der Stadt kamen, desto stärker wurde ihr bewusst, wie sehr sie an der Plantage hing. Es war trotz allem auch ihr Zuhause geworden.

Sie teilte Jean ihre Bedenken nicht mit, sie wollte das neu gewonnene Glück nicht gleich wieder belasten. Er freute sich so auf die gemeinsame Zukunft und nutzte die langen Stunden auf dem Boot, um mit Wico über zeitgemäße Plantagenbewirtschaftung zu sprechen. Er bot ihm sogar gleich eine Stelle an, als »Organisator«, wie er es nannte, das Wort Aufseher war in seinen Augen zu brutal. Jean wollte eine Plantage aufbauen, auf der es keine Sklaven gab, sondern Arbeiter, die auf keinen Fall unter Missständen zu leiden hatten. »Nur gesunde, zufriedene Menschen arbeiten gut«, sinnierte er.

Wico nickte. Er überraschte Jean und Julie während der Reise immer wieder mit seinem umfassenden Wissen. Auf Julies Frage, woher er all die Informationen habe, da er doch nie eine Schule besucht habe, hatte er »Ich kann gut zuhören« geantwortet und ihr zugezwinkert.

»Und deine Mutter und deine Schwester können auch gleich mit auf unsere neue Plantage«, hatte Jean ihm begeistert vorgeschlagen. »Julie braucht Hilfe im Haushalt, und da ihre

Kiri ja erst einmal etwas Zeit für sich und ihr Baby brauchen wird, können wir jede helfende Hand gebrauchen.«

Kiri! Julie hoffte, dass es ihr gut ging. Und Henry … sie hatte ihn jetzt monatelang allein gelassen. Das schlechte Gewissen brach wie eine Welle über sie herein, und sie brach in Tränen aus.

»Julie, alles in Ordnung?« Jean konnte sie von seinem Platz aus über die Hühnerkäfige während der Fahrt nicht erreichen. Er betrachtete sie besorgt.

»Ja, alles gut. Es ist nur … ach, nichts.«

Alle waren froh, als sie Paramaribo endlich am Nachmittag des 10. August 1862 erreichten. Wico verabschiedete sich schnell und eilte zum Haus seiner Mutter. Jean und Julie machten sich zu Fuß, die Hühnerkäfige und ihr weniges Gepäck unterm Arm, auf den Weg Stadthaus. Das war eine weite Strecke, aber trotz der Erschöpfung war Julie froh, ihre Füße und Beine endlich einmal wieder für längere Zeit bewegen zu können. Die neugierigen Blicke vieler Passanten auf das wunderliche Paar mit dem noch wunderlicheren Gepäck bemerkten sie kaum.

Am Stadthaus angekommen, stellte Julie das gackernde Federvieh auf der schmalen Veranda ab. Erstaunt beobachtete sie, wie Hedam und nicht Foni die Tür öffnete. »Misi Juliette, gut, dass Sie zurück sind!«

Der Gesichtsausdruck des alten Sklaven ließ Julie alle Erschöpfung der Reise sofort vergessen. »Hedam, was ist los? Wo ist Foni?«

»Oh, Misi! Foni ist bei Kiri. Kiri …«, stotterte der alte Mann.

»Kiri? Kiri ist hier? Wieso das, warum ist sie nicht auf der Plantage? Was ist denn, geht es ihr gut?« Sie verstand nicht, was hier vor sich ging. Dann kam ihr ein Gedanke. »Das Kind ... Kommt das Kind?«

Julie rauschte ins Haus, ohne seine Antwort abzuwarten, und ließ Hedam und Jean verdutzt zurück. Sie wollte gleich wieder durch den Hintereingang zum Hof hinaus, wo sich die Sklavenunterkünfte befanden, blieb aber vor der Tür des Salons stutzig stehen. Dort auf dem Boden saß Henry auf seiner Krabbeldecke. Er saß! Meine Güte, war denn so viel Zeit vergangen? Wie groß er geworden war! Sie stürzte auf das Kind zu.

»Henry!« Der kleine Junge blickte sie verwirrt an. »O Henry ... dass du hier bist ...« Sie hob ihren Sohn hoch und drückte ihn an sich. Und schwer war er geworden! Jetzt betrachtete er sie aufmerksam mit seinen großen Kulleraugen und fasste mit seinen kleinen Fingern nach ihren Haaren. Julie musste lachen, Tränen des Glücks rannen über ihre Wangen. Dann besann sie sich auf Jean. »Jean? Jean!«

Jean war ihr ins Haus gefolgt und blieb nun im Türrahmen stehen. Als er Julie mit ihrem Sohn, mit seinem Sohn dort stehen sah, traten auch ihm Tränen in die Augen. Henry wandte ihm den Kopf zu und streckte gleich seine kleinen Ärmchen nach ihm aus, während er ein zufriedenes Glucksen von sich gab.

»Schau nur, ich glaube, er mag dich.« Julie lächelte liebevoll.

»Misi Juliette!« Liv trat mit Martin auf dem Arm an Jean vorbei durch die Tür. »Misi Juliette! Gut, dass Sie da sind.«

Julie betrachtete sie ungläubig. »Liv? Seid ihr etwa alle hier? Was um Himmels willen ist denn los?«

Liv hatte keine Zeit für lange Erklärungen. »Misi Juliette, wir sind mit Misi Martina hier, aber Kiri ... seit heute Nacht.

Das war alles wohl ein bisschen anstrengend für sie, das Baby … es kommt ein bisschen zu früh.«

Julie besann sich darauf, dass sie zu Kiri hatte laufen wollen. »Hier. Ihr solltet euch kennenlernen.« Sie drückte Jean den kleinen Henry in den Arm, der das Kind einen Moment anschaute wie ein besonders zerbrechliches Stück Porzellan. »Ich muss nach Kiri sehen!« Mit diesen Worten schritt sie durch den Hintereingang hinaus.

Als Julie in das kleine dunkle Zimmer im Hinterhof in einer der Sklavenhütten kam, welches Kiri während der Aufenthalte in der Stadt schon immer als Unterkunft gedient hatte, blickte Julie zunächst in die überraschten Gesichter von Foni und Erika.

»Erika?« Julie war nicht minder verwundert. »Geht es Kiri gut?«

»Juliette, du bist wieder da?« Erika machte einen Schritt beiseite. Kiri lag auf ihrer Schlafmatte, sie war auf einige Kissen gebettet und sah verschwitzt und erschöpft aus. »Kiri geht es gut.«

Jetzt bemerkte auch Kiri, dass Julie im Raum war. »O Misi! Gut, dass die Misi da ist. Ich kann aber gerade …«, eine Wehe raubte ihr die Kraft für Worte.

Julie trat an das Lager ihrer Leibsklavin. »Ich glaube, du hast gerade Wichtigeres zu tun!« Sie lächelte Kiri an.

»Kiri geht es gut, es dauert aber noch etwas«, erklärte Erika.

Julie blickte ihre Freundin ernst an. »Was macht ihr denn alle hier? Du? Kiri, Liv, die Kinder und Martina?«, flüsterte sie.

»Komm mit!« Erika nickte Foni zu, die sofort Erikas Platz an Kiris Seite einnahm, und schob Julie aus der Hütte.

Draußen wischte sie sich den Schweiß von der Stirn und stutzte kurz über die Hühnerkäfige, die Hedam gerade von der Straße durch die Sklavenpforte in den Hinterhof trug.

»Schön, dass du wieder da bist, Juliette.« Ihre Stimme klang erleichtert. »Hast du Jean gefunden?«, fügte sie vorsichtig hinzu.

»Ja«, Julie lächelte, »er ist im Haus und macht sich gerade mit Henry bekannt.«

»Das freut mich für euch!« Julie spürte die Freude hinter den Worten ihrer Freundin, aber da war noch etwas anderes in ihrer Stimme, das ihr sagte, dass Erika irgendetwas belastete.

»Lass uns reingehen, Juliette. Ich muss sowieso Suzanna ablösen.«

»Suzanna? Suzanna ist auch hier?«

»Komm mit rein, ich erkläre es dir drinnen«, sagte Erika nur und lief zum Haus.

In der Küche goss sich Erika wie selbstverständlich ein Glas Wasser aus einem Krug ein und füllte dann eines für Julie. »Komm, setz dich.« Erika faltete die Hände auf der Tischplatte und begann zu erzählen. »Also ... hier ist einiges passiert in den letzten zwei Wochen. Kurz nach deiner Abreise kamen Kiri und Liv mit Martina und den Kindern hierher. Martina wollte unbedingt in die Stadt, zu dir! Sie hatte Angst um sich und die Kinder auf der Plantage.«

»Angst?« Julie wusste, dass das nur einen Grund haben konnte. »Pieter!«, fauchte sie.

Erika nickte. »Juliette, Martina ist schwer krank, sie hat seit Wochen hohes Fieber, und Klara sagt ... wir glauben ...« Erika senkte betroffen den Blick.

»Oh.« Julie war erschüttert. »Ist sie ... ich meine, kann ich zu ihr?«

Erika nickte. »Ja, komm. Wir gehen hinauf.«

An Martinas Bett saß Suzanna mit einer Schüssel Wasser auf dem Schoß und betupfte damit unablässig Martinas Gesicht und Arme.

»Suzanna!«, flüsterte Julie.

Suzanna blickte überrascht auf, dann legte sie den Lappen beiseite und stellte die Schüssel ab. Sie stand auf und trat an Julie heran. »Gut, dass Sie wieder da sind!«, sagte sie erleichtert. Mit einem Blick auf Martina fügte sie jedoch mit besorgter Stimme hinzu: »Misi Martina geht es nicht gut. Sie erlangt nur noch selten das Bewusstsein, und wenn ... dann fragt sie nach Ihnen. Ich hatte gehofft, dass Sie noch rechtzeitig kommen.« Suzanna senkte betroffen den Blick.

Julie war erschüttert. Das schlechte Gewissen, die Plantage verlassen und damit offensichtlich die Menschen im Stich gelassen zu haben, erdrückte sie fast. Was war dort nur passiert? Sie schenkte der Frau einen dankbaren Blick. »Danke, Suzanna. Kann ich ...?«

»Ja, natürlich. Gehen Sie nur zu ihr.« Suzanna wies auf den Stuhl neben Martinas Bett.

»Kommen Sie, wir beide gehen nach unten, Sie sollten auch etwas trinken«, sagte Erika, während sie Suzanna aus dem Zimmer bugsierte.

Julie wunderte sich kurz über den vertrauten Ton, den hier alle untereinander anschlugen. Dann setzte sie sich neben das Bett ihrer Stieftochter und nahm deren Hand, die sich trotz des Fiebers eiskalt anfühlte. »Martina?«, flüsterte sie sanft.

Martina zeigte keine Reaktion.

Schweigend saß Julie da. Wäre sie doch nur auf der Plantage geblieben! Vielleicht wäre es mit Martina nicht so weit gekommen. Was war nur vorgefallen, dass Martina es vorzog, in diesem Zustand mit den Kindern in die Stadt zu flüchten?

Martina erwachte während Julies Wache nicht aus ihrem Fieberschlaf. Als Suzanna einige Zeit später wiederkam, sah Julie zunächst nach Kiri. Die Leibsklavin lag in den Wehen, aber die Geburt ging nur zögerlich voran, und Erika war sich sicher, dass es noch dauern würde. Julie kehrte ins Haus zurück. Sie musste unbedingt erfahren, was passiert war, und machte sich auf die Suche nach Liv.

Martinas Leibsklavin saß mit Jean und den Kindern immer noch im Salon. Jean hatte über das Glück, einen Sohn zu haben, offensichtlich gänzlich die Zeit vergessen, hockte verschwitzt und dreckig von der Reise auf dem Boden und spielte mit dem Kind. Julie beobachtete die Szene liebevoll. So hatte sie sich das immer erträumt.

»Jean! Ich freue mich ja, dass ihr zwei euch so gut versteht, aber ich finde, du solltest dich mal waschen«, sagte sie zärtlich.

In diesem Moment reckte Henry die Ärmchen nach Julie. Ihr Herz machte einen Sprung, und Tränen der Freude traten in ihre Augen. Er hatte sie nicht vergessen! Sie hatte sich ernsthaft Sorgen gemacht, ihr Kind würde nach der langen Zeit fremdeln. Sie trat auf ihn zu und hob ihn in ihre Arme. Zärtlich rieb sie ihre Nase an seiner Wange. Wie gut er duftete!

»Meinst du?« Jean betrachtete die beiden liebevoll und stand auf. »Ich komme nachher wieder, kleiner Mann. Versprochen. Und dann spielen wir weiter.«

»Komm schon, Jean, reiß dich von ihm los und mach dich hübsch für deinen Sohn«, neckte Julie ihn. Es gelang ihr jedoch nicht, die Sorge ganz aus ihrer Stimme zu verdrängen.

Jean spürte sofort, dass etwas nicht stimmte. »Ist sonst alles in Ordnung? Du siehst nicht gerade zufrieden aus«, fragte er, während Julie ihn in den Flur schob.

»Kiri liegt in den Wehen, Martina liegt schwer krank oben, und ich weiß nicht, was los ist. Ich muss jetzt erst einmal herausfinden, was passiert ist.« Sie deutete auf Liv im Salon.

»Soll ich ... ich kann dabeibleiben, wenn du das möchtest.«

»Nein, ist schon in Ordnung. Ich will erst mal allein mit ihr reden«

»Gut. Aber du erzählst mir nachher alles, ja?«

»Ja, natürlich.«

Jean schritt durch die Hintertür in den Hof, wo es einen Brunnen und einen Waschzuber gab. Julie ging zurück in den Salon. Henry setzte sie auf den Boden, gab ihm etwas zu spielen in die kleinen Fingerchen und nahm dann mit ernster Miene Liv gegenüber in einem Sessel Platz. »So, Liv, jetzt erzähl mal ganz in Ruhe, was passiert ist.«

Liv machte gleich ein verschrecktes Gesicht. »Misi Juliette darf nicht böse sein, Masra Pieter schon fürchterlich böse ... wir ... ich kann nichts dafür«, stammelte das Mädchen.

»Nein, ist schon gut, Liv. Ich weiß, dass ihr nichts dafür könnt, aber jetzt erzähl bitte von Anfang an, was passiert ist, ja? Ich muss es wissen, sonst kann ich uns allen nicht helfen. Warum wollte Misi Martina unbedingt in die Stadt?«

Liv berichtete ausführlich, was sich auf Rozenburg zugetragen hatte. Von den erkrankten Sklaven, Pieters erneuten Medikamentenversuchen, den gestorbenen Männern, den vielen Streitigkeiten zwischen Masra Pieter und Misi Martina. »Masra Pieter hat die Misi sogar geschlagen«, berichtetete sie mit leiser Stimme. Und dann erzählte sie, was mit Jenk passiert war und dass Amru sich verändert habe und dann sei Misi Martina auch noch krank geworden, habe aber trotzdem befohlen, in die Stadt zu reisen. Masra Pieter sei schon aufgetaucht und habe Ärger gemacht, sogar mit der Polizei, aber Schwester Klara, Misi Valerie und Misi Erika hatten ihn ...

Julie wurde zunehmend wütender. Sie musste bei der Vorstellung, wie sich die baumhohe Klara Pieter in den Weg stellte, kurz schmunzeln, das hatte ihm sicherlich nicht gepasst, dann aber bekam der Zorn die Oberhand. Das hätte alles nicht passieren dürfen. Und die arme Amru!

»Juliette? Juliette!« Erika kam ins Haus gelaufen. »Es ist so weit!«

Julie sprang auf. »Liv, es ist alles in Ordnung, ihr habt alles richtig gemacht«, sagte sie eindringlich. »Und jetzt wird alles gut!«, versicherte sie der Sklavin und eilte hinter Erika her zu Kiris Lager.

Eine halbe Stunde später gebar Kiri ein kleines Mädchen. Es war sehr klein und schmächtig, aber es hatte eine kräftige Stimme und ganz dichtes krauses schwarzes Haar. Es war noch viel krauser als Kiris Haar.

»Was für ein hübsches kleines Mädchen.« Julie legte Kiri das frisch gewaschene Baby in den Arm. Kiri wirkte erleichtert. »Weißt du schon einen Namen?«

Kiri betrachtete das Baby ganz genau. Dann strahlte sie übers ganze Gesicht. »Ja, Misi Juliette, Karini soll sie heißen.«

»Karini! Ein schöner Name! Dany wird sich freuen über seine Tochter.«

Kurz huschte ein Schatten über Kiris Gesicht, dann murmelte sie: »Ja, Dany wird sich freuen.«

Kapitel 3

Martinas Zustand verschlechterte sich von Tag zu Tag. Auch Valerie verbrachte jetzt viel Zeit am Lager ihrer Nichte. »Ich hätte sie ja auch zu mir geholt«, erklärte sie Julie entschuldigend. »Aber hier«, sie bedachte Erika, Suzanna und Foni mit einem dankbaren Blick, »hier ist sie einfach besser aufgehoben. Außerdem wollte sie unbedingt hierbleiben, um deine Rückkehr nicht zu verpassen, das hat sie am Anfang immer wieder gesagt. Ich mache mir große Sorgen.«

Hatten die Frauen es bis vor kurzem noch geschafft, Martina löffelweise Wasser einzuflößen, so schien ihr Hals jetzt so geschwollen, dass man ihr nur noch ein paar Tropfen aus einem Lappen durch die Lippen rinnen lassen konnte.

Klara schüttelte den Kopf, als sie nach einer weiteren Untersuchung an Julie und Valerie herantrat. »Ich glaube, es dauert nicht mehr lange.«

Julie war entsetzt. »Können wir denn gar nichts mehr machen?«

Klara schüttelte den Kopf. »Jetzt liegt es in Gottes Hand.«

Julie setzte sich wieder neben Martinas Bett und nahm ihre Hand. Lange saß sie so da und dachte nach, bis sie plötzlich spürte, dass Martina ganz schwach ihre Hand drückte. Julie erschrak, hatte Martina in den letzten Tagen doch kaum noch ein Lebenszeichen von sich gegeben.

»Martina?«, flüsterte sie »Martina, kannst du mich hören?«

»Liebes ... wir sind hier.« Auch Valerie war nahe an Martina gerückt und streichelte ihr liebevoll die Stirn.

»Juliette ... Tante Valerie«, leise wie ein Windhauch flüsterte Martina die Namen.

»Ja, wir sind da, Martina.«

»Juliette ... du musst ... Martin ... bitte, ich möchte nicht ... Pieter.«

»Schsch ... Martina, du darfst dich nicht aufregen.« Juliette legte ihrer Stieftochter die Hand auf die Stirn, sie glühte förmlich. Sie überlegte kurz, ob sie vielleicht nur im Fieberwahn zu ihr sprach. Dann aber schlug Martina die Augen auf und fixierte Julie mit ihrem Blick. Ihre Worte kamen nun etwas deutlicher, auch wenn es sie offensichtlich übermenschliche Anstrengung kostete.

»Juliette, kümmere dich um Martin, bitte! Und überlass Pieter nicht die Plantage, versprich es mir, bitte! Tante Valerie, du musst ihr helfen! Juliette, du musst um die Plantage kämpfen. Pieter darf sie nicht ...«

Martinas Augen schlossen sich wieder, ihr Atem war flach und schnell.

»Martina ... Martina? Ich verspreche es dir! Ich werde mich um deinen Sohn kümmern. Und die Plantage ...«

»Es tut mir leid ... es tut mir alles so leid!«

»Martina, es ist alles gut, dir braucht nichts leidzutun.«

Juliette hätte nie gedacht, dass ihr Martinas Tod so nahegehen würde. Oder war es die nervliche Belastung der ganzen letzten Monate oder gar der letzten Jahre, die ihr so zusetzten? Als Martina ihren letzten Atemzug genommen hatte, starrte Julie sie wie in Trance an. Erst als Erika sie an den Schultern packte und sanft aus dem Zimmer führte, liefen ihr die

Tränen über die Wangen. Sie weinte und weinte, als würden diese Tränen nie versiegen wollen. Nicht einmal Jean durfte sie trösten. Doch irgendwann hatte sie keine Tränen mehr, sie legte sich auf ihr Bett und starrte an die Decke, bis der Schlaf sie übermannte. Sie schlief zwei Tage und zwei Nächte. Am dritten Tag erwachte sie, als die Morgensonne den Raum erhellte. Sie setzte sich in ihrem Bett auf und beobachtete, wie kleine Staubflocken durch die Sonnenstrahlen tanzten. Das hatte sie als Kind immer schon gern gemacht. Als Kind …

Julie ließ ihren Gedanken freien Lauf, vor ihrem inneren Auge lief ihr bisheriges Leben ab. Der Verlust ihrer Eltern, die Internatszeit, der verhasste Onkel, ihre Bekanntschaft mit Karl, die Reise nach Surinam. Das Resümee war ernüchternd. Sie war fast zweiundzwanzig Jahre alt, hatte in ihrem ganzen Leben jedoch noch nie selbstbestimmt etwas getan. Außer vielleicht in den letzten Wochen. Sonst hatten immer andere entschieden, was sie zu tun oder zu lassen hatte. Aber im Grunde war sie jetzt frei, sie hatte keinen Onkel mehr im Nacken, der ihr etwas befahl, und keinen Mann, der sie zu etwas zwang. Sie hatte ein wunderbares Kind und sie hatte Jean. Und ihr stand ein Stück der Plantage zu, auch wenn Pieter darüber sicher anders dachte, denn die Plantage wurde mit ihrem Geld finanziert, mit dem Erbe ihrer Eltern. Und, so beschloss sie in diesem Moment, in dem sie dasaß und den Staubflocken zusah: Sie würde um die Plantage kämpfen! Für sich, für Henry und Martin und die vielen anderen Menschen, die von dieser Plantage abhängig waren. Das Schicksal hatte ihr die Plantage als Heimat zugewiesen, sie würde sie jetzt nicht einfach so aufgeben. So reizvoll Jeans Idee vom Neuanfang war … es würde einen Neuanfang geben – aber auf Rozenburg!

Und Jean würde das akzeptieren müssen. Entweder half er ihr oder … nein! Es gab kein Nein – er würde zu ihr halten, da war sie sich sicher.

Kapitel 4

Jean protestierte, als Julie allein zur Plantage fahren wollte, um Pieter von Martinas Tod zu berichten.

»Julie! Der Mann ist gefährlich! Soll ich nicht doch besser mitkommen?«, sagte er eindringlich.

»Nein, das muss ich ohne dich machen. Ich habe ja Suzanna dabei, er wird es nicht wagen, uns etwas anzutun. Wenn Pieter uns zusammen sieht, wird er sich seinen Teil denken, und ich will ihm nicht noch einen Anlass geben, den er gegen mich verwenden kann.«

»Ach, er hat doch nichts in der Hand gegen dich«, versuchte Jean Julie zu beruhigen. »Du willst dir doch nur zurückholen, was dir zusteht.«

Julie nickte. Sie hatte Jean nicht erzählt, dass es vermutlich Pieter gewesen war, der Karl damals während seiner Hochzeitsfeier auf ihre Fährte gesetzt hatte. Pieter wusste sicherlich mehr, als ihnen lieb war, dabei war es Julie ein Rätsel, wie er hinter ihre Geheimnisse hatte kommen können. Und dann war da ja noch die Sache mit dem Unfall. Pieter hatte Karls Unfalltod zwar offiziell als Arzt bestätigt, aber so, wie er Julie gegenüber immer das Wort Unfall betont hatte, konnte er sich vermutlich denken, was damals am Fluss vorgefallen war. Und er würde das ganz bewusst gegen sie einsetzen, davon konnte sie ausgehen.

Martinas Tod änderte an der Situation nicht wirklich etwas.

Julie hoffte, dass Pieter die Plantage nun, nach Martinas Tod, freiwillig abgeben würde. Andererseits war ihr durchaus bewusst, dass Pieter Martina immer nur als Mittel zum Zweck benutzt hatte, das hatte sie schon bei ihrer ersten Begegnung bemerkt.

Sie musste nach Rozenburg. Nicht zuletzt, weil sie unbedingt nach Amru und den anderen Sklaven sehen wollte. Julie ahnte, dass auf der Plantage viel mehr vorgefallen war, als Kiri und Liv ihr erzählten, das ließ nicht zuletzt Marie Marwijks Andeutung vermuten. Das Vertrauen der Sklaven in die Weißen war vermutlich inzwischen zerstört. Sie selbst hatte die Plantage schließlich seit Monaten nicht betreten. Martina hatte sich nie um die Sklaven geschert, und Pieter hatte sie nur missbraucht. Sie hoffte nun, dass Suzannas Anwesenheit ihr helfen würde, das Vertrauen der Sklaven wiederzugewinnen. Sie hatte gemeinsam mit Jean einen Plan ersonnen, wie sie Pieter vielleicht von der Plantage vertreiben konnten. Dafür war sie aber darauf angewiesen, dass sie zumindest einige der Sklaven von diesem Plan überzeugen konnte, die dann bereit waren, gegen Pieter auszusagen. Das wiederum würde nicht einfach werden in Anbetracht der Vorkommnisse. Julie hoffte auf Suzanna und auf die Ankündigung der Sklavenfreistellung, die sie ihnen vorlesen wollte. So wie sie Pieter kannte, hatte er den Plantagensklaven davon sicherlich noch nicht berichtet.

Und so mietete sie am Hafen ein Boot mitsamt vier kräftigen Ruderern und brach auf, flussaufwärts.

Als Julie auf der Plantage ankamen, war kein Mensch zu sehen. »Geh bitte gleich ins Dorf, je schneller wir die Sklaven auf unsere Seite bekommen, desto besser. Nicht dass Pieter uns zuvorkommt«, wies sie Suzanna an, bevor sie selbst eilig zum Plantagenhaus schritt. Zum ersten Mal hatte sie keinen Blick übrig für die üppig blühenden Orangenbäume im Garten, die sie sonst immer so gern betrachtet hatte.

Julie betrat unangemeldet das Haus, es war schließlich ihr Haus! »Ist da jemand?«, rief sie mit fester Stimme. Aus dem hinteren Teil des Hauses erklang sogleich ein Poltern, dann erschien Amru im Flur. Julie erschrak. Die einst so füllige und robuste Haussklavin war nur noch ein Schatten ihrer selbst. Sie war abgemagert, ihre Kleidung schlotterte um den dünnen Körper, die Haare waren ergraut. Sie wirkte alt und irgendwie leblos. Jetzt schlich sie auf Julie zu und sackte weinend vor ihr auf die Knie. Julie war zutiefst betroffen. »Amru, steh auf ... steh auf, bitte!«, sagte sie sanft. Sie zog die Frau auf die Füße und nahm sie in den Arm. Amru weinte an ihrer Schulter. »Es wird alles gut, Amru ... es tut mir so unendlich leid, dass ich nicht da war. Ich ... ich habe gehört, was Pieter getan hat, es ...«

»Was habe ich getan?«, ertönte plötzlich eine kalte Stimme. »Ach, sieh an, die verlorene Witwe kehrt zurück! Wie nett. Hast du meine hysterische Frau nicht mitgebracht oder meinen Sohn?« Pieter lehnte sich mit einem gehässigen Lachen in den Türrahmen.

Julie baute sich mit einer Armlänge Abstand vor ihm auf.

»Pieter, deine Frau ist tot«, sagte sie ruhig.

Pieter verzog keine Miene.

Nur Amru ließ hinter ihr einen entsetzten Schluchzer erklingen.

»Na, sie war ja auch nicht mehr ganz beieinander. Ist wohl besser so.« Nichts in seiner Stimme ließ vermuten, dass er seine Worte nicht ernst meinen könnte.

Julie sah Pieter fest in die Augen. »Pieter, ich bin hier, weil ich die Plantage zurückhaben will!«

Er lachte laut auf. »Ach, Juliette, das hatten wir doch schon mal!« Er schien ehrlich belustigt zu sein. »Du hast keine Chance, vergiss es.«

Julie jedoch dachte nicht daran nachzugeben. »Doch, Pieter, ich habe eine Chance. Das, was du hier getan hast ... wir haben es in der Stadt zur Anzeige gebracht. Du hast die Sklaven unnötig gequält, und sie sind durch deine Hand gestorben. Du weißt, was das bedeutet. Jeder Richter in diesem Land wird das auch so sehen.«

Pieter trat mit drohendem Blick auf Julie zu. »Du willst mir drohen? Du? Als Mörderin und mit einem Bastard als Sohn? Hast du dir das gut überlegt?«

Julie trat einen Schritt zurück und zwang sich, ihm weiter fest in die Augen zu sehen. »Wem wird man wohl eher glauben: einer armen, schwachen Frau, die zudem noch Witwe ist, oder einem Mann, der Sklaven bestialisch quält und sie sterben lässt wie räudige Hunde.« Mit diesen Worten drehte sie sich abrupt um und ging zur Tür. Ihr Herz pochte vor Aufregung. Was, wenn sie jetzt nach draußen auf die Veranda kam und dort niemand ... Doch noch während sie die Tür öffnete, seufzte sie erleichtert auf. Suzanna hatte ihren Auftrag im Sklavendorf innerhalb kürzester Zeit verrichtet: Draußen vor der Veranda stand das gesamte Sklavendorf versammelt.

Pieter stutzte, als er hinter Julie durch die Tür trat, um sie aufzuhalten.

»Was ist hier los?«, bellte er.

Einer der älteren Männer trat auf Julie zu und verneigte sich. »Misi Juliette, wir freuen uns sehr, dass Sie wieder da sind!«

Julie spürte, dass er seine Worte ernst meinte. »Danke, ich freue mich auch«, antwortete sie dankbar und drehte sich zu Pieter um. Sie versuchte, so viel Überzeugungskraft in ihre

Stimme zu legen, wie sie nur konnte. »Ab heute ist das wieder meine Plantage! Pieter – wir erwarten dich morgen in der Stadt, um die Übergabe zu regeln.«

Mit diesen Worten wandte sich Julie, gefolgt von Suzanna, in Richtung Steg.

»Du hast nichts in der Hand, Juliette! Nichts!«, brüllte Pieter.

»Doch!«, ertönte mindestens ebenso laut eine Stimme. Pieter erschrak, da Amru anscheinend ihre Sprache wiedergefunden hatte. Julie blieb stehen und sah Amru dankbar und aufmunternd an, während die alte Frau zu ihr aufschloss. »Ich werde mit der Misi gehen, ich werde für meinen Mann Gerechtigkeit fordern!«

Nur einen Moment später lösten sich zwei weitere Frauen aus der Menge der Sklaven. »Er hat mit seinen Spritzen unsere Männer umgebracht«, riefen sie, »wir gehen auch mit der Misi.«

»Den Teufel werdet ihr tun!« Pieter griff nach der Peitsche an seinem Gürtel.

»Das, Pieter, würde ich lassen.« Julie funkelte ihn böse an und wandte sich dann an die Frauen: »Kommt, wir sehen ihn morgen in der Stadt wieder.«

Kapitel 5

Julie war ganz übel vor Nervosität. Sie stand mit Erika, Suzanna und Amru vor dem Verwaltungsgebäude des Kolonialgerichts. Hier hatte sie damals unterschrieben, dass sie Pieter die Plantage und das Sorgerecht für ihren Sohn überließ.

Heute würde sie versuchen, das rückgängig zu machen. Zum wiederholten Male überkamen sie Zweifel, dass ihr das gelingen würde. Momentan wäre sie am liebsten fortgelaufen, jetzt gab es kein Zurück mehr.

»Und wenn er nicht kommt?«

»Er wird kommen!«, beruhigte Erika sie.

»Wenn Jean doch nur hier wäre.« Julie war weinerlich zumute. Jean war aus den gleichen Gründen nicht hier, aus denen er nicht mit zur Plantage hatte fahren können. Sie durften Pieter keinen Anhaltspunkt liefern, dass sie sich wiedergefunden hatten. Pieter würde sonst vielleicht darauf beharren, dass Henry nicht Karls Sohn war.

»Da kommt er!« Suzanna zupfte Julie am Ärmel.

Julie erblickte Pieter, der forschen Schrittes auf das Gebäude zukam, dicht gefolgt von einem wieselartigen, grauhaarigen Mann. Julie bekam Angst: Hatte Pieter sich gar einen Anwalt genommen? Hätte sie das vielleicht auch tun sollen? Nun war es zu spät. Wenn wenigstens Valerie mitgekommen wäre, aber die hatte es vorgezogen, im Stadthaus die Betreuung der Kinder zu übernehmen. »Es ist wichtiger, das die

Skla... die schwarzen Frauen mitgehen, sie können mit ihren Aussagen viel mehr ausrichten als ich.«

Kurze Zeit später fanden sie sich in der Amtsstube des Richters wieder. Diese war wie ein kleiner Gerichtssaal aufgebaut, vorne stand der Tisch des Richters, und im Raum waren zwei Stuhlreihen aufgebaut. Julie und Erika setzten sich in die erste Reihe links auf die äußersten Stühle, Pieter mit seinem Begleiter saß ganz rechts. Suzanna und Amru hatten sich zusammen mit den beiden Sklavenfrauen, wie es sich gehörte, hinten an die Wand gestellt. Sie durften in diesen Räumen nicht sitzen.

Es war, wie Julie gehofft hatte, nicht derselbe Richter, der Henry damals an Pieter übergeben hatte. Jean hatte sich umgehört: Mit der Bekanntgabe der neuen Sklavengesetze und mit der Verkündung der Abschaffung des Sklavenstandes war ein Ruck durch die Kolonialverwaltung gegangen. Die meisten alteingesessenen Beamten hatten sich zurückgezogen, und für viele Ämter waren neue, liberale Männer verpflichtet worden. Julie hoffte, dass dieser Richter einer von ihnen war.

Der Richter studierte eine ganze Weile schweigend das Anzeigenformular, welches Julie mit Jeans Hilfe vor wenigen Tagen eingereicht hatte. Julie versuchte, ihr Zittern zu verbergen.

Es gab jetzt drei Möglichkeiten: Entweder schmetterte der Richter die Anschuldigungen ab und gab Pieter recht oder er ließ es auf eine langwierige Verhandlung ankommen – oder er sprach aufgrund der gravierenden Anschuldigungen gleich Recht.

Der Richter räusperte sich und kam ohne Umschweife zur Sache. »Mijnheer Brick, Ihnen werden hier diverse Vergehen gegenüber den Ihnen anvertrauten Sklaven vorgeworfen. Was haben Sie dazu zu sagen?«

Pieter erhob sich. »Alles Lügen!«

Amru gab ein wütendes Prusten von sich, was ihr einen bösen Blick des Richters einbrachte.

»Mevrouw Leevken, Sie haben diese Anzeige aufgegeben. Was haben Sie dazu zu sagen?«

Julie erhob sich mit zittrigen Knien und berichtete dem Richter alles, was sie von Kiri und Liv und inzwischen auch von Amru erfahren hatte.

»Wir haben zudem zwei Sklavinnen mit in die Stadt gebracht, die beschwören, dass Mijnheer Bricks Medikamentengaben ihren Männer so geschadet haben, dass sie daran gestorben sind.«

Der Richter runzelte die Stirn. »Mevrouw Leevken, ich denke, Sie werden mir zustimmen, dass diese Sklavinnen wohl kaum über die nötigen medizinischen Kenntnisse verfügen, um das zu beurteilen. Mijnheer Brick, was haben Sie als Arzt dazu zu sagen?«

Pieter beriet sich kurz flüsternd mit seinem Begleiter und sprach dann mit einem aufgesetzten Lächeln, welches wohl den Richter umgarnen sollte: »Der Medizinmann hat da rumgepfuscht. Hätten diese Neger auf das gehört, was ich ihnen gesagt habe, wäre es nie so weit gekommen.«

So ging es eine ganze Zeit weiter: Julie äußerte eine Anschuldigung, Pieter versuchte, sich zu rechtfertigen, und der Richter hörte sich alles mit nicht zu deutender Miene an.

»Mevrouw Leevken«, sagte er schließlich, »Sie wollen also, dass Mijnheer Brick für den Tod des Sklaven Jenk zur Rechenschaft gezogen wird, außerdem für den Tod weiterer Männer, dass Ihnen das Sorgerecht für Ihren Sohn wieder übertragen wird, ebenso die Leitung der Plantage und zudem noch ... das Sorgerecht für den Sohn von Mijnheer Brick?«

Julie nickte, obwohl es ihr jetzt, als sie die Forderungen

selbst hörte, unwahrscheinlich schien, dass sie in allen Punkten recht bekommen würde.

Der Mann schaute nachdenklich in die Runde. »Ich werde meine Entscheidung in drei Tagen verkünden«, gab er bekannt. »Bitte kommen Sie am Freitag um elf Uhr wieder hierher.«

Pieter verließ mit versteinerter Miene den Raum.

Julie seufzte und schenkte dem Richter noch einen hoffnungsvollen Blick. Dann musste auch sie den Raum verlassen.

Kapitel 6

»Misi!«

In der Nacht zum Freitag kam Liv aufgeregt in Julies Schlafzimmer gestürmt. Die Sklavin war so durcheinander, dass sie nicht einmal auf Jean achtete, der neben Julie lag und verdutzt die Decke hochzog.

»Misi Juliette, kommen Sie schnell!«

»Liv, was ist denn los?« Mit einem Satz war Julie aus dem Bett und warf sich ihren Morgenmantel über.

»Die Kinder! Die Kinder sind weg!«

»Was?« Der Schreck fuhr Julie durch alle Glieder. Sie stürmte an Liv vorbei, den Flur entlang und in das Zimmer, in dem Henry und Martin schliefen. Die Betten waren leer. Julie stürzte wieder aus dem Kinderzimmer. »Jean!«

Er stolperte, nur mit einer Hose bekleidet, barfuß und mit freiem Oberkörper, aus Julies Schlafzimmer. Sie hatten eigentlich geheimhalten wollen, dass sie nachts das Bett miteinander teilten, aber jetzt tat es nicht gerade etwas zur Sache, wo Jean genächtigt hatte. Eilig warf er sich ein Hemd über.

Binnen Sekunden waren alle in Aufruhr. Foni kam vom Hof ins Haus gelaufen, und wenig später stand sogar Kiri unten im Flur, deren Schonzeit nach der Geburt Julie eigentlich noch nicht für beendet erklärt hatte.

Während die Frauen allesamt geschockt und verzweifelt waren, ging Jean der Sache gleich akribisch auf den Grund.

»Julie, die Tür zum hinteren Treppenabgang steht offen! Foni, Liv, ist da heute eine von euch durchgegangen?«

Beide schüttelten den Kopf.

Der hintere Treppenabgang bestand aus einer Tür, die zu einer schmalen Außentreppe führte. Sie diente den Sklaven als Weg, wenn die Herrschaft nicht wollte, dass sie sich quer durchs Haus bewegten. Julie hatte die Nutzung dieser Stiege nie für nötig gehalten, hier gingen die Haussklaven innen über die Treppe.

Jean untersuchte die Tür. »Da hat doch jemand ... Foni, besorg einmal Licht.«

Die Sklavin eilte davon und kam schnell mit einer kleinen Öllampe wieder.

Jeans Schlussfolgerung stand schnell fest. »Die Tür wurde aufgebrochen!« Er schaute zur Tür des Kinderzimmers und noch einmal zur Außentreppe. »Julie, ich mag es ja nicht sagen, aber ich glaube, jemand hat die Jungen entführt!«

Julie schrie entsetzt auf. Sie brauchte nicht lange zu überlegen, wer das wohl getan haben konnte. Zumal Pieter genau wusste, wohin diese Stiege führte und welches Zimmer unmittelbar daneben lag.

»Dieser Mistkerl! Wie kann er nur!? Foni, schick Hedam zur Polizei. Sofort!«

Foni eilte in den Hinterhof und weckte den alten Haussklaven, der die Aufregung als Einziger verschlafen hatte. Nun kam er aber schnell auf die Füße und eilte los.

Julie und Liv machten derweil im ganzen Haus Licht.

Es dauerte eine gefühlte Ewigkeit, bis endlich zwei Polizisten, noch leicht schlaftrunken, das Haus betraten.

»Sie meinen also, Ihr Schwiegersohn hat die Kinder entführt?«, fragten sie ungläubig.

»Ja, natürlich hat er das!« Julie war wütend. Warum riefen

diese Kerle nicht gleich einen Suchtrupp zusammen? Bis sie mit ihrer Befragung fertig waren, war Pieter doch schon über alle Berge!

»Hm … Ja … Mevrouw, da müssten Sie morgen bitte auf die Wache kommen und eine Anzeige erstatten.«

»Morgen? Sind sie von Sinnen? Bis dahin kann er den Kindern sonst was angetan haben!«

Jean legte ihr beschwichtigend die Hand auf die Schulter. »Julie, beruhige dich doch erst einmal …«

»Wer sind Sie überhaupt?«, fragte einer der Polizisten misstrauisch.

»Ich? Ich bin ein Freund des Hauses«, sagte Jean mit fester Stimme. »Und jetzt entschuldigen Sie uns bitte, wir kommen morgen auf die Wache.« Mit diesen Worten bugsierte Jean die Polizisten zur Tür hinaus.

»Aber Jean!« Julie starrte ihn ungläubig an. Es war ihr ein Rätsel, warum er die Männer wegschickte, sie mussten doch die Kinder suchen!

Jean jedoch sprach beruhigend auf sie ein. »Die fangen doch sowieso nicht vor morgen früh mit der Suche an. Wir müssen uns selbst auf den Weg machen.« Noch während er sprach, zog er seine Jacke von der Garderobe. »Pack ein paar Sachen ein, und komm dann zum Hafen. Ich glaube, ich weiß, wo Pieter hinwill.« Mit diesen Worten war er aus der Tür.

Julie wies Foni an, ein paar Kleider und Decken zusammenzupacken. Sie selbst lief nur hinauf in ihr Schlafzimmer und zog aus ihrem Versteck im Kleiderschrank ein kleines Säckchen mit Münzen hervor. Man konnte schließlich nie wissen, mit Geld war vieles möglich. Dann eilte sie zurück in den Salon. Die Minuten schienen wie Stunden zu verrinnen. Als Kiri mit Karini auf dem Arm in den Salon kam, winkte Julie entschieden ab.

»Kiri, du kannst nicht mit! Denk an Karini.«

Kiri widersprach Julie, auch wenn sie wusste, dass sie es nicht sollte. Hier ging es um wichtigere Dinge. »Misi, Karini kommt mit, andere Frauen müssen schon zwei Tage nach der Geburt wieder auf die Felder, da kann ich Karini wohl etwas durch die Gegend tragen.« Julie starrte ihre Sklavin ungläubig an. Die jedoch schien fest entschlossen. »Misi, ich habe mich die letzten Monate um Henry gekümmert wie um ein eigenes Kind. Wenn ihm jetzt etwas passiert, das würde ich mir nie verzeihen!«

»Ich komme auch mit, Misi.« Amru tauchte hinter Kiri auf, ihr Gesicht drückte ebenfalls tiefste Besorgnis aus.

»Na gut.« Julie spürte, dass eine Diskussion sinnlos war, zudem verlor sie dadurch nur wertvolle Zeit. Sie machte sich mit den beiden Sklavinnen auf in Richtung Hafen.

Der Morgen graute bereits, als sie dort ankamen. Jean kam ihnen am Kai entgegengelaufen. Verwundert schaute er kurz auf Kiri und Amru, dann berichtete er, was er herausgefunden hatte. »Er hat ein Boot genommen – flussaufwärts, so viel habe ich erfahren können. Ein paar der Matrosen haben ihn auf ihrem Rückweg zu ihren Schiffen vor ein paar Stunden gesehen. Es war ein Schwarzer bei ihm und zwei Kinder, sagen sie.«

»Ob er zur Plantage will?« Julie sah Jean fragend an.

Jean zuckte nur mit den Achseln. »Kann sein. Vielleicht muss er da noch was holen oder so. Dableiben wird er aber nicht, so dumm ist er nicht.«

Julie verging fast vor Sorge um die beiden Kinder. »Was will er nur? Warum hat er die Kinder mitgenommen?«

Auch in Jeans Gesicht spiegelte sich tiefe Sorge. »Ich sage es nicht gern, aber der Kerl ist verrückt!«

Julie wusste, dass Jean recht hatte. »Wir müssen ihm folgen, wir brauchen ein Schiff!«, rief sie, während sie sich suchend am Kai umsah. Aber noch war alles ruhig, und selbst von den kleinen Ruderbooten, die sich dort tagsüber tummelten, lag keines vertäut am Ufer.

»Ich weiß vielleicht was …«, murmelte Julie und rannte los. Jean blickte ihr verdutzt nach, setzte sich dann aber ebenfalls in Bewegung. Die beiden Sklavinnen blieben überrascht am Kai zurück.

Es dauerte eine Weile, bis sie an der hintersten Anlegestelle das Boot fand, das Erika nach Batavia gebracht hatte. Julie atmete auf. Sie wusste, dass es ein Segler war. Mit einem Segler kam man schneller den Fluss hinauf als mit einem Ruderboot, zudem war man unabhängig von Ebbe und Flut.

Julie trommelte gegen das Holz des Schiffes. »Kapitän Parono? Kapitän?«, rief sie atemlos.

Es dauerte eine schier endlose Weile, bis sich an Deck eine Luke öffnete und ein verschlafener Mann eine Stiege emporkam. »Was zur Hölle …?« Verdutzt schaute er Julie an. »Mevrouw, was machen Sie hier? Ich kenne Sie doch irgendwoher!«

»Ja, Sie haben einmal … egal, hören Sie, wir brauchen ganz dringend ein Schiff, das uns den Fluss hinaufbringt. Wir zahlen Ihnen jeden Preis.« Julie sah Kapitän Parono flehend an.

»Mevrouw, ich kann nicht, ich muss morgen …«

Jetzt schob Jean sich nach vorn und ergriff atemlos das Wort: »Hören Sie: Egal, was Sie morgen fahren, wir bezahlen das Doppelte … nein, das Dreifache. Hauptsache, Sie fahren uns den Fluss hinauf!«

»Das Dreifache?« Kapitän Parono kratzte sich kurz am Kinn. »Wirklich?«

»Ja, das Dreifache«, pflichtete Julie bei.

Parono lächelte zufrieden. »Bitte schön ... Kommen Sie an Bord, mein Schiff gehört Ihnen.« Er eilte sich, den Steg auszuklappen.

Eine gute halbe Stunde später hatten sie Amru, Kiri und Karini eingesammelt und waren bereits auf dem Fluss unterwegs in Richtung Rozenburg.

Sie erreichten die Plantage am Mittag. Natürlich konnte ein Boot dieser Größe dort nicht anlegen, also läutete Parono mehrmals eine kleine Glocke an Bord. Die Sklaven der Plantage kamen sofort herbeigeeilt und ruderten kleine Korjale zum Schiff, um die Passagiere überzusetzen.

Julie bestürmte die Männer mit Fragen. Diese zuckten jedoch nur mit den Achseln. »Keine Ahnung, Misi, ob Masra Pieter da ist.«

Kaum am Ufer angekommen, stürmten Julie und Amru mit gerafften Röcken zum Plantagenhaus. Jean rief ihr nach: »Warte, Julie, so warte doch!«

Julie ließ sich aber nicht aufhalten. Fluchend setzte Jean den Frauen nach.

Das Plantagenhaus schien verlassen, nur eines der Hausmädchen stand ob des plötzlichen Überfalls stocksteif im Flur.

»Wo ist der Masra? Sprich!« Julie packte die Frau am Arm und schüttelte sie.

»Misi ... Masra Pieter«, stammelte die Kleine, »Masra Pieter ist doch ... ist er nicht in der Stadt?«

Amru befreite das Mädchen aus Julies Händen. Sie sprach in ruhigem Ton zu ihr: »War er heute in den frühen Morgenstunden noch einmal hier? Fehlt irgendetwas? Hat er Gepäck mitgenommen?«

Das Mädchen schüttelte nur den Kopf.

Jean, der in der Tür gestanden hatte, drehte sich zum Fluss um. »Wo ist der Mistkerl nur hin?«

»O Jean, wenn er … wenn er ganz woanders hingefahren ist, dann finden wir ihn nie!«

Julie legte ihre Stirn an Jeans Schulter und schluchzte.

Kiri kam aus Richtung des Sklavendorfs angeeilt, so schnell es ihr das Baby auf dem Rücken erlaubte.

»Misi!« Atemlos kam sie auf der Veranda zum Stehen.

»Im Dorf sagt man, dass Masra Pieter heute Morgen hier war. Er hat eine Frau mitgenommen für die Kinder.«

Julie war ganz aufgeregt. »Weiß jemand, wo er hinwollte?«

Kiri schüttelte den Kopf. »Nein. Aber einer der Männer kannte den Schwarzen, der bei Masra Pieter war. Außerdem hatte er noch einen anderen Mann im Boot. Einen Buschneger, sagen sie im Dorf.«

»Buschneger?«

Kiri nickte.

Jean lief unruhig auf der Veranda hin und her. Dann blieb er ruckartig stehen. »Ich denke, er will sich mit den Kindern irgendwo im Hinterland verstecken, vielleicht will er dich damit erpressen. Zuzutrauen ist ihm das.«

Julie schluckte. »Und was machen wir jetzt?«

»Entweder warten wir, bis er sich meldet, oder wir suchen ihn.«

»Bis er sich meldet? Das ist nicht möglich! Das könnte Wochen dauern. Und wer weiß, was er in der Zeit mit den Jungen anstellt.« Allein der Gedanke weckte Panik in ihr.

Jean nickte. »Dann müssen wir sie suchen«, sagte er entschlossen.

»Nur wo?« Julie starrte zum Fluss.

Kiri wurde plötzlich unruhig. »Misi, Dany weiß bestimmt, wo man sie suchen muss!«

»Gute Idee, Kiri, aber den müssen wir ja auch erst einmal finden.«

Kiri wischte den Einwand mit einer Handbewegung beiseite. »Misi, das sollte kein Problem sein. Die Arbeitssklaven ... ich meine, die Männer, die ...«

Julie wurde bewusst, dass Kiri gerade im Begriff war, etwas auszuplaudern, was Sklaven eigentlich nie und nimmer gegenüber ihrem Masra zugaben: Die Sklaven verließen heimlich die Plantage. Julie wusste, was es für Kiri bedeuten musste, dies anzudeuten, und sie war ihrer Sklavin dankbar für die Idee. Nie und nimmer würde sie diese Information gegen sie verwenden.

»Hol mir diese Männer, sofort!« Kiri zögerte. »Kiri, sag ihnen, dass ihnen nichts passieren wird. Im Gegenteil!«

Kiri eilte los. Wenig später kam sie mit vier Arbeitssklaven wieder. Verlegen senkten sie die Blicke vor Julie. Der aber lag nichts ferner als eine Maßregelung.

»Es wird euch nichts geschehen! Es ist mir egal, was ihr sonst gemacht habt, wichtig ist nur, dass ihr uns zu dem Buschnegerdorf bringt, wo Dany wohnt. Bitte!«

Der flehende Ton in Julies Stimme verfehlte seine Wirkung bei den Männern nicht. Sie sahen sich kurz an, zuckten mit den Achseln und nickten dann.

Julie wollte sofort loslaufen, doch Jean hielt sie zurück. »Wir müssen etwas Proviant mitnehmen, wir haben alle seit gestern nichts mehr gegessen. Und für Kapitän Parono sollten wir auch sorgen. Außerdem ... habt ihr Waffen auf der Plantage?«

Julie sah ihn verwundert an. »Ja, die Aufseher haben welche.«

»Gut, die werden wir vielleicht brauchen.«

Amru, die ihren Arm um die Schultern des Hausmädchens gelegt hatte, schob dieses nun ins Haus. »Ich kümmere mich um den Proviant.« Noch einmal drehte sie sich zu Julie um. »Misi, wenn Sie erlauben, bleibe ich hier auf der Plantage. Falls Masra Pieter doch zurückkehrt ... die Leute aus dem Dorf werden mir dann helfen ...«

»Danke, Amru.« Julie war gerührt über die Welle von Hilfsbereitschaft, die ihr entgegenschlug.

Zwei Stunden später waren sie wieder auf dem Fluss unterwegs.

Julie stand nervös an Deck und spähte zum Ufer, als könne sie dort eine Spur von Pieter und den Kindern entdecken. Natürlich sah sie nichts dergleichen.

Es dämmerte schon, als die Sklavenmänner anzeigten, das Boot zu stoppen. Parono setzte gleich den Anker. Sofort steuerten aus dem Dickicht am Ufer kleine Boote auf sie zu.

»Misi, das sind Männer von Danys Stamm!« Kiri war sichtlich aufgeregt. Julie wusste, dass Kiri Dany nicht mehr gesehen hatte, seit sie in die Stadt gereist waren. Nicht, seit Karinis Geburt.

Die Buschneger begrüßten zuerst die schwarzen Sklaven auf dem Schiff, die Weißen beäugten sie mit misstrauischen Blicken. Es kam vermutlich nicht oft vor, dass Weiße sich hierher verirrten und auch noch darum baten, ins Dorf gebracht zu werden, wie Jean es gerade tat.

Die Buschneger diskutierten kurz untereinander, zuckten dann mit den Achseln und winkten die kleine Reisegesellschaft zu den Booten. Julie kletterte behände über die Reling von Paronos Schiff und landete wohlbehalten in einem der kleinen Korjale. Kiri und Jean stiegen in je eines der anderen Boote, mehr als zwei Passagiere fanden darin kaum Platz. Die Buschneger ruderten sie zum Ufer, wo die Boote in kleinen

Schneisen zwischen den Mangrovenwurzeln verschwanden und von den tief herabhängenden Ästen der Bäume richtiggehend verschluckt wurden. Im Inneren des Dickichts befanden sich regelrechte kleine Wasserwege, die zum eigentlichen Ufer führten. Gut versteckt.

Sie verließen die Boote und erreichten bald das Dorf auf einer großen Waldlichtung. Gleich scharte sich eine neugierige Gruppe um die Ankömmlinge.

»Kiri? Kiri, was machst du denn hier?« Dany schob sich durch das Gedränge und begrüßte Kiri freudestrahlend.

»Dany!« Kiri berichtetet in wenigen Worten, warum sie hier waren. Dany allerdings hatte inzwischen das Baby auf Kiris Rücken entdeckt. Verzückt bestaunte er das kleine Wesen.

»Ist es ein Mädchen oder ein Junge?«

Kiri lachte. »Es ist ein Mädchen, sie heißt Karini.«

»Oh!« Er hielt dem Baby seine Finger hin und lachte leise, als Karini sich an seinen Zeigefinger klammerte.

Julie störte dieses Idyll nur ungern. »Dany, könnten wir uns unterhalten? Es ist wirklich dringend.«

»Ja, natürlich.« Er riss sich los und eilte in eine der Hütten. Kurz darauf trat eine Gestalt aus eben dieser Hütte.

Julie und Jean trauten ihren Augen nicht. »Aiku?«, riefen beide gleichzeitig.

Dany konnte sich ein Grinsen nicht verkneifen. »Misi Juliette, Masra Jean, das ist unser *kapten* Aikuwakanasa.« Und an Aiku gewandt: »Vater, die Weißen haben ein dringendes Anliegen.«

»Vater?« Julie verstand überhaupt nichts mehr. Auch Jean blickte sichtlich irritiert auf Aiku, der nun in ein traditionelles Gewand gekleidet und geschmückt mit üppigen Halsketten und Beinringen, vor sie trat.

Vater. In Julies Kopf schwirrten die Gedanken durcheinander. Wenn Dany der Sohn von Aiku war und Aiku mit Felice, Karls erster Frau ... dann war Dany gar ...?

Konnte das möglich sein?

Sie würde noch einmal darüber nachdenken müssen, aber nicht jetzt. »Aiku, Pieter hat Martinas Sohn Martin und mein Kind, Henry, als Geisel genommen. Er ist den Fluss hinaufgefahren. Wir brauchen Hilfe!«

Aiku zögerte keine Sekunde. Er hob seinen Arm, woraufhin etwa zehn starke Männer hervortraten. Dann nickte er Julie zu und wies zum Fluss.

»Das sind unsere besten Jäger und Fährtenleser, sie werden euch begleiten. Und ich komme auch mit!« erklärte Dany entschieden.

Kapitel 7

Kapitän Parono steuerte sein »altes Mädchen« mittig auf dem Fluss. Rechts und links des großen Bootes waren die kleinen Korjale der Buschneger festgemacht. Da die Männer nicht rudern mussten, kamen sie sehr schnell voran.

»Der Buschneger, der bei Masra Pieter war, gehört auf keinen Fall zu unserem Stamm.« Dany stand vorne am Bug des Schiffes neben Julie und Jean. Kiri war unter Protest im Dorf zurückgeblieben, aber Dany erklärte ihr, dass es ab jetzt zu gefährlich für sie und das Baby werden würde. Jean hatte Julie mit einem besorgten Blick bedacht, auf eine Diskussion über Julies Weiterfahrt aber wohlweislich verzichtet.

»Ich glaube, ich weiß, woher er kam«, fuhr Dany fort. »Ganz oben an einem Seitenfluss des Surinam lebt noch ein Stamm. Der ist allerdings«, er verzog das Gesicht, »Fremden nicht besonders freundlich gesinnt.«

»Und warum gewähren sie dann so einem Schuft Unterschlupf?«, fragte Jean.

Dany zuckte mit den Schultern. »Mit Geld lässt sich fast alles erkaufen in diesem Land.«

Sie fuhren die ganze Nacht durch, und erst am nächsten Vormittag spürte Julie an der aufsteigenden Nervosität der Schwarzen, dass sie nun in das Gebiet des berüchtigten Buschnegerstammes kamen. Dany und ein weiterer Mann standen am Bug und spähten aufmerksam die Uferbereiche aus.

Julie erschrak, als Dany plötzlich den Arm hochriss – das Zeichen für Parono, sofort das Schiff zu stoppen.

Kaum war der Anker ins Wasser eingetaucht, glitt aus dem Uferdickicht ein Boot. Ein einzelner Mann saß darin.

Er lenkte sein Korjal schräg vor das Schiff.

»Was wollt ihr?«, rief er hinauf.

Jean trat an die Reling. »Wir suchen einen weißen Mann mit zwei Kindern.«

Der Buschneger im Boot lachte. »Hier ist niemand. Haut ab!« Er machte Anstalten sein Boot zu wenden.

»Hören Sie!«, rief Jean. »Der Mann ist ein Verbrecher, auf ihn ist eine hohe Belohnung ausgesetzt.«

Der Mann zögerte. »Belohnung?«

Julie zog geistesgegenwärtig das kleine Säckchen Geld aus ihrem Kleid und winkte damit. Das Klimpern der Münzen war deutlich zu hören.

»Na ja, wenn ich mal überlege ... Ich glaube, heute am frühen Morgen ist einer hier vorbeigekommen.«

»Wo wollte er hin? Wissen Sie das?«

Der Buschneger schüttelte den Kopf. »Den Fluss weiter hoch, denke ich. Krieg ich jetzt auch eine Belohnung?«

Jean verzog das Gesicht und schüttelte den Kopf. Julie aber nahm zwei Münzen aus dem Beutel und warf sie dem Mann in sein Korjal hinunter. Der grinste.

»Julie! Vielleicht hat er gelogen, nur um die Belohnung zu kassieren!«

Julie sah ihm eindringlich in die Augen. »Das hat er nicht, das spüre ich. Pieter war hier. Außerdem ist jedes Mittel recht, wenn wir nur endlich die Kinder wiederfinden.«

Parono lichtete den Anker, und der Buschneger drehte zufrieden mit seinem kleinen Boot ab.

Es war kurz nach Mittag, die Sonne brannte auf das Deck. Jean verteilte aus einer Kalebasse etwas Trinkwasser. Sie hatten im Buschnegerdorf keinen Proviant nachgeladen, und auf über zehn Mann an Bord waren sie nicht eingerichtet. Julie nahm nur einen kleinen Schluck. Ihr Magen knurrte schon nicht mehr, obwohl sie seit gestern kaum etwas getrunken und gegessen hatte.

»Hier!« Jean hielt ihr eine reife Mango hin. »Iss, sonst kippst du noch um.«

Julie lutschte widerwillig an dem süßen Fruchtfleisch. Hier saß sie und aß, während ihr Sohn vielleicht …

Plötzlich hallte ein Schuss über den Fluss. Alle zuckten zusammen, die Männer schmissen sich bäuchlings auf den Holzboden des Decks, und Jean zog Julie mit nach unten. Noch ein Schuss hallte.

Dany richtete sich leicht auf und lauschte. Dann stand er ganz auf und deutete Parono, anzuhalten. Dieser schüttelte verschreckt den Kopf.

»Setzen Sie den Anker. Der Schuss ging nicht in unsere Richtung!«, sagte Dany und bedeutete den anderen, aufzustehen. »Ich denke, es war ein Jäger.«

Kaum hatte er die Worte gesprochen knallte es wieder, und neben Jean und Julie splitterte die Bordwand.

»Wenden! Wenden!«, schrie jetzt ein anderer Mann in geduckter Haltung.

Parono zerrte mit der einen Hand an der Winde seiner Ankerkette und riss gleichzeitig mit der anderen Hand das Ruder herum. Julie lag geschützt durch Jeans Arm nahe an

Paronos Steuerkabine und lauschte in die Stille. Flussabwärts, mit der Strömung, war man immer am schnellsten. Das wusste selbst Julie.

»Das galt eindeutig uns!« Jean schaute besorgt zu Dany, der vorne am Bug kauerte. Dieser nickte zur Bestätigung und kam dann auf allen vieren herübergekrochen. »Wir fahren ein ganzes Stück flussabwärts, dann halten wir, am besten zwischen den kleinen Inseln, die wir vorhin passiert haben. Heute Nacht gehen wir dann mit den kleinen Booten an Land und versuchen es durch den Wald. Selbst ein Buschneger würde nicht ohne Grund schießen. Ich denke, wir sind hier richtig.«

Parono lenkte sein Schiff geschickt in die schmale Furt zwischen zwei baumbewachsene Flussinseln. Dort war das Boot geschützt und vom Fluss aus kaum zu sehen. Bis zum Sonnenuntergang saßen trotzdem alle nervös und in geduckter Stellung an Deck.

Dann machten die Buschneger ihre Korjale klar und setzten mit Julie und Jean zum Ufer über. Parono hatte Anweisung, auf dem Schiff zu warten und beim Eintreffen der anderen sofort abzulegen. Julie hatte ein mulmiges Gefühl. Es war so fürchterlich dunkel, man konnte nur wenige Meter weit sehen.

Am Ufer half Dany ihr aus dem Korjal. Die Buschneger bewegten sich mit schlafwandlerischer Sicherheit durch das Unterholz. Jean und Julie hatten sie in ihre Mitte genommen, und trotzdem stolperten die beiden Hand in Hand unbeholfen vorwärts. Sie liefen eine scheinbare Ewigkeit, es war inzwischen wohl mitten in der Nacht, als der vordere Mann plötzlich stoppte. Die anderen schlichen leise bis zu der Stelle, wo er sich niedergekauert hatte, und spähten in den Wald. In einiger Entfernung war ein schwacher Feuerschein zu sehen.

»Das ist kein Buschnegerdorf! Das ist nur ein Lager«, flüsterte Dany. »Kommen Sie.« Die Gruppe näherte sich in einem größeren Bogen von der Flussseite, und Julie überlegte, warum sie diesen Umweg liefen. Schnell wurde ihr klar, dass damit ein möglicher Fluchtweg abgeschnitten wurde. Zudem rauschte der Wind zum Fluss hin so in den Bäumen, dass er verräterische Geräusche fast verschluckte.

Julies Herz klopfte bis zum Hals. Jean ließ ihre Hand los und griff nach dem Gewehr, das er bei sich trug. Die vorderen Männer gingen in Deckung, und Julie spähte aufmerksam nach vorn. In der Tat: Im Wald, auf der kleinen Lichtung, brannte ein Feuer neben einem provisorischen Zelt. Am Feuer saßen zwei Gestalten.

»Pieter!«, flüsterte Julie aufgeregt, heimste sich damit aber einen bösen Blick der Männer ein.

»Du bleibst hier sitzen, ist das klar?«, beschied Jean Julie. Er nickte den anderen zu und deutete mit der Hand einmal nach rechts und einmal nach links.

Die Männer verstanden und teilten sich auf.

Auf ein Zeichen traten sie schließlich in breiter Front auf die Lichtung. Alle Fluchtwege waren abgeschnitten.

»Pieter!« Jeans Stimme klang dunkel und bedrohlich. Julie sah aus ihrem Versteck, wie Pieters Begleiter sofort die Hände in die Luft riss und wie erstarrt sitzen blieb. Pieter jedoch sprang auf, eine Waffe in der Hand.

»Ah, der feine Herr Liebhaber meiner Schwiegermutter«, lachte er höhnisch und richtete seine Waffe auf Jean.

»Gib die Kinder frei, es ist vorbei.« Jeans Stimme klang entschlossen. Falls er Angst hatte, war sie ihm nicht anzumerken.

»Die Kinder«, schnaubte Pieter, »wenn ich die Plantage nicht bekomme, dann war es das mit den Kindern.«

Er machte einen Schritt rückwärts auf das kleine Zelt zu.

Jean zielte auf ihn. »Ich warne dich zum letzten Mal.«

Links von Jean trat Dany einige Meter neben Jean hervor, die Waffe ebenfalls auf Pieter gerichtet.

»Oh, wie nett, ist ja fast ein Familientreffen hier. Der kleine Bastard von Karl ist auch gekommen.«

Julie hörte, wie Dany ein verächtliches Prusten von sich gab, sich ansonsten aber nicht rührte. Zitternd kauerte sie in ihrem Versteck.

In diesem Moment kroch die Sklavin mit Martin auf dem Arm aus dem Zelt. Pieter war einen Moment abgelenkt. Es war der Moment, in dem Jean schoss. Die Kugel traf Pieter an der Schulter, was diesen aber nicht daran hinderte, sein Gewehr abzufeuern, bevor er zu Boden ging. Die Sklavin schrie auf und umklammerte das Kind auf ihrem Arm. Julie sprang aus ihrem Versteck auf die Frau mit dem Kind zu, während die Männer sich auf Pieter stürzten.

»Martin!« Julie riss der Sklavin das Kind aus den Armen, dann zerrte sie die Plane beiseite, die als Zelt gedient hatte. »Henry? Henry!« Der Kleine lag auf dem nackten Boden und erwachte nun langsam.

Julie drückte beide Kinder an sich. Dann betrachtete sie die Jungen aufmerksam, beide schienen unverletzt. Erleichtert schloss sie die zwei fest in die Arme.

Die Sklavin kauerte am Boden und weinte. »Misi Juliette, ich ...«

»Steh auf, du kannst ja nichts dafür, steh auf«, sagte Julie sanft. Dann sah sie sich um. Die Buschneger hatten Pieter und seinen Komplizen unter Kontrolle, von ihnen ging keine Gefahr mehr aus. Pieter blutete an der Schulter und versuchte lauthals, sich aus der Fesselung zu befreien. Doch wo war Jean? Hektisch suchte Julie mit den Augen die Lichtung ab, bis sie ihn am Boden liegend erblickte. Dany hockte neben ihm. Sie hastete in seine Richtung, die verwirrten Kinder auf ihrem Arm. »Dany, Jean, was ist passiert?«

Jean richtetet sich mit schmerzverzerrtem Gesicht halb auf, während er sein Bein untersuchte.

»O Gott, bist du getroffen?«

»Das ist nur ein Streifschuss.« Dany half Jean, sein Hemd auszuziehen und knotete es sorgfältig um die Wunde, bevor er ihn auf die Füße stellte. Jean stöhnte und betrachtete besorgt die Kinder. »Sind die Jungen unversehrt?«

»Ja.« Julie beruhigte Martin, der jetzt weinte und seine Arme in Richtung seines Vaters ausstreckte.

Henry hingegen beäugte die ganze Aufregung um ihn herum von seiner Position auf Julies anderem Arm nur schlaftrunken und nuckelte an seinem Daumen.

Sie schoben Pieter und seinen Komplizen zu Paronos Boot. Dany stützte Jean, und Julie folgte mit Henry auf dem Arm. Einer der Buschneger trug den immer noch protestierenden Martin sicher durch das Unterholz. Die Sklavin tappte verschüchtert hinterher, gefolgt von den restlichen Buschnegern.

Am Boot angekommen, platzierten sie die gefesselten Entführer am Mast des Segels, zwei der Buschneger bauten sich neben den beiden auf. Eine Flucht war unmöglich.

Julie übergab Dany ihren Sohn und machte sich dann an die Versorgung von Jeans Wunde. Auf dem Schiff gab es keine Medikamente, aber Julie fand zwei Flaschen Schnaps, von denen sie nun eine öffnete. Sic gab Jean zunächst einen großen Schluck daraus zu trinken und goss dann den gesamten Rest über die Wunde. Jean stöhnte auf.

»Tut mir leid«, murmelte sie mitleidig und zog den provisorischen Verband fest.

Dany trat neben Julie. »Das wird schon wieder, bei uns im Dorf wird sich der Medizinmann darum kümmern. Und jetzt lasst uns von hier fortkommen.«

Mit einem Wink deutete er Parono, den Anker zu lichten.

Kapitel 8

Direkt nach der Abfahrt des Bootes war Kiri nervös im Dorf umhergelaufen, bis Aiku sie schließlich in seine Hütte führte. Dort, auf einem Lager aus Decken und Kissen, erspähte Kiri zu ihrer Überraschung eine weitere, ihr bekannte Person.

»Orla!«, rief sie erstaunt.

»Kiri, bist du das?« Kiri suchte Orlas Blick, bemerkte aber, dass deren Augen vollständig getrübt waren. Die alte Frau war erblindet.

»Wie schön, dass du da bist! Draußen war so viel los, setz dich zu mir und erzähl, was passiert ist.«

Kiri setzte sich zu der alten Frau und berichtete von den Geschehnissen der letzten Monate.

Orla richtete sich leicht auf, tastete nach Kiris Hand und drückte sie fest. »Deiner Misi wird nichts geschehen, und auch der kleine Masra wird gesund zurückkommen.«

In diesem Moment begann Karini leise auf Kiris Rücken zu weinen. Kiri nahm sie aus dem Tuch, um ihr die Brust zu geben.

»Ist das dein Baby?«, flüsterte Orla ehrfurchtsvoll.

»Ja, das ist mein Kind. Sie ist Danys Tochter«, antwortete Kiri leise.

»Also meine … Urenkelin?« Orla tastete vorsichtig nach dem Babykopf und strich mit ihren alten, krummen Fingern zärtlich über das Babyhaar.

Kiri betrachtete die alte Frau nachdenklich. »Würdest du mir erzählen, wie ... ich meine, Dany ... Aiku ... ich verstehe das nicht.«

Orla ließ sich wieder auf ihr Lager zurücksinken. »Ach, Kind, das ist eine lange Geschichte ...«

»Ich habe Zeit.«

Orla erzählte Kiri, wie ihre Familie noch zu Zeiten von Masra Karls Eltern auf der Plantage Rozenburg gelebt hatte. Sie verlor nicht viele Worte über das Leben auf der Plantage, aber die wenigen Beschreibungen zeigten deutlich, dass es ein entbehrungsreiches und hartes Leben gewesen war. Masra Karls Vater war seinem Sohn ein gutes Vorbild in Sachen Härte und Gewalt gewesen. Irgendwann hatten sie versucht zu fliehen und sich Verwandten anzuschließen, die schon als freie Buschneger im Wald lebten. Die Aufseher hatten den Fluchtversuch jedoch bemerkt und die Hunde auf sie gehetzt. Orla selbst war noch klein gewesen und konnte nicht so schnell laufen. Die Hunde rissen sie nieder.

»Den Göttern sei Dank, dass sie mich nicht totbissen. Aber die Basyas nahmen mich wieder mit auf die Plantage. Meine Familie war fort und ich noch zu klein, um es richtig zu verstehen. Als ich älter wurde, nahm ich mir einen Mann und bekam einen Sohn mit ihm, Aiku.« Orla hatte nie den Drang verspürt, einen neuen Fluchtversuch zu unternehmen. »Mein Platz war auf der Plantage«, sagte sie nachdenklich, während sie sich mit den Fingern über die Narben an ihren Beinen fuhr. Dann fuhr sie leise fort: »Als Aiku dann damals mit Misi Felice Umgang pflegte, war das ein Drama. Ich habe dem Jungen mehr als einmal gesagt, dass das nicht gut geht! Als dann Dany geboren wurde, haben Amru und ich noch versucht,

Masra Karl davon zu überzeugen, das Baby wäre bei der Geburt gestorben. Aber er stürzte kurz darauf in das Zimmer, sah das farbige Kind und entriss es uns. In seinem Hass trug er Aiku auf, es zu ertränken. Aiku ging auch mit dem Kind ins Wasser, ließ sich aber mit forttreiben. Der Masra konnte vom Ufer aus nichts machen, und als er Boote losschickte, war Aiku schon fort. Er hat das Kind zu meiner Schwester in das Buschnegerdorf gebracht, er wusste, dass es dort in Sicherheit war. Er selbst wollte aber unbedingt zurück zur Plantage wegen Misi Felice. Doch als er dort ankam, war es zu spät! Die Misi war in den Fluss gegangen, und der Masra … na ja, du weißt ja, was er mit ihm gemacht hat.«

Kiri schwieg einen Moment betroffen. »Dann ist Dany mit Misi Martina verwandt?«, fragte sie verwundert. Still spann sie den Gedanken weiter. Wenn Karini doch nicht Danys Tochter war, sondern die von Masra Pieter, dann wäre ihre Tochter wiederum mit dem kleinen Masra Martin verwandt. Sie schüttelte den Kopf, um die Gedanken aus ihrem Kopf zu verbannen. Karini war Danys Kind! Sie musste Danys Kind sein. Nichts anderes wollte Kiri glauben.

Irgendwann schlief Kiri vor Erschöpfung neben Orlas Lager im Sitzen ein.

Am nächsten Morgen wurde sie durch laute Rufe geweckt. Sie stand auf, wickelte sich das immer noch schlafende Baby wieder auf den Rücken und ging aus der Hütte. Orla schnarchte leise vor sich hin.

Draußen zwischen den Hütten hatten sich einige Leute versammelt. »Das Boot kommt wieder!«

Kiri lief aufgeregt zur Anlegestelle der kleinen Korjale. Es dauerte ewig, bis die kleinen Boote endlich am Ufer ankamen.

»Misi Juliette!« Kiri half ihrer sichtlich erschöpften Misi aus dem Boot.

»Kiri, es ist alles gut. Wir haben die Kinder!« Die Erleichterung war der Stimme der Misi deutlich anzuhören.

Als Nächstes kam das Korjal, in dem Masra Jean mit dem kleinen Masra Henry auf dem Arm sowie ein weiterer Mann mit Masra Martin auf dem Schoß saßen. Und dann eines, in dem Masra Pieter saß, bewacht von einem starken Buschneger. Als die Männer ihn an Land hievten, überkamen Kiri Rachegefühle. Sie spuckte Masra Pieter verachtend vor die Füße und blickte ihm dann fest in die Augen. Er wollte sie anfahren, aber zwei Männer hielten ihn fest.

»He, weißer Mann, Vorsicht! Das hier ist nicht dein Land!«

»Er wird seine gerechte Strafe bekommen, Kiri.« Masra Jean schob Misie Juliette und Kiri von der Landungsstelle fort in Richtung Dorf. Er humpelte stark, lief aber allein.

Aiku nahm seine Männer und die weiße Misi gebührlich in Empfang. »Aiku«, Misi Julie senkte den Blick, sie sprach ihn bei seinem alten Vornamen an. »Ich bin dir sehr dankbar, dass du uns geholfen hast! Ohne deine Männer hätten wir es nie geschafft, die Kinder zu befreien. Ich stehe tief in deiner Schuld!«, sagte sie demütig.

Aiku winkte ab und klatschte in die Hände.

»Das muss gefeiert werden!«, rief Dany, und sofort kam Bewegung in die Menschen. Dany brachte Masra Jean zur Hütte des Medizinmannes, der sich gleich um die Verletzung kümmerte und Jean dann zum Fest entließ. Masra Pieter und seinen Kumpanen banden die Männer fest an zwei Bäume. Einer der Männer kippte eine grünliche Flüssigkeit aus einem Krug über Masra Pieters Verletzung. Der Masra schrie auf, verstummte aber sofort, als er den bösen Blick seines Bewachers sah. Die Kinder des Dorfes machten sich über die Gefangenen lustig und foppten sie mit langen Stöcken.

Kiri führte Misi Juliette und die Kinder zur Dorfmitte, wo bald ein großes Feuer brannte. Die Misi sah erschöpft aus. Sie setzte sich und warf einen verstohlenen Blick hinüber zu dem *kapten* des Dorfes, der sich von Masra Jean erzählen ließ, was passiert war.

»Kiri, weißt du inzwischen, wieso Aiku hier ist?«, flüsterte sie.

Kiri nickte, während sie abwechselnd Masra Henry und Masra Martin über die Haare strich.

»Ja, Misi, es ist eine lange Geschichte.«

Weiter kam sie nicht, denn Dany gesellte sich zu ihnen. Er druckste herum. »Misi Juliette, wenn Sie ... Sie haben doch gesagt, dass Sie meinem Vater etwas schuldig sind.«

»Ja, und dazu stehe ich. An was dachtest du denn?« Die Misi bedachte ihn mit einem Lächeln.

»Nun, ich würde gerne ... Kiri und ich, dürften wir ...«

»Aber natürlich, natürlich!« Die Misi strahlte übers ganze Gesicht. »Und wenn nächstes Jahr die Sklaverei abgeschafft wird, wird alles besser, da bin ich mir ganz sicher!«

Dany nahm Kiri in den Arm. »Ja, dann kannst du auch bei mir leben!« Dankbar ließ sich Kiri in seine Arme sinken. Karini auf ihrem Rücken gluckste zufrieden.

Kapitel 9

Julie stand nervös am Kai.

Sie war mit Jean, Kiri, Erika, Valerie, Suzanna und Amru zum Hafen gekommen, um zu sehen, wie Pieter auf das Schiff gebracht wurde und mit diesem das Land verließ.

»Willst du dir das wirklich ansehen?«, hatte Jean gefragt.

»Ich muss sehen, wie er außer Landes gebracht wird, sonst habe ich keine ruhige Minute.«

Die letzten Wochen waren sehr nervenaufreibend gewesen. Sofort nach ihrer Rückkehr in die Stadt hatten sie Pieter der Polizei übergeben. Er hatte sich in den Verhören um Kopf und Kragen geredet. Zunächst beschuldigte er Julie, sie hätte ihm das Kind wegnehmen wollen, dann behauptete er, sie und Jean seien ein betrügerisches Paar, das es nur auf die Plantage abgesehen habe. Als die Beamten auch dieser Theorie keinen Glauben schenkten, geriet er in Panik und beschuldigte in dem Versuch, von sich abzulenken, abwechselnd Julie, Kiri, Jenk und sogar Jean des Mordes an Karl.

Julie war fast das Herz stehen geblieben, als der Polizist sie gebeten hatte, dazu Stellung zu nehmen.

»Wer hat ihn denn nun umgebracht?«, hatte er Julie irritiert gefragt. »Sie, Ihre Sklavin, Ihr Liebhaber oder wer?«

»Keiner!«, hatte Julie mit fester Stimme geantwortet. »Es war ein Unfall!«

Alles in allem waren die Verhandlungen dann glimpflich verlaufen. Valerie hatte sich um einen guten Juristen bemüht, der die Interessen von Julie vertrat.

»Danke Valerie, ich hätte ... das Geld ...«

»Ist schon gut, Juliette, du bist mir nichts schuldig. Wenn du nur gut auf Martin aufpasst und ich ... ich später bei euch sein darf.«

Julie war Valerie spontan um den Hals gefallen. Diese Frau hatte so viel für sie getan. »Natürlich, Valerie, du bist uns jederzeit willkommen.«

Pieter war zusätzlich von den Sklaven der Plantage belastet worden, die dank Erika und Suzanna recht selbstbewusst gegen ihren Masra ausgesagt hatten. Der Jurist hatte Julie geraten, sich nicht einzumischen, um nicht der Gefahr des Vorwurfs der Zeugenbeeinflussung ausgesetzt zu sein.

Begünstigt wurden die Verhandlungen aus Julies Sicht durch die aufkommende Emanzipation der Sklavenbevölkerung. Die weiße Obrigkeit war gegenüber Vergehen gegen Sklaven im Land durchaus sensibler geworden, und so war Pieter in den meisten Punkten schuldig gesprochen worden. Die medizinischen Vergehen aber würden in Europa verhandelt werden, denn dort konnten andere Mediziner Pieters Verhalten beurteilen und Recht darüber sprechen.

Julie war das gar nicht lieb. Lieber hätte sie ihn auf ewig im Gefängnis gewusst.

»Da kommt er schon noch hin, ob nun hier oder in den Niederlanden«, hatte Jean gesagt.

Durch Pieters Verurteilung hatte Julie endlich die Plantage und das Sorgerecht für ihr Kind zurückbekommen. Zudem hatte man ihr das Sorgerecht für Martin übertragen. Sie war erleichtert, konnte sie so doch wenigstens ihr Versprechen gegenüber Martina einhalten.

Als Pieter nun von vier Soldaten auf das Schiff gebracht

wurde, bekam Julie weiche Knie. Sollte es das jetzt endlich gewesen sein? Sollte sie jetzt endlich in diesem Land in Frieden leben können?

Der letzte Blick von Pieter ließ sie erstarren.

Julie verabschiedete sich noch am Kai herzlich von Valerie, Erika und Suzanna.

Erika hatte sich entschieden, weiter in der Krankenstation der Mission zu arbeiten, nebenbei baute sie eine kleine Hilfsorganisation für Batavia auf. So konnte sie Reinhard wenigstens aus der Ferne behilflich sein.

Julie bestärkte sie in diesem Vorhaben. »Vielleicht können wir auch etwas spenden, sobald es mit der Plantage wieder bergauf geht«, sagte sie zuversichtlich. »Du und die Kinder, ihr seid jederzeit herzlich willkommen auf Rozenburg.«

Erika umarmte sie freundschaftlich. »Ach, Juliette, solange wir nur in gutem Kontakt bleiben, hilft mir das schon ungemein.«

Wico sollte gleich mit auf die Plantage kommen, schließlich hatte Jean ihm einen guten Posten angeboten. Jean hatte inzwischen die Finanzen von Rozenburg überschlagen, das zweite Haus war wirklich nicht zu halten. Obwohl sie dank Jeans Gold durchaus ein wenig Startkapital besaßen, mussten sie vorsichtig wirtschaften, damit die Plantage bald wieder schwarze Zahlen schrieb.

Suzanna würde mit Minou in das Stadthaus der Familie Leevken ziehen. Hedam und Foni konnten etwas kürzer treten, aufgrund ihres Alters war das beiden ganz recht. Suzanna würde im Stadthaus die Anstellung als Haushälterin annehmen. Nebenbei durfte sie den Kostacker weiter bestellen und den Markt beschicken.

»Ich komme euch bald besuchen«, sagte Valerie, als Julie sich von ihr verabschiedete. »Aber jetzt solltet ihr euch alle erst einmal ein bisschen Ruhe gönnen.«

Am Abend waren Julie, Jean, die Kinder, Amru und Kiri endlich wieder auf Rozenburg. Julie war erschöpft und durcheinander. Widersprüchliche Gefühle übermannten sie bei ihrer Ankunft auf der Plantage. Hier hatte sie schreckliche Dinge erlebt, aber auch die schönsten Momente. Sie freute sich, zurückzukommen, hatte aber auch Angst vor der Zukunft.

Jean schien ihre Unruhe zu spüren.

»Mach dir keine Sorgen. Pieter ist für mindestens fünfzehn Jahre fort, wer weiß, wozu sie ihn in Europa noch verurteilen. Ich glaube nicht, dass wir noch einmal etwas von ihm hören!« Er nippte an seinem Glas Dram und betrachtete Julie mit einem liebevollen Blick von der Seite, während die Sonne langsam über der Plantage unterging.

»Ich hoffe es!«, seufzte sie leise. Sie nahm einen Schluck Wein und blickte auf den Fluss. »Alles wirkt so friedlich.«

Jean folgte ihrem Blick. »Die Schatten der Vergangenheit werden verblassen, Julie. Du hast um diese Plantage gekämpft, nun ist es Zeit, auch einmal zu leben.«

Sie schenkte ihm einen dankbaren Blick. Dann schaute sie auf Henry und Martin, die auf einer Matte vor der Veranda mit einer Schildkröte spielten. »Hoffentlich haben die beiden durch die Vorkommnisse keinen Schaden davongetragen«, überlegte sie laut.

Jean betrachtete nachdenklich die Kinder, dann lächelte er und legte seine Hand auf Julies. »Es wird Zeit, dass ein anständiges männliches Vorbild ins Haus kommt. Und du ... brauchst schließlich auch einen guten Schreiber auf der Plantage.«

Wie zur Bestätigung erklang aus der Luft ein Vogelschrei, und kaum einen Moment später landete Nico auf dem Geländer der Veranda.

»Nico!« Gerade als Julie die Hand nach ihm ausstrecken wollte, war erneut Geflatter zu hören. In sicherer Entfernung zu den Menschen setzte sich ein weiterer Vogel auf das Holzgeländer. Nico kletterte gewandt zu dem Artgenossen hinüber und fing gleich an, ihm mit dem Schnabel liebevoll die Federn zu beknabbern.

»Ja, jetzt wird alles gut!«, sagte Julie zufrieden und drückte Jeans Hand.

Epilog

Surinam 1863
Paramaribo

Am 1. Juli 1863 stand Kiri früh morgens um sechs mit vielen anderen Sklaven auf dem großen Platz vor dem Gouverneurspalast. Sie war anlässlich dieses Festtages extra mit der Misi in die Stadt gekommen.

Einundzwanzig Kanonenschüsse leiteten den Tag ein, an dem etwa vierzigtausend Sklaven in die Freiheit entlassen wurden.

Kaum war der letzte Schuss verklungen, bildeten sich die ersten festlichen Umzüge auf den Straßen. Alle pilgerten zu den geschmückten Kirchen, wo der Tag mit Gottesdiensten eingeläutet wurde. Die von nun an freien Sklaven mussten mit diesem Tag auch gute Christen sein. Die Sklaven waren in den letzten Wochen den Aufrufen zu Massentaufen, ohne zu zögern gefolgt – alles war besser als ein Dasein als Sklave. Kiri hatte sich und Karini taufen lassen, und Misi Juliette war es sogar gelungen, Dany ebenfalls dazu zu überreden; sonst könnten sie nicht als Mann und Frau eingetragen werden, hatte sie gesagt. Dany hatte murrend zugestimmt, während der Zeremonie aber einen kleinen *obia*, einen Talisman für den großen Gott der Buschneger, Gran Gado, in der Hand gehalten.

Nach den Gottesdiensten und der großen Ansprache des Gouverneurs wurden überall in der Stadt ausgelassene Feste gefeiert.

Die meisten Weißen beäugten das Treiben etwas misstrauisch. Aus den Niederlanden waren sogar fünf Kriegsschiffe gesandt worden, die nun im Fluss vor Anker lagen, um eventuell aufkeimende Unruhen sofort im Keim zu ersticken. Es blieb aber friedlich.

Kiri stand mit Karini auf dem Arm in der Menge und beobachtete ungläubig das Treiben. Ab heute würde sich vieles ändern, ab heute durften sie so viele Dinge tun, die bisher verboten gewesen waren.

Kiri schmunzelte, als sie an Liv dachte. Diese hatte sich von der kleinen Entschädigungssumme, die jedem Sklaven ausgezahlt worden war, gleich ein paar Schuhe gekauft. Heute, in der Morgendämmerung, hatte sie sie angezogen und war Kiri mit ungelenken Schritten durch die Stadt gefolgt. Kaum auf dem großen Platz angekommen, hatte sie die Schuhe jedoch fluchend abgestreift. »Darin kann man sich ja nicht bewegen!«, hatte sie geschimpft.

Kiri hatte ihre kleine Zahlung gespart. Die Sklaven hatten nicht viel Geld bekommen, im Gegensatz zu den ehemaligen Sklavenbesitzern, die pro Kopf dreihundert Gulden erhalten hatten. Für den Verlust …

Einige Plantagenbesitzer hatten sich mit dem Geld postwendend nach Europa abgesetzt, die Angst vor Racheakten der ehemaligen Plantagensklaven war allgegenwärtig. Die Marwijks hatten sogar fluchtartig das Land verlassen.

Auf Rozenburg war seitens der Sklaven nichts dergleichen zu befürchten. Masra Jean und Misi Juliette hatten sich sofort bereit erklärt, allen Sklaven der Plantage Rozenburg einen Arbeitsvertrag auszustellen. Die Misi und der Masra gaben sich redlich Mühe, die Plantage neu aufzubauen, sogar eine kleine Schule wollten sie nun errichten. Sie meinten es wirklich gut mit ihren Arbeitern, das spürte Kiri häufig. Eine der für sie wunderlichsten Geschehnisse im Zuge der Freiheit war die Vergabe von Nachnamen. Die meisten Weißen gaben ihren Sklaven irgendwelche absurden Namen, nur damit etwas in die Listen der Beamten eingetragen werden konnte. Die Misi und der Masra aber hatten lange überlegt. Dann hatten sie jeden Sklaven der Plantage zu sich gerufen und feierlich die »Taufe« vollzogen.

Amru, im Grunde die wichtigste Person im Haus, bekam die Ehre, fortan den Namen Rozenburg zu tragen. Amru Rozenburg.

Kiri und Dany mit Karini wurden auf den Namen Rozenberg getauft, und so ging das immer weiter. Rozenbusch, Rozenfeld, bis hin zu Rozenrot.

Kiri war sehr stolz, dass sie den Namen der Plantage nun in ihrem Familiennamen tragen durfte.

Sie war jetzt Kiri Rozenberg.

Und ab heute war sie frei.

Nachwort

Surinam war lange Zeit ein kleiner weißer Fleck auf der Landkarte. Ein Stückchen Land an der Nordwestküste Südamerikas, dicht bewachsen mit Urwald und Savannengebüsch, von der morastigen Küste bis hin zu den aufragenden Bergen im Hinterland.

Surinam wurde zwar schon 1499 entdeckt, aber erst in der zweiten Hälfte des 16. Jahrhunderts setzten einige Glücksritter und Abenteurer einen Fuß in die für Europäer unwirtliche Region. Selbst das hartnäckige Gerücht, dass in Surinam das sagenumwobene Goldland »El Dorado« zu finden sei, trieb nicht viele Auswanderer dorthin. Und jene, welche die wagemutige Reise antraten, mussten sich mit Tropenkrankheiten und wehrhaften indigenen Völkern herumschlagen. Die meisten Europäer kamen dabei nach kurzer Zeit ums Leben.

Viele Länder starteten Kolonialisierungsversuche, und alle trafen sie auf die Gegenwehr der indianischen Völker. Fast einhundertachtzig Jahre dauerte es, bis um 1650 die erste europäische Siedlung entstand.

1657 wurde Surinam, das damals noch Niederländisch-Guayana hieß, durch den Frieden von Breda den Niederlanden zugesprochen. Die Engländer erhielten dafür im Tausch Neu-Amsterdam, das heute New York City heißt.

Den vielfältigen Schwierigkeiten bei der Bewirtschaftung

der neu gegründeten Plantagen begegneten die Weißen mit einem regen Import von schwarzen Sklaven aus Westafrika.

Die Einfuhr von Sklaven brachte allerdings neue Probleme mit sich. Viele von ihnen entliefen ihren Herren und gründeten freie Ansiedlungen im Regenwald. Bald war die Zahl dieser sogenannten Maroons so weit angestiegen, dass sie sich durchaus gegen die weiße Kolonialmacht zur Wehr setzen konnten.

Zwischen 1730 und 1793 kam es immer wieder zu kriegerischen Auseinandersetzungen, in deren Folge die niederländische Kolonialmacht Friedensverträge aushandeln musste.

Die freien Ansiedlungen ermöglichten den entflohenen Sklaven die Bewahrung ihrer eigenen Kultur und Religion. Mit der Zeit verwoben sich die Gepräge der verschiedenen Stämme und Völker zu einer ganz eigenen Kultur, die bis heute von den entsprechenden Bevölkerungsgruppen mit großem Selbstbewusstsein gepflegt wird.

Erst 1863, einem im Verhältnis zu anderen Ländern und Kolonien relativ späten Zeitpunkt, wurde die Sklaverei in Surinam abgeschafft. Man fürchtete in der Folge den Verlust von Arbeitskräften und brachte Javaner und Inder aus den asiatischen Kolonien der Niederlande als billige Arbeitskräfte in das Land. Das Schicksal dieser Kontraktarbeiter war in der Folge leider nicht besser als das der ehemaligen afrikanischen Sklaven, die gerade in diesem Land besonders verabscheuenswert behandelt worden waren.

Die Abschaffung der Sklaverei und der florierende Handel mit Rübenzucker führte letztlich zum Niedergang der Plantagenwirtschaft. Infolgedessen verließen viele Europäer das Land. Heute leben in Surinam nur etwa 1% Europäer bzw. Menschen europäischer Herkunft. In Surinam werden neben Niederländisch als Amtssprache heute noch sechzehn weitere Sprachen gesprochen.

Surinam wird häufig als »Welt en miniature« bezeichnet. Es ist ein kleines und junges Land, das erst 1954 in die Selbstverwaltung und 1975 in die Unabhängigkeit entlassen wurde. In den Achtziger- und Neunzigerjahren des 20. Jahrhunderts gab es erneut politische Unruhen, die weltweit Schlagzeilen machten. Ein Militärputsch und ein nachfolgender Guerillakrieg zerrütteten das Land. Erst 1992 konnte eine halbwegs stabile demokratische Ordnung hergestellt werden.

Seitdem ist es ruhiger geworden in diesem Land.

Heute leben in Surinam, im Schatten des Regenwaldes, etwa 600 000 Menschen, davon allein 242 000 in der Hauptstadt Paramaribo. Gut 80 % Surinams ist bis heute von einem intakten Regenwald bedeckt. Straßen gibt es nur entlang der Küste und von der Stadt Paramaribo zum internationalen Flughafen, der etwa fünfzig Kilometer südlich der Stadt im Landesinneren liegt. Kleine Sandpisten, die zu den Indianer- und Buschnegerdörfern in die Savannen- und Dschungelgebiete führen, sind die einzigen Verkehrswege. Viele Dörfer liegen jedoch so tief im Dschungel an den mit Stromschnellen übersäten Flussläufen, dass sich kaum jemand dorthin verirrt.

Es gibt zaghafte Versuche, einen sanften Tourismus zu etablieren. Aber man muss Individualist und Naturliebhaber sein, um sich in diesem Land wohl zu fühlen.

Während meiner Recherche habe ich zahlreiche Facetten des Landes und seiner Bewohner kennengelernt. Deutlich spürbar ist das Bemühen, die Vergangenheit intensiv aufzuarbeiten. Eine große Herausforderung stellten die oft widersprüchlichen Angaben aus der Kolonialzeit dar: Berichte über die Bewohner des Landes stammen überwiegend aus der Hand von weißen Kolonisten, Militärs oder Reisenden; Informationen seitens der Sklaven oder gar der Buschneger sind eher dürftig und größtenteils lückenhaft vorhanden. Da Menschen mit dunkler Hautfarbe Mitte des 19. Jahrhunderts in Surinam noch sehr geringschätzig behandelt wurden, fand ich – wenig überraschend – überwiegend negativ gefärbtes Material vor.

Ich habe mir nicht zuletzt deshalb in dieser fiktiven Geschichte die künstlerische Freiheit erlaubt, einige Dinge nur so zu beschreiben, wie sie hätten sein können. Dies gilt zum Beispiel für die Schilderung der Tätigkeit der Herrnhuter Gemeine. Hier bedurfte es für die Fiktion einiger künstlerischer Kniffe, um Erika, Klara und all die anderen engagierten Figuren in den Ablauf einzubinden. Die in der Tat nachweislich auch heute noch hervorragende Entwicklungsarbeit der Herrnhuter in diesem Land ist hingegen der Realität entnommen.

Auch die Medikamentenversuche von Pieter Brick an den Sklaven gehören in diese Aufzählung der Kunstgriffe. Zur damaligen Zeit stellten Fiebererkrankungen ein großes Problem in der Kolonie dar. Malaria, Gelbfieber und andere Tropenkrankheiten führten häufig zum Tod des Erkrankten. Viele der Krankheiten sowie ihre Übertragungswege waren im 19. Jahrhundert noch nicht erforscht.

Eine weitere Erkrankung, die damals noch weltweit Angst und Schrecken verbreitete, war Lepra. Für gewöhnlich brachte man sogenannte Aussätzige in eigenen Lagern unter, um die Verbreitung der Krankheit zu verhindern. Heute gilt Lepra als heilbar, auch wenn die Frage der Übertragungswege noch nicht abschließend geklärt werden konnte.

Ich habe mir erlaubt, einige reale Personen in die Handlung einzubinden. Ihr Tun und Denken allerdings ist frei erfunden. Genau wie die Plantagen mit den dazugehörigen Familien und Sklaven.

Sich bei einer solchen Geschichte an wahren Begebenheiten

zu orientieren, ist das eine, diese dann auch passend einzubringen, das andere. Ich habe mich im Wesentlichen bemüht, die Ereignisse in die zeitlichen Gegebenheiten einzufügen – kleinere Abweichungen im zeitlichen Gefüge stehen auch hier im Dienste der Fiktion. Und natürlich ist heute die Bezeichnung »Neger« nicht mehr politisch korrekt. »Mensch« wäre der richtige Ausdruck. Davon waren die Kolonisten damals allerdings noch weit entfernt.

Die Zeit mit Julie hat mir sehr viel Freude bereitet. Vieles fand keinen Platz mehr auf den Seiten, was ich noch gerne ge- und beschrieben hätte. Ich war ein bisschen traurig, als ich Julie und alle anderen alle am 1. Juli 1863 verlassen musste.

Wie ich überhaupt auf dieses Land kam?

Es war im Sommer an der niederländischen Küste. In einem Strandpavillon bestellte ich einen heißen Kakao. Eine junge, hübsche und sehr quirlige Bedienung servierte ihn mir. Wir kamen ins Gespräch. Sie kam aus Surinam und absolvierte gerade ein Austauschjahr. Mich faszinierte ihr Lebenslauf, die Erzählungen über dieses kleine, gleichsam vergessene Land und vor allem die Überlieferung ihrer Familie. Ihre Ururgroßmutter, aus den Niederlanden stammend, heiratete Mitte des 19. Jahrhunderts einen Plantagenbesitzer aus Surinam …

Dank

Wäre die Annahme, ein Autor würde einsam und allein in seinem Kämmerlein sitzen und den Text ausbrüten, richtig, so wäre es ein wirklich trauriger Job. Aber zum Glück ist das Gegenteil der Fall. Ab der ersten Idee bis zur fertigen Geschichte trifft man unheimlich viele nette, spannende und aufregende Leute, die alle dazu beitragen, dass aus der kleinen Idee dann eine große Geschichte wird.

All diesen Menschen, die mich in den letzten Monaten begleitet haben, möchte ich an dieser Stelle kurz danken.

Zuerst ein großes Danke an C. G. – ohne dich wäre das Buch nie zustande gekommen. Dann natürlich Dank an meinen Agenten und an das Lektorat, das mich so umfassend und intensiv betreut hat, ebenso wie an den Verlag.

Als weitere kleine Helferlein traten S. P., J. B. und D. G. auf. Ohne die vielen Gespräche und Diskussionen wäre mir im Text manches nicht so leicht von der Hand gegangen.

Und zu guter Letzt einen Dank an meinen lieben Mann, der mir trotz allem immer den Rücken freigehalten hat und es mir nicht übel nahm, wenn ich mich am Schreibtisch verschanzte und ins ferne Surinam abtauchte.